杜甫全集

上

【唐】杜甫 著
【清】朱鹤龄 辑注
韩成武 周金标 孙微 张岚 韩梦泽 点校

上海古籍出版社

图书在版编目（CIP）数据

杜甫全集 /（唐）杜甫著 ；（清）朱鹤龄辑注 ；韩成武等点校. -- 上海 ：上海古籍出版社，2025．7．（国学典藏）. -- ISBN 978-7-5732-1623-6

Ⅰ．I214.22

中国国家版本馆 CIP 数据核字第 2025454SQ4 号

本丛书为 2021—2035 年国家古籍工作规划重点出版项目（普及读物类）

国学典藏

杜甫全集

（全二册）

［唐］杜甫　著
［清］朱鹤龄　辑注

韩成武　周金标　孙微　张岚　韩梦泽　点校

上海古籍出版社出版发行

（上海市闵行区号景路 159 弄 1-5 号 A 座 5F　邮政编码 201101）

　（1）网址：www.guji.com.cn
　（2）E-mail：guji1@guji.com.cn
　（3）易文网网址：www.ewen.co

江阴市机关印刷服务有限公司印刷

开本 890×1240　1/32　印张 36.625　插页 10　字数 1,017,000
2025 年 7 月第 1 版　2025 年 7 月第 1 次印刷
印数：1—3,100
ISBN 978-7-5732-1623-6
Ⅰ・3923　定价：158.00 元
如有质量问题，请与承印公司联系

前　言

韩成武

　　明末清初是杜诗学史上第二次研究高潮，出现了一批学术价值堪称厚重的杜诗注本，如王嗣奭《杜臆》、钱谦益《钱注杜诗》、朱鹤龄《杜工部集辑注》、黄生《杜诗说》、仇兆鳌《杜诗详注》等。其中朱鹤龄本收录杜甫全部诗文并作了较为精细的校注，产生过很大影响，本书对其进行点校整理，按《国学典藏》丛书体例采取简体横排形式，并易名《杜甫全集》，以广流传。

　　朱鹤龄（1606—1683），字长孺，号愚庵，吴江松陵（今属江苏苏州）人。明末诸生，入清后绝意仕进，终身布衣，在经、史、子、集各方面均有造诣，以笺疏之学见长。与著名学者顾炎武、钱谦益有交游，顾炎武十分推许其学识和人格，钱谦益高度赞扬其诗道端庄、经学渊博。朱鹤龄亦为当时著名诗人，曾与顾炎武等人参加明遗民社团"惊隐诗社"，著有诗文集《愚庵小集》，作品感情深厚，风格典丽，为当时名流所称许。朱氏平生著述，除《杜工部集辑注》《愚庵小集》之外，还有《尚书埤传》《禹贡长笺》《诗经通义》《春秋集说》《读左日抄》《李商隐诗集笺注》等传世。

　　《杜工部集辑注》是朱氏一部力作，有康熙间金陵叶永茹万卷楼刻本，后来金陵三多斋曾据原板重印，略有挖改。朱氏于卷前"自识"云："愚素好读杜，得蔡梦弼草堂本点校之，会萃群书，参伍众说，名为《辑注》。"顺治十二年（1655）冬，朱氏应谦益之邀前往坐馆，其间，出示《辑注》初稿求正。谦益阅罢认可，并且拿出自己的笺注成果,"命之合抄,益广搜罗,详加考核",二人"朝夕质疑"。顺治十四年冬,朱氏完成二稿,请谦益作序,谦益在"未见成书"的情况下,写了序言。几年之后,至康熙元年(1662),朱氏又来钱家坐馆,将成书出示就正。谦益阅罢,甚为不满,如朱氏所言:"先生谓所见颇有不同,不若两行其书。"如此,两注分而欲合,合而复分,终于各刊其书。乃知学术之争,是为学人拒绝苟且、寸步不让之事业。朱氏在书中多引钱氏见解并标明"钱笺"以示不掠美,亦可谓公允。

《杜工部集辑注》的刊刻时间,据该书所附《杜诗补注》频引顾炎武《日知录》中"杜诗注"这一情况来看,当在康熙十一年(1672)稍后(《日知录》初刻于康熙十一年)。学界亦有持康熙九年说者,按朱、顾二人过从甚密,朱氏于《日知录》刻成之前得阅书稿,也是完全有可能的。无论如何,这部巨著从草创到问世,前后历时数十年之久。

《杜工部集辑注》共计二十三卷,其中诗二十卷、文二卷、集外诗一卷,共计收诗1 457首,赋、表、赞、记、策问、祭文、墓志等各体文32篇,与今存杜甫诗文总数相当。对于杜文的系统注释,朱本首开其端。同其他注本相比较,朱本"于经史典故及地里职官,考据分明。其删汰猥杂,皆有廓清之功"(仇兆鳌《杜诗详注·凡例》)。这与朱鹤龄精于经史典故、职官制度及地理学研究有密切关系。朱本对宋以来丰富而庞杂的杜诗学遗产进行全面而细致的整理,既不遗漏有价值的见解,又不放过有影响的误解,做到扶正驳谬、去伪存真。诚如其"凡例"所言:"宋人注杜诗多不传,惟赵次公、黄鹤、蔡梦弼三家得阅其全注,中有当者悉录之。"例如杜甫与李邕初次见面的时间、地点问题,《新唐书·杜甫传》云:"客齐赵间,李邕奇其才,先往见之。"而宋人赵次公据杜甫《八哀诗·赠秘书监江夏李公邕》之"伊昔临淄亭,酒酣托末契。重叙东都别,朝阴改轩砌"句意,证明杜甫与李邕初次见面是在东都洛阳,而非齐赵,时间是在杜甫二十岁开始的壮游之前。赵次公的这条注释本来很有价值，却为后来注家所遗漏，例如元人高楚芳编辑《集千家注批点杜工部诗集》以及刻成于康熙六年的《钱注杜诗》却仍取用《新唐书》本传之说。朱本则对赵次公的见解予以收录，其去伪存真之功为大。

朱注又一长处是立言谨慎，诸如对杜诗的编年、"公自注语"的判定、旧注引文的存删、古今诗话的采录等，均能以求实态度慎重对待之。在杜诗编年上，朱氏认为"某诗必系某年，则拘固可笑"（见"凡例"，下同），为此，他只在各卷之首标为：公某时某地作。这种编年方式可以避免妄断之失。杜诗除部分诗作明确写作时间地点，尚有部分作品实难决之。后人未与杜甫同游，安能清晰如此？对于《千家》本上的"公自注语"，朱氏"向疑后人附益"，经过考察，发现这些自注语多为"王原叔、王彦辅诸家注耳，未可尽信"，遂将旧本所无者俱加删削。长期以来，所谓"公自注语"扰人甚重，裁决诗旨，常为所惑。朱氏此举，功诚大焉。对于旧注的引文，朱氏亦采取慎重态度决定取舍，对汉魏以下失传的典籍，凡十三经注疏、两《汉书》注、《文选》注及唐宋人诸类书所载者，则保存之；对于旧注所引六朝人诗，有的未见于诗集，朱氏怀疑"宋时尚有全本"，因此"不敢尽以伪撰废之"；而对于那些"文义不类"者，则"概从芟汰"。可知朱氏查阅原典耗费时间之巨，甄别真伪用心之深。对于古今诗话的采录，不以求全为务，"必于诗理、诗法有所发明者，方采入一二"。有利于解诗者方取用之，与某些注家炫耀学问渊博大相径庭。朱氏的注疏指导思想亦颇重要，他认为"训释之家，必须事义兼晰"，诗中之事与诗中意旨都要解释清楚，并且把两者有机结合起来，既不可释事忘义，又不可弃事发义。他的做法是"于考注句字之外，或贯穿其大意，或阐发其微文"。

上述种种，可见朱鹤龄是一位存心端正而专注的杜诗注家，其

《杜工部集辑注》于杜诗之史实、地理、典故、意旨等发明颇多,它和同时期的《钱注杜诗》一起,对此后的杜诗注释影响深远。正如洪业《杜诗引得序》所说:"钱、朱二书既出,遂大启注杜之风","后来作者,大略周旋于二家之间,故清代杜诗之学当以二书为首"。相较之下,朱注比钱注详细,又比仇兆鳌《杜诗详注》精简,可谓一种篇幅适中、方便当代读者阅读的杜甫全集古注杰作。

我们这次整理,以康熙间金陵叶永茹万卷楼初刻《杜工部集辑注》为底本,略作说明于下。

底本卷前有钱谦益序、计东序、朱鹤龄自序、旧本序跋、元稹《唐故检校工部员外郎杜君墓系铭并序》、刘昫《旧唐书·杜甫传》及朱鹤龄《杜工部年谱》《辑注杜工部集凡例》等。为免书首文献过多而影响正文阅读,现将旧本序跋、元稹之文、《旧唐书·杜甫传》及《杜工部年谱》移至书末。底本刻版时遗漏的《晚秋长沙蔡五侍御饮筵送殷六参军归澧州觐省》补刻于卷二十之末,署曰"失编一首",题下注"次《长沙送李十一》诗后",今据此编入《长沙送李十一衔》之后。

山东大学文史哲研究院藏本于卷二十之末附有《杜诗补注》,其中屡引顾炎武《日知录》之"杜诗注",推测是底本刻竣以后为弥补缺憾而补刻。为便读者阅读,现将《杜诗补注》内容分拆,插入相应诗文之下,"**补注**"二字采用黑体,以示区别。出于同样的考虑,底本往往在好几句诗文之后再出大段注文,今据文意分拆并插入相应诗文之下。底本中的"原注"(杜甫自注)、校勘记、音注,今列于相应诗文之后,朱鹤龄的注解则列于题目之下或全篇之末,以示区别。

我们在整理时力求使用规范的简体字,对底本的异体字及明显讹误之字(如"己""已""巳"混淆)径改不出校,必要时以页末注的形式出校。底本中"胡""虏"等"违碍字"原为墨丁,今据杜集诸善本校补。因文意所需,酌情保留繁体字、异体字等,比如:底本校记所列

"才,一作纔"、"剩,一作賸"等,宜两存;"餒"字底本注音"弩委切"(něi),不宜改为"喂";"髣髴"在押去声韵的诗中作为韵脚时,不宜改为"仿佛";《说文》中"术""術"二字不同,底本引用《说文》"術,邑中道",此"術"字即不宜简化为"术"。又,底本行文精炼,引用文献多节引、多概括,往往引文中又有引文,我们勉为施加引号,主要是为了区分引文的起止和归属,不代表其与原始文献完全一致。

整理疏漏之处,在所难免,诚心敬待方家纠正之。

目　录

前言 / 韩成武 / 1

吴江朱氏杜诗辑注序 / 钱谦益 / 1
朱氏杜诗辑注序 / 计　东 / 5
辑注杜工部集序 / 朱鹤龄 / 7
辑注杜工部集凡例 / 朱鹤龄 / 9
编注杜集姓氏 / 11

杜工部诗集卷之一
　游龙门奉先寺 / 1
　望岳 / 2
　登兖州城楼 / 2
　题张氏隐居二首 / 3
　刘九法曹郑瑕丘石门宴集 / 4
　与任城许主簿游南池 / 5
　对雨书怀走邀许主簿 / 5
　巳上人茅斋 / 6
　房兵曹胡马 / 7
　画鹰 / 8
　过宋员外之问旧庄 / 9
　夜宴左氏庄 / 9
　临邑舍弟书至，苦雨，黄河泛溢，堤防之患，簿领所忧，因寄此诗，用宽其意 / 10
　天宝初，南曹小司寇舅于我太夫人堂下垒土为山，一匮盈尺，以代彼朽木，承诸焚香瓷瓯，瓯甚安矣。旁植慈竹，盖兹数峰，欹岑婵娟，宛有尘外数致。乃不知兴之所至，而作是诗 / 11
　龙门 / 12
　李监宅二首 / 13
　赠李白 / 14
　陪李北海宴历下亭 / 15
　同李太守登历下古城员外新

亭 / 16
暂如临邑,至崿山湖亭,奉怀李员外,率尔成兴 / 17
赠李白 / 18
与李十二白同寻范十隐居 / 18
重题郑氏东亭 / 19
郑驸马宅宴洞中 / 20
高都护骢马行 / 21
赠翰林张四学士垍 / 22
赠特进汝阳王二十二韵 / 24
饮中八仙歌 / 26
今夕行 / 28
奉寄河南韦尹丈人 / 30
赠韦左丞丈济 / 31
奉赠韦左丞丈二十二韵 / 33
冬日洛城北谒玄元皇帝庙 / 35
敬赠郑谏议十韵 / 38
赠陈二补阙 / 39
赠比部萧郎中十兄 / 40
冬日有怀李白 / 41
春日忆李白 / 42
送孔巢父谢病归游江东兼呈李白 / 42
兵车行 / 44
同诸公登慈恩寺塔 / 46
病后过王倚饮赠歌 / 48
示从孙济 / 49
杜位宅守岁 / 50

玄都坛歌寄元逸人 / 51

杜工部诗集卷之二

乐游园歌 / 53
曲江三章章五句 / 54
贫交行 / 55
白丝行 / 56
前出塞九首 / 57
送裴二虬尉永嘉 / 60
送张十二参军赴蜀州,因呈杨五侍御 / 60
送韦书记赴安西 / 61
奉赠鲜于京兆二十韵 / 62
奉留赠集贤院崔于二学士 / 63
投赠哥舒开府翰二十韵 / 65
叹庭前甘菊花 / 68
醉时歌 / 68
醉歌行 / 70
丽人行 / 71
陪李金吾花下饮 / 73
陪郑广文游何将军山林十首 / 74
重过何氏五首 / 78
陪诸贵公子丈八沟携妓纳凉晚际遇雨二首 / 81
九日曲江 / 81
赠献纳使起居田舍人澄 / 82
崔驸马山亭宴集 / 83

送高三十五书记十五韵 / 84

寄高三十五书记 / 85

赠高式颜 / 86

与鄠县源大少府宴渼陂得寒字 / 86

城西陂泛舟 / 87

渼陂行 / 88

渼陂西南台 / 89

九日寄岑参 / 91

承沈八丈东美除膳部员外郎，阻雨未遂驰贺，奉寄此诗 / 92

苦雨奉寄陇西公兼呈王徵士 / 93

秋雨叹三首 / 94

奉赠太常张卿垍二十韵 / 96

上韦左相二十韵 / 98

夜听许十一诵诗爱而有作 / 101

戏简郑广文兼呈苏司业 / 102

夏日李公见访 / 103

天育骠骑歌 / 104

沙苑行 / 105

骢马行 / 107

魏将军歌 / 108

杜工部诗集卷之三

赠田九判官梁丘 / 111

送蔡希鲁都尉还陇右因寄高三十五书记 / 112

故武卫将军挽词三首 / 113

去矣行 / 115

官定后戏赠 / 115

奉同郭给事汤东灵湫作 / 116

九日杨奉先会白水崔明府 / 119

白水明府舅宅喜雨得过字 / 120

桥陵诗三十韵因呈县内诸官 / 120

自京赴奉先县咏怀五百字 / 123

奉先刘少府新画山水障歌 / 126

白水崔少府十九翁高斋三十韵 / 128

三川观水涨二十韵 / 129

悲陈陶 / 131

悲青坂 / 132

对雪 / 133

月夜 / 133

苏端薛复筵简薛华醉歌 / 134

元日寄韦氏妹 / 135

春望 / 136

得舍弟消息二首 / 136

忆幼子 / 137

一百五日夜对月 / 137

遣兴 / 138

塞芦子 / 138

哀江头 / 140

哀王孙 / 142

大云寺赞公房四首 / 144

3

雨过苏端 / 147

喜晴 / 148

晦日寻崔戢李封 / 149

送率府程录事还乡 / 150

郑驸马池台喜遇郑广文同饮 / 151

喜达行在所三首 / 151

述怀 / 153

得家书 / 154

送长孙九侍御赴武威判官 / 154

送樊二十三侍御赴汉中判官 / 156

送从弟亚赴河西判官 / 158

送韦十六评事充同谷防御判官 / 159

奉送郭中丞兼太仆卿充陇右节度使三十韵 / 161

送杨六判官使西蕃 / 164

杜工部诗集卷之四

奉赠严八阁老 / 166

月 / 167

留别贾严二阁老两院补阙得雲字 / 167

晚行口号 / 168

独酌成诗 / 168

徒步归行 / 169

九成宫 / 169

玉华宫 / 171

羌村三首 / 172

北征 / 173

行次昭陵 / 177

重经昭陵 / 179

彭衙行 / 179

喜闻官军已临贼境二十韵 / 180

收京三首 / 183

送郑十八虔贬台州司户，伤其临老陷贼之故，阙为面别，情见于诗 / 185

腊日 / 185

奉和贾至舍人早朝大明宫 / 186

宣政殿退朝晚出左掖 / 188

紫宸殿退朝口号 / 188

春宿左省 / 189

晚出左掖 / 190

题省中院壁 / 190

送贾阁老出汝州 / 191

送翰林张司马南海勒碑 / 192

曲江陪郑八丈南史饮 / 192

曲江二首 / 193

曲江对酒 / 194

曲江对雨 / 194

奉陪郑驸马韦曲二首 / 196

奉答岑参补阙见赠 / 196

奉赠王中允维 / 197

送许八拾遗归江宁觐省，甫昔时

常客游此县,于许生处乞瓦棺
　　寺维摩图样,志诸篇末 / 198
因许八奉寄江宁旻上人 / 200
题李尊师松树障子歌 / 200
得舍弟消息 / 201
送李校书二十六韵 / 201
偪侧行赠毕曜 / 203
赠毕四曜 / 204
题郑十八著作丈 / 205
瘦马行 / 206
义鹘行 / 207
画鹘行 / 208
端午日赐衣 / 209
酬孟云卿 / 209

杜工部诗集卷之五

至德二载,甫自京金光门出,间
　　道归凤翔。乾元初,从左拾遗
　　移华州掾,与亲故别,因出此
　　门,有悲往事 / 210
寄高三十五詹事 / 210
题郑县亭子 / 211
望岳 / 211
早秋苦热堆案相仍 / 213
观安西兵过赴关中待命二首
　　/ 213
九日蓝田崔氏庄 / 214
崔氏东山草堂 / 215

遣兴三首 / 216
至日遣兴,奉寄北省旧阁老、两
　　院故人二首 / 217
洗兵马 / 218
留花门 / 223
路逢襄阳杨少府入城,戏呈杨四
　　员外绾 / 224
赠卫八处士 / 225
冬末以事之东都,湖城东遇孟云
　　卿,复归刘颢宅宿,宴饮散,因
　　为醉歌 / 226
阌乡姜七少府设鲙戏赠长歌
　　/ 227
戏赠阌乡秦少府短歌 / 228
李鄠县丈人胡马行 / 228
忆弟二首 / 229
得舍弟消息 / 230
观兵 / 230
不归 / 231
独立 / 232
新安吏 / 232
潼关吏 / 233
石壕吏 / 234
新婚别 / 235
垂老别 / 236
无家别 / 237
夏日叹 / 237
夏夜叹 / 239

立秋后题 / 239
贻阮隐居 / 240
遣兴三首 / 240
昔游 / 242
佳人 / 243
梦李白二首 / 244
有怀台州郑十八司户 / 245
遣兴五首 / 246
遣兴二首 / 248
遣兴五首 / 250
后出塞五首 / 252

杜工部诗集卷之六

秦州杂诗二十首 / 256
月夜忆舍弟 / 265
天末怀李白 / 265
宿赞公房 / 265
赤谷西崦人家 / 266
西枝村寻置草堂地夜宿赞公土室二首 / 266
寄赞上人 / 267
太平寺泉眼 / 268
东楼 / 269
雨晴 / 269
寓目 / 269
山寺 / 270
即事 / 271
遣怀 / 271
天河 / 272
初月 / 272
捣衣 / 273
归燕 / 273
促织 / 273
萤火 / 274
蒹葭 / 274
苦竹 / 274
除架 / 275
废畦 / 275
夕烽 / 276
秋笛 / 276
日暮 / 276
野望 / 277
空囊 / 277
病马 / 278
蕃剑 / 278
铜瓶 / 278
送远 / 279
送人从军 / 279
示侄佐 / 280
佐还山后寄三首 / 280
从人觅小胡孙许寄 / 281
秋日阮隐居致薤三十束 / 282
秦州见敕目,薛三璩授司议郎,毕四曜除监察,与二子有故,远喜迁官,兼述索居,凡三十韵 / 282

寄彭州高三十五使君適、虢州岑
　二十七长史参三十韵 / 285
寄岳州贾司马六丈、巴州严八使
　君两阁老五十韵 / 288
寄张十二山人彪三十韵 / 293
寄李十二白二十韵 / 296
别赞上人 / 299
两当县吴十侍御江上宅 / 300

杜工部诗集卷之七

发秦州 / 302
赤谷 / 303
铁堂峡 / 303
盐井 / 304
寒硖 / 305
法镜寺 / 306
青阳峡 / 306
龙门镇 / 307
石龛 / 308
积草岭 / 309
泥功山 / 309
凤凰台 / 310
乾元中寓居同谷县作歌七首
　 / 311
万丈潭 / 315
发同谷县 / 316
木皮岭 / 317
白沙渡 / 318

水会渡 / 318
飞仙阁 / 319
五盘 / 319
龙门阁 / 320
石柜阁 / 321
桔柏渡 / 321
剑门 / 322
鹿头山 / 323
成都府 / 324
卜居 / 325
王十五司马弟出郭相访兼遗营
　草堂赀 / 326
堂成 / 326
蜀相 / 327
梅雨 / 328
为农 / 328
宾至 / 329
有客 / 329
狂夫 / 329
田舍 / 330
进艇 / 331
江村 / 331
江涨 / 332
野老 / 332
所思 / 332
云山 / 333
遣兴 / 333
一室 / 334

石笋行 / 334

石犀行 / 335

杜鹃行 / 337

绝句漫兴九首 / 338

赠蜀僧闾丘师兄 / 340

泛溪 / 341

题壁上韦偃画歌 / 342

戏题王宰画山水图歌 / 343

戏韦偃为双松图歌 / 344

北邻 / 345

南邻 / 346

因崔五侍御寄高彭州一绝 / 346

奉简高三十五使君 / 347

酬高使君相赠 / 347

和裴迪登新津寺寄王侍郎 / 348

出郭 / 349

恨别 / 349

散愁二首 / 350

寄杨五桂州谭 / 351

杜工部诗集卷之八

建都十二韵 / 352

岁暮 / 354

和裴迪登蜀州东亭送客逢早梅
相忆见寄 / 354

暮登四安寺钟楼寄裴十迪 / 355

寄赠王十将军承俊 / 356

奉酬李都督表丈早春作 / 356

西郊 / 356

客至 / 357

遣意二首 / 357

漫成二首 / 358

春夜喜雨 / 359

春水 / 359

江亭 / 359

村夜 / 360

早起 / 360

可惜 / 360

落日 / 361

独酌 / 361

徐步 / 361

寒食 / 362

石镜 / 362

琴台 / 363

春水生二绝 / 364

江上值水如海势聊短述 / 364

水槛遣心二首 / 364

题新津北桥楼得郊字 / 365

游修觉寺 / 365

后游 / 366

江涨 / 366

朝雨 / 366

晚晴 / 367

高柟 / 367

恶树 / 367

江畔独步寻花七绝句 / 368

闻斛斯六官未归 / 369

赴青城县出成都寄陶王二少尹 / 370

野望因过常少仙 / 371

寄杜位 / 371

丈人山 / 372

送裴五赴东川 / 373

送韩十四江东省觐 / 373

柟树为风雨所拔叹 / 374

茅屋为秋风所破歌 / 374

逢唐兴刘主簿弟 / 375

敬简王明府 / 376

重简王明府 / 376

百忧集行 / 377

投简成华两县诸子 / 377

徐卿二子歌 / 378

戏作花卿歌 / 379

病柏 / 380

病橘 / 381

枯棕 / 382

枯柟 / 382

所思 / 383

不见 / 384

草堂即事 / 384

徐九少尹见过 / 384

范二员外邈、吴十侍御郁特枉驾，阙展待，聊寄此作 / 385

王十七侍御抡许携酒至草堂，奉寄此诗，便请邀高三十五使君同到 / 385

王竟携酒，高亦同过，共用寒字 / 386

陪李七司马皂江上观造竹桥，即日成，往来之人免冬寒入水，聊题短作简李公 / 386

观作桥成，月夜舟中有述，还呈李司马 / 387

李司马桥成，高使君自成都回 / 387

萧八明府寔处觅桃栽 / 388

从韦二明府续处觅绵竹 / 388

凭何十一少府邕觅桤木栽 / 389

凭韦少府班觅松树子栽 / 389

又于韦处乞大邑瓷碗 / 389

诣徐卿觅果栽 / 390

入奏行赠西山检察使窦侍御 / 390

广州段功曹到，得杨五长史谭书，功曹却归，聊寄此诗 / 392

得广州张判官叔卿书，使还，以诗代意 / 393

送段功曹归广州 / 394

魏十四侍御就敝庐相别 / 394

赠别何邕 / 395

赠别郑炼赴襄阳 / 395

重赠郑炼绝句 / 396

江头五咏 / 396
野望 / 399
畏人 / 399
屏迹三首 / 400
少年行二首 / 400
少年行 / 401
赠花卿 / 402
即事 / 402

杜工部诗集卷之九
遭田父泥饮，美严中丞 / 403
严中丞枉驾见过 / 404
奉酬严公寄题野亭之作 / 405
奉和严中丞西城晚眺十韵 / 406
中丞严公雨中垂寄见忆一绝，奉答二绝 / 407
谢严中丞送青城山道士乳酒一瓶 / 408
三绝句 / 408
戏为六绝句 / 409
野人送朱樱 / 411
题桃树 / 412
严公仲夏枉驾草堂兼携酒馔得寒字 / 412
严公厅宴同咏蜀道画图得空字 / 413
戏赠友二首 / 413
大雨 / 414

溪涨 / 415
大麦行 / 416
苦战行 / 416
去秋行 / 417
奉送严公入朝十韵 / 418
送严侍郎到绵州同登杜使君江楼宴得心字 / 418
奉济驿重送严公四韵 / 420
送梓州李使君之任 / 420
观打鱼歌 / 421
又观打鱼 / 422
越王楼歌 / 423
海棕行 / 423
姜楚公画角鹰歌 / 424
巴西驿亭观江涨呈窦十五使君 / 425
述古三首 / 425
宗武生日 / 427
光禄坂行 / 428
题玄武禅师屋壁 / 428
悲秋 / 429
客夜 / 430
客亭 / 430
九日登梓州城 / 430
九日奉寄严大夫 / 431
戏题寄上汉中王三首 / 431
玩月呈汉中王 / 433
相从行赠严二别驾 / 434

秋尽 / 435

野望 / 435

冬到金华山观,因得故拾遗陈公学堂遗迹 / 436

陈拾遗故宅 / 437

谒文公上方 / 438

奉赠射洪李四丈 / 440

早发射洪县南途中作 / 440

通泉驿南去通泉县十五里山水作 / 441

过郭代公故宅 / 441

观薛稷少保书画壁 / 442

通泉县署壁后薛少保画鹤 / 444

陪王侍御同登东山最高顶,宴姚通泉,晚携酒泛江 / 444

陪王侍御宴通泉东山野亭 / 445

渔阳 / 446

闻官军收河南河北 / 446

远游 / 447

杜工部诗集卷之十

春日梓州登楼二首 / 448

春日戏题恼郝使君兄 / 448

郪城西原送李判官兄、武判官弟赴成都府 / 449

涪江泛舟送韦班归京得山字 / 450

泛舟送魏十八仓曹还京,因寄岑中允参、范郎中季明 / 450

送路六侍御入朝 / 450

涪城县香积寺官阁 / 451

泛江送客 / 451

上牛头寺 / 451

望牛头寺 / 452

上兜率寺 / 452

望兜率寺 / 453

登牛头山亭子 / 454

甘园 / 454

陪李梓州、王阆州、苏遂州、李果州四使君登惠义寺 / 455

数陪李梓州泛江,有女乐在诸舫,戏为艳曲二首赠李 / 455

送何侍御归朝 / 456

江亭送眉州辛别驾升之得芜字 / 456

行次盐亭县,聊题四韵,奉简严遂州、蓬州两使君、咨议诸昆季 / 457

倚杖 / 457

陪王汉州留杜绵州泛房公西湖 / 458

得房公池鹅 / 458

答杨梓州 / 459

舟前小鹅儿 / 459

官池春雁二首 / 460

投简梓州幕府兼简韦十郎官 / 460

赠韦赞善别 / 460
喜雨 / 461
短歌行送祁录事归合州，因寄苏使君 / 461
寄题江外草堂 / 462
陪章留后惠义寺饯嘉州崔都督赴州 / 462
陪章留后侍御宴南楼得风字 / 463
台上得凉字 / 464
送王十五判官扶侍还黔中得开字 / 465
章梓州橘亭饯成都窦少尹得凉字 / 465
章梓州水亭 / 466
戏作寄上汉中王二首 / 466
棕拂子 / 467
韦讽录事宅观曹将军画马图 / 468
送韦讽上阆州录事参军 / 470
丹青引赠曹将军霸 / 471
送陵州路使君之任 / 473
送元二适江左 / 473
九日 / 474
倦夜 / 474
薄暮 / 475
王阆州筵奉酬十一舅惜别之作 / 475
阆州东楼筵奉送十一舅往青城得昏字 / 475
放船 / 476
薄游 / 476
南池 / 477
严氏溪放歌行 / 478
发阆中 / 479
冬狩行 / 479
山寺 / 481
桃竹杖引赠章留后 / 482
将适吴楚留别章使君留后兼幕府诸公得柳字 / 484
对雨 / 484
警急 / 485
王命 / 485
征夫 / 486
西山三首 / 486
舍弟占归草堂检校，聊示此诗 / 488
有感五首 / 488
江陵望幸 / 492
城上 / 492
伤春五首 / 493

杜工部诗集卷之十一
送李卿晔 / 496
释闷 / 497

赠别贺兰铦 / 497

寄贺兰铦 / 498

绝句 / 498

阆山歌 / 499

阆水歌 / 499

江亭王阆州筵饯萧遂州 / 500

陪王使君晦日泛江就黄家亭子二首 / 500

泛江 / 501

渡江 / 501

南征 / 502

地隅 / 502

归梦 / 502

久客 / 503

暮寒 / 503

游子 / 504

滕王亭子二首 / 504

玉台观二首 / 505

送韦郎司直归成都 / 507

双燕 / 507

百舌 / 507

奉寄章十侍御 / 508

将赴荆南寄别李剑州 / 509

奉寄别马巴州 / 509

奉待严大夫 / 510

自阆州领妻子却赴蜀山行三首 / 511

别房太尉墓 / 512

将赴成都草堂，途中有作，先寄严郑公五首 / 513

春归 / 515

归来 / 515

草堂 / 516

四松 / 518

水槛 / 519

破船 / 520

过南邻朱山人水亭 / 520

登楼 / 521

奉寄高常侍 / 521

寄邛州崔录事 / 522

王录事许修草堂赀不到聊小诘 / 522

归雁 / 522

绝句二首 / 523

寄司马山人十二韵 / 523

赠王二十四侍御契四十韵 / 524

过故斛斯校书庄二首 / 527

黄河二首 / 528

扬旗 / 528

太子张舍人遗织成褥段 / 529

忆昔二首 / 531

别唐十五诫，因寄礼部贾侍郎 / 533

寄董卿嘉荣十韵 / 534

立秋雨院中有作 / 535

奉和严郑公军城早秋 / 535

院中晚晴怀西郭茅舍 / 536
到村 / 537
村雨 / 537
宿府 / 538
遣闷奉呈严公二十韵 / 538
送舍弟颖赴齐州三首 / 539
严郑公阶下新松得霑字 / 540
严郑公宅同咏竹得香字 / 541
晚秋陪严郑公摩诃池泛舟得溪字 / 541
奉观严郑公厅事岷山沱江画图十韵得忘字 / 541
初冬 / 542
观李固请司马弟山水图三首 / 542
至后 / 543
怀旧 / 544

杜工部诗集卷之十二

正月三日归溪上有作，简院内诸公 / 545
敝庐遣兴奉寄严公 / 545
营屋 / 545
除草 / 546
春日江村五首 / 547
春远 / 548
绝句六首 / 549
绝句四首 / 550

喜雨 / 551
天边行 / 551
莫相疑行 / 552
赤霄行 / 552
三韵三首 / 553
宿青溪驿奉怀张员外十五兄之绪 / 554
宴戎州杨使君东楼 / 555
渝州候严六侍御不到先下峡 / 555
拨闷 / 556
闻高常侍亡 / 557
宴忠州使君侄宅 / 557
禹庙 / 558
题忠州龙兴寺所居院壁 / 559
哭严仆射归榇 / 559
旅夜书怀 / 560
云安九日郑十八携酒陪诸公宴 / 560
答郑十七郎一绝 / 561
别常徵君 / 561
长江二首 / 561
承闻故房相公灵榇自阆州启殡，归葬东都，有作二首 / 562
将晓二首 / 563
怀锦水居止二首 / 564
青丝 / 565
三绝句 / 566

遣愤 / 567

十二月一日三首 / 568

又雪 / 569

雨 / 570

南楚 / 571

老病 / 571

水阁朝霁,奉简云安严明府 / 571

杜鹃 / 572

子规 / 573

近闻 / 573

客居 / 574

客堂 / 576

石砚 / 577

赠郑十八贲 / 578

别蔡十四著作 / 579

寄常徵君 / 580

寄岑嘉州 / 581

移居夔州作 / 581

船下夔州郭宿,雨湿不得上岸,别王十二判官 / 582

漫成一首 / 582

引水 / 583

寄韦有夏郎中 / 583

上白帝城 / 584

上白帝城二首 / 585

陪诸公上白帝城头宴越公堂之作 / 585

白帝城最高楼 / 586

武侯庙 / 586

八阵图 / 587

谒先主庙 / 588

诸葛庙 / 589

古柏行 / 590

负薪行 / 591

最能行 / 592

同元使君舂陵行 / 593

杜工部诗集卷之十三

示獠奴阿段 / 597

峡中览物 / 597

忆郑南 / 598

赠崔十三评事公辅 / 599

奉寄李十五秘书文嶷二首 / 600

贻华阳柳少府 / 601

雷 / 602

火 / 603

热三首 / 604

七月三日亭午已后,校热退,晚加小凉,稳睡有诗,因论壮年乐事,戏呈元二十一曹长 / 605

牵牛织女 / 607

毒热寄简崔评事十六弟 / 609

殿中杨监见示张旭草书图 / 610

杨监又出画鹰十二扇 / 611

送殿中杨监赴蜀见相公 / 611

赠李十五丈别 / 612

种莴苣 / 614

驱竖子摘苍耳 / 615

信行远修水筒 / 616

催宗文树鸡栅 / 617

白盐山 / 618

滟滪堆 / 619

滟滪 / 619

白帝 / 620

黄草 / 620

夔州歌十绝句 / 621

诸将五首 / 624

秋兴八首 / 629

咏怀古迹五首 / 636

雨不绝 / 639

晚晴 / 640

宿江边阁 / 640

夜宿西阁呈元二十一曹长 / 640

西阁口号呈元二十一 / 641

西阁雨望 / 641

西阁三度期大昌严明府同宿不到 / 641

西阁二首 / 642

西阁夜 / 643

夜 / 644

杜工部诗集卷之十四

覆舟二首 / 645

奉汉中王手札 / 646

奉汉中王手札，报韦侍御、萧尊师亡 / 647

存殁口号二首 / 648

月圆 / 649

中宵 / 649

不寐 / 649

远游 / 650

遣愁 / 650

秋清 / 650

秋峡 / 651

雨晴 / 651

垂白 / 651

摇落 / 652

草阁 / 652

江月 / 652

江上 / 653

中夜 / 653

江汉 / 653

吹笛 / 654

南极 / 654

秋日寄题郑监湖上亭三首 / 655

雨 / 657

雨 / 657

雨二首 / 658

八哀诗 / 659

览柏中丞兼子侄数人除官制词，因述父子兄弟四美，载歌丝

纶 / 684

览镜呈柏中丞 / 686

陪柏中丞观宴将士二首 / 687

杜工部诗集卷之十五

往在 / 688

昔游 / 690

壮游 / 691

遣怀 / 695

李潮八分小篆歌 / 697

秋日夔府咏怀奉寄郑监李宾客
　　一百韵 / 700

寄刘峡州伯华使君四十韵 / 710

夔府书怀四十韵 / 714

哭王彭州抡 / 718

偶题 / 720

瞿唐两崖 / 722

峡口二首 / 722

天池 / 723

阁夜 / 723

瀼西寒望 / 724

白帝楼 / 725

白帝城楼 / 725

晓望白帝城盐山 / 725

峡隘 / 726

冬深 / 726

西阁曝日 / 727

不离西阁二首 / 727

缚鸡行 / 728

折槛行 / 728

杜工部诗集卷之十六

立春 / 731

王十五前阁会 / 731

崔评事弟许相迎不到，应虑老夫
　　见泥雨怯出，必愆佳期，走笔
　　戏简 / 732

愁 / 732

昼梦 / 733

入宅三首 / 733

赤甲 / 734

卜居 / 735

暮春题瀼西新赁草屋五首 / 735

暮春 / 736

即事 / 736

江雨有怀郑典设 / 737

熟食日示宗文宗武 / 737

又示两儿 / 738

得舍弟观书，自中都已达江陵。
　　今兹暮春月末，行李合到夔
　　州。悲喜相兼，团圆可待，赋
　　诗即事，情见乎词 / 738

喜观即到，复题短篇二首 / 739

返照 / 739

晴二首 / 740

雨 / 740

17

月三首 / 740
晨雨 / 741
反照 / 741
向夕 / 742
怀灞上游 / 742
过客相寻 / 742
竖子至 / 743
园 / 743
归 / 743
承闻河北诸道节度入朝,欢喜口号绝句十二首 / 744
晚登瀼上堂 / 747
醉为马坠,诸公携酒相看 / 748
园官送菜 / 749
园人送瓜 / 750
课伐木 / 750
柴门 / 752
槐叶冷淘 / 753
上后园山脚 / 754
奉送王信州崟北归 / 755
季夏送乡弟韶陪黄门从叔朝谒 / 756
送十五弟侍御使蜀 / 757
七月一日题终明府水楼二首 / 757
行官张望补稻畦水归 / 758
秋行官张望督促东渚耗稻向毕,清晨遣女奴阿稽、竖子阿段往问 / 759
阻雨不得归瀼西甘林 / 760
又上后园山脚 / 761
甘林 / 763
暇日小园散病,将种秋菜,督勤耕牛,兼书触目 / 764
雨 / 764
听杨氏歌 / 765
秋风二首 / 766
见萤火 / 767
溪上 / 767
树间 / 767
白露 / 768
雨 / 768
夜雨 / 768
更题 / 769
舍弟观归蓝田迎新妇,送示二首 / 769
第五弟丰独在江左,近三四载寂无消息,觅使寄此二首 / 770
送李功曹之荆州充郑侍御判官重赠 / 771
送王十六判官 / 771
送李八秘书赴杜相公幕 / 772
赠李八秘书别三十韵 / 773
别李秘书始兴寺所居 / 775
君不见简苏徯 / 776
赠苏四徯 / 776

别苏徯 / 777

别崔潩，因寄薛据、孟云卿 / 778

巫峡弊庐奉赠侍御四舅别之澧朗 / 778

孟氏 / 779

吾宗 / 779

杜工部诗集卷之十七

寄薛三郎中据 / 780

奉酬薛十二丈判官见赠 / 781

寄狄明府博济 / 783

寄韩谏议注 / 784

秋野五首 / 786

课小竖锄斫舍北果林，枝蔓荒秽净讫，移床三首 / 787

解闷十二首 / 788

复愁十二首 / 793

洞房 / 796

宿昔 / 797

能画 / 798

斗鸡 / 798

历历 / 800

洛阳 / 800

骊山 / 800

提封 / 801

鹦鹉 / 801

孤雁 / 802

鸥 / 802

猿 / 803

麂 / 803

鸡 / 804

黄鱼 / 804

白小 / 805

自瀼西荆扉且移居东屯茅屋四首 / 805

社日两篇 / 807

八月十五夜月二首 / 808

十六夜玩月 / 809

十七夜对月 / 809

晓望 / 809

日暮 / 810

暝 / 810

晚 / 811

夜 / 811

九月一日过孟十二仓曹、十四主簿兄弟 / 811

孟仓曹步趾领新酒酱二物满器，见遗老夫 / 812

送孟十二仓曹赴东京选 / 812

凭孟仓曹将书觅土娄旧庄 / 813

九日五首 / 813

登高 / 814

九日诸人集于林 / 815

晚晴吴郎见过北舍 / 815

简吴郎司法 / 815

又呈吴郎 / 816

19

覃山人隐居 / 816
柏学士茅屋 / 817
题柏大兄弟山居屋壁二首 / 818
寄柏学士林居 / 818
寄从孙崇简 / 819
戏寄崔评事表侄、苏五表弟、韦大少府诸侄 / 820
季秋苏五弟缨江楼夜宴崔十三评事、韦少府侄三首 / 820
季秋江村 / 821
小园 / 821
寒雨朝行视园树 / 821
伤秋 / 822
即事 / 823
有叹 / 823
耳聋 / 824
独坐二首 / 824
云 / 825
月 / 825
雨四首 / 826
东屯月夜 / 826
东屯北崦 / 827
从驿次草堂复至东屯茅屋二首 / 827
暂往白帝，复还东屯 / 828
茅堂检校收稻二首 / 828
刈稻了咏怀 / 829
大历二年九月三十日 / 829

十月一日 / 829
孟冬 / 830
朝二首 / 830
夜二首 / 831
雷 / 831
闷 / 831
戏作俳谐体遣闷二首 / 832
大觉高僧兰若 / 833
谒真谛寺禅师 / 834
上卿翁请修武侯庙遗像缺落，时崔卿权夔州 / 835
奉送卿二翁统节度镇军还江陵 / 835
久雨期王将军不至 / 835

杜工部诗集卷之十八

虎牙行 / 837
锦树行 / 838
自平 / 839
寄裴施州 / 840
郑典设自施州归 / 841
写怀二首 / 842
可叹 / 844
观公孙大娘弟子舞剑器行 / 845
荆南兵马使太常卿赵公大食刀歌 / 847
王兵马使二角鹰 / 850
冬至 / 851

小至 / 851

柳司马至 / 852

别李义 / 853

送高司直寻封阆州 / 855

奉送蜀州柏二别驾将中丞命,赴江陵起居卫尚书太夫人,因示从弟行军司马位 / 856

奉贺阳城郡王太夫人恩命加邓国太夫人 / 857

送田四弟将军将夔州柏中丞命起居江陵节度阳城郡王卫公幕 / 858

寄杜位 / 858

玉腕骝 / 859

见王监兵马使说近山有白黑二鹰,罗者久取竟未能得。王以为毛骨有异他鹰,恐腊后春生,鸷飞避暖,劲翮思秋之甚,眇不可见,请余赋诗二首 / 859

送鲜于万州迁巴州 / 861

奉送十七舅下邵桂 / 861

舍弟观自蓝田迎妻子到江陵,因寄三首 / 862

夜归 / 863

前苦寒行二首 / 864

后苦寒二首 / 864

晚晴 / 865

复阴 / 866

元日示宗武 / 866

又示宗武 / 867

远怀舍弟颖、观等 / 867

续得观书,迎就当阳居止,正月中旬定出三峡 / 868

太岁日 / 868

人日二首 / 869

江梅 / 870

庭草 / 870

喜闻盗贼蕃寇总退口号五首 / 871

送大理封主簿五郎亲事不合,却赴通州。主簿前阆州贤子,余与主簿平章郑氏女子,垂欲纳采,郑氏伯父京书至,女子已许他族,亲事遂停 / 873

将别巫峡,赠南卿兄瀼西果园四十亩 / 874

大历三年春,白帝城放船出瞿唐峡。久居夔府,将适江陵,漂泊有诗,凡四十韵 / 874

巫山县汾州唐使君十八弟宴别,兼诸公携酒乐相送,率题小诗,留于屋壁 / 878

敬寄族弟唐十八使君 / 878

春夜峡州田侍御长史津亭留宴得筵字 / 879

泊松滋江亭 / 879

行次古城店泛江作，不揆鄙拙，
　　奉呈江陵幕府诸公 / 880
乘雨入行军六弟宅 / 880
上巳日徐司录林园宴集 / 881
宴胡侍御书堂 / 881
书堂饮既，夜复邀李尚书下马，
　　月下赋绝句 / 881
奉送苏州李二十五长史丈之任
　　/ 882
暮春江陵送马大卿公恩命追赴
　　阙下 / 883
和江陵宋大少府暮春雨后同诸
　　公及舍弟宴书斋 / 883
暮春陪李尚书、李中丞过郑监湖
　　亭泛舟得过字 / 884
宇文晁尚书之甥、崔彧司业之孙、
　　尚书之子重泛郑监前湖 / 884
归雁 / 884
短歌行赠王郎司直 / 885
忆昔行 / 886

杜工部诗集卷之十九
惜别行送向卿进奉端午御衣之
　　上都 / 888
夏日杨长宁宅送崔侍御、常正字
　　入京得深字 / 889
夏夜李尚书筵送宇文石首赴县
　　联句 / 889

多病执热奉怀李尚书 / 890
水宿遣兴奉呈群公 / 891
遣闷 / 892
江边星月二首 / 892
舟月对驿近寺 / 893
舟中 / 894
江陵节度阳城郡王新楼成，王请
　　严侍御判官赋七字句，同作
　　/ 894
又作此奉卫王 / 895
秋日荆南述怀三十韵 / 895
秋日荆南送石首薛明府辞满告
　　别，奉寄薛尚书颂德叙怀斐然
　　之作三十韵 / 899
独坐 / 902
暮归 / 902
哭李尚书 / 902
重题 / 903
哭李常侍峄二首 / 904
舟中出江陵南浦，奉寄郑少尹审
　　/ 905
移居公安山馆 / 906
醉歌行赠公安颜少府，请顾八题
　　壁 / 906
送顾八分文学适洪吉州 / 907
官亭夕坐戏简颜十少府 / 909
移居公安敬赠卫大郎 / 909
赠虞十五司马 / 909

公安送韦二少府匡赞 / 910
公安县怀古 / 911
宴王使君宅题二首 / 911
送覃二判官 / 912
公安送李二十九弟晋肃入蜀，余下沔鄂 / 912
留别公安太易沙门 / 913
晓发公安 / 914
发刘郎浦 / 914
别董颋 / 914
夜闻觱篥 / 915
岁晏行 / 916
泊岳阳城下 / 917
缆船苦风，戏题四韵，奉简郑十三判官 / 917
登岳阳楼 / 918
陪裴使君登岳阳楼 / 918
过南岳入洞庭湖 / 919
宿青草湖 / 920
宿白沙驿 / 920
湘夫人祠 / 921
祠南夕望 / 921
上水遣怀 / 921
遣遇 / 923
解忧 / 923
宿凿石浦 / 924
早行 / 924
过津口 / 925

次空灵岸 / 925
宿花石戍 / 926
早发 / 927
次晚洲 / 927
发白马潭 / 928
野望 / 928
入乔口 / 929
铜官渚守风 / 929
北风 / 930
双枫浦 / 931
清明二首 / 931
望岳 / 933
岳麓山道林二寺行 / 934
奉送韦中丞之晋赴湖南 / 937
咏怀二首 / 937
发潭州 / 939
酬郭十五判官 / 940
衡州送李大夫七丈赴广州 / 941
回棹 / 941

杜工部诗集卷之二十

湘江宴饯裴二端公赴道州 / 943
寄李十四员外布十二韵 / 944
哭韦大夫之晋 / 945
江阁卧病，走笔寄呈崔卢两侍御 / 947
潭州送韦员外牧韶州 / 947
酬韦韶州见寄 / 948

楼上 / 948
千秋节有感二首 / 949
奉赠卢五丈参谋琚 / 950
重送刘十弟判官 / 952
登舟将适汉阳 / 952
湖中送敬十使君适广陵 / 953
长沙送李十一 / 953
晚秋长沙蔡五侍御饮筵送殷六参军归澧州觐省 / 954
送卢十四弟侍御护韦尚书灵榇归上都二十四韵 / 955
暮秋将归秦,留别湖南幕府亲友 / 956
苏大侍御涣,静者也,旅于江侧,凡是不交州府之客,人事都绝久矣。肩舆江浦,忽访老夫舟楫,而已茶酒内,余请诵近诗,肯吟数首,才力素壮,辞句动人。接对明日,忆其涌思雷出,书箧几杖之外,殷殷留金石声,赋八韵记异,亦见老夫倾倒于苏至矣 / 957
暮秋枉裴道州手札,率尔遣兴,寄递呈苏涣侍御 / 958
奉赠李八丈曛判官 / 960
别张十三建封 / 961
奉送魏六丈佑少府之交广 / 962
北风 / 964

幽人 / 964
风疾舟中,伏枕书怀三十六韵,奉呈湖南亲友 / 965
奉赠萧十二使君 / 969
舟中夜雪有怀卢十四侍御弟 / 970
对雪 / 971
冬晚送长孙渐舍人归州 / 971
暮冬送苏四郎徯兵曹适桂州 / 972
客从 / 972
蚕谷行 / 973
白凫行 / 973
朱凤行 / 974
追酬故高蜀州人日见寄 / 974
送重表侄王砅评事使南海 / 976
清明 / 979
风雨看舟前落花,戏为新句 / 980
奉送二十三舅录事之摄郴州 / 980
送魏二十四司直充岭南掌选崔郎中判官,兼寄韦韶州 / 981
送赵十七明府之县 / 982
同豆卢峰贻主客李员外贤子棐知字韵 / 983
归雁二首 / 984
江南逢李龟年 / 984

小寒食舟中作 / 985
燕子来舟中作 / 985
赠韦七赞善 / 986
酬寇十侍御锡见寄四韵复寄寇 / 986
入衡州 / 987
白马 / 990
舟中苦热遣怀，奉呈阳中丞，通简台省诸公 / 991
江阁对雨，有怀行营裴二端公 / 992
题衡山县文宣王庙新学堂呈陆宰 / 993
聂耒阳以仆阻水，书致酒肉，疗饥荒江，诗得代怀，兴尽本韵，至县呈聂令。陆路去方田驿四十里，舟行一日，时属江涨，泊于方田 / 994

杜工部集外诗

狂歌行赠四兄 / 997
呀鹘行 / 998
惜别行送刘仆射判官 / 998
送司马入京 / 999
瞿唐怀古 / 999
逃难 / 1000
送灵州李判官 / 1000
寄高適 / 1001
与严二郎奉礼别 / 1001
巴西驿亭观江涨，呈窦使君二首 / 1002
又呈窦使君 / 1002
花底 / 1002
柳边 / 1003
题郪县郭三十二明府茅屋壁 / 1003
奉送崔都水翁下峡 / 1004
送窦九归成都 / 1004
东津送韦讽摄阆州录事 / 1004
随章留后新亭会送诸君 / 1005
客旧馆 / 1005
遣闷戏呈路十九曹长 / 1006
阆州奉送二十四舅使自京赴任青城 / 1006
赠裴南部 / 1006
遣忧 / 1007
巴山 / 1008
早花 / 1008
收京 / 1009
巴西闻收京阙，送班司马入京 / 1009
愁坐 / 1009
陪郑公秋晚北池临眺 / 1010
哭台州郑司户苏少监 / 1010
去蜀 / 1012
放船 / 1012

送王侍御往东川放生池祖席 / 1013

惠义寺送王少尹赴成都 / 1013

避地 / 1013

惠义寺送辛员外 / 1014

又送 / 1014

长吟 / 1014

绝句九首 / 1015

送惠二归故居 / 1016

过洞庭湖 / 1016

汉州王大录事宅作 / 1017

哭长孙侍御 / 1018

虢国夫人 / 1018

军中醉歌寄沈八刘叟 / 1019

杜鹃行 / 1019

杜工部文集卷之一

进三大礼赋表 / 1021

朝献太清宫赋 / 1022

朝享太庙赋 / 1030

有事于南郊赋 / 1036

进封西岳赋表 / 1046

封西岳赋 / 1048

进雕赋表 / 1054

雕赋 / 1055

天狗赋 / 1057

画马赞 / 1059

杜工部文集卷之二

为阆州王使君进论巴蜀安危表 / 1060

为夔府柏都督谢上表 / 1062

为遗补荐岑参状 / 1063

奉谢口敕放三司推问状 / 1064

为华州郭使君进灭残寇形势图状 / 1065

乾元元年华州试进士策问五首 / 1068

唐兴县客馆记 / 1072

杂述 / 1074

秋述 / 1075

说旱 / 1076

东西两川说 / 1077

前殿中侍御史柳公紫微仙阁画太乙天尊图文 / 1079

祭远祖当阳君文 / 1082

祭外祖祖母文 / 1084

祭故相国清河房公文 / 1086

唐故德仪赠淑妃皇甫氏神道碑 / 1087

唐故万年县君京兆杜氏墓志 / 1093

唐故范阳太君卢氏墓志 / 1097

后序 / 沈寿民 / 1101

旧序

杜工部小集序 / 樊晃 / 1102

杜工部集序 / 王洙 / 1102

后记 / 王琪 / 1104

成都新刻草堂先生诗碑序 / 胡宗愈 / 1105

杜工部诗后集序 / 王安石 / 1106

校定杜工部集序 / 李纲 / 1107

杜工部集后记 / 吴若 / 1108

校定集注杜诗序 / 郭知达 / 1109

杜工部草堂诗笺跋 / 蔡梦弼 / 1110

唐故检校工部员外郎杜君墓系铭 / 元稹 / 1111

旧唐书·文苑·杜甫传 / 刘昫 / 1113

杜工部年谱 / 朱鹤龄 / 1116

吴江朱氏杜诗辑注序

余笺解杜诗,兴起于卢德水,商榷于程孟阳,已而学子何士龙、冯已苍,族子夕公递代雠勘,粗有成编,犹多阙佚。老归空门,不复省视。吴江朱子长孺馆余荒村,出所撰《辑注》相质,余喜其发凡起例,小异大同,敝篦蠹纸,悉索举示。长孺櫽括诠次,都为一集。书成,谓予宜为序。

自昔笺注之陋,莫甚于杜诗。伪注假事,如鬼冯人;剽义窜辞,如虫食木。而又连缀岁月,割剥字句,支离覆逆,交跖旁午,如郑卬、黄鹤之流,向有《略例》破斥,亦趣举一二而已。今人视宋,学益落,智益粗,影明隙见,熏染于严仪、刘会孟之邪论,其病屡传而滋甚。人各仞其所解以为杜诗,而杜诗之真面目盘回于洄渊漩澓,不能自出。间尝与长孺论之,"勃律天西采玉河,坚昆碧碗最来多",记事之什也。以《西域记》征之,象、人、马、宝之主,分一阎浮提为四界,西方宝主之疆域,是两言如分尉堠也。"身许双峰寺,门求七祖禅",归心之颂也。以《传灯》书核之,能、秀、会、寂之门,争一屈眴衣如敌国,二宗衣钵之源流,是两言如按谱系也。昔人谓不行万里途,不读万卷书,不能读杜诗,吾谓少陵胸次殆不止如此。今欲以椰子之方寸,针孔之两眸,雕镂穿穴,横钩竖贯,曰杜诗之解在是,不为坎井之蛙所窃笑乎？

　　长孺闻之，放笔而叹，蓬蓬然深有所契也。其刊定是编也，斋心祓身，端思勉择，订一字如数契齿，援一义如征丹书。宁质毋夸，宁拘无佪，宁食鸡跖，无唻龙脯，宁守兔园之册，无学邯郸之步，斤斤焉取裁于《骚》之逸、《选》之善，罔敢越轶。近代攻杜者，觅解未憖（憖），又从而教责之，章比字栉，俨然师资。长孺蹙额曰："'不知群儿愚，那用故谤伤？'鹤龄虽固陋，忍使百世而下，谓有师心放胆、犯蚍蜉撼树之诮如斯人者乎？"然则长孺之用心，亦良苦矣。

　　昔者范致能与陆务观注苏诗，务观以为难，枚举数条以告，致能曰："如此则诚难矣。"厥后，吴兴施宿武子注成，务观遂举斯言以为序。余读渭南之言，窃闻注诗之难，谆复以告学者。老而失学，不敢忘也。长孺深知注诗之难者也，因其告成，举此以序之，并以谂于后之君子。虞山蒙叟钱谦益谨书于碧梧红豆之村居。

　　　杜注付梓甚佳，但自愧糠秕在前耳。此中刻未必成，即成，不妨两行也。益草后。

　　　愚素好读杜，得蔡梦弼草堂本点校之，会萃群书，参伍众说，名为《辑注》。乙未，馆先生家塾，出以就正，先生见而许可，遂捡所笺吴若本及《九家注》，命之合抄，益广搜罗，详加考核，朝夕质疑，寸笺指授，丹铅点定，手泽如新。卒业请序，箧藏而已。壬寅，复馆先生家，更录呈求益，先生谓所见颇有不同，不若两行其书。时虞山方刻《杜笺》，愚亦欲以《辑注》问世。书既分行,仍用草堂原本,节采《笺》语,间存异说。谋之同志,咸谓无伤。是冬馆归,将刻样呈览先生。手复云云,见者咸叹先生之曲成后学,始终无异如此。今先生往矣,函丈从容,遂成千古,能无西州之痛?松陵朱鹤龄书。

朱氏杜诗辑注序

杜诗《千家注》最为纰谬。宋本之善者有二焉：分体则吴若本，今虞山先生所笺者是也；编年则蔡梦弼本，吾邑朱氏长孺所辑注者是也。长孺与先生以杜诗契合，世莫不闻。始而汇钞，既而分出，皆先生所命。乃好事者以说有异同，遂疑为牴牾。

夫古人撰述，不求立异，亦不肯苟同。刘向立《穀梁春秋》，子歆乃好《左氏》，是父子不必同也。苏子瞻作《论语说》，子由辨正之，谓之《拾遗》，是兄弟不必同也。吕大临为程正叔门人，其解《论语》不尽用师说，以至欧、苏之解《昊天有成命》，朱、蔡之解《金縢》，皆各持一论，是师弟子不必同也。吕东莱《读诗记》，辨思无邪、正雅、郑卫、南陔六诗，大与考亭相击排。及吕《记》板行，考亭为作序，古人岂以异说为嫌哉！先生笺杜，搜奇抉奥，海内承风。然《洗兵马》谓深刺肃宗，而或以为辅国离间，乃上元间事，不当逆探其邪。《哀江头》谓专感贵妃，而或以为"清渭剑阁"乃系思旧君，不与《长恨》同旨。"羽翼怀商老"，本为广平而兴思；"之推避赏从"，非因疏斥而含怼。至如严郑公、柏中丞诸事实，又各有考证，何妨两存其说？是非之论，听之天下后世，乃益见先生之大。如必以所见异同之故，遽坐为罪，则是传《春秋》

者,左氏之外,不必复有公羊、榖梁;公羊、榖梁之外,不必复有邹、夹、唊、赵;邹、夹、唊、赵之外,不必复有陈氏、胡氏。说《诗》者止宗卜氏《序》,不当复有齐、鲁、韩、毛四家与郑氏之《笺》、欧阳之《本义》、苏氏之《传》、吕氏之《记》、严氏之《辑》、朱子之《集传》也,而可乎?

若曰前辈之书,不应节取,则考亭、仲默所引某子曰、某氏曰者,皆当坐以姗侮前贤之罪。况先生业有专刻,何取于此书之登载无遗乎?今先生之笺盛行天下,笺本之所未及者,又于《辑注》备之。盖长孺在先生馆斋三年,考索叩鸣如响者皆具焉,则两集并行,正犹汇江之汉、丽月之星,非相悖而适相成也。使过疑有所牴牾而抑之不出,岂先生之心哉!

今长孺穷老著书,如《尚书埤传》《毛诗通义》《禹贡长笺》,皆堪并悬日月,非反藉此注为不朽也,奚必谡谡求雷同于一时哉!

是为序。康熙九年冬杪同里学人计东序。

辑注杜工部集序

松陵　朱鹤龄　撰

客有谯于余曰:"子何易言注杜也？书破万卷,途行万里,乃许读杜。子足不逾丘里,目不出兔园,日取诗史而排纂之,穿穴之,冀以自鸣于世,吾恐觚棱刓而揶揄者随其后也！"

余曰:"是固然已。抑子之所言者学也,子美之诗非徒学也。夫诗以传声,节族成焉;声以命气,底滞通焉;气以发志,思理函焉,体变极焉。故曰'诗言志'。志者,性情之统会也。性情正矣,然后因质以纬思,役才以适分,随感以赴节。虽有时悲愁愤激、怨诽刺讥,仍不戾温厚和平之旨。不然,则靡丽而失之淫,流漓而失之宕,雕镂而失之琐,繁音促节而失之噍杀。缀辞逾工,离本逾远矣。子美之诗,惟得性情之至正而出之,故其发于君父、友朋、家人、妇子之际者,莫不有敦笃伦理、缠绵菀结之意。极之,履荆棘,漂江湖,困顿颠踬,而拳拳忠爱不少衰。自古诗人,变不失贞,穷不陨节,未有如子美者,非徒学为之,其性情为之也。子美没已千年,而其精诚之照古今、殷金石者,时与天地之噫气、山水之清音,嶒崚响答于溟涬颎洞、太虚寥廓之间。学者诚能澄心祓虑,正己之性情,以求遇子美之性情,则崆峒仙仗之思,茂陵玉碗之感，与夫杖藜丹壑、倚棹荒江之态，犹可俨然晤其生面而揖之同堂，不必以一二隐语僻事、耳目所不接者为疑也。且子亦知诗有可解、有不可解乎？指事陈情，意含风谕，此可解者也；托物假象，兴会适然，此不可解者也。不可解而强解之，日星动成比拟，草木亦涉瑕疵，譬如图罔象而刻空虚也；可解而不善解之，前后贸时，浅深乖分，欣忭之语，反作诮讥，忠剀之词，几邻怼怨，譬诸玉题珉而乌转舄也。二者之失，注家多有。兼之伪撰假托，疑误后人，瞽说支离，袭沿日久，万丈光焰化作百重云雾矣。今为剪其繁芜，正其谬乱，疏其晦塞，咨诹博闻，网罗秘卷，斯亦古人实事求是之指，学者所当津逮其中也。余虽固陋，何敢多让焉？"

　　客曰："子言诚辨，然当代巨公有先之者矣，子之书无乃以爝火附太阳？"

　　余曰："才有区分，见有畛域，以求其是则一也。今夫视日者，登中天之台，则千里廓然；窥之于户牖，所见不过寻丈。光之大小诚有间，然不可谓户牖之光非日也。贤者识其大，不贤识其小，总以求遇子美之性情于句钩字索之外。即说偶异同，亦博考群言，折衷愚臆，岂有所抵牾龃龉于其间哉？"

　　客退，遂撰次其语，以书之卷端。

辑注杜工部集凡例

杜诗编次，诸本互异，惟《草堂会笺》觉有伦理。盖古律体制，间有难分，时事后先，无容倒置，不若从此本为稍优也。特某诗必系某年，则拘固可笑。今略仿其意，前后以时事为排比。其无考者，或从人，或从类，皆参以他善本诠次之。而于各卷之首，标为"公某时某地作"，庶几师编年之法，而无其陋云。

宋人注杜诗多不传，惟赵次公、黄鹤、蔡梦弼三家得阅其全注，中有当者悉录之。吕东莱、洪兴祖、杜田、师尹、薛梦符、薛苍舒辈所见无多，仅存大略。

集中讹字最多，朱子欲如韩文作《考异》而未果。今遍搜宋刻诸本及《文粹》《英华》对勘，夹注本文之下，以备参考。至如年谱之疏妄、注家之伪乱，详辨诗注中，兹不复赘。

《千家》本公自注语，向疑后人附益。考之，多王原叔、王彦辅诸家注耳，未可尽信。今取类于公注者，以"原注"二字系之，旧本所无俱削去，其旧云自注而《千家》本不载者，特标数则。

钱受之太史《杜诗笺》行世已久，近复以新《笺》见授，具从采录。其全本则虞山行有专刻，恐涉雷同，不敢多载。

汉魏以下经籍如《纬书》《新论》《汉官仪》之类，失传者多，然既经十三经注疏、两《汉书》注、《文选》注及唐宋人诸类书所载，即非无稽，旧注亦多引之，今不敢概削。

凡征引故实，仿李善注《文选》体，必核所出之书，书则以最先为据，与旧注颇别。其一事而互有异同，或彼略此详者，并为采缉，以广见闻。

凡引用诸说，必求本自何人，后出相沿者不录。其似是而非、世所尊信者，辨证特详。或解虽未的而自成一说，亦附入焉。

旧注引六朝人诗，如何逊"金粟裹搔头，城阴度堑黑"等句，今《集》中未见，疑宋时尚有全本，不敢尽以伪撰废之。若文义不类，概从芟汰。

诗中奥僻之句，不敢强解，惧穿凿也。习见之事，不复详引，戒冗长也。若前注已见，后不重出，不致学者厌观。

注所称引，必举子美以前之书。惟地理、人名、事迹之类，间援后代以证之。

训释之家，必须事义兼晰。今于考注句字之外，或贯穿其大意，或阐发其微文。古、律长篇汗漫难读者，则分章会解之。若诗语易晓，概不赘词。

王原叔裒缉杜诗，定取千四百五篇，黄长睿校本遂有千四百四十七篇。《草堂诗笺》取后来增添者，另列逸诗一卷，甚有见。今以《草堂》为主，参合诸家所收，名为"集外诗"，庶杜集古本犹可考见云。

古今诗话甚冗，不能悉收，必于诗理、诗法有所发明者，方采入一二。

子美文集，惟吕东莱略注《三礼赋》。余因为广之，钩贯唐史，考正文义，允称杜集备观。

编注杜集姓氏

王氏原叔　　洙，编定《杜工部集》二十卷。
蔡氏伯世　　兴宗，撰年谱，编杜诗二十卷，载《文献通考》。
赵氏彦材　　次公，《注杜诗》五十九卷，古律相参，载《通考》。
黄氏长睿　　伯思，《校定编年杜诗》二十二卷。
吴氏季海　　若，校定杜集二十卷，分古近二体。
黄氏鲁直　　庭坚。
王氏龟龄　　十朋，《集注编年诗史》三十二卷。
王氏凤台　　彦辅，《和注杜诗》四十九卷。
陈氏诚斋　　浩然，《编注分类杜诗》二十四卷。
鲁氏冷斋　　訔，撰年谱，《注杜诗》一十八卷，古律相参。
蔡氏傅卿　　梦弼，著《草堂诗会笺》五十卷，编次依鲁本。
洪氏庆善　　兴祖，著《杜诗辨证》二卷，载《宋史》。
吕氏伯恭　　祖谦。
王氏仲至　　钦臣，著《杜诗刊误》一卷，载《通考》。
杜氏仲高　　旃，著《杜诗发挥》一卷，载《通考》。
黄氏梦得　　希。
黄氏叔似　　鹤，希之子，撰年谱，《补千家注杜诗》三十六卷，编次略同吴本。
师氏民瞻　　尹。
薛氏苍舒　　著《杜诗补遗》五卷，《续补遗》八卷，载《宋史》。

薛氏梦符　著《杜诗广注》二卷。

杜氏时可　田,著《杜诗补遗正谬》十二卷,载《宋史》。

杜氏修可　著《杜诗续注》二卷。

郭氏　知达,《校定蜀本集注杜诗》三十六卷,编次略同吴本,载《通考》。

刘氏会孟　辰翁,《评点千家注杜诗》二十卷,编次略同蔡本,今行世。

杜工部诗集卷之一

开元天宝间，公居东都，游齐赵及归京师作。

游龙门奉先寺

龙门：即伊阙。《元和郡县志》："伊阙山在河南府伊阙县北四十五里。"《两京新记》："炀帝登北邙，观伊阙，曰：'此龙门耶？自古何不建都于此？'"《一统志》："阙塞山在河南府城西南三十里。"《左传》"赵鞅使女宽守阙塞"即此，一名伊阙，俗名龙门山，又名阙口。

已从招提游，更宿招提境〔一〕。阴壑生虚—作灵籁，月林散清影。天阙《正异》作阛象纬逼〔二〕，云卧衣裳冷〔三〕。欲觉古效切闻晨钟，令人发深省。

〔一〕《僧史》："魏太武始光元年，创造伽蓝，立招提之名。"《僧辉记》："招提者，梵言拓斗提奢，唐言四方僧物，但传笔者讹'拓'为'招'，去'斗奢'，留'提'字，即今十方住持寺院耳。"《唐会要》："官赐额为寺，私造者为招提兰若。"

〔二〕《庚溪诗话》："按韦述《东都记》：'龙门号双阙，以与大内对峙，若天阙然。'此诗'天阙'指龙门也。王荆公谓对属不切，改为'天阅'。蔡兴宗《正异》谓世传古本作'天阛'，引《庄子》'以管阛天'为证。皆臆说。"杨慎曰："古字窥作阛。'天阛'、'云卧'，乃倒字法耳。阛天则星辰垂地，卧云则空翠湿衣，见山寺高寒，殊于人境也。"按：用修之说，盖主兴宗。然《丹阳记》载王茂弘指牛头山两峰为天阙,见《文选》注;禹疏伊水北流,两山相对,望之若阙,又见《水经注》,皆确据也。况此本古体诗,何必拘拘偶对耶?

〔三〕鲍照诗:"云卧恣天行。"

望　岳

《元和郡县志》:泰山一曰岱宗,在兖州乾封县西北三十里。

岱宗夫如何,齐鲁青未了〔一〕。造化钟神秀,阴阳割昏晓〔二〕。荡胸生曾《集韵》:層通作曾云〔三〕,决眦音恣入归鸟〔三〕。会当凌绝顶,一览众山小。

〔一〕《史·货殖传》:"泰山之阳则鲁,其阴则齐。"

〔二〕孙绰《天台山赋序》:"天台山者,盖山岳之神秀。"旧注:"割者,分也。"按:"割昏晓"言阴阳之气为昏晓之所分也。《公羊传》:"泰山之云,不崇朝而雨天下。"《封禅记》:"泰山东南隅有日观,鸡鸣时见日出,长三丈。"即"割昏晓"之义。

〔三〕马融《广成赞》:"洞荡胸臆,发明耳目。"司马相如《子虚赋》:"弓不虚发,中必决眦。"《广韵》:"决,破也。""眦,目睫也。"观层云之出其上则胸摇,送归鸟之入其中则眦裂,极言所望之高且远也。

登兖州城楼

《唐书》:"兖州鲁郡,属河南道。"蔡梦弼曰:"公父闲尝为兖州司马,公时省侍之,故诗云'趋庭'。是时张玠亦客兖州,有分好,玠子乃建封也。"按:旧《谱》不载省亲事,当在下第后游齐赵之时。

东郡趋庭日〔一〕,南楼纵目初。浮云连海岱一作嶽,平野入青徐〔二〕。孤嶂秦碑在〔三〕,荒城鲁殿馀〔四〕。从来多古意,临眺独踌躇。

〔一〕按:"东郡",东方之郡,犹齐州谓之"东藩"也。旧注引《汉书》东郡,非。汉东郡乃今东昌府。

〔二〕《唐书》:"青州北海郡,徐州彭城郡,俱属河南道。"

〔三〕《秦本纪》:"始皇二十八年,东行郡县,上邹峄山,刻石颂秦德。"《水经注》:"秦始皇观礼于鲁,登峄山之上,命丞相李斯以大篆勒铭山岭,名曰书门。"

〔四〕《括地志》:"兖州曲阜县外城,即鲁公伯禽所筑。"《春秋》正义:"鲁城凡十有二门。"王延寿《鲁灵光殿赋》:"殿本景帝子鲁共王所立,遭汉中微,未央、建章悉隳,而灵光岿然独存。"《水经注》:"孔庙东南五百步有双石阙,即灵光之南阙。北百馀步,即灵光殿基。东西二十四丈,南北十二丈,高丈馀。"《后汉书》注:"殿在兖州曲阜县城中。"

题张氏隐居二首

春山无伴独相求,伐木丁丁山更幽。涧道馀寒历冰雪,石门斜日到林丘。不贪夜识金银气〔一〕,远害朝看麋鹿游。乘兴杳然迷出郭知达本作去处昌㸃切,对君疑是泛虚舟〔二〕。

〔一〕《史·天官书》:"败军场,亡国之墟,下有积钱,金宝之上,皆有气,不可不察。"按:《南史》载梁隐士孔祐至行通神,尝见四明山谷中有钱数百斛,视之如瓦石。樵人竞取,入手即成沙砾。"不贪夜识金银气"殆是类耶?东坡谓深山大泽有天地之宝,惟无意于宝者能识之,即此句义。

〔二〕《庄子》:"方舟而济于河,有虚船来触舟,虽褊心之人不怒。"

之子时相见,邀人晚兴留。霁—作济潭鱣发发,春草鹿呦呦。杜酒偏劳劝〔一〕,张梨不外求〔二〕。前村山路险,归醉每无愁。

〔一〕《急就篇》注:"古者仪狄作酒醪,杜康又作秫酒。"

〔二〕潘岳《闲居赋》:"张公大谷之梨。"良曰:"洛阳张公居大谷,有夏梨,海内惟此一树。"

刘九法曹郑瑕丘石门宴集

《唐书》:"府州各有法曹参军事。"《海录碎事》:"魏置理曹掾,法曹也。"《唐书》:"兖州治瑕丘县。"《一统志》:"今兖州府嶫阳县。"石门在兖东,《李白集》有《鲁郡东石门送杜甫》诗。

秋水清无底,萧然净客心。掾曹乘逸兴〔一〕,鞍马到荒林一作去相寻。能吏逢联璧〔二〕,华筵直一金〔三〕。晚来横吹好〔四〕,泓下亦龙吟〔五〕。

〔一〕按:汉制,州县各置诸曹掾,在唐则为六曹参军。

〔二〕《南史》:"韦孝宽从荆州刺史源子恭镇襄城,时独孤信为新野郡守,与孝宽情好甚密,政术俱美,荆部吏人号为联璧。"

〔三〕《史·平准书》:"一金,黄金一斤。"《汉·食货志》:"黄金一斤直钱万。"臣瓒曰:"秦以一镒为一金,汉以一斤为一金。"

〔四〕《晋书》:"横吹有双角,即胡乐也。张骞入西域,得《摩诃兜勒》一曲,李延年更造新声二十八解。"

〔五〕《说文》:"泓,水深处。"马融《长笛赋》:"龙吟水中不见已,伐竹吹之声相似。"《晋书》:"鼓角横吹曲,蚩尤氏率魍魅与黄帝战于涿鹿,帝乃命鼓角为龙吟以御之。"

与任城许主簿游南池

《唐书》:"任城,汉县,隋属兖州。"《一统志》:"南池在济宁州境,今淤塞。"

秋水通沟洫,城隅进一作集小船。晚凉看洗马,森木乱鸣蝉。菱熟经时雨,蒲荒八月天。晨朝降白露,遥忆旧青毡〔一〕。

〔一〕《世说》:"王献之夜卧斋中,有盗入室,献之语曰:'青毡我家旧物,可特置之。'"

对雨书怀走邀许主簿 吴若本作许十一簿公

东岳云峰起,溶溶满太虚〔一〕。震雷翻幕燕〔二〕,骤雨落河—作溪鱼〔三〕。座对贤人酒〔四〕,门听长者车〔五〕。相邀愧泥泞,骑马到阶除。

〔一〕《楚词》:"云溶溶兮雨冥冥。"
〔二〕《左传》:"季札曰:夫子之在此也,犹燕之巢于幕上。"
〔三〕雨着水面,鱼必上浮而淰,故曰"落河鱼"。《杜诗博议》:"《汝南先贤传》云:'葛玄书符着社中,大雨淹注。复书符投雨中,须臾落大鱼数百头。''骤雨落河鱼'岂暗使此事耶?"
〔四〕《魏略》:"太祖时禁酒,而人窃饮之,故难言酒,以白酒为贤人,清酒为圣人。"
〔五〕《陈平传》:"平家负郭穷巷,以席为门,然门外多长者车辙。"

巳上人茅斋

吴曾《漫录》:"唐诗多以僧为上人。按《摩诃般若经》云:'何名上人?佛言若菩萨一心行阿耨菩提,心不散乱,是名上人。'《十诵律》云:'人有四种,一粗人,二浊人,三中间人,四上人。'""巳上人"无考。伪欧阳公注作僧齐己,大谬。

巳公茅屋下,可以赋新诗。枕簟入林僻〔一〕,茶瓜留客迟。江莲摇白羽〔二〕,天棘蔓旧作梦,赵次公云:欧阳公家善本作蔓青丝〔三〕。空忝许询辈,难酬支遁词〔四〕。

〔一〕《说文》:"簟,竹席也。"自关以西谓之簟,或谓之籧篨。
〔二〕白羽:谓白羽扇。摇白羽:状莲之迎风而舞也。《华严会玄记》:

"青松为麈尾,白莲为羽扇。"

〔三〕杜田《正谬》:"梦当作蔓。《抱朴子》及《博物志》皆云:天门冬一名颠棘,以其刺故也。然不载天棘之名,疑是方言。"《本草图经》:"天门冬生奉高山谷,今处处有之。春生藤蔓,大如钗股,高至丈馀,亦有涩而无刺者,其叶如丝而细散。"以此考之,"天棘"为天门冬明矣。 董斯张曰:"'天棘'群说纷纷,洪驹父尝问山谷,山谷不解。高秀实云'天棘,天门冬也,出《本草》',诸家都信其说。然《本草》实是'颠棘'。蔡梦弼云'天与颠,声相近',考《尔雅》'蘠蘼,虋冬,即门冬'注,乃颠勒,非颠棘也。又《尔雅》'髦,颠棘'注:细叶,有刺,蔓生。《广雅》云'女木也',女木未详。《鹤林玉露》引梵书'青棘香,又喻莲香,如青棘',殊牵强。" 钱谦益《杜笺》:"许彦周云:'徐铉家本作"天棘蔓青丝",蔓生如丝,尤见是天门冬也。'" 冷斋以"天棘"为柳,既非,又引王元之诗"水芝卧玉腕,天棘舞金丝"。今元之集无此二句,殆是伪撰耳。 按:虋冬、颠棘,《尔雅》作二种。乃《抱朴子》、《博物志》、唐苏恭《本草》俱云天门冬即颠棘,则旧注不为无据矣。李时珍云"天门冬,或曰天棘",即《尔雅》之"髦颠棘",因其叶如髦,有细棘也。蘠蘼乃营实苗,而《尔雅》指为虋冬,盖古书错简也。

〔四〕《世说》:"支遁、许询,共在会稽王斋,支为法师,许为都讲。"《高僧传》:"支遁讲《维摩经》,遁通一义,询无以厝难。询设一难,遁亦不能复通。"

房兵曹胡马

《唐书》:"诸卫府州,各有兵曹参军事。"

胡马大宛於爱切名〔一〕,锋棱瘦骨成。竹批双耳峻,风入四蹄轻〔二〕。所向无空阔,真堪托死生。骁腾有如此〔三〕,万里可横行。

〔一〕《史记》:"初,天子发书曰:'神马当从西北来。'得乌孙马好,名曰天马。及得大宛汗血马,益壮,更名乌孙马曰西极马,宛马曰天马。"

〔二〕《齐民要术》:"马耳欲小而锐,状如斩竹筒。"钱笺:"《拾遗记》:'曹洪所乘马曰白鹄,此马走惟觉耳中风声,脚似不践地,时人谓乘风行也。'"刘义恭《白马赋》:"竦身轻足。"

〔三〕《赭白马赋》:"料武艺,品骁腾。"

画 鹰

素练风霜起〔一〕,苍鹰画作殊。㧐荀勇切身思狡兔〔二〕,侧目似愁胡〔三〕。绦他刀切镟徐钏切光堪摘〔四〕,轩楹势可呼〔五〕。何当击凡鸟,毛血洒平芜〔六〕?

〔一〕风霜起:与《画马》诗"缟素漠漠开风沙"同义。刘须溪谓绢色,大谬。

〔二〕旧注:"㧐身,犹竦身也。"孙楚《鹰赋》:"擒狡兔于平原。"

〔三〕傅玄《鹰赋》:"左看若侧,右视如倾。"孙楚《鹰赋》:"深目蛾眉,状如愁胡。"按:傅玄《猿猴赋》云:"扬眉蹙额,若愁若嗔。既似老公,又类胡儿。"所谓"愁胡"也。以对"狡兔"甚切。公《胡孙》诗"预哂愁胡面",正用之。

〔四〕《广韵》:"绦,编丝绳。"《玉篇》:"镟,转轴。"以绦絷鹰足,而系之于镟也。傅玄《鹰赋》:"饰五彩之华绊,结璇玑之金环。"

〔五〕孙楚《鹰赋》:"麾则应机,招则易呼。"

〔六〕《西都赋》:"风毛雨血,洒野蔽天。"因画鹰而思见真者之搏击,即《进雕赋》意。

过宋员外之问旧庄 原注：员外季弟执

金吾见知于代，故有下句

《唐书》："宋之问，字延清，景龙中迁考功员外郎。弟之悌，以骁勇闻开元中，自右羽林将军出为益州长史、剑南节度使。"黄鹤曰："按史，中宗增置修文馆学士，之问与杜审言首膺其选。审言贬吉州，之问有送别诗。审言没，之问有祭文。公与之问盖世契也。"按：本集开元二十九年，公筑室首阳之下，祭远祖当阳君。其过之问庄，或在是时也。

宋公旧池馆，零落首旧作守，误阳阿〔一〕。枉道祇音支从入，吟诗许更过〔二〕？淹留问耆老晋作旧，寂寞向山河。更识将军树〔三〕，悲风日暮多。

〔一〕《文选》注："《河南郡图经》：东有三门，最北头曰上东门。城东北十里首阳山上，有首阳祠一所。"《一统志》："在偃师县西北二十五里。"按：《新书》："之问，汾州人。"《旧书》则云虢州弘农人。首阳与虢州相邻，故有庄在焉。赵次公引河东蒲坂之首阳，误矣。

〔二〕祇从入：言一任过客之入，见庄已无主也。许更过：言他日可更过此乎？见重来未有期也。皆极叹其零落，故下接以"淹留"、"寂寞"二语。次公云"自负能诗"，须溪云"尊慕前辈"，皆未然。

〔三〕《后汉·冯异传》："诸将并坐论功，异独屏树下，军中呼为大树将军。"

夜宴左氏庄

风林晋作林风纤月落〔一〕，衣露净《英华》作静琴张。暗水流花径,春星带草堂。检书烧烛短,看—作说剑引杯长。诗罢闻吴咏,扁舟意不忘〔二〕。

〔一〕古诗:"两头纤纤月初生。"张绰诗:"云表挂纤月。"
〔二〕按:《年谱》:公年弱冠游吴越。此故"闻吴咏"而因思其地也。

临邑舍弟书至,苦雨,黄河泛溢,堤防之患,簿领所忧,因寄此诗,用宽其意

《唐书》:"临邑,汉县,属齐州。"按:公弟有四,临邑弟未知为谁。《集》有《送弟颖赴齐州》诗,或颖尝官临邑。黄曰:"按《唐·五行志》,开元二十九年秋,河南、河北二十四郡水,齐其一也。当是其年作。"

二仪积风雨,百谷漏波涛。闻道洪河坼,遥连沧海高。职司忧悄悄,郡国诉嗷嗷。舍弟卑栖邑,防川领簿曹。尺书前日至,版筑不时操。难假鼋鼍力〔一〕,空瞻乌鹊毛〔二〕。燕南吹畎亩,济上没蓬蒿。螺蚌步项切满近郭,蛟螭乘九皋〔三〕。徐关深水府〔四〕,碣石小秋毫〔五〕。白屋留孤树,青天—作云失—作矢,非万艘。吾衰同泛梗〔六〕,利涉想蟠桃〔七〕。赖—作却倚—作倚赖天涯钓〔八〕,犹能掣巨鳌〔九〕。

〔一〕《竹书纪年》:"周穆王三十七年,大起九师,东至于九江,叱鼋鼍以为梁,遂伐越至于纡。"
〔二〕《尔雅翼》:"涉秋七日,鹊首无故皆秃,相传是日乌鹊为梁渡织女,

故毛皆脱去。"

〔三〕《诗》传:"深泽曰皋。"皋言"九",深之极也。《释文》:"九皋,九折之皋。"

〔四〕徐关:在齐州。《送弟颖赴齐州》诗:"徐关东海西。"《海赋》:"尔其水府之内,极深之庭。"

〔五〕《山海经》注:"碣石山,在右北平骊城县海边山。"《唐书》:"平州石城县有碣石山。"

〔六〕《战国策》:"土偶谓桃梗曰:子东园之桃梗耳,刻削为人。浮雨下,淄水至,则子漂之而去矣。"庾信诗:"漂流从木梗。"

〔七〕《十洲记》:"东海有山,名度索山,有大桃树,屈蟠三千里,名曰蟠桃。"

〔八〕赖倚:作"却倚"是,即"长剑倚天外"之"倚"耳。或解作公为临邑弟所倚赖,非。

〔九〕《列子》:"龙伯之国有大人,一钓而连六鳌。"

按:新、旧《史》:开元二十九年七月,伊洛水溢,损居人庐舍,秋稼无遗。坏东都天津桥及东西漕,河南北诸州皆漂溺。此诗"鼋鼍"二句,志桥毁也。"燕南"、"济上"、"徐关"、"碣石",志诸州漂没也。"吹畎亩"、"失万艘",志害稼并害漕也。末因临邑滨海,故用"蟠桃""巨鳌"事,言我虽泛梗无成,犹思垂钓东海,以施掣鳌之力,水患岂足忧耶?盖戏为大言以慰之,题所云"用宽其意"也。

天宝初,南曹小司寇舅于我太夫人堂下垒一作累**土为山,一匮**郭知达本作篑,诗同**盈尺,以代彼朽木,承诸焚香瓷瓯,瓯甚安矣。旁植慈竹,盖兹数峰,嵚岑婵娟,宛有尘外数**一本无数字,郭作格**致。乃不知兴之所至,而作是诗**

《旧唐书》:"吏部员外郎二员,一人主判南曹。"注:"以在选曹之南,故曰南曹。"按：唐制，未闻以司寇判南曹。权德舆《吏部南曹厅壁记》云："高宗上元初，请外郎一人专南曹之任，其后或诏他曹郎权居之。"此云"南曹小司寇"，当是以秋官权职者。太夫人：卢氏，公祖审言继室，天宝三载五月卒于陈留郡之私第，公作墓志。嶔岑：谓山。婵娟：谓竹。

　　一匮功盈尺，三峰意出群。望中疑在野，幽处欲生云。慈竹春阴覆〔一〕，香炉晓势分。惟南将献寿，佳气日氤氲。

　　〔一〕《述异记》："南中生子母竹，今之慈竹也，又谓之孝竹。汉章帝三年，子母竹笋生白虎殿前，群臣作《孝竹颂》。"

龙　门

　　龙门横野断，驿树出城来。气色皇居近〔一〕，金银佛寺开〔二〕。往来时屡音虑改，川水一作陆日悠哉〔三〕。相阅征途上，生涯尽几回？

　　〔一〕《唐书》："东都皇城，名曰太微城。宫城在皇城北，名曰紫微城。都城前直伊阙，后据邙山。"
　　〔二〕旧注："佛地有金色世界、银色世界。"韦应物《龙门》诗："精舍绕层阿，千龛邻峭壁。"
　　〔三〕《叹逝赋》："川阅水以成川。"

李监宅二首一作"李盐铁"。后一首见吴若本"逸诗",《草堂》本入正集,注云"新添"

尚觉王孙贵〔一〕,豪家意颇浓。屏开金孔雀〔二〕,褥隐绣芙蓉〔三〕。且食双鱼美,谁看异味重?门阑多喜色〔四〕,女婿近乘龙〔五〕。

〔一〕李监必宗室,故曰"王孙"。
〔二〕《旧唐书》:"高祖皇后窦氏父毅,于门屏画二孔雀,有求婚,辄与两箭,潜约中目者许之。高祖后至,两发各中一目,遂归于帝。"徐彦伯诗:"金缕画屏开。"
〔三〕王僧孺《述梦》诗:"以亲芙蓉褥,方开合欢被。"崔颢《卢姬篇》:"水精帘箔绣芙蓉。"
〔四〕《后汉书》注:"《续汉志》云:伍伯、铃下、侍阁、门阑部署、街里走卒,皆有程品,多少随所典领。"
〔五〕《艺文类聚》:"《楚国先贤传》云:孙隽字文英,与李元礼俱娶太尉桓焉女。时人谓桓叔元两女俱乘龙,言得婿如龙也。"

华馆春风起,高城烟雾开。杂花分户映,娇燕入帘回。一见能倾座〔一〕,虚怀只爱才。盐车虽绊骥〔二〕,名是汉庭来。

〔一〕《司马相如传》:"一座尽倾。"
〔二〕《战国策》:"骐骥驾盐车,上吴坂,迁延负辕而不能进。"庾信诗:"绊骥犹千里,垂鹏更九飞。"

赠李白

按：《年谱》："天宝三载，公在东都。太白以力士之谮，亦放还游东都。"此赠诗当在其时，故有"脱身"、"金闺"之句。

二年客东都〔一〕，所历厌机巧。野人对腥膻，蔬食常不饱〔二〕。岂无青精—作飱饭〔三〕，使我颜色好。苦乏大药资〔四〕，山林迹如扫。李侯金闺彦〔五〕，脱身事幽讨。亦有梁宋游〔六〕，方期拾瑶草〔七〕。

〔一〕《唐书》："东都，隋置，武德四年废。贞观二年号洛阳宫，显庆二年诏改东都。"

〔二〕《周礼》注："犬腥羊膻。"言腥膻非己所堪，宁不饱其蔬食。盖恶机巧而思去之。

〔三〕《太平御览》："《三洞珠囊》云：王褒，字子登，汉王陵七世孙，服青精飱饭，趋步峻峰如飞鸟。"《图经本草》："陶隐居《登真隐诀》云：太极真人青精干石飱饭法，用南烛草木叶杂茎皮煮，取汁浸米蒸之，令饭作青色，高格曝干，当三蒸曝，每蒸辄以叶汁溲令浥浥，日可服二升，勿复血食，填胃补髓，消灭三虫。""飱"音信，飱之为言飧也，谓以酒蜜药草溲而曝之也。亦作砥。

〔四〕《抱朴子》："览金丹之道，使人不复措意小小方书，然大药卒难办得。"又曰："余受金丹仙经二十年，资无儋石，无以为之。"《丹书》："抱阳山人《大药证》曰：夫大药者，须炼砂中汞，能取铅里金。黄芽为根蒂，水火炼功深。"

〔五〕江淹《别赋》："金闺之诸彦。"注："金闺，金马门也。"白尝供奉翰林，故云。

〔六〕《元和郡国志》："汉文帝子梁孝王都大梁，东徙睢阳，今宋州也。"公与白同游梁、宋，见本传及《遣怀》《昔游》二诗。

〔七〕江淹《庐山》诗："瑶草正翕䰰。"善曰："瑶草，玉芝也。《本草经》：白芝生华山，一名玉芝。"

陪李北海宴历下亭

《旧唐书·地理志》："青州，属河南道。武德四年，置青州总管府。天宝元年，改为北海郡。乾元元年，复为青州。"《李邕传》："天宝初，邕为汲郡北海太守。五载，坐赃事，杖死于郡。"历下亭：在齐州，以历山名。于钦《齐乘》："历下亭，在府城驿邸内历山台上，面山背湖，实为胜绝。少陵有《陪李北海宴》诗。"

东藩驻皂盖〔一〕，北渚凌清河——作青荷，—作清荷，俱非〔二〕。海右—作内，《正异》定作右此亭古〔三〕，济南名士多原注：时邑人蹇处士等在坐〔四〕。云山已发兴，玉佩仍当歌〔五〕。修竹不受暑，交流空涌波〔六〕。蕴真惬所遇〔七〕，落日将如何？贵贱俱物役，从公难重过。

〔一〕《后汉书》："太守秩二千石，中二千石、二千石皆皂盖，朱两轓。"

〔二〕杜氏《通典》："今东平、济南、淄川、北海界中有水流入海，谓之清河，实菏泽、汶水合流，亦曰济河。"

〔三〕江淹《恨赋》："巡海右以送日。"

〔四〕《旧唐书》："齐州，属河南道。贞观七年置齐州都督府，天宝七年改为临淄郡，五载改济南郡，乾元元年复为齐州。"

〔五〕魏武帝乐府："对酒当歌，人生几何。"

〔六〕钱笺："《三齐记》云：历水出历祠下，众源竞发，与泺水同入鹊山湖，所谓'交流'也。"

〔七〕谢灵运诗："表灵物莫赏，蕴真谁为传？"江淹诗："悠悠蕴真趣。"

同李太守登历下古城员外新亭

原注：时李之芳自尚书郎出齐州，制此亭

《唐书》："之芳开元末为驾部员外郎。天宝十三载，安禄山奏为范阳司马。"

新亭结构罢，隐见_{形甸切}清河阴_{原注：亭对鹊湖}〔一〕。迹籍台观古_{玩切}旧，气冥_{一作溟}海岳深〔二〕。圆荷想自昔，遗堞感至今〔三〕。芳宴此时具〔四〕，哀丝千古心〔五〕。主称寿尊客〔六〕，筵秩宴北_{一作密}邻〔七〕。不阻蓬筚兴，得兼_{一云兼得}《梁甫吟》〔八〕。

〔一〕《一统志》："鹊山湖，在济南府城北二十里。"

〔二〕按：《韵会》：古"籍"字与"藉"通。亭之基迹，凭藉台观之旧；亭之气象，冥接海岳之遥。此正和邕诗"形制开古迹"及"泰山""巨壑"二句意。旧注"籍"字作"图籍"解，"冥"字作"溟蒙"解，义遂难通。

〔三〕遗堞：城上雉堞也。古齐历下城对历山之下。

〔四〕谢朓诗："嘉乐具兮，芳宴在斯。"

〔五〕《礼记》："丝声哀，哀以立廉，廉以立志。"

〔六〕曹植诗："主称千金寿。"

〔七〕《诗》："宾之初筵，左右秩秩。"

〔八〕《史记》注："梁父,太山下小山。"《西溪丛语》："《艺文类聚》载诸葛亮《梁甫吟》,不知何义。张衡《四愁诗》'欲往从之梁甫艰',注:'言人君有德则封太山,太山喻人君,梁甫喻小人也。'诸葛好为《梁甫吟》,恐取此意。"

登历下古城员外孙他本无孙字新亭　李邕

吾宗固神秀,体物写谋长。形制开古迹,曾冰延乐方〔一〕。太山雄地里,巨壑眇云庄。高兴泊_{陈浩然本作泊}烦促,永怀清典常。含弘知四大〔二〕,出入见三光〔三〕。负郭喜粳稻,安时歌吉祥。

〔一〕傅毅《舞赋》："亢音高歌,为乐之方。"魏文帝乐府："善为乐方。"
〔二〕《老子》："域中有四大,道大,天大,地大,王亦大。"
〔三〕班固《典引》："经纬乾坤,出入三光。"《史记》索隐："三光,日、月、五星也。"

暂如临邑,至㟙_{音宅}山湖亭,奉怀李员外,率尔成兴

临邑:注见前。　赵次公曰:"㟙,《玉篇》助麦切。或曰㟙山湖即鹊山湖,非也。《地志》云:'齐州治历城县,历城东门外有历水,入鹊山湖。'今题云'如临邑至㟙山湖',按王存《九域志》'临邑去州北四十里',而㟙字之音又与鹊不同,则㟙山湖乃别湖之名也。"《杜诗博议》:"疑公将往临邑,中道抵历下,登新亭,因怀李之芳。观诗中有'歇马高林间'语可见。㟙山湖当是鹊山湖之讹,不必别求㟙山以实之也。"

野亭逼湖水,歇马高林间。鼍吼风奔浪,鱼跳平声日映山。暂游阻词伯,却望怀青关〔一〕。霭霭生云雾,惟应促驾还。

〔一〕青关:李员外所在,其地未详。或云即青州穆陵关。

赠李白

秋来相顾尚飘蓬,未就丹砂愧葛洪〔一〕。痛饮狂歌空度日,飞扬跋扈侯古切为谁雄〔二〕?

〔一〕《晋书》:"葛洪见天下已乱,欲避地南土,乃参广州刺史嵇含军事。含遇害,遂停南土。多年后以年老,闻交趾出丹砂,求为勾漏令。帝以洪资高不许,洪曰:'非欲为荣,以有丹砂。'帝从之。洪至广州,刺史邓岱留,不听,去,乃止罗浮山炼丹。在山积年,优游闲养。"

〔二〕《北史·侯景传》:"常有飞扬跋扈之意。"按:太白《东鲁行》云:"顾余不及仕,学剑来山东。"唐史称其好纵横术,喜击剑,为任侠。此故以"飞扬跋扈"目之。

与李十二白同寻范十隐居

李侯有佳句,往往似阴铿〔一〕。余亦东蒙客〔二〕,怜君如弟兄。醉眠秋共被,携手日一作月同行。更想幽期处,还寻北郭生〔三〕。入门高兴发,侍立小童清。落景音影闻寒杵〔四〕,屯音谆云对古城〔五〕。向来吟《橘颂》〔六〕,谁刘云恐作惟欲一作与讨莼羹〔七〕?不愿论簪笏,悠悠沧海情。

〔一〕《南史》:"武威阴铿,字子坚,善五言诗,为当时所重。仕陈,累迁晋陵太守、员外散骑常侍。"

〔二〕《论语》疏:"颛臾主祭蒙山。"在东,故曰"东蒙"。《唐书》:"沂州新泰县有蒙山。"《寰宇记》:"东蒙山在费县西北七十六里。"

〔三〕《韩诗外传》:"楚庄王使使赍百金,聘北郭先生为相。"《后汉书》:"汝南廖扶,绝志世外,不应辟召,时号北郭先生。" 钱笺:"太白集《寻鲁城北范居士失道落苍耳中》诗云:'忽忆范野人,闲园养幽姿。酸枣垂北郭,寒瓜蔓东篱。'此云'来寻北郭生',即其人也。"

〔四〕梁元帝《纂要》:"晚照谓之落景。"

〔五〕《列子》:"望之若屯云焉。"中山王《文木赋》:"奔电屯云。"

〔六〕《楚词》有《橘颂》,大意言受命不迁。

〔七〕《晋书》:"张翰在洛,见秋风起,思吴中菰菜、莼羹、鲈鱼鲙,遂命驾归。"

重题郑氏东亭原注:在新安界

《唐书》:"新安县,属河南府。"郑氏:无考。鲍钦止云:"即驸马潜曜。"

华亭入翠微〔一〕,秋日乱清晖郭作辉。崩石欹山树,清一云当作晴涟曳水衣〔二〕。紫鳞冲岸跃,苍隼护巢归〔三〕。向晚寻征路,残云傍马飞。

〔一〕《尔雅》:"山未及上曰翠微。"疏:"谓未及顶上,在旁陂陀之处名翠微。一说气青缥色。"

〔二〕张协诗:"堂上水衣生。"注:"水衣,苍苔也。"

〔三〕《蜀都赋》:"鲜以紫鳞。"《说文》:"隼,鸷鸟。"陆佃云:"鹞属。"

郑驸马宅宴洞中

《唐书》:"明皇临晋公主下嫁郑潜曜。"按:潜曜,广文博士郑虔之侄。公作公主母《皇甫淑妃墓碑》云:"甫忝郑庄之宾客,游贵主之山林。" 钱笺:《长安志》:'莲花洞在神禾原郑驸马之居,杜诗所谓主家阴洞者也。'宋张礼《游城南记》:'直樊川之上,倚神禾原,有洞曰莲花,旧为村人郑氏之业。郑氏远祖潜曜尚明皇之女。'"此诗乃归长安后作。黄鹤以驸马洞中与郑氏东亭为一处,大谬。

主家阴洞细烟雾,留客夏簟青—作清琅玕〔一〕。春酒杯浓琥珀薄〔二〕,冰浆碗碧玛瑙寒〔三〕。误疑茅堂—作屋过江麓—云底,已入风磴丁邓切霾云端〔四〕。自是秦楼压郑谷〔五〕,时闻杂佩声珊珊〔六〕。

〔一〕《别赋》:"夏簟清兮昼不暮。"《本草》:"琅玕一名青珠。陶隐居曰:'《蜀都赋》所称青珠黄环也。'苏恭曰:'琅玕有数种色,以青者入药为胜,是琉璃之类火齐宝也,出嶲州以西乌白蛮中及于阗国。'"赵曰:"诗家多以琅玕比竹。'青琅玕'特形容竹簟之美耳。太白《题王处士水亭》诗'拂拭青玉簟,为予置金樽',亦非真以青玉为簟也。"

〔二〕陈藏器《本草》:"琥珀出罽宾国,初如桃胶,凝乃成焉。陶隐居曰:

旧说松脂入地千年，化为琥珀。今烧之，亦作松气。"《玄中记》："枫脂入地为琥珀。"

〔三〕陆机乐府："渴饮坚冰浆。"《本草》："玛瑙，红色，美石之类，生西国。"《洛阳伽蓝记》："元琛酒器，有水晶钵、玛瑙琉璃碗、赤玉卮数十枚。"

〔四〕鲍照《铜山》诗："既类风门磴，复象天井壁。"草堂疑在江麓，风磴窅入云端，二语极状洞中之阴。解者都谬。

〔五〕《列仙传》："秦穆公以女弄玉妻萧史，日于楼上吹箫作凤鸣，凤止其屋，一旦夫妻皆随凤去。"扬子《法言》："谷口郑子真，耕于岩石之下，名震京师。"《雍录》："谷口在云阳县西四十里。"

〔六〕汉武帝《李夫人歌》："翩何珊珊其来迟。"

高都护骢马行

高都护：黄鹤作高仙芝。　按：唐史：仙芝开元末为安西副都护。天宝六载讨小勃律，虏其王。诗云"一心成大功"，岂即谓此乎？

安西都护胡青骢〔一〕，声价欻然来向东〔二〕。此马临阵久无敌，与人一心成大功。功成惠养随所致〔三〕，飘飘一作飘远自流沙至〔四〕。雄姿未受伏枥恩〔五〕，猛气犹思战场利。腕今本一作踠促蹄高如踏音匐铁〔六〕，交河几蹴曾冰裂〔七〕。五花散作云满身〔八〕，万里方看汗流血〔九〕。长安壮儿不敢骑，走过掣电倾城知〔一〇〕。青丝络头为君老〔一一〕，何由却出横门道〔一二〕？

〔一〕《旧唐书》："贞观十七年，置安西都护府于西州。显庆三年，移治龟兹国城。于阗以西，波斯以东，十六都督府隶焉。"《广韵》："骢，马青白色。"古诗:"蹀躞青骢马。"

〔二〕《赭白马赋》:"声价隆振。"《汉书》:"《天马歌》:天马来,立无草,径千里,循东道。"

〔三〕《赭白马赋》:"愿终惠养,荫本枝兮。"

〔四〕《元和郡县志》:"居延泽,在张掖县东北一千六百里,即古流沙。"《天马歌》:"天马徕,从西极。涉流沙,九夷服。"

〔五〕《赭白马赋》:"弭雄姿以奉引。"《汉书》注:"伏枥,谓伏槽枥而秣之。"

〔六〕《齐民要术》:"马踠欲得细而促,蹄欲得厚而大。"又曰:"马踠欲促而大,其间才容鞯,蹄欲得厚二三寸,硬如石。"

〔七〕《元和郡县志》:"贞观四年,于汉车师前王地置交河县,取界内交河为名。交河源出县北天山,分流城下。"《一统志》:"今为西番火州地。"

〔八〕《名画录》:"开元内厩,有飞黄、照夜、浮云、五花之乘。"按:"五花"者,郭若虚谓剪鬃为瓣,或三花,或五花。白乐天诗"马鬣剪三花"是也。

〔九〕《汉书》注:"大宛旧有天马种,蹋石汗血,汗从前肩髆小孔中出,如血。"

〔一〇〕崔豹《古今注》:"秦始皇有七马,一曰追电。"

〔一一〕古乐府:"青丝缠马尾,黄金络马头。"

〔一二〕《汉·西域传》:"立楼兰质子尉屠耆为王,百官送至横门外。"《三辅黄图》:"长安城北,出西头第一门曰横门,其外有桥曰横桥。"程大昌《雍录》:"自横门渡渭而西,即是趋西域之路。"

此诗全是古乐府"老骥伏枥,志在千里。烈士暮年,壮心未已"之意。

赠翰林张四学士垍_{音既}

《旧唐书·张说传》:"二子均、垍,皆能文。"《唐会要》:"玄宗始选朝官有词艺学识者,入居翰林供奉,别旨制诏书敕,犹或分在集贤。开元二十六年,始以翰林供奉改称学士,别建学士院,俾专内命。太常少卿张垍、起居舍人刘光谦等首居之,而集贤所掌,由是罢息。"

翰林逼华盖,鲸力破沧溟[一]。天上张公子[二],宫中汉客星[三]。赋诗拾翠殿,佐酒望云亭[四]。紫诰仍兼绾[五],黄麻似六经[六]。内分_{鲁作颁}金带赤[七],恩与荔枝青[八]。无复随高凤[九],空馀泣聚萤[一〇]。此生任春草,垂老独漂萍。倘忆山阳会[一一],悲歌在一听。

〔一〕《唐会要》:"翰林院在银台门内,麟德殿西厢重廊之后,学士院在翰林院之南,别户东向。"《晋·天文志》:"大帝上九星曰华盖,所以蔽覆大帝之座也,盖下九星曰杠,盖之柄也。"《吴都赋》:"徽鲸辈中于群犒。"注:"徽鲸,鱼之有力者。"

〔二〕《汉书》:"成帝时童谣曰:'燕燕尾涎涎,张公子,时相见。'帝每微行出,常与张放俱,称富平侯家,故曰张公子。"徐陵诗:"张星旧在天河上,由来张姓本连天。"

〔三〕《后汉书》:"光武与严光共卧,太史奏客星犯帝座,甚急。"

〔四〕《旧唐书》:"垍尚宁亲公主,玄宗特加恩宠,许于禁中置内宅,侍为文章。"《雍录》:"李肇曰:学士院有两厅,北厅从东来第一间,常为承旨阁,馀皆学士居之;南厅本驸马张垍为学士时以居公主,此其画堂也,后皆以居学士。"《两京新记》:"大福殿在麟德殿北,拾翠殿在大福殿东南。"《长安志》:"东内大明宫、麟德殿,次北翰林,门内翰林院、学士院。翰林门北曰九仙门,大福殿、拾翠殿。西内延嘉殿,西北有景福台,台西有望云亭。"

〔五〕紫诰:紫泥封诰也。《后汉·舆服志》注:"《汉旧仪》:天子信玺六,皆以武都紫泥封,青囊白素里,两端无缝。"《西京杂记》:"汉以武都紫泥为玺室,加绿绨其上。"

〔六〕《唐会要》："中书以黄、白二麻为纶命重轻之辨。开元三年十月，始用黄麻纸写诏。上元三年二月，制敕并用黄麻纸。"李肇《翰林志》："故事，中书舍人专掌诏诰。开元间始置学士，大事直出中禁，不由两省。凡制用白麻纸，诏用白藤纸，书用黄麻纸。"

〔七〕《唐书》："绯为四品服，浅绯为五品服，并金带，但鞶数别。"李肇《国史补》："张均兄弟俱在翰林，珀以尚主，独赐珍玩，以夸于均。均曰：此乃妇翁与女婿，固非天子赐学士也。"

〔八〕按史，贵妃嗜生荔枝，明皇置驿传送。珀尚主，宅在禁中，得与此赐，所谓"恩与荔枝青"也。《海录碎事》载戎州出绿荔枝，肉熟而皮犹绿。又曾子固《荔枝状》云："江家绿，出福州。又色红而有青斑者，名虎皮，亦出福州。""荔枝青"殆即此类乎？旧注引杨文公《谈苑》"荔枝金带"，乃是宋制，且与上句复出。

〔九〕《诗》："凤凰鸣矣，于彼高冈。"颜延之《秋胡》诗："椅梧倾高凤。"

〔一〇〕《晋书》："车胤家贫，不常得油。夏月以练囊盛数十萤火，照书读。"庾信诗："流萤夜聚书。"

〔一一〕《魏氏春秋》："嵇康寓居河内山阳，与王戎、向秀同游。秀后经康山阳旧居，作《思旧赋》。"

赠特进汝阳王二十二韵

《旧唐书》："让皇帝长子琎封汝阳郡王。天宝初，终父丧，加特进。九载卒，赠太子太师。"黄曰："公还长安，从汝阳游，盖在天宝五、六载间。"

特进群公表，天人夙德升〔一〕。霜蹄千里骏，风翮九霄鹏。服礼求毫发，推—作惟忠忘去声寝兴。圣情常有眷，朝退若无凭〔二〕。仙醴—作酝来—作求浮蚁〔三〕，奇毛或赐鹰。清关尘不杂,中使日相乘〔四〕。晚节嬉游简〔五〕,平居孝义称。自多亲棣萼,谁敢问山陵〔六〕?学业醇儒富,辞—作才华哲匠能〔七〕。笔飞鸾耸立〔八〕,章罢凤骞—作骞,非腾〔九〕。精理通谈笑,忘形向友朋。寸长—作肠,非堪繾綣,一诺岂骄矜?已荷归曹植,何知对李膺〔一〇〕。招要恩屡至,崇重力难胜。披雾初欢夕〔一一〕,高秋爽气澄。樽罍临极浦,凫雁宿张灯。花月穷游宴,炎天避郁蒸。砚寒金井水,檐动玉壶冰〔一二〕。瓢饮惟三径,岩栖在百层陈作岩居异—胜〔一三〕。谬吴作且持蠡音离测海,况挹酒如渑〔一四〕。鸿宝宁全秘〔一五〕,丹梯庶可凌〔一六〕。淮王门有一作下客〔一七〕,终不愧孙登〔一八〕。

〔一〕《唐书》:"文散阶正二品曰特进。"《魏略》:"邯郸淳见曹植才辨,对其所知,叹为天人。"

〔二〕郑善夫曰:"'若无凭',犹汉高失萧何,若失左右手意。正言帝眷之切,非如旧注所云不挟贵也。"

〔三〕《释名》:"酒有泛齐、浮蚁。"《南都赋》:"浮蚁若萍。"

〔四〕《吴志·朱然传》:"中使医药口食之物,相望于道。"

〔五〕《唐书》:"先天后,以隆庆旧邸为兴庆宫,赐宁王及申、薛,诸王第环列宫侧。宫西、南置楼,西曰花萼相辉之楼,南曰勤政务本之楼。帝时时登之,闻诸王作乐,必亟召升楼,同榻宴饮。宁王薨,谥曰让皇帝,葬桥陵,号惠陵。斑上表恳辞,手制不许。"

〔六〕《长安志》:"让皇帝惠陵在蒲城县西北十里。"言帝虽笃亲亲之谊,崇礼有加,而汝阳终恪守臣节,不敢问及山陵之名。所谓孝义足称者,此也。须溪云"山陵"指祖宗,大谬。

〔七〕殷仲文诗:"哲匠感萧辰。"

〔八〕吴质《答太子笺》:"摘藻下笔,龙鸾之文奋矣。"

〔九〕张怀瓘《书录》:"许圉师见太宗书,曰:凤翥鸾回,实古今书圣。"

〔一〇〕《后汉书》:"杜密与李膺俱坐党锢,而名行相次,时人亦称李杜焉。"公自言不敢对李膺为李杜,谦辞也。

〔一一〕《世说》:"卫玠见乐广曰:见此人若披云雾而睹青天。"

〔一二〕《西征记》:"太极殿前有金井。"鲍照诗:"清如玉壶冰。"

〔一三〕《绝交书》:"尧舜之君世,许由之岩栖。"《西京赋》:"井幹叠而百层。"

〔一四〕《东方朔传》:"以管窥天,以蠡测海。"注:"蠡,瓠勺也。"《韵会》:"螺,亦作蠡。"《左传》:"有酒如渑。"

〔一五〕《刘向传》:"上复兴神仙方术之事,而淮南王有枕中《鸿宝》《苑秘书》。"《神仙传》:"淮南王安,作内书二十二篇,又中篇八章,言神仙黄白之事,名为《鸿宝》。《万毕》三卷,论变化之道,凡十万言。"

〔一六〕谢灵运《拟阮瑀》诗:"躧步陵丹梯。"注:"丹梯,升阶也。"又《游敬亭山》诗:"即此陵丹梯。"注:"谓山也。"按:二注不同,此当从前说。

〔一七〕《神仙传》:"淮南王安好方术,养士数千人,有八公诣门,皆须眉皓白。王薄其老,八公俄变为童子。"

〔一八〕《晋·隐逸传》:"孙登居汲郡北山,好读《易》,抚一弦琴,嵇康从之游三年,问其所图,终不答。将别,乃曰:'子才多识寡,难免于今之世矣。'康不能用,果遭非命,乃作《幽愤》诗曰:'昔惭柳下,今愧孙登。'"言汝阳爱士,固不下淮南,我则何敢有愧孙登乎?盖不欲自处于曳裾之客也。

饮中八仙歌

蔡曰:"按范传正《李白新墓碑》,在长安时,时人以公及贺监、汝阳王、崔宗之、裴周南等八人为酒中八仙。公此篇无裴,岂范别有稽耶?"按:此诗旧编天宝五载,徒以是年李适之罢相。然考唐史,苏晋死开元二十二年,贺知章、李白去天宝三载。八仙人当是总括前后言之,非一时俱在长安也。

知章骑马似乘船[一],眼花落井水底眠[二]。汝阳三斗始朝天[三],道逢麹车口流涎[四],恨不移封向酒泉[五]。左相日兴费万钱[六],饮如长鲸吸百川,衔杯乐圣称避_{旧本作世,《邵氏闻见录》定作避}贤[七]。宗之萧洒美少年[八],举觞白眼望青天,皎如玉树临风前。苏晋长斋绣佛前[九],醉中往往爱逃禅。李白一斗诗百篇,长安市上酒家眠。天子呼来不上船[一〇],自称臣是酒中仙。张旭三杯草圣传[一一],脱帽露顶王公前[一二],挥毫落纸如云烟[一三]。焦遂五斗方卓然,高谈雄辩惊四筵[一四]。

〔一〕《旧唐书》:"贺知章,会稽永兴人,自号四明狂客,又称秘书外监。醉后属辞,动成卷轴,文不加点,咸有可观。天宝三载,上疏请度为道士,还乡里。"《越绝书》:"夫越水行而山处,以船为车,以楫为马。"

〔二〕吴均《杂句》:"梦中难言见,终成乱眼花。"《抱朴子》:"余从祖仙公每大醉,辄入深渊之底,一日许乃出。"按:二语只极状醉态耳。旧注引阮咸事,乃伪撰故实,此类今皆削之。

〔三〕《旧唐书》:"让皇帝长子琎,封汝阳郡王,与贺知章、褚庭诲为诗酒之交。"

〔四〕魏文帝《与吴质书》:"蒲萄酿以为酒,甘于麹蘗,道之已流漾咽嗌。"漾同涎。

〔五〕《三秦记》:"九泉郡城下有金泉,泉味如酒,故名酒泉。"《拾遗记》:"羌人姚馥嗜酒,群辈呼为渴羌。武帝擢为朝歌宰,迁酒泉太守。"

〔六〕《旧唐书》:"李適之雅好宾客,饮酒一斗不乱。天宝元年八月,代牛仙客为左丞相。五载四月罢政,赋诗云:'避贤初罢相,乐圣且衔杯。为问门前客,今朝几个来?'"

〔七〕刘伶《酒德颂》：“衔杯漱醪。”《魏志》：“醉客谓酒清者为圣人，浊者为贤人。”

〔八〕《旧唐书》：“崔宗之，日用之子，袭封齐国公。”《李白传》：“侍御史崔宗之谪金陵，与李白诗酒唱和。”

〔九〕《旧唐书》：“苏晋，珦之子，数岁知为文。举进士，历官户、吏二部侍郎，终太子左庶子。”旧注：“苏晋学浮屠术，尝得胡僧慧澄绣弥勒佛一本，宝之曰：'是佛好饮米汁，愿事之，他佛不爱也。'”按：此事不知何本，"米汁"语未见佛书，疑亦伪撰。

〔一〇〕范传正《李白新墓碑》：“玄宗泛白莲池，公不在宴。皇欢既洽，召公作序，时公已被酒翰苑中，命高将军扶以登舟。”按：“呼来不上船”正指此事而言，旧注俱谬。

〔一一〕《旧唐书》：“吴郡张旭与贺知章相善，旭善草书而好酒，每醉后，号呼狂走，索书挥洒，变化无穷，若有神助。”钱笺：“《金壶记》：'旭官右率府长史。'王愔《文章志》：'后汉张芝好草书，学崔杜之法，韦仲将谓之草圣。'”

〔一二〕古乐府：“脱帽着帩头。”李颀《赠旭》诗：“露顶据胡床，长叫三五声。”

〔一三〕潘岳《杨荆州诔》：“翰动若飞，落纸如云。”①

〔一四〕袁郊《甘泽谣》：“陶岘，开元中家于昆山，自制三舟，客有前进士孟彦深、进士孟云卿、布衣焦遂，各置仆妾，共载游山水。”

《蔡宽夫诗话》：“此歌'眠'字、'天'字再押，'前'字三押，古未见其体。叔父元度云：歌分八篇，人人各异，虽重押韵无害，亦周诗分章之意也。”

今夕行

今夕何夕岁云徂，更长烛明不可孤。咸阳客舍一事

---

① "杨（楊）荆州"，底本误作"阳（陽）荆州"，据《全晋文》改。

无〔一〕,相与博塞苏代切,一云赌博为欢娱〔二〕。冯音凭陵大叫呼五白〔三〕,祖跣不肯成枭卢〔四〕。英雄有时亦如此,邂逅岂即非良图?君莫笑,刘毅从来布衣愿,家无儋都滥切石输百万〔五〕。

〔一〕《唐书》:"武德元年,析泾阳、始平置咸阳县,属京兆府。"

〔二〕王逸《楚辞注》:"投六箸,行六棋,故云六博。"许慎《说文》:"博,局戏,六箸,十二棋也。"鲍宏《博经》:"用十二棋,六白六黑,所掷投谓之琼,琼有五采。"潘鸿曰:"古大博则六箸六棋,小博则二荧十二棋,故王、许说不同。"《说文》:"簺,行棋相塞谓之塞。"《汉书》注:"苏林曰:塞博类,不用箭,但行枭散。"鲍宏《塞经》:"塞有四采,塞四乘五是也。至五即格不得行,故谓之格五。"

〔三〕《左传》:"冯陵敝邑。"《招魂》:"成枭而牟,呼五白些。"王逸注:"倍胜为牟。五白,博齿也。言己棋已枭,当成牟胜,射张食棋,下逃于窟,故呼五白以助投也。"

〔四〕《战国策》:"王不见夫博之用枭耶?欲食则食,欲握则握。"(补注:《正义》云:"博头有刻为枭鸟形者,掷得枭者,合食其子,食者行棋。"握,不行也。)《晋·张重华传》:"谢艾曰:'枭者,邀也。六博得枭者胜。'"《刘毅传》:"毅于东堂聚樗蒲大掷,馀人并黑犊以还,惟刘裕及毅在后。毅次掷得雉,大喜,绕床叫,谓同坐曰:'非不能卢,不事此耳。'裕恶之,因接五木久之,曰:'老兄试为卿答。'既而四子俱黑,一子转跃未定,裕厉声喝之,即成卢。"《慕容宝传》:"宝与韩黄、李根等樗蒲,誓之曰:'世云樗蒲有神,若富贵可期,频掷三卢。'于是三掷尽卢,宝拜而受赐。"《唐国史补》:"崔师本好为古樗蒲,其法三分其子三百六十,限以二关,人执六马,其骰五枚,上黑下白,黑者刻二为犊,白者刻二为雉。掷之全黑为卢,二雉三黑为雉,二犊三白为犊,全白为白:四者贵采也。开、塞、塔、秃、撅、枭:六者杂采也。贵采得连掷,得打马,得过关,馀则否。"程大昌《演繁露》:"卢在樗蒲为最高之采,五白非樗蒲所贵,不知何以云'呼五白'也。《韩子》:'儒何以不好博?

胜者必杀枭,是杀所贵也。'枭固为善齿,而杀枭者又当得隽,则枭之采品,非卢比也。老杜概言枭卢,亦恐未详。" 钱笺:"成枭、五白,原本《招魂》。文人引据,递相祖述。大昌之论,斯为固矣。" 按:"不肯成枭卢"正用刘毅事,兼举六博之枭者,以樗蒲本博类也。昌黎诗"六博在一掷,枭卢叱回旋",语与此同。

〔五〕《南史》:"刘毅家无儋石之储,樗蒲一掷百万。"

奉寄河南韦尹丈人 原注:甫故庐在偃师,承韦公频有访问,故有下句

《旧唐书·韦济传》:"天宝七载,为河南尹,迁尚书左丞。"《唐会要》:"天宝七载四月,河南尹韦济奏,于偃师县东山下开驿道,通孝义桥。"公寄诗当在其时。

有客传河尹,逢人问孔融〔一〕。青囊仍隐逸〔二〕,章甫尚西东〔三〕。鼎食分—作为门户,词场继国风〔四〕。尊荣瞻地绝,疏放忆途穷〔五〕。浊酒寻陶令,丹砂访葛洪。江湖漂短—作裋褐,霜雪满飞蓬〔六〕。牢落乾坤大,周流—作旋道术空。谬惭知蓟子〔七〕,真怯笑扬雄〔八〕。盘错神明惧,讴歌德义丰〔九〕。尸乡馀土室〔一〇〕,难说《正异》定作谁话祝—作咒,一作粥鸡翁〔一一〕。

〔一〕《后汉·孔融传》:"河南尹李膺,不妄接士,融年十岁,造门与交。"
〔二〕《晋·郭璞传》:"璞尝受业于郑公,得青囊书九卷,遂开洞五行。"
〔三〕《庄子》:"宋人章甫而适越,越人断发文身,无所用之。"
〔四〕《旧书》:"济以词翰闻,制《宣德》诗四章,辞致高雅。"

〔五〕向秀《思旧赋序》:"嵇志远而疏,吕心旷而放。"

〔六〕霜雪:发之白也。《诗》:"自伯之东,首如飞蓬。"

〔七〕《后汉·方术传》:"蓟子训有神异之道,既到京师,公卿以下候之者,坐上常数百人。"

〔八〕《扬雄传》:"雄草《太玄》,或嘲雄以玄尚白。雄作《解嘲》曰:'子徒笑我玄之尚白,我亦笑子之病甚,不遭臾跗、扁鹊。'"

〔九〕《后汉·虞诩传》:"诩为朝歌长,曰:'不遇盘根错节,何以别利器?'治政咸称神明。"按:《唐书》称济文雅,能修饰政事,所至以治称。此诗"盘错"二语,当是实录。

〔一〇〕《诗》正义:"河南偃师县西二十里,有尸乡亭。"《后汉·袁闳传》:"闳四周筑土于庭,以为房室。"

〔一一〕祝鸡翁:居尸乡北山下,注别见。钱笺:"《风俗通》:'呼鸡朱朱。俗说鸡本朱公化为之,至今呼鸡皆朱朱也。'《说文解字》:'喌喌二口为喌,州,其声也,读若祝,祝者,诱致禽畜和顺之意。喌与朱音相似耳。'"赵曰:"末言谁人话及咒鸡翁乎?惟我韦丈人而已。旧作'难说',谓难说得到也。解终费力。"

赠韦左丞丈济

左辖频虚位〔一〕,今年得旧儒〔二〕。相门韦氏在〔三〕,经术汉臣—作官须。时议归前烈—作列,古列与烈同,天伦恨莫俱〔四〕。鸰原荒宿草〔五〕,凤沼接亨衢〔六〕。有客虽安命,衰容岂壮夫?家人忧几杖〔七〕,甲子混泥涂〔八〕。不谓矜馀力,还来谒大巫〔九〕。岁寒仍顾遇,日暮且踟蹰。老骥思千里,饥鹰待一呼〔一〇〕。君能微感激〔一一〕,亦足慰榛芜—云折骨效区区。

〔一〕《唐六典》："左右丞，掌管辖省事，纠察宪章。"《唐书》："天宝中，济迁尚书左丞，三代并为省辖，衣冠荣之。"

〔二〕《汉书》："韦贤兼通《礼》《尚书》，以《诗》教授，号称邹鲁大儒，七十馀为相。少子玄成，复以明经列位至丞相。故邹鲁谚曰：遗子黄金满籯，不如一经。"

〔三〕《旧唐书》："韦思谦，武后时同鸾台凤阁三品，子承庆、嗣立。长寿中，嗣立代承庆为凤阁舍人。长安三年，承庆代嗣立为天官侍郎。顷之，又代知政事。及承庆卒，嗣立又代为黄门侍郎。前后四职相代，又父子三人皆至宰相，有唐以来莫与为比。"

〔四〕《穀梁传》："兄弟，天伦也。"李白诗："吾与元夫子，异姓为天伦。"

〔五〕《诗》："脊令在原。"笺："雝渠，水鸟，今在原，失其常处，则飞鸣求其类。"《礼记》注："宿草，陈根也，谓期年。"《旧书》："嗣立三子孚、恒、济，皆知名。孚累迁至左司员外郎。恒开元初为砀山令，宇文融密荐恒有经济才，擢拜殿中侍御史，为陇右道河西黜陟使，出为陈留太守，未行而卒。时人甚伤惜之。"按：济迁左丞时，其兄恒必已先没，故有"恨莫俱"、"荒宿草"之句。

〔六〕《晋中兴书》："荀勖从中书监迁尚书令，有贺之者，曰：夺我凤凰池，诸君何贺耶？"谢庄《让中书令表》："壁门天邃，凤沼神深。"按：《通典》："光宅元年，中书省改曰凤阁，以凤池事为名。"济父祖皆官凤阁，此故以"接亨衢"期之也。《千家》本有公自注"济之兄恒亦为给事中"，此出黄鹤《补注》，他本无之，其实误也。

〔七〕《月令》："仲秋之月，养衰老，授几杖。"

〔八〕《左传》："绛县老人曰：'臣生之岁，正月甲子朔，四百有四十五甲子矣。'赵孟谢曰：'使吾子辱在泥涂久矣，武之罪也。'"

〔九〕《吴志》注："张纮见陈琳《武库赋》，叹美之，琳答曰：'河北率少文章，易为雄伯。今足下在彼，所谓小巫见大巫，神气尽矣。'"

〔一〇〕饥鹰：注别见。

〔一一〕《张仪传》："苏秦使人微感张仪。"

奉赠韦左丞丈二十二韵

纨袴不饿死[一]，儒冠多误身。丈人试静听[二]，贱子请具陈[三]。甫昔少年日，早充观国宾[四]。读书破万卷，下笔如有神。赋料扬雄敌，诗看子建亲。李邕求识面[五]，王翰愿卜陈作为邻[六]。自谓颇挺出—作生，立登要路津[七]。致君尧舜上，再使风俗淳。此意竟萧条，行歌非隐沦[八]。骑驴十三载，旅食京华春。朝扣富儿门，暮随肥马尘。残杯与冷炙[九]，到处潜悲辛。主上顷见征，欻许勿切然欲求伸。青冥却垂翅[一〇]，蹭蹬无纵鳞。甚愧丈人厚，甚知丈人真。每于百僚上，猥诵佳句新。窃效贡公喜[一一]，难甘原宪贫[一二]。焉能心怏怏[一三]，只是走踆踆[一四]。今欲东入海，即将西去秦。尚怜终南山，回首清渭滨[一五]。常拟报一饭[一六]，况怀辞大臣。白鸥没—作波浩荡[一七]，万里谁能驯？

〔一〕《汉书》："班伯在绮襦纨袴之间。"注："绮，细绫。纨，素也。并贵戚子弟服。"

〔二〕王弼《易注》："丈人，严庄之称。"《吴越春秋》："伍子胥谓渔父：'性命属天，今属丈人。'"

〔三〕鲍照乐府："主人且勿喧，贱子歌一言。"

〔四〕《易》："观国之光，利用宾于王。"《年谱》："公游吴越归，赴乡举，时方二十三岁。"

〔五〕《唐书》本传："甫少贫不自振，客齐赵间，李邕奇其才，先往见之。"赵曰："公《哀李邕》诗'伊昔临淄亭，酒酣托末契。重叙东都别，朝阴改轩砌'，追言洛阳相见事，岂非公与邕先识面于洛阳乎？《新史》盖误以再见为始识面矣。"

〔六〕《唐书·文苑传》:"王翰,字子羽,并州晋阳人,及进士第,张说辅政,召为秘书正字,终道州司马。"按:邕、翰皆公同时前辈,"识面"、"卜邻"乃当时实事。旧注引杜华母使华与王翰卜邻,出伪书杜撰。

〔七〕古诗:"何不策高足,先据要路津。"

〔八〕《列子》:"林类年且百岁,拾穗行歌。"桓谭《新论》:"天下神人五:一曰神仙,二曰隐沦。" 言己以穷困行歌,非隐沦肥遁之流也。

〔九〕《颜氏家训》:"残杯冷炙之辱,戴安道犹遭之,况尔曹乎?"

〔一〇〕《年谱》:"天宝六载,诏天下有一艺诣毂下,李林甫命尚书省皆下之,公应诏退下。"《楚词》:"据青冥而攄虹。"注:"青冥,云也。"

〔一一〕刘峻《广绝交论》:"王阳登则贡公喜。"

〔一二〕《史·原宪传》:"无财者谓之贫,学道而不能行谓之病。宪,贫也,非病也。"

〔一三〕《吴越春秋》:"公子光心气怏怏,常有愧恨之色。"

〔一四〕《西京赋》:"大雀踆踆。"注:"踆踆,行走貌。"

〔一五〕杜氏《通典》:"长安县南有终南山。"《地理志》:"在武功县东,一名南山。"《元和郡县志》:"终南山在京兆府万年县南五十里。渭水在万年县北五十里。"

〔一六〕《后汉·李固传》:"窃感古人一饭之报。"注:"谓灵辄也。"

〔一七〕《东坡志林》:"子美'白鸥没浩荡'言灭没于烟波间耳,宋敏求谓鸥不解没,改作'波'字,便觉神气索然。"

此诗前后乃陈情也。韦必尝荐公而不达,故有踆踆去国之思。今犹未忍决去者,以眷眷大臣也,然去志终不可回,当如白鸥之远泛江湖耳。意最委折,而语非乞怜,应与昌黎《上宰相书》同读。范元实但称其布置得体,未为知言。

冬日洛城北谒玄元皇帝庙 原注：庙有吴道子画五圣图

《唐书》："高宗乾封元年，幸亳州，诣老君庙，追尊为玄元皇帝。开元二十九年，制两京诸州，各置玄元皇帝庙。天宝元年，陈王府参军田同秀上书：玄元皇帝降于丹凤门之通衢，告锡灵符在尹喜故宅。上遣使就函谷关尹喜台西，发得之，乃置玄元庙于大宁坊，东都于积善坊临淄旧邸，亲享新庙。九月，改为太上玄元皇帝宫。二年，改为太清宫，东都为太微宫。"按：此诗所咏，即太微宫也。作于加谥五圣之后，当在天宝八载冬。

配极玄都闷〔一〕，凭高—作虚禁籞—作御，《正异》作篽长〔二〕。守桃严具礼〔三〕，掌节镇非常〔四〕。碧瓦初寒外〔五〕，金茎一气旁〔六〕。山河扶绣户〔七〕，日月近雕梁〔八〕。仙李蟠根大〔九〕，猗兰奕叶光〔一〇〕。世家遗旧史〔一一〕，道德付今王〔一二〕。画手看前辈，吴生远擅场〔一三〕。森罗移地轴〔一四〕，妙绝动宫墙。五圣联晋作连龙衮〔一五〕，千官列—作引雁行。冕旒俱秀发，旌旆尽飞扬。翠柏深留景，红梨迥得霜。风筝吹玉柱〔一六〕，露井冻《英华》作动银床〔一七〕。身退卑周室〔一八〕，经传拱汉皇〔一九〕。谷神如不死〔二〇〕，养拙更何乡—作方？

〔一〕《史记》："始皇为极庙，象天极。"索隐曰："为宫庙象天极，故曰极庙。"《道藏》："道君处大玄都，坐高盖天，上罗三清，下包三界。"《灵宝本元经》："自玄都、玉京以下，有三十六天。"《云笈七签·三洞经》："玄都上有九曲崚嶒凤台琼房玉室，处于九天之上、玉京之阳。"

〔二〕玄元庙在北邙山上，故曰"凭高"。《汉纪》注："籞者，禁苑之遮卫也。"《后汉纪》注："折竹以绳悬连之，使人不得往来。今作篽。"《羽猎赋》:"禁御所营。"

〔三〕《周礼》:"守祧,掌守先王先公之庙祧。"注:"迁主所藏曰祧。"《唐书》:"老君庙置令、丞各一员。"

〔四〕《周礼》:"掌节,掌守邦节而辨其用。"注:"节,犹信也,行者所执之信。"赵曰:"既尊老君为圣祖,故监庙者得谓守祧;必有符验以防非常,故得借称掌节。"

〔五〕刘驹骖诗:"缥碧以为瓦。"

〔六〕《西都赋》:"抗仙掌以承露,擢双立之金茎。"注:"金茎,铜柱也。"《郊祀志》:"汉武作柏梁、铜柱、承露仙人掌之属。"赵曰:"庙中未必有金茎,诗人大言之耳。"按:《曹子建集》:"明帝诏有司铸铜,建承露盘于芳林园,茎长十二丈,大十围,使植作颂铭。"则洛城金茎固有之矣。

〔七〕沈约《春风咏》:"鸣珠帘于绣户。"

〔八〕檀约《阳春歌》:"白日映雕梁。"

〔九〕《神仙传》:"老子生而能言,指李树曰:以此为我姓。"《述异记》:"濑乡老子庙有红缥李,一李二色。"庾信《老子庙》诗:"盘根古树低。"

〔一〇〕《汉武故事》:"武帝以乙酉年七月七日旦,生于猗兰殿。先是景帝坐崇芳阁,见赤气如林,来蔽户牖,乃改阁为猗兰殿。"

〔一一〕遗旧史:谓《史记》"世家"不列老子。

〔一二〕《唐会要》:"开元二十三年,奉敕升老子、庄子为列传首,居伯夷之上。"封演《闻见记》:"开元二十一年,明皇亲注老子《道德经》,令学者习之。"《唐书》:"《道德经注》成,诏天下家藏其书。贡举人减《尚书》《论语》而考试《老子》。"

〔一三〕钱笺:"朱景玄《名画录》:吴道玄,字道子,东京阳翟人。明皇知其名,召入内供奉。吴生凡画人物、佛像、神鬼、禽兽、山水、台殿、草木,皆冠绝于世,国朝第一。"《历代名画记》:"吴道玄学书不成,因工画。张怀瓘每云:'吴生之画,下笔有神,是张僧繇后身。'官至宁王友。"《东京赋》:"秦政利觜长距,终得擅场。"注:"终擅一场。"①

----

① "终擅一场",底本缺"擅"字,据《六臣注文选》补。

〔一四〕《肇论》："万象森罗。"

〔一五〕《通鉴》："天宝八载六月，上以符瑞相继，皆祖宗休烈，上高祖谥曰神尧大圣皇帝，太宗谥曰文武大圣皇帝，高宗谥曰天皇大圣皇帝，中宗谥曰孝和大圣皇帝，睿宗谥曰玄贞大圣皇帝。"康骈《剧谈录》："东都北邙山有玄元观，南有老君庙，台殿高敞，下瞰伊洛。壁有吴道子画五圣真容及《老子化胡经》事，丹青绝妙，古今无比。"

〔一六〕郭知达本注："'风筝'，谓挂筝于风际，风至则鸣也。"《丹铅录》："古人殿阁檐棱间，有风琴、风筝，皆因风动成音，自叶宫商。"或曰："风筝，檐铃也，俗谓呼风马儿。"按：唐人有风筝诗，前说是。柳恽诗："秋风吹玉柱。"袁淑《正情赋》："陈玉柱之鸣筝。"

〔一七〕古乐府："桃生露井上。"乐府《淮南王篇》："后园凿井银作床，金瓶素绠汲寒浆。"庾肩吾诗："银床落井桐。"旧注："银床，井栏也。"《名义考》："银床非井栏，乃辘轳架也。"

〔一八〕《史记》："老子，周守藏室之史也。居周久之，见周之衰，遂去。"《列仙传》："老子生于殷时，为周柱下史，转为守藏史，积八十馀年。后周德衰，乃乘青牛车去，入大秦。"

〔一九〕《老氏圣纪图》："河上公授汉文帝道德二经旨奥，帝斋戒受之。"《神仙传》："汉孝景读《老子经》，有所不解，以问河上公，公乃授素书二卷。"旧注："'拱汉皇'，言文、景崇尚其术，故端拱而治也。"

〔二〇〕《老子》："谷神不死，是谓玄牝。"注："谷，养也；神，五藏之神。"庾信《步虚词》："虚无养谷神。"

钱笺："唐自追祖老子，见像降符，告者不一。玄宗笃信而崇事之，公作此诗以讽谏也。'配极'四句，言玄元庙用宗庙之礼，为诬其祖也。'碧瓦'四句，言宫殿壮丽逾制，为非礼也。'仙李盘根'、'猗兰奕叶'，言神尧以下，圣子神孙，仙源积庆，何取乎玄元而追之为祖乎？'世家遗旧史'言太史公已不列世家，其在唐世，何谱牒之可据也？'道德付今王'言明皇虽尊信其教，然未能深知道德之意。皆微词也。'画手'八句，记吴生画图也。世代之寥远如彼,画图之亲切如此,冕旒旌旆,辉煌耳目,不亦近于儿戏乎?'翠柏'四句,序冬日之景也。末四句,总括一篇大旨。'身退卑周室'言老子见周德之衰,则引身去之,今安肯非时而出也?'经传拱汉皇'言汉文恭俭醇厚,深得五千言之旨,故经传致垂拱之治,今之崇玄则异是矣,亦申明'道德付今王'之意也。老子之学,归本于'谷神不死,为天地根',理国立身,其馀事耳。假令长生驻世,亦当藏名养拙于无何有之乡,岂其凭人降形,炫耀光景,以博人主之崇奉乎?此诗虽极意讽谏,而铺张盛丽,语意浑然,所谓'言之无罪,闻之足戒'者也。"

敬赠郑谏议十韵

《唐书》:"谏议大夫凡四人,属门下省。"

谏官非不达,诗义早知名。破的由来事〔一〕,先锋孰敢争?思飘云物外—作动,是,律中鬼神惊。毫发无遗憾〔二〕,波澜独老成〔三〕。野人宁得所〔四〕,天意薄浮生。多病休儒服,冥搜信客旌〔五〕。筑居仙缥缈〔六〕,旅食岁峥嵘〔七〕。使者求颜阖〔八〕,诸公厌祢衡〔九〕。将期一诺—作语重,欻使寸心倾。君见途穷哭,宜忧阮步兵〔一〇〕。

〔一〕《世说》:"刘尹至王长史许清言,长史曰:'韶音令词不如我,往辄破的胜我。'"

〔二〕贾子《新书》:"十毫曰发,十发曰厘。"《文赋》:"恒遗恨以终篇。"

〔三〕《尔雅》:"大波为澜,小波为沦。"《文赋》:"或沿波而讨源。"

〔四〕"野人"以下皆自叙。

〔五〕《天台赋序》:"远寄冥搜。" 信客旌:言欲搜幽冥之境,一任客旌所指。

〔六〕《海赋》:"群仙缥缈,餐玉清涯。"

〔七〕《舞鹤赋》:"峥嵘而愁暮。"注:"峥嵘,高貌。言岁之将尽,犹物之高。"

〔八〕《庄子》:"鲁君闻颜阖得道之士也,使人以币先焉。使者致币,阖对曰:'恐听误,而遗使者罪,不若审之。'使者还,反审之,复求之,则不得已。"

〔九〕《后汉书》:"祢衡气刚傲,好矫时慢物。曹操怀忿,以才名不欲杀之,送刘表。表不能容,以江夏太守黄祖性卞急,送衡与之,为所杀。"

〔一〇〕《阮籍传》:"籍闻步兵营人善酿,有贮酒三百斛,乃求为步兵校尉。"

赠陈二补阙

《唐六典》:"垂拱中,置左右补阙各一员,天授初,左右各加三员。"

世儒多汩没,夫子独声名。献纳开东观〔一〕,君王问长卿〔二〕。皂雕寒始音试急〔三〕,天马老能行。自到青冥里,休看白发生。

〔一〕《后汉书》:"永元十三年,帝幸东观,览书林,阅篇籍,博选艺术之士,以充其官。"注:"陆机《洛阳记》曰:东观在南宫,高阁十二间,介于承风观。"

〔二〕《汉书》:"上读《子虚赋》而善之,曰:'朕独不得与此人同时哉!'狗监杨得意侍上,曰:'臣邑人司马相如,自言为此赋。'上惊,召问相如。

〔三〕钱笺:"《埤雅》:'雕似鹰而大,黑色,俗呼皂雕。'《旧唐书》:'王志愔除左台御史,百僚畏惮,时人呼为皂雕,言其顾瞻人吏,如皂雕之视燕雀也。'"

赠比音皮部萧郎中十兄 原注:甫从姑之子

《唐书》:"比部属刑部,郎中、员外各一人。"

有美生人杰,由来积德门。汉朝丞相系,梁日帝王孙〔一〕。蕴藉为郎久〔二〕,魁梧秉哲尊〔三〕。词华倾后辈,风雅蔼孤骞他本作骞,误〔四〕。宅相荣姻戚〔五〕,儿童惠讨论。见知真自幼,谋拙愧诸昆〔六〕。漂荡云天阔,沉埋日月奔。致君时已晚,怀古意空存。中散山阳锻〔七〕,愚公野谷村〔八〕。宁纡长者辙〔九〕?归老任乾坤。

〔一〕《唐书·世系表》:"萧氏出自姬姓,汉有丞相酂文终侯何。萧氏定著二房,一曰皇舅房,一曰齐梁房。"齐梁房,即梁武帝之后也。

〔二〕《东观汉记》:"桓荣温恭有蕴藉。"

〔三〕《汉书》:"魁梧奇伟。"注:"梧音忤。"《后汉书》注:"读为吾。"《书》:"经德秉哲。"

〔四〕按:骞、骞,音义各不同。骞,去乾切,马腹热。骞,虚言切,飞貌。

〔五〕《晋·魏舒传》:"舒少孤,为外家甯氏所养。甯氏起宅,相宅者云:'当出贵甥。'舒曰:'当为外氏成此宅相。'后果为公。"

〔六〕诸昆:谓萧氏诸兄。

〔七〕《嵇康传》:"康与魏宗室婚,拜中散大夫,居山阳,性绝巧而善锻,宅中有一柳树甚茂,每夏月居其下以锻。"《急就篇》注:"凡金铁之属,椎打而成器者谓之锻。"

〔八〕《说苑》:"齐桓公逐鹿入谷中,见一老公,问为何谷,对曰:'为愚公之谷,以臣名之。臣故畜牸牛,生子大,卖之而买马。少年曰牛不能生马,遂持驹去。邻人以臣为愚,故名愚公谷。'"《水经注》:"时水又北径杜山,北有愚公谷。"

〔九〕纤辙:犹言枉驾也。

冬日有怀李白

寂寞书斋里,终朝独尔思。更寻嘉树传,不忘_{去声}角弓诗〔一〕。短_{刊作裋}褐风霜入〔二〕,还丹日月迟〔三〕。未因乘兴去,空有鹿门期〔四〕。

〔一〕《左传》:"晋韩宣子来聘,公享之,韩子赋《角弓》。既享燕于季氏,有嘉树焉,宣子誉之,武曰:'宿敢不封殖此树,以无忘《角弓》。'遂赋《甘棠》。"公与太白游,情逾兄弟,故言己之不忘太白,犹季武之不忘韩宣也。须溪"种树"解深可嗤笑,其僻谬多此类,不能悉辨。

〔二〕按:《战国策》"邻有短褐",一作"裋"。《史记》:"士不得短褐。"司马贞曰:"短亦作裋。裋,襦也。"《汉书·贡禹传》"裋褐不完",班彪《王命论》"裋褐之袭",皆"裋"字,"竖"音。唐人遂两用之。若少陵"短褐风霜入,还丹日月迟"与"江湖漂短褐,霜雪满飞蓬",以属对言皆不当作"裋"。

〔三〕《神仙传》:"药之上者有九转还丹、太乙金液。"白尝从北海高天师授道箓于齐州紫极宫,故云。

〔四〕鹿门:注别见。

春日忆李白

白也诗无敌《芥隐笔记》云：南唐本一作数，飘然思不群。清新庾开府〔一〕，俊逸芥隐云：一作豪迈鲍参军〔二〕。渭北春天树，江东日暮云〔三〕。何时一樽酒，重与细论文？

〔一〕《周书》："庾信留长安，迁骠骑大将军、开府仪同三司。"
〔二〕《宋书》："临海王子顼在荆州，鲍照为前军参军。"
〔三〕按：太白放还后，复游江东。黄鹤引白《传》天宝初与吴筠隐剡中。是时公未归长安，不当有"渭北"之句。

公与太白之诗，皆学六朝，前诗以李侯佳句比之阴铿，此又比之庾、鲍，盖举生平所最慕者以相方也。王荆公谓少陵于太白，仅比以鲍、庾，阴铿则又下矣。或遂以"细论文"讥其才疏也。此真瞽说。公诗云"颇学阴何苦用心"，又云"庾信文章老更成"，又云"流传江鲍体，相顾免无儿"，公之推服诸家甚至，则其推服太白为何如哉！荆公云云，必是俗子伪托耳。

送孔巢父谢病归游江东兼呈李白

《唐书》："孔巢父，字弱翁，冀州人，早勤文史，少与韩准、李白、裴政、张叔明、陶沔隐居徂徕山，时号竹溪六逸。"《李白集》有送韩准、裴政、孔巢父还山诗。按：诗云"南寻禹穴见李白"，此"江东"乃浙江以东，即会稽也。《晋书》：谢安被召，历年不至，遂栖迟东土；王羲之既去官，遍游东中诸郡。皆谓会稽。太白《怀贺监》诗："欲向江东去，定将谁举杯。稽山无贺老，却棹酒船回。"盖亦以会稽为"江东"也。又按史：巢父以辞永王璘辟署知名，广德中始授右卫兵曹参军。此诗乃天宝中公在京师作，意巢父尝闲游长安，辞官归隐，史不及载。旧注云巢父察永王必败，谢病而归，公作此送之。大谬。

巢父掉头不肯住〔一〕，东将入海随烟雾。诗卷长留天地间，钓竿欲拂珊瑚树〔二〕。深山大泽龙蛇远〔三〕，春寒野阴风景暮〔四〕。蓬莱织女_{赵云当从别本作仙人玉女}回云车〔五〕，指点虚无是征_{《英华》同赵作引}归路。自是君身有仙骨〔六〕，世人那得知其故？惜君只欲苦死留，富贵何如草头露—云：我欲苦留君富贵，何如草头易晞露〔七〕。蔡侯静者意有馀，清夜置酒临前除。罢琴惆怅月照_{荆作点}席，几岁寄我空中书〔八〕？南寻禹穴见李白〔九〕，道甫问信今何如。一本云：巢父掉头不肯住，东将入海随烟雾。书卷长携天地间，钓竿欲拂三珠树。我拟把袂苦留君，富贵何如草头露。深山大泽龙蛇远，花繁草青春日暮。仙人玉女回云车，指点虚无引归路。若逢李白骑鲸鱼，道甫问信今何如。

〔一〕《庄子》："鸿蒙拊髀雀跃掉头曰：吾弗知。"
〔二〕《述异记》："鬱林郡有珊瑚市，海客市珊瑚处也。珊瑚，碧色，生海底，一树数枝，枝间无叶，大者高五六尺。"
〔三〕《左传》："深山大泽，实生龙蛇。"按：龙蛇深藏，必在山泽，借用《左》语，以见巢父掉头归隐之高耳。
〔四〕春寒野阴风景暮：则纪别去之时。或以为寓言时事，虽本《文选》"水深雪雰为小人"之义，然执此说诗，恐伤于凿。
〔五〕《汉·郊祀志》："乃画云气车。"傅玄诗："云为车兮风为马。"
〔六〕王烈之《安城记》："谢廪遇一人乘龟而行，廪知为神人，拜请随去。其人曰：汝无仙骨。"
〔七〕《蒿里歌》："薤上露，何易晞。"

〔八〕钱笺："《西溪丛语》：'空中书用史宗事，乃蓬莱仙人也。洪庆善云"雁足书"，非是。'按《高僧传》：'蓬莱道人寄书，小儿至广陵白兔埭，令其捉杖，飘然而往，足下时闻波涛。'或云：有商人海行，见一沙门求寄书史宗。同侣欲看书，书着船不脱。及至白兔埭，书飞起就宗，宗接而将去。宗后憩上虞龙山寺，会稽谢邵、魏迈之等皆师焉。"

〔九〕《史记·自序》："上会稽，探禹穴。"张晏曰："禹巡狩至会稽而崩，因葬焉。上有孔穴。"《水经注》："会稽山东有硎，去禹庙七里，深不见底，谓之禹井云，东游者多探其穴也。"

兵车行

车辚辚，马萧萧，行人弓箭各在腰。爷娘妻子走相送〔一〕，尘埃不见咸阳桥〔二〕。牵衣顿足拦道哭，哭声直上干云霄。道旁过者问行人，行人但云点行频。或从十五北防河〔三〕，便至四十西营田〔四〕。去时里正与裹头〔五〕，归来头白还《英华》作犹戍边。边亭《英华》作庭流血成海水，武一作我皇开边意未已〔六〕。君不闻汉家山东二百州〔七〕，千村万落生荆杞〔八〕。纵有健妇把锄犁〔九〕，禾生陇亩无东西〔一〇〕。况复秦兵耐苦战，被驱不异犬与鸡。长者虽有问，役夫敢伸恨？且如今年冬，未休关西卒一作：役夫心益愤。如今纵得休，还为陇西卒〔一一〕。县官急索租〔一二〕，租税从何出〔一三〕？信知生男恶，反是生女好〔一四〕。生女犹得嫁比频脂切邻，生男埋没随百草。君不见青海头〔一五〕，古来白骨无人收。新鬼烦冤旧鬼哭〔一六〕，天阴雨湿声一作悲啾啾。

〔一〕古乐府:"不闻爷娘哭子声,但闻黄河流水鸣溅溅。"

〔二〕《史记》索隐:"今渭桥有三所,一在城西北咸阳路,曰西渭桥;一在东北高陵路,曰东渭桥;其中渭桥在故城之北。"《元和郡县志》:"便桥在咸阳县西南十里,以与便门相对,因名,汉武帝造。中渭桥在咸阳县东南二十里,本名横桥,秦始皇造。皆架渭水。"《一统志》:"西渭桥在旧长安西,亦曰便桥,唐时名咸阳桥。"

〔三〕《旧唐书》:"开元十五年,制以吐蕃为边害,令陇右道及诸军团兵五万六千人、河西及诸军团兵四万人集临洮,朔方兵万人集会州防秋,至冬初无寇而罢。"

〔四〕《唐书》:"唐开军府以捍要冲,因隙地以置营田。有警则以军若夫千人助役。"

〔五〕《海录碎事》:"唐制,凡百户为一里,里置正一人。"

〔六〕《汉·严助传》:"武帝是时征伐四夷,开置边郡。"

〔七〕赵曰:"山东者,太行山以东也。唐都长安,河北诸道皆为山东。"《十道四蕃志》:"关以东七道,凡二百一十七州。"

〔八〕阮籍诗:"堂上生荆杞。"

〔九〕古乐府:"健妇持门户,胜一大丈夫。"

〔一〇〕无东西:言疆场不修,禾生无东西之辨也。

〔一一〕未休关西卒:言发山东之卒征戍关西,"关西"即陇外也,此与"开边未已"相应。

〔一二〕《汉·食货志》:"县官当衣租食税而已。"《史记》索隐:"谓国家为县官者,畿内县即国都,王者官天下,故曰官也。"

〔一三〕名隶征伐,则生当免其租税矣。今以远戍之身,复督其家之输赋,岂可得哉!与"健妇锄犁"二语相应。

〔一四〕陈琳诗:"生男慎莫举,生女哺用脯。"

〔一五〕《水经注》:"金城郡南有湟水,出塞外,又东南经卑禾羌海,世谓之青海。"《旧唐书》:"吐谷浑有青海,周回八九百里。高宗龙朔三年,为吐蕃所并。仪凤中,李敬玄与吐蕃战,败于青海。开元中,王君㚟、张景顺、张忠亮、崔希逸、皇甫惟明、王忠嗣，先后破吐蕃，皆在青海西。"

〔一六〕《左传》："夏父弗忌曰：吾见新鬼大，故鬼小。"先言人哭，后言鬼哭，亦相应之辞。

《杜诗博议》："王深父云：'时方用兵吐蕃，故托汉武事为刺。'此说是也。黄鹤谓：'天宝十载，鲜于仲通丧师泸南，制大募兵，击南诏，人莫肯应，杨国忠遣御史分道捕人，连枷送诣军前，故有"牵衣顿足"等语。'按玄宗季年，穷兵吐蕃，征戍绎骚，内郡几遍，当时点行愁怨者，不独征南一役，故公托为征夫自诉之词以讥切之。若云惧杨国忠贵盛而诡其词于关西，则尤不然。太白《古风》云：'渡泸及五月，将赴云南征。怯卒非壮士，南方难远行。长号别严亲，日月惨光晶。泣尽继以血，心摧两无声。'已明刺之矣，太白胡独不畏国忠耶？"

同诸公登慈恩寺塔 原注：时高適、薛據先有作

《两京新记》："京城东第一街进昌坊慈恩寺，隋无漏寺故地，武德初废。贞观二十年，高宗在春宫时，为文德皇后立，故名慈恩寺。西院浮图六级，高三百尺，永徽三年沙门玄奘所立。"《长安志》："慈恩寺在万年县东南八里。"

高标跨苍穹〔一〕，烈风无时休。自非旷士怀，登兹翻百忧。方知象教力〔二〕，足可追冥搜。仰穿龙蛇窟〔三〕，始出《英华》作惊枝撑幽〔四〕。七星在北户〔五〕，河汉声西流〔六〕。羲和鞭白日〔七〕，少昊行清秋〔八〕。秦—作泰山忽破碎〔九〕，泾渭不可求。俯视但一气，焉能辨皇州〔一〇〕？回首叫虞舜〔一一〕，苍梧云正

愁〔一二〕。惜哉瑶池饮,日晏昆仑丘〔一三〕。黄鹄去不息〔一四〕,哀鸣何所投?君看随阳雁,各有稻粱谋〔一五〕。

〔一〕左思《蜀都赋》:"阳鸟回翼乎高标。"
〔二〕王中《头陀寺碑》:"正法既没,象教陵夷。"注:"象教,言为形象以教人也。"
〔三〕旧注:"'龙蛇窟'谓塔间磴道,曲屈而升,如穿龙蛇之窟也。"
〔四〕王延寿《鲁灵光殿赋》:"枝撑权枒而斜据。"注:"枝撑,交木也。"《说文》:"撑,柱也。"《山谷别集》:"慈恩塔下数级,皆枝撑洞黑,出上级乃明。"
〔五〕**补注**:潘耕曰:"《史记·天官书》:'七星颈为员宫,主急事。'本南方之宿,而今在北户,盖季秋之月昏虚中,则七星在北也。"
〔六〕《广雅》:"天河谓之天汉,亦曰河汉。"魏文帝诗:"天汉回西流。"
〔七〕《楚词》注:"羲和,日御也。"李白诗:"羲和无停鞭。"
〔八〕《月令》:"孟秋之月,其帝少昊。"注:"少昊,金天氏。"
〔九〕秦山:谓终南诸山。登高望之,大小错杂,如破碎然。泾渭二水从西北来,远望则不可求其清浊之分也。黄鹤本作"泰山",引宣和间樊察《序雁塔题名》为证,谬矣。
〔一〇〕谢朓诗:"春色满皇州。"
〔一一〕**补注**:《左传》"或叫于宋太庙",注:"叫,呼也。"
〔一二〕《山海经》:"南方苍梧之丘、苍梧之渊,中有九疑山,舜所葬,在长沙零陵界中。"《文选》注:"《归藏·启筮》:有白云出自苍梧,入于大梁。"
〔一三〕《列子》:"穆王升昆仑之丘,以观黄帝之宫,遂宾于西王母,觞于瑶池之上,乃观日之所入,日行万里。"
〔一四〕《韩诗外传》:"田饶谓鲁哀公曰:'夫黄鹄一去千里,止君园池,啄君稻粱,君犹贵之,以其从来远也。故臣将去君,黄鹄举矣。'"
〔一五〕《书》注:"阳鸟,随阳之鸟,鸿雁属。"《广绝交论》:"分雁鹜之稻粱。"

《文章正宗》引师尹注云:"此诗讥明皇荒乐,不若虞舜。'瑶池饮'言王母以比杨妃。'昆仑丘'以比骊山。'黄鹄哀鸣'以比高飞远引之徒。'阳雁'、'稻粱'以比贪禄恋位之徒。"按:《西京新记》载,慈恩寺浮屠前东阶,立太宗撰《三藏圣教序》碑,又寺本为文德皇后祝釐之所。"回首"二句,公即所见而追感昭陵。"叫虞舜"寓意太宗,"苍梧云愁"以二妃比文德,"瑶池日晏"则隐刺贵妃也。三山老人谓"虞舜"、"苍梧"泛思古之圣君者,非也。末以"黄鹄哀鸣"自比,而叹谋生之不若阳雁,盖忧乱之词。《杜诗博议》:"高祖号神尧皇帝,太宗受内禅,故以'虞舜'、'苍梧'言之。"

病后过王倚饮赠歌

按:诗有"长安"、"金城"语,必京师作也。旧编天宝年间,得之。鲁訔编秦州寄高岑诗后,盖因二诗各有病疟语,遂混次耳。

麟角凤觜世莫识—作辨,煎胶续弦奇自见。尚看王生抱此怀,在于甫也何由羡[一]?且遇王生慰畴昔,素知贱子甘贫贱。酷见冻馁不足耻,多病沉年苦无健。王生怪我颜色恶,答云伏枕艰难遍。疟疠三秋孰可忍?寒热百日相交战。头白眼暗坐有胝[二],肉黄皮皱命如线。惟生哀我未平复,为我力致美肴膳。遣人向市赊香粳,唤妇出房亲自馔。长安冬菹酸且绿[三],金城土酥净如练[四]。兼求畜豪—作家且割鲜[五],密沽斗酒谐终宴。故人情义—作味晚谁似?令我手脚轻欲旋辞变切[六]。老马为驹信—作总不虚[七],当时得意况深眷。但使残年饱吃饭,只愿无事长相见。

〔一〕《十洲记》："凤麟洲在西海中央，洲上专多凤麟，数百合群。亦多仙家，煮凤喙及麟角，合煎作胶，名为集弦胶，或云连金泥。此胶能属连弓弩断弦，折剑亦以胶连之。"此美王生怀麟角凤觜之奇，而因自愧其无可羡也，以王生眷己之厚，故云然。

〔二〕《说文》："胝，腄也。"《广韵》："皮厚也。"

〔三〕《周礼》"菹"注："全物若䐑为菹，细切为齑。"崔寔《四民月令》："九月作葵菹，其岁温，即待十月。"

〔四〕《唐书》："金城县属京兆府。景龙二年，送金城公主降吐蕃至此，改曰金城。至德二载，更名兴平。"《长安志》："京兆府岁贡兴平酥、咸阳梨，不列方物。"

〔五〕畜豪：即豪猪也，注别见。《西京赋》："割鲜野食。"

〔六〕旋：谓手脚旋转也。《唐书》："安禄山作胡旋舞，其捷如风。"

〔七〕《诗》："老马反为驹，不顾其后。"注："已老矣，而孩童慢之。"自言老为时辈所忽，赖有王生眷之，正用《诗传》本旨。须溪以为喻健啖，大可笑。

示从孙济

《唐书·宰相世系表》："济，字应物，给事中、京兆尹。"钱笺："颜真卿《神道碑》：征南十四代孙，东川节度使兼京兆尹。"

平明跨驴出，未知—作委适谁门。权门多噂沓〔一〕，且复寻诸孙。诸孙贫无事，客舍如荒村。堂前自生竹，堂后自生萱。萱草秋已死，竹枝霜不蕃 吴作繁，郭作翻。淘米少汲水，汲多井水浑。刈葵莫放手，放手伤葵根〔二〕。阿翁懒惰久，觉儿行步奔。所来—作求为宗族，亦不为盘飧。小人利口实—云实利口,薄俗难具论。勿受外嫌猜〔三〕,同姓古所敦。

〔一〕《诗》:"噂沓背憎。"笺:"噂噂沓沓,相对语,背则相憎逐。"
〔二〕鲍照诗:"腰镰刈葵藿。"《后汉》:"永平《诏》:权门请托,残吏放手。"古诗:"采葵莫伤根,伤根葵不生。结交莫羞贫,羞贫交不成。"赵曰:"时必淘米刈葵,因以为兴。族之有宗,犹水之有源、葵之有根也。水有源,勿浑之而已;葵有根,勿伤之而已;族有宗,则亦勿疏之而已。"
〔三〕鲍照诗:"不受外嫌猜。"

杜位宅守岁

集有《寄弟行军司马位》诗。《唐书·世系表》:"杜位出襄阳房,为考功郎中、湖州刺史,后贬新州。"钱笺:"《困学纪闻》:'位,林甫诸婿也。"四十明朝过",《年谱》谓天宝十载,时林甫方在相位。"盍簪"、"列炬",其炙手之徒欤?又《寄杜位》诗"近闻宽法离新州",其流贬盖以林甫,故《林甫传》云"诸婿杜位等皆贬官"。'"

守岁阿戎刊作咸家〔一〕,椒盘已颂花〔二〕。盍簪喧枥马〔三〕,列炬散林鸦。四十明朝过,飞腾暮景斜〔四〕。谁能更拘束?烂醉是生涯。

〔一〕黄曰:"阿戎,旧注引阮籍交王浑子戎。杜位乃公之从弟,不应用父子事。善本作'阿咸'。东坡《与子由》诗'头上银幡笑阿咸',又'欲唤阿咸来守岁,林乌枥马斗喧哗',正用此诗也。"按:王戎固不当引,阮咸于籍,亦叔侄也,可漫用耶?《南史》:"齐王思远,小字阿戎,王晏之从弟也。明帝废立,尝规切晏。及晏拜骠骑,谓思远兄思徵曰:'隆昌之际,阿戎劝吾自裁,若如其言,岂得有今日?'思远曰:'如阿戎所见,尚未晚也。'晏大怒,后果及祸。"子美诗用"阿戎",盖出此耳。《通鉴》注:"晋宋间人,多呼弟为阿戎。"

〔二〕崔寔《四民月令》:"过腊一日,谓之小岁,拜贺君亲,进椒酒,从小起。后世率于正月一日,以盘进椒,饮酒则撮置酒中,号椒盘焉。"《晋书》:"刘臻妻陈氏,元旦献《椒花颂》曰:标美灵葩,爰采爰献。"

〔三〕朱新仲《猗觉寮杂记》:"《易·豫·九四》'朋盍簪',王弼云:'盍,合也;簪,疾也。谓朋来之速。'子美'盍簪喧枥马',以簪为冠簪之簪。按古冠有笄,不谓之簪,簪乃后人所名。当以弼言为正。"

〔四〕李尤诗:"年岁晚暮日已斜。"吴均诗:"景斜不可驻。"

玄都坛歌寄元逸人

故人昔隐东蒙峰〔一〕,已佩含景苍精龙〔二〕。故人今居子午谷〔三〕,独在—作并阴崖结茅屋。屋前太古玄都坛〔四〕,青石漠漠松风寒〔五〕。子规夜啼山竹裂〔六〕,王母昼下云旗翻〔七〕。知君此计成长往,芝草琅玕日应长〔八〕。铁锁高垂不可攀〔九〕,致身福地何萧爽〔一〇〕!

〔一〕东蒙:注见前。按:公《同太白访范隐居》诗"予亦东蒙客,怜君如弟兄",此在鲁郡作也。《昔游》诗"东蒙赴旧隐,尚忆同志乐",正指元逸人言之。陆放翁谓"东蒙"乃终南山峰名,引种明逸诗"登遍终南峰,东蒙最孤秀"为证,乃喜新之说,不足信也。

〔二〕《初学记》:"后汉公孙瑞《剑铭》:从革庚新,含景吐商。"《史记》

索隐:"《文耀钩》云:东宫苍帝,其精为龙。"《春秋繁露》:"剑之在左,苍龙象也。"潘鸿曰:"《抱朴子》云:'道术诸经,可以却恶防身者,有数千法,如含景、藏形等,不可胜计,亦各有效也。'又云:'诸大符出于老君,其中有青龙符等,行用之,可以得仙。'此诗'已佩含景苍精龙'即所谓青龙符耳。"

〔三〕《汉书》:"子午道,从杜陵直绝南山,径汉中。"注:"子,北方也;午,南方也。言通南北,道相当。今京城直南山有谷通梁汉道者,名子午谷。"《三秦记》:"长安正南,山名秦岭,谷名子午。"

〔四〕《十洲记》:"玄洲在北海,去岸三十六万里,上有太玄都,仙伯真公所治。"《玉京经》:"玄都玉京山有七宝城,太上无极大道虚皇君之所治也,高仙之玄都焉。"《唐六典》:"炀帝改佛寺为道场,道观为玄坛。"

〔五〕《述异记》:"利州葭萌县玉女房,是大石穴,前有竹数茎,下有青石坛,每因风自扫。"

〔六〕《禽经》:"鶪,巂周,子规也。江介曰子规,蜀右曰杜宇。"注:"瓯越间曰怨鸟,夜啼达旦,血渍草木,凡啼必北面。"

〔七〕《列仙传》:"穆王与王母会瑶池,云旗霓裳拥簇,自天而下。"

〔八〕《汉武内传》:"王母曰:太上之药,有广庭芝草、碧海琅玕。"

〔九〕钱笺:"《法苑珠林》:终南山大秦岭竹林寺,贞观初,采蜜人山行,闻钟声,寻而往至焉。寺旁大竹林可二顷,其人断二竹节以盛蜜,寻路至大秦戍,具告防人。戍主利其大竹,遣人觅取。过小竹谷,达于崖下,有铁锁长三丈许,防人曳锁,掣之大牢。将上,有二虎踞崖头,向下大呼。其人怖,急返。"

〔一○〕《洞天福地记》:"终南山太乙峰,在长安西南五十里,左右四十里内皆福地。"

杜工部诗集卷之二

天宝中,公在京师作。

乐游园歌 原注：晦日贺兰杨长史筵醉中作

《英华》题作"晦日贺兰杨长史筵醉歌"。《汉书》："神爵三年,起乐游苑。"注："《三辅黄图》云在杜陵西北。《关中记》云宣帝立庙于曲江之北,号乐游,盖本为乐游苑,后因立庙。"《长安志》："乐游苑在京兆万年县南八里,亦曰乐游原。"《两京新记》："长安中,太平公主于原上置亭游赏。每正月晦日、三月三日、九月九日,士女咸即此祓禊登高,词人乐饮歌诗,翼日传于都市。"黄曰："《唐志》：'德宗时,李泌请废正月晦,以二月朔为中和节。'则是前此以晦日为节也。"

乐游古园崒_{昨没切}森爽[一],烟绵碧草萋萋长。公子华筵势最高,秦川对酒平如掌[二]。长生木瓢示《英华》作乐真率[三],更调鞍马狂一作雄欢赏。青春波浪芙蓉园[四],白日雷霆夹城仗。闾阖晴开㽞旧作映,赵定作㽞,《英华》同荡荡[五],曲江翠幕排银榜[六]。拂水低回舞袖翻,缘云清切歌声上_{上声}[七]。却忆年年人醉时,只今未醉已先悲。数茎白发那抛得？百罚深杯亦不辞。圣朝亦一作已知贱士丑,一物自《英华》作但荷皇天慈。此身饮罢无归处,独立苍茫自咏诗。

〔一〕《长安志》："乐游原居京城之最高，四望宽敞，京城之内，俯视如掌。"

〔二〕《三秦记》："长安正南秦岭，岭根水流为秦川，一名樊川。"鲍照诗："九衢平若掌。"

〔三〕长生木瓢：未详。或云以长生木为酒瓢。长生木，见《西京杂记》。晋嵇含有《长生木赋》。

〔四〕钱笺："《雍录》：'汉宣帝乐游庙，唐世基迹尚存，与芙蓉园、芙蓉池相并。宇文恺为隋营京城，以东南隅地高不便，穿芙蓉池以厌之。'《两京新记》：'芙蓉园本隋氏离宫，居地三十顷，周围十七里。'张礼《游城南记》：'芙蓉园在曲江西南，与杏园皆秦宜春下苑地。园内有池，谓之芙蓉池，唐之南苑也。'"《两京新记》："开元二十年，筑夹城入芙蓉园，自大明宫夹东罗城复道，经通化门观，以达兴庆宫，次经春明、延喜门，至曲江芙蓉园，而外人不知也。"

〔五〕《汉志》"天马歌"："游阊阖，观玉台"；"天门歌"："天门开，詄荡荡。"注："阊阖，天门也。""詄"读如"迭"。

〔六〕潘尼诗："翠幕映洛湄。"《神异经》："东方东明山有宫焉，墙面一门，门有银榜，以青石碧镂，题曰天地长男之宫。"

〔七〕《灵光殿赋》："缘云上征。"《列子》："秦青抚节悲歌，声振林木，响遏行云。"

曲江三章章五句

相如《哀二世赋》："临曲江之隑洲。"注："曲江在杜陵西北五里。"《两京新记》："朱雀街东第五街，皇城之东第三街，升道坊龙华尼寺南，有流水屈曲，谓之曲江。"康骈《剧谈录》："曲江池，本秦隑洲，开元中疏凿为胜境。其南有紫云楼、芙蓉苑，其西有杏园、慈恩寺。花卉环列，烟水明媚，都人游赏,盛于中和、上巳二节。"

曲江萧条秋气高,菱荷枯折随风涛,游子空嗟垂二毛。白石素沙亦相荡,哀鸿独叫求其曹〔一〕。

〔一〕刘安《招隐士》:"禽兽骇兮亡其曹。"

即事非今亦非古〔一〕,长歌激越捎林莽莫补切〔二〕,比屋豪华固难数。吾人甘作心似灰〔三〕,弟侄何伤泪如雨!

〔一〕陶潜诗:"即事多所欣。"
〔二〕宋玉《风赋》:"蹶石伐木,梢杀林莽。"
〔三〕《汉书》"宣房歌":"泛滥不止兮愁吾人。"《庄子》:"心固可使如死灰乎?"

自断此生休问天,杜曲幸有桑麻田〔一〕,故将移住南山边。短衣匹马随李广,看射猛虎终残年〔二〕。

〔一〕钱笺:"《雍录・樊川》:'韦曲东十里,有南杜、北杜。杜固谓之南杜,杜曲谓之北杜。二曲,名胜之地。'"
〔二〕《汉・李广传》:"广屏居蓝田南山中射猎,见草中石,以为虎而射之,中石没羽,视之,石也。广所居郡,闻有虎,常自射之。"

贫交行

翻手作云覆音福手雨,纷纷轻薄何须数?君不见管鲍贫时交,此道今人弃如土。

蔡梦弼曰:"'翻手作云覆手雨'言云气不待族而雨,则雨所济者微。'管鲍之交'岂片云过雨之沾丐者?"按:颜延年《和谢监》诗云:"朋好云雨垂。"夫云合而雨散,云一为雨则离不复合矣。一翻覆手之间,云雨已判,极叹交道之不可久也。太白云"前门长揖后门关",公诗云"当面输心背面笑",与此同慨。

白丝行

缫丝须长不须白〔一〕,越罗蜀锦金粟尺〔二〕。象床玉手乱殷<small>乌闲切</small>红〔三〕,万草千花动凝碧。已悲素质随时染<small>一作改</small>,裂下鸣机色相射<small>食亦切</small>〔四〕。美人细意熨贴平〔五〕,裁缝灭尽针线迹。春天衣着<small>陟略切</small>为君舞,蛱蝶飞来黄鹂语。落絮游丝亦有情,随风照日宜<small>《英华》同,一作疑</small>轻举。香汗清<small>一作轻</small>尘污颜色<small>《英华》作似微污</small>,开新合故置何许〔六〕?君不见才<small>《英华》作志</small>士汲引难,恐惧弃捐忍羁旅。

〔一〕《广韵》:"缫,绎茧为丝也,缲同。"

〔二〕旧注:"富贵家尺,以金粟饰之。"何逊诗:"金粟裹搔头。"

〔三〕《广韵》:"殷,赤黑色。"《左传》:"左轮朱殷。"赵曰:丝织为罗锦,遂有'殷红''凝碧'之色,故曰'不须白'。"

〔四〕鲍照诗:"缫丝复鸣机。"色相射:五色射人也。

〔五〕《韵会》:"熨,持火展缯。"

〔六〕鲍照诗:"佳期怅何许。"赵曰:"人情喜新而用之,故而置之。'置何许',叹其必委弃也。"

"白丝行",即墨子"悲素丝"意也。起语是有激言之,白丝素质,随时染裂,称意裁缝,卒为人所弃置。明有志之士,不当轻变所守,妄以汲引望人也。

前出塞九首

《晋·乐志》:"《出塞》《入塞》曲,李延年造。"黄鹤注以前、后《出塞》俱公在秦州作。今从《草堂》本分编。

戚戚去故里,悠悠赴交河〔一〕。公家有程期〔二〕,亡命婴祸罗。君已富土境,开边一何多!弃绝父母恩,吞声行负戈。

〔一〕交河:注见首卷。
〔二〕程期:程限期会也。

出门日已远,不受徒旅欺。骨肉恩岂断?男儿死无时〔一〕。走马脱辔头〔二〕,手中挑青丝〔三〕。捷下万仞冈,俯身试搴旗〔四〕。

〔一〕死无时:言时时可死也。
〔二〕乐府《木兰诗》:"南市买辔头。"
〔三〕青丝:注见一卷。

〔四〕曹植诗:"俯身散马蹄。"

磨刀鸣咽水〔一〕,水赤刃伤手。欲轻肠断声,心绪乱已久。丈夫誓许国,愤惋复何有?功名图麒麟〔二〕,战骨当速朽〔三〕。

〔一〕《辛氏三秦记》:"陇山,天水大阪也。山顶有泉,清水四注,东望秦川,如四五里。俗歌:'陇头流水,鸣声幽咽。遥望秦川,肝肠欲绝。'"时将征吐蕃,故度陇而经此水也。
〔二〕麒麟阁:注别见。
〔三〕《礼记》:"宋司马造石椁,孔子曰:死不如速朽也。"

送徒既有长〔一〕,远戍亦有身。生死向前去,不劳吏怒嗔!路逢相识人,附书与六亲〔二〕。哀哉两决绝,不复同苦辛。

〔一〕《史记》:"高祖以亭长为县送徒骊山。"
〔二〕《汉书》注:"六亲:父、母、兄、弟、妻、子。"

迢迢万里馀,领我赴三军。军中异苦乐,主将宁尽闻?隔河见胡骑,倏忽数百群。我始为奴仆〔一〕,几时树功勋?

〔一〕《公孙弘传赞》:"卫青奋于奴仆。"

挽弓当挽强,用箭当用长。射人先射马〔一〕,擒贼先擒王。杀人亦有限,列—作立国自有疆。苟能制侵陵,岂在多杀伤？

〔一〕《左传》："乐伯左射马而右射人。"

驱马天雨_{去声}雪，军行入高山。径危抱寒石，指落曾冰间〔一〕。已去汉月远，何时筑城还〔二〕？浮云暮南征，可望不可攀。

〔一〕《汉书》："高帝自将击匈奴，会久雨雪，士卒堕指者十二三。"
〔二〕时哥舒翰屡筑军城，备吐蕃。

单于寇我垒，百里风尘昏。雄剑四五动，彼军为我奔〔一〕。虏其名王归〔二〕，系颈授辕门〔三〕。潜身备行列，一胜何足论！

〔一〕《烈士传》："楚王夫人常纳凉而抱铁柱，心有所感，遂产一铁。楚王命镆铘铸此精为双剑，三年乃成。剑一雌一雄，镆铘留雄而以雌进。剑在匣中常悲鸣，王问群臣，群臣对曰：'剑有雌雄，鸣者雌，忆其雄也。'王怒，收镆铘杀之。其子眉间尺乃为父杀楚王。"《越绝书》："晋、郑围楚，三年不解。楚引太阿之剑，登城麾之，三军破败，士卒迷惑，流血千里。"
〔二〕《匈奴传》："虏名王、贵人以百数。"师古曰："名王，谓有大名，以别诸小王也。"
〔三〕《贾谊传》："请系单于之颈而制其命。"

从军十年馀，能无分寸功？众人贵苟得，欲语羞雷同。中原有斗争，况在狄与戎！丈夫四方志，安可辞固_{一作困}穷！

按：唐史：开元、天宝间，无岁不有吐蕃之役。时冒军功以进者必多，故后二章皆托为有功而不伐者以讽之。

送裴二虬尉永嘉

韩愈《裴复墓志》："父虬，有气略，敢谏净，官谏议大夫，有宠代宗朝，屡辞不拜，卒赠工部尚书。"《唐书》："永嘉县，属温州。"

孤屿亭何处[一]？天涯水气中。故人官就此，绝境兴—作与谁同？隐吏逢梅福[二]，游山忆谢公[三]。扁舟吾已就—作具，把钓—作只是待秋风。

〔一〕谢灵运有《登江中孤屿》诗。《寰宇记》："孤屿在温州南四里永嘉江中，屿有二峰，谢灵运所游，后人建亭其上。"

〔二〕《汉书》："梅福，九江人，补南昌尉。王莽专政，一朝弃妻子去，九江至今传以为仙。"

〔三〕《宋书》："谢灵运出为永嘉太守，郡有名山水，肆意游遨。"赵曰："今积谷山南有谢公岩，其东有谢公池。灵运集有《登郡东山望海》诗。旧注引谢安事，非。"

送张十二参军赴蜀州，因呈杨五侍御

《唐书》："都督诸州，俱有参军事，掌出使赞导。""蜀州唐安郡，属剑南道，垂拱二年析益州置。"

好去张公子，通家别恨添。两行秦树直〔一〕，万点蜀山尖。御史新骢马〔二〕，参军旧紫髯〔三〕。皇华吾善处〔四〕，于汝定无嫌。

〔一〕《唐会要》："开元二十八年正月，令两京道路并种果树。"
〔二〕《后汉书》："桓典拜侍御史，常乘骢马。"
〔三〕《晋书》："郗超为桓温参军，超有髯，府中号曰髯参军。"《献帝春秋》："张辽问吴降人：'有紫髯将军是谁？'曰：'是孙会稽。'"
〔四〕《陈平传》："金多者得善处，金少者得恶处。"

送韦书记赴安西

《唐书》："元帅节度府有掌书记一人，关预军中机密。"安西：注见一卷。

夫子欻通贵，云泥相望悬。白头无藉在〔一〕，朱绂有哀怜〔二〕。书记赴三捷，公车留二年〔三〕。欲浮江海去，此别意茫然。

〔一〕赵曰："'无藉在'谓无所倚藉，故用对'哀怜'。旧注作'通籍'之'籍'，非是。"
〔二〕《礼记》："诸侯佩山玄玉而朱组绶。"《说文》："绶，韍维也。"《汉书》"赤韍縓"注："韍，以系印；縓者，系也。"韍、绶同。按：唐制，御史赐金印朱绶。韦书记必兼官御史，故云"朱绂有哀怜"。
〔三〕《汉书》注："公车令，属卫尉，上书者所诣。"《本传》："天宝十载，献三赋，命待制集贤。"

奉赠鲜于京兆二十韵

《唐书·李叔明传》："叔明,本姓鲜于氏。兄仲通,字向,天宝末为京兆尹。"《杨国忠传》："国忠素德仲通,使讨云南,举军没,以白衣领职。未几,国忠引为京兆尹。"按:《通鉴》："天宝十一载四月,王𫟹得罪,敕杨国忠鞠之,仍兼京兆尹。至十一月庚申,为右相。十二载正月,京兆尹鲜于仲通讽选人请为国忠刻颂,立于省门,制仲通撰其词。"盖国忠入相,仲通随擢尹京兆也。

王国称多士,贤良复几人？异才应间出一作世,爽气必殊伦。始见张京兆〔一〕,宜居汉近臣。骅骝开道路,鵰鹗离去声风尘〔二〕。侯伯知何等刊作算,文章实致身。奋飞超等级,容易失沉沦〔三〕。脱略磻溪钓〔四〕,操持郢匠斤〔五〕。云霄今已逼,台衮更谁亲？凤穴雏皆好〔六〕,龙门客又新〔七〕。义声纷感激,败绩自逡巡〔八〕。途远一作永欣何向？天高难重陈。学诗犹孺子一云子夏,乡赋念一作忝嘉宾〔九〕。不得同晁错〔一〇〕,吁嗟后郄音隙诜〔一一〕。计疏疑翰墨,时过忆松筠。献纳纾皇眷,中间谒紫宸〔一二〕。且随诸彦集,方觊薄才伸。破胆遭前政,阴谋独秉钧〔一三〕。微生沾忌刻,万事益酸辛。交合丹青地〔一四〕,恩倾雨露辰。有儒愁饿死,早晚报平津〔一五〕。

〔一〕《汉书》："黄霸守京兆尹,视事数月,不称。于是以胶东相张敞守京兆尹,敞治京兆,略循赵广汉之迹。"

〔二〕按:史称仲通轻财好施,其人必豪迈有才气,故以"骅骝"、"鵰鹗"比之。

〔三〕仲通为国忠所荐，节度剑南，国忠又掩其泸水之败，得入为京兆尹。此曰"文章实致身"与"容易失沉沦"，颂之亦讽之也。

〔四〕《水经注》："渭水之右，磻溪水注之。溪中有泉，谓兹泉。东南隅石室，太公所居，水次平石，即太公垂钓之所。"

〔五〕《庄子》："郢人垩墁其鼻端若蝉翼，使匠石斫之，匠石运斤成风，尽垩而鼻不伤。"

〔六〕《山海经》："丹穴之山有鸟焉，其状如鸡，五采而文，名曰凤凰。"按：颜鲁公《仲通墓碑》载仲通子六人，皆有令问。详后《送鲜于万州》诗。

〔七〕《李膺传》："膺性简亢，被容接者，名为登龙门。"

〔八〕败绩：公自谓。

〔九〕乡赋：谓乡举。《晁错传》："以臣错充赋。"《诗》序："《鹿鸣》，宴群臣嘉宾也。"

〔一〇〕《晁错传》："文帝诏有司举贤良文学士，错在选中。时对策者百馀人，惟错为高第，由是选中大夫。"

〔一一〕《晋书》："泰始中，举贤良直言之士，郄诜以对策上第，拜议郎。"此序开元末应乡举下第之事。

〔一二〕紫宸殿：注别见。此序献《三大礼赋》、召试集贤院之事。

〔一三〕前政、秉钧：谓李林甫也。《林甫传》："帝诏天下通一艺以上，皆诣京师。林甫恐草野之士对策斥言其奸恶，建言委尚书省覆试，遂无一人及第。"是时国忠已代林甫，故云"前政"也。

〔一四〕《盐铁论》："公卿者，神化之丹青。"

〔一五〕《汉·公孙弘传》："元朔中，代薛泽为丞相，封平津侯。" 按："平津"谓国忠也。仲通与国忠深交，此诗疑公谒选时所上，故望其汲引。旧注"平津"指鲜于，谬矣。

奉留赠集贤院崔国辅于休烈二学士

《唐六典》："开元十三年，召学士张说等宴于集仙殿，改名集贤殿。修书所，为集贤殿书院。五品以上为学士，六品以下为直学士。"《唐诗纪事》："崔国辅，吴郡人，初授许昌令，累迁集贤直学士、礼部员外郎。"《唐书》："于休烈，开元初第进士，自秘书省正字，累迁集贤殿学士，转比部员外郎郎中。" 黄曰："公献三赋，明皇奇之，召试文章，崔、于二学士当是试文之官也。公诗：'集贤学士如堵墙，观我落笔中书堂。'"

昭代将垂白，途穷乃叫阍〔一〕。气冲星象表，词感帝王尊。天老书题目〔二〕，春官验讨论〔三〕。倚风遗鹝_{音逸，鹝同}路〔四〕，随水到龙门〔五〕。竟与蛟螭杂，空闻_{一作宁无}燕雀喧。青冥_{一作云}犹契阔〔六〕，凌厉不_{一作小}飞翻。儒术诚难起，家声庶已存。故山多药物〔七〕，胜概忆桃源〔八〕。欲整还乡斾，长怀禁掖垣〔九〕。谬称三赋在，难述二公恩_{原注：甫献《三大礼赋》出身，二公常谬称述}。

〔一〕钱笺："《唐六典》：'延恩匦，凡怀才抱器、希于闻达者投之。'公献《三大礼赋》，进《雕赋》《封西岳赋》，皆投延恩匦，故曰'叫阍'。"

〔二〕《圣贤群辅录》："《论语摘辅象》云：黄帝七辅，其一曰天老。"《帝王世纪》："黄帝以风后配上台，天老配中台，五圣配下台，谓之三公。"《南史·杜之伟传》："与学士刘陟等钞撰群书，各为题目。"

〔三〕《周礼》："大宗伯为春官。"

〔四〕《左传》："六鹝退飞，过宋都，风也。"

〔五〕《三秦记》："龙门在河东界，每暮春，有黄黑鲤鱼自海及诸川争来赴之，得上者便化为龙，否则曝腮点额而退。"

〔六〕公以词赋为人主所知，再降恩泽，止送隶有司，参列选序，故有"青冥契阔"之叹。

〔七〕公族在杜陵，而田园在洛阳。此云"故山"，谓东都故居也。

〔八〕桃源：在武陵，唐时属朗州。《方舆胜览》："桃源在鼎州桃源县南二十里,旁有秦人洞。"按:唐朗州,即宋鼎州,今为常德府。"忆桃源",以故山比之桃源也。

〔九〕刘桢《赠徐幹》诗:"隔此西掖垣。"

投赠哥舒开府翰二十韵

《唐六典》:"从一品曰开府仪同三司,为散官。"《旧唐书·哥舒翰传》:"翰,突骑首领哥舒部落之后也,蕃人多以部落为姓,因以为氏。"《新书》:"天宝十一载,翰自陇右节度副大使,加开府仪同三司。"

今代麒麟诸本多作骐骥,误阁〔一〕,何人第一功〔二〕?君王自神武,驾驭必英雄〔三〕。开府当朝杰,论兵迈古风。先锋百胜一作战在,略地一作妙略两隅空〔四〕。青海无《英华》作飞传箭〔五〕,天山早挂弓〔六〕。廉颇仍走敌〔七〕,魏绛已和戎〔八〕。每惜河湟弃〔九〕,新兼节制通〔一〇〕。智谋垂睿《英华》作眷想,出入冠诸公〔一一〕。日月低秦树,乾坤绕汉宫。胡人愁逐北,宛马又从东〔一二〕。受命边沙一作军麾远,归来御席同。轩墀曾宠鹤〔一三〕,畋猎旧非熊〔一四〕。茅土加名数〔一五〕,山河誓始终〔一六〕。策行遗《英华》作宜战伐〔一七〕,契合动昭融〔一八〕。勋业青冥上,交亲气概中〔一九〕。未为珠履客〔二〇〕,已见一作是白头翁。壮节初题柱〔二一〕,生涯独转蓬。几年春草歇〔二二〕,今日暮途穷。军事留孙楚〔二三〕,行间识吕蒙一作:乡曲轻周处,将军拔吕蒙〔二四〕。防身一一作腰间有长剑,将一作聊欲倚崆峒〔二五〕。

65

〔一〕《汉书》:"甘露三年,单于入朝,上思股肱之美,乃图画大将军霍光等十一人于麒麟阁。"张晏曰:"武帝获麒麟时,作此阁。"王应麟曰:"阁必附殿。《翼奉传》云:文帝时,未央宫未有麒麟殿,则其时并无阁。颜师古引《汉疏》云萧何造,非也。"

〔二〕《杜诗博议》:"按《高宗纪》,总章元年三月,以太原元从西府功臣分为第一功、第二功二等官,其后有差。此诗以'第一功'期翰,欲其远比开国之功臣也。旧注引汉高论功以萧何为第一,殊不切。"

〔三〕哥舒本蕃将,必驾驭之而成功,故以"神武"归美天子,此立言之体也。

〔四〕《旧唐书》:"翰好读《左氏春秋传》及《汉书》,通大义。初事河西节度使王倕,倕攻新城,使翰经略。又事王忠嗣,迁左卫郎将。吐蕃寇边,翰拒之于苦拔海。其众三行,从山差池而下,翰持半段枪迎击,所向披靡。寻充陇右节度副使,设伏歼吐蕃于积石军。"按:"两隅空",指河西、陇右言之。旧注:北征突厥,西伐吐蕃。甚谬。

〔五〕青海:注见一卷。《旧唐书》:"天宝六载,翰代王忠嗣为陇右节度使,筑神威军于青海上。吐蕃至,攻破之。又筑城于青海中龙驹岛,吐蕃屏迹。"

〔六〕《史记》索隐:"祁连山,一名天山,亦曰白山,在张掖、酒泉二郡界。"《唐书》:"西州交河郡有天山,开元二年,置天山军,隶河西道。"

〔七〕《史记》:"廉颇,赵良将,破齐攻魏,封为信平君。"钱笺:"按本传,翰年已老,素有风疾,故以廉颇为比。"

〔八〕《左传》:"晋魏绛说悼公,和戎有五利。公说,使绛盟诸戎,赐之女乐二八,歌钟一肆。"《新书》:"十二载,赐翰音乐田园。"故以魏绛为比也。

〔九〕《旧唐书·吐蕃传》:"湟水出蒙谷,抵龙泉,与河合。河之上流由洪济梁,西南行二千里,世举谓西戎地曰河湟。"

〔一〇〕《新书》:"睿宗时,杨矩为鄯州都督,奏请黄河九曲地为公主汤沐。九曲水甘草良,宜畜牧,近与唐接,自是虏益张雄,易入寇。""十二载,翰进封凉国公,加河西节度使,攻破吐蕃洪济、大漠门等城,悉收九曲。以其地置洮阳郡,筑神策、宛秀二军。"

〔一一〕赵曰:"以翰收复河西,故为帝所系想,出建节而入归朝,为诸公之冠也。旧注引王忠嗣被罪,诏翰入朝,帝虚心待之。事在复河湟以前,非是。"

〔一二〕宛马:注见一卷。

〔一三〕《左传》:"卫懿公好鹤,鹤有乘轩者。"注:"轩,大夫车也。"《邵氏闻见录》:"轩墀宠鹤,或以为病。按《韵会》:'檐宇之末曰轩。'取车象也,借用无害。"

〔一四〕《史·齐世家》:"文王将猎,卜曰:'所获非龙、非彲、非虎、非黑,乃霸王之辅。'果遇太公于渭阳,载与俱归。"按:《史记》及《六韬》并无"非熊"语。洪容斋云后人使"非熊",始于吕翰《蒙求》,然公诗已先之矣。《尔雅翼》"熊之雌者为黑",则"熊""黑"殆可互用。钱笺:"《旧书》:翰与安禄山、安思顺并为节度使。禄山在范阳,思顺、翰分控陇、朔,故曰'受命边沙远'。翰素与二人不协,上命结为兄弟。十一载冬,并来朝。使高力士于京城东驸马崔惠童山池宴会,赐热洛河以和解之,故曰'归来御席同'也。'宠鹤'、'非熊',即御席之人分别言之。言禄山、思顺,轩墀之鹤耳,岂如翰为田猎之非熊乎?以卫懿公托讽玄宗,讥其不能屏禄山、思顺而专任翰也。刘会孟漫评之曰:此语深愧士大夫。不知何谓?"

〔一五〕《书》传:"王者建诸侯,各割其方色土与之,使立社,煮以黄土,苴以白茅。茅取其洁,黄土取王者覆四方。"《汉书》:"徙名数于长安。"注:"名数,户籍也。"

〔一六〕《汉书》:"高祖封功臣,誓曰:'使黄河如带,泰山若砺。国以永存,爰及苗裔。'"

〔一七〕《旧唐书·玄宗纪》:"天宝十二载九月,陇右节度使、凉国公哥舒翰,进封西平郡王,食实封五百户。" 遗战伐:犹云王者无战。

〔一八〕《诗》:"昭明有融。"注:"融,长也。天既光大汝成王以昭明之道,甚有长也。"

〔一九〕《旧唐书》:"翰倜傥任侠,好然诺,纵蒲酒,疏财重气,士多归之。"

〔二〇〕《史记》："春申君客三千馀人,其上客皆蹑珠履。"

〔二一〕《成都记》："司马相如初西去,题升仙桥柱曰:'不乘驷马车,不复过此桥。'后果乘传至其处。桥在望乡台东南一里,管华阳县。"

〔二二〕谢灵运诗："芳草亦未歇。"

〔二三〕《晋书》："孙楚为石苞参军,楚负其才气,颇侮易苞。初至,长揖曰:'天子命我参卿军事。'"

〔二四〕《吴志》："吕蒙幼随姊夫郑当击贼,策引置左右,张昭荐蒙,拜别部司马。"陆机《辨亡论》："拔吕蒙于戎行。" 钱笺:"翰奏侍御史裴冕为河西行军司马,严挺之子武为节度判官,河东吕諲为度支判官,前封丘尉高适为掌书记,又萧昕亦为翰掌书记,是皆委之军事也。翰为其部将论功,陇右十将皆加封。若王思礼为翰押衙,鲁炅为别将,郭英乂亦策名河陇间,又奏安邑曲环为别将,是皆拔之行间也。"

〔二五〕《旧书》："陇右道岷州溢乐县有崆峒山,山在县西二十里。""倚剑崆峒",盖言欲入戎幕。

叹庭前甘菊花

庭—作阶,一作檐前甘菊移时晚,青蕊重阳不堪摘。明日萧条醉尽醒—作尽醉醒,残花烂熳开何益?篱边野外多众芳,采撷细琐升中堂。念兹空长大枝叶,结根失所缠—作埋风霜。

醉时歌 原注:赠广文馆博士郑虔

诸公衮衮登台—作华省,广文先生官独冷〔一〕。甲第纷纷厌粱肉,广文先生饭不足。先生有道出羲皇,先生有才—作文过屈宋。德尊一代常坎坷,名垂万古知何用!杜陵野客人更—作见嗤〔二〕,被褐短窄鬓如丝。日籴太仓五升米〔三〕,时赴郑老同襟《英华》同,—作衾期〔四〕。得钱即相觅,沽酒不复疑。忘形到尔汝〔五〕,痛饮真吾师。清夜沉沉动春酌,灯—作檐前细雨檐—作灯花落〔六〕。但觉高歌有鬼神,焉知饿死填沟壑!相如逸才亲涤器〔七〕,子云识字空投阁〔八〕。先生早赋《归去来》,石田茅屋荒苍苔。儒术于我何有哉?孔丘盗跖俱尘埃。不须闻此意惨怆,生前相遇且衔杯。

〔一〕《旧唐书》:"天宝九载七月乙亥,国子监置广文馆。"《新书·郑虔传》:"玄宗爱虔才,欲置左右,以不事事,更置广文馆,以虔为博士。在官贫约,甚淡如也。"

〔二〕《汉书》:"元康元年,以杜东原上为初陵,更名杜县为杜陵。"《三辅黄图》:"宣帝杜陵在长安城南。"《长安志》:"杜陵,今在奉先城东南二十五里三赵村,陵在高原之上,即鸿固原也。"

〔三〕《旧唐书》:"天宝十二载八月,京城霖雨,米贵,令出太仓米十万石,减价粜与贫人。"

〔四〕阮籍诗:"宿昔同衾裳。"

〔五〕钱笺:"《文士传》:祢衡有逸才,与孔融为尔汝交。时衡年二十馀,融年已五十。"

〔六〕刘邈诗:"檐花初照月,洞户未垂帷。"

〔七〕《汉书》:"相如令文君当垆,身着犊鼻裈,涤器于市中。"注:"器,食器也。"

〔八〕《汉书》:"扬雄校书天禄阁上,治狱使者来收雄,雄从阁上自投下,几死。莽问其故,乃刘棻尝从雄学作奇字,雄不知情,诏勿问。"

醉歌行 原注:"别从侄勤落第归。"勤,郭本作劝

陆机二十作《文赋》〔一〕,汝更少年能缀文〔二〕。总角草书又神速〔三〕,世上儿子徒纷纷。骅骝作驹已汗血,鸷鸟举翮连青云。词源倒倾《英华》作流三峡水〔四〕,笔阵独扫千人军〔五〕。只今年才十六七,射策君门期第一〔六〕。旧穿杨叶真自知〔七〕,暂蹶霜蹄未为失〔八〕。偶然擢秀非难取,会是排风有毛质〔九〕。汝身已—作即见唾成珠〔一〇〕,汝伯何由发如漆〔一一〕?春光潭—作澹沱徒可切秦东亭〔一二〕,渚蒲牙《韵会》:芽通作牙白水荇青。风吹客衣日杲杲,树搅离思花冥冥〔一三〕。酒尽沙头双玉瓶,众宾皆—作已醉我独醒。乃知贫贱别更苦,吞声踯躅涕泪零。

〔一〕钱笺:"臧荣绪《晋书》:机少袭父兵为牙门将军,年二十而吴灭,退临旧里,与弟云勤学。机妙解情理,心识文体,故作《文赋》。"

〔二〕《汉书·赞》:"自孔子之后,缀文之士众矣。"

〔三〕赵曰:"草书以迟为功,所谓'匆匆不及草书'是也;以速为神,所谓'一笔变化书'是也。"

〔四〕《隋·艺文传》:"笔有馀力,词无竭源。"三峡:注别见。

〔五〕《笔阵图》:"纸者,阵也。笔者,刀稍也。墨者,鍪甲也。砚者,城池也。本领者,将军也。心意者,副将也。"

〔六〕《汉书》注:"射策者,为问难疑义,书之于策,量其大小,署为甲乙之科,不使彰显,随其所得而释之,以知优劣。"

〔七〕《战国策》:"楚有养由基者,去柳叶百步而射之,百发百中。"

〔八〕《庄子》:"马蹄可以践霜雪。"

〔九〕鲍照《与妹书》:"浴雨排风,吹涝弄翮。"

〔一〇〕《庄子》："子不见夫唾者乎？喷则大者如珠。"赵壹诗："咳唾自成珠。"

〔一一〕《陈书》："张丽华发长七尺，鬓黑如漆，光泽可鉴。"

〔一二〕《江赋》："随风猗萎，与波潭沱。"善曰："潭沱，随波之貌。"富嘉谟《明水篇》："春光潭沱度千门。"旧注："秦东亭，京城门外送别处。"

〔一三〕陈子高诗："花片搅春心。"

丽人行

《洛神赋》："睹一丽人，于岩之畔。"

三月三日天气新，长安水边多丽人〔一〕。态浓意远淑且真，肌理细腻骨肉匀〔二〕。绣罗衣裳照暮春，蹙金孔雀银麒麟。头上何所有？翠微《英华》作为 㔿音㲿，乌合切。《英华》作匌，音洽 叶垂鬓唇。背一作身后何所见？珠压腰衱其辄切。一作襟，《英华》作衩稳称身〔三〕。就中云幕椒房亲，赐名大国虢与秦〔四〕。紫驼之峰出翠釜〔五〕，水精之盘行素鳞〔六〕。犀箸厌饫久未下〔七〕，鸾刀缕切空纷纶〔八〕。黄门飞鞚不动尘〔九〕，御厨络绎《英华》作丝络送八珍〔一〇〕。箫鼓一作管哀吟感鬼神，宾从去声杂一作合遝音沓实要津〔一一〕。后来鞍马何逡巡，当轩下马入锦茵。杨花雪落覆白蘋〔一二〕，青鸟飞去衔红巾〔一三〕。炙手可热势一作世绝伦〔一四〕，慎莫近《英华》作向前丞相嗔〔一五〕！

〔一〕《周礼》："女巫掌岁时祓除衅浴。"注："如今三月三日上巳往水上之类。"《晋书·礼志》:"魏以后但用三日,不复用巳。"黄曰:"此诗为诸杨从幸华清宫作。"按:起二语乃刺其游宴曲江之事也。《旧书》:"玄宗每年十月幸华清宫,国忠姊妹五家扈从,每家为一队,着一色衣,五家合队,照映如花,遗钿坠舄,瑟瑟珠翠,灿烂芳馥于路。而国忠私于虢国,不避雄狐之刺,联镳方驾,不施帷幔。"《明皇杂录》:"上将幸华清宫,贵妃姊妹竞饰衣服,共会于国忠第,同入禁中。炳焕照烛,观者如堵。"其从幸华清如此,度上巳修禊亦必尔也。

〔二〕淑真:妇人美德。公反言以刺之也。《东京赋》:"擘肌分理。"《招魂》:"靡颜腻理。"注:"腻,滑也。"

〔三〕钱笺:"《玉篇》:'蔮采,妇人头花,髻饰。''翠为蔮叶',言以翡翠为蔮采之叶也。《尔雅》:'袚,谓之裾。'注:'衣后裾也。''珠压腰袚',盖衣裾以珠缀之。赵曰:'此即子建"头上金雀钗,腰佩紫琅玕"之势,盖举头与腰之饰,而一身之服备矣。'"按:杨用修谓"珠压腰袚稳称身"之下,古本有"足下何所着?红蕖罗袜穿镫银"二句,不惟宋本未见,添此反觉蛇足。

〔四〕《西京杂记》:"成帝设云幄、云帐、云幕于甘泉紫殿,世谓三云殿。"《三辅黄图》:"椒房殿在未央宫,以椒和泥涂壁。"《旧唐书》:"太真姊三人皆有才貌,并封国夫人。大姨封韩国,三姨封虢国,八姨封秦国。天宝七载,幸华清宫,同日拜命。"《通鉴》:"适崔氏者为韩国夫人,适裴氏者为虢国夫人,适柳氏者为秦国夫人。"

〔五〕《汉书》:"大月氏,出一峰橐驼。"注:"脊上有一封,高也如封土然。今俗呼为犎,音峰。"《酉阳杂俎》:"衣冠家名食,有将军曲良翰能为驼峰炙。"王绩《游北山赋》:"拭丹炉而调石髓,裹翠釜而出金精。"

〔六〕《太平御览》:"《交州杂事》云:太康四年,刺史陶璜表送林邑王所献缥绀、水精盘各一枚。"王廙《笙赋》:"舞灵蛟之素鳞。"

〔七〕《酉阳杂俎》:"明皇赐禄山有金平脱、犀头匙箸。"

〔八〕《诗》传:"鸾刀刀环有铃,割中节。"《西征赋》:"饔人缕切,鸾刀若飞。应刃落俎,霍霍霏霏。"

〔九〕《汉书》注:"凡号黄门,以其给事黄闼之内。"服虔《通俗文》:"所以制马口曰鞙。"鲍照诗:"飞鞙越平陆。"

〔一〇〕《周礼》:"膳夫珍用八物。"注:"珍用淳熬、淳母、炮豚、炮牂、捣珍、渍熬、肝、膋也。"《唐书·贵妃传》:"帝所得奇珍贡献,分赐诸姨,使者相衔于道,五家如一。""黄门"二句,正咏其事也。

〔一一〕《刘向传》:"杂遝众贤。"

〔一二〕《广雅》:"杨花入水化为萍。"《尔雅翼》:"萍,其大者蘋,五月有花,白色谓之白蘋。"或曰:"乐府《杨白花歌》曰'杨花飘荡落南家',又曰'愿衔杨花入窠里',此胡太后淫词,用之以托讽杨氏也。"

〔一三〕《山海经》:"三危之山,三青鸟居之。"注:"青鸟,主为西王母取食者。"《汉武故事》:"七月七日王母至,有二青鸟如乌,夹侍王母旁。"梁元帝《咏柳》:"枝边通粉色,隙里映红巾。"王勃《落花篇》:"罗袂红巾往复还。"

〔一四〕《两京新记》:"安乐公主,上之季妹也,附会韦氏,热可炙手,道路惧焉。"崔颢诗:"莫言炙手手可热,须臾火尽灰亦灭。"

〔一五〕古乐府:"当时近前面发红。"《通鉴》:"天宝十一载十一月庚申,以杨国忠为右相,兼文部尚书。" 按:上云"当轩下马"即国忠也。国忠与虢国从兄妹而有丑声,故有"近前丞相嗔"语,此公之微辞。

陪李金吾花下饮

胜地初相引,徐行得自娱。见轻吹鸟毳〔一〕,随意数花须〔二〕。细草称_{读平声偏一作偏称}坐〔三〕,香醪懒再沽。醉归应犯夜,可怕李金吾〔四〕。

〔一〕《广韵》:"毳,鸟毛。"

〔二〕潘岳《安石榴赋》:"细蒂点乎红须。"刘渊林《蜀都赋注》:"蕊者,或谓之华,或谓之实,一曰花须头点也。"

〔三〕赵曰:"公尝使偏劝、偏醒、偏秣,此云偏坐,言偏宜于此坐也。"
〔四〕《唐六典》:"金吾将军,掌宫中及京城昼夜巡警之法。"

陪郑广文游何将军山林十首

《东方朔传》:"窦太主曰:回舆枉路,临妾山林。"注:"园中有山,不敢称第,故托言山林也。"钱笺:"《长安志》:'塔坡者,以有浮图,故名。在韦曲西何将军之山林也。今其地出美稻,土人谓之塔坡米。'《通志》:'少陵原乃樊川之北原,自司马村起,至何将军山林而尽。其高三百尺,在杜城之东,韦曲之西,上有浮图,亦废,俗呼为塔陂。'"

不识南塘—作唐路,今知第五桥〔一〕。名园依绿水,野竹上青霄。谷口旧相得,濠梁同见招〔二〕。平生为幽兴,未惜马蹄遥。

〔一〕钱笺:"张礼《游城南记》:'第五桥在韦曲之西,与沈家桥相近。南塘,按许浑诗云"背岭枕南塘",其亦在韦曲之左右乎?'又曰:'内家桥之西有沈家桥,第五桥亦以姓名。'《通志》:'韦曲西有华严寺,寺西北有雁鹜陂,陂西有第五桥,杜云"今知第五桥"也。隋开皇三年筑京城,引香积渠水,自赤栏桥经第五桥西北入城。'"
〔二〕谷口:谓郑广文。《庄子》:"庄子与惠子同游濠梁之上。"

百顷风潭上,千章—作重,非夏木清〔一〕。卑枝低结子,接叶暗巢莺〔二〕。鲜鲫银丝鲙,香芹碧涧羹。翻疑舵徒可切楼底,晚饭越中行〔三〕。

〔一〕《史·货殖传》："山居千章之萩。"注："大树曰章。"
〔二〕魏文帝诗："卑枝拂羽盖。"按："卑枝"、"接叶"二句,古人所谓双声诗也。
〔三〕见羹鲙而思越,犹前闻吴咏而思吴也。

万里戎王子,何年别月支〔一〕？异花开绝域,滋蔓匝清池。汉使徒空到,神农竟不知〔二〕。露翻兼雨打,开拆日^{荆作渐}离披〔三〕。

〔一〕《汉·张骞传》："匈奴破月氏王。"师古曰："月氏,西域胡国也。氏,音支。"《旧唐书》："肃州酒泉郡,汉月支国地。龙朔元年于吐火罗国所治遏换城,置月氏都督府。"按："戎王子"必是月支花名,但未详何种。或曰《本草》《日华子》云独活,一名戎王使者,"戎王子"当是其类。

〔二〕赵曰："'汉使空到'谓张骞至西域止得安石榴种,'神农不知'谓《本草》不载也。"

〔三〕宋玉《九辩》："奄离披此梧楸。"

旁舍连高竹,疏篱带晚花。碾涡深没马〔一〕,藤蔓曲藏^{一作垂}蛇。词赋工无^{一作何}益,山林迹未赊。尽捻^{蔡云:捻,正作拈,如}^{兼切}书籍卖,来问尔东家〔二〕。

〔一〕《通俗文》："石硙轹谷曰碾。"碾涡:碾磴间水涡漩也。

〔二〕《家语》："鲁人谓孔子东家丘。"

剩^{郭作賸,赵云:賸,俗作剩}水沧江破,残山碣石开。绿垂风折笋,红绽雨肥梅。银甲弹筝用〔一〕,金鱼换酒来〔二〕。兴移无洒扫,随意坐莓苔。

〔一〕银甲:系爪之类。《南史》:"羊侃有妓,着七寸鹿角爪弹筝,一时无对。"

〔二〕《晋书》:"阮孚为散骑常侍,常以金貂换酒。"《玉海》:"《朝野佥载》:'高宗上元中,令九品以上佩刀砺算袋,纷悦为鱼形,结帛作之,取鱼之众。鲤,强兆也。'《唐会要》:'鱼袋,着紫者金装,绯者银装。'"按:《车服志》:"佩鱼始高宗朝,武后改佩鱼为龟。中宗初,罢龟袋,复给鱼。"此诗作于天宝年间,宜有"金鱼"之句。然太白《忆贺监》诗又云"金龟换酒处",盖龟、鱼皆唐制,不妨随举言之。杨用修谓太白遇知章在中宗时,故以金龟换酒,误矣。考太白年谱,中宗初才五六岁。

风磴吹阴—作梅,非雪,云门吼瀑满木切泉〔一〕。酒醒思卧簟,衣冷欲装绵。野老来看客,河鱼不取钱。秖—作只疑淳朴处,自有一山川。

〔一〕《蜀都赋》:"指渠口以为云门。"注:"谓渠口为云门,犹云来则雨至也。"庾信碑文:"烟沉冰井,雨歇云门。"言飞瀑之溅,乍疑吹雪。

棘刊作棣,山厄切树寒云色〔一〕,茵蔯春藕香〔二〕。脆添生菜美,阴益—作盖食单—作簟,非凉〔三〕。野鹤清晨出—作至,山精白日藏〔四〕。石林蟠水府,百里独苍苍。

〔一〕《说文》:"棘,小枣,丛生。"《埤雅》:"大者枣,小者棘。" 按:独生而高者为枣,列生而低者为棘,观字形可辨。然此云"寒云色",似是高大之木。又《尔雅》注:"赤棘,好丛生山中;白棘,叶圆而岐,为大木。"从别本作楝,亦通。

〔二〕《本草》:"茵陈,蒿类,经冬不死,更因旧苗而生,故曰茵陈。"李时珍曰:"茵陈气芳烈,昔人多苛为蔬。洪舜俞《老圃赋》'酽糟紫姜之掌,沐醯青蒁之丝'是也。"

〔三〕郑望《膳夫录》:"韦仆射巨源,有烧尾宴食单。"《戎幕闲谈》:"颜鲁公诣范氏尼问命,尼指座上紫丝布食单,曰:颜衫色如此。""脆",茵陈之脆;"阴",棘树之阴也。

〔四〕《玄中记》:"山精如人,一足,长三四尺,食山蟹,夜出昼藏。"

忆过杨柳渚,走马定"丁"去声昆池〔一〕。醉把青荷叶〔二〕,狂遗白接䍦〔三〕。刺郎达切船思郢客〔四〕,解下戒切水乞欺吉切,王原叔本作丘既切,非吴儿〔五〕。坐对秦山晚,江湖兴颇随。

〔一〕《唐书·安乐公主传》:"尝请昆明池为私沼,不得,乃自凿定昆池。""定"言可抗订之也。《景龙文馆记》:"安乐公主西庄,在延平门外二十里,引流凿沼,延袤十数里,时号定昆池。"张礼《游城南记》:"池在韦曲之北。杨柳渚,今不可考。"

〔二〕《酉阳杂俎》:"魏郑公悫,取大荷叶置砚格上,盛酒三升,以簪刺叶,令与柄通,传吸之,名碧筒杯。"

〔三〕钱笺:"《尔雅》注:白鹭翅上有长翰毛,江东取为接䍦。"《晋·山简传》:"每临高阳池,未尝不大醉而还。时人为之歌曰:时时能骑马,倒着白接䍦。"

〔四〕《庄子》:"渔父刺船而去,延缘苇间。"《说文》:"郢,故楚都,在南郡江陵北十里。"

〔五〕《晋书》:"夏统能水戏,贾充以卤簿妓女绕其船,若不闻,充曰:此吴儿是木人石心也。"

床上书连屋,阶前树拂云。将军不好武,稚子总能文。醒酒微风入,听诗静夜分〔一〕。绨衣挂萝薜,凉月白纷纷。

〔一〕《周礼》:"以星分夜。" 补注:钟嵘《诗品》:"终朝点缀,分夜呻吟。"

幽意忽不惬,归期无奈何。出门流水住—作注,回首白云多—作杂花多,非〔一〕。自笑灯前舞,谁怜醉后歌?只应与朋好,风雨亦来过。

〔一〕庾信《同泰寺》诗:"画水流全住,图云色半轻。"

重过何氏五首

前诗云"千章夏木清",后诗云"春风啜茗时",盖前游在夏,后游在明年之春也。

问讯东桥竹,将军有报书。倒衣还命驾〔一〕,高枕乃吾庐。花妥莺捎所交切蝶〔二〕,溪喧獭趁鱼。重来休沐地〔三〕,真作野人居。

〔一〕《晋书》:"吕安与嵇康友,每一相思,千里命驾。"
〔二〕《曲礼》正义:"妥,颓下之貌。"一曰:关中人谓落为妥。《说文》:"自关以西,凡取物之上者为撟捎。"《增韵》:"捎,取也,掠也。"又:"撟捎,动貌。"

〔三〕《汉书》注："休沐,言休息以洗沐也。"

山雨樽仍在,沙沉榻未移。犬迎曾宿客_{吴曾云:顾陶本作犬憎闲宿客},鸦护落巢儿。云薄翠微寺〔一〕,天清_{《雍录》作寒}皇_{旧作黄,赵定作皇子}陂〔二〕。向来幽兴极,步屧_{一作履,一作屐}到东篱〔三〕。

〔一〕《唐书》："长安县南五十里太和谷有太和宫,武德八年置,贞观十年废,二十一年复置,曰翠微宫,笼山为苑,元和中以为寺。"《长安志》："翠微宫在万年县外终南山之上。"按:元和去公没三十馀年,今诗已云"翠微寺",岂此宫废置不一,中间曾改为寺耶?

〔二〕《水经注》："潏水上承皇子陂于樊川,其地即杜之樊乡也。"《十道志》："秦葬皇子,起冢陂北原上,故名皇子陂。隋改永安陂,唐复旧。"赵曰："公前篇云'今知第五桥',而《题郑著作》诗云'第五桥边流恨水,皇陂岸北结愁亭',正相近之地,则此当为'皇子',断无疑矣。"

〔三〕《说文》："屧,履中荐也,又屐也。"《宋书》："袁粲为丹阳尹,尝步屧白杨郊野间。"

落日平台上,春风啜茗时。石栏斜点笔,桐叶坐题诗。翡翠鸣衣桁_{下浪切}〔一〕,蜻蜓立钓丝。自今幽兴熟_{一云自逢今日兴},来往亦无期。

〔一〕《说文》："翡,赤羽雀;翠,青羽雀也。"李巡曰："鹬一名翠,其羽可以为饰。"《韵会》："桁,竹竿也。"古乐府："还视桁上无悬衣。"

颇怪朝参懒〔一〕,应耽野趣长。雨抛金锁甲〔二〕,苔卧绿沉枪〔三〕。手自移蒲柳〔四〕，家才足稻粱。看君用幽意，白日到羲皇〔五〕。

〔一〕王右军帖："吾怪足下朝参少晚。"
〔二〕薛苍舒曰："车频《秦书》云：'苻坚使熊邈造金银细铠，金为线以缪之。'今谓甲之精细者为锁子甲，言相衔之密也。"按：《唐六典》："甲之制十有三，今明光、光要、细鳞、山文、乌鎚、锁子，皆铁甲也。"崔颢诗："错落金锁甲，蒙茸貂鼠衣。"
〔三〕《西溪丛语》："《北史》：'隋文帝赐张齋绿沉甲，兽文具装。'《武库赋》曰：'绿沉之枪。'《续齐谐记》云：'王敬伯夜见一女取酒，提一绿沉漆榼。'王羲之《笔经》云：'有人以绿沉漆竹管及镂管见遗。'萧子云诗：'绿沉弓项纵。'恐绿沉以调绿漆之，其色深沉如漆调雌黄之类。薛苍舒注云精铁，非也。"吴曾《漫录》："枪用绿沉饰之，如弩称黄间，以黄为饰。刘邵《赵都赋》：'其用器则六弓四弩，绿沉黄间。'古乐府'绿沉明月弦'，此弓亦号绿沉也。《宋元嘉起居注》'广州刺史韦朗作绿沉屏风'，《六典》'鼓吹工人之服'亦有绿沉，此以绿沉饰器服也。《南史》'任彦升卒，武帝方食西苑绿沉瓜'，皮日休《新竹》诗'一架三百本，绿沉森冥冥'，皆语其色也。赵德麟误以为竹名，而或以为铁，尤谬。"《野客丛书》："绿沉不可专指一物，盖物色之深者皆为绿沉也。"按：杨用修谓绿沉枪是以绿沉色为漆，饰枪柄，盖本《西溪》。胡元瑞非之，云乃绿沉色之铁耳。今备存其说，以待参考。
〔四〕《尔雅》："杨，蒲柳。"疏："杨，一名蒲柳。生泽中，可为箭笴。"
〔五〕《陶潜传》："夏日高卧北窗之下，清风飒至，自谓羲皇上人。"

到此应常宿，相留可判年〔一〕。蹉跎暮容色—作鬓，怅望好林泉。何日沾微禄，归山买薄田。斯游恐不遂，把酒意茫然。

〔一〕旧注:"《礼记》注云:判,半也。"按:古音多四声互用,唐人犹知此法,如"判"字本去声,亦读平声。《吴越春秋》"一士判死兮而当百夫",王筠《行路难》"含情蓄怨判不死"是也,音义与"拚"同。杜诗"拚"字都作"判"。此诗"可判年",犹云可拚却一年耳。又孙勔《唐韵》,"拚"字收入二十三阮,《玉篇》"拚"一音伴,则"拚"字正可从仄声叶,非半年之解。

陪诸贵公子丈八沟携妓纳凉晚际遇雨二首

钱笺:"张礼《游城南记》:'又西北经下杜城,过沈家桥。下杜城之西,有丈八沟,即子美纳凉遇雨之地。'《通志》:'下杜城南,有第五桥、丈八沟。'"

落日放船好,轻风生浪迟。竹深留客处,荷净纳凉时。公子调冰水,佳人雪藕丝〔一〕。片云头上黑,应是雨催诗。

〔一〕《家语》:"黍以雪桃。"注:"雪,拭也。"

雨来沾席上,风急一作恶打船头〔一〕。越女红裙湿,燕姬翠黛愁。缆侵堤柳系,幔卷浪花浮。归路翻萧飒,陂塘五月秋。

〔一〕庾信诗:"五两开船头。"

九日曲江

缀席茱萸好〔一〕,浮舟菡萏徒感切衰所追切〔二〕。百年秋已半,九日意兼悲。江水清源曲,荆门此路疑〔三〕。晚来—作年高兴尽〔四〕,摇荡菊花期。

〔一〕《风土记》:"茱萸,一名藙,九月九日熟,味辛色赤,折其房插头,可辟恶气。"
〔二〕《尔雅》:"荷,芙蕖,其华菡萏。"
〔三〕旧注:"《九域志》:江陵府龙山上有落帽台,其地在荆门东。"此路疑:疑与龙山景物相若也。
〔四〕殷仲文《九井》诗:"独有清秋日,能使高兴尽。"

赠献纳使—本无使字起居田舍人澄

《唐书》:"垂拱二年置匦,以受四方之书,以谏议大夫、补阙、拾遗一人,充使知匦事。天宝九载三月,玄宗以'匦'声近'鬼',改为献纳使,至德二年复旧。""每仗下议政事,起居郎一人执笔记录于前,史官随之。后复置起居舍人,分侍左右,秉笔随丞相上殿。"按:田是时以起居舍人知匦事,献纳使,其兼官耳。旧注谓中书舍人知匦,此制始宝应元年,不当引也。

献纳司存雨露边—作偏,地分清切任才贤〔一〕。舍人退食收封事〔二〕,宫女开函近—作捧御筵〔三〕。晓漏追趋—作飞青琐闼〔四〕,晴窗点检白云篇〔五〕。扬雄更有河东赋〔六〕,唯待吹嘘送上天。

〔一〕刘桢诗:"拘限清切禁。"
〔二〕《后汉书》:"冬夏至,八能士书版言事,封以皂囊。"

〔三〕《唐书》:"内官有掌书三人,掌宣传启奏。"

〔四〕范云诗:"摄官青琐闼。"

〔五〕薛梦符曰:"汉武帝《秋风词》:'秋风起兮白云飞。''点检白云篇',如武帝赐淮南王书,常召司马相如等视草乃遣。"按:《新史》云:"起居舍人本纪言之职,惟编诏书,不及他事。"此云"白云篇",以比舍人所编制诏耳。 **补注**:按陶渊明《和郭主簿》诗"遥遥望白云,怀古意何深",故郎士元《冯翊西楼》诗有"陶令好文尝对酒,相招一和白云篇"之句,或云即此诗"白云篇"也。言在野文章,舍人皆得上达,故下接以"扬雄更有河东赋"二语。此说当与前注并存。

〔六〕《汉·扬雄传》:"上陟西岳,以望八荒,迹殷周之虚,思唐虞之风。雄以为临渊羡鱼,不如退而结网。还,上《河东赋》以劝。"时公既献三赋投延恩匦,又欲奏《封西岳赋》,故云"更有河东赋"也。

崔驸马山亭宴集

按:玄宗女晋国公主下嫁崔惠童,咸宜公主下嫁崔嵩。此驸马乃惠童也。惠童京城东有山池。

萧史幽栖地〔一〕,林间踏凤毛。洑流何处入〔二〕?乱石闭门高。客醉挥金碗〔三〕,诗成得绣袍〔四〕。清秋多宴会—云赏乐,终日困香醪。

〔一〕萧史吹箫感凤事,见首卷。

〔二〕《海赋》:"洄洑万里。"洑:回流也。

〔三〕《礼记》:"执玉爵者弗挥。"注:"谓不可振去馀沥,恐失坠。"

〔四〕《旧唐书》:"则天幸洛阳龙门,令从官赋诗,先成者以锦袍赐之。"

送高三十五书记十五韵

《旧唐书》："高適,字达夫,渤海人。解褐汴州封丘尉,非其好也,乃去位,客游河右。河西节度使哥舒翰见而异之,表为左骁卫兵曹,充翰府掌书记。从翰入朝,盛称之于上前。"《通鉴》："天宝十三载五月,哥舒翰奏前封丘尉高適为掌书记。"

崆峒小麦熟〔一〕,且—作吾愿休王师〔二〕。请公问主将,焉用穷荒为?饥鹰未饱肉,侧翅随人飞〔三〕。高生跨鞍马,有似幽并儿—作并州儿〔四〕。脱身簿尉中,始与捶楚辞〔五〕。借问今何官,触热向武威〔六〕?答云—作言一书记,所愧国士知。人实不易知,更须慎其仪〔七〕。十年出幕府,自可持旌麾。此行既特达,足以慰所思。男儿功名遂,亦在老大唐佐切时。常恨结欢浅,各在天一涯音宜。又如参与商,惨惨中肠悲。惊风吹—作飘鸿鹄,不得相追随。黄尘翳沙漠,念子何当归。边城有馀力,早寄从军诗。

〔一〕崆峒山:注见前。《通鉴》:"积石军每岁麦熟,吐蕃辄来获之,边人呼为吐蕃麦庄。天宝六载,哥舒翰先伏兵于其侧,虏至,断其后,夹击之,无一人得返者,自是不敢复来。"此诗"崆峒小麦",正指其事也。《唐志》:"崆峒山在岷州,积石军在廓州,廓去岷不远。" **补注**:《通典》:"凉州贡白小麦十石。"

〔二〕按史:天宝八载,哥舒翰克吐蕃石堡城,士卒死者数万。又遣兵于赤岭西,开屯田,戍兵尽没。此皆因麦庄一捷而黩武穷荒者。公故追言戒之,欲適以之告翰也,此是送高本旨。

〔三〕《魏志》："陈登喻吕布曰：'登见曹公，言待将军譬如养虎，当饱其肉，不则噬人。'公曰：'不如卿言，譬如养鹰，饥则为用，饱则飏去。'"《晋载记》："慕容垂犹鹰也，饥则附人，饱则高飞。"

〔四〕曹植诗："幽并游侠儿。"

〔五〕《邵氏闻见录》："唐参军簿尉，有罪加挞罚，如今之胥吏。"鲍曰："捶楚，谓捶有罪者，非身受杖之谓。"　补注：按簿尉决棒，唐制如此。元稹集有《论观察使韩皋封杖决杀县令状》，《新书》载柳仲郢杖县令至死，贬官。县令犹杖，则簿尉可知矣。昌黎诗云"判司卑官不堪说，未免捶楚尘埃间"，杜牧之诗亦云"参军与簿尉，尘土惊劻勷。一语不中冶，鞭笞身满疮"，皆可与公诗相证。若是捶有罪之人，何得云"辞"？"饥鹰"以下，虽幸高之得脱簿尉，亦惜其前此委身下僚，不得参与主将之谋议也。与起四语似不相蒙，而意实相贯。

〔六〕程晓诗："今世褦襶子，触热到人家。"《旧唐书》："凉州，属河西道。武德二年，置凉州总管府。天宝元年，改武威郡。乾元元年，复为凉州。"《一统志》："今属陕西行都司。"

〔七〕《陶侃传》："诸参佐当正其衣冠，摄其威仪。何有乱头养望，自谓旷达耶？"

寄高三十五书记

叹息高生老，新诗日又多〔一〕。美名人不及，佳句法如何？主将收才子，崆峒足凯歌〔二〕。闻君已朱绂〔三〕，且得慰蹉跎。

〔一〕《旧唐书》："適年过五十，始留意篇什，数年之间，体格渐变，以气质自高。每吟一篇已，为好事者传诵。"

〔二〕钱笺:"《乐府诗集》:哥舒翰破吐蕃,收黄河九曲,適由是作《九曲词》。"

〔三〕朱绂:注见前。旧注:"朱绂,谓赐绯也。"按:《旧书》:"玄宗幸蜀,至成都,除適谏议大夫,赐绯鱼袋。"则適为书记时,尚未服绯也。唐制赐绯,乃绯袍。

赠高式颜

钱笺:"高適有《宋中送族侄式颜》诗云:'惜君才未遇,爱君才若此。世上五百年,吾家一千里。'"

昔别是何处,相逢皆老夫。故人还寂寞,削迹共艰虞。自失论文友,空知卖酒垆〔一〕。平生飞动意,见尔不能无〔二〕。

〔一〕《遣怀》诗:"忆与高李辈,论交入酒垆。"①今適不在,故云然。

〔二〕沈佺期《祭李侍御文》:"思含飞动,才冠卿云。"末言见式颜如见適也,有悲喜交集意。

与鄠县源大少府宴渼陂得寒字

《唐书》:"鄠县,属京兆府。"《说文》:"渼陂周一十四里,北流入涝水。"《长安志》:"渼陂在鄠县西五里,源出终南山诸谷,合朝公泉为陂。"钱笺:

---

① "忆与",底本作"昔与","论交",底本作"论文",据杜集诸善本改。

"《通志》：元末游兵决水取鱼，陂涸为田。"

应为西陂好，金钱罄一餐。饭抄云子白〔一〕，瓜嚼水精寒。无计回船下，空愁避酒难。主人情烂熳，持答翠琅玕〔二〕。

〔一〕《汉武内传》："太上之药，乃有风实、云子、玉津、金浆。"《许彦周诗话》："葛洪《丹经》：'云子，碎云母也。'今蜀中有碎磲，状如米粒圆白，云'云子石'也。"按："云子"以拟饭之白耳。《抱朴子》云"服云母十年，云气常覆其上。服其母以致其子，理自然也"，此是云子疏义。升庵《韵藻》引山稻名云子，河柽号雨师，直以云子为稻名，不知何本？次公指为菰米，则前人已驳其谬。

〔二〕《四愁诗》："美人赠我青琅玕，何以报之双玉盘。"曹植乐府："腰佩翠琅玕。"

城西陂泛舟

前诗云"应为西陂好"，"城西陂"即渼陂也。

青蛾—作娥，非皓齿在楼船〔一〕，横笛短箫悲远天〔二〕。春风自信牙樯动〔三〕，迟日徐看锦缆牵〔四〕。鱼吹细浪摇歌扇，燕蹴飞花落舞筵。不有小舟能荡桨，百壶那送酒如泉〔五〕？

〔一〕宋南平王《白纻曲》："佳人舞袖曜青蛾。"蛾，蛾眉也。宋玉《笛赋》："摘朱唇，耀皓齿。"

〔二〕江总诗:"横笛短箫凄复咽。"

〔三〕古诗:"象牙作帆樯。"《哀江南赋》:"铁轴牙樯。"

〔四〕《吴志》:"甘宁尝以缯锦维舟,去辄割弃。"张正见诗:"金堤分锦缆。"

〔五〕裴秀诗:"有肉如丘,有酒如泉。"

渼陂行

岑参兄弟皆好奇,携我远来游渼陂。天地黯惨忽异色,波涛万顷堆琉璃〔一〕。琉璃汗漫泛舟入,事殊兴极忧思集。鼍作鲸吞不复知〔二〕,恶风白浪何嗟及。主人锦帆相为开〔三〕,舟子喜甚无氛埃。凫鹥散乱棹讴发〔四〕,丝管啁_{陛交切}啾空翠来〔五〕。沉竿续蔓_{今本一作缦}深莫测〔六〕,菱_{山谷作芡}叶荷花净如拭。宛在中流渤澥清〔七〕,下归无极_{一云下临无地}终南黑。半陂以南纯浸山,动影袅窕冲融间〔八〕。船舷暝戛云际寺,水面月出蓝田关〔九〕。此时骊龙亦吐珠〔一〇〕,冯夷击鼓群龙趋〔一一〕。湘妃汉女出歌舞〔一二〕,金支翠旗光有无〔一三〕。咫尺但愁雷雨至,苍茫不晓神灵意〔一四〕。少壮几时奈老何,向来哀乐何其多〔一五〕!

〔一〕琉璃:青色宝。梁简文帝诗:"云开玛瑙叶,水净琉璃波。"

〔二〕《吴都赋》:"长鲸吞航。"

〔三〕阴铿诗:"平湖锦帆张。"

〔四〕《苍颉解诂》:"鹥,鸥也。"何逊诗:"中川闻棹讴。"

〔五〕《说文》:"啁啾,声也,通作'嘲'。"

〔六〕旧注:"'沉竿续蔓',戏测水之浅深也。"
〔七〕《汉书》注:"渤澥,海之别支。"
〔八〕《海赋》:"冲融溟漾。"
〔九〕《长安志》:"云际山大安寺,在鄠县东南六十里。隋仁寿元年置居贤捧日寺。蓝田关,在蓝田县东南六十八里,即秦峣关也。后周明帝徙青泥故城侧,改曰青泥关,武帝改曰蓝田关。隋大业元年,徙复旧所,即今关是。"《雍录》:"峣关,在渼陂东南。"
〔一〇〕《庄子》:"千金之珠,必在九重之渊,骊龙颔下。能得珠者,必遭其睡也。"
〔一一〕《山海经》:"冰夷,人面,乘两龙。"注:"冰夷,冯夷也。"《搜神记》:"冯夷,潼乡堤首人,以八月上庚日渡河死,上帝署为河伯。"《洛神赋》:"冯夷击鼓,女娲清歌。"
〔一二〕《列女传》:"舜崩苍梧,二妃死于江湘之间,俗谓之湘君。"《列仙传》:"郑交甫游汉江,见二女解佩与之。"《洛神赋》:"从南湘之二妃,携汉滨之游女。"
〔一三〕《汉志·房中歌》:"金支秀华,庶旄翠旌。"注:"乐上众饰,有流翅羽葆,以黄为支,其首敷散,若草木之秀华也。庶旄翠旌,谓析五采羽,注翠旄之首而为旌也。"
〔一四〕《九歌》:"东风飘兮神灵雨。"
〔一五〕汉武帝《秋风辞》:"欢乐极兮哀情多,少壮几时兮奈老何。"

始而天地变色,风浪堪忧;既而开霁放舟,冲融袅窕;终而仙灵冥接,雷雨苍茫。只一游陂时,情境迭变已如此,况自少壮至老,哀乐之感,何可胜穷?此孔子所以叹逝水、庄生所以悲藏舟也。

渼陂西南台

高台面苍陂,六月风日冷。兼葭离披去,天水相与永。

怀新目似击〔一〕，接要心已领。仿像识鲛人〔二〕，空濛黄作蒙辨鱼艇。错磨终南翠〔三〕，颠倒白阁影〔四〕。嶱慈由切崒增光辉〔五〕，乘陵惜俄顷〔六〕。劳生愧严郑〔七〕，外物慕张邴〔八〕。世复轻骅骝，吾甘杂蛙黾〔九〕。知归俗可忽，取适一作足事莫并。身退岂待官？老来苦便平声静。况资菱芡足，庶结茅茨迥。从此具扁舟，弥年逐清景〔一〇〕。

〔一〕《庄子》："仲尼见温伯雪子而不言，子路问之，曰：夫人者，目击而道存矣。"

〔二〕《海赋》："故可仿像其色。"《搜神记》："南海有鲛人，水居如鱼，不废绩织。时从水中出，寄人家卖绡。"

〔三〕终南：注见一卷。

〔四〕钱笺："《通志》：'紫阁、白阁、黄阁三峰，具在圭峰东。紫阁，旭日射之，烂然而紫。白阁阴森，积雪不融。黄阁不知所谓。三峰相去不甚远。'"按："终南"、"白阁"皆临渼陂，即前诗所谓"半陂以南纯浸山"。"错翠"、"倒影"，互见耳。

〔五〕《西京赋》："岩峻嶱崒。"

〔六〕《风赋》："乘陵高城，入于深宫。"

〔七〕《汉书》："谷口有郑子真，蜀有严君平，皆修身自保。"《三辅决录》："子真，名朴；君平，名遵。"嵇康《幽愤诗》："仰慕严郑，乐道闲居。"

〔八〕外物：以物为外也。谢灵运《还旧园作》："偶与张邴合，久欲还东山。"注："张谓张良，邴谓邴汉及曼容也。"《汉书》："琅琊邴汉以清行征用，兄子曼容亦养志自修。"

〔九〕《国语》："蛙黾之与同渚。"《尔雅》："在水者黾。"注："耿黾也，似青蛙，大腹，一名土鸭。"

〔一〇〕曹植诗："明月澄清景。"

此诗中间句多本谢康乐。如"怀新目似击",即谢诗"怀新道转回"也。"乘陵惜俄顷",即谢"恒充俄顷用"也。"外物慕张邴",即谢"偶与张邴合"。"知归俗可忽",即谢"适己物可忽"也。"取适事莫并",即"万事难并欢"也。"身退岂待官",即谢诗"辞满岂多秩,谢病不待年"也。"老来苦便静",即谢"拙疾相倚薄,还得静者便"也。公云"熟精《文选》理",岂欺我哉!

九日寄岑参

《通考》:"岑参,南阳人,天宝三载进士,解褐为卫率府兵曹参军。"

出门复入门,雨脚但如一作仍旧〔一〕。所向泥活活音括,一作浩浩〔二〕,思君令人瘦。沉吟坐西一作秋轩,饮食错昏昼。寸步曲江头,难为一相就。吁嗟乎旧作呼,卞圜本定作乎苍生〔三〕,稼穑不可救。安得诛云师〔四〕,畴能补天漏〔五〕?大明韬日月,旷野号禽兽。君子强逶迤,小人困驰骤。维南有崇山,恐与川浸溜〔六〕。是节一作时东篱菊,纷披为谁秀〔七〕?岑生多新诗,性亦嗜醇酎直又反〔八〕。采采黄金花〔九〕,何由满衣袖?

〔一〕雨脚:是方言。《齐民要术·种麻》:"截雨脚即种者,地湿,麻生瘦。"

〔二〕《诗》注:"活活,水流声。"

〔三〕《诗》:"吁嗟乎驺虞。"

〔四〕张衡《思玄赋》:"云师𩅹以交杂兮。"注:"云师,即雨师,屏翳也。"

〔五〕《列子》:"女娲氏炼五色石以补天。"《梁益记》:"雅州西北有大小漏天。"

〔六〕《周礼》注:"水流而趋海者曰川,深积而成渊者曰浸。"

〔七〕《洞箫赋》:"若凯风纷披。"

〔八〕《左传》注:"酒之新熟,重者为酎。"《招魂》注:"酎,三重酿醇酒也。"张载《酒赋》:"中山夏启,醇酎秋发。"

〔九〕左贵嫔《菊颂》:"春茂翠叶,秋耀金花。"

承沈八丈东美除膳部员外郎,阻雨未遂驰贺,奉寄此诗

《唐书》:"膳部,属礼部,郎中、员外各一人。"《太平广记》:"《纪闻》:唐沈东美为员外郎,太子詹事佺期之子。"按《唐书》,佺期以起居郎兼修文馆直学士,与公祖审言同事武后,故诗中有"旧史"、"通家"等语,而比东美为诸父。又,律体盛于佺期,故云"诗律群公问"也。旧注指沈既济之胄,大谬。既济,德宗时人,《唐书》可考。

今日西京掾,多除南省郎原注:府掾四人,同日拜郎〔一〕。通家惟沈氏,谒帝似冯唐〔二〕。诗律群公问,儒门旧史长。清秋便平声寓直〔三〕,列宿顿辉光〔四〕。未暇申安吴作宴慰,含情空激扬。司存何所比,膳部默凄伤原注:甫大父昔任此官。贫贱人事略,经过霖潦妨。礼同诸父长,恩岂布衣忘?天路牵骐骥〔五〕,云台引栋梁〔六〕。徒怀贡公喜〔七〕,飒飒鬓毛苍。

〔一〕按:"府掾"谓京兆府掾,如司录、功曹、仓曹、户曹、兵曹、法曹、士曹之类。《唐志》并正七品,诸郎中从五品,员外郎从六品。府掾拜郎:盖自七品而升六品也。 钱笺:"杜氏《通典》:'时谓尚书省为南省,门下、中书

为北省。'陆游《笔记》：'唐人以尚书省在大明宫之南，故谓之南省。'"

〔二〕曹植诗："谒帝承明庐。"《汉书》："冯唐年九十馀为郎。"曰"似冯唐"，盖沈以晚年除郎也。

〔三〕潘岳《秋兴赋序》："余以太尉掾兼虎贲中郎将，寓直于散骑之省。"

〔四〕《后汉书》："郎官上应列宿，出宰百里。"《汉·天文志》："掖门内五星，五帝坐。后聚十五星，曰哀乌郎位。"《史记》正义："郎位十五星，在太微中，帝坐东北。"杜佑曰："近代皆以郎官上应列宿，为尚书郎故事。按天文有武贲、郎位等星，皆在太微帝座后，为翊卫之象，应邵、杨秉所言'三署郎'是也。世人谓之'尚书郎'，则误矣。其失盖自梁陶藻《职官要录》以汉三署郎故事通为'尚书郎'，循名失实，疑误后代。"按：《玉海》亦同杜佑说。

〔五〕枚乘诗："天路杳无期。"

〔六〕《淮南子》注："台高际于云，故曰云台。"

〔七〕贡公喜：注见首卷。

苦雨奉寄陇西公兼呈王徵士 原注：陇西公，即汉中王瑀。徵士，琅琊王彻

《旧唐书》："瑀，让皇帝第六子，早有才望，伟仪表，初封陇西郡公。天宝十五载，从玄宗幸蜀，至汉中，因封汉中王。"《高適集》有送别王彻诗。

今秋乃淫雨，仲月来寒风。群木水光下，万家—作象云气中。所思碍行潦，九里信不通。悄悄素浐路〔一〕，迢迢天汉东〔二〕。愿腾六尺马—作驹〔三〕，背若孤征鸿〔四〕。划见公—作君子面，超然欢笑同。奋飞既胡越，局促伤樊笼。一饭四五起〔五〕，凭轩心力穷。嘉蔬没混浊〔六〕，时菊碎榛丛。鹰隼亦

屈猛[七]，乌鸢何所蒙？式瞻北邻居，取适南巷翁。挂席钓川涨[八]，焉知清兴终？

〔一〕《西征赋》："南有玄灞素浐。"《长安志》："浐水在万年县东北，流四十里入渭。"

〔二〕庾肩吾诗："星临天汉东。"赵曰："天汉乃渭桥之所，《黄图》'渭水贯都'以象天汉，横桥南渡'以法牵牛'是也。"

〔三〕《周礼》："马八尺以上为龙，七尺以上为騋，六尺为马。"

〔四〕鸿孤则逐伴而飞急。

〔五〕刘桢诗："起坐失次第，一日三四迁。"

〔六〕《礼记》："稻曰嘉蔬。"按：公《园官送菜诗并序》皆以嘉蔬为菜，盖义可兼用。

〔七〕张华《鹪鹩赋》："苍鹰鸷而受绁，屈猛志以服养。"

〔八〕木华《海赋》："扬微绡，挂帆席。"谢灵运诗："挂席拾海月。"

秋雨叹三首

《唐书》："天宝十三载秋，大霖雨害稼，六旬不止。京城屋垣颓毁殆尽，人多乏食，帝忧之，为罢陈希烈，相韦见素。"此诗当在其时作。

雨中百草秋烂死，阶下决明颜色鲜[一]。着叶满枝翠羽盖[二]，开花无数黄金钱[三]。凉风萧萧吹汝急[四]，恐汝后时难独立。堂上书生空白头，临风三嗅馨香泣。

〔一〕《图经本草》："决明子，夏初生苗，叶似苜蓿而大，七月开黄花结角,其子作穗,似青粱豆而锐。"《日华子》云:"治头风,明目。"
〔二〕《说苑》:"鄂君乘青翰之舟,张翠羽之盖。"
〔三〕张翰《杂诗》:"黄花似散金。"
〔四〕《诗》:"箨兮箨兮,风其吹女。"

阑风伏《英华》作长,去声。荆公作仗雨—作东风细雨秋纷纷〔一〕,四海—云万里八荒同一云。去马来牛不复辨〔二〕,浊泾清渭何当分〔三〕?禾—作木,《漫叟诗话》定作禾头生耳黍穗黑〔四〕,农夫田妇—作父无消息。城中斗米换—作抱衾裯,相许宁论两相直?

〔一〕赵曰:"阑珊之风,沉伏之雨,言风雨之不已也。"按:谢灵运诗"述职期阑暑",又张协《苦雨》诗"阶下伏泉涌",用字皆出《文选》。"阑风伏雨"大抵是风过雨来之状,秋深时往往有之。旧注引"光风泛崇兰"既谬,胡仔以"长雨"为是,如"长物"之长,亦未安。荆公本作"仗雨",当即"伏"字之讹耳。
〔二〕《庄子》:"秋水时至,百川灌河,两涘渚涯之间,不辨牛马。"赵曰:"马曰去,牛曰来,正《左传》'风马牛不相及'之义,盖马趁逆风,牛趁顺风。"
〔三〕《关中记》:"泾水入渭,合流三百里,清浊不相杂。"
〔四〕《朝野佥载》:"俚谚曰:'春雨甲子,赤地千里;夏雨甲子,乘船入市;秋雨甲子,禾头生耳。'"生耳:谓牙蘖綣卷如耳形。

长安布衣谁比数?反锁衡门守环堵。老夫不出长蓬蒿,稚子无忧走读作奏风雨。雨声飕飕催早寒,胡雁翅湿高飞难。秋来未曾陈浩然本作省见白日,泥污后土何时干〔一〕?

〔一〕《九辩》:"皇天淫溢而秋霖兮,后土何时得干?"

奉赠太常张卿垍二十韵

黄曰："《旧书》：'天宝十三载三月，张均由宪部尚书贬建安太守，还为大理卿。'不言均尝为太常卿也。今诗乃是与垍。"按：《旧书·均传》云："九载，迁刑部尚书，自以才名当为宰辅。杨国忠用事，罢陈希烈，引韦见素代之，仍以均为大理卿，均大失望。"《垍传》云："十三载，尽逐张垍兄弟，出均为建安太守，垍为卢溪司马。岁中召还，再迁为太常卿。"《新书》："均还，授大理卿，垍授太常卿。"与《旧书》合。《通鉴》亦云："至德元载五月，太常卿张垍，荐虢王巨有勇略。"此诗是赠垍甚明。旧本都作赠均，乃刀笔之讹耳。

方丈三韩外〔一〕，昆仑万国西〔二〕。建标天地阔〔三〕，诣绝古今迷。气得神仙迥，恩承雨露低〔四〕。相门清议众〔五〕，儒术大名齐。轩冕罗天—作高阙〔六〕，琳琅识介珪〔七〕。伶官诗必诵，夔乐典犹稽〔八〕。健笔凌鹦鹉〔九〕，铦音纤锋莹鸊鹈〔一〇〕。友于皆挺拔〔一一〕，公望各端倪〔一二〕。通籍逾青琐，亨衢照紫泥〔一三〕。灵虬传夕箭〔一四〕，归马散霜蹄〔一五〕。能事闻重译，嘉谟及远黎〔一六〕。弼谐方一展，班序更何跻〔一七〕。适越空颠踬〔一八〕，游梁竟惨凄。谬知终画虎〔一九〕，微分是醯鸡〔二〇〕。萍泛—作迹无休日，桃阴想旧蹊〔二一〕。吹嘘人所羡，腾跃事仍睽。碧海真难涉〔二二〕，青云不可梯〔二三〕。顾深惭锻炼，才小辱提携。槛束哀猿叫—作巧〔二四〕，枝惊夜鹊栖〔二五〕。几时陪羽猎〔二六〕，应指钓璜溪〔二七〕。

〔一〕《汉·郊祀志》："自齐威宣、燕昭使人入海，求蓬莱、方丈、瀛洲此三神山者,其传在渤海中。"《十洲记》:"方丈洲在东海中央,东西南北岸,相去正等。方丈方五千里。"《魏志·东夷传》:"韩在带方之南,东西以海为限,南与倭接,方可四千里。有三种,一曰马韩,二曰辰韩,三曰弁韩。辰韩者,古之辰国也。马韩在西。"

〔二〕《水经》:"昆仑墟在西北,去嵩高五万里。"注:"外国图云:从大晋国正西七万里,得昆仑之墟。"

〔三〕《天台赋》:"赤城霞起而建标。"

〔四〕诣绝:造乎绝域也。言方丈、昆仑为天地阔绝之境,古今共迷其处,岂若禁掖承恩者能迥得神仙之气乎?因垍尚主,有宅在禁中,故云。然方丈、昆仑,乃假象为辞,公《岳麓道林》诗:"方丈涉海费时节,玄圃寻河知有无。暮年且喜经行近,春日兼蒙暄暖扶。"与此诗起语正相类。

〔五〕垍父说,相玄宗。

〔六〕《水经注》:"《白虎通》曰:今闾阖门外,夹建双阙,以应天宿。"

〔七〕《诗》笺:"介珪,长尺有二寸。"

〔八〕"伶官"二句:言张为太常之事。

〔九〕《后汉书》:"祢衡在黄祖座,作《鹦鹉赋》,笔不停缀,文不加点。"

〔一○〕《尔雅》注:"鹠鹖似凫而小,膏中莹刀剑。"

〔一一〕《后汉·史弼传》:"陛下隆于友于,不忍恩绝。"

〔一二〕《晋·虞骎传》:"孔愉有公才而无公望,丁潭有公望而无公才。"《庄子》:"终始反覆,不知端倪。"注:"端,绪也;倪,畔也。"

〔一三〕《通鉴》:"均、垍兄弟及姚崇、萧嵩、韦安石之子,皆以才望至大官。上尝曰:'吾命相,当遍举故相子弟耳。'已而皆不用。"青琐:注别见。紫泥:注见一卷。 二句言张供奉翰林,掌纶翰之事。

〔一四〕陆倕《新漏刻铭》:"灵虬承注,阴虫吐噏。""铜史司刻,金徒抱箭。"注:"灵虬,刻漏之体,以龙承之。""箭,是刻漏浮水之物。"

〔一五〕曹植诗:"俯身散马蹄。" 二句言其入直禁中,向夕始归也。

〔一六〕时垍自贬所召还,故有"重译"、"远黎"之句。赵注:"此又美其为太常卿。"非是。

〔一七〕班序：班爵之序。更何跻：言莫有跻其上者。跻，升也。

〔一八〕"适越"以下，皆自序。

〔一九〕《马援传》："画虎不成，反类狗也。"

〔二〇〕《庄子》注："醯鸡，瓮中蠛蠓也。"

〔二一〕《李广传赞》："桃李不言，下自成蹊。"

〔二二〕碧海：注别见。

〔二三〕谢灵运诗："共登青云梯。"注："仙者因云而升，故谓之云梯。"

〔二四〕《淮南子》："置猿槛中，非不巧捷，无所肆其能。"

〔二五〕魏武乐府："月明星稀，乌鹊南飞，绕树三匝，无枝可依。"

〔二六〕《扬雄传》："雄上《河东赋》。其年十二月羽猎，雄从，因作《羽猎赋》以讽。"

〔二七〕《尚书大传》："文王至磻溪，见吕望，拜之，答曰：'望钓得玉璜，刻曰姬受命，吕佐检。'"《十道志》："栎阳有钓璜浦。"

垍必常荐公而不达，故诗有"吹嘘"、"提携"等句。"陪羽猎"而"指璜溪"，则终以汲引望之也。

上韦左相二十韵

《旧书·职官志》："开元元年十二月，改尚书左右仆射为左右丞相。天宝元年二月，侍中改为左相，中书令改为右相，至德二载复旧。"《玄宗纪》："天宝十三载秋八月，文部侍郎韦见素为武部尚书，同中书门下平章事，代陈希烈。" 黄曰："见素天宝十五载从玄宗幸蜀，至巴西，诏兼左相，封豳国公。此诗是十三载初入相时投赠，题或后来追书耳。"

凤历轩辕纪〔一〕，龙飞四十春〔二〕。八荒开寿域，一气转洪钧〔三〕。霖雨思贤佐〔四〕,丹青忆老樊作旧。一作直,非臣原注:相公之先人遗风馀烈,至今称之〔五〕。应图求骏马〔六〕,惊代得骐骥一作麒麟。沙汰江河《英华》作湖浊〔七〕,调和鼎鼐新。韦贤初相汉〔八〕,范叔已归秦〔九〕。盛业今如此,传经固绝伦〔一〇〕。豫章深出地〔一一〕,沧海阔无津。北斗司喉舌〔一二〕,东方领搢一作缙绅〔一三〕。持衡留藻鉴〔一四〕,听履上星辰〔一五〕。独步才超古,馀波德照邻一云馀阴照比邻。聪明过管辂〔一六〕,尺牍倒陈遵〔一七〕。岂是池中物〔一八〕?由来席上珍〔一九〕。庙堂知至理,风俗尽还淳。才杰俱登用,愚蒙但隐沦〔二〇〕。长卿多病久〔二一〕,子夏索居频黄作贫〔二二〕。回首驱流俗,生涯似众人。巫咸不可问〔二三〕,邹鲁莫容身。感激时将晚,苍茫兴有神。为公《英华》作君歌此曲,涕泪在衣巾〔二四〕。

〔一〕《左传》:"郯子曰:我高祖少皞挚之立也,凤鸟适至,故纪于鸟,为鸟师而鸟名。凤鸟氏,历正也。"注:"少皞,黄帝子。凤鸟知天时,故以名历正之官。"《史记》注:"黄帝居轩辕之丘,因以为号。"

〔二〕时玄宗在位已四十二年,诗曰"四十春",盖举成数。

〔三〕张华诗:"洪钧陶万类。"

〔四〕钱笺:"天宝十三载秋,霖雨六十馀日,天子以宰辅或未称职,见此咎征,命杨国忠精求端士,访于窦革、宋昱等,言见素方雅,柔而易制,上亦以经事相王府有旧恩,可之。故云'霖雨思贤佐',非寻常使霖雨故事也。"

〔五〕赵曰:"'忆老臣',非公自注,后学不晓。曰'丹青',则应见于图画之间也。"按:见素父凑,开元中封彭城郡公,累官太原尹,卒谥曰文。

〔六〕曹植《献文帝马表》:"臣于先帝世,得大宛紫骍马一匹,形法应图。"

〔七〕《晋·孙绰传》:"沙之汰之,瓦砾在后。"按:是时左相陈希烈以太子太师罢政事,故曰"沙汰江河浊"。

〔八〕《汉·韦贤传》:"本始三年,代蔡义为丞相,封扶阳侯。"

〔九〕《史记》:"范睢,字叔,王稽载入秦,昭王拜为客卿,封应侯。"钱笺:"见素虽为国忠引荐,公深望其秉正以去国忠,故有范叔之喻。盖国忠以外宠擅国,犹穰侯之擅秦也。今范叔已归秦矣,穰侯其可少避乎?盖诡辞以劝之,微意如此。"旧注以为喻见素父凑仕隋归唐。凑以永淳二年释褐,未尝仕隋。旧注纰缪多此类。

〔一○〕韦贤传经:注见一卷。《唐书》:"见素子倜、偓,皆位至给事中。"

〔一一〕《山海经》注:"豫章,大木,似楸,叶冬夏青。"

〔一二〕《后汉·李固传》:"北斗为天之喉舌,尚书亦为陛下喉舌。北斗斟酌元气,运于四时,尚书出纳王命。"

〔一三〕《汉书》注:"搢绅,插笏于绅。绅,大带也。"按:《顾命》注:"司马第四,毕公领之。康王之诰,毕公率东方诸侯入应门右。"时见素以兵部尚书为相率百官,故曰"东方领搢绅"也。

〔一四〕《晋书》:"太康四年,制曰藻镜铨衡。"《唐书》:"天宝五载,见素为吏部侍郎,铨叙平允,人士称之。"

〔一五〕《汉·郑崇传》:"哀帝时,为尚书仆射,每见曳革履,上笑曰:'我识郑尚书履声。'"

〔一六〕《魏志》:"管辂喜仰视星辰,能明天文地理变化之数,人号神童。"钱笺:"《唐书》:'肃宗改元至德,十月丙申,有星犯昴,见素言于肃宗曰:"昴者,胡也,禄山将死矣。"帝曰:"日月可知乎?"见素曰:"福应在德,祸应在刑,昴金忌火,行当火位,昴之昏中,乃其时也。明年正月丙寅,禄山其殪乎?"帝曰:"贼何等死?"见素曰:"五行,子者视妻所生,昴犯以丙申。金,木之妃也。木,火之母也。丙火为金,子申亦金也,二金本同末异,还以相克。贼殆为子与首乱者更相屠戮乎?"已而皆验。'"

〔一七〕《汉·陈遵传》:"遵善书,与人尺牍,主者藏弃以为荣。"倒:即倾倒之倒。

〔一八〕《吴·周瑜传》:"蛟龙得云雨,终非池中物也。"

〔一九〕《礼·儒行》:"儒有席上之珍以待聘。"

〔二〇〕隐沦:公自谓。

〔二一〕《西京杂记》:"相如素有消渴疾。"

〔二二〕《檀弓》:"子夏曰:吾离群而索居,久矣。"

〔二三〕《初学记》:"《世本》曰巫咸作筮。"又《列子》:"郑有神巫自齐来,曰季咸,知人生死、存亡、祸福、寿夭,期以岁月。"

〔二四〕沈约诗:"宁假濯衣巾。"《说文》:"巾,佩巾也。"

夜听许十一一作许十损,一作许十诵诗爱而有作

许生五台宾〔一〕,业白出石壁〔二〕。余亦师粲可〔三〕,身犹缚禅寂〔四〕。何阶子方便,谬引为匹敌。离索晚相逢,包蒙欣有击〔五〕。诵诗浑——作混游衍,四座皆——作俱辟易。应手看捶钩〔六〕,清心听鸣镝〔七〕。精微穿溟滓户顶切,又音幸〔八〕,飞动摧霹雳。陶谢不枝梧〔九〕,风骚共推激。紫燕旧作鸾。杜田云:欧阳公家本作燕,《正异》亦作燕自超诣〔一〇〕,翠驳伯各切谁剪剔〔一一〕?君意人莫知,人间夜寥阒〔一二〕。

〔一〕《御览》:"《水经注》:五台山,五峦巍然,故谓之五台。此山名为紫府,仙人居之,其北台之山,即文殊师利常镇毒龙之所。"《华严经疏》:"清凉山,即代州雁门郡五台山也。五峰耸出,顶无林木,有如垒土之台,故名。"《寰宇记》:"在代州五台县东北一百四里。"

〔二〕《宝积经》:"若纯黑业,得纯黑报;若纯白业,得纯白报。"《翻译名义集》:"十使十恶,此属乎罪,名为黑业。五戒十善,四禅四定,此属于善,

名为白业也。"《续高僧传》："昙鸾，或为峦，雁门人，家近五台山，年未志学，便往出家。大通中，游江南，还魏，移住汾州北山石壁玄中寺，今号鸾公岩。" 钱笺："诗曰'宾'，则暂住也；曰'出'，则出游。得非许生游历，亦有如鸾之少住台山、后移石壁者欤？"

〔三〕《旧唐书》："达摩传慧可，慧可尝断其左臂以求法。慧可传璨，璨传道信，道信传弘忍。"

〔四〕《维摩经》："有方便，慧解；无方便，慧缚。"又曰："一心禅寂，摄诸乱意。"

〔五〕《易·蒙》："九二，包蒙。""上九，击蒙。"

〔六〕《庄子》："大马之捶钩者，年八十矣，而不失豪芒。"司马云："拈捶钩之轻重，不失豪芒。"或云江东三魏之间，人皆谓锻为捶。

〔七〕《史记》注："鸣镝，髐箭也。"

〔八〕《庄子》："大同乎溟涬。"郭象注："与物无际。"司马云："自然气也。"

〔九〕《项籍传》："莫敢枝梧。"瓒曰："小柱为枝，邪柱为梧。"

〔一〇〕《西京杂记》："文帝自代来，有良马九匹，其一曰紫燕骝。"《唐六典》"《昭陵六马赞》：紫燕超跃。"赵曰："凤五色，多紫者曰鹭鸶。公《北征》诗'天吴及紫凤，颠倒在裋褐'，紫鸾即紫凤也。《夔府咏怀》诗亦云'紫鸾无近远'。"

〔一一〕《山海经》："中曲之山有兽焉，其状如马，白身黑尾，一角，虎爪牙，音如鼓，其名曰駮，食豹，可以御兵。"《庄子》："我善治马，烧之剔之。"司马云："剔，谓剪其毛。"

〔一二〕萧子范《直坊赋》："何坊境之寥闃，对长庭之芜永。"

戏简郑广文虔兼呈苏司业源明

《唐书·苏源明传》："出为东平太守，建议废济阳郡，以县隶东平。召为国子司业。"按:《旧书·玄宗纪》:"天宝十三载六月,废济阳。"源明召入,当在其时。

广文到官舍,系—作置马堂阶下〔一〕。醉则—作即骑马归,颇遭官长骂。才名三诸本同,《英华》作四,《唐书》引此亦作四十年,坐客寒无毡〔二〕。赖—作近有苏司业,时时与—作乞,丘既切酒钱〔三〕。

〔一〕刘琨《扶风歌》:"系马高堂下。"
〔二〕《晋书》:"吴隐之为太常,以竹篷为屏风,坐无毡席。"
〔三〕《朱买臣传》:"吏卒更乞丐之。"颜师古曰:"乞,读气,与也。"《广韵》:"乞,与人也。"

夏日李公—云李家令见访

远林暑气薄,公子过我游。贫居类村坞,僻近城南楼〔一〕。傍舍颇淳朴,所愿樊、陈并作须亦易求。隔屋唤西家,借问有酒不妨鸠切?墙头过浊醪,展席俯长流〔二〕。清风左右至,客意已惊秋。巢多众鸟斗—作喧,叶密鸣蝉稠。苦遭此物聒,孰谓陈作语吾庐幽?水花晚色静樊作净〔三〕,庶足充淹留。预恐樽中尽,更起为君谋。

〔一〕城南:长安城南,公居在焉,所谓"城南韦杜"也。
〔二〕赵曰:"杜陵之樊乡有樊川,而潏水则自樊川西北流经下杜城。诗云'展席俯长流',岂其居当此地耶?"
〔三〕《古今注》:"芙蓉,名荷华,一名水花。"

103

天育骠骑《英华》作图歌

旧注:"天育,厩名。"按:新旧《史》《唐六典》《会要》诸书,并无厩名天育者,当更考。

吾闻天子之马走千里〔一〕,今之画图无乃是?是何意态雄且杰,骏赵作骏尾萧梢朔风起。毛为绿缥普沼切。《英华》作骠两耳黄〔二〕,眼有紫焰双瞳方〔三〕。矫矫一作矫然龙性含《英华》同,一作合,蔡云:东坡书作含变化〔四〕,卓立天骨森开张〔五〕。伊昔太仆张景顺〔六〕,监牧攻《英华》作考牧攻,一作监牧收,一作考牧收驹阅清峻〔七〕。遂令大奴守《英华》同,一作字,胡仔云:东坡书作字天育〔八〕,别养骥子怜神骏一作俊〔九〕。当时四十万匹马,张公叹其材尽下。故独写真传世人〔一〇〕,见之座右久更新。年多物化空形影〔一一〕,呜呼健步无由骋。如今岂无腰于皎切褭奴了切与骅骝〔一二〕,时无王良伯乐死即休。

〔一〕《穆天子传》:"天子之马,走千里,胜猛兽。"

〔二〕《说文》:"缥,青白色。"《穆天子传》注:"魏时鲜卑献千里马,白色,两耳黄,名曰黄耳。"

〔三〕《相马经》:"眼欲得高,眶欲得端,光睛欲得如悬铃紫焰。"《赭白马赋》:"双瞳夹镜,两颧协月。"

〔四〕《五君咏》:"龙性谁能驯?"

〔五〕蔡邕《庾侯碑》:"英风发于天骨。"马援《铜马相法》:"膝本欲起,肘腋欲开。"

〔六〕张说《陇右监牧颂德碑序》:"开元元年,牧马二十四万匹。十三年,乃有四十三万匹。上顾谓太仆少卿兼秦州都督监牧都副使张景顺曰:'吾马蕃育,卿之力也。'对曰:'帝之力也,仲之令也,臣何力之有?'因具上其状,帝用嘉焉。"

〔七〕《唐六典》:"诸牧监,掌群牧孳课之事。"《周礼·夏官》:"庾人,掌教駣攻驹。"注:"攻驹,乘其蹄啮者闲之。二岁曰驹,三岁曰駣。"阅清峻:言简阅惟取清峻,恶凡马之多肉也。

〔八〕《汉·昌邑王传》:"使大奴以衣车载女子。"注:"大奴,奴之尤长大者也。"胡震亨曰:"大奴,张景顺之牧马奴耳。赵注指王毛仲。毛仲父坐事,虽尝没为官奴,然是时正以霍国公领内外闲厩,景顺乃其属也。岂得称为大奴,令之守天育乎?"《杜诗博议》:"郄昂《马坊颂碑》云:'唐初得马于赤岸泽,令张万岁傍陇右驯字之。'作'字天育'亦通,但于下'养骥子'语复。"

〔九〕梁元帝《答齐国骧马书》:"价匹龙媒,声齐骥子。"《世说》:"支遁好养马,或问之,曰:'贫道重其神骏。'"

〔一○〕写真:写此骠马之真。

〔一一〕《庄子》:"其死也物化。"

〔一二〕《瑞应图》:"騕裹神马,与飞兔同,明君有德则至。"应劭曰:"赤喙黑身,一日行万里。"《穆天子传》:"左服骅骝而右骒耳。"郭璞曰:"骅骝,色如华而赤,今名马骠赤者为枣骝。"

沙苑行

《水经注》:"洛水东经沙阜北,俗名沙苑。"《唐六典》:"沙苑监掌牧陇右诸牧牛马。"《元和郡县志》:"沙苑,在同州冯翊县南十二里,东西八十里,南北三十里,其处宜六畜,置沙苑监。"《寰宇记》:"沙苑古城在朝邑县南十七里。"

君不见，左辅白沙如白水—作白如水〔一〕，缭以周墙百馀里〔二〕。龙媒昔是渥洼生〔三〕，汗血今称献于此〔四〕。苑中骐牝三千匹，丰草青青寒不死。食音嗣之豪健西域无—云腾西域，每岁攻—作收，—作牧驹冠边鄙〔五〕。王有虎臣司苑门〔六〕，入门天厩皆云屯〔七〕。骕骦一骨独当御〔八〕，春秋二时归—作朝至尊。至尊内外马盈亿鲍作内外马数将盈亿〔九〕，伏枥在坰空大存。逸群绝足信殊杰，倜它历切傥权奇难具论〔一○〕。累累塠都回切阜藏奔突，往往坡陀纵超越〔一一〕。角壮翻同《英华》作腾麋鹿游〔一二〕，浮深簸荡鼋鼍窟〔一三〕。泉吴作海。或云当是渊字，唐讳渊，故作泉出巨鱼长比人〔一四〕，丹砂作尾黄金鳞。岂知异物同精气，虽未成龙亦有神〔一五〕。

〔一〕《汉书》："京兆尹、左冯翊、右扶风，谓之三辅。同州，汉属冯翊，故曰左辅。"《寰宇记》："同州白水县，其境东南谷多白土。"

〔二〕《西都赋》："西郊则有上囿禁苑，缭以周墙，四百馀里。"

〔三〕《汉·礼乐志》："天马徕，龙之媒。"《武帝纪》："元鼎四年秋，马生渥洼水中，作《宝鼎》《天马》之歌。"

〔四〕汗血：注见一卷。

〔五〕攻驹：注见前。

〔六〕《西都赋》："控飞廉，入苑门。"

〔七〕《刘表传》："云屯冀马。"

〔八〕《左传》："唐成公如楚，有两肃霜马。"疏："马融说：'肃霜，雁也。其羽如练，高首而修颈，马似之。'"

〔九〕《唐书》："尚乘局掌内外闲厩之马，总十二闲，凡外牧岁进良马，印以三花飞凤之字。"

〔一○〕《汉·礼乐志》："志倜傥，精权奇。"赵曰："言枥中坰外，其数空存,不如此苑马之神骏也。"

〔一一〕钱笺:"相如《哀二世赋》:'登坡陀之长坂。'《匡谬正俗》:'坡陀者,犹言靡迤耳。'"

〔一二〕《赭白马赋》:"分驰迥场,角壮永埒。"

〔一三〕浮深:言马浴水中。《海赋》:"戏广浮深。"

〔一四〕《留花门》诗:"沙苑临清渭,泉香草丰洁。"

〔一五〕言此马浮深之时,有丹尾金鳞之巨鱼出见,盖其物虽未成龙,而精气则能相感,所以深美骕骦之为龙媒也。

骢马行 原注:太常梁卿敕赐马也。
李邓公爱而有之,命甫制诗

邓公马癖人共知〔一〕,初得花骢大宛於爱切种。夙昔传闻思一见,牵来左右神皆竦。雄姿逸态何崷崒,顾影骄嘶自矜宠。隅目青荧夹镜悬〔二〕,肉骏旧作骏,荆公改作䭴碨乌罪切礌力罪切连钱动〔三〕。朝来少一作久试华轩下,未觉千金满高价〔四〕。赤汗微生白雪毛,银鞍却覆香罗帕〔五〕。卿家旧赐公取之一作能取,一作有之,天厩真龙此其亚。昼洗须腾泾渭深,夕一作朝趋可刷幽并夜〔六〕。吾闻良骥老始成,此马数年人更惊。岂有四蹄疾于鸟,不与八骏俱先鸣〔七〕?时俗造次那得致,云雾晦冥方降精〔八〕。近闻下诏喧都邑,肯使一作知有骐骥地上行〔九〕?

〔一〕《晋书》:"王济解相马,又甚爱之,杜预常称济有马癖。"

〔二〕《西京赋》:"猛毅髬髵,隅目高匡。"薛综曰:"隅,目角,眼视也。"《相马经》:"目欲得高匡。"《西都赋》:"琳珉青荧。"师古曰:"青荧,言其色青而有光荥也。"夹镜：注见前。

〔三〕《旧唐书》："开元二十九年三月，滑州刺史李邕献马，肉骏麟臆。"杜田《补遗》："东坡云：'予在岐下，见秦州进一马，駿如牛，项下垂胡，侧立倾倒，毛生肉端。蕃人云此肉駿马也，乃知《骢马行》"肉骏碨礧"，当作駿。'"《尔雅》："青骊驎曰驒。"注："色有深浅，斑驳如鱼鳞，今连钱骢也。"

〔四〕《韩子》："马似鹿者直千金。"《西域传》："武帝遣使持千金请大宛善马。"

〔五〕周弘正诗："银鞍耀紫缰。"

〔六〕《赭白马赋》："旦刷幽燕，昼秣荆越。"张说《陇右监牧颂》："朝刷阊风，夕洗天泉。"

〔七〕《穆天子传》："八骏曰赤骥、盗骊、白义、逾轮、山子、渠黄、骅骝、騄耳。"

〔八〕《春秋考异记》："地生月精为马，月数十二，故马十二月而生。云雾晦冥，龙马降生时也。"

〔九〕《战国策》："世无骐骥騄駬，王之驷已备矣。"鲍彪注："字书不载骐骒。惟《玉篇》云'马黑脊'，亦不言良马。"陆玑《疏》："麒麟，行中律吕。则此马以麒麟比也。"《尔雅翼》："麒麟善走，故良马亦名为骐骥。"言时方下求马之诏，此马必当腾跃天衢，殆以况李邓公也。

魏将军歌

按：此诗言魏将军先立功西陲，后统禁军宿卫，绝不及丧乱事，盖禄山未反时作也。《草堂》本编在天宝末年，今从之。

将军昔着从事衫，铁马驰突重两衔〔一〕。被坚执锐略西极〔二〕，昆仑月窟东崭仕咸切岩〔三〕。君门羽林万猛士，恶若哮

"孝"平声虎子所监〔四〕。五年起家列霜戟〔五〕,一日过海收风帆〔六〕。平生流辈徒蠢蠢,长安少年气欲尽。魏侯骨耸精爽紧,华岳峰尖见秋隼。星缠宝校当作铰,绞、教二音金盘陀〔七〕,夜骑天驷超天河〔八〕。欃枪荧惑不敢动〔九〕,翠蕤云旇所交切相荡摩〔一〇〕。吾为子起歌都护〔一一〕,酒阑插剑肝胆露。钩陈苍苍玄武暮旧作风玄武,荆公改作玄武暮〔一二〕。万岁千秋奉明主,临江节士安足数〔一三〕。

〔一〕《说文》:"衔,马衔勒也。"

〔二〕《战国策》:"吾被坚执锐。"注:"坚,甲。锐,兵也。"

〔三〕钱笺:"郭璞《昆仑赞》:'昆仑月精,水之灵府。'《长杨赋》:'西压月嶹。'注:'服虔曰:嶹,音窟,月所出也。'《上林赋》:'崭岩参差。'吴子良曰:'昆仑月窟在西,而云东崭岩者,言魏将军略地至西方之极,回顾昆仑,月窟反在东也。'"

〔四〕《越绝书》:"吴王许勾践行成,子胥大怒,目若夜光,声若哮虎。"

〔五〕唐制:官至上柱国,门立棨戟。

〔六〕"过海"、"收帆",承上"略西极"言之,盖过青海也。

〔七〕钱笺:"吕祖谦曰:'星缠宝校金盘陀,盖马装也。'《赭白马赋》云:'具服金组,兼饰丹臒,宝铰星缠,镂章霞布。'注:'以金组丹臒饰其装具,如星霞之布。'又《东京赋》云:'龙辀华轙,金錽镂钖,方釳左纛,钩膺玉环。'蔡邕曰:'金錽者,马冠也。高广各五寸,上如玉华形,在马髦前。镂,雕饰也,当颅刻金为之。'《诗》:'钩膺镂钖。'所谓'宝铰',比其具也,第尊卑之制殊耳。"《杜诗博议》:"旧注引鲍照诗'金铜饰盘陀,日照光蹀躞'而未详其义。按《唐书·食货志》云:'先是诸炉铸钱窳薄,镕破钱及佛像,谓之盘陀。皆铸为私钱,犯者杖死。'此与'金铜饰盘陀'语颇相合。盖雕饰鞍勒,以铜杂金为之,故有日照星缠之丽,而镕破钱及佛像者,取其金铜相和,亦名盘陀也。"

〔八〕《史·天官书》:"汉中四星曰天驷,旁一星曰王良。"《汉·天文志》:"房为天府,曰天驷,其阴右骖。"

〔九〕欃枪:妖星。荧惑:火星。

〔一〇〕相如《子虚赋》:"错翡翠之葳蕤。"注:"葳蕤,羽毛貌。"《东都赋》:"望翠华之葳蕤。"《西京赋》:"栖鸣鸢,曳云旓。"注:"云旓,谓旌旗之旒,飞如云也。"相荡摩:舒闲貌。

〔一一〕古乐府有《丁都护歌》,一曰"阿都护"。《宋书·乐志》:"《丁都护歌》者,彭城内史徐逵之为鲁轨所杀,高祖使督护丁旿收殡之。逵之妻,高祖长女也,呼旿至阁下,自问殓送之事。每问辄呼丁都护,其声哀切,后人因广其曲焉。"钱笺:"《唐书》:'《丁都护》,晋宋间曲也。今歌是宋武帝制,云:督护北征去,前锋无不平。'"

〔一二〕《晋书》:"钩陈六星,在紫宫中。钩陈,后宫也,大帝之正妃也,大帝之帝居也。"《汉书》音义:"钩陈,紫宫外营星也,宫卫之位亦象之。"《汉书》:"北宫玄武虚危,其南有众星,曰羽林天军,军西为垒。" 赵曰:"'玄武',阙名。《三辅旧事》曰:'未央宫北有玄武阙。'旧本误以武字为韵,云'风玄武',极无义理,徒误学者。以钩陈则苍苍,以玄武则暮,言当酒阑插剑之时。"

〔一三〕《汉·艺文志》有《临江王》及《愁思节士歌》诗四篇。宋陆厥《临江王节士歌》曰:"节士慷慨,发上冲冠,弯弓挂若木,长剑竦云端。" 按:《汉书》:"景帝废太子为临江王,后坐侵庙墙为宫,征入自杀。时人悲之,故为作歌。"愁思、节士,无考,本是二人,累言之故曰"及"也。陆韩卿所作乃合为《临江王节士》,其误与《中山孺子妾歌》同。《哀江南赋》"临江王有愁思之歌"又因此而误,太白相沿未改。

杜工部诗集卷之三

天宝、至德间,公居京师,授率府参军,及陷贼中,间归凤翔,官左拾遗作。

赠田九判官梁丘

《旧唐书》:"哥舒翰讨禄山,以田梁丘为御史中丞,充行军司马,军政皆委焉。"于邵《田司马梁丘传》:"司马,京兆茂陵人,哥舒翰兼统五原,雅知其才,得之甚喜,表清胜府别将,改永平府果毅、长松府折冲。潼关失守,诏御史中丞郭英乂专制陇右,未及下车,表渭州陇西县令。"

崆峒使节上青霄[一],河陇降王款圣朝[二]。宛_{於爱切}马总肥春_{或作秦}苜蓿[三],将军只数汉_{一作霍}嫖姚。陈留阮瑀谁争长[四]?京兆田郎早见招[五]。麾下赖君才并美_{他本并作入},独能无意向渔樵?

〔一〕《唐书·哥舒翰传》:"天宝十二载秋,翰领河西节度,击吐蕃,悉收九曲部落。"

〔二〕《王思礼传》:"十三载,吐谷浑苏毗王款塞,诏翰至磨环川应接之。"《通鉴》:"十四载正月,苏毗王子悉诺逻去吐蕃来降,以为怀义王。"

〔三〕《汉书》:"大宛马嗜苜蓿,上遣使者持千金请宛马,采苜蓿归,种之离宫。"

〔四〕《魏志》:"陈留阮瑀,字元瑜,太祖辟为军谋祭酒,管记室。"

〔五〕《三辅决录》:"田凤为郎,容仪端正,入奏事,灵帝目送之,因题柱曰:堂堂乎张,京兆田郎。" 早见招:言梁丘入幕之早。

送蔡希鲁一作曾都尉还陇右因寄高三十五书记 原注:时哥舒入奏,勒蔡子先归

《旧唐书》:"诸府折冲都尉各一人,左右果毅都尉各一人。每岁季冬,折冲都尉率五校之属,以教其军阵战斗之法。"按史:天宝十四载春,哥舒翰入朝,道得风疾,遂留京师。故蔡都尉先归而公送之。梦弼谓十一载冬随翰来朝,明年春至京师,误也。是时高尚未为书记。

蔡子勇成癖,弯弓西射胡。健一作男儿宁斗死,壮士耻为儒。官是先锋得,材缘挑徒了切战须〔一〕。身轻一鸟过〔二〕,枪急万人呼〔三〕。云幕随开府,春城赴一作入上都。马头金匼加答切,一作帕匝〔四〕,驼背锦模糊〔五〕。咫尺雪一作云,非山路〔六〕,归飞青一作西海隅。上公犹荆作独宠锡〔七〕,突将且前驱〔八〕。汉水一作使黄河远,凉州白麦枯〔九〕。因君问消息,好在阮元瑜〔一〇〕。

〔一〕《汉书》注:"挑战,擿娆敌求战也。"

〔二〕张协诗:"人生瀛海内,忽如鸟过目。"

〔三〕枪急:谓用枪之急。呼:惊呼也。

〔四〕《韵会》:"匼匝,周绕貌。"鲍照《白纻歌》:"雕屏匼匝组帐舒。"金匼匝:言金络马头,其状密匼也。

〔五〕锦模糊:言驼背负物,以锦帕蒙之。《唐书》:"哥舒翰在陇右,每遣使入奏,常乘白橐驼,日驰五百里。"赵曰:"匼匝、模糊,皆方言。"

〔六〕钱笺:"《元和郡国志》:'雪山在瓜州晋昌县南六十里,积雪夏不消,南连吐谷浑界。'《寰宇记》:'姑臧南山,一名雪山,冬夏积雪,属武威郡。又番和县南山,一名天山,亦名雪山,山阔千馀里,其高称是。'"

〔七〕上公:谓翰。犹宠锡:言待朝廷有所锡命也。

〔八〕突将:谓希鲁。且前驱:言先归陇右也。

〔九〕《陇西记》:"诸州深秋采白麦酿酒。"陈藏器《本草》:"小麦秋种夏熟,受四时气足,面热麸冷,河渭以西白麦面凉,以其春种,阙二时之气故也。"

〔一〇〕好在:乃存问之词。《通鉴》"高力士宣上皇诰曰'诸将士各好在'",与此同。胡三省注"好在,犹言好生",非是。阮元瑜:注见前,以比高適。

故武卫将军挽词三首

《唐书》:"左右武卫大将军各一员,将军各二员,掌统领宫禁警卫之法。"

严警当寒夜,前军落大星〔一〕。壮夫思敢决,哀诏惜精灵。王者今无战〔二〕,书生已勒铭〔三〕。封侯意疏阔,编简为谁青〔四〕?

〔一〕《晋阳秋》:"有星赤而芒角,自东北往西南,投于诸葛亮营,俄而亮卒。"

〔二〕钟会《檄蜀文》:"王者之师,有征无战。"

〔三〕班固勒铭事,注别见。

〔四〕《后汉·吴祐传》:"杀青简写书。"注:"杀青,以火炙简,令汗,取其青,易书复不蠹。"封侯之志虽不得遂,然编简不为之青而为谁青乎？许其功名之必垂于简策也。

舞剑过人绝,鸣弓射兽能。铦锋行慊顺〔一〕,猛噬失蹻_{丘妖切}腾。赤羽千夫膳〔二〕,黄河十月冰。横行沙漠外,神速至今称。

〔一〕行慊顺：言无不如意者。
〔二〕《家语》："子路曰：愿得白羽若月,赤羽若日。"羽：旌旗也。

"赤羽"四句,纪行师沙漠之事也。赤羽之下会膳千夫,见以孤军转斗,又值黄河十月,塞外苦寒、冰坚难渡之时,当此而能横行沙漠之外,其神速诚可称矣。旧解都谬。

哀挽青门去〔一〕,新阡绛水遥〔二〕。路人纷雨泣〔三〕,天意飒风飙〔四〕。部曲精仍锐,匈奴气不骄。无由睹雄略,大树日萧萧。

〔一〕青门：注别见。
〔二〕《水经注》："绛水出绛山西北,流注于浍。"应劭曰："绛水出绛县西南。"
〔三〕曹植《诔》："延首叹息,雨泣交颐。"
〔四〕《尔雅》："风从下上曰飙。"《说文》："扶摇,风也。"

去矣行

按：此与《贫交行》《白丝行》皆不知何因而作。旧注穿凿，今悉削之。

君不见鞲上鹰[一]，一饱即飞掣。焉能作堂上燕，衔泥附炎热？野人旷荡无腼颜，岂可久在王侯间？未试囊中餐玉法[二]，明朝且入蓝田山[三]。

〔一〕《淳于髡传》注："鞲，臂捍也。"《东方朔传》："董君绿帻傅鞲。"韦昭曰："鞲，形如射鞲，以缚左右手。"鲍照诗："昔如鞲上鹰，今似槛中猿。"

〔二〕《海赋》："神仙缥缈，餐玉清崖。"《后魏书》："李预居长安，羡古人餐玉之法，乃采访蓝田，掘得若环璧杂器者，大小百馀，皆光润可玩。预乃椎七十枚为屑，食之。"

〔三〕《汉·地理志》："蓝田县，本秦孝公置，山出美玉，故名。"《长安志》："蓝田山，在长安县东南三十里，一名覆车山。其山产玉，亦名玉山。"

官定后戏赠_{原注：时免河西尉，为右卫率府兵曹}

黄曰："十三载冬，公《进封西岳赋表》尚云'长安一匹夫'，则其时未得官。改卫率府参军，乃在十四载，《夔府咏怀》诗所谓'昔罢河西尉，初兴蓟北师'也。"按：是年十一月禄山反。戏赠：戏自赠也。

不作河西尉，凄凉为折腰。老夫怕趋走，率府且逍遥。耽酒须微禄，狂歌托圣朝。故山归兴尽，回首向风飙。

奉同郭给事汤东灵湫作

汤东：骊山温汤之东，湫龙所居。此诗梁权道编天宝十四载，盖公往奉先时作。

东山气濛鸿—作鸿濛〔一〕，宫殿居上头〔二〕。君来必十月〔三〕，树羽临九州〔四〕。阴火煮玉泉〔五〕，喷薄涨岩幽。有时浴赤日〔六〕，光抱空中楼〔七〕。阊风入辙迹〔八〕，旷—作广原—作野延冥搜〔九〕。沸《正异》作拂天万乘动〔一〇〕，观水百丈湫〔一一〕。幽灵—作灵湫斯—作新可怪—作佳，王命官属休〔一二〕。初闻龙用壮〔一三〕，擘石摧林丘。中夜窟宅改，移因风雨秋。倒悬瑶池影〔一四〕，屈注沧—作苍江流。味如甘露浆，挥弄滑且柔〔一五〕。翠旗淡偃蹇〔一六〕，云车纷少留。箫鼓荡四溟〔一七〕，异香泱乌朗切莽浮〔一八〕。鲛—作蛟人献微绡音宵〔一九〕，曾祝沉豪牛〔二〇〕。百祥奔盛明，古先莫能俦。坡陀金虾蟆〔二一〕，出见盖有由。至尊顾之笑，王母不肯—作遣收〔二二〕。复归虚无底，化作长黄虬—云龙与虬〔二三〕。飘飘—作飘青琐郎〔二四〕，文采珊瑚钩〔二五〕。浩歌渌水曲〔二六〕，清绝听者愁。

〔一〕东山：骊山也。《述征记》："长安东则骊山，西则白虎原。"《寰宇记》："骊山在临潼县东南二里，即蓝田山也，温汤在山下。"《淮南子》："未有天地之时，濛鸿濒洞，莫知其门。"

〔二〕古乐府："东方千馀骑，夫婿居上头。"《唐书》："有宫在骊山，贞观十八年置，咸亨二年始名温泉宫，天宝六载更温泉曰华清宫。治汤井为池，环山列宫室。"

〔三〕《长安志》:"开元后,玄宗每岁十月幸温汤,岁尽而归。"《雍录》:"骊山温泉,秦、汉、隋、唐皆常游幸,惟玄宗特侈。宫殿包裹一山,而缭墙周遍其外。"

〔四〕江淹《登纪南城》诗:"君王淡以思,树羽望楚城。"旧注:"树羽,立羽葆盖也。"

〔五〕《海赋》:"阳冰不治,阴火潜然。"《博物志》:"凡水源有硫黄,其泉则温。"

〔六〕《山海经》:"日拂于扶桑,出于旸谷,浴于咸池。"

〔七〕《长安志》:"骊山有观风楼、羯鼓楼。"

〔八〕《十洲记》:"昆仑三角,其一角正北,名曰阆风颠;其一角正西,名曰玄圃堂;其一角正东,名曰昆仑宫。"《葛仙翁传》:"昆仑山一曰玄圃,一曰积石瑶房,一曰阆风台,一曰华盖天柱。"

〔九〕《穆天子传》:"六师之人毕至于旷原。"又曰:"自西王母之邦,北至于旷原之野,飞鸟之所解羽,千九百里。"

〔一〇〕《东都赋》:"旌旗拂天。"《芜城赋》:"歌吹沸天。"

〔一一〕钱笺:"《长安志》:'泠水,一曰零水,在临潼县东三十五里,亦曰百丈水。'" 赵曰:"《水经注》:'泠水南出浮肺山,浮肺山乃骊山之麓也。'"

〔一二〕《穆天子传》:"犬戎觞天子于当水之阳,北风雨雪,天子以寒之故,命王属休。"注:"令王之徒属休息也。"

〔一三〕《易·大壮》"九三":"小人用壮。" 补注:《长安志》:"汤泉水在汉阴盘县故城东门外,去昭应十五里。贞观中,乘舆将自东门入,时水暴涨,平岸见物状如猪,当土门卧,令有司致祭,其物起向北,因失所在。开元八年冬,乘舆自南入,至半城,黑气从东北角起,倏满城,从官相失。上策马逾城,下至渭川,云气稍解,上怅然回宫。王翰以为龙跃云从,无足异者,作《客问》上之。"

〔一四〕《天台赋序》:"或倒影于重溟。""倒影瑶池"言日照骊山,影蘸灵湫也。

117

〔一五〕《江赋》：" 挥弄洒珠。"

〔一六〕《楚词》：" 灵偃蹇兮姣服。"《七发》：" 旌旗偃蹇。"

〔一七〕张协诗：" 雨足洒四溟。"

〔一八〕《上林赋》：" 过乎泱莽之野。"注：" 泱莽，大貌。"

〔一九〕任昉《述异记》：" 鲛人，即泉先也，又名泉客。南海出鲛绡纱，泉先潜织，一名龙纱。其价百馀金，以为服，入水不濡。"《说文》：" 绡，生丝缯也。"

〔二〇〕《穆天子传》：" 天子大朝于燕然之山，奉璧南面，曾祝佐之，祝沉牛马豕羊。"注：" 曾，犹重也。"《传》曰：" 曾臣偃。"又曰：" 文山之人归遗，乃献良马十驷，天子与之豪马、豪牛、尾狗、豪羊，以三十祭文山。"注：" 豪，犹髭也。" 言玄宗致祭灵湫，其仪卫、音乐、香币、祝史之盛如此。

〔二一〕坡陀：注见二卷。《埤雅》：" 虾蟆，一云蟾蜍，或作詹诸。"《淮南子》：" 月照天下，食于詹诸。"蔡曰：" 《酉阳杂俎》云：长庆中，有人见月光属于林中如匹布。寻视之，见一金背虾蟆，疑自月中者。" 夫月为阴精，后妃之象。禄山约杨妃为子母，通宵禁掖暱狎，嫔嫱方诸虾蟆食月。诗人之托谕微矣。

〔二二〕钱笺：" 唐人多以王母比贵妃。刘禹锡诗：'仙心从此在瑶池，三清八景相追随。'王建诗：'武皇自送西王母，新换霓裳月色裙。'公诗亦云'惜哉瑶池饮'，又曰'落日留王母'也。"

〔二三〕《说文》：" 虬，龙子，无角。"《玉篇》：" 虬，无角龙也，俗作虯。"《安禄山事迹》：" 玄宗尝夜宴禄山，禄山醉卧，化为一猪而龙头，左右遽言之。玄宗曰：渠猪龙耳，无能为也。"

〔二四〕《汉书》注：" 青琐，刻为连琐文，以青涂之。"《汉旧仪》：" 给事黄门侍郎，每日暮向青琐门拜，谓之夕郎。"《宫阙簿》：" 青琐门在南宫。"

〔二五〕萧诠诗：" 珠帘半上珊瑚钩。"

〔二六〕《淮南子》：" 手会渌水之趋。"渌水，古曲名。

此诗直陈温汤事而风刺自见。" 来必十月"，讥其游之非时也。" 温泉浴日",讥其游之不度也。"阆风"、"旷原",比以周穆昆仑,讥其荒也。"拂天万乘"以下,纪湫龙之幽灵、湫水之深洁,与祀礼之殷盛辉煌,讥其越礼而好怪也。"金虾蟆",阴类,主兵象。杂种为阴,女戎为阴。玄宗屡赐禄山汤浴,时将反范阳,故湫中应之。《新书·五行志》载僖宗时童谣曰"金色虾蟆争弩眼,翻却曹州天下反",此其证也。"王母"与"至尊"并举,明是贵妃。贵妃从幸温泉,上以湫水比瑶池,则此称"王母",尤当也。"顾之笑",明言以刺。"不肯收",反言以讥之,不欲指斥宫中之事,故微其辞如此也。"虚无底",即湫水也。归虚无而化黄虬,则言禄山之势已成,犹猪龙而僭拟真龙也。其忧乱之意,情见乎词,当与《慈恩寺》"回首叫虞舜"数语及《奉先咏怀》"凌晨过骊山"一段参看。潘鸿曰:"按《五行志》:'神龙中,渭水有虾蟆大如鼎,里人聚观,数日而失。'此韦后时事。'坡陀金虾蟆'盖其类也。禄山浊乱宫闱,故有此应,可与翟泉鸡出同类并观,故曰'出见盖有由'也。"张衡《灵宪》云:"羿请不死之药于西王母,嫦娥窃之奔月,是为蟾蜍。""至尊"二句意谓禄山丑类,玄宗宠顾独深,殊不可解。譬如蟾蜍,虽窃王母之药,得托身于月,王母其肯收之乎?"王母"暗使张衡语也。"长黄虬"固属意猪龙,然别有旨。考漏刻之制,上设虬龙吐水,下设虾蟆承泻,故陆机《漏刻赋》云"伏阴虫以承波",又陆倕《铭》云"灵虬承注,阴虫吐吸",李翰曰:"阴虫,虾蟆也。"杜意谓禄山当如阴虫伏处,今一旦凭借宠灵,窥窃神器,妄自意为天矫飞天之物,岂非虾蟆而化黄虬,上下失位者乎?盖始终以虾蟆事为比也。太白诗"蟾蜍蚀圆影,大明夜已残。阴精此沦惑,去去不足观。忧来其如何,凄怆摧心肝",亦是此意。又按《卫风》"燕婉之求,得此蘧篨",《韩诗》作"得此蟾蜍",薛君解曰:"戚施,蟾蜍,喻丑恶也。"详观李、杜诗意,盖不特丑诋禄山,其刺贵妃,亦婉而切矣。

九日杨奉先会白水崔明府

奉先:注见下。《唐书》:"白水县属同州。"

今日潘怀县〔一〕,同时陆浚仪〔二〕。坐开桑落酒〔三〕,来把菊花枝。天宇清霜净〔四〕,公堂宿雾披。晚酣留客舞,凫舄共差池 郭作参差。

〔一〕《晋·潘岳传》:"岳栖迟十年,出为河阳令,转怀令。"
〔二〕《陆云传》:"云以公府掾为太子舍人,出补浚仪令。"
〔三〕《水经注》:"河东郡民刘白堕,采挹河流,酝成芳酎,熟于桑落之辰,故酒得其名矣。"按:庾信《从蒲使君乞酒》诗"蒲城桑叶落,灞岸菊花秋",又《谢卫王赐桑落酒》诗"停杯待菊花",盖桑叶落,正菊花开之时也。
〔四〕陶潜诗:"昭昭天宇阔。"

白水明府舅宅喜雨得过字

吾舅政如此,古人谁复过?碧山晴又湿,白水雨偏多。精祷既不昧,欢娱将谓何?汤年旱颇甚,今日醉弦歌。

桥陵诗三十韵因呈县内诸官

《旧唐书》:"开元四年十月,葬睿宗于桥陵。""奉先县,本同州蒲城县,以管桥陵,改属京兆府,仍改为奉先。开元十七年,制官员同赤县。"《新书》:"桥陵,在奉先县西北三十里丰山。"

先帝昔晏驾〔一〕,兹山朝百灵。崇冈拥象设〔二〕,沃野开天庭〔三〕。即事壮重险〔四〕,论功超五丁〔五〕。坡陀因—作用厚地一作力,却略罗峻屏〔六〕。云阙虚冉冉,松风肃泠泠。石门霜露白,玉殿莓苔青。宫女晚一作晓知曙〔七〕,祠官一作臣朝见星。空梁簇画戟,阴井敲铜瓶〔八〕。中使日夜继一作日继夜,《正异》作日相继〔九〕,惟王心不宁。岂徒恤备享〔一〇〕,尚谓求无形。孝理敦国政,神凝推道经〔一一〕。瑞芝产庙柱〔一二〕,好鸟鸣一作巢岩扃。高岳前崒嵂,洪河左滢胡坰切瀠乌营切,一作潆〔一三〕。金城蓄峻趾〔一四〕,沙苑交回汀〔一五〕。永与奥区固〔一六〕,川原纷眇冥。居然赤县立〔一七〕,台榭争岧亭〔一八〕。官属果称是,声华真一作宜可听。王刘美竹润,裴李春兰馨。郑氏才振古,啖侯笔不停〔一九〕。遣词必中律〔二〇〕,利物常发硎〔二一〕。绮绣相展转,琳琅愈青荧〔二二〕。侧闻鲁恭化〔二三〕,秉德崔瑗铭〔二四〕。太史候凫影〔二五〕,王乔随鹤翎〔二六〕。朝仪限霄汉,客思回林坰。坎坷辞下杜〔二七〕,飘飖陵樊、陈并作凌浊泾〔二八〕。诸生旧短一作裋褐,旅泛一浮萍。荒岁儿女瘦〔二九〕,暮途涕泗零。主人念老马〔三〇〕,廨署一作宇容一作客秋萤。流寓理岂惬,穷愁醉不醒。何当摆俗累,浩荡乘沧溟。

〔一〕《汉书》:"宫车晏驾。"注:"天子初崩,臣子之心犹谓宫车晚出。"

〔二〕《招魂》:"象设居室,静安闲些。"注:"象,法也。言为君造设室宇,法象旧庐。"

〔三〕《汉书》:"秦地沃野千里。"《蜀都赋》:"摘藻揿天庭。"

〔四〕《天台赋》:"履重险而逾坡。"

〔五〕《华阳国志》:"蜀有五丁力士,能移山举万钧。每一王死,辄为立大石,长三丈,重千钧,为墓志。"

〔六〕古乐府:"却略再拜跪,然后持一杯。"赵曰:"'却略'乃退身之义,言山之退而在后,其势亦然。"

〔七〕庙宇深严,故晚而后知曙。

〔八〕庾丹诗:"铜瓶素丝绠。"

〔九〕《旧书·玄宗纪》:"天宝十载正月,太庙置内官,供洒扫诸陵庙。"

〔一〇〕《礼记》:"备物之享。"《唐六典》:"凡朔望、元正、冬至、寒食,皆修享于诸陵。若桥陵,则日献羞焉。"

〔一一〕《旧书·玄宗纪》:"天宝十四载,颁《御注老子道德经》并《义疏》于天下。"

〔一二〕《杜诗博议》:"《旧唐书》:'天宝七载三月,大同殿柱产玉芝。八载六月,又产玉芝。'此云'产庙柱',盖桥陵亦有之也。"

〔一三〕高岳:谓华山。洪河:谓黄河也。《水经注》:"河水又南,经蒲城东。"阚骃曰:"蒲城在西北。"潆濙:水回旋貌。

〔一四〕钱笺:"《寰宇记》:'秦孝公元年筑长城,简公二年堑洛。故云自郑滨洛,今沙苑长城是也。《三秦记》云在蒲城东五十里。秦筑长城,即是堑洛也。'贾谊云'关中之固,金城千里',愚谓指长城也。旧注引京兆始平之金城,非是。"《魏都赋》:"巍巍标危,亭亭峻趾。"注:"趾,基也。"

〔一五〕沙苑:注见二卷。

〔一六〕《西都赋》:"防御之阻,则天地之奥区焉。"

〔一七〕赤县:见题下注。

〔一八〕江淹诗:"岩亭南楼期。"

〔一九〕《鹦鹉赋序》:"笔不停缀。"

〔二〇〕《文赋序》:"夫其放言遣词,良多变矣。"

〔二一〕《庄子》:"刀刃若新发于硎。"注:"硎,砥石也。"

〔二二〕青荧:注见二卷。

〔二三〕《后汉书》:"鲁恭为中牟令,专以德化为理,不任刑罚。"

〔二四〕崔瑗举茂才,为汲令,作座右铭行于世。

〔二五〕王乔为叶令入朝数,帝令太史候望,言有双凫飞来,乃举罗张之,但得双舄。诏上方诊视,则四年中所赐尚书官属履也。

〔二六〕《列仙传》:"王子乔,周灵王太子晋也。七月七日,乘白鹤于缑氏山头,举手谢时人,数日而去。"

〔二七〕《汉·宣帝纪》:"率常在下杜。"师古曰:"下杜,即今之杜城。"《长安志》:"下杜城,在长安县南一十五里,其城周三里。《史记》'秦武公十一年初县杜'即此地也。宣帝修杜之东原为陵,曰杜陵县,更名此为下杜。城东有杜原,城在底下,故曰下杜。"

〔二八〕按:泾在长安之北。公自杜陵往奉先,故渡此水也。

〔二九〕荒岁:谓十三载秋霖,关中大饥。

〔三〇〕《韩诗外传》:"田子方出,见老马于道,喟然叹曰:'少尽其力,老弃其身,仁者不为也。'束帛赎之。"

自京赴奉先县咏怀五百字

《长安志》:"奉先县,西南至京兆府二百四十里。"《旧书·玄宗纪》:"天宝十四载冬十月壬辰,幸华清宫。十一月丙寅,禄山反。"按:公赴奉先,玄宗时正在华清,故诗中言骊山事特详。又按:十一月九日,禄山反。书至长安,玄宗犹未信。故此言欢娱聚敛,致乱在旦夕,而不及禄山反状也。

杜陵有布衣,老大意转拙。许身一何愚樊作过,窃比稷与契。居然成濩落〔一〕,白首甘—作苦契音挈阔〔二〕。盖棺事则已,此志常觊豁。穷年忧黎元,叹息肠内热〔三〕。取笑同学翁,浩歌弥激烈。非无江海志,潇洒送日月。生逢尧舜—作为君,不忍便永诀。当今廊庙具,构厦岂云缺〔四〕?葵藿倾太阳〔五〕,物性固莫—作难夺。顾惟蝼蚁辈,但自求其穴。胡为慕大鲸,辄拟偃溟渤〔六〕?以兹悟《庚溪诗话》作误生理,独耻事干谒。兀兀遂至今，忍为尘埃没。终愧巢与由，未能易其节。沉饮聊自遣—作适〔七〕，放歌颇愁绝。岁暮百草零，疾风高冈裂。天衢阴峥嵘，客子中夜发。霜严衣带断，指直不得—作能结。凌晨过骊山，御榻在嵽徒结切嵲音涅〔八〕。蚩尤塞寒空〔九〕，蹴踏崖谷滑。瑶池气郁律〔一〇〕，羽林相摩戛〔一一〕。君臣—作圣君留欢娱，乐动殷音隐胶葛旧作樛嶱，荆公、欧公定为胶葛。《正异》作嶱嵑〔一二〕。赐浴皆长缨〔一三〕，与宴非短—作裋褐。彤庭所分帛〔一四〕，本自寒女出。鞭挞—作箠其夫家，聚敛贡城阙。圣人筐篚恩〔一五〕，实欲—作愿邦国活〔一六〕。臣如忽至理，君岂弃此物〔一七〕？多士盈朝廷，仁者宜战栗。况闻内金盘，尽在卫霍室〔一八〕。中堂有吴作舞神仙，烟雾蒙吴作散玉质〔一九〕。暖客貂鼠裘，悲管逐清瑟。劝客驼蹄羹，霜橙压香橘。朱门酒肉臭，路有冻死骨〔二〇〕。荣枯咫尺异，惆怅难再述。北辕就泾渭，官渡又改辙〔二一〕。群水—作冰从西下，极目高崒兀。疑是崆峒来〔二二〕，恐触天柱折〔二三〕。河梁幸未拆，枝撑声窸窣〔二四〕。行李相攀援〔二五〕，川广不—作且可越。老妻寄荆作既异县，十口隔风雪。谁能久不顾？庶往共饥渴。入门闻号咷，幼子饥—作饿已卒。吾宁舍一哀，里巷亦—作犹呜咽。所愧为人父，无食致夭折。岂知秋禾—作未，《正异》定作禾登，贫窭有仓卒？生常陈作当免租税，名不隶征伐。抚迹犹—作独酸辛，平人固骚屑〔二六〕。默思失业徒—作途，因念远戍卒。忧端齐—作际终南，澒胡孔切洞徒总切不可掇〔二七〕。

〔一〕《庄子》："瓠落无所容。"注："瓠，户郭反。"司马云："瓠，布濩也。落，零落也。"

〔二〕《诗》注:"契阔,勤苦也。"

〔三〕《庄子》:"我其内热欤。"

〔四〕潘尼诗:"广厦构众材。"

〔五〕曹植《表》:"葵藿之倾叶太阳,虽不为回光,然终向之者,诚也。"

〔六〕《海赋》:"其鱼则横海之鲸,突兀孤游,戛岩嶅,偃高涛。"

〔七〕《五君咏》:"韬精日沉饮。"

〔八〕《西京赋》:"托乔基于山冈,直嶙霓以高居。"按:霓,读鱼列切。《集韵》:"嶫,亦作岉,通作霓。"

〔九〕《韩非子》:"黄帝合鬼神于太山之上,驾象车六蛟龙,毕方并辖,蚩尤居前。"《甘泉赋》:"蚩尤之伦,带干将,秉玉戚,骈罗列布,鱼颌鸟昕。"

〔一〇〕《西京赋》:"隆崛崔崒,隐辚郁律。"《江赋》:"气滃渤以雾杳,时郁律其如烟。"

〔一一〕《唐·兵志》:"高宗龙朔二年,始取府兵、越骑、步射置左右羽林军,大朝会则执仗以卫阶陛,行幸则夹驰道为内仗。"

〔一二〕《上林赋》:"张乐乎胶葛之㝢。"注:"胶葛,广大貌。"《南都赋》:"其山则崆嵷嶱嵑。"注:"山石高峻貌。"

〔一三〕钱笺:"《明皇杂录》:'上尝于华清宫中,置长汤数十,赐从臣浴。'《津阳门诗》注:'宫内除供奉两汤外,更有汤十六所。长汤每赐诸嫔御,其修广与诸汤不侔。'"

〔一四〕《西京赋》:"玉阶肜庭。"

〔一五〕《通鉴》注:"唐人称天子,皆曰圣人。"

〔一六〕孙楚《与孙皓书》:"爱民活国,道家所尚。"

〔一七〕公见当时赐予之滥,故深责诸臣以讽之。

〔一八〕卫霍:皆后戚,以比国忠。

〔一九〕江淹诗:"画作秦王女,乘鸾向烟雾。" 神仙、玉质:言贵妃及诸姨也。

〔二〇〕《太平御览》:"《王孙子》:厨有臭肉,尊有败酒,而三军有饥色。"

〔二一〕官渡：即泾、渭二水渡口。《长安志》："泾阳县有泾水渡九，正直西京之北。"

〔二二〕泾、渭诸水，皆从陇西而下，故疑来自崆峒也。《地志》："泾水发源安定郡开头山，即崆峒山。"

〔二三〕《列子》："共工氏怒而触不周之山，折天柱，绝地维。"

〔二四〕窸窣：声不安也。

〔二五〕禄山反，书至，帝虽未信，一时人情惶扰，议断河桥为奔窜地，所以行李攀援而急渡也。观"河梁幸未拆"句可见。

〔二六〕刘向《九叹》："风骚屑以摇木兮。"

〔二七〕《淮南子》："鸿濛澒洞。"许慎注："澒，读如项羽之项。"《说文》："掇，拾取也。"魏武乐府："明明如月，何时可掇？忧从中来，不可断绝。"以失业、远戍为忧，正与"许稷契"、"忧黎元"等语相应。

奉先刘少府新画山水障歌《英华》题云
新画山水障歌奉先尉刘单宅作

刘，奉先尉，写其邑之山水为障。障，屏障也。

堂上不合生枫树，怪底江山一作山川起烟雾。闻君扫却赤县图，乘兴遣画沧洲趣〔一〕。画师亦无数，好手不可遇。对此融心神，知君重毫素〔二〕。岂但祁岳与郑虔〔三〕，笔迹远过杨契丹〔四〕。得非玄圃裂一作拆〔五〕，无乃潇湘翻〔六〕？悄然坐我天姥下〔七〕，耳边已是闻清猿。反思前夜风雨急，乃一作恐是蒲黄作满城鬼神入。元气淋漓障犹湿，真宰上诉天应泣〔八〕。野亭春还杂花远，渔翁暝踏孤舟立。沧浪水深青溟阔《英华》作沧浪之水清且阔,欹岸侧岛《英华》作欹峰侧岸秋毫末。不见湘妃鼓瑟时〔九〕,至今斑竹临江活〔一〇〕。刘侯天机精,爱画入骨髓。自有两儿郎,挥洒亦莫比。大儿聪明到,能添老树巅崖里。小儿心孔开,貌音邈得山僧及童子。若耶溪〔一一〕,云门寺〔一二〕,吾独何为在泥滓?青鞋布袜从此始。

〔一〕谢朓诗:"复协沧洲趣。"

〔二〕《五君咏》:"深心托毫素。"

〔三〕钱笺:"李嗣真《画录》:'空有其名,不见踪迹二十五人,祁岳在李国恒之下。'"郑虔善画,别见。

〔四〕沙门彦悰《后画录》:"隋参军杨契丹,六法颇该,殊丰骨气,山东体制,允属斯人。"张彦远《名画记》:"隋杨契丹官至上仪同,画在阎立本下。"

〔五〕《穆天子传》:"乃为铭迹于玄圃之上,以诏后世。"

〔六〕《图经》:"湘水自阳海发源,至零陵北而营水会之,二水合流,谓之潇湘。潇者,水清深之名也。"

〔七〕《吴越郡国志》:"天姥山与括苍相连。春月,樵者闻萧鼓筛吹之声聒耳。"《寰宇记》:"天姥山在剡县南八十里。" 补注:公《壮游》诗"归帆拂天姥",天姥是旧游之地,故云然。

〔八〕《庄子》:"若有真宰而不得其朕。"

〔九〕《楚词》:"使湘灵鼓瑟兮。"

〔一〇〕《博物志》:"舜崩于苍梧,二妃啼,以泪挥竹,竹尽斑。"

〔一一〕《水经注》:"若耶溪水,上承嶕岘麻溪,溪下孤潭,周数亩,甚清深。"《吴越春秋》注:"若耶溪,在会稽县南二十五里。"

〔一二〕《水经注》:"山阴县南有玉笥、竹林、云门、天柱精舍,尽泉石之好。"《会稽志》:"云门山在县南三十里。"《南史》:"何胤以会稽多灵异,往游焉,居若耶山云门寺。"

白水崔少府十九翁高斋三十韵

客从南县来[一]，浩荡无与适。旅食白日长，况当朱炎赫[二]。高斋坐林杪，信宿游衍阒。清晨陪跻攀，傲睨俯峭壁。崇冈相枕带，旷野回—作迥咫尺。始知贤主人，赠此遣愁寂。危阶根青冥，曾冰生淅沥。上有无心云[三]，下有欲落石。泉声闻复急—作息，动静随所激。鸟呼藏其身，有似惧弹射。吏隐适情性[四]，兹焉其窟宅？白水见舅氏，诸翁乃仙伯[五]。杖藜长松下，作尉穷谷僻。为我炊雕胡[六]，逍遥展良觌[七]。坐久风颇怒—作愁，晚来山更碧。相对十丈蛟，欻翻盘涡坼[八]。何得空里雷，殷殷寻地脉。烟氛霭崷崪，魍魉森惨戚。昆仑崆峒巅[九]，回首如—作知不隔。前轩颓—作摧反照，巉绝华岳赤[一〇]。兵气涨林峦，川光杂锋镝。知是相公军，铁马云—作烟雾积[一一]。玉觞淡无味[一二]，胡羯岂强敌[一三]？长歌激屋梁，泪下流衽席。人生半哀乐，天地有顺逆。慨彼万国夫，休明备征狄—作敌。猛将纷填委[一四]，庙谋蓄长策。东郊何时开[一五]？带甲且未释。欲告清宴罢—作疲，难拒幽明迫。三叹酒食旁[一六]，何由似平昔？

〔一〕钱笺："《寰宇记》：'蒲城县，本汉重泉县地。后魏分白水县置南白水县，以在白水之南为名。废帝三年改为蒲城，开元中改为奉先。'公从奉先来，循其旧名，故曰'南县'。"

〔二〕梁元帝《纂要》："夏曰朱夏、炎夏。"

〔三〕《归去来词》："云无心以出岫。"

〔四〕《汝南先贤传》："郑钦吏隐于蚁陂之阳。"

〔五〕《汉书》："梅福为南昌尉,人传以为仙。"崔是白水尉,故以"仙伯"称之。

〔六〕《大招》："设菰粱只。"注："菰粱,蒋实,谓雕胡也。"宋玉《讽赋》："主人之女,为臣炊雕胡之饭。"

〔七〕谢灵运诗："引领冀良觌。"

〔八〕《海赋》："盘涡谷转,波涛山颓。"注："涡,水旋流也。"

〔九〕昆仑、崆峒:在白水西北。

〔一〇〕华岳:在白水东南。

〔一一〕《唐书》："禄山反,以哥舒翰为太子先锋、兵马元帅。明年正月,进位尚书左仆射、同中书门下平章事。"时哥舒翰统兵二十万守潼关,潼关属华州,与白水近,故见兵气之盛如此。

〔一二〕《东都赋》："列金罍,班玉觞。"

〔一三〕《唐书》："颜杲卿骂禄山曰:汝本营州牧羊羯奴。"

〔一四〕刘桢诗："职事相填委。"

〔一五〕《书》序："淮夷、徐戎并兴,东郊不开。"

〔一六〕《左传》："魏子曰:惟食忘忧,吾子置食之间三叹,何也?"

三川观水涨二十韵

《旧唐书》："三川县属鄜州,以华池水、黑水及洛水三川同会,因为名。"黄曰："公天宝十五载夏,自奉先之同州白水,赋《高斋》诗,已是五月。又自白水之鄜州,道出华原,是赴灵武所经也。同州在华原东百八十里,华原北至坊州百八十里,坊北至鄜百四十五里。岂非公自白水西北至华原,又华原北至坊,复自坊北至鄜也?是年史不书大水,而诗言水患为甚,可以补史之阙。"

我经华原来〔一〕，不复见平陆。北上惟土山〔二〕，连山走穷—作穹谷。火云无时出—云出无时〔三〕，飞电常在目。自多穷岫雨，行潦相豗音灰霪〔四〕。翁乌孔切匌口答切川气黄〔五〕，群流会空曲。清晨望高浪，忽谓阴崖踣音匐。恐泥去声窜蛟龙〔六〕，登危聚麋鹿〔七〕。枯查槎同卷拔树〔八〕，礧洛罪切魂口罪切共充塞〔九〕。声吹鬼神下，势阅人代速。不有万穴归，何以尊四渎〔一〇〕？及观泉源涨，反惧江海覆。漂沙坼岸去—云去岸〔一一〕，漱壑松柏秃〔一二〕。乘陵陈作凌破山门〔一三〕，回斡乌活切裂—作倒地轴〔一四〕。交洛赴洪河〔一五〕，及关岂信宿〔一六〕。应沉数州没〔一七〕，如听万室哭。秽浊殊未清，风涛怒犹畜—作畜。何时通舟车，阴气不—作亦黔黩〔一八〕？浮生有荡汩，吾道正羁束。人寰难容身，石壁滑侧足。云雷屯—作此不已，艰险路更跼。普天无川梁，欲济愿水缩。因悲中林士，未脱众鱼腹。举头向苍天，安得骑鸿鹄？

　　〔一〕《长安志》："华原县，本汉祋祤县地。隋开皇六年改泥阳为华原县，贞观十七年属雍州，大足元年隶京兆府。"

　　〔二〕《水经注》："宜君水又南，出土门山西，又谓之沮水。"《元和郡县志》："土门山，在华原县东南四里。"

　　〔三〕《淮南子》："旱云烟火。"卢思道《纳凉赋》："火云赫而四举。"

　　〔四〕豗：水相击。

　　〔五〕翁匌：水气翁郁而匌匝也。《海赋》："磊匒匌而相豗。"注："匒匌，重叠也。"

　　〔六〕《广韵》："泥，滞也，陷也。"《论语》："致远恐泥。"此借用其字。

　　〔七〕《江赋》："狐獹登危而雍容。"

　　〔八〕查：水中浮木。

〔九〕礧硊：砂石也。

〔一〇〕"自多穷岫雨"至此，言雨潦之涨。

〔一一〕《海赋》："漂沙磲石。"谢灵运诗："圻岸屡崩奔。"按：《玉篇》："圻，一音鱼斤切，与垠同，岸也，界也。""圻岸"当作"垠岸"。《文选》注"音祁"，恐误。

〔一二〕《江赋》："潄壑生浦。"

〔一三〕山门：即土门山也。

〔一四〕谢惠连诗："倾河易回斡。"《抱朴子》："地有三千六百轴，名山大川，孔穴相连。"《海赋》："又似地轴挺拔而争回。"

〔一五〕《旧唐书》："洛交县属鄜州，洛水之交，故曰洛交。"《寰宇记》："洛交水在县南一里。"

〔一六〕及关：谓潼关也，关在华山之东。杜氏《通典》："潼关本名冲关，言河流所冲也。""及观泉源涨"至此，言交洛之涨。

〔一七〕按：洛水发源鄜州白于山，合漆沮水，至同州朝邑县入河，其势最大而疾，故有数州沉没之惧焉。

〔一八〕按："黪"当作"埿"，楚锦切。陆机《高祖功臣赞》："芒芒宇宙，上埿下黩。"注："埿，不澄清貌。黩，媟也。"

悲陈陶

《唐书》："至德元载十月，房琯自请讨贼，分军为三：杨希文将南军，自宜寿入；刘悊将中军，自武功入；李光进将北军，自奉天入；琯自将中军，为前锋。辛丑，中军、北军遇贼于陈涛斜，接战败绩。癸卯，琯自以南军战，又败。"《通鉴》注："陈陶斜在咸阳县东。斜者，山泽之名，故又曰陈陶泽。"

孟冬十郡良家子〔一〕，血作陈陶泽中水。野旷—作广天清一作晴无战声,四万义军同日死〔二〕。群胡归来雪赵作血洗箭〔三〕,仍唱一云捻箭夷歌饮都市。都人回面向北啼,日夜更望官军至。

〔一〕《汉书》:"六郡良家子,选给羽林期门。"
〔二〕《唐书》:"时琯效古法,用车战。贼纵火焚之,人畜大乱,官军死伤者四万馀人。"
〔三〕群胡:谓禄山之众。

悲青坂

青坂:地名。按:陈涛斜在咸阳,房琯师次便桥。便桥在咸阳县西南十里,青坂去陈陶、便桥当不远。

我军青坂在东门,天寒饮马太白窟〔一〕。黄头奚儿日向西〔二〕,数骑弯弓敢驰突。山雪河冰野樊作晚萧瑟,青是烽一作人烟白人骨。焉得附书与我军〔三〕,忍待明年莫仓卒〔四〕。

〔一〕辛氏《三秦记》:"太白山在武功县南,去长安二百里,不知高几许。谚曰:武功太白,去天三百。" 古乐府:"饮马长城窟。" 按:史云琯败陈陶,残卒数千,不能军。帝使哀夷散,复图进取。青坂,东门驻军之地也。饮马太白,其依山而守乎?
〔二〕《唐书》:"室韦,东夷之北边黄头部,强部也。奚亦东夷种。东北契丹,西突厥,南白狼河,北霫。"《安禄山事迹》:"禄山反,发同罗、奚、契丹、室韦曳落河之众,号父子军。"

〔三〕时公陷贼中,故曰"附书我军"。

〔四〕按:史云琯欲持重有所伺,中使邢延恩促战,遂败。"忍待明年莫仓卒",即琯持重意也。陈陶之败,与潼关之败,其失皆在以中人促战,不当专为琯罪也。故子美深悲之。

对 雪

战哭多新鬼,愁吟独老翁。乱云低薄暮,急雪舞回风〔一〕。瓢弃樽无绿,炉存火似红。数州消息断,愁坐正书空〔二〕。

〔一〕《洛神赋》:"若流风之回雪。"
〔二〕《世说》:"殷浩坐废,终日书空,作'咄咄怪事'四字。"

月 夜

今夜鄜音夫州月〔一〕,闺中只独看。遥怜小儿女,未解忆长安。香雾云鬟湿,清辉玉臂寒。何时一作当倚虚幌〔二〕,双照泪痕干?

〔一〕《唐书》:"鄜州洛交郡,属关内道。"时公之家寓鄜州三川。
〔二〕江淹《拟古诗》:"炼药照虚幌。"

苏端薛复筵简薛华醉歌

《旧唐书》:"杨绾,谥文正。比部郎中苏端,持两端。"卞圜曰:"端,时白衣。"《唐科名记》:"端,来春始及第。"薛复,未详。独孤及《燕集诗序》:"右金吾仓曹薛华,会某某于署之公堂。"至德二载正月贼中作。

文章有神交有道,端复得之名誉早。爱客满堂尽豪杰《英华》同,一作翰,开筵上日思芳草〔一〕。安得健步移远梅?乱插繁花向晴昊。千里犹残旧冰雪,百壶且试开怀抱。垂老恶闻战鼓悲,急一作羽觞为缓忧心捣〔二〕。少年努力纵谈笑,看我形容已枯槁。座中薛华善一作能醉歌,歌辞自作风格老。近来海内为《英华》作无长句,汝与山东《英华》同李白好〔三〕。何刘沈谢力未工〔四〕,才兼鲍照愁绝倒〔五〕。诸生颇尽新知乐,万事终伤不自保。气酣日落西风来,愿吹野水添《英华》作注金杯。如渑之酒常快意〔六〕,亦荆作不知穷愁《英华》作未知穷达安在哉。忽忆雨时秋井塌,古人白骨生青苔,如何不饮令心哀。

〔一〕《书》:"正月上日。"注:"上日,朔日也。"

〔二〕谢灵运诗:"急觞荡幽默。"《诗》:"我心忧伤,惄焉如捣。"

〔三〕按:唐人刘全白作《太白碣记》云"广汉人",曾巩《序》又云"蜀郡人,隐岷山",而《旧书》则以为"山东人"。考之,广汉、蜀郡、山东,皆白侨寓所在。白本陇西成纪人,凉武昭王暠九世孙,李阳冰《序》可据也。此称"山东",盖太白父以任城令,因家焉。生平客齐、兖间最久,故时人以"山东李白"称之。太白《东鲁行》"学剑来山东",此明证也。元微之作子美《墓志》,亦曰"是时山东人李白,亦以文奇取称"。自曾子固疑《旧史》为误,而杨用修又因李阳冰、魏颢《序》有自号"东山"之说,遂谓后人妄改山东,殊不然也。

〔四〕钱笺:"《梁书》:'何逊文章与刘孝绰并见重于世,世谓之何刘。'世祖著编论之云:'诗多而能者沈约,少而能者谢朓、何逊。'"

〔五〕《宋书》:"鲍照文词赡逸,尝为古乐府,文甚遒丽。" 补注:计东曰:"'长句'谓七言歌行,太白所最擅场也。太白长句,其源出于鲍照。故言'何刘沈谢'但能五言,于七言则力有未工。必若鲍照七言乐府,如《行路难》之类,方为绝妙耳。公尝以'俊逸鲍参军'称太白诗,正称其长句也。向见注杜者,俱未及此。"

〔六〕《左传》:"有酒如渑。"

元日寄韦氏妹

至德二载元日。

近闻韦氏妹,迎在汉钟离〔一〕。郎伯殊方镇〔二〕,京华旧国移。春城回北斗〔三〕,郢树发南枝〔四〕。不见朝正使〔五〕,啼痕满面垂。

〔一〕唐濠州钟离郡,本春秋钟离子国,汉为县,属九江郡,今为凤阳府。

〔二〕妇人称其夫曰郎、曰伯。《诗》:"自伯之东。"按:公《同谷》诗"有妹有妹在钟离,良人早没诸孤痴",今云"郎伯殊方镇",时尚未没也。

〔三〕回北斗:是用"斗柄东而天下皆春"。或引《三辅黄图》"长安城南为南斗形,北为北斗形",未当。

〔四〕《史记》:"楚考烈王二十二年,徙都寿春,命曰郢。"寿春,今寿州,属凤阳。"春城",己所在;"郢树",妹所在也。

〔五〕《唐书》:"朝集使,位都督刺史,三品以上。"《唐会要》:"天宝六载,敕中书门下省奏,自今以后,诸道应贺正使,并取元日,随京官例,序立便见。"

春　望

国破山河在,城春_{一作荒}草木深。感时花溅泪,恨别鸟惊心。烽火连三月,家书抵万金。白头搔更短,浑欲不胜簪〔一〕。

〔一〕鲍照诗:"白头零落不胜簪。"

《温公诗话》:"'牂羊羵首,三星在罶',言不可久也。古人为诗,贵于意在言外,使人思而得之。近世唯杜子美最得诗人之体,如此诗言'山河在',明无馀物矣;'草木深',明无人矣。'花'、'鸟',平时可娱之物,见之而泣,闻之而悲,则时可知矣。他皆类此,不可遍举。"

得舍弟消息二首

近有平阴信〔一〕,遥怜舍弟存。侧身千里道,寄食一家村。烽举新酣战,啼垂旧血痕。不知临老日,招得几时_{一作}人魂?

〔一〕《唐书》:"平阴县,隋属济州。天宝十三载州废,县属郓州。"

汝懦归无计,吾衰往未期。浪传乌鹊喜〔一〕,深负鹡鸰诗。生理何颜面?忧端且几时。两京三十口,虽在命如丝〔二〕。

〔一〕《西京杂记》:"乾鹊噪而行人至。"
〔二〕《后汉·刘茂传》:"孙福为贼所围,命如丝发。"

忆幼子

公幼子宗武,小名骥子。

骥子春犹隔,莺歌暖正繁。别离惊节换,聪慧晋作惠与谁论?涧水空山道,柴门老树村。忆渠愁只荆作即,一作正睡,炙背俯晴轩〔一〕。

〔一〕炙背:注别见。

一百五日夜对月

《荆楚岁时记》:"去冬至一百五日,即有疾风甚雨,谓之寒食。"注:"据历,合在清明前二日也。"

无家对寒食,有泪如金波〔一〕。斫却_{顾陶本作抵尽}月中桂〔二〕,清光应更多〔三〕。仳_{或云当作披}离放红蕊〔四〕,想象颦青蛾_{晋作娥}〔五〕。牛女漫愁思,秋期犹渡河〔六〕。

〔一〕《汉·郊祀歌》:"月穆穆以金波。"注:"月光穆穆,如金之波流也。"
〔二〕虞喜《安天论》:"俗传月中仙人桂树,今视其初生,仙人之足渐已成形,桂树后生。"《酉阳杂俎》:"月桂高五百丈,下有一人常斫之,树创随合。人姓吴,名刚,西河人,学仙有过,谪令伐树。"
〔三〕《世说》:"若使月中无物,当极明耶?"三、四本此。
〔四〕红蕊:丹桂花也。
〔五〕青蛾:注见二卷。世传月中有嫦娥,故云。
〔六〕因丹桂而及姮娥,又因姮娥而及牛女,皆以况己之无家。

遣 兴

骥子好男儿,前年学语时。问知人客姓,诵得老夫诗。世乱怜渠小,家贫仰_{去声}母慈。鹿门携不遂,雁足系难期_{一云鹿门携有处,鸟道去无期}。天地军麾满,山河战角悲。倘_{一作东}归免相失,见日_{一作尔}敢辞迟?

塞芦子

钱笺:"《元和郡国志》:'塞门镇,在延州延昌县西北三十里。镇本在夏州宁朔县界。开元二年,移就芦子关南金镇所安置。芦子关属夏州,北去镇一十八里。'"《一统志》："芦子关,在延安府安塞县。"

五城何迢迢[一],迢迢隔河水[二]。边兵尽东征[三],城内空荆杞。思明割怀卫[四],秀岩西未已。回—作迴略大荒来—作东[五],崤函盖虚尔[六]。延州秦北户[七],关防犹可倚。焉得一万人,疾驱塞芦子!岐有薛大夫[八],旁制山贼起。近闻昆戎徒,为退三百里。芦关扼两寇,深意实在此。谁能—作敢叫帝阍[九]?胡行速如鬼。

〔一〕按:《唐书·方镇表》:"朔方节度领定远、丰安二军及东、中、西三受降城。""五城",当以此为据。张说为朔方节度大使,往巡五城,措置兵马。元载请城原州,云:"北带灵武,五城为之羽翼。"皆即此诗所指也。《地理志》载夏州朔方县有乌延、宥州、临塞、阴河、淘子等城,在芦子关北,乃长庆四年节度使李祐筑。鲍钦止引之以证此诗,误矣。《梦溪笔谈》以宋时延州五城为杜诗"五城",尤误。

〔二〕隔河水:五城在黄河之北也。

〔三〕《通鉴》:"禄山反,边兵精锐者,皆征发入援,谓之行营。留兵残弱,匈奴蚕食之。"

〔四〕《唐书》:"史思明,杂种胡人也,本名窣于,玄宗改为思明。高秀岩,本哥舒翰将,降贼,为伪河东节度。至德二载正月,史思明自博陵,蔡希德自太行,高秀岩自大同,引兵共十万寇太原,思明以为指掌可取。既得太原,当遂长驱取朔方、河陇。""怀州河内郡,卫州汲郡,俱属河北道。"按:是时思明舍河北而西,故曰"割怀卫"。

〔五〕《山海经》有《大荒》东、西、南、北经四篇。

〔六〕《汉书》注:"崤山,今陕县东二崤是也。函谷,今桃林县南洪溜涧是也。"

〔七〕《旧唐书》:"延州中都督府,属关内道,在京师东北六百三十一里。"

〔八〕《通鉴》:"至德元载七月,以陈仓令薛景仙为扶风太守兼防御使,贼遣兵寇扶风,景仙击却之。京畿豪杰往往杀贼官吏,遥应官军。贼兵所及者,南不出武关,北不过云阳,西不过武功。江淮奏请之蜀、之灵武者,皆自襄阳取上津路抵扶风,道路无壅,皆景仙之力也。"

〔九〕《甘泉赋》:"选巫咸兮叫帝阍。"

此诗首以五城为言,盖忧朔方之无备也。高、史二寇合力攻太原,克太原则渡河而西,即延州界,北出即朔方五城。朔方节度治灵州,灵距延才六百里尔。灵武为兴复根本,公恐二寇乘虚袭之,故欲以万人守芦关,牵制二寇,使不得北。景仙从扶风出兵,捣长安之不备,所谓"芦关扼两寇"也,"塞"字仍作壅塞解。时太原几不守,幸禄山死,思明走归范阳,势甚岌岌,公故深以为虑也。"谁能叫帝阍",即《悲青坂》所云"安得附书与我军"也。此本陷贼时诗,诸本多误解,故次在收京之后。

哀江头

少陵野老吞声哭〔一〕,春日潜行曲江曲。江头宫殿锁千门,细柳新蒲为谁绿〔二〕?忆昔霓旌下南苑〔三〕,苑中万物生颜色。昭阳殿里第一人〔四〕,同辇随君侍君侧〔五〕。辇前才人带弓箭〔六〕,白马嚼啮黄金勒〔七〕。翻身向天仰射_{食亦切}云,一箭_{《正异》作笑,蔡君谟作发}正坠双飞翼〔八〕。明眸皓齿今何在〔九〕?血污游魂归不得〔一〇〕。清渭东流剑阁深〔一一〕,去住彼此无消息。人生有情泪沾臆,江水_{一作草}江花岂终极?黄昏胡骑尘满城,欲往城南忘南北_{一作忘城北,一云望城北}〔一二〕。

〔一〕钱笺："《雍录》：'少陵原，在长安县西南四十里。宣帝陵在杜陵县，许后葬杜陵南园。'师古曰：'即今谓小陵者也，去杜陵十八里。'他书皆作少陵，杜甫家焉，故自称杜陵老，亦曰少陵也。"《长安志》："少陵原西有子美故宅。"

〔二〕《剧谈录》："曲江池入夏则菰蒲葱翠，柳阴四合，碧波红蕖，湛然可爱。"

〔三〕《高唐赋》："蜺为旌，翠为盖。"《西都赋》："虹旃霓旌。"《三辅黄图》："宜春下苑在京城东南隅。"《雍录》："曲江在都城东南，其南即芙蓉苑，故名南苑。"

〔四〕《汉书》："飞燕立为皇后，宠少衰。女弟绝幸，为昭仪，居昭阳殿。"李白诗："汉宫谁第一？飞燕在昭阳。"

〔五〕《汉书》："成帝游于后庭，欲与班婕妤同辇。"

〔六〕《旧书·百官志》："内官才人七人，正四品。" 按：诗云"辇前才人带弓箭"，则唐时天子游幸，有才人射生之制矣。王建《宫词》"日暮千门临欲锁，红妆飞骑向前归"，又李贺《乐词》"军装宫妓扫娥浅，摇摇彩旗夹城暖"，皆可与此诗相证，而新、旧《史》诸书不载其事。

〔七〕《明皇杂录》："上幸华清宫，贵妃姊妹各购名马，以黄金为衔勒。"

〔八〕潘岳《射雉赋》："昔贾氏之如皋，始解颜于一箭。"《隋书》："长孙晟射雕，一发双贯。"

〔九〕傅毅《舞赋》："眄盘旋则腾清眸，吐哇咬则发皓齿。"

〔一〇〕《唐国史补》："玄宗幸蜀，至马嵬驿，缢贵妃于佛堂梨树之前。"《太真外传》："妃死，瘗于西郭之外一里许道北坎下，时年三十八岁。"

〔一一〕剑阁：注别见。

〔一二〕城南：注见二卷。陆游《笔记》："'欲往城南忘南北'，言惶惑避死，不能记孰为南北也。荆公集句两篇皆作'望城北'，盖传本偶异耳。北人谓向为望，欲往城南乃向城北，亦不能记南北之意。"

"清渭"、"剑阁"，旧注谓一秦一蜀，托讽玄肃父子之间。按：肃宗时由彭原平凉至灵武即位,与清渭无涉。余谓:渭水,公陷贼所见;剑阁,玄宗适蜀所经。"去住彼此无消息",是言身在长安,不知蜀道消息耳。"人生有情"二句,溅泪伤心,亦寓恋主之意。"黄昏"、"胡骑"二句,放翁谓惶惑失道,正合当时情景,且与起二语相应。《杜诗博议》:"赵次公注引苏黄门尝谓其侄在庭①,云《哀江头》即《长恨歌》也。《长恨歌》费数百言而后成,杜言太真被宠,只'昭阳殿里第一人'足矣。言从幸,只'白马嚼啮黄金勒'足矣。言马嵬之死,只'血污游魂归不得'足矣。按黄门此论,止言诗法烦简不同,非谓'清渭东流'以下皆寓意上皇、贵妃也。《长恨歌》本因《长恨传》而作,公安得预知其事而为之兴哀?《北征》诗'不闻夏殷衰,中自诛褒妲',公方以贵妃之死卜国家中兴,岂应于此诗为天长地久之恨乎?"

哀王孙

《旧唐书》:"十五载六月九日,潼关不守。十二日凌晨,上自延秋门出,亲王、妃主、王孙以下多从之不及。"《通鉴》:"上从延秋门出,妃主、皇孙之在外者,皆委之而去。"

长安城头头樊作多,一作颈白乌[一],夜飞延秋门上呼[二]。又向一作来人家啄大屋,屋底达官走避胡[三]。金鞭折断九马死[四],骨肉不待一作得同驰驱。腰下宝玦青珊瑚,可怜王孙泣路隅。问之不肯道姓名,但道困苦乞为奴[五]。已经百日窜荆棘,身上无有完肌肤。高帝子孙尽隆准音拙[六],龙种自与常人殊。豺狼在邑龙在野[七],王孙善保千金躯。不敢长去声

---

① "在庭",底本作"在进",据《杜诗赵次公先后解辑校》改。

语临交衢,且为王孙立斯须。昨夜东—作春风吹血腥,东来橐一作骆驼满旧都〔八〕。朔方健儿好身手〔九〕,昔何勇锐今何愚!窃闻天—作太子已传位,圣德北服南单于〔一〇〕。花门剺面请雪耻〔一一〕,慎勿出口他人狙〔一二〕。哀哉王孙慎勿疏,五陵佳气无时无〔一三〕!

〔一〕《汉·五行志》:"成帝时童谣曰:城上乌,尾毕逋。"《通俗文》:"白头乌,谓之鹎鹕。"杨慎曰:"《三国典略》:'侯景篡位,令饰朱雀门,其日有白头乌万计集于门楼。童谣曰:"白头乌,拂朱雀,还与吴。"'杜盖用其事,以侯景比禄山也。"

〔二〕《长安志》:"苑中宫亭凡二十四所。西面二门,南曰延秋门,北曰玄武门。"《雍录》:"汉未央宫,唐后改为通光殿,西出即延秋门,在汉为都城直门。"

〔三〕《旧书·五行志》:"谚云:木生稼,达官怕。"

〔四〕陈沈炯诗:"陈王装脑勒,晋后铸金鞭。"《西京杂记》:"文帝自代来,有良马九匹,名曰浮云、赤电、绝群、逸骠、紫燕骝、绿螭骢、龙子、麟驹、绝尘,号为九逸。"

〔五〕干宝《晋纪论》:"刘渊、王弥之乱,将相侯王交头受戮,乞为奴仆而犹不获。" 补注:顾炎武曰:"《南史》:齐明帝为宣城王,遣典签柯令孙杀建安王子真,子真走入床下,令孙手牵出之,叩头乞为奴,不许而死。"

〔六〕《汉·高祖纪》:"帝隆准龙颜。"李斐曰:"准,鼻也。"文颖曰:"高帝感龙而生,故其颜貌似龙,长颈高鼻。"

〔七〕《汉·光武纪》:"四七之际龙斗野。"

〔八〕《史思明传》:"禄山陷两京,以骆驼运御府珍宝于范阳,不知纪极。"

〔九〕《唐六典》:"开元二十五年,敕天下诸军,置兵防健儿于诸色征行人内。时哥舒翰将河陇、朔方兵及蕃兵共二十万拒贼,败绩于潼关。" 补

注：《颜氏家训》："顷世乱离，衣冠之士，虽无身手，或聚徒众。"

〔一〇〕《光武纪》："匈奴薁鞬日逐王比自立为南单于，于是分为南、北匈奴。建武二十五年，南单于遣使诣阙贡献，奉藩称臣。"《旧唐书》："肃宗即位九月，南幸彭原，遣使与回纥和亲。二载二月，其首领入朝。"

〔一一〕花门：即回纥，注别见。《后汉书》："耿秉卒，匈奴举国号哭，或至梨面流血。"梨即剺字。剺，割也，古通用。

〔一二〕《史记》索隐："狙，伏伺也。狙之，伺物必伏而候之。"

〔一三〕《唐纪》："高祖葬献陵，太宗葬昭陵，高宗葬乾陵，中宗葬定陵，睿宗葬桥陵，是为五陵。"《光武纪》："苏伯阿为王莽使，至南阳，遥望春陵郭，唶曰：'气佳哉，郁郁葱葱然。'"

大云寺赞公房四首

《长安志》："大云经寺，在京城朱雀街南，怀远坊之东南隅，本名光明寺。武后初幸此寺，沙门宣政进《大云经》，经中有女主之符，因改名焉，令天下诸州置大云经寺。"

　　心在水精_{晶通}域〔一〕，衣沾春雨时。洞门尽徐步〔二〕，深院果幽期〔三〕。到扉开复闭，撞钟斋及兹。醍醐长发性〔四〕，饮食过扶衰_{所追切}。把臂有多日，开怀无愧辞。黄鹂度结构〔五〕，紫鸽下罘罳_{音浮思}〔六〕。愚意会所适，花边行自迟。汤休起我病〔七〕，微笑索题诗。

〔一〕《后汉·西域传》："大秦国宫室皆以水晶为柱。"江总《大庄严寺碑》："影彻琉璃之道，光遍水精之域。"

〔二〕《汉·董贤传》:"重殿洞门。"注:"言门门相当也。"

〔三〕谢灵运《撰征赋》:"果归期于愿言。"

〔四〕《唐本草》:"醍醐出酥中,乃酥之精液也,好酥一石有三四升醍醐。"潘鸿曰:"按《涅槃》譬云从熟酥出醍醐,譬般若波罗蜜出大涅盘。醍醐者譬于佛性,佛性即是如来。又《止观辅行》云'见是慧性发,必依观;禅是定性发,必依止',此'发性'二字所本。"

〔五〕何晏《景福殿赋》:"其结构则修梁彩制。"

〔六〕《礼记》疏:"屏,天子之庙饰。郑注:'屏,谓之树,今罘罳也。刻之为云气虫兽,如今阙上为之矣。'"刘熙《释名》:"罘罳,在门外。罘,复也。臣将入请事此,复重思之。王莽遣使坏渭陵、延陵园门罘罳,曰令民无复思汉也。"《雍录》:"罘罳,镂木为之。其中疏通,或为方空,或为连锁,其状扶疏,故曰罘罳。制类青琐,在宫阙则为阙上罘罳,在陵垣则为陵上罘罳。又有网户者刻为连文,递相缀属,其形如网,后世遂有直织丝网,张之檐窗以护禽雀者。文宗出殿,北门裂断,罘罳是也。"潘曰:"'紫鸽下罘罳'暗用释氏'鸽入佛影,心不惊怖'之语,读者不觉。"

〔七〕《南史》:"沙门惠休,善属文,孝武帝命还俗。本姓汤,位至扬州从事史。"

细软青丝履〔一〕,光明白氎巾。深藏供老宿,取用及吾身〔二〕。自顾转无趣,交情何尚新。道林才不世,惠远德过人〔三〕。雨泻—作滴暮檐竹,风吹春—作青,非井芹〔四〕。天阴对图画〔五〕,最觉润龙鳞〔六〕。

〔一〕《尔雅》:"纶似纶。"注:"纶,纠青丝也,音关。"张华云:"纶草如宛转绳。"《方言》:"草作谓之履,麻作谓之不借。"

〔二〕《后汉书》:"哀牢夷知染采文绣,罽氀帛叠。"注:"《外国传》曰:诸薄国女子织作白氎花布。"《南史》:"高昌国有草,其实如茧,茧中丝如细纩,名白叠子,国人织以为布,甚软白,交市用焉。"《诸经音义》:"氍毹,同毛布也。"王昌龄诗:"手巾花毲净,香粳稻畦成。"《水经注》:"老宿谚言。"

〔三〕《高僧传》:"支遁,字道林,本姓关氏,陈留人。聪明秀彻,每至讲肆,善标宗会,一代名流,皆著尘外之狎。""慧远,本姓贾氏,雁门楼烦人。性度弘伟,风鉴朗拔,居庐阜三十馀年,化兼道俗。"

〔四〕春井:犹云秋井。

〔五〕钱笺:"张彦远《名画记》:大云寺东浮图有三宝塔,冯楞伽画车马并帐幕人物,已剥落。东壁、北壁,郑法轮画;西壁,田僧亮画;外边四壁,杨契丹画。"

〔六〕按:《画断》:"吴道子尝画殿内五龙,鳞甲飞动,每欲大雨,即生烟雾。"此云"润龙鳞",殆类是耶?

灯影照无睡,心清闻妙香〔一〕。夜深殿突兀,风动金琅珰。天黑闭春院,地清栖暗芳。玉绳回—作迥断绝〔二〕,铁凤森翱翔〔三〕。梵放时出寺,钟残仍殷音隐床。明朝在沃野,苦见尘沙黄。

〔一〕《维摩经》:"菩萨各坐香树下,闻斯妙香,即获一切,得藏三昧。"《西域传》注,皆本此。

〔二〕《春秋元命苞》:"玉衡南两星为玉绳。"谢朓诗:"玉绳低建章。"

〔三〕《西京赋》:"凤骞翥于甍标,咸溯风而欲翔。"薛综注:"谓作铁凤皇,令张两翼,举头敷尾以函屋上,当栋中央,下有转枢,常向风如将飞者。"陆倕《石阙铭》:"铜雀铁凤之工。"

童儿汲井华〔一〕,惯捷《海录》作健瓶在手。沾洒不濡地,扫除似无寻〔二〕。明—作晨霞烂复阁〔三〕,霂雾塞高牖〔四〕。侧塞被径花〔五〕,飘飖委墀—作阶柳。艰难世事迫,隐遁佳期后。晤语契深心,那能总钳口?奉辞还杖策,暂别终回首。泱泱于党切泥污人,听听与狺通,音银国多狗[六]。既未免羁绊,时来憩奔走。近公如白雪,执热烦何有?

〔一〕《本草》:"井华水,令人好颜色,谓平旦第一汲者。"
〔二〕金俊明曰:"'不濡地'、'似无帚',言洒扫之轻且洁耳。"
〔三〕钱笺:"《长安志》:大云寺当中宝阁崇百尺,时人谓之七宝台。"
〔四〕《文选》注:"搴,开也。"
〔五〕《招魂》①:"皋兰被径兮斯路渐。"
〔六〕《九辩》:"猛犬狺狺而迎吠兮。"《左传》:"国狗之瘈,无不噬也。"按:是时贼将张通儒收录衣冠,污以伪命,不从者杀之。公晦迹寺中,故有"那能总钳口"及"泥污人"、"国多狗"等语。

雨过苏端 原注:端置酒

鸡鸣风雨交,久旱雨 吴作云 亦好。杖藜入春泥,无食起我早。诸家忆所历,一饭 一作饱 迄便扫。苏侯得数过,欢喜每倾倒[一]。也复可怜人,呼儿具梨枣。浊醪必在眼,尽醉摅怀抱。红稠屋角花,碧委 一作秀 墙隅草。亲宾纵谈谑,喧闹慰 一作畏 衰老。况蒙霈泽垂,粮粒或自保。妻孥隔军垒[二],拨弃不拟道。

〔一〕《世说》:"庾公谓孙公曰:卫君长虽不及卿诸人,倾倒处亦不近。"

---

① "招魂",底本作"九辩",据《楚辞补注》改。

〔二〕隔军垒：谓家在三川。

喜　晴

皇天久不雨,既雨晴亦佳。出郭眺西郊,肃肃—作萧萧春增华。青荧陵陂麦〔一〕,窈窕桃李—作杏花。春夏各有实,我饥岂无涯？干戈虽横放,惨澹斗龙蛇。甘泽不犹愈,且耕今未赊〔二〕。丈夫则带甲,妇女终在家。力难及黍稷,得种菜与麻。千载商山芝〔三〕,往者东门瓜〔四〕。其人骨已朽,此道谁疵瑕〔五〕？英贤遇坎坷,远引蟠泥沙〔六〕。顾惭昧所适,回首白日斜〔七〕。汉阴有鹿门〔八〕,沧海有灵—作云查槎同〔九〕。焉能学众口,咄咄空—作同咨嗟。

〔一〕《庄子》:"青青之麦,生于陵陂。"

〔二〕今未赊：言甘雨之后及此,耕锄犹未缓也。

〔三〕《高士传》:"四皓避秦入商雒山,作歌曰:晔晔紫芝,可以疗饥。"

〔四〕《萧何传》:"邵平,故秦东陵侯,秦破为布衣,贫,种瓜长安城东,甚美,世谓东陵瓜。"

〔五〕《左传》:"不汝疵瑕。"《史·龟策传》:"黄金有疵,白玉有瑕。"

〔六〕扬子《法言》:"龙蟠于泥,蚖其肆矣。"

〔七〕白日斜：言己年已暮。

〔八〕盛弘之《荆州记》:"庞德公居汉之阴,司马德操居洲之阳,望衡对宇,欢情自接。"《后汉书》:"庞德公,襄阳人也,携妻子登鹿门山采药不返。"

〔九〕《博物志》:"旧说天河与海通,近世有人居海上,年年八月见浮查去来,不失期,多赍粮,乘查而往。十馀日,至一处,遥望宫中有织妇,一丈夫牵牛渚次饮之。牵牛人惊问曰：'何由至此？'此人具说来意，并问：'此是何处？'答曰：'君还至蜀郡，访严君平则知之。'因还，问君平，曰：'某年某月，有客星犯牵牛宿。'计年月，正是此人到天河时也。"

先言古人之道可尚，既以不能远引为惭，末言必欲追踪高隐，不徒付之咄嗟已也。

晦日寻崔戢李封

晦日：注见二卷。

朝光入瓮牖，尸—作宴寝惊弊裘。起行视天宇，春气渐和柔。兴来—作乘兴不暇懒，今晨梳我头。出门无所待，徒步觉自由。杖藜复恣意，免值公与侯。晚定崔李交，会心真罕俦。每过得酒倾，二宅可淹留。喜结仁里欢，况因令节求。李生园欲荒，旧竹颇修修。引客看扫除，随时成献酬。崔侯初筵色，已畏空樽愁。未知天下士，至—作志性有此不？草芽既青出，蜂声亦暖游。思见农器陈，何当甲兵休？上古葛天氏—作民〔一〕，不贻黄屋—作绮忧〔二〕。至今阮籍等，熟醉为身谋〔三〕。威凤高其—云自高翔，长鲸吞九州。地轴为之翻，百川皆乱流。当歌欲一放，泪下恐莫收。浊醪有妙理，庶用—作与慰沉浮〔四〕。

〔一〕《帝王世纪》："大庭氏至葛天氏，皆号炎帝。"

〔二〕《汉书》音义:"黄屋,车上盖。天子之仪,以黄缯为里。"

〔三〕《晋书》:"阮籍不与世事,酣饮为常。钟会数以时事问之,欲因其可否致之罪,以酣醉获免。" 言上古之世,黄屋始可无忧。今何时乎? 而阮籍之流,止沉饮以谋身。叹已与崔、李辈无能为天子分忧也。

〔四〕《游侠传》:"放意自恣,浮沉俗间。"

送率府程录事还乡 原注:程携酒馔相就取别

《唐六典》:"太子左右卫率府有录事参军。"

鄙夫行衰谢,抱病昏妄—作忘集。常时往还人,记一不识十。程侯晚相遇,与语才杰立。熏然耳目开,颇觉聪明入。千载得鲍叔,末契有所及〔一〕。意钟老柏青,义动修蛇蛰。若人可数见,慰我垂白泣。告—作生别无淹晷,百忧复相袭。内愧突不黔〔二〕,庶羞以赒给。素丝挈长鱼,碧酒随玉粒。途穷见交态,世梗悲路涩。东风吹春冰,泱漭—作莽后土湿。念君惜羽翮,既饱更思戢。莫作翻云鹘,闻呼向禽急〔三〕。

〔一〕陆机《叹逝赋》:"托末契于后生。"

〔二〕扬子:"墨突不黔。"①黔:黑也。

〔三〕上云"与语才杰立",意程录事必负才敢为者。然世难方殷,当思敛戢,故又以向禽之鹘戒之。

---

① 此见班固《答宾戏》,非扬雄语。

郑驸马池台喜遇郑广文同饮

按：公陷贼时，不闻尝至东都。此驸马池台，必是在京师者。黄鹤妄云在河南新安，遂造公尝受拘东都之说，又以书之于《谱》，谬说惑人，当亟正之。

不谓生戎马，何知共酒杯？燃脐郿坞败[一]，握一作秃节汉臣回[二]。白发千茎雪，丹心一寸晋作片灰。别离经死一作此地，披写忽登台。重对秦箫发[三]，俱过阮宅一作巷来[四]。留连一作醉留春夜舞一作席，泪落强一作更徘徊一云醉连春苑夜，舞泪落徘徊。

〔一〕《后汉书》：“董卓筑坞于郿，高厚七丈，号万岁城。及吕布杀卓，尸卓于市，天时始热，卓素充肥，脂流于地。守尸吏燃火置卓脐中，光明达曙。”按：《唐书》：“至德二载正月，严庄与禄山子庆绪谋杀禄山，使帐下李猪儿以大刀斫其腹，肠溃于床而死。”事正与卓类也。

〔二〕《汉书》：“苏武杖汉节牧羊，卧起操持，节毛尽落，留十九年而还。”《竹坡诗话》：“晁以道家有宋子京手书少陵诗一卷，如‘握节汉臣回’乃是‘秃节’，‘新炊间黄粱’乃是‘闻黄粱’。”杨慎曰：“《后汉·张衡传》‘苏武以秃节效贞’，公正用此。” 补注：“秃节”虽有据，按《左传·文三年》“司马握节以死，故书以官”，作“握节”为正。

〔三〕秦箫：注见一卷。
〔四〕《晋书》：“阮籍与兄子咸居道南，诸阮居道北。”

喜达行在所三首 原注：自京窜至凤翔

《旧唐书》：“至德二载二月，肃宗自彭原幸凤翔时，改扶风为凤翔郡。”

西忆岐阳信〔一〕，无人遂却回。眼穿当—作看落日，心死着陉略切寒灰〔二〕。雾《英华》作茂树行相引，莲峰《英华》及《正异》俱作连山望忽—作或开〔三〕。所亲惊老瘦，辛苦贼中来。

〔一〕《舆地广记》："岐阳县，汉美阳县地，《诗》谓'居岐之阳'。唐省入扶风县，为岐阳镇。"

〔二〕凤翔在京师西，故曰"当落日"。张说诗："心对炉灰死。"

〔三〕莲花峰：注别见。 按：公自京师金光门出，西归凤翔，不应走华阴道，当以"连山"为正。

愁思胡笳夕，凄凉汉苑春〔一〕。生还今日事，间道暂时人。司隶章初睹〔二〕，南阳气已新〔三〕。喜心翻倒极，呜咽泪—作涕沾巾。

〔一〕《三辅黄图》："汉有三十六苑。"

〔二〕《光武纪》："更始以帝行司隶校尉，置官属，作文移，一如旧章。"谢朓诗："还睹司隶章。"

〔三〕南阳气：注见前。

死去凭谁报？归来始自怜。犹瞻太白雪〔一〕，喜遇武功天〔二〕。影静千官—作门里，心苏七校前〔三〕。今朝汉社稷，新数中张仲切兴年〔四〕。

〔一〕《唐书》："凤翔府郿县有太白山。"

〔二〕《长安志》："京兆武功县，以武功山得名。"《水经注》："武功山，北连太白。"《三秦记》："武功、太白，去天三百。"

〔三〕《汉书》:"京师有南北军屯,至武帝平百越,内增七校。"注:"中垒、屯骑、步兵、越骑、长水、胡骑、射声、虎贲,凡八校尉。胡骑不常置,故言七也。"

〔四〕按:"中兴"本读平声,或作去声。《东皋杂录》云:"《诗·烝民》'任贤使能,周室中兴焉',陆德明《释文》:'中,张仲反。'故老杜云'今朝汉社稷,新数中兴年',又'万里伤心严谴日,百年垂死中兴时',古人留意音训如此。"

述 怀

去年潼关破,妻子隔绝久。今夏草木长〔一〕,脱身得西走。麻鞋见天子〔二〕,衣袖露两肘〔三〕。朝廷愍生还,亲故伤老丑〔四〕。涕泪受拾遗〔五〕,流离主恩厚。柴门虽得去,未忍即开口。寄书问三川〔六〕,不知家在否?比闻同罹祸,杀戮到鸡狗〔七〕。山中漏茅屋,谁复依户牖。摧颓苍松根,地冷骨未朽。几人全性命,尽室岂相偶?嶔岑—作崟猛虎场,郁结回我首。自寄一封书,今已十月后。反畏消息来,寸心亦何有?汉运初中兴,生平老耽酒。沉思欢会处,恐作穷独叟。

〔一〕陶潜诗:"孟夏草木长。"

〔二〕钱笺:"王睿《炙毂子》:'夏商以草为屦。《左氏》曰扉屦也。至周以麻为之,谓之麻鞋,贵贱通着。'"

〔三〕《庄子》:"原宪捉衿而肘见。"

〔四〕阮籍诗:"夕暮成老丑。"

〔五〕《通典》:"武后置左、右拾遗二人,掌供奉讽谏。开元以来,尤为清选。"《本传》:"至德二年,亡走凤翔,谒上,拜左拾遗。"

〔六〕旧注:"三川在鄜州南六十里,时公之家寓焉。"

〔七〕按:《通鉴》:"禄山初反,自京畿、鄜、坊至于岐、陇皆附之。"时所在寇夺,故公以家之罹祸为忧。

得家书

去凭游客寄—云休汝骑,来为附家书。今日知消息,他乡且旧居。熊儿幸无恙,骥子最怜渠〔一〕。临老羁孤极〔二〕,伤时会合疏。二毛趋帐殿〔三〕,一命侍鸾舆〔四〕。北阙妖氛满〔五〕,西郊白露初。凉风新过雁,秋雨欲生鱼〔六〕。农事空山里,眷言终荷锄〔七〕。

〔一〕熊儿:宗文。骥子:宗武也。

〔二〕《月赋》:"羁孤递进。"

〔三〕帐殿:注别见。

〔四〕《西都赋》:"乘鸾舆,备法驾。"蔡邕《独断》:"鸾旗车编羽旄,引系幢旁。"俗名鸡翅车。

〔五〕妖氛:谓安庆绪方炽。

〔六〕公《秋述》文:"旅次多雨生鱼,青苔及榻。"①

〔七〕陶潜诗:"带月荷锄归。"

送长孙九侍御赴武威判官

武威:注见二卷。

---

① "及榻",底本作"满榻",据杜甫《秋述》改。

骢马新凿蹄[一]，银鞍被来好。绣衣黄白郎[二]，骑向交河道[三]。问君适万里，取别何草草。天子忧凉州，严程到须早。去秋群胡反，不得无电扫[四]。此行牧吴作收遗甿，风俗方再造。族父领元戎[五]，名声国晋作阁中老。夺我同官良[六]，飘飖按城堡[七]。使我不能餐，令我恶怀抱。若人才思阔，溟涨浸一作漫绝岛[八]。樽前失诗流，塞上得一作多国宝。皇天悲送远，云雨白浩浩。东郊尚烽火，朝野色枯槁。西极柱亦倾，如何正穹昊？

〔一〕《周礼》："颁马攻特。"注："牡马蹄啮，不可乘用，故因夏乘马而攻凿其蹄也。"

〔二〕《汉书》："武帝遣直指使者，衣绣衣，杖斧，分部逐捕群盗。"黄白郎：未详。或云"黄白"即《汉书》"银黄"，师古曰："银，银印也；黄，金印也。"北齐乐曲："怀黄绾白，鹓鹭成行。"

〔三〕交河：注见一卷。

〔四〕《后汉·皇甫嵩传》："旬月之间，神兵电扫。"

〔五〕《唐书》："至德二载五月，以武部侍郎杜鸿渐为河西节度使。"

〔六〕公与长孙皆谏官，故曰"同官"。

〔七〕《通鉴》注："武威郡治姑臧，旧城匈奴所筑，南北七里，东西三里。张氏据河西又增筑四城，厢各千步，并旧城为五。又二城，未知谁所筑。"

〔八〕沈约诗："溟涨无端倪。"

此诗"去秋群胡反"，赵次公、黄希诸注，皆指吐蕃。按：《唐书》："至德元载，吐蕃陷威戎等诸军，入屯石堡。"此在陇右河鄯等州，而河西凉州未尝陷。《通鉴》："至德二载甲寅，河西兵马使盖庭伦，与武威九姓商胡安门物等杀节度使周泌，聚众六万。武威大城之中，小城有七，胡据其五，二城坚守。度支判官崔称与中使刘日新以二城兵攻之，旬有七日，平之。"此云"群胡反"，正指其事。曰"去秋"者，讨平在正月，而发难则在去秋也。是时武威虽复，而馀乱尚有未戢者，故欲其早到凉州，安甿黎而按城堡也。

送樊二十三侍御赴汉中判官

《唐书》："汉中郡，属山南道，本梁州汉川郡。天宝元年，改汉中郡，兴元元年，升为兴元府。"按：诗云"补阙暮徵入，柱史晨征憩"，樊盖以补阙授御史也。

威弧不能弦[一]，自尔无宁岁。川谷血横流[二]，豺狼沸相噬。天子从北来，长驱振凋敝。顿兵岐梁下，却跨沙漠裔[三]。二京陷未收，四极我得制[四]。萧索—作瑟汉水清[五]，缅通淮湖—作河税[六]。使者纷星散[七]，王纲尚疏缀[八]。南伯从事贤[九]，君行立谈际。坐—作生知七曜历[一〇]，手画三军势[一一]。冰雪净聪明，雷霆走精锐。幕府辍谏官，朝廷无此—作比例。至尊方旰食，仗尔布嘉惠。补阙暮徵入，柱史晨征憩樊作：补阙入柱史，晨征固多憩[一二]。正当艰难时，实藉长久计。回风吹独树，白日照执袂。恸哭苍烟根，山门万重—作里闭。居人莽牢落[一三]，游子方迢递。徘徊悲生离，局促老一世。陶唐歌遗民[一四]，后汉更列帝[一五]。我无匡复资—作姿，聊欲从此逝[一六]。

〔一〕《易》："弦木为弧，剡木为矢。弧矢之利，以威天下。"扬雄《河东赋》："彍天狼之威弧。"钱笺："《天官书》：'西宫七宿觜星，东有大星曰狼，狼下四星曰弧。'弧属矢，拟射于狼。弧不直狼，则盗贼起，所谓'不能弦'也，下故有'豺狼沸相噬'之句。"

〔二〕《法言》："原野厌人之肉，川谷流人之血。"

〔三〕从北来：谓肃宗即位灵武，灵武在凤翔之北也。岐、梁二山在凤翔。

〔四〕《尔雅》："东至于泰远，西至于邠国，南至于濮沿，北至于祝栗，谓之四极。"朱文公《楚词辨证》："《尔雅》说四极，恐未必然。邠国近在秦陇，非绝远之地也。"

〔五〕汉水：在汉中。

〔六〕《西都赋》："其东则有通沟大漕，清渭洞河，泛舟山东，控引淮湖。"《通鉴》："至德元载十月，第五琦请以江淮租庸市轻货，溯江汉而上，至洋州，令汉中王瑀陆运至扶风，以助军，上从之。"

〔七〕纷星散：言使者衔王命四出。

〔八〕《诗》："为下国缀旒。"注："缀，结也。旒，旗之垂者。言天子为诸侯所系属，如旗之縿，为旒所缀着也。"

〔九〕南伯：谓山南主将。《通鉴》："至德元载七月，玄宗以陇西公瑀为汉中王、梁州都督、山南西道采访防御使。"从事：谓樊为判官。

〔一〇〕梁元帝《纂要》："日、月、五星，谓之七曜。"《唐·艺文志》："吴伯善《陈七曜历》五卷。"

〔一一〕《汉书》："张千秋击乌桓还，霍光问斗战方略、山川形势，千秋口对兵事，画地成图，无所忘失。"

〔一二〕《通典》："侍御史，于周为柱下史，一名柱后史。"

〔一三〕《上林赋》："牢落陆离。"

〔一四〕《左传》："季札请观周乐，为之歌《唐》，曰：思深哉，其有陶唐氏之遗民乎？"

〔一五〕列帝：谓明、章以下诸帝。

〔一六〕《汉书》："高帝曰：吾亦从此逝矣。"

送从弟亚赴河西判官

《旧唐书》:"杜亚,字次公,自云京兆人。少涉学,善言历代成败事。肃宗在灵武,上书论时政,擢校书郎。其年杜鸿渐节度河西,辟为从事,累授评事御史,终东都留守。""贞观元年,分陇坻以西为陇右道。景云二年,自黄河以西,分为河西道。"

南风作秋声,杀气薄炎炽。盛夏鹰隼击〔一〕,时危异人至〔二〕。令弟草中来〔三〕,苍然请论事。诏书引上殿,奋舌动天意。兵法五十家〔四〕,尔腹为箧笥。应对如转丸郭作圆,疏通略文字。经纶皆新语,足以正神器。宗庙尚为灰〔五〕,君臣俱下泪一作皆。崆峒地无轴〔六〕,青海天轩轾一作轊〔七〕。西极最疮痍,连山暗烽燧〔八〕。帝曰大布衣〔九〕,藉卿佐元帅〔一〇〕。坐看清流沙〔一一〕,所以子奉使。归当再前席,适远非历试〔一二〕。须存武威郡,为画长久利〔一三〕。孤峰石戴驿〔一四〕,快马金缠辔。黄羊饫不膻,芦酒多还醉〔一五〕。踊跃常人情,惨澹苦士志。安边敌何有?反正计始遂〔一六〕。吾闻驾鼓车〔一七〕,不合用骐骥。龙吟回其头,夹辅待所致〔一八〕。

〔一〕《礼记》:"立秋之日,鹰乃击。"

〔二〕《辨亡论》:"异人辐辏。"

〔三〕谢灵运《酬从弟惠连》诗:"末路值令弟。"

〔四〕《汉·艺文志》:"兵权谋十三家,兵形势十一家,阴阳十六家,兵技巧十三家。凡兵书五十三家,七百九十篇。"

〔五〕《唐书》:"禄山陷京师,九庙皆为所焚。"

〔六〕崆峒：注见二卷。

〔七〕《唐书》："瀚海军西七百里有青海军，本青海镇，天宝中为军，隶北庭都护府。"《诗》注："车后顿曰轻，前顿曰轩。"

〔八〕《汉书》音义："昼则燔燧，夜则举烽。"

〔九〕大布衣：即杜亚。

〔一〇〕元帅：杜鸿渐也。

〔一一〕流沙：注见一卷。

〔一二〕《书》序："历试诸艰。"

〔一三〕按：武威郡地势西北斜出，隔断羌戎，乃控扼要地。河西有事，则陇右、朔方皆扰。是时有九姓商胡之叛，故曰"须存武威郡，为画长久利"也。

〔一四〕《尔雅》："石戴土，谓之崔嵬。土戴石，为砠。"

〔一五〕蔡曰："大观三年，郭随使虏，举黄羊、芦酒问虏使时立爱，立爱云：'黄羊，野物，可猎取，食之不膻。芦酒，糜谷酝成，可拨醅取，不醉也。但力微，饮多则醉。'信子美之言验矣。" "芦"，蔡肇本作"虏"，引高适"虏酒千钟不醉人"为证。当两存之。钱笺："庄绰《鸡肋编》：'关右塞上有黄羊，无角，色同獐鹿，人取其皮为衾褥。土人造嚼酒，以芦管吸于瓶中。杜诗"黄羊"、"芦酒"，盖谓此也。'"

〔一六〕反正：谓车驾归长安。

〔一七〕《后汉书》："建武十三年，异国有献名马者，日行千里，诏以马驾鼓车。"《南史》："王融谓宋弁曰：若千里马斯至，圣上当驾鼓车。"

〔一八〕《杜诗博议》："'骐骥''驾鼓车'，比亚不当为判官。'龙吟回头'，谓龙马长吟，回首京阙，思成夹辅之功，喻亚虽在河西，乃心不忘朝廷也。旧解都愦愦。"

送韦十六评事充同谷防御判官

《旧唐书》："成州同谷郡，属山南西道。秦置陇西郡，天宝元年改为同谷郡，乾元元年复为成州。"《通鉴》："天宝十四载冬，安禄山反。郡当贼冲者，始置防御使。"

　　昔没贼中时，潜与子同游。今归行在所，王事有去留。逼侧兵马间，主忧急良筹。子虽躯干小〔一〕，老—作志气横九州。挺身艰难际，张目视寇仇。朝廷壮其节，奉诏令参谋。銮舆驻凤翔，同谷为咽喉。西扼弱水道〔二〕，南镇枹音孚罕—作氐羌陬〔三〕。此邦承平日，剽劫吏所羞。况乃胡未灭，控带莽悠悠。府中韦使君〔四〕，道足示怀柔。令侄才俊茂，二美又何求。受词太白脚〔五〕，走马仇池头〔六〕。古色—作邑沙土裂，积阴云雪稠—作霜雪稠，一作积雪阴云稠。羌父豪猪靴—作帽〔七〕，羌儿青兕裘晋作汉兵黑貂裘〔八〕。吹角向月窟〔九〕，苍山旌旆愁。鸟惊出死树，龙怒拔老湫。古来无人境，今代横戈矛。伤哉文儒士，愤激驰林丘。中原正格斗〔一〇〕，后会何缘由？百年赋命定，岂料沉与浮。且复恋良友，握手步道周。论兵远壑静—作净，亦可纵冥搜。题诗得秀句，札翰时相投。

〔一〕《晋载记》："刘曜讨陈安于陇城，安死，人歌曰：'陇上健儿有陈安，躯干虽小腹中宽，爱养将士同心肝。'"

〔二〕《唐书》："小勃律王居孽多城，临娑夷水。"娑夷水，即弱水也。《寰宇记》："弱水自甘州删丹县界，流入张掖县北二十三里。"

〔三〕《汉书》："金城郡有枹罕县。"应劭曰："故罕羌侯邑。"《唐书》："河州治枹罕县。"

〔四〕韦使君：无考。以诗语观之，评事乃其侄也。

〔五〕太白：注见前。

〔六〕《旧唐书》："成州上禄县，白马羌所处，州南八十里有仇池山。"辛氏《三秦记》："仇池山上广百顷，地平如砥。其南北有山路，东西绝壁万仞，上有数万家。一人守道，万夫莫向。山势自然，有楼橹却敌之状。东西二门，盘道可七里，上多冈阜泉源。"

〔七〕《山海经》："豪彘，状如豚而白毛。"注："能以脊上豪射物，江东呼为豪猪。"

〔八〕《说文》："兕如野牛，青色，皮厚，可为铠。"

〔九〕月窟：注见二卷。

〔一〇〕相抱而杀之曰"格"。陈琳乐府："男儿宁当格斗死。"

奉送郭中丞兼太仆卿充陇右节度使三十韵

鲍曰："郭英乂也。"黄曰："《旧史》：'至德初，英乂迁陇右节度使，兼御史中丞。'不言兼太仆卿。《新史》：'禄山乱，拜秦州都督、陇右采访使。至德二载，加陇右节度使。'不言兼御史中丞与太仆卿。公此诗可以补二《史》之阙。"

诏发西山《英华》作山西将〔一〕，秋屯一作营陇右兵。凄凉馀部曲，烜一作烜赫旧家声〔二〕。雕鹗乘时去，骅骝顾主鸣。艰难须一作思上策，容易即前程。斜日当轩盖，高风卷斾旌。松悲天水冷〔三〕，沙乱雪山清〔四〕。和虏犹怀惠，防边讵一作不敢惊？古来于异域，镇静示一作得专征〔五〕。燕蓟奔封豕〔六〕，周秦触骇鲸〔七〕。中原何惨《英华辨证》云当作慘，楚锦切黲〔八〕，馀一作遗孽尚纵横。箭入昭阳殿〔九〕，笳吟细柳营〔一〇〕。内人红袖泣一作短，王子白衣行。宸极祆醯坚切，《英华》作妖星动一作大〔一一〕，园陵一作林杀气平〔一二〕。空馀金碗出〔一三〕，无复繐须兑切帷轻〔一四〕。毁庙天飞雨〔一五〕，焚宫火彻明。罘罳朝共落〔一六〕，榱桷夜同倾〔一七〕。三月师逾整，群胡—作凶势就烹。疮痍亲接战，勇决—作馀勇冠垂成〔一八〕。妙誉期元宰，殊恩且列卿〔一九〕。几时回节钺，戮力扫欃枪〔二〇〕。圭窦—云蓬户三千士〔二一〕，云梯七十城〔二二〕。耻非齐说客，只荆作甘似鲁诸生〔二三〕。通籍微班忝，周行独坐荣〔二四〕。随肩趋漏刻〔二五〕，短发寄—作愧簪缨。径欲依刘表〔二六〕，还疑—作能无厌祢衡〔二七〕。渐衰那—作宁此别，忍泪独含情。废邑狐狸语，空村虎豹争。人频坠涂炭，公岂忘精诚？元帅调新律，前军压旧京〔二八〕。安边仍扈从，莫作—作无使后功名。

〔一〕钱笺："《汉·赵充国传赞》：'秦汉以来，山东出相，山西出将。'天水、陇西、安定、北地皆为山西，英乂瓜州长乐人，故曰'山西将'也。"

〔二〕《旧唐书》："英乂，知运之季子也。知运为鄯州都督、陇右诸军节度大使，自居西陲，甚为蛮夷所惮。开元九年，卒于军。至德初，肃宗兴师朔野，英乂以将门子特见任用。"英乂继其父节度陇右，故有"部曲"、"家声"之句。

〔三〕《唐书》："天宝元年，改秦州为天水郡。"

〔四〕雪山：注见二卷。

〔五〕言镇静安边，然后可并力为讨贼之计。

〔六〕《左传》："吴为封豕长蛇，荐食上国。"

〔七〕陈琳檄："若骇鲸之决细网。" 禄山反幽州，陷河北及洛阳、长安，所谓"奔燕蓟"、"触周秦"也。

〔八〕堪黩：注见前。

〔九〕昭阳殿：注见前。

〔一〇〕《汉·匈奴传》："军长安西细柳。"张揖曰："在昆明池南，今柳市是也。"《括地志》:"细柳仓,在雍州咸阳县西南二十里,周亚夫屯兵处。"

〔一一〕《说文》:"祆,胡神也。"《汉·天文志》:"祆星不出五年,其下有军。"

〔一二〕《光武纪》:"赤眉发掘园陵。"注:"园谓山坟。"

〔一三〕金碗:注详《诸将》诗。

〔一四〕《邺都故事》:"魏武遗令:西陵施六尺床,张缌帷。"《说文》:"缌,细疏布也。"

〔一五〕《旧唐书》:"东都太庙九室,神主共二十六座。禄山取太庙为军营,神主弃街巷。"

〔一六〕钱笺:"《缃素杂记》:'唐苏鹗《演义》云:罘罳,织丝为之,轻疏浮虚,象罗网交文之状,盖宫殿檐户之间。杜诗"罘罳朝共落",鹗说是也。'"

〔一七〕《尔雅》注:"楰,木名,梗属,似豫章。"《左传》注:"梗,椋也。"《说文》:"屋椽,周谓之榱,齐鲁谓之桷。"

〔一八〕《通鉴》:"是年二月,兵马使郭英乂军东原。安守忠寇武功,英乂战不利,矢贯其颐而走。"赵曰:"'疮痍'二语,微言英乂之败,激其再立功也。"

〔一九〕按:《唐志》:"御史中丞二人,正四品下。太仆寺卿一人,从三品。"中丞兼卿,所以为加恩也。

〔二〇〕《尔雅》:"彗星为欃枪。"注:"亦谓之孛,言其形孛,孛似扫彗。"

〔二一〕《礼记》:"儒有荜门圭窦。"注:"门旁窬穿墙为窦,如圭。"

〔二二〕《汉书》:"郦食其说田广罢历下守备,冯轼下齐七十余城。"

〔二三〕叔孙通曰:"臣愿征鲁诸生,与臣弟子共起朝仪。""齐说客"申"七十城","鲁诸生"申"三千士"。时贼尚据长安,故用下城事。

〔二四〕《诗》笺:"周行,周之列位也。"《后汉书》:"宣秉拜御史中丞,光武特诏御史中丞与司隶校尉、尚书令并专席而坐,京师号三独坐。"

〔二五〕《礼记》:"五年以长,则肩随之。"

〔二六〕《魏志》:"王粲,字仲宣,山阳人。献帝西迁,粲从至长安,以西京扰乱,乃之荆州依刘表。"

〔二七〕祢衡：注见一卷。

〔二八〕元帅、前军：注见《官军临贼境》诗。

送杨六判官使西蕃

《旧唐书》："至德元载，吐蕃遣使请和亲，愿助国讨贼。二载三月，吐蕃遣使和亲，遣给事中南巨川报命。"按：诗云"慎尔参筹画"，杨盖赞巨川以行者。

送远秋风落，西征海气寒〔一〕。帝京氛祲满，人世别离难。绝域遥怀怒，和亲愿结欢。敕书怜赞普〔二〕，兵甲望长安。宣命—作令前程急，惟良待士宽〔三〕。子云清自守，今日起为官〔四〕。垂泪方投笔〔五〕，伤时即据鞍〔六〕。儒衣山鸟怪，汉节野童看。边酒排金盏—作盘，夷歌捧玉盘。草肥—作轻蕃马健，雪重拂庐干〔七〕。慎尔参筹画，从兹正羽翰。归来权可取，九万一朝抟。

〔一〕青海在唐鄯州，往吐蕃当渡青海，故云"海气寒"。

〔二〕《唐书》："吐蕃俗谓强雄曰赞，丈夫曰普，故号君长曰赞普，赞普妻曰末蒙。"

〔三〕《杜诗博议》："'惟良'，旧注无解。按《汉书》：'宣帝曰：与我共理者，其惟良二千石乎？'此诗用'惟良'出此，亦'友于'、'贻厥'之类也。李嘉祐《送相公五叔守歙州》诗落句云'新安江自绿，明主重惟良'，此一证。时杨判官必膺郡守推荐，衔命入蕃，故曰'惟良待士宽'也。"

〔四〕《扬雄传》："雄三世不徙官，有以自守，泊如也。""子云"、"今日"

是假对。但《汉书》言子云系出扬侯，其字不从木。按：晋羊舌氏食邑于扬，曰扬食我，后分其田为三县，曰平阳，曰杨氏，则扬与杨同出一姓，故杨修有"吾家子云"之语。或疑此送杨判官，不合用子云事，盖失考耳。

〔五〕《班超传》："超为官佣书，久劳苦，投笔叹曰：丈夫当立功异域，安能久事笔砚乎？"

〔六〕《马援传》："援请讨五溪蛮，据鞍顾盼，以示可用。"

〔七〕《唐书》："吐蕃赞普联毳帐以居，号大拂庐，容数百人，部人处小拂庐。"《旧书》："其国都城号逻些城，屋皆平头，高者至数十尺。贵人处于大毡帐，名为拂庐。"

杨判官之使，盖为征兵吐蕃。"绝域遥怀怒"，言吐蕃来请讨贼也；"敕书怜赞普"，言天子许其和亲，遂降意以待之也；"兵甲望长安"，言长安之人急望王师之至，则助国讨贼不容缓也。然借兵非美事，又恐其屈节外藩，故后复以"慎谋画"、"正羽翰"戒之，欲其伸中国之威，不辱君命也。

杜工部诗集卷之四

至德、乾元间,公官左拾遗作。

奉赠严八阁老

鲍曰:"严武也,时为给事中。"蔡曰:"《国史补》:宰相相呼为堂老,两省相呼为阁老。"《通鉴》:"王涯谓给事中郑肃、韩佽曰:二阁老不用封敕。"此唐人称给事中为阁老也。

扈圣《英华》作扈从,一作今日登黄阁〔一〕,明公独妙年〔二〕。蛟龙得云雨,雕鹗在秋天。客礼容疏放,官曹可一作许接联。新诗句句好,应任老夫传〔三〕。

〔一〕《困学纪闻》:"给事中,属门下省。开元曰黄门省,故曰黄阁。左拾遗亦东省之属,故曰'官曹可接联'。近世用此诗为宰辅事,误矣。"黄曰:"唐门下省,其长曰侍中,与中书令参总而颛判省事,即宰相也。给事中,掌分判省事,故得同登黄阁。"按:《说文》阁与阁异。阁,夹室也,以板为之,亦楼观通名。阁,门旁小户也。汉公孙弘开东阁以延贤人,盖避当门,而东向开一小门,引宾客,以别于官属也。汉三公"黄阁",注:"不敢洞开朱门,以别于人主,故黄其阁。"又唐门下省以黄涂门,谓黄阁。《唐志》"中书舍人以久次者一人为阁老",此诗云"扈圣登黄阁",又《待严大夫》诗云"生理止凭黄阁老",皆作"阁",非子美误用,乃讹字相沿耳,当改正。

〔二〕《旧唐书》:"武累迁给事中,既取长安,为京兆尹,兼御史中丞,时年三十二。"按：武为给事中才三十一，故曰"妙年"。

〔三〕谓广传严公之诗。

月

天上秋期近，人间月影清。入河蟾不没〔一〕，捣药兔长生〔二〕。只益丹心苦，能添白发明。干戈知满地—作道，休照国西营〔三〕。

〔一〕张衡《灵宪》："姮娥奔月，是为蟾蜍。"《说文》："蟾蜍，虾蟆也。"
〔二〕傅玄《拟天问》："月中何有？白兔捣药。"
〔三〕时官军营于长安西。旧注："休照，为征人见月而悲也。"

留别贾严二阁老两院补阙得雲字
一作两院遗补诸公得闻字

时贾至为中书舍人，严武为给事中。"两院"谓拾遗、补阙也，作"遗补"是。此往鄜州省家时作。

田园须暂往—作住，戎马惜离群。去远留诗别，愁多任酒醺。一秋常苦雨，今日始无雲。山路时—作晴吹角—作笛，那堪处处闻？

晚行口号

三川不可到,归路晚山稠。落雁浮寒水,饥乌集戍楼。市朝今日异,丧乱几时休?远愧梁江总,还家尚黑头〔一〕。

〔一〕《南史》:"江总,字总持,梁武帝时,累官至太子中舍人,陈后主授尚书令。陈亡,入隋,为上开府。开皇十四年,卒于江都。" 钱笺:"江总十八解褐,年少有名。侯景之乱,避难崎岖累年。至会稽郡,憩于龙华寺。曰'梁江总',以总在梁遇乱,尚少年也。刘会孟云:'总自梁入陈,自陈入隋,归尚黑头,其人物心事可知。'不知总入隋,年七十馀矣。刘之不学可笑如此。" 补注:顾炎武曰:"刘须溪评此诗,以着一梁字,不胜其愧。今以《总传》考之,梁太清三年,台城陷,总年三十一,自此流离于外十四五年。至陈天嘉四年还朝,总年四十五,所谓'还家尚黑头'也。子美遭乱崎岖,略与总同,自伤其年已老,故发此叹耳,岂如须溪所云哉?《传》又云开皇十四年,卒于江都,时年七十六。既无还家之文,而祯明三年,为陈亡之岁,总年已七十一,头安得黑乎?且子美诗云'莫看江总老,犹被赏时鱼',又云'管宁纱帽净,江令锦袍鲜',亦已亟称之矣。"

独酌成诗

灯花何太喜〔一〕?酒绿—作色正相亲。醉里从为客,诗成觉有神。兵戈犹在眼,儒术岂谋身?苦—作共,非被微官缚,低头愧野人。

〔一〕《西京杂记》:"目瞤得酒食,灯花得钱财。"

徒步归行
原注:赠李特进,自凤翔赴鄜州,途经邠州作

李特进:赵次公云:"李嗣业也。"按:《新书》:"嗣业从平石国加特进,至凤翔谒肃宗,进四镇、伊西、北庭行军兵马使。"嗣业有宛马十匹,或公从之借乘,亦未可知。鲁訔谓时守邠州,则史无明文。

明公壮年值时危,经济实藉英雄姿。国之社稷今若是,武定祸乱非公谁?凤翔千官且饱饭,衣马不复能轻肥〔一〕。青袍朝士最困者,白头拾遗徒步归。人生交契无老少,论交《英华》作心何必先同调?妻子山中哭向天,须公枥上追风骠〔二〕。

〔一〕钱笺:"《旧书》:'至德二载二月,上幸凤翔,议大举收复两京,尽括公私马以助军。'时当括马之后,故云'不复能轻肥'也。"
〔二〕《古今注》:"秦始皇七马,一曰追风。"《洛阳伽蓝记》:"后魏河间王琛,遣使至波斯国,得千里马,号曰追风、赤骥。"《广韵》:"马黄白色曰骠。"《旧唐书》:"太宗十骥,六曰飞骠。"

九成宫

《唐书》:"九成宫,在凤翔麟游县西五里,本隋仁寿宫,贞观间修之以避暑,因更名焉。宫周垣千八百步,并置禁苑及府库、官寺等,太宗、高宗尝临

幸。"《旧书》:"九成宫总监一人,副监一人,丞簿、录事各一人。"

苍山入百里,崖断如杵臼〔一〕。曾宫凭风回—作迥,岌嶪土囊口〔二〕。立神扶栋梁—作字〔三〕,凿翠开户牖。其阳产灵芝,其阴宿牛斗〔四〕。纷披长松倒—作侧,揭嶫鱼列切怪石走〔五〕。哀猿啼一声,客泪迸林薮。荒哉隋家帝〔六〕,制此令颓朽。向使国不亡,焉为巨唐有?虽无新增修,尚置《英华》作署官居守〔七〕。巡非瑶水远〔八〕,迹是雕墙后〔九〕。我行陈作来属时危,仰望嗟叹久。天王守晋、晁并作狩。鲍钦止云:守读如狩太白〔一〇〕,驻马更搔—作回首。

〔一〕杨敬之《华山赋》:"坳者似池,洼者似臼。"

〔二〕《西京赋》:"状嵬峨以岌嶪。"《风赋》:"风起于地,浸淫溪谷,盛怒于土囊之口。"注:"土囊,谷口也。"

〔三〕《鲁灵光殿赋》:"神灵扶其栋宇。"

〔四〕孙逖《登云门寺》诗:"纱窗宿斗牛。"

〔五〕《鲁灵光殿赋》:"飞陛揭嶫,缘云上征。"

〔六〕《通鉴》:"隋开皇十三年二月,诏营仁寿宫于岐州之北,使杨素监之。夷山堙谷,以立宫殿,崇台累榭,宛转相属。役使严急,丁夫多死,疲顿颠仆,推填坑坎,覆以土石,因而筑为平地,死者以万数。"

〔七〕置官:见题下注。

〔八〕王融《曲水诗序》:"穆满八骏,如舞瑶水之阴。"

〔九〕《书》:"峻宇雕墙。"

〔一〇〕守太白:谓肃宗次凤翔。《唐书》:"凤翔郿县有太白山。"《秦少府歌》:"去年行宫当太白。"

玉华宫

《旧唐书》："贞观二十一年七月，作玉华宫，制度务从菲薄，更令卑陋。"《新书》："贞观二十年，置玉华宫，在坊州宜君县北七里凤凰谷。永徽二年，废为玉华寺。"《唐会要》："玉华宫正殿覆瓦，馀皆葺之以茅。贞观二十三年，御制《玉华宫铭》，令太子以下皆和。"

溪回一作迴松风长〔一〕，苍鼠窜古瓦。不知何王殿〔二〕，遗构绝壁下。阴房鬼火青〔三〕，坏道哀湍泻〔四〕。万籁真笙竽一作竽瑟〔五〕，秋色一作气，一作光正一作极萧瀰。美人为黄土，况乃粉黛假。当时侍金舆〔六〕，故物独石马。忧来藉草坐〔七〕，浩歌泪盈把〔八〕。冉冉征途间，谁是长年者〔九〕？

〔一〕《七发》："依绝区兮临回溪。"

〔二〕宋张珉《游玉华山记》："玉华宫，其初有九殿五门。正殿为玉华，其上为排云，又其上为庆云。其正门为南风，南风之东为太子之宫，其殿曰耀和，其门曰嘉礼，又一门曰金飙。此外莫得而考。"按：玉华宫作于贞观年间，去公时仅百载，而乃云"不知何王殿"，学者惑之。次公谓公为太宗讳，其说似迂。余意玉华宫久废为寺，《高僧传》载玄奘常于此译经，与九成之置官居守者不同，故人皆不知为何王之殿，非公真昧其迹也。

〔三〕《说文》："磷，鬼火也。"张珉《记》："宜君县有山曰玉华，其南曰野火谷，望之如爨烟，莫知所自。野火之西，曰凤凰谷，则置宫之地也。"

〔四〕《书》注："傅氏之岩，在虞虢界，有涧水坏道。"

〔五〕钱笺："《吴都赋》：'鸣条畅律，飞音响亮，盖象琴筑并奏，笙竽俱唱。'善曰：'律，谓籁也。'"

〔六〕《恨赋》:"丧金舆及玉乘。"赵曰:"当时必有随辇美人没葬宫旁者,故诗中及之。"

〔七〕《天台赋》:"藉萋萋之纤草。"

〔八〕王微诗:"倾筐未盈把。"

〔九〕《淮南子》:"木叶落而长年悲。"

羌村三首

《鄜州图经》:"州治洛交县。羌村,洛交村墟。"

峥嵘赤云西,日脚下平地〔一〕。柴门鸟雀噪〔二〕,归客—作客子千里至。妻孥怪我在,惊定—作走还拭泪。世乱遭飘荡,生还偶然遂。邻人满墙头,感叹亦歔欷。夜阑更秉烛〔三〕,相对如梦寐。

〔一〕陈后主诗:"日脚沉云外。"

〔二〕陆贾《新语》:"乾鹊噪而行人至。"

〔三〕《冷斋诗话》:"'更秉烛'言更互秉烛也。"陆游《笔记》:"夜深宜睡而复秉烛,见久客喜归之意。德洪谓平声,妄也。"

晚岁迫偷生,还家少欢趣。娇儿不离膝,畏我复却去。忆昔好—作多追凉,故绕池边树。萧萧北风劲,抚事煎百虑。赖知禾黍《英华》作黍秫收,已觉糟床注。如今足斟酌,且用慰迟暮。

群鸡正—作忽乱叫，客至鸡斗争。驱鸡上树木，始闻叩柴荆。父老四五人，问我久远行。手中各有携，倾榼浊复清。苦《英华》作莫辞酒味薄，黍地无人耕。兵革既未息，儿童尽东征。请为父老歌，艰难愧深情。歌罢仰天叹，四座涕—作泪纵横。

北　征

《舆地图》："鄜州在凤翔府东北。"

皇帝二载秋，闰八月初吉。杜子将北征，苍茫问家室。维时遭艰虞—作危，朝野少暇日。顾惭恩私被，诏许归蓬荜。拜—作奉辞诣阙下—云阁门，怵惕久未出。虽乏谏诤姿，恐君有遗失。君诚中兴主，经纬固密勿〔一〕。东胡反未已，臣甫愤所切。挥涕恋行在，道途—作路犹恍惚。乾坤含陈浩然本作合疮痍，忧虞何时毕？靡靡逾阡陌，人烟眇萧瑟—作索。所遇多被伤，呻吟更流血。回首凤翔县，旌旗晚明灭。前登寒山重，屡得饮马窟。邠郊入地底〔二〕，泾水中荡潏〔三〕。猛虎立我前，苍崖吼时裂。菊垂今秋花，石戴—作带，一作载古车辙。青云动高兴，幽事亦可悦。山果多琐细，罗生杂橡栗〔四〕。或红如丹砂，或黑如点漆。雨露之所濡，甘苦—作酸齐结实。缅思桃源内〔五〕，益叹身世拙。坡陀望鄜畤〔六〕，岩谷郭作谷岩互出没。我行已水滨，我仆犹木末〔七〕。鸱枭—作鸟鸣黄桑，野鼠拱乱穴。夜深—作中经战场，寒月照白骨。潼关百万师〔八〕，往者散—作败何卒？遂令半秦民，残害为异物〔九〕。况我堕一作随胡尘，及归尽华发。经年至茅屋，妻子衣百结。恸哭松声回一作迥，悲泉共幽一作呜咽。平生所娇一作骄儿，颜色白胜雪。见耶背面啼，垢腻脚不袜。床前两小女，补缀一作绽才一作纔过膝。海图拆一作坼波涛，旧绣移曲折。天吴及紫凤〔一○〕，颠倒在裋一作短褐〔一一〕。老夫情怀恶，呕泄一作咽卧数日一云数日卧呕泄。那无一作能囊中帛，救汝寒凛栗。粉黛亦解苞一作包，衾裯稍罗列。瘦妻面复光，痴女头自栉。学母无不为，晓妆随手抹。移时施朱铅，狼藉画眉阔。生还对童稚，似欲忘饥渴。问事竞挽须，谁能即嗔喝？翻思在贼愁，甘受杂乱聒。新归且慰意，生理焉得说？至尊尚蒙尘，几日休练卒？仰观一作看天色改，坐一作旁觉妖一作祅氛豁。阴风西北来，惨澹随回鹘一作胡纥〔一二〕。其王愿助顺，其俗善一作喜驰突。送兵五千人，驱马一万匹。此辈少为贵，四方服勇决。所用皆鹰腾，破敌过一作如箭疾〔一三〕。圣心颇虚伫，时议气欲夺。伊洛指掌收〔一四〕，西京不足拔。官军请深入，蓄锐可浩然本作伺俱发。此举开青徐，旋瞻略恒碣〔一五〕。昊天积霜露，正气有肃杀。祸转亡胡岁，势成擒胡月。胡命其能久？皇纲未宜绝。忆昔狼狈初，事与古先别。奸臣竟菹醢，同恶随荡析。不闻夏殷胡仔云当作殷周衰，中自诛褒妲。周汉获再兴，宣光果明哲〔一六〕。桓桓陈将军，仗钺奋忠烈〔一七〕。微尔人尽非〔一八〕，于今国犹活〔一九〕。凄凉大同殿，寂寞白兽闼〔二○〕。都人望翠华〔二一〕，佳气向金阙〔二二〕。园陵固有神，扫洒数不缺〔二三〕。煌煌太宗业，树立甚宏达〔二四〕。

〔一〕《汉·刘向传》"引《诗》'密勿从事,不敢告劳'",师古曰:"密勿,犹黾勉也。"《文选》注:"黾勉同心,《韩诗》作密勿同心。"

〔二〕《唐书》:"邠州新平郡,属关内道。"入地底:言地形卑下也。

〔三〕《括地志》:"泾水发源泾州东南,流邠州界,至高陵入渭。"《九域志》:"邠距泾才百五十里。"

〔四〕《高唐赋》:"芳草罗生。"《广韵》:"橡,栎实也。"《本草》:"橡堪染用,一名皂斗,其实作梂,似栗实而小。"

〔五〕桃源:注见三卷。

〔六〕《汉·郊祀志》:"秦文公作鄜畤,用三牲郊祀白帝。"《元和郡县志》:"汉上郡雕阴地,后魏立鄜州,因鄜畤为名。"

〔七〕《楚词》:"搴芙蓉兮木末。"

〔八〕哥舒翰败潼关,注别见。

〔九〕《鵩赋》:"化为异物兮又奚足患。"

〔一〇〕《山海经》:"朝阳之谷有神曰天吴,是为水伯,虎身人面,八首、八足、八尾,背青黄色。丹穴之山有鹭鸶,凤之属也,五色而多紫。"

〔一一〕《方言》:"关西谓襦褕短者褌褐。"《汉书》注:"褌,谓僮竖所着之襦。褐,毛布也。""海图"、"天吴"、"紫凤",皆所绣之物。以旧绣补绽为竖衣,故波涛坼,绣纹移,天吴、紫凤皆颠倒也。

〔一二〕《唐书·回鹘传》:"回纥,其先匈奴,元魏时号高车部,或曰敕勒,讹为铁勒。隋曰回纥,亦曰韦纥。至德元载九月,回纥遣其太子叶护,率兵四千,助国讨贼。肃宗宴赐甚厚,命广平王见叶护,约为兄弟。叶护大喜,称王为兄。"赵曰:"'随回鹘',当以'回纥'为正。德宗元和四年,始请易号'回鹘',言捷鸷犹鹘然。"

〔一三〕《回鹘传》:"其人骁强,初无酋长,逐水草转徙,善骑射,喜盗钞。"

〔一四〕伊洛:东都也。

〔一五〕青、徐二州在东,恒山、碣石在东北。按:借兵回纥,大为中国害,公心所不予,故曰"圣心颇虚伫,时议气欲夺",下遂言官军自足破贼,不

175

必全仗胡兵也。公意收复两京,便当乘胜长驱幽蓟,故云"此举开青徐,旋瞻略恒碣"。当时李泌之议,欲命建宁并塞北出,与光弼犄角以取范阳,所见亦与公同也。

〔一六〕褒姒、妲己,比贵妃。周宣、汉光武,比肃宗。 魏道辅《诗话》:"唐人咏马嵬之事多矣,世所称者,刘禹锡'官军诛佞幸,天子舍妖姬',白居易'六军不发争奈何,宛转蛾眉马前死',此乃咏禄山能使官军背叛,逼迫明皇,明皇不得已而诛贵妃也,岂特不晓文章体裁,而造语蠢拙,亦失事君之礼。老杜则不然,其《北征》诗曰'忆昨狼狈初,事与古先别。不闻夏殷衰,中自诛褒妲',乃是明皇鉴夏殷之败,畏天悔祸,赐妃子以死,无与官军也。"

〔一七〕《旧唐书》:"上幸蜀,至马嵬驿,左龙武大将军陈玄礼整比六军以从。玄礼以祸由杨国忠,欲诛之。会吐蕃使者遮国忠马,诉以无食。国忠未及对,军士呼曰:'国忠与胡虏谋反。'遂杀之,以枪揭其首。上出驿门,慰劳军士,令收队,军士不应。使高力士问之,玄礼对曰:'国忠谋反,贵妃不宜供奉,愿陛下割恩正法。'上令力士引贵妃于佛堂,缢杀之。"

〔一八〕微尔人尽非:即"微管仲,吾其被发左衽"之意。

〔一九〕许彦周《诗话》:"祸乱既作,惟赏罚当则再振,否则不可支矣。玄礼首议诛国忠、贵妃。无此举,虽有李、郭,不能奏匡复之功,故以'活国'许之。"

〔二〇〕《长安志》:"南内兴庆宫勤政楼之北曰大同门,其内大同殿。天宝七载,大同殿柱产玉芝,有神光照殿。" 按:"白兽闼"即白兽门。《三辅黄图》"未央宫有白虎殿,唐避太祖讳,改为兽",《唐书》"临淄王讨韦后,帅兵攻白兽门,斩关而入",又"康国安迁太学博士、白兽门内供奉",皆可证。

〔二一〕《上林赋》:"建翠华之旗。"注:"以翠羽为旗上葆也。"

〔二二〕《史·封禅书》:"蓬莱、方丈、瀛洲,此三神山者,黄金银为宫阙。"《神异经》:"西北荒中有一金阙,相去百尺。"

〔二三〕数不缺:言收京之后,扫洒园陵,礼数不缺也。蔡读作"色角切",非是。

〔二四〕陆机《高祖功臣赞》:"曲逆宏达。"

行次昭陵

《唐书》:"京兆府醴泉县有九嵕山,太宗昭陵在西北六十里。"按:昭陵在醴泉,近泾阳,直京师之北。《草堂诗笺》序于《北征》诗后,良是。盖省家鄜州,道经此也。黄鹤编在天宝五载,谓西归应诏时作,大谬。

旧俗疲庸主,群雄问独夫〔一〕。谶归龙凤质〔二〕,威定虎狼都〔三〕。天属尊尧典〔四〕,神功协禹谟〔五〕。风云随绝—作逸足〔六〕,日月继高衢〔七〕。文物多师古,朝廷半老儒。直词宁戮辱?贤路不崎岖〔八〕。往者灾犹降〔九〕,苍生喘未苏。指麾安率土,荡涤抚洪炉〔一〇〕。壮士悲陵邑〔一一〕,幽人拜鼎湖〔一二〕。玉衣晨自举〔一三〕,铁《英华》作石马汗常趋〔一四〕。松柏瞻虚—作灵殿,尘沙立暝—作暗途〔一五〕。寂寥开国日,流恨满山隅。

〔一〕群雄:如李密之流。《隋书》:"杨玄感谓游元曰:独夫肆虐,陷身绝域,此天亡之时也。"

〔二〕《旧唐书》:"太宗方四岁,有书生见之,曰:龙凤之姿,天日之表,年将二十,必能济世安民。"

〔三〕《苏秦传》:"秦,虎狼之国也。"按:太宗取天下,先定关中。关中,隋所都。 补注:顾炎武曰:"虎狼都,宋人注引《苏秦传》'秦,虎狼之国也',未当。按《天官书》:'西宫参为白虎,东一星曰狼。'《秦本纪赞》:'据狼弧,蹈参伐。'参乃秦之分野,此当用之。"

〔四〕《庄子》:"彼以利合,此以天属。"蔡琰诗:"天属缀人心。"高祖谥神尧，其传位如尧禅舜，故曰"尊尧典"。

〔五〕《禹谟》："九功惟叙。"太宗作乐，有《九功舞》，其盛可配神禹，故曰"协禹谟"。

〔六〕《汉书·叙传》："振拔污塗，跨腾风云。"

〔七〕《登楼赋》："惟日月之逾迈兮，俟河清其未极。冀王道之一平兮，假高衢而骋力。"注："高衢，谓大道也。"言房、杜诸公，乘风云之会，依日月之光也。

〔八〕不崎岖：言不艰于进用也。

〔九〕往灾犹降：言天宝之乱，乃隋末之灾再降于今日也。

〔一〇〕《东都赋》："绍百王之荒屯，因造化之荡涤。"洪炉：即大炉，注别见。"指麾"、"荡涤"，叹太宗之功，今无人能继也。时两京尚未收复，故云然。

〔一一〕《西都赋》："三选七迁，充奉陵邑。"

〔一二〕《汉·郊祀志》："黄帝铸鼎荆山下，鼎成，有龙垂胡髯下迎，帝骑龙上天，后人名其地为鼎湖。"

〔一三〕《霍光传》："宣帝赐光玉衣梓宫。"师古曰："《汉仪注》：以玉为衣，如铠状，连缀之，以黄金为缕。"《汉武故事》："高皇庙中御衣自箧中出，舞于殿上，冬衣自下在席上。"《王莽传》："杜陵便殿乘舆虎文衣废藏在室匦者出，自树立外堂上，良久乃委地，莽恶之。"

〔一四〕钱笺："'铁马'当作'石马'。按《唐会要》：'上欲阐扬先帝徽烈，乃刻石为常所乘破敌马六匹于昭陵阙下。'《安禄山事迹》：'潼关之战，我军既败，贼将崔乾祐领白旗，引左右驰突。又见黄旗军数百队，官军潜谓是贼，不敢逼之。须臾，见与乾祐斗，黄旗军不胜，退而又战者不一，俄不知所在。后昭陵奏，是日灵宫前石人马汗流。'李义山《复京》诗'天教李令心如日，可要昭陵石马来'、韦庄《再幸梁洋》诗'兴庆玉龙寒自跃，昭陵石马夜空嘶'皆记此事也。"

〔一五〕繁钦《述行赋》："茫茫河滨，实多沙尘。"

重经昭陵

草昧英雄起，讴歌历数归。风尘三尺剑，社稷一戎衣〔一〕。翼亮贞文德〔二〕，丕承戡武威。圣图天广大〔三〕，宗祀日光辉。陵寝盘空曲〔四〕，熊罴守翠微〔五〕。再窥松柏路，还有—作见五云飞〔六〕。

〔一〕庾信诗："终封三尺剑，长卷一戎衣。"
〔二〕石崇《大雅吟》："启土万里，志在翼亮。"
〔三〕苏颋《应制诗》："圣图恢寓县。"
〔四〕陵：山陵。寝：寝庙也。钱笺："《唐会要》：'昭陵因九嵕层峰，凿山南面深七十五丈为玄宫，傍岩架梁为栈道，悬绝百仞，绕回二百三十步，始达玄宫门，顶上亦起游殿。'"
〔五〕旧注："熊罴，谓护陵之军。"
〔六〕京房《易飞候》："宣太后陵前后数有光，又有五采云在松下，如车盖。"

彭衙行

《左传》注："冯翊合阳县西北有彭衙城。"《寰宇记》："彭衙故城在白水县东北六十里。"

忆昔避贼初，北走经险艰。夜深彭衙道，月照白水山。尽室久徒步，逢人多厚颜。参差谷鸟吟—作鸣，不见游子还。

痴女饥咬我，啼畏虎狼—作猛虎闻古叶无沿切。怀中掩其口，反侧声愈嗔古叶称延切。小儿强解事，故索苦李餐。一旬半雷雨，泥泞相牵攀。既无御雨—作湿备，径滑衣又寒。有时经—作最契阔，竟日数里间。野果充糇粮，卑枝成屋椽。早行石上水，暮宿天边烟。少留同晋作固，一作周家洼乌瓜切〔一〕，欲出芦子关〔二〕。故人有孙宰〔三〕，高义薄曾云古叶于元切。延客已曛黑，张灯启重门古叶民坚切。暖汤濯我足，剪纸招我魂古叶胡勤切。从此出妻孥，相视涕阑干〔四〕。众雏烂熳睡〔五〕，唤起沾盘飧古叶逸缘切。誓将与夫子，永结为弟昆古叶居员切。遂空所坐堂，安居奉我欢。谁肯艰难际，豁达露心肝？别来岁月周，胡羯仍构患古叶胡涓切。何当有翅翎，飞去堕尔前。

〔一〕同家洼：地名。
〔二〕芦子关：注见三卷。按：鄜州在白水县北，延州在鄜州西北，芦关又在延州北。时公欲北诣灵武，故道出芦关也。
〔三〕孙宰：三川宰也，或曰人名。
〔四〕息夫躬《绝命词》："涕泗流兮萑阑。"瓒曰："萑阑，涕泗阑干也。"
〔五〕烂熳睡：睡之熟也。

喜闻官军已临贼境二十韵

胡虏—作骑潜京县〔一〕，官军拥贼壕〔二〕。鼎鱼犹假息〔三〕，穴蚁欲何逃〔四〕！帐殿罗玄冕〔五〕，辕门照白袍〔六〕。秦山当警跸，汉苑入旌旄。路失—作湿，非羊肠险〔七〕，云横雉尾高〔八〕。

五原空壁垒[九]，八水散风涛[一〇]。今日看天意，游魂贷尔曹。乞降那更得？尚诈莫徒劳[一一]！元帅归龙种，司空握—作拥豹韬[一二]。前军—作旌苏武节[一三]，左将吕虔刀[一四]。兵气回飞鸟，威声没巨鳌。戈铤开雪色[一五]，弓矢向秋毫。天步艰方尽，时和运更遭。谁云遗毒螫—作虿[一六]？已是沃腥臊。睿想—作思丹墀近，神行羽卫牢[一七]。花门腾绝漠[一八]，拓《唐书》作柘羯渡临洮[一九]。此辈感恩至，嬴俘何足操？锋先衣染血，骑突剑吹毛[二〇]。喜觉都城动，悲连子女号。家家卖钗钏，只待—作准拟献春醪[二一]。

〔一〕谢朓诗："河阳视京县。"

〔二〕《唐书》："至德二载闰八月，贼寇凤翔。崔光远行军司马王伯伦等率众捍贼，乘胜攻中渭桥，追击至苑门，贼大军屯武功，烧营而去。九月丁亥，广平王将朔方等军及回纥西域之众十五万发凤翔。壬寅，至长安城西，与贼将安守忠等战于香积寺之北、沣水之东。贼大败，斩首六万，贼帅张通儒弃京城，走陕郡。癸卯，大军入京师。甲辰，捷书至凤翔。"

〔三〕《南史》："丘迟《与陈伯之书》：将军鱼游于鼎沸之中。"《后汉·谢夷吾传》："游魂假息，无所施刑。"

〔四〕《异苑》："晋太元中，桓谦见有人皆长寸馀，悉被铠持槊，乘具装马，从坎中出，缘几登灶。蒋山道士朱应子令作沸汤，浇所入处，因掘之，有斛许大蚁，死在穴中。"

〔五〕庾肩吾《曲水诗》："回川入帐殿。"《唐六典》："尚舍奉御，凡大驾行幸，预设三部帐幕，帐皆乌毡为表，朱绫为覆，下有紫帷方座，金铜行床，覆以帘。其外置排城，以为蔽捍。"

〔六〕《旧唐书》："武德令：侍臣服有衮冕、鷩冕、毳冕、绣冕、玄冕。"《梁书》："陈庆之所统之兵，悉着白袍，所向披靡。"

〔七〕《汉志》:"上党壶关县有羊肠坂。"魏武《苦寒行》:"羊肠险诘曲,车轮为之摧。"

〔八〕《古今注》:"周制,后夫人车缉雉尾为扇翣,汉乘舆服之。"《唐书》:"天子举动必以扇,大驾卤簿,有雉尾障扇、小团雉尾扇、方雉尾扇、小雉尾扇之属。"

〔九〕《长安志》:"长安,万年二县之外,有毕原、白鹿原、少陵原、高阳原、细柳原,谓之五原。" 空壁垒:言贼之壁垒已空也。

〔一○〕《关中记》:"泾、渭、浐、灞、涝、滈、沣、潏为关内八水。"

〔一一〕乞降、尚诈:言贼急则乞降,缓则尚诈也。

〔一二〕《唐书》:"二载九月,以广平王俶为天下兵马元帅,郭子仪副之。先是,子仪进位司空。"《小学绀珠》:"文、武、龙、虎、豹、犬,为六韬。"《后汉》注:"《霸典文论》《文师武论》《龙韬主将》《虎韬偏裨》《豹韬校尉》《犬韬司马》。"

〔一三〕《唐书》:"收长安,李嗣业统前军,阵于香积寺北。"《晋书》:"苏峻平,王导令取故节,陶侃曰:苏武节似不如是。"

〔一四〕《通鉴》:"香积之战,贼伏精骑欲击官军,朔方左厢兵马使仆固怀恩就击之,剪灭殆尽。"《晋书》:"徐州刺史吕虔檄王祥为司马。初,虔有佩刀,工相之,以为必三公可服,虔乃以与祥。"

〔一五〕《东都赋》:"戈鋋彗云。"鋋:小矛也。

〔一六〕《西京赋》:"荡亡秦之毒螫。"螫:行毒也。

〔一七〕羽卫:葆羽之卫也。

〔一八〕花门:注别见。

〔一九〕《唐·西域传》:"安西者,即康居小君长罽王故地,募勇健者为柘羯,犹中国言战士也。"《通鉴》:"是年二月,安西、北庭及拔汗那、大食诸国兵至凉、鄯。"《唐书》:"洮州临洮郡,属陇右道。"

〔二○〕剑吹毛:言其利也。旧注:"《吴越春秋》:干将之剑,能决吹毛游尘。"按:《昌黎集注》引此,云今《吴越春秋》无此语。

〔二一〕《董卓传》:"吕布杀卓,长安士女卖其珠玉衣装市酒肉,相庆者填满街肆。"

收京三首

　　仙仗离丹极，妖星照—作带玉除〔一〕。须为下殿走，不可好楼居—作得非群盗起，难作九重居〔二〕。暂屈汾阳驾〔三〕，聊飞燕将书〔四〕。依然七庙略〔五〕，更蔡读平声与万方初。

　〔一〕钱笺："《安禄山事迹》：禄山生夜，赤光旁照，群兽四鸣，望气者见妖星芒炽，落其穹庐。"《西都赋》："玉除彤庭。"
　〔二〕《梁·武帝纪》："以谚云'荧惑入南斗，天子下殿走'，乃跣足下殿以禳之。"《汉·武帝纪》："公孙卿曰：'仙人好楼居。'于是令长安作飞廉、桂观，甘泉作益寿、延寿观。"
　〔三〕《庄子》："尧往见四子藐姑射之山、汾水之阳，窅然丧其天下焉。"
　〔四〕《史记》："燕将攻下聊城，聊城人或谗之，燕将惧诛，不敢归。田单攻之，岁馀不下。仲连乃为书约之，矢射城中，遗燕将。"
　〔五〕庾肩吾诗："方凭七庙略，更雪五陵冤。"

　　按：玄宗晚节怠荒，深居九重，政由妃子，以致播迁之祸。公不忍显言，而寓意于仙人之楼居，因贵妃尝为女道士，故举此况之。《连昌宫词》："上皇正在望仙楼，太真同凭阑干立。"此一的证。旧注直云讥玄宗好神仙，泥矣。时严庄来降，史思明亦叛，庆绪纳土，河北折简可定，故以"鲁连射书"言之。时解引哥舒翰至洛阳、禄山令以书招李光弼等，此于收京何涉？

　　生意甘衰白〔一〕，天涯正寂寥。忽闻哀痛诏〔二〕，又下圣明朝。羽翼怀商老〔三〕，文思忆帝尧〔四〕。叨逢罪己日，沾洒—作洒涕望青霄。

〔一〕嵇康《养生论》："积损成衰，从衰得白，从白得老。"注："白，谓白发也。"

〔二〕《汉·西域传》："武帝弃轮台，下哀痛之诏。"《旧唐书》："是年十月，肃宗还京。十一月壬申朔，御丹凤楼，下制曰：'早承圣训，常读礼经，义切奉先，恐不负荷。'十二月戊午朔，又御丹凤门，下制大赦。"

〔三〕《张良传》："四人者从太子，上召戚夫人，指示曰：彼羽翼已成，难动矣。"

〔四〕《书》序："昔在帝尧，聪明文思，光宅天下，将逊于位，让于虞舜。"

按史：戊午下制，上皇已还京居兴庆宫矣。肃宗即位，本迫于事势。迨两京克复，奉迎上皇，累表避位，而后受之。是时父子间猜嫌未见，不应有讥。以愚考之，"羽翼"，盖指广平王而言也。肃宗先以良娣、辅国之谮，赐建宁王倓死。至是，广平新立大功，又为良娣所忌，潜构流言，虽李泌力为调护，而时已还山。公恐复有建宁之祸，故不能无思于商老也。上皇还京，临轩策命。肃宗亲着黄袍，手授国宝，其慈亦至矣。肃宗之失，不在灵武之举，而在还京后使良娣、辅国得媒孽其间，以致劫迁西内，子道不终。公于此时，若有深见其微者。曰"忆帝尧"，欲其笃于晨昏之恋也；"沾洒青宵"，其所以望肃宗者，岂不深且厚耶！

汗马收宫阙〔一〕，春城铲贼壕。赏应歌杕杜〔二〕，归及荐樱桃〔三〕。杂虏横戈数音朔〔四〕，功臣甲第高〔五〕。万方频一作同送喜，无乃圣躬劳？

〔一〕《萧何传》："未有汗马之劳。"

〔二〕《诗》序："《杕杜》，劳还役也。"

〔三〕《月令》："仲夏之月，天子乃羞以含桃，先荐寝庙。"注："含桃，樱桃也。"

〔四〕杂虏：谓回纥诸虏助顺者。
〔五〕杨炯碑："匈奴未灭，甲第何高。"

是时王师复两京，围安庆绪于邺城，未下，故言方春必可平贼，班师行赏，正值樱桃荐庙之时，盖预期之也。"圣躬劳"，即"大夫速退，无使君劳"之劳。

送郑十八虔贬台州司户，伤其临老陷贼之故，阙为面别，情见于诗

郑虔贬台州：注详《八哀诗》。《通鉴》："至德二载十二月，陷贼官六等定罪，三等者流贬。"虔在次三等，故贬台州。

郑公樗散鬓成—作如丝，酒后常称老画师。万里伤心严谴日，百年垂死中张仲切兴时。苍惶—作伶俜已就长途往，邂逅无端出饯迟。便与先生应永诀，九重泉路—作下尽交期。

腊　日

《小学绀珠》："五行始于祖，终于腊。唐土德，戌祖辰腊。"

腊日常年—作年年暖尚遥，今年腊日冻全消。侵凌雪色还萱草〔一〕，漏泄春光有—作是柳条。纵酒欲谋良—作长夜醉，还—

作归家初散—作放紫—云北宸朝。口脂面药随恩泽〔二〕,翠管银罂下九霄。

〔一〕侵凌雪色:言萱草初茁土时。
〔二〕钱笺:"《景龙文馆记》:帝于苑中召近臣赐腊,晚自北门入于内殿,赐食,加口脂、腊脂。"《酉阳杂俎》:"腊日赐口脂、腊脂,盛以碧镂牙筒。"

奉和贾至舍人早朝大明宫

《唐书》:"贾曾,景云中擢中书舍人,开元中复拜中书舍人。子至,字幼邻,从玄宗幸蜀,拜起居舍人,知制诰。帝传位,至当撰册,既进稿,帝曰:'昔先天诰命,乃父所为;今兹命册,又尔为之,可谓继美矣。'至顿首流涕。历中书舍人。"《旧唐书》:"东内大明宫,在禁苑之东南,本永安宫。贞观八年置,九年改大明宫。龙朔二年,号蓬莱宫。咸亨元年,改含元宫,寻复大明宫。正殿曰含元殿,天后改大明殿。"《雍录》:"唐都城有三大内:太极宫在西,故名西内;大明宫在东,故名东内;别有兴庆宫,号南内也。三内更迭受朝,而大明最数。"

五夜漏声催晓箭〔一〕,九重—作天春色醉仙桃〔二〕。旌旗俗作旗,非日暖龙蛇动〔三〕,宫殿风微燕雀高。朝罢香烟携满袖,诗成珠玉在挥毫。欲知世掌丝纶美原注:舍人先世常掌丝纶,池上于一作如今有一作得凤毛〔四〕。

〔一〕钱笺:"卫宏《汉旧仪》:'昼漏尽,夜漏起,省中黄门持五夜。五夜者,甲夜、乙夜、丙夜、丁夜、戊夜。'《缃素杂记》:'《梁武本纪》:帝燃烛侧光,常至戊夜。'杜诗'五夜漏声',正谓戊夜耳。"

〔二〕醉仙桃：言春色之秾,桃花如醉。以在禁内,故曰"仙桃",非用王母事也。

〔三〕《周礼》："交龙为旂。"《释名》："旂,倚也。画作两龙,相依倚也。"

〔四〕《宋书》："谢风子超宗,有文词,作《殷淑妃诔》,帝大嗟赏,谓谢庄曰：超宗殊有凤毛。"

早朝大明宫呈两省僚友　贾至

银烛朝天紫陌长,禁城春色晓苍苍。千条弱柳垂青琐,百啭流莺绕建章。剑佩声随玉墀步,衣冠身惹御炉香。共沐恩波凤池里,朝朝染翰侍君王。

和前　王维

绛帻鸡人报晓筹,尚衣方进翠云裘。九天阊阖开宫殿_{一作九天宫殿开阊阖},万国衣冠拜冕旒。日色才临仙掌动,香烟欲傍衮龙浮。朝罢须裁五色诏,佩声归向凤池头。

和前　岑参

鸡鸣紫陌曙光寒,莺啭皇州春色阑。金阙晓钟开万户,玉阶仙仗拥千官。花迎剑佩星初落,柳拂旌旗露未干。独有凤凰池上客,阳春一曲和皆难。

宣政殿退朝晚出左掖

《唐会要》:"宣政殿,在含元殿后,即正衙殿也。"《唐六典》:"在宣政门内,殿东有东上阁门,殿西有西上阁门。"按:东上阁门,门下省在焉;西上阁门,中书省在焉。公时为左拾遗,属门下,故"出左掖"。《汉书》注:"掖门在两旁,若人之臂掖。"

天门日射黄金榜〔一〕,春殿晴曛—作薰赤羽旗〔二〕。宫草微微—作霏霏承委佩〔三〕,炉烟细细驻游丝。云近蓬莱常好—作五色,雪残鸤鹊亦多时〔四〕。侍臣缓步归青琐,退食从容出每迟。

〔一〕《神异经》:"西方有宫,白石为墙,门以金榜而银镂,题曰天地少女之宫。"
〔二〕旧注:"赤羽旗,以赤鸟羽为旗,所谓前朱雀也。"
〔三〕《曲礼》:"主佩倚则臣佩垂,主佩垂则臣佩委。"注:"君臣俯仰之节也,太俯则委之于地。"
〔四〕《上林赋》:"过鸤鹊,望露寒。"注:"皆观名,在云阳甘泉宫外。"

紫宸殿退朝口号

《唐六典》:"紫宸殿,即内朝正殿也。"《雍录》:"含元之北为宣政,宣政之北为紫宸。"钱笺:"《五代史·李琪传》:'唐故事,天子日御便殿见群臣,曰常参。朔望荐食诸寝,御便殿见群臣,曰入阁。宣政,前殿也,谓之衙,衙有仗。紫宸,便殿也,谓之阁。其不御前殿而御紫宸也,乃自正衙唤仗,由阁门而入。百官候朝于衙者,因随之以入见,故谓之入阁。'"

户外昭容紫袖垂〔一〕,双瞻御座引朝仪〔二〕。香飘合殿春风转,花覆千官淑景移。昼漏稀旧作声,《千家》本定作稀,今从之闻高阁黄作阁报〔三〕,天颜有喜近臣知。宫中每出归东省,会送夔龙集一作到凤池〔四〕。

〔一〕唐制:"昭容正二品,系九嫔。"
〔二〕钱笺:"《酉阳杂俎》:'今阁门有宫人垂帛引百僚,或云自则天,或言因后魏。据《开元礼疏》,曰晋康献褚后临朝不坐,则宫人传百僚拜。周、隋相沿,国家因之不改。'程大昌曰:'《唐会要》:天祐二年,敕今后每遇延英坐朝,只令小黄门祗候引从,宫人不得擅出内。杜诗云"户外昭容紫袖垂",郑谷《入阁》诗亦云"导引出宫钿",盖至天祐始罢。'"
〔三〕《长安志》:"含元殿东南有翔鸾阁,西南有栖凤阁,与飞廊相接,报谓传呼昼刻。""紫宸"内衙,故"稀闻昼漏",必待外廷高阁之报也。
〔四〕《雍录》:"政事堂在东省,属门下。至中宗时,裴炎以中书令执政事笔,故徙政事堂于中书省,则堂在右省也。杜甫为左拾遗,其诗所谓'凤池'者,中书也。左省官方自宫中退朝而出,则归东省者,以本省言也已。又'送夔龙''集凤池'者,殆左省官集政事堂白六押事耶?杜为拾遗时,政事堂已在中书,故出东省而集于西省者,就政事堂见宰相也。为其官于东省而越至西省,故《文昌录》于此缺疑。"按史:时崔圆为中书令。

春宿左省

花隐掖垣暮,啾啾栖鸟过。星临万户动〔一〕,月傍九霄多。不寝《英华》作寐听金钥《英华》作锁，因风想玉珂。明朝有封事〔二〕，数问夜如何。

〔一〕《汉书》："武帝起建章宫，度为千门万户。"
〔二〕《唐书》："补阙、拾遗，掌供奉讽谏。大事廷诤，小则上封事。"

晚出左掖

昼刻传呼浅〔一〕，春旗簇仗齐。退朝花底散，归院柳边迷〔二〕。楼雪融城湿，宫云去殿低。避人焚谏草〔三〕，骑马欲鸡栖〔四〕。

〔一〕《新刻漏铭》："卫宏载传呼之节。"
〔二〕《雍录》："宣政殿下有东、西两省，别有中书、门下，外省又在承天门外。两省官亦分左右，各为廨舍。杜诗曰散、曰归，东西分班而出，各归其廨也。"《文昌杂录》："杜诗'花覆千官淑景移'，又'退朝花底散，归院柳边迷'，乃知唐殿廷多种花柳，本朝惟树槐楸，郁郁然有严毅之气。"
〔三〕《晋·羊祜传》："嘉谋谠议，皆焚其草，故世莫闻。"《唐·马周传》："索所陈事表草一帙，手自焚之。"
〔四〕《诗》："鸡栖于埘，日之夕矣。"

题省中院壁一无院字

掖垣竹埤音皮梧十寻〔一〕，洞门对雪旧作雪，《正异》定作雷常阴阴〔二〕。落花游丝白日静,鸣鸠乳燕青春深。腐儒衰晚谬通籍,退食迟回违寸心。衮职曾无一字补,许身愧比双南金〔三〕。

〔一〕蔡曰:"'竹坤'言编竹为储胥,若城埤然。"按:王褒《和从弟祐山家》诗:"众林积为籁,围竹茂成坤。"此是"竹坤"所本,不必强疏。
〔二〕洞门:注见二卷。杜定功曰:"《吴都赋》:'玉堂对霤,石室相距。'善曰:'《礼记》注:堂前有承霤。《说文》:'霤,屋水流也。'此诗'对雪'当作'对霤',下云'鸣鸠乳燕'、'落花游丝',不宜有雪。"
〔三〕张载《拟四愁诗》:"美人赠我绿绮琴,何以报之双南金。"

送贾阁老出汝州

《唐志》:"汝州临汝郡,属河南道,本伊州,贞观八年更名。"鲍曰:"按《肃宗纪》:'乾元二年,九节度师溃,汝州刺史贾至奔于襄、邓。'而《传》不书,隐之也,《纪》与诗合。"

西掖梧桐树〔一〕,空留一院阴。艰难归故里〔二〕,去住损春心。宫殿青门隔,云山紫逻音路深〔三〕。人生五马贵〔四〕,莫受二毛侵。

〔一〕《初学记》:"中书省在右,因谓中书为右曹,又称西掖。"
〔二〕黄曰:"至,河南洛阳人。汝州与河南府为邻,故曰故里。"
〔三〕钱笺:"《寰宇记》:废临汝县,在汝州西南六十里,本汉梁县地。先天二年割置县,于今县西二十里紫逻川置。"《九域志》:"汝州梁县有紫逻山。"

〔四〕五马：注别见。

送翰林张司马_{一云学士}南海勒碑

黄曰："《唐志》翰林无司马。玄宗置翰林院，延文章之士，下至艺能技术之流，皆待诏于此。今曰'勒碑'，或是镌工之精者。"《唐书》："广州南海郡，属岭南道节度使治所。"

冠冕通南极，文章落上台_{原注：相国制文。}诏从三殿去〔一〕，碑到百蛮开。野馆浓_{一作秾}花发，春帆细雨来。不知沧海上_{《英华》作使}，天遣几时回？

〔一〕《两京新记》："大明宫有麟德殿，在仙居殿西北。此殿三面，故以三殿为名。"《雍录》："李肇《翰林志》曰：翰林院在少阳院南，其东当三殿。韦执谊曰：在银台门内，麟德殿西，重廊之后。三殿者，麟德殿也，一殿而有三面，故名三殿，亦曰三院。结璘、郁仪楼，即三殿之东西廊也。"《演繁露》："方镇、外国来朝，则宴于此，从银台门入。"

曲江陪郑八丈南史饮

雀啄江头黄柳花，鹓鶒鸂鶒满晴沙〔一〕。自知白发非春事，且尽芳樽恋物华。近侍即今难浪迹，此身那得更无家〔二〕。丈人文_{下本作才}力犹强健，岂傍青门学种瓜。

〔一〕《尔雅》注:"鸂鶒,状似凫,脚高,毛冠。𪆂䴊,毛有五色。皆水鸟。"《通鉴》:"玄宗初年,遣宦者诣江南,取鸂鶒、𪆂䴊等置苑中。"

〔二〕那得更无家:即"笑为妻子累"意也。时已有去官之志,故二句云然。

曲江二首

一片花飞减却春,风飘万点正愁人。且看欲尽花经—作惊眼,莫厌伤多酒入唇。江上小堂川本作棠巢翡翠,苑—作花,《正异》定作苑边高冢卧麒麟〔一〕。细推物理须行乐,何用—作事浮名—作荣绊此身。

〔一〕苑:即芙蓉苑,在曲江西南。《西京杂记》:"五柞宫西,青梧观前,有三梧桐树,足下有石麒麟二枚,云是始皇墓上物。"《述异记》:"丹阳大姑陵石麟二枚,不知年代,传曰秦汉间公卿墓,则以石麒麟镇之。"二语言曲江乱后荒凉。

朝回日日典春衣,每日江头尽醉归。酒债寻常行处有〔一〕,人生七十古来稀。穿花蛱蝶深深见—作舞,点水蜻蜓款款—作缓缓飞〔二〕。传语风光共流转,暂时相赏莫相违〔三〕。

〔一〕孔融诗:"归家酒债多,门客粲成行。"《贾谊传》:"彼寻常之污渎兮。"应劭曰:"八尺曰寻,倍寻曰常。"

〔二〕《诗》:"老夫灌灌。"毛传:"灌灌,犹款款也。"

〔三〕马少怜《春日》诗:"传语春光道,先归何处边。"公祖审言诗:"寄语洛城风月道,明年春色倍还人。"

曲江对酒

苑外江头坐不归,水精春—作宫殿转霏微〔一〕。桃花细逐杨—作梨花落〔二〕,黄鸟时—作仍兼白鸟飞。纵饮久判普官切,正作拚人共弃〔三〕,懒朝真与世相违。吏—作含情更觉沧洲远,老大悲伤—作徒悲未拂衣〔四〕。

〔一〕《述异记》:"阆间构水精宫,尤极珍异,皆出自水府。"《魏略》:"大秦国城中有五宫,皆以水精为柱。"
〔二〕蔡云:"老杜墨迹,初作'欲共杨花语',自以淡笔改三字。"
〔三〕《方言》:"楚人凡挥弃物谓拌,俗作拚。"
〔四〕《左传》:"拂衣从之。"谢灵运诗:"拂衣五湖里。"

曲江对晋作值雨

城上春云覆苑墙,江亭晚色静年—作天芳〔一〕。林花着雨燕脂—作支落—作湿,水荇牵风翠带长〔二〕。龙武新军深—作经驻辇〔三〕,芙蓉别殿漫焚香〔四〕。何时诏—作重此金钱会〔五〕,暂—作烂醉佳人锦瑟旁〔六〕?

〔一〕沈约诗:"丽日属元巳,年芳俱在斯。"

〔二〕钱笺:"《古今注》:'燕支,叶似蓟,花似蒲公,出西方。土人以染,名燕支,中国谓之红蓝,以染粉为面色。'"《诗缉》:"池州人称荇为荇公须,盖细荇乱生,有若须然,所谓翠带也。"公祖审言诗:"绾雾青条弱,牵风紫蔓长。"

〔三〕《旧唐书》:"太宗选飞骑之尤骁健者,别署百骑,以为翊卫之备。中宗加置万骑,分左右营,置使以领之。自开元以来,与左右羽林军名曰北门四军。开元二十七年改为左右龙武军,官员同羽林也。"《新书》:"龙武军皆用功臣子弟,制若宿卫兵。肃宗赴灵武,士不满百,及即位,稍复旧。至德二载,置左右神武军,赐名天骑。"《雍录》:"左右龙虎军,即太宗时飞骑也,衣五色袍,乘六闲驳马,虎皮鞯。唐讳'虎',故曰'龙武',言其才质服饰,有似龙虎也。"

〔四〕曲江芙蓉苑,玄宗常游幸其中,故有别殿,《哀江头》"宫殿锁千门"是也。

〔五〕《汉纪》注:"诸赐黄金者,皆与之金。不言黄者,一金与万钱也。"《剧谈录》:"开元中,上巳节赐宴臣僚,会于曲江山亭,恩赐教坊声乐,池中备彩舟数只,唯宰相、三使、北省官与翰林学士登焉。每岁倾动皇州,以为盛观。"

〔六〕《周礼乐器图》:"雅瑟二十三弦,颂瑟二十五弦。饰以宝玉者曰宝瑟,绘文如锦曰锦瑟。"是时京师新复,曲江游宴都废,故末语云然。考曲江合宴,至贞元年间始复旧。

钱笺:"此怀上皇南内之诗也。玄宗以万骑军平韦氏,改为龙武军,亲近宿卫。今深居南内,不复如昔日游幸矣。兴庆宫南楼下临通衢,时置酒眺望,然欲由夹城以达曲江、芙蓉,死不可得矣。曰'深驻辇',曰'漫焚香',则其深宫寂寞,可想见矣。金钱之会,无复开元之盛,虽对酒感叹,意亦在上皇也。程大昌谓龙武军中官主之,最为亲昵,初时拟幸芙蓉,后遂留驻龙武,盖有讥也。予以为不然。"

奉陪郑驸马韦曲二首

钱笺:"《雍录》:'吕图韦曲在明德门外,韦后家在此,盖皇子陂之西也。杜曲在启夏门外,西向即少陵原,所谓"城南韦杜,去天尺五"。'《游城南记》:'览韩郑郊居,至韦曲。注云:郑谷庄在陂之西,韦曲在韩郑庄之北,逍遥公读书台犹存。'《通志》:'韦曲在樊川,唐韦安石之别业。'"

韦曲花无赖,家家恼杀人。绿樽虽一作须尽日,白发好禁平声,一作伤春〔一〕。石角钩衣破,藤枝一作梢刺七亦切眼新。何时占丛竹,头戴小乌巾?

〔一〕禁春:犹禁当之禁。言我已白发,无奈此春何,即上"恼杀人"意。

野寺垂杨里,春畦乱水间。美花多映竹,好鸟不归山。城郭终何事,风尘岂驻颜?谁能共公子,薄暮欲俱还?

奉答岑参补阙见赠

按:参试大理评事,摄监察御史。公同遗、补荐,宜充近侍,当是荐后除补阙。

窈窕清禁闼一作闥,罢朝归不同〔一〕。君随丞相后,我往一作住,非日华东〔二〕。冉冉柳枝碧,娟娟花蕊红。故人得佳句,独一作犹赠白头翁。

〔一〕参为补阙,属中书,居右署。公为拾遗,属门下,居左署。
〔二〕《雍录》:"《唐六典》:宣政殿前有两庑,两庑各有门,其东曰日华,日华之东则门下省也。居殿庑之左,故曰左省。西廊有门曰月华,月华之西,即中书省也。凡两省官系衔以左右者,皆分属焉。""罢朝归不同",言分东西班,各归本省也。"君随丞相后",宰相罢朝,由月华门出而入中书,凡西省官亦随丞相出西也。若左省官,仍自东出,故云"我往日华东"也。

寄左省杜拾遗　岑参

联步趋丹陛,分曹限紫微。晓随天仗入,暮惹御香归。白发悲花落,青云羡鸟飞。圣朝无阙事,自觉谏书稀。

奉赠王中允维

《旧唐书》:"天宝末,维历官给事中,扈从不及,为贼所得,服药取痢①,诈称瘖病。禄山素怜之,遣人迎至洛阳,拘于普施寺,迫以伪署。贼平,陷贼官六等定罪,维以《凝碧》诗闻于行在,肃宗特宥之,责授太子中允。"

中允声名久,如今契阔深。共传收庾信〔一〕,不比得陈琳〔二〕。一病缘明主,三年独此心。穷愁应有作,试诵《白头吟》〔三〕。

---

① "痢",底本作"利",据《旧唐书》改。

〔一〕收：收录也。《梁书》："侯景之乱，简文帝使庾信营于朱雀航。及景至，信以众奔江陵。元帝承制，除信御史中丞。"

〔二〕《魏志》："陈琳避难冀州，袁绍使典文章。袁氏败，琳归太祖，太祖谓曰：'卿昔为本初移书，但可罪状孤而已，何乃上及父祖耶？'琳谢罪。太祖爱其才，不之责。"钱笺："'收庾信'，以侯景比禄山，以子山比中允也。玄宗谓肃宗曰：'张均兄弟皆作贼权要官，就中张均更与贼毁三哥阿奴家事。'当时从逆之臣谤讪朝廷，如陈琳之为袁绍罪状曹公者多矣。维能痛愤赋诗，闻于行在，不当比之陈琳也。"

〔三〕《西京杂记》："相如将聘茂陵女子为妾，文君作《白头吟》以自绝，相如乃止。"

送许八拾遗归江宁觐省，甫昔时常客游此县，于许生处乞瓦棺寺维摩图样，志诸篇末

钱笺："《岑参集》有《送许子擢第归江宁拜亲》诗，在天宝元年告赐灵符、上加尊号之日。此云许八拾遗，盖擢第后十馀年官拾遗，又得省觐也。"《唐书》："昇州江宁郡，属江南东道。"公开元末尝游此。《高僧竺法汰传》："瓦官寺，本是河内山玩墓，王公为陶处。晋兴宁中，沙门慧力启乞为寺。"按《瓦官寺碑文》，寺本晋武帝时建，以陶官故地在秦淮北，故名瓦官，讹作"棺"耳。《六朝事迹》载，有僧好诵《法华经》，葬以瓦棺，青莲生其舌根，因名。则好异者之说也。

诏许—云天语辞中禁，慈颜—云家荣赴樊作拜北堂。圣朝新孝理，祖席倍辉光—云行子倍恩光。内—作赠帛擎偏重，宫衣着更香。淮阴清—作新夜驿〔一〕，京口渡江航〔二〕。春隔鸡人昼〔三〕，秋期燕子凉。赐书夸父老〔四〕，寿酒乐城隍—云：竹引趋庭曙，山添扇枕凉。

十年过父老,几日赛城隍〔五〕。看画曾饥渴,追踪恨—作限淼弭沼切茫〔六〕。虎头金粟影〔七〕,神妙独难忘。

〔一〕《唐书》:"楚州淮阴郡,属江南东道。"

〔二〕《郡县志》:"建安十四年,孙权自吴治丹徒,号曰京城。十六年迁都建业,于此为京口镇。"

〔三〕《周礼》:"鸡人夜呼旦,以叫百官。"《汉旧仪》:"宫中与台并不得蓄鸡,卫士候于朱雀门外,专传鸡唱。"

〔四〕《后汉书》:"班彪幼与从兄嗣伯共游太学,家有赐书。"

〔五〕《北齐书》:"慕容俨镇郢州城,城中有神祠,号城隍神,俨率众祷之。" 补注:《梁书》:"邵陵王纶祭城隍神,将烹牛,有赤蛇绕牛口。"按:城隍之祀,经典不载,后人因其保障民生,以义而起也。考南、北《史》,盖始自齐梁间,至唐而盛。见于诗者,子美"寿酒乐城隍";见于文者,李阳冰《缙云城隍祀记》。自"春隔鸡人昼"至此,言拾遗春日辞朝,期以凉秋觐母,而有夸书赛酒之乐也。

〔六〕《江赋》:"状滔天以淼茫。"

〔七〕《唐人瓦棺寺维摩诘画像碑》:"瓦棺寺变相,乃晋虎头将军顾恺之所画。"钱笺:"《名画记》:'顾恺之,字长康,小字虎头。曾于瓦棺寺北小殿画维摩诘,画讫,光彩耀目数日。'《京师寺记》云:'兴宁中,瓦棺寺初置,僧众设会,请朝贤鸣刹注钱。其时莫有过十万者,长康直打刹注钱百万。后寺众请勾疏,长康曰:宜备一壁。遂闭户绝往来一月馀,画维摩诘一躯。工毕,将点眸子,乃谓寺僧曰:'第一日观者请施十万,第二日可五万,第三日可任例责施。'及开户,光照一寺,施者填咽,俄而得百万钱。'吴曾《漫录》:'顾恺之为虎头将军,非小字也,《记》误耳。'按晋职官无虎头将军,本传亦不载此语,《漫录》不知何据?" 《发迹经》:"净名大士,是往古金粟如来。"《净名经义钞》:"梵语维摩诘,此云净名,郁提之子。过去成佛,号金粟如来。"

199

因许八奉寄江宁旻上人

不见旻公三十年,封书寄与泪潺湲。旧来好事今能否,老去新诗谁与—作为传?棋局动随幽—作寻涧竹,袈裟本作毟毟,葛洪《字苑》改从衣忆上泛湖船。闻君话我为官在,头白昏昏只醉眠。

题李尊师松树障子歌

黄曰:"乾元元年谏省作。"

老夫清晨梳白头,玄都道士来相访[一]。握发—作手呼儿延入户,手提新画青松障。障子松林静杳冥,凭轩忽若无丹青[二]。阴崖却承—作成霜雪—作露干,偃盖反走虬龙形[三]。老夫平生好奇古,对此兴与精灵聚。已知仙客意相亲[四],更觉良工心独苦。松下丈人巾屦同,偶坐似—作自是商—作南山翁。怅望—作惆怅聊歌紫芝曲,时危惨澹来悲风。

〔一〕玄都:见一卷。《唐会要》:"京城朱雀街有玄都观。"《长安志》:"崇业坊玄都观,隋开皇二年自长安故城徙通道观于此,改曰玄都,与兴善寺相比。"

〔二〕无丹青:言无异真松,不知其为丹青也。

〔三〕《抱朴子》:"天陵偃盖之松,与天齐其久,与地等其长。"又曰:"松树三千岁者,其皮中有聚脂,状如龙形。"

〔四〕仙客:谓李尊师。

得舍弟消息

风吹紫荆树〔一〕,色与春庭暮。花落辞故枝,风回返—作反无处。骨肉恩书重,漂泊难相遇。犹有泪成河,经天复东注〔二〕。

〔一〕周景式《孝子传》:"古有兄弟欲分异,出门见三荆同株,枝叶连阴,叹曰:木犹欣聚,况我而殊哉!"《续齐谐记》:"田广、田真、田庆兄弟三人欲分财,其夜庭前三荆便枯,兄弟叹之,却合,树还荣茂。"

〔二〕《世说》:"顾长康哭桓宣武,声如震雷破山,泪如倾河注海。"何逊诗:"复如东注水,未有西归日。"

送李校书二十六韵

《唐书·宗室世系表》:"舟,字公受,虔州刺史,陇西县男。父岑,水部郎中,眉州刺史。"《旧书》:"梁崇义逆命,命金部员外郎李舟谕旨以安之。"柳宗元《石表先友记》:"李舟,陇西人,有文学,俊辩,高志气,以尚书郎使危疑反侧者再,不辱命。被谗妒,出为刺史,废痼卒。"

代北有豪鹰〔一〕,生子毛尽赤〔二〕。渥洼骐骥儿—作種,尤异是龙—作虎脊〔三〕。李舟名父子〔四〕,清峻流辈伯。人间好—作妙少年,不必须白皙〔五〕。十五富文史,十八足宾客。十九授校书,二十声辉—作烨,樊作烜赫〔六〕。众中每一见,使我潜动魄。自恐二男儿〔七〕,辛勤养无益。乾元元—作二年春〔八〕,万姓始安宅。舟也衣彩衣〔九〕,告我欲远适。倚门固有望,敛衽就行役。南登吟《白华》〔一〇〕,已见楚山碧〔一一〕。蔼蔼咸阳都〔一二〕,冠盖日云积。何时太夫人,堂上会亲戚?汝翁草明光〔一三〕,天子正前席。归期岂烂漫—作熳〔一四〕?别意终感激。顾我蓬屋资,谬通金闺—作门籍。小来习性懒,晚节—作岁慵转剧。每愁悔吝作,如觉天地窄。羡君齿发新,行已苟起切能夕惕。临岐意颇切,对酒不能吃。回身视绿野,惨澹如荒泽。老雁春忍陈作忍春饥,哀号待枯麦〔一五〕。时哉高飞燕,绚练新羽翮〔一六〕。长云湿褒斜,汉水饶巨石〔一七〕。无令轩车迟〔一八〕,衰疾悲宿昔。

〔一〕代北:代地之北。
〔二〕魏彦深《鹰赋》:"白如散花,赤如点血。"
〔三〕《天马歌》:"虎脊两,化若鬼。《相马经》:"脊为将军欲得强。"
〔四〕《汉·萧育传》:"王凤以育名父之子,除为功曹。"
〔五〕《左传》:"有君子白皙,鬒须眉,甚口。"
〔六〕古乐府:"十五府小吏,二十朝大夫。三十侍中郎,四十专城居。"此四语所本。
〔七〕二男儿:公子宗文、宗武也。
〔八〕《肃宗纪》:"乾元元年二月丁未,大赦,免陷贼州三岁税,天下非租庸,无辄役使。"
〔九〕《列士传》:"老莱子行年七十,作婴儿娱亲,着五采斑斓衣。"
〔一〇〕《诗》序:"白华,孝子之洁白也。"

〔一一〕按：校书自京师归省母，道经汉中，汉中在长安南，为楚北境，故云"楚山碧"也。观诗末有"褒斜"、"汉水"语可见。

〔一二〕左思诗："蔼蔼东都门，群公祖二疏。"

〔一三〕《汉官仪》："尚书郎直宿建礼门，奏事明光殿，下笔为诏策，出言为诰令。在唐则中书舍人也。凡掌制诰必有草，故谓之起草。"明光殿：注别见。

〔一四〕《琴赋》："留连烂熳。"赵曰："'岂烂熳'言不至于过期也。"

〔一五〕汉谣："大麦青青小麦枯。"

〔一六〕《赭白马赋》："别辈超群，绚练复绝。"注："绚练，疾也。"

〔一七〕《后汉·顺帝纪》："罢子午道，通褒斜路。"注："褒斜，汉中谷名，南谷曰褒，北谷曰斜，首尾七百里。汉水亦在汉中。"

〔一八〕古诗："思君令人老，轩车来何迟。"此期校书以早还京师也。

偪侧吴作仄行赠毕曜 《英华》作赠毕四曜

《上林赋》："偪侧泌㴸。"司马彪曰："偪侧，相逼也。"一作"傯傯行"，诗中亦作"傯傯"。

偪侧何偪侧，我居巷南子巷北。可恨邻里间，十日不一见颜色。自从官马送还官〔一〕，行路难行涩如棘。我贫无乘非无足，昔者相过今不得。实不是—作未敢爱微躯—云慵相访，又非关足无力黄希曰：二句梁庄肃家本无"实""又"二字。徒步翻愁官长怒，此心炯炯君应识。晓来急雨春风颠，睡美不闻钟鼓传。东家蹇驴许借我，泥滑不敢骑朝天。已令请急会通籍—云已令把牒还请假〔二〕，男儿性命绝可怜〔三〕！焉能终日心拳拳，忆君诵诗神凛然。辛夷始花亦—作又已落〔四〕，况我与子非壮年。街头酒价常苦贵，方外酒徒稀醉眠。速宜—作径须相就饮一斗，恰有三百青铜钱〔五〕。

〔一〕公诗"奉引滥骑沙苑马"，所谓"官马"也。

〔二〕旧注："《晋令》：'五日一急假，一岁中以六十日为限。'《潘岳传》：'岳其夕取急在外。'《唐令》：'诸京官请假，职事三品以上给三日，五品以上给十日。'《汉纪》注：'籍者，为二尺竹牒，记其年及名字物色，悬之宫门，相应乃得入也。'"

〔三〕性命可怜：言不欲以遗体行危道。

〔四〕陈藏器《本草》："辛夷初发如荲头，人呼为木荲。其花最早，南人呼为迎春。"《蜀本草》："正月、二月开，花色白而带紫，花落无子。夏复着花，如小荲。"

〔五〕鲍照《行路难》："且愿得志数相就，床头恒有沽酒钱。"杨松玠《谈薮》："北齐卢思道常曰：长安酒贱，斗价三百。"黄曰："按《唐·食货志》，唐初无酒禁。乾元元年，以禀食方屈，禁京城酤酒。建中三年，置肆酿酒，斛收直三千。贞元二年，斗钱百五十文。今观公诗，斛收三千，非特始于建中矣。真宗问唐时酒价，丁晋公引此诗以答，丁盖知诗而未知史也。"

赠毕四曜

才大今诗伯，家贫苦宦卑。饥寒奴仆贱，颜状老翁为〔一〕。同调嗟谁惜？论文笑自知。流传江鲍体〔二〕，相顾免无儿〔三〕。

〔一〕王文考《王孙赋》："颜状似乎老翁。"

〔二〕《诗品》："江文通诗体总杂,善于摹拟,筋力于王微,成就于谢朓。鲍参军诗,其源出于二张,善制形状写物之词,贵尚巧似,不避危仄。"

〔三〕《唐书》："中宗曰：苏瓌有子,李峤无儿。"

题郑十八著作丈—作文

"题"者,题其人也。郑以陷贼得罪,故题此诗以浣雪之也。

台州地阔—作僻海冥冥,云水长和岛屿青。乱后—作缱绻故人双别泪,春深—作飘飘逐客一浮萍。酒酣懒舞谁相拽？诗罢能吟不复听。第五桥边流恨水,皇陂岸北结愁亭〔一〕。贾生对鵩伤王傅,苏武看羊陷贼庭〔二〕。可念此翁—作心,—作公。《汉书》公、翁通用怀直道,也卜音夜沾新国用轻刑〔三〕。祢衡实恐遭江夏〔四〕,方朔虚传是岁星〔五〕。穷巷悄然—作一朝车马绝〔六〕,案头干死读书萤。

〔一〕第五桥、皇子陂：俱见三卷。

〔二〕鵩赋：注别见。贾生：比虔之贬官。苏武：比虔之不附贼也。

〔三〕是时六等定罪,虔贬台州,于刑为轻矣。然虔称风缓,以密章达灵武,不当议罪,故公于此深惜之。

〔四〕祢衡为江夏太守黄祖所杀,注见一卷。

〔五〕《汉武内传》："西王母使者至,朔死,使者曰：'朔是木帝精,为岁星,下游人中,以观天下,非陛下臣也。'"《东方朔别传》："朔卒后,武帝问太皇公曰：'尔知东方朔乎？'对曰：'不知。''公何所能？'曰：'颇善星历。'帝问:'诸星具在否?'曰:'具在。独不见岁星十八年,今复见耳。'帝叹曰:'东方朔在朕旁十八年,而不知是岁星哉!'" 用祢衡、方朔事,盖虑其贬死台州。

〔六〕穷巷:郑故居。钱笺:"《长安志》:韩庄在韦曲之东,退之与孟郊赋诗,又送其子读书处。郑庄又在其东南,郑十八虔之居也。"《通志》:"郑庄即郑虔郊居,李商隐有《过郑虔旧隐》诗。"

瘦《英华》作老,诗同马行

东郊瘦马使我伤,骨骼_{音格,一作骸}硉_{郎兀切}兀如堵墙〔一〕。绊之欲动转欹侧,此岂有意仍腾骧?细看六_{一作火,非}印带官字〔二〕,众道三_{一作官}军遗路旁。皮干剥落杂_{一作尽}泥滓,毛暗萧条连雪霜〔三〕。去岁奔波逐馀寇,骅骝不惯不得将。士卒多骑内厩马〔四〕,惆怅恐是病乘黄〔五〕。当时历块误一蹶〔六〕,委弃非汝能周防。见人惨澹若哀诉,失主错莫无晶_{《英华》作睛}光。天寒远放雁为伴_{一作侣},日暮不_{一作未}收乌啄疮。谁家且养愿终惠〔七〕,更试明年春草长。

〔一〕《江赋》:"巨石硉兀以前却。"《礼记》:"观者如堵墙。"

〔二〕《唐六典》:"诸牧监凡在牧之马,皆印。印右髀以小官字,右髆以年辰,尾侧以监名,皆依左右厢。若形容端正,拟送尚乘,不用监名。二岁始春,则量其力,又以飞字印印其左髀髆,细马、次马以龙形印印其项左。送尚乘者,尾侧依左右闲印以三花。其馀杂马送尚乘者,以风字印印左髀,以飞字印印左髆。官马赐人者,以赐字印。配诸军及充传送驿者,以出字印,并印左右颊也。"

〔三〕李实曰:"凡马病,毛头生尘,故曰'毛暗'。"

〔四〕《唐六典》:"诸闲厩上细马,若欲调习,惟得厩内乘骑,不得辄出。"

〔五〕《山海经》:"白民之国有乘黄,其状如狐,背上有两角,乘之寿二千岁。"注云:"即飞黄也。"《唐六典》:"乘黄署令一人。"

〔六〕王褒颂:"过都越国,蹷如历块。"

〔七〕《赭白马赋》:"愿终惠养,荫本根兮。"

旧注:"房琯出为邠州刺史,时论惜之,谓其可用,公故有是作。"或曰:详其语意,似是罢拾遗后作此自况。蔡兴宗云是华州诗。

义鹘行

阴崖有苍《英华》作二苍,一作有二鹰,养子黑柏颠。白蛇登其巢,吞噬恣一作资朝餐。雄飞远求食,雌者鸣辛酸。力强不可制,黄口无《英华》作宁半存〔一〕。其父从西归一作来,翻身入长烟。斯须领健鹘,痛《英华》作冤愤寄所宣。斗上捩练结切孤影〔二〕,噭古吊切哮许交切来九天〔三〕。修鳞脱远枝,巨颡拆老拳〔四〕。高空得蹭蹬,短一作茂草辞蜿蜒。折尾能一掉,饱《英华》作饥肠皆一作今已一作已皆穿。生虽灭众雏,死亦垂千年〔五〕。物情有报复,快意贵目前。兹实鸷鸟最,急难心炯然。功成失所往一作在,用舍何其贤!近经潏水湄〔六〕,此事樵夫一作人传。飘萧觉素发〔七〕,凛欲《英华》作若,一作烈冲儒冠。人生许与分,只在顾盼间。聊为《义鹘行》,用一作永激壮士肝〔八〕。

〔一〕《家语》:"孔子见罗者所得,皆黄口小雀。"

〔二〕挟:拗挟也。

〔三〕嗷哮:吼怒也。

〔四〕巨颡:白蛇之首。老拳:鹘翼下劲骨也。《晋载记》:"石勒引李阳臂,笑曰:孤往日厌卿老拳,卿亦饱孤毒手。"

〔五〕言蛇虽灭众雏,旋死于义鹘,可垂鉴千年之后也。

〔六〕《汉书》音义:"潏水在长安杜陵,自南山皇子陂西北流经昆明池入渭。"

〔七〕《秋兴赋》:"素发飒以垂领。"

〔八〕《漫叟诗话》:"肝主怒,故云'永激壮士肝'。"

画鹘行

高堂见生一作老鹘,飒爽动秋骨〔一〕。初惊无拘挛〔二〕,何得立突兀?乃知画师妙,巧一作功刮造化窟。写此一作作神俊姿,充君眼中物。乌鹊满樛枝〔三〕,轩然恐其出。侧脑看青霄,宁为众禽没?长翮如刀剑,人寰可超越〔四〕。乾坤空峥嵘,粉墨且萧瑟。缅思云沙际,自有烟雾质〔五〕。吾今意何伤,顾步独纡郁〔六〕。

〔一〕秋骨:鹘至秋而善击也。

〔二〕拘挛:谓以縧拘絷之。

〔三〕《诗》传:"木下曲曰樛。"

〔四〕《舞鹤赋》:"归人寰之喧卑。"

〔五〕《舞鹤赋》:"烟交雾凝,若无毛质。"

〔六〕陆机诗:"顾步咸可欢。"

言画鹘徒充粉墨之观,而真鹘乃高举云沙之际。意在自负,亦以自悲。

端午日赐衣

宫衣亦有名,端午被恩荣。细葛含风软,香罗叠雪轻。自天题处湿〔一〕,当暑着来清。意内称长短,终身荷圣情。

〔一〕题:谓题名衣上。

酬孟云卿

《唐诗纪事》:"孟云卿,河南人,与杜子美、元次山最善。"

乐极伤头白,更长一作深爱烛红。相逢难俗本作虽衮衮,告别莫匆匆。但恐天河落,宁辞酒盏空?明朝牵世务,挥泪各西东。

杜工部诗集卷之五

乾元中,公出为华州司功,弃官客秦州作。

至德二载,甫自京金光门出,间一作问道归凤翔。乾元初,从左拾遗移华州掾,与亲故别,因出此门,有悲往事

钱笺:"《长安志》:唐京师外郭城西面三门,北曰开远门,中曰金光门,西出趋昆明池,南曰延平门。"《唐书》:"华州华阴郡,属关内道,在京师东一百八十里。" 按:史不载移掾月日,集有《七月代华州郭使君进灭寇状》,当以乾元元年夏六月出,公自是不复至长安矣。

此道昔归顺,西郊胡正一作骑繁。至今犹一作残破胆,应一作犹有未招魂。近侍一作得归京邑,移官岂一作远至尊?无才日衰老,驻马望千门。

寄高三十五詹事

《唐书》:"至德二载,高适除扬州大都督府长史、淮南节度使。李辅国恶其才,数短毁之,下除太子少詹事。"适《酬崔员外》诗云:"留司洛阳宫,詹府惟蒿莱。"

安稳高詹事，兵戈久索居。时来如—作知宦达，岁晚莫情疏。天上多鸿雁，池—作河中足鲤鱼。相看过半百，不寄一行书。

题郑县亭子

《唐书》："华州倚郭为郑县。"陆游《笔记》："华之郑县有西溪，唐昭宗避兵，尝幸之。其地在官道旁七八十步，澄深可爱。亭曰西溪亭，杜诗所谓'郑县亭子涧之滨'者。"《一统志》："游春亭在华州城西南五里西溪上，即杜诗'郑县亭子'。"

郑县亭子涧之滨，户牖凭高发兴新。云断岳莲临大路—作道〔一〕，天晴—作清宫—作官柳暗长春〔二〕。巢边野雀—作鹊群欺燕，花底山蜂远趁人。更欲题诗满青竹，晚来幽独恐伤神。

〔一〕岳莲：西岳莲花峰也。《晋书》："檀道济伐后秦，至潼关。秦遣姚鸾屯大路，绝道济粮道。"《通鉴》注："自渑池西入关，有两路。南路由回溪阪，自汉以前皆由之。曹公恶南路之险，更开北路，遂以北路为大路。"

〔二〕《唐书》："同州朝邑县有长春宫。"《旧书》："大业十三年，高祖起义，大军济河，舍于长春宫。"《寰宇记》："长春宫在强梁原上，周宇文护所筑。"

望　岳

《唐书》："华州华阴县有华山。"

西岳崚嶒—云危稜竦处尊,诸峰罗立—作列如—作似儿孙。安得仙人九节杖〔一〕,拄到玉女洗头盆〔二〕?车箱入谷无归—作回路〔三〕,箭栝—作括,按《韵会》:筈,通作栝,亦作括通天有一门〔四〕。稍待秋—作西风凉冷后,高寻白帝问真源〔五〕。

〔一〕钱笺:"《刘根外传》:'汉武帝登少室,见一女子以九节杖仰指日,闭左目,东方朔曰:妇人,食日精者。'《真诰》:'杨羲梦蓬莱仙翁,拄赤九节杖而视白龙。'"

〔二〕《诗含神雾》:"华山上有明星玉女,手持玉浆,得上服之即成仙,道险僻不通。"《集仙录》:"明星玉女者,居华山,服玉浆,白日升天。玉女祠前有五石臼,号曰玉女洗头盆。其中水色碧绿澄彻,雨不加溢,旱不减耗。祠内有玉女、马一匹焉。"

〔三〕钱笺:"《寰宇记》:车箱谷,一名车水涡,在华阴县西南二十五里,深不可测。祈雨者以石投之,中有一鸟飞出,应时获雨。"

〔四〕箭栝:旧注引箭筈峰。姚宽云:"箭筈岭自在岐山。"按:《地志》诸书并不云华山有箭栝。《韩非子》:"秦昭王令工施钩梯而上华山,以松柏之心为博,箭长八尺,棋长八寸,而勒之曰:王与天神博于此。"《水经注》:"自下庙历列柏南行十一里,东回三里,至中祠。又西南出五里,至南祠。从此南入谷七里,又届一祠。出一里至天井,井才容人行,迂回顿曲而上,可高六丈馀。山上有微涓细水,流入井中。人上者皆所由涉,更无别路出井,望空视明,如在室窥窗矣。"此与"通天一门"语甚合。所云"列柏"岂即箭柏耶?《初学记·事类》亦以"莲峰"对"柏箭",则"箭栝"乃"柏"字之讹耳。李攀龙《华山记》又云:"自昭王施钩梯处西南上三里许,得一峡如栝,曰天门,岂后人因杜诗附会乎?"

〔五〕《洞天记》:"华山,名太极总仙之天,即少昊为白帝,治西岳。"梁刘孝仪诗:"降道访真源。"

早秋苦热堆案相仍 原注：时任华州司功

《绝交书》："人间多事，堆案盈几。"

七月六日苦炎蒸—作热，对食暂餐还不能。每愁夜中—作来自足蝎，况乃秋后转—作复多蝇。束带发狂欲大叫，簿书何急来相仍。南望青松架短—作绝壑〔一〕，安得—作能赤脚踏层冰。

〔一〕江淹诗："风散松架险。"注："松横生曰架。"

观安西兵过赴关中待命二首

黄曰："至德元载，安西节度更名镇西，此曰安西，循其旧称也。"《通鉴》："乾元元年六月，李嗣业为怀州刺史，充镇西北庭行营节度使。八月，同郭子仪等将步骑二十万讨安庆绪。"

四—作西镇富精锐〔一〕，摧锋皆绝伦。还闻献—作就士卒，足以静风尘。老马夜知道〔二〕，苍鹰饥—作秋著人〔三〕。临危经久战〔四〕，用急—作意始—作使如黄作知神。

〔一〕《旧唐书》："龟兹、毗沙、疏勒、焉耆四镇都督府，皆安西都护所统。长寿二年，收复四镇，依前于龟兹国置安西都护府。至德后，河西、陇右戍兵皆征集，收复西京。"

〔二〕《韩非子》:"齐桓公伐孤竹还,迷失道,管仲曰:'老马之智可用也。'乃放老马而随之。"

〔三〕老马、饥鹰:比其惯战而敢入。

〔四〕按史:"嗣业讨小勃律,执一旗,引陌刀,缘险先登,力战,大破之。及收西京时,官军几败,嗣业执长刀陷阵,贼遂溃。"公故以"临危久战"称之。

奇兵不在众,万马救中原。谈笑无河北〔一〕,心肝奉至尊。孤云随杀气,飞鸟避辕门。竟日留欢—作观乐,城池未觉喧。

〔一〕《唐书》:"河北道,领孟、怀、魏、博、相、卫、贝、澶等二十九州。"时安庆绪据相、卫。

九日蓝田崔氏庄

《唐书》:"蓝田县属京兆府,在长安东南七十里。"黄曰:"此与下《崔氏东山草堂》诗,梁权道诸本编至德元载陷贼中作,鲁訔《年谱》亦然。公是年秋自鄜州赴行在,为贼所得,不应更能远至蓝田。又其时两宫奔窜,岂有'兴来尽欢'之理?当是为华州司功至蓝田有此作,华至蓝田八十里耳。更观后篇云'何为西庄王给事,柴门空闭锁松筠',旧注:'时王维为张通儒禁在东京,故叹之',考《旧书》,维陷贼以前尚未有蓝田别墅。盖皆乾元元年华州作也。"

老去悲秋强自宽〔一〕,兴来今—作终日尽君欢。羞将短发还吹帽〔二〕,笑倩旁人为正冠〔三〕。蓝水远从千涧落〔四〕,玉山高并两峰寒〔五〕。明年此会知谁健—作在?醉—作再把茱萸仔细看〔六〕。

〔一〕《列子》:"孔子见荣启期鼓琴而歌,曰:善乎,能自宽也。"

〔二〕王隐《晋书》:"孟嘉为桓温参军,九日温游龙山,参僚毕集,时风至,吹嘉帽堕落,温命孙盛为文嘲之。"

〔三〕陈琳书:"怪乃轻其家丘,谓为倩人。"

〔四〕《水经注》:"霸者水上地名,水出蓝田县之蓝田谷,所谓多玉者也。北历蓝田川,径蓝田县左,合浐水,又北入于渭水。"《三秦记》:"蓝田有川,方三十里,其水北流,出玉石,合溪谷之水,为蓝水。"

〔五〕玉山:即蓝田山也,注详一卷。《华山志》:"岳东北有云台山,两峰峥嵘,四面悬绝,上冠景云,下通地脉。"按:蓝田山去华山近,故曰"高并两峰寒"。旧注指秦山、华山,非是。

〔六〕仔细看:绾上"蓝水"、"玉山"言之。仔细:注别见。

崔氏东山草堂

东山:即玉山。

爱汝玉山草堂静,高秋爽气相—作多鲜新。有时自发钟磬响,落日更见渔樵人。盘剥白鸦谷口栗〔一〕,饭煮青泥坊音防,与防通底芹—云当作莼〔二〕。何为西庄王给事〔三〕,柴门空闭锁松筠?

〔一〕《长安志》:"白鸦谷,在蓝田县东南二十里,谷中有翠微寺,其地宜栗。"

〔二〕钱笺:"《水经注》:泥水历峣柳城南,魏置青泥军于城内,俗亦谓之青泥城。"《晋中兴书》"桓温伐苻健,遣京兆太守薛珍击青泥城,破之",即其处。《长安志》:"青泥城在蓝田县南七里。又青泥驿,在县郭下。"《说文》:"坊,即堤也。"《礼记》注:"坊以畜水,亦以障水。"

〔三〕《旧书·王维传》:"维责授太子中允,乾元中,迁太子中庶子、中书舍人,复拜给事中。晚年得宋之问蓝田别墅,在辋川。"《雍录》:"辋川在蓝田县西南二十里,王维别墅在焉,后维表施为清源寺。"

此诗借崔氏草堂以讽王给事也。公赠维诗:"穷愁应有作,试诵白头吟。"维之再仕,必非得志者,故此以"柴门空锁"讽其归老蓝田也。或云王给事非即右丞。当更考。

遣兴三首

我今日夜忧,诸弟各异方。不知死与生,何况道路长!避寇一分散,饥寒永相望。岂无柴门归?欲出畏虎狼。仰看云中雁,禽鸟亦有行。

蓬生非无根,漂荡随高风。天寒落万里,不复归本丛〔一〕。客子念故宅,三年门巷空。怅望但烽火,戎车满关东。生涯能几何〔二〕?常在羁旅中。

〔一〕《说苑》:"秋蓬恶其本根,美其枝叶,秋风一起,根本拔矣。"

〔二〕《庄子》:"吾生也有涯。"

昔在洛阳时,亲友相追攀。送客东郊道,遨游宿南山。烟尘阻长河,树羽成皋间〔一〕。回首载酒地,岂无一日还?丈夫贵壮健〔二〕,惨戚非朱颜。

〔一〕《史记》正义:"成皋即汜水县。"陆机《洛阳记》:"洛阳四关,东有成皋关,在汜水县东南二里。" 树羽:注别见。时王师讨安庆绪于河北。
〔二〕言岂无得还之日,特伤非壮健耳。

至日遣兴,奉寄北省旧阁老、两院故人二首

《通典》:"唐人谓门下、中书为北省,亦谓门下为左省,或通谓之两省。"阁老、两院:注俱见四卷。

去岁兹晨捧御床,五更三点入鹓行。欲知趋走伤心地〔一〕,正想氤氲满眼香。无路从容陪语笑,有时颠倒着衣裳。何人错一作却忆穷愁日?愁日刊作日日愁随一线长〔二〕。

〔一〕趋走:言为华州掾趋谒上官。
〔二〕《岁时记》:"魏晋间,宫中以红线量日景,冬至后,日景添长一线。"《唐杂录》:"唐宫中以女工揆日之长短,冬至后,比常日增一线之工。"

忆昨逍遥供奉班,去年今日侍龙颜。麒麟不动炉烟上上声,《诗眼》作转,孔雀徐开扇影还〔一〕。玉几一作座由来天北极〔二〕,

朱衣只在殿中间[三]。孤城此日肠堪断,愁对寒云雪《诗说隽永》云:唐本杜诗作白满山。

〔一〕旧注:"《晋·礼仪》:'大朝会,即填宫,皆以金镂九尺麒麟香炉。'《唐·仪卫志》:'朝日,殿上设黼扆、蹋席、熏炉、香案。宰臣两省官,对班于香案前,百官班于殿庭。扇合,皇帝升御座内,谒者承旨唤仗。'《六典》:'尚辇局掌舆辇伞扇,大朝会则孔雀扇一百五十有六,分居左右。旧翟羽扇,开元初改为绣孔雀。'"

〔二〕《顾命》:"皇后凭玉几。"《西京杂记》:"天子玉几,冬则加锦其上,谓之绨几。"

〔三〕《唐会要》:"开元二十五年,李适之奏:冬至大礼,朝参并六品清官服朱衣,以下通服袴褶。"

洗兵马 原注:收京后作

左思《魏都赋》:"洗兵海岛,刷马江洲。"按:公《华州试进士策问》云"山东之诸将云合,淇上之捷书日至",诗盖作于其时也。

中兴诸将收山东[一],捷书夕荆作夜,一作日报清昼同。河广传闻一苇过,胡危命在破竹中[二]。只残邺城不日得[三],独任朔方无限功[四]。京师皆骑汗血马,回纥餧弩委切肉蒲萄宫[五]。已喜皇威清海岱[六],常思仙仗过崆峒。三年笛里关山月,万国兵前草木风[七]。成王功大心转小[八],郭相谋深古来少[九]。司徒清鉴悬明镜[一〇],尚书气与秋天杳[一一]。二三豪俊为时出,整顿乾坤济时了。东走无复忆鲈鱼[一二],南飞觉有安巢—作枝鸟〔一三〕。青春复随冠冕入，紫禁正耐烟花绕〔一四〕。鹤驾通宵凤辇备〔一五〕，鸡鸣问寝龙楼晓〔一六〕。攀龙附凤势莫当，天下尽化为侯王〔一七〕。汝等岂知蒙帝力，时来不得夸身强〔一八〕。关中既留萧丞相〔一九〕，幕下复用张子房〔二〇〕。张公一生江海客，身长九尺须眉苍。征起适遇风云会，扶颠始知筹策良。青袍白马更何有〔二一〕？后汉今周喜再昌。寸地尺天皆入贡〔二二〕，奇祥异瑞争来送。不知何国致白环〔二三〕，复道诸山得银瓮〔二四〕。隐士休歌紫芝曲〔二五〕，词人解《西溪丛语》云：善本作觥撰清河—云河清颂〔二六〕。田家望望惜雨干，布谷处处催春种〔二七〕。淇上健儿归莫懒〔二八〕，城南思妇愁多梦〔二九〕。安得壮士挽天河，净洗甲兵长不用〔三〇〕！

〔一〕山东：河北也，注见首卷。《通鉴》："乾元元年十月，郭子仪自杏园渡河，东至获嘉，破安太清。太清走保卫州，子仪进围之，遣使告捷。鲁炅自阳武济，季广琛、崔光远自酸枣济，与李嗣业兵皆会子仪于卫州，庆绪悉举邺中之众七万来救，子仪复大破之，获其弟庆和，杀之，遂拔卫州。"

〔二〕《杜预传》："今兵威已振，譬如破竹，数节之后，迎刃而解。"

〔三〕《旧唐书》："相州，属河北道。武德元年，以魏郡置相州。天宝元年，改为邺郡。乾元二年，改为邺城。"《通鉴》："庆绪走，子仪等追之至邺，许叔冀、董秦、王思礼及河东兵马使薛兼训皆引兵继至。庆绪收馀兵，拒战于愁思冈，又败，庆绪乃入城固守，子仪等围之。"

〔四〕《邠志》："邠军始镇灵州，谓之朔方军。"《旧唐书》："禄山反，以郭子仪为灵武太守，充朔方节度使。自陈涛斜之败，帝惟倚朔方军为根本。"按：是时命九节度讨安庆绪，又以鱼朝恩为观军容使。虽围相州，而兵柄不一。此曰"独任朔方无限功"，盖举前事以风之，欲其专任子仪也。

〔五〕《汉·张耳传》："如以肉喂虎，何益？"《匈奴传》："元帝元寿二年，单于来朝,舍之上林苑葡萄宫。"《长安志》:"禁苑南有樱桃园,东、西葡萄园。"《通鉴》:"是年八月,回纥遣其臣骨啜特勒及帝德将骁骑三千,来助讨安庆绪,上命朔方左武锋使仆固怀恩领之。"

〔六〕海岱:谓青、徐诸州。

〔七〕《括地志》:"笄头山,一名崆峒山,在原州平凉县西百里。"《乐府解题》:"《关山月》,伤离别也。"按:肃宗自马嵬,经彭原、平凉至灵武,合兵兴复,道必由崆峒。及南回也,亦自原州入,则崆峒乃銮舆往来之地。笛咽关山、兵惊草木,正欲其以起事艰难为念也。

〔八〕《唐书》:"至德二载十二月,广平王俶进爵楚王。乾元元年二月,徙封成王。四月,立为皇太子。"

〔九〕郭相:子仪也,时进中书令。

〔一〇〕司徒:李光弼也,先加检校司徒。

〔一一〕尚书:王思礼也,收两京,迁兵部尚书。钱笺:"公《哀思礼》诗云'爽气春淅沥',亦与此诗语合。"

〔一二〕张翰思鲈鱼,注见一卷。

〔一三〕《古诗》:"越鸟巢南枝。"

〔一四〕谢庄《哀诔》:"收华紫禁。"

〔一五〕《汉宫阙疏》:"白鹤宫,太子所居。"《通典》:"隋太子左右监门率府,唐垂拱中,改为鹤禁卫。"《艺文类聚》:"太子晋乘白鹤仙去,故后世称太子之驾曰鹤驾,禁曰鹤禁。"《唐书·仪卫志》:"辇有七,一曰大凤辇。"

〔一六〕《文王世子》:"鸡初鸣,至于寝门外,问内竖之御者曰:今日安否?何如?"《汉书》:"上尝急召,太子出龙楼门,不敢绝驰道。"张晏曰:"门楼上有铜龙,若白鹤、飞廉之为名也。"《雍录》:"桂宫南面有龙楼门。"《杜诗博议》:"按史,肃宗即位,下制曰:'复宗庙于函雒,迎上皇于巴蜀,导銮舆而反正,朝寝门以问安,朕愿毕矣。'上皇至自蜀,肃宗请归东宫,不许。此诗'鸡鸣问寝'即用诏中语也。'鹤驾'、'龙楼',望其能修人子之礼也。灵武即位,本非得已,洪容斋所谓'收复两京,非居尊位,不足以制命诸将也'。其听李辅国谗间,乃上元年间事,公安得逆料而讥之?容斋又引颜鲁公《请立放生池表》云'一日三朝,大明天子之孝;问安视膳,不改家人之礼',东坡以为知肃宗有愧于是也。此表乃移仗后所上,不当援之以证此诗也。"

〔一七〕《汉书·叙传》:"攀龙附凤,并乘天衢。云起龙骧,化为侯王。"时加封成都、灵武扈从功臣。

〔一八〕"汝等"二句:即介之推所谓"贪天功以为己力"也。

〔一九〕《史记·萧何传》:"汉王引兵,东定三秦,何以丞相留收巴蜀,使给军食。"此诗"萧丞相"未详何指。梦弼注:"一云杜鸿渐。按《唐书》:'肃宗按军平凉,鸿渐首建朔方兴复之谋,且录军资器械,储廥上之。肃宗喜曰:灵武,吾之关中,卿乃吾萧何也。'"

〔二〇〕钱笺:"'萧丞相'谓房琯,自蜀郡奉册,留相肃宗。'张子房'谓张镐也。至德二载五月,琯罢相,以张镐代。《旧唐书》:"张镐风仪魁岸,廓落有大志,好谈王伯大略,自褐衣拜左拾遗。玄宗幸蜀,徒步扈从,玄宗遣赴行在,至凤翔,奏议多有弘益,拜谏议大夫,寻代房琯为相。"《封氏闻见记》:"张镐起自布素,不二年而登宰相。正身特立,不肯苟媚阉人。群阉疾之,称其无经济才,改荆府长史。"按史:是年五月,镐已罢相。此盛称其筹策者,惜其去而功不就也。观史思明、许叔冀之叛,镐先料之,则比以子房,岂为过哉?

〔二一〕《南史·侯景传》:"先是,大同中童谣曰:'青丝白马寿阳来。'景涡阳之败,求锦朝廷,给以青布,悉用为袍,采色尚青。景乘白马,青丝为辔,欲以应谣。"庾信《哀江南赋》:"青袍如草,白马如练。"

〔二二〕颜延之诗:"亘地称皇,罄天作主。"

〔二三〕《竹书纪年》:"帝舜九年,西王母来朝,献白环玉玦。"马融《广成颂》:"受王母之玉环。"

〔二四〕《礼运》:"山出器车。"郑注:"谓若银瓮丹甑。"《瑞应图》:"王者宴不及醉,刑罚中则,银瓮出焉。"《孝经援神契》:"神灵滋液,有银瓮,不汲自满。"

〔二五〕紫芝歌:注见二卷。

〔二六〕《南史》:"宋元嘉中,河、济俱清,当时以为瑞。鲍照作《河清颂》，其序甚工。"赵曰："收京后，岚州、合关河清，盖纪实事也。"按：《五行志》"黄河清三十里，四日而变"，乃乾元二年秋七月事。此盖指当时文士争献歌颂，如杨炎《灵武受命》《凤翔出师》之类耳。

〔二七〕《尔雅》："鸤鸠鵠鵴。"注："今之布谷也，江东人呼为获谷。"《御览》："崔寔曰：夏扈趋耕锄，即窃脂。"

〔二八〕淇水在卫地，卫州与相州相邻。淇上健儿：指围邺之兵也。

〔二九〕城南：长安城南。

〔三〇〕《六韬》："武王问太公：'雨，辎车至轸，何也？'曰：'洗甲兵也。'"《说苑》："武王伐纣，风霁而乘以大雨，散宜生曰：'此非妖欤？'王曰：'非也，天洗兵也。'"

补注：时方进兵，而题曰"洗兵马"，盖以太平之功望肃宗也。"中兴诸将"以下，言官军渡河击贼，邺城不日可下矣。论其功，以子仪朔方军为最。彼回纥助战，马留京师，喂肉离宫，害亦不细，岂足多哉！今山东已收，皇威大振，惟是兴师以来，征戍艰难之苦为不可忘也。"成王功大"以下，言元子与郭令诸人整顿济时，人有中兴之乐，青春重整朝仪，人主复修子道，而诸臣多被爵赏为侯王矣。然此实帝力使然，于汝诸人何有哉？此盖为加恩扈从言之也。"关中既留"以下，独详称张镐者，冀其复用于时也。夫周汉中兴，必至珍赆悉贡，瑞应沓来，隐士出而颂声作，方称极盛。今当催耕望雨之时，健儿犹留屯淇上，何不急珍馀寇，归慰城南之思妇乎？苟征戍不已，则太平之功未可致，故末以"净洗甲兵长不用"深致其意焉。夫中兴大业，全在将相得人，前曰"独任朔方无限功"，中曰"幕下复用张子房"，此是一诗眼目。使当时能专任子仪、终用镐，则洗兵不用，旦夕可期，而惜乎肃宗非其人也。王荆公选工部诗，以此诗压卷，其大指不过如此。若玄、肃父子之间，公尔时不应遽加讥切。

留花门

《唐书》："甘州宁寇军东北有居延海，又北三百里有花门山堡，又东北千里，至回纥衙帐。"《旧书》："肃宗还西京，叶护辞归，奏曰：回纥战兵留在沙苑，今且归灵夏取马，更为陛下收范阳馀孽。"

北门—作北方，《正异》作花门天骄子，饱肉气勇决。高秋马肥健，挟矢射汉月〔一〕。自古以为患，诗人厌薄伐。修德使其来，羁縻固不绝。胡为倾国至，出入暗金阙？中原有驱除，隐忍用此物。公主歌黄鹄〔二〕，君王指白日〔三〕。连云屯左辅〔四〕，百里见积雪〔五〕。长戟鸟休飞，哀笳曙—作晓幽咽。田家最恐惧，麦倒桑枝折。沙苑临清渭，泉香草丰洁。渡河不用船，千骑常撇烈—云灭没，《正异》作撇掠〔六〕。胡尘逾太行〔七〕，杂种抵京室〔八〕。花门既须留，原野转萧瑟。

〔一〕《汉·匈奴传》："匈奴居北边，君王以下，咸食畜肉，衣其皮。""秋马肥，大会蹛林。""匈奴举事，常随月盛壮以攻战，月亏则退兵。"

〔二〕《汉·西域传》："元封中，以江东王建女细君为公主，妻乌孙昆莫。昆莫年老，言语不通，公主悲愁作歌曰：'居常土思兮心内伤，愿为黄鹄兮归故乡。'天子闻而怜之。"《文苑英华辨证》："郑愔《送金城公主适西蕃》诗'贵主想黄鹤'，马怀素诗'空馀愿黄鹤'。'鹤'，《汉书》作'鹄'。陆德明云：'鹄，又作鹤。'则鹄、鹤通用。"《旧唐书》："乾元元年七月，上以幼女宁国公主妻回纥可汗，送至咸阳磁门驿。公主辞诀曰：'国家事重，死且无恨。'上流涕而还。"

〔三〕《诗》："谓予不信，有如皎日。"指白日：言指日以为信誓盟约也。

〔四〕左辅：谓沙苑。

〔五〕钱笺：""沙苑白沙有百馀里，'百里见积雪'，所谓'左辅白沙如白水'也。楼大防云：'回纥人衣冠皆白，故云。'此无稽之甚。""按：《旧书》："郭子仪收西京时，遇贼新店，军却，回纥望见，逾山西岭上曳白旗趋击之，贼大败。"据此，则回纥旗帜用白，"百里积雪"当谓此耳。

〔六〕《上林赋》："转腾撇冽。"孟康曰："撇冽，相撇也。"

〔七〕《述征记》："太行山首始河内，自河内至幽州，凡有八陉。"《史记》正义："在怀州河内县北二十五里，泽州之南，羊肠之道。"

〔八〕丘迟《书》："姬汉旧邦，无取杂种。"《旧唐书》："安禄山，本名乾荦山，营州柳城杂种胡人也。"又："思明，本名窣干，营州宁夷州突厥杂种胡人也。"钱笺："《安禄山事迹》：'乾元二年正月，思明于魏州自立为燕王，引兵救相州，官军败绩。九月，思明又收大梁，陷我洛阳。'故云'逾太行'、'抵京室'。"按史：二年三月，回纥与思明战相州城下，败，奔西京。至贼破东都，回纥兵必已归国矣。公诗当作于回纥未败之前，而云然者，思明来救庆绪，贼势复炽，或游军侵轶，直抵畿甸耳。

路逢襄阳杨少府入城，戏呈—作戏题四韵附呈杨四员外绾 原注："甫赴华州日，许寄员外茯苓。"
一云"许员外为求茯苓"

《旧书·杨绾传》："绾，字公权，华州华阴人。肃宗即位，绾自贼中冒难赴行在，除起居舍人、知制诰，历司勋员外郎、职方郎中。"

寄语杨员外，山寒少茯苓〔一〕。归来稍喧—云候和暖，当为厮珠玉切青冥〔二〕。翻动—作到神仙—作龙蛇窟，封题鸟兽形〔三〕。兼将老藤杖，扶汝醉初醒。

〔一〕《唐书》:"华州上辅,土贡茯苓、茯神。"《唐本草》:"茯苓第一出华山,形极粗大。雍州南山亦有,不如华山。"

〔二〕《尔雅》:"斫𣂪谓之定。"注:"锄属。"《说文》:"𣂪,斫也。"《图经本草》:"茯苓生大松下,二月、八月采,阴干。"

〔三〕《史·龟策传》:"茯苓在兔丝之下,状如飞鸟之形。"陶隐居《本草》:"茯苓皮黑而细皱,内坚白,形如鸟兽龟鳖者良。"王微《茯苓赞》:"中状鸡凫,具容龟蔡。"

赠卫八处士

卫处士:未详。师古引《唐史拾遗》作卫宾,乃伪书杜撰,今削之。

人生不相见,动如参与商〔一〕。今夕复何夕?共此灯烛光—云共宿此灯光。少壮能几时?鬓发各已苍。访旧半为鬼,惊胡俨云一作呜呼热中肠。焉知二十载,重上君子堂!昔别君未婚,男女忽成行。怡然敬父执,问我来何方。问答乃未已陈作未及已,儿女一作驱儿罗酒浆。夜雨剪春韭〔二〕,新炊间一作闻黄粱〔三〕。主称会面难,一举累十觞。十觞亦不醉一作辞,感子故意长。明日隔山岳,世事两茫茫。

〔一〕《左传》:"迁阏伯于商丘,主辰,故辰为商星;迁实沉于大夏,主参,故参为晋星。"曹植诗:"旷若参与商。"

〔二〕《郭林宗别传》:"林宗友来,夜冒雨剪韭作饼。"

〔三〕钱笺:"《招魂》'稻粱稤麦,挐黄粱些',注曰:'挐,糅也。谓饭则以粳稻糅稷,择新麦糅以黄粱,和而柔嫰且香滑也。'《本草》:'香美逾于诸粱,号为竹根黄。'按此诗'间黄粱',即挈字之意,作闻字非。"

冬末以事之东都,湖城东遇孟云卿,复归刘颢宅宿,宴饮散,因为醉歌

他本题首无"冬末以事之东都"七字。《唐书》:"湖城县,属虢州汉湖县,后改湖城。"孟云卿:见四卷。

疾风吹尘暗河县〔一〕,行子隔手不相见。湖城城南—作北,《英华》作东一开眼,驻马偶识云卿面。向—作况,非非刘颢为地主〔二〕,懒回鞭辔成高宴。刘侯叹—作欢我携客来,置酒张灯促华馔。且将款曲终今夕,休语艰难尚酣战。照室红炉簇曙光《英华》作簇曙花,紫窗素月垂文《英华》作秋,注云集作文,非练。天开地裂长安陌,寒尽春生洛阳殿〔三〕。岂知驱车复同轨?可惜刻漏随更箭〔四〕。人生会合不可常,庭树鸡鸣泪如线《英华》作霰〔五〕。

〔一〕潘岳《阳给事诔》:"轶我河县,俘我洛畿。"《水经注》:"河水又北径湖县东,故曰河县。"

〔二〕《左传》:"地主致饩。"

〔三〕按:京房《易占》"天开阳不足,地裂阴有馀",皆兵起下害上之象。二句言长安昔为贼陷,今则东都并收复也。

〔四〕陆倕《刻漏铭》:"铜史司刻,金徒抱箭。"

〔五〕张衡《古别离》:"鸡鸣庭树枝,客子振衣起。别泪落如线,相顾不能止。"《楚词》:"泪下兮如霰。"

阌乡姜七少府设鲙戏赠长歌

《元和郡国志》:"阌乡本汉湖县地,隋开皇十六年,移湖城县于今所,改名阌乡,属陕州,唐属虢州。"阌:古闅字。赵曰:"公背冬涉春,行度潼关,东至洛阳阌乡,初出潼关道也。"钱笺:"按潘岳《西征赋》'发阌乡而警策,溯黄卷以济潼',此即公往来道。"

姜侯设鲙当严冬,昨日今日皆天风。河冻未渔—作黄河美鱼。《潘淳诗话》作味鱼。不易得〔一〕,凿冰恐侵河伯宫。饔人受鱼鲛人手〔二〕,洗鱼磨刀鱼眼红。无声细下飞碎—作素雪〔三〕,有骨已剁都唾切菁即委切,又平声春葱〔四〕。偏劝腹腴愧年少〔五〕,软炊香饭缘老翁。落砧砧同何曾白纸湿?放箸未觉金盘空〔六〕。新欢便饱姜侯德,清觞异味情屡极。东归贪路自觉难〔七〕,欲别上马身无力。可怜为人好心事,于我见子真颜色。不恨我衰子贵时,怅望且为今相忆。

〔一〕《本草》:有鮛鱼出黄河口。
〔二〕《西征赋》:"饔人缕切,鸾刀若飞。"
〔三〕《七启》:"累如叠縠,散若飞雪。轻随风飞,刀不转切。"
〔四〕《广韵》:"剁,斫刓也。""菁,喙也。"剁其骨,使菁如春葱,言尖而脆也。
〔五〕《礼记》:"羞鱼冬右腴。"《说文》:"腴,腹下肥也。" 愧年少:即"艰难愧深情"意。
〔六〕《齐民要术》:"切鲙不得洗,洗则鲙湿。""落砧"拭之,白纸不湿,制治之精也;"放箸"食之,金盘不空,供具之侈也。
〔七〕潘岳《客舍议》:"行者贪路。"

戏赠阌乡秦少府 吴若作少公，陈浩然、郭知达作少翁 短歌

按："少公"即少府。《国史补》："张旭为常熟尉，有老父过状，判去。不数日，复至，乃怒责之。老父曰：'实非论事，睹少公笔迹奇妙，贵为箧笥之珍耳。'"可证唐人称尉为少公也。《太白集》有《秋日饯阳曲王赞公贾少公赴上都序》。

去年行宫当太白，朝回君是同舍客。同心不减骨肉亲，每语见许文章伯〔一〕。今日时清两京道，相逢苦觉人情好。昨夜邀欢乐更无，多才依旧能潦—作倾倒〔二〕。

〔一〕孙逖诗："海内文章伯。"
〔二〕《北史·崔瞻传》："魏天保以后重吏事，谓容止蕴藉者为潦倒，而瞻终不改焉。"

李鄠县丈人胡马行

丈人骏马名胡骝，前年避胡—作贼过金牛〔一〕。回鞭却走见天子〔二〕，朝饮汉水暮灵州〔三〕。自矜胡骝奇绝代，乘出千人万人爱。一闻说尽急难才〔四〕，转益愁向驽骀辈。头上锐耳批秋竹〔五〕，脚下高蹄削寒玉〔六〕。始知神龙别有种，不比俗—作凡马空多肉〔七〕。洛阳大道时再清，累日喜得俱东行。凤臆龙鬐《英华》作须，一作鳞，一作鳞鬐未易识〔八〕，侧身注目长风生。

〔一〕《旧唐书》:"梁州金牛县,汉葭萌地。武德二年,分绵谷县置,属褒州。后州废,属梁州。"《元和郡国志》:"汉水出嶓冢山,在金牛县东二十八里。"

〔二〕天宝十五载七月,肃宗即位灵武,故"回鞭"见之。

〔三〕《旧唐书》:"灵州大都督府,属关内道。天宝元年,改为灵武郡。乾元元年复为灵州。"

〔四〕急难才:如玄德之的颅、孙坚之骓马,皆脱主于难。

〔五〕《齐民要术》:"耳欲小而锐,如削筒,相去欲促。"《相马经》:"相马之法,先除三羸五驽。大蹄,一羸;缓耳,一驽也。"太宗《十骥颂》:"耳根纤细,杉竹难方。"

〔六〕高蹄:注见首卷。削寒玉:言其坚可以削玉也。

〔七〕《齐民要术》:"望之大,就之小,筋马也;望之小,就之大,肉马也。"

〔八〕鬐:鬣也。《晋载记》:"苻坚时,大宛献千里驹,皆汗血,朱鬣五色,凤膺麟身。"顾云《韩幹马障歌》:"麟鬐凤臆直相似。"

忆弟二首 原注:时归在南陆浑庄

《唐书》:"陆浑县,属河南府。"又伊阙县有陆浑山。

丧乱闻吾弟,饥寒傍济州〔一〕。人稀书不到,兵在见何由?忆昨狂催走〔二〕,无时病去忧。即今千种恨,惟共水东流〔三〕。

〔一〕《唐书》:"济州,属河南道,天宝十三载废济州,以所管五县入郓州。"

〔二〕狂催走:言避乱之时。

〔三〕济州在洛阳之东,公身在洛,故恨与水俱东也。

且喜河南定〔一〕,不问邺城围〔二〕。百战今谁在?三年望汝归。故园花自发,春日鸟还飞。断绝人烟久,东西消息稀。

〔一〕河南府:唐东都。
〔二〕时安庆绪弃河南,走邺城,九节度以兵围之。

得舍弟消息

乱后谁归得?他乡胜故乡。直—作若为心厄苦〔一〕,久念—作得与刊作汝存亡〔二〕。汝书犹在壁,汝妾—作室已辞房。旧犬知愁恨,垂头傍我床。

〔一〕《前秦录》:"慕容冲逼长安,苻坚登城责之曰:'群奴何为送死?'冲曰:'既厄奴苦,欲取尔相代。'"
〔二〕与存亡:与之俱为存亡也。

观　兵

北庭送壮士,貔虎数尤多。精锐旧无敌,边隅今若何〔一〕?妖氛拥白马〔二〕,元帅待雕—作彫戈〔三〕。莫守邺城下,斩鲸辽海波。

〔一〕边隅：谓邺城。凡临敌境即为边，《新婚别》"守边赴河阳"是也。
〔二〕白马：用侯景事。
〔三〕《国语》："穆公横雕戈，出见使者。"《汉书》："《古鼎铭》：赐尔旂鸾，黼黻雕戈。"师古曰："雕戈，镂刻之戈也。"

按史：乾元元年十月，李嗣业将镇西、北庭兵屯怀州，会师攻邺。史思明自范阳引兵来救庆绪，拔魏州。此诗"北庭"、"元帅"皆指嗣业，"妖氛"、"海鲸"皆指思明也。或曰"元帅"谓郭子仪。邺城之役，不立元帅，而有此称者，以收东京时子仪尝为副元帅也。旧注"北庭"谓回纥、"元帅"谓广平、"妖氛"谓吐蕃，俱极谬。又按：是时李光弼与诸将议曰："思明得魏州而按兵不动，此欲以精锐掩吾不备也。请与朔方兵同逼思明于魏州，彼惩嘉山之败，必不敢轻出。旷日引久，则邺城必拔矣。"鱼朝恩不可而止。《安禄山事迹》云："汾阳以诸将谋议不协，乃与季广琛同谋灌城。"公诗"斩鲸辽海波"，正与光弼意合，言当直捣幽燕，倾思明之巢穴，不当老师邺城之下也。使早出此计，安有滏水之溃乎？

不　归

河间尚征—作战伐〔一〕，汝骨在空城。从弟人皆有，终身恨不平。数金怜俊迈，总角爱聪明。面上三年土，春风草又生。

〔一〕《唐书》："瀛州河间郡，属河北道。"

独 立

空外一鸷鸟〔一〕，河间双白鸥。飘飖搏击便，容易往来游。草露亦多湿，蛛丝仍未收。天机近人事，独立万端忧。

〔一〕空外：犹言天外。宋之问诗："空外有飞烟。"

此诗与《郑县亭子》"巢边野雀群欺燕，花底山蜂远趁人"，皆有忧谗畏讥之意。

新安吏 原注：收京后作。虽收两京，贼犹充斥

《唐书》："新安，隋县。贞观二年，属河南府。"《九域志》："县有两乡。"钱笺："以下诸诗，皆乾元二年自华州之东都，道途所经次，感事而作也。"

客行新安道，喧呼闻点兵〔一〕。借问新安吏："县小更无丁〔二〕？""府帖—作符昨夜下〔三〕，次选中男行〔四〕。""中男绝短小，何以守王城？"肥男有母送，瘦男独伶俜。白水暮东流，青山犹—作闻哭声！莫自使眼枯，收汝泪纵横。眼枯即—作却见骨，天地终无情。我军取—作至，—作收相州，日夕望其平。岂意贼难料，归军星散营〔五〕。就粮近故垒，练卒依旧京〔六〕。掘壕不到水，牧马役亦轻。况乃王师顺，抚养甚分明。送行勿泣血—作垂泣，仆射音夜如父兄〔七〕。

〔一〕乐府《木兰诗》：" 昨夜见军帖，可汗大点兵。"

〔二〕《旧书·玄宗纪》："天宝三载，大赦天下。百姓十八以上为中男，二十三以上成丁。"

〔三〕补注：《隋书》："追东宫兵帖，上台宿卫。"《通鉴》注："兵帖，军籍也。"

〔四〕补注：顾炎武曰："《通鉴》：'建中元年，杨炎作两税，人无丁、中，以贫富为差。按唐制，人有丁、中、黄、小之分。'注曰：'天宝三载令：民十八以上为中男，二十三以上成丁。'杜诗'府帖昨夜下，次选中男行'，即此也。"

〔五〕星散营：军溃而星散屯营也。《通鉴》："九节度围邺城，自冬涉春，庆绪食尽，克在朝夕。而诸军既无统帅，城久不下，上下解体。思明自魏州引兵趋邺，每营选精骑五百，日于城下抄掠，诸军樵采甚艰，乏食思溃。三月壬申，战于安阳河北，大风昼晦，官军溃而南，贼溃而北。子仪以朔方军断河阳桥，保东京，筑南、北两城而守之。"

〔六〕旧京：东都也。此皆言子仪留守之事。

〔七〕《郭子仪传》："至德二载五月，子仪败于潏水，诣阙请贬，从司徒降为左仆射。"钱笺："汾阳在乾元初已进位中书令。此复称'仆射'者，本相州之溃，举其初贬之官，亦《春秋》书法也。《洗兵马》则目之曰'郭相'。"

潼关吏

《雍录》："潼关在华州华阴县东北三十九里。关西一里有潼水，因以为名。" 哥舒翰军败，引骑绝河，还营至潼津，收散卒，即关西之潼水也。

士卒何草草，筑城潼关道。大城铁不如〔一〕，小城万丈馀〔二〕。借问潼关吏："修关—作筑城还备胡？" 要我下马行，为我指山隅："连云列战格〔三〕，飞鸟不能逾。胡来但自守，岂复忧西都？丈—作大人视要处，窄—作穿狭容单车。艰难奋长戟，万古用一夫[四]。哀哉桃林战[五]，百万化为鱼[六]。请嘱防关将，慎勿学哥舒[七]。"

〔一〕《世说》："若汤池铁城，无可攻之势。"
〔二〕城在山上，故曰"万丈馀"。上语言坚，下语言高，其义互见。
〔三〕战格：即战栅，所以捍敌者。"连云"以下，皆设为关吏之言。
〔四〕《剑阁铭》："一人荷戟，万夫赸趄。"
〔五〕《左传》："守桃林之塞。"注："今潼关是也。"《三秦记》："桃林塞，在长安东四百里。"《元和郡国志》："桃林塞，自灵宝县以西至潼关皆是。"
〔六〕《光武纪》："赤眉在河东，但决水灌之，百万之众，可使为鱼。"
〔七〕《哥舒翰传》："翰率兵出关，次灵宝县之西原，为贼所乘，自相践蹂，坠黄河死者数万人。"

石壕吏

王应麟曰："石壕吏，盖陕州陕县之石壕镇也。《志》云石壕镇，本崤县，后魏置。贞观十四年，改名硖石县。"《一统志》："石壕在今陕州城东七十里。"钱笺："卞圜曰：'石壕，陕东戍，其地在新安西。石壕即石崤也。'按：崤在弘农黾池西北，贞观八年移崤县于安阳，城在硖城西四十里。谓石壕即石崤，误矣。梦弼云'石壕在邠州宜禄县'，尤为无稽，且非自华之东都所取道也。"

　　暮投石壕村，有吏夜捉人古叶如延切，刘子政《烈女颂》用之。老翁逾墙走，老妇出门看古叶丘虔切。苏润公本作出看门，海盐刘氏校本作出门首。吏呼一何怒，妇啼一何苦。听妇前致词，三男邺城戍叶上声。一男附书至—作到，二男新战死。存者且—作是偷生，死者长已矣！室中更无人，惟《文粹》作所有乳下孙。有孙陈浩然本作孙有母未去，出入—作更无完裙—云：孙母未便出，见吏无完裙。老妪力虽衰，请从吏夜归。急应河阳役〔一〕，犹得备晨炊。夜久语声绝，如闻泣幽咽。天明登前途，独与老翁别。

〔一〕《唐书》："河阳县，属孟州。"子仪兵既溃，用都虞候张用济策，守河阳。七月，李光弼代子仪。

新婚别

兔丝附蓬麻〔一〕，引蔓故—作固不长。嫁女与征夫，不如弃路旁。结发为妻子樊作君妻，席不暖君床。暮婚晨告别，无乃太忽忙！君行虽不远，守边赴—作戍河阳。妾身未分明，何以拜姑嫜〔二〕？父母养我时，日夜令我藏。生女有所归，鸡狗—作犬亦得将〔三〕。君今往死地浩然本作死生地，沉痛迫中肠。誓欲随君去—作往，形势反苍黄。勿为—作改新婚念，努力事戎行。妇人在军中，兵气恐不扬〔四〕。自嗟贫家女，久致—作致此罗襦裳。罗襦不复施，对君洗红妆。仰视百鸟飞，大小必双翔。人事—作生多错迕〔五〕，与君永相望。

〔一〕《诗》注："女萝：兔丝，松萝也。"《尔雅》："唐、蒙，女萝。女萝，兔丝。"按：诸家《本草》，兔丝并无女萝之名，惟松萝一名女萝。陆玑《诗疏》：

"兔丝,蔓生草上,黄赤如金。松萝,蔓延松上,生枝正青。"陆佃《埤雅》:"在木为女萝,在草为兔丝。"可证二者同类而有别。古诗:"与君为新婚,兔丝附女萝。"善注:"古今方俗,名草不同,然是异草,故曰附。"此解甚明。

〔二〕《汉书》:"背尊章,嫖以忽。"师古曰:"尊章,谓舅姑也。章与嫜通。"陈琳诗:"善事新姑嫜。"

〔三〕言妇人从夫,虽嫁鸡狗,亦得相将以俱往。赵注引"百两将之",误矣。

〔四〕《李陵传》:"'我士气少衰而鼓不起者,何也?军中岂有女子乎?'搜得,皆斩之。"

〔五〕《风赋》:"回穴错迕。"注:"错杂交迕也。"

垂老别

四郊未宁静,垂老—作死不得安。子孙阵亡尽,焉用身独完?投杖出门去,同行为辛酸。幸有牙齿存—作好,所悲骨髓—作肉干。男儿既介胄,长揖别上官〔一〕。老妻卧路啼,岁暮衣裳单。孰知是死别,且复伤其寒。此去必不归,还闻劝加餐〔二〕。土门壁甚坚〔三〕,杏园度亦难〔四〕。势异邺城下,纵死时犹宽。人生有离合,岂择衰老—作盛端!忆昔少壮日,迟回竟长叹。万国尽征戍,烽火被冈峦。积尸草木腥,流血川原丹。何乡为乐土,安敢尚盘桓?弃绝蓬室居,塌然摧肺肝〔五〕!

〔一〕《周亚夫传》:"亚夫持兵,揖曰:介胄之士不拜。"

〔二〕夫伤妻寒、妻劝夫餐,皆永诀之词。

〔三〕《唐书》:"镇州获鹿县有土门关,即旧井陉关。"《元和郡县志》:"恒州有井陉县。井陉口,今名土门口,在获鹿县西南十里,即太行八陉之第五陉也。"《安禄山传》:"李光弼出土门,救常山郡。"

〔四〕《九域志》:"卫州汲县有杏园镇。"《旧唐书》:"郭子仪自杏园渡河围卫州。"又:"董秦为濮州刺史,移镇杏园。"时子仪、光弼相继守河阳,土门、杏园皆在河北,故须严备。旧注谬极。

〔五〕"土门"四句,宽解其妻。"人生"以下,又自为宽解,而终之以决绝。

无家别

寂寞天宝后,园庐但蒿藜。我里百—作万馀家,世乱各东西。存者无消息,死者为—作委尘泥。贱子因阵败,归来寻旧—作故蹊。久行见空巷,日瘦气惨凄。但对狐与狸,竖毛怒我啼。四邻何所有?一二老寡妻。宿鸟恋本枝,安辞且穷栖?方春独荷锄,日暮还灌畦。县令知我至,召令习鼓鞞与鼙同。虽从本州役〔一〕,内顾无所携。近行止一身,远去终转迷。家乡既荡尽,远近理亦齐。永痛长病母,五年委沟溪。生我不得力,终身两酸嘶。人生无家别,何以为蒸黎?

〔一〕卢谌诗:"谬充本州役。"

夏日叹

夏日出东北,陵天经晋作经天陵中街〔一〕。朱光彻厚地〔二〕,

郁蒸何由开？上苍久无雷，无乃号令乖〔三〕？雨降不濡物，良田起黄埃。飞鸟苦热死，池鱼涸其泥。万人尚流冗〔四〕，举目惟蒿莱。至今大河北，化—作尽作虎与豺。浩荡想幽蓟〔五〕，王师安在哉？对食不能餐，我心殊未谐。眇然贞观初，难与数子偕〔六〕。

〔一〕钱笺："《汉·天文志》：'日有中道，月有九行。中道者黄道，一曰光道。北至东井，去北极近。南至牵牛，去北极远。东至角，西至娄，去极中。夏至至于东井，北近极，故暑短。冬至至于牵牛，远极，故暑长。日，阳也，阳用事则日进而北，昼进而长，阳胜，故为温暑。阴用事则日退而南，昼退而短，阴胜，故为凉寒也。'又曰：'日冬则南，夏则北。日之所行为中道，月、五星皆随之。'"按："中街"即中道也。《天官书》有街南、街北。街南，毕主之。街北，昴主之。

〔二〕《楚词》："阳杲杲其朱光。"张协诗："朱光驰北陆。"翰曰："朱光，日也。"

〔三〕《后汉·郎𫖮传》："《易传》曰：当雷不雷，阳德弱也。雷者号令，其德生养。"

〔四〕《汉书》："谷永《疏》：流散冗食，饿死于道，以百万数。""成帝《诏》：水旱为灾，关东流冗者众。"

〔五〕《唐书》："幽州范阳郡，蓟州渔阳郡，俱属河北道。"

〔六〕贞观数子：谓长孙、房、魏之流。

按：《旧书》："乾元二年四月癸亥，以久旱徙市，雩祭祈雨。"又《通鉴》："时天下饥馑，九节度围邺城，诸军乏食，人思自溃。"与诗中"上苍久无雷"及"流冗"、"豺虎"等语正合。

夏夜叹

永日不可暮,炎蒸毒我_{一作中}肠。安得万里风,飘飖吹我裳？昊天出华月,茂林延疏光〔一〕。仲夏苦夜短,开轩纳微凉。虚明见纤毫,羽虫亦飞扬〔二〕。物情无巨细,自适固其常。念彼荷戈士,穷年守边疆。何由一洗濯,执热互相望〔三〕！竟夕击刁斗〔四〕,喧声连万方。青紫虽被体〔五〕,不如早还乡。北城悲笳发,鹳鹤号且翔。况复烦促倦〔六〕,激烈思时康。

〔一〕江淹诗:"华月照芳池。"
〔二〕《诗》:"熠耀宵行。"注:"宵行,羽虫也。"
〔三〕钟惺曰:"考亭解诗,'执热'作执持之执。今人以水濯手,岂便能执持热物乎？盖热曰'执热',犹云热不可解,此古文用字奥处。濯即洗濯之濯,浴可解热也。杜诗屡用'执热'字,皆作实用,是一证据。"
〔四〕《汉书》注:"以铜作鐎,受一斗,昼炊饭食,夜击持行,名曰刁斗。"
〔五〕《通鉴》:"至德二载,郭子仪败于清渠,复以官爵收散卒。由是应募入军者,一切衣金紫。"
〔六〕张华诗:"烦促每有馀。"

立秋后题

《唐书》本传:"甫为华州司功,属关辅饥,弃官客秦州。"此诗盖欲弃官时作。

日月不相饶,节序昨夜隔。玄蝉无停号,秋燕已如客。平生独往愿,惆怅年半百。罢官亦由人,何事拘形役?

贻阮隐居昉

陈留风俗衰,人物世不数〔一〕。塞上得阮生〔二〕,迥继先父祖。贫知静者性,自晋作白益毛发古。车马入邻家,蓬蒿翳环堵〔三〕。清诗近道要,识子一作字,非用心苦。寻我草径微,褰裳踏寒雨。更议居远村,避喧甘猛虎。足明箕颍客,荣贵如粪土。

〔一〕《晋书》:"阮籍,字嗣宗,陈留尉氏人也。父瑀,魏丞相掾。子浑,侄咸,咸子瞻,瞻弟孚,咸从子修孚,族弟放,放弟裕,皆知名。"《唐·艺文志》有圈称《陈留风俗传》三卷。

〔二〕塞上:谓秦陇。按:《古今注》:"塞者,所以壅塞夷狄也。"公秦州、夔州诗,每用"塞上"字,盖秦界羌夷,夔界五溪蛮,二州皆有关隘之设。

〔三〕《高士传》:"张仲蔚所居,蓬蒿没人。"

遣兴三首

下马古战场,四顾但茫然。风悲浮云去,黄叶坠一作堕我前。朽骨穴蝼蚁〔一〕,又为蔓草缠〔二〕。故老行叹息,今人尚开边。汉虏互胜负樊作失约,封疆不常全。安得廉颇一作耻,非将〔三〕,三军同晏眠?

〔一〕《庄子》："在上为乌鸢食，在下为蝼蚁食。"
〔二〕《恨赋》："蔓草萦骨，拱木敛魂。"
〔三〕廉颇老将，以安边为务者，故感战场而思之。

高秋登塞—作寒山，南望马邑州〔一〕。降虏东击胡〔二〕，壮健尽不留。穹庐莽牢落〔三〕，上有行云愁。老弱哭道路，愿闻甲兵休。邺中事反覆，死人积如丘。诸将已茅土，载驱谁与谋〔四〕？

〔一〕《唐书》："羁縻州内有马邑州，开元十七年置，在秦、成二州山谷间。宝应元年，徙于成之盐井故城，隶秦州都督府。"
〔二〕降虏：谓秦陇间属夷调发讨贼者。旧注指回纥，非。
〔三〕《汉书》注："穹庐，旃帐也，其形穹隆然。"
〔四〕茅土：注见二卷。　**补注**：此疑为仆固怀恩而发。考史：乾元二年七月，怀恩进封大宁郡王。

丰年孰—云既云迟？甘泽不在早。耕田秋雨足，禾黍已映道。春苗九月交，颜色同日老。劝汝衡门士，勿悲尚枯槁。时来展才力，先后无丑好。但讶鹿皮翁，忘机对芳—作芝草〔一〕。

〔一〕《列仙传》："鹿皮翁，淄川人也，少为府小吏，举手成器。岑山上有神泉，人不能到。小吏白府君，请木工斧斤三十人，作转轮悬阁。数十日，梯道成，上其巅作祠屋，留止其旁。食芝草，饮神泉，七十馀年。淄水来山下，呼宗族家室，令上山半。水出，尽漂一郡，没者万计。小吏辞遣宗家，令下山，着鹿皮衣去，复上阁。后百馀年，下，卖药齐市。"

昔　游

　　昔谒华盖君[一]，深求洞宫脚陈作绿袍昆玉脚[二]。玉陈作人棺已上天[三]，白日亦寂一作冥寞。暮升艮岑一作峰顶，巾几犹未却。弟子四五人，入来泪俱落。余时游名山，发轫在远壑[四]。良觌违夙愿，含凄向寥廓。林昏罢幽磬，竟夜伏石阁。王乔下天坛[五]，微月映皓鹤。晨溪向一作响虚驶音快，一作驶[六]，归径行已昨。岂辞青鞋胝？怅望一作惆怅金匕药[七]。东蒙赴旧隐，尚忆同志乐。伏事董先生[八]，于今独萧索。胡为客关塞，道意久衰薄。妻子亦何人，丹砂负前诺[九]。虽悲发鬓音轸变吴本作发变鬓，一云鬓发变[一〇]，未忧筋力弱。扶一作杖藜望清秋，有兴入庐霍[一一]。

　　〔一〕钱笺："《葛仙翁传》：'昆仑山，一曰华盖天柱，仙人所居。'《清虚真人王君内传》：'诣赤台童子、华盖上公，授以五云夜光、云琅木霜。'《洞天福地记》：'华盖山周回四十里，名曰容成太玉之天，在温州永嘉县，仙人修羊公治之。'"

　　〔二〕《真诰》："厚载之中，有洞天三十六所。八海中诸山亦有洞宫，或方千里、五百里。五岳名山，皆有洞宫，或三十里，并三千里。"

　　〔三〕《后汉·王乔传》："天下玉棺于堂前，吏人推排，终不摇动。乔曰：'天帝独召我耶？'乃沐浴服饰寝其中，盖便立覆。"

　　〔四〕《离骚》："朝发轫于苍梧兮。"注："轫，搘车木。"

　　〔五〕王子乔乘白鹤，见二卷。《寰宇记》："王子乔天坛，在缑氏县东南六里。"嵇康《琴赋》："王乔披云而下坠。"孙绰《天台赋》："王乔控鹤以冲天。"

　　〔六〕驶：溪流之疾也。

〔七〕鲍照乐府:"金鼎玉匕合神丹。"

〔八〕陆机诗:"谁谓伏事浅?"

〔九〕丹砂:用葛洪事,见一卷。

〔一〇〕谢朓诗:"谁能鬓不变?"注:"鬓,黑发也。"

〔一一〕《水经注》:"孙放《庐山赋》曰:'寻阳郡南有庐山,九江之镇也。临彭蠡之泽,接平敞之原。'《开山图》曰:'山周四百馀里。'"①《尔雅》:"霍山为南岳。"注:"在庐江西。"又,衡山一名霍山。谢灵运诗:"息必庐霍期。"

《昔游》诗当与七古《忆昔行》互证。《昔游》者,纪游王屋山与东蒙山之事也。华盖君犹《太白集》之丹丘子,盖开元、天宝间道士,隐于王屋者,不必求华盖所在以实之也。诗云"深求洞宫脚","洞宫"即《忆昔行》所云"北寻小有洞"也;脚,山足也。洞在王屋艮岑,即王屋山东北之岑也。"天坛"亦在王屋,《地志》"王屋山绝顶曰天坛,济水发源处"是也。王屋在大河之北,故《忆昔行》曰"洪河怒涛过轻舸"也。公至王屋,时值其人已羽化,故《忆昔行》曰"辛勤不见华盖君"也。此云"弟子四五人,入来泪俱落",《忆昔行》曰"弟子谁依白茅屋?卢老独启青铜锁","卢老"正"四五人"之一也。华盖君既不得见,于是含凄天坛,怅望匕药,而复为东蒙之游焉。"东蒙旧隐"即《玄都坛歌》所谓"故人昔隐东蒙峰"者也。公客东蒙,与太白诸人同游好,所谓"同志乐"也。其时之伏事者"董先生",董先生即衡阳董炼师也。汉武移南岳于霍山,故衡、霍之称相乱。"杖藜望清秋,有兴入庐霍",即《忆昔行》所谓"更讨衡阳董炼师,南浮早鼓潇湘舵"也。旧注之谬,何啻千里!

佳　人

绝代有佳人,幽居在空—作山谷。自云良家子,零落依草

---

① "开山图",底本缺"山"字,据《水经注》补。

木。关中昔丧败,兄弟遭杀戮。官高何足论?不得收骨肉。世情恶衰歇,万事随转烛。夫婿轻薄儿,新人美吴作已如玉。合昏尚知时〔一〕,鸳鸯不独宿〔二〕。但见新人笑,那闻旧人哭!在山泉水清,出山泉水浊〔三〕。侍婢卖珠回〔四〕,牵萝补茅屋〔五〕。摘花不插发—作髻,—作鬟,采柏动盈掬—作握。天寒翠袖薄,日暮倚修竹。

〔一〕陆倕《漏刻铭》:"合昏暮卷。"善曰:"周处《风土记》:合昏,槿也,叶晨舒而昏合。"《唐本草》:"合欢,即夜合,叶极细,花红白色,上有丝茸,秋实作荚子,一名合昏。"
〔二〕江总《闺怨》:"池上鸳鸯不独宿。"
〔三〕"泉清"、"泉浊"以比妇人居室则妍华,弃外则憔悴也。
〔四〕《东方朔传》:"董偃母以卖珠为事。"
〔五〕梁昭明太子诗:"牵萝下石磴。"

梦李白二首

曾巩《李白集序》:"白卧庐山,永王璘迫致之。璘败,白坐系浔阳狱,得释。乾元元年,终以污璘事长流夜郎。至巫山,以赦得还。"

死别已吞声,生别常恻恻。江南瘴疠地,逐—作远客无消息。故人入我梦,明我长相忆。恐非平生魂,路远—作迷不可测。魂来枫林青,魂返关塞黑。君今在罗网,何以有羽翼〔一〕?落月满屋梁,犹疑照—作见颜色〔二〕。水深波浪阔,无使蛟龙得。

〔一〕古诗"既来不须臾,又不处重闱。亮无晨风翼,焉能凌风飞",是"魂来"四句所本。

〔二〕杨慎曰:"'落月'二句,言梦中见之而觉其犹在,即所谓'梦中魂魄犹言是,觉后精神尚未回'也。蔡絛'传神'之说非是。"又曰:"谢灵运诗'明月入绮窗,仿佛想蕙质',乃工部'落月屋梁'之所祖。"

浮云终日行,游子久不至。三夜频梦君,情亲见君意。告归常局促,苦道来不易。江湖多风波,舟楫恐失坠。出门搔白首,若负平生志。冠盖满京华,斯人独憔悴。孰云网恢恢?将老身—作才反累。千秋万岁名,寂寞身后事。

有怀台州郑十八司户

天台隔三江—云江海〔一〕,风浪无晨暮。郑公纵得归,老病不识路。昔如水上鸥,今如樊作为罝中兔。性命由他人,悲辛但狂顾。山鬼独一脚〔二〕,蝮蛇长如树〔三〕。呼号傍孤城,岁月谁与度?从来御魑魅,多为—作被才名误。夫子嵇阮流,更被—作遭时俗恶。海隅微小吏,眼暗发垂素。黄帽映—作鸠扶近青袍,非供折腰具〔四〕。平生一杯酒,见我故人遇。相望无所成,乾坤莽回互〔五〕。

〔一〕《尔雅》注:"三江,岷江、浙江、松江也。"一曰浙江、松江、浦阳江为三江。

〔二〕《博物志》:"一足曰夔,魍魉也,越人谓之山魈。"或作猱。《述异记》："山鬼,岭南所在有之,独足,反踵。"

〔三〕《山海经》："蝮蛇,色如绶文,大者百馀斤,一名反鼻蛇。"《朝野佥载》："山南五溪黔中皆有蝮蛇,其牙倒勾,去人百步,直来疾如激箭,螫人立死。"

〔四〕《陶潜传》："吾不能为五斗米折腰,拳拳向州里小儿。"

〔五〕《海赋》："乖蛮隔夷,回互万里。"

遣兴五首

旧本以"今我日夜忧"三首,合"蛰龙三冬卧"二首,共为五首。"陶潜避俗翁"三首,次"地用莫如马"之后,共为五首。今从黄鹤本编。

蛰龙三冬卧,老鹤万里心〔一〕。昔时贤俊人,未遇犹视今〔二〕。嵇康不得死,孔明有知音〔三〕。又如垄坻—作底松〔四〕,用舍在所寻。大哉霜雪干,岁久为枯林〔五〕。

〔一〕《舞鹤赋》："结长悲于万里。"

〔二〕《京房传》："臣恐后之视今,犹今之视前也。"

〔三〕《晋书》："钟会言于文帝曰:'嵇康,卧龙也,不可起。公无忧天下,顾以康为虑耳。'因潜康欲助毌丘俭,杀之。"言同名"卧龙",而遇不遇有异。

〔四〕《鹪鹩赋》："慕陇坻之高松。"

〔五〕言松在陇底,必匠石寻求乃得之,不用则栋梁之干,久成枯株。士之有才而为世所弃者,何以异此?

昔者—作在昔庞德公,未曾入州府〔一〕。襄阳耆旧间,处士节独苦。岂无济时策—作术？终竟畏罗罟—作终岁畏罪罟。林茂鸟有归，水深鱼知聚〔一〕。举家隐鹿门，刘表焉得取？

〔一〕《后汉书》："庞德公居岘山南，未尝入城府。荆州刺史刘表就候之，谓曰：'夫保全一身，孰若保全天下乎？'庞公笑曰：'鸿鹄巢于高林，暮而得所栖。鼋鼍穴于深渊，夕而得所宿。夫趣舍行止，亦人之巢穴也，且各得其栖而已。'因释耕垄上，表叹息而去。后遂携妻子登鹿门山采药不返。"
〔二〕《芥隐笔记》："《淮南子》'水深则鱼聚，木茂则鸟乐'，所以老杜有'林茂'、'水深'之句。"按：此二句正暗用庞公语。

陶潜避俗翁，未必能达道。观其著诗集，颇亦恨枯槁〔一〕。达生岂是足？默识盖不早。有子贤与愚，何其挂怀抱〔二〕！

〔一〕陶潜诗："颜生故为仁，荣公言有道。屡空不获年，长饥至于老。虽留身后名，一生亦枯槁。"
〔二〕《山谷诗话》："渊明有《与五子疏》，又有《命子》《责子》诗。想见其人，岂弟慈祥，虽谑可观也。俗人便谓渊明子皆不肖，愁叹见于诗，所谓痴儿前不得说梦。" 赵次公曰："因读陶而有悟，故作此诗，非真诋陶也。"

贺公雅吴语〔一〕，在位常清狂〔二〕。上疏乞骸骨，黄冠归故乡〔三〕。爽气不可致〔四〕，斯人今则亡。山阴一茅宇，江海日清凉。

〔一〕《世说》："刘真长见王丞相，出，人问云何，答曰：'未见他异，唯闻作吴语耳。'"

〔二〕《旧唐书》:"贺知章为礼部侍郎,取舍非允,门荫子弟喧诉盈庭。于是以梯登墙,首出决事,时人咸嗤之。晚年尤加纵诞,自号四明狂客,又称秘书外监。天宝三载,因病恍惚,乃上疏请度为道士,求还乡里,仍舍本乡宅为观,上许之。"

〔三〕《礼·郊特牲》:"野夫黄冠。黄冠,草服也。"

〔四〕《世说》:"王徽之以手板拄颊云:西山朝来,致有爽气。"

吾怜孟浩然[一],裋_{郭作短}褐即长夜。赋诗何必多,往往凌鲍谢。清江空旧鱼_{一作旧美鱼}[二],春雨馀甘蔗[三]。每望东南云,令人几悲咤_{陟驾切,正作诧}[四]。

〔一〕《旧唐书》:"孟浩然隐鹿门山,以诗自适。年四十游京师,应进士不第,还襄阳,卒。"

〔二〕浩然诗:"试垂竹竿钓,果见查头鳊。"

〔三〕王士源《浩然集序》:"灌园艺圃以全高。"空旧鱼、馀甘蔗:叹其人之不得见也。

〔四〕郭璞诗:"抚心独悲咤。"

遣兴二首

天用莫如龙[一],有时系扶桑[二]。顿辔海徒涌,神人身更长[三]。性命苟不存,英雄徒自强。吞声勿复道,真宰意茫茫[四]。

〔一〕《汉·食货志》:"天用莫如龙,地用莫如马,人用莫如龟。"

〔二〕《十洲记》:"扶桑在碧海中,树长数千丈,一千馀围,两两同根,更相依倚,故名扶桑。"钱笺:"《淮南子》:'日登于扶桑之上,是谓朏明。爰止羲和,爰息六螭,是谓悬车。'注:'六螭,即六龙也。日乘车,驾以六龙,羲和御之。'刘向《九叹》:'维六龙于扶桑。'洪兴祖《补注》:'《春秋命历序》曰:皇伯登扶桑之阳,驾六龙以上下。'曹植《与吴质书》:'思抑六龙之首,顿羲和之辔。'陶潜《读山海经》诗:'灵人侍丹池,朝朝为日浴。'"

〔三〕《神异经》:"西北海外有人焉,长二千里,两脚中间相去千里,腹围一千五百里。"

〔四〕真宰:注见二卷。

六龙本以驾日,有时恃其强阳,则顿辔扶桑之上,徒使海波鼎沸,神人之力更足以制之。此可见人臣而敢行称乱者,虽英雄自命,终必不保其身。事后饮泣,亦何及矣!且天意茫茫,非可妄觊,彼独不以顿辔扶桑为惧乎?此诗乃深警禄山之徒。或曰为仆固怀恩而发也,怀恩既反,代宗使裴遵庆谕之,怀恩抱其足而号泣,所以有"吞声"之句。

地用莫如马,无良复谁记〔一〕?此日千里鸣,追风可君意〔二〕。君看渥洼种,态与驽骀异。不杂—作在蹄啮间,逍遥有能事。

〔一〕谢瞻诗:"蹇步愧无良。"一云:"良,王良也。"
〔二〕追风:注见二卷。

渥洼之种,既非驽骀,又不杂蹄啮,所谓"追风可君意"者也。当时惟郭子仪、李光弼足以语此。肃宗不能专任,公诗盖以风之。

遣兴五首

朔风飘胡雁,惨澹带砂砾。长林何萧萧,秋草萋更碧。北里富薰天[一],高楼夜吹笛。焉知南邻客[二],九月犹绨绤!

〔一〕《甘泉赋》:"燎薰皇天。"
〔二〕左思诗:"南邻击钟鼓,北里吹笙竽。"

长陵锐头儿[一],出猎待明发。䪠—作鞬弓金爪镝[二],白马蹴微雪。未知所驰逐,但见暮光灭。归来悬两狼[三],门户有旌节[四]。

〔一〕《汉书》:"高祖葬长陵。"《长安志》:"在咸阳县东三十五里。"钱笺:"《春秋后语》:'平原君曰:渑池之会,臣观武安君小头而锐,瞳子黑白分明,瞻视不常,难与争锋,惟廉颇足以当之。'"
〔二〕《诗》:"骍骍角弓。"注:"调利也。"梁元帝诗:"金爪斗鸡场。"金爪镝:言箭镞之利,如金爪然。
〔三〕《诗》:"并驱从两狼兮。"
〔四〕《唐书·百官志》:"节度使赐双旌双节,行则建节树六纛。"《车服志》:"大将出,赐旌以专赏,节以专杀。旌以绛帛五丈,粉画虎,有铜龙一,首缠绯幡,紫缣为袋,油囊为表。节垂画木盘,相去数寸,隅垂尺麻,馀与旌同。"

漆有用而割,膏以明自煎[一]。兰摧白露下,桂折秋风前[二]。府中罗旧尹,沙道尚依然[三]。赫赫萧京兆,今为时所怜[四]。

〔一〕《庄子》："山木自寇也，膏火自煎也。桂可食，故伐之。漆可用，故割之。"《汉书》："龚胜卒，有一老父来吊，哭甚哀。既而曰：'嗟乎！薰以香自烧，膏以明自消，龚生竟夭天年，非吾徒也。'"

〔二〕《世说》："宁为兰摧玉折，不作萧敷艾荣。"

〔三〕《唐国史补》："凡宰相礼绝班行，府县载沙填路，自私第至于城东街，号曰沙路。"

〔四〕《汉书》："成帝时童谣：故为人所羡，今为人所怜。"

钱笺："李德裕《明皇十七事》：'源乾曜奏事称旨，上骤用之，谓高力士曰："吾拔用乾曜，以其容貌言语类萧至忠也。"力士曰："至忠不常负陛下乎？"帝曰："至忠晚乃谬计耳。其初立朝，得不谓贤相乎？"'东坡曰：'明皇虽诛至忠，然甚怀之。侯君集云：蹉跌至此，至忠亦蹉跌者耶？故子美亦哀之。'按萧至忠未尝官京兆尹，若以萧望之喻至忠，则望之为左冯翊，非京兆也。天宝八载，京兆尹萧炅坐赃，左迁汝阴太守。史称京兆尹萧炅、御史中丞宋浑，皆林甫所亲善，国忠皆诬奏谴逐，林甫不能救。则所谓'萧京兆'者，盖炅也。《通鉴》：'萧炅为河南尹，尝坐事，西台遣吉温往按之。温后为万年县丞，未几，炅拜京兆尹。高力士权移将相，炅亲附之，温尤与之善，遂相结为胶漆。'其事详《旧书·吉温传》中。炅先代裴耀卿为江淮转运使，林甫引为户部侍郎，又拜河西节度。开元二十七年，吐蕃寇白草①、安人等军，炅击败之。则所谓'赫赫萧京兆'者，亦可想见矣。唐京兆尹多宰相私人，相与附丽，若炅与鲜于仲通辈皆是，故曰'府中罗旧尹，沙道尚依然'也。今为时所怜哀之，亦刺之也。东坡解此诗未当，当是伪托耳。"按：梦弼注引于兢《大唐传》"天宝三年，因萧京兆炅奏，于要路筑甬道，载沙实之，属于朝堂"，此诗"萧京兆"承上"沙道"言之，其为炅发无疑。

猛虎凭其威，往往遭急缚〔一〕。雷吼徒咆哮，枝撑已在脚。

---

① "白草"，《旧唐书校勘记》云当作"白水"。

忽看皮寝处〔二〕,无复睛闪烁。人有甚于斯,足以劝—作戒元恶。

〔一〕《后汉·吕布传》:"缚虎不得不急。"
〔二〕《左传》:"譬于禽兽,臣食其肉,而寝处其皮矣。"

朝逢—作送富家葬,前后皆—作见辉光。共指亲戚大,缌麻百夫行。送者各有死,不须羡其强。君看束练—作缚去,亦得归山冈〔一〕。

〔一〕《吴志》:"孙峻杀诸葛恪,以苇席裹其身,用篾束其腰,投之于石子冈。"

后出塞五首

男儿生世间,及壮当封侯。战伐有功业,焉能守旧丘〔一〕?召赵作占募赴蓟门〔二〕,军动不可留。千金装马鞭—作鞯,百金装刀头〔三〕。闾里送我行,亲戚拥道周。班白居上列,酒酣进庶羞。少年别有赠,含笑看吴钩〔四〕。

〔一〕鲍照诗:"复得还旧丘。"
〔二〕《水经注》:"武王封尧后于蓟,今城内西南隅有蓟丘,因名蓟门。"
〔三〕《木兰诗》:"西市买马鞭,南市买辔头。"
〔四〕《吴越春秋》:"阖闾命于国中作金钩,令曰:'能为善钩者,赏百金。'有人杀其二子,以血衅金,成二钩,献之。王曰:'何以异于众钩乎?'钩师呼二子名:'吴鸿、扈稽,我在此,王不知汝之神也。'声绝于口,两钩俱飞,着父之胸。吴王大惊，赏之百金。"《吴都赋》："吴钩越棘，纯钩湛卢。"《梦溪笔谈》："吴钩，刀名也，刃弯。今南蛮用之，谓之葛党刀。"言其诀别亲故时，意气之壮如此。

朝进东门营一作营门，暮上河阳桥〔一〕。落日照大旗，马鸣风萧萧。平沙列万幕，部伍各见招〔二〕。中天悬明月，令严夜寂寥。悲笳数声动〔三〕，壮士惨不骄。借问大将谁？恐是霍嫖姚〔四〕。

〔一〕钱笺："《水经注》：'谷水又东屈而径建春门石桥下，即上东门。'阮嗣宗诗云'步出上东门'者也。《寰宇记》：'上东门，洛阳东面门也，后又改为东阳门。'《通鉴》注：'上东门之地，唐为镇。'《通典》：'河阳县古孟津，后亦曰富平津，跨河有浮桥，即杜预所建。'《元和郡国志》：'河阳浮桥，驾黄河为之，以船为脚，竹笮亘之。'"

〔二〕部伍：部曲行伍也。军士至日暮，各相招认，以居其幕。

〔三〕李陵《书》："胡笳互动，牧马悲鸣。"

〔四〕《汉书》："霍去病再从大将军出塞，为嫖姚校尉。"胡仔曰："《汉书》嫖姚，服虔：'音飘飖。'颜师古：'音嫖，频妙反；姚，羊召反。'荀悦《汉纪》又作'票鹞'云。今读音为飘遥，不当义。子美诗每作平声用，盖取服虔音耳。"按：梁萧子显《日出东南隅行》押"霄"字韵，而云"汉马三万匹，夫婿仕嫖姚"。周庾信《画屏风诗》押"飘"字韵，末云"寒衣须及早，将寄霍嫖姚"，则二字作平声用，在公前已然矣。

古人重守边，今人重高勋。岂知英雄主，出师亘《英华》作直长云。六合已一家，四夷且孤军。遂使貔樊作螭虎士〔一〕，奋身勇所闻。拔剑击大荒〔二〕，日收胡马群。誓开玄冥北〔三〕，持以奉吾君。

〔一〕《说文》:"貙,豹属,出貂国,一名执夷。"
〔二〕大荒:注见二卷。
〔三〕《帝王世纪》:"帝颛顼以水承金,位在北方,其神玄冥。"

献凯日继踵,两蕃静无虞〔一〕。渔阳豪侠地〔二〕,击鼓吹笙竽。云帆转辽海,粳稻来东吴〔三〕。越罗与楚练〔四〕,照耀舆台躯〔五〕。主将位益崇〔六〕,气骄凌上都。边人不敢议,议者死路衢〔七〕。

〔一〕《旧唐书·北狄传》:"奚与契丹,两国常递为表里,号曰两蕃。"《新书·安禄山传》:"天宝元年,押两蕃、渤海、黑水四府经略使。四载,奚、契丹杀公主以叛,禄山幸邀功,肆其侵,起兵击之。八月,绐契丹诸酋,大置酒毒焉。既酣,悉斩其首,先杀数千人,献馘阙下。"《通鉴》:"十三载四月,禄山奏击破奚、契丹,虏其王李日越。十四载四月,奏破奚、契丹。"《安禄山事迹》:"禄山诱降阿布思部落,执其男女一万口,送于京师,玄宗御勤政楼受之。又遣其子庆绪献奚、契丹生口三千人,金银、锦罽、驼马、奚车,布于阙下。玄宗大悦,张乐以会将士。"

〔二〕《汉书》:"渔阳郡属幽州,领县十二。"

〔三〕辽东南临渤海,故曰"辽海"。《杜诗博议》:"《昔游》诗'幽燕盛用武,供给亦劳哉。吴门转粟帛,泛海陵蓬莱',与此诗'云帆转辽海,粳稻来东吴'皆记天宝间海运事也。愚谓海运当始于隋大业中。《北史·来护儿传》:辽东之役,护儿率楼船指沧海,入自浿水。时护儿从江都进兵,则当出成山大洋,转登莱,向辽海也。唐太宗屡讨高丽,舟师皆出莱州,其馈运当从隋故道。骆宾王《讨武曌檄》云'海陵红粟,仓庾之积靡穷',盖隋唐时于扬州置仓,以备海运,馈东北边。禄山镇范阳,蕃汉士马居天下之半,江淮輓输,千里不绝。所云'云帆转辽海'者,自辽西转馈北平也。"

〔四〕《唐书》:"越州土贡花文、宝花等罗。"《左传》:"楚使邓廖帅组甲三百,被练三千,以侵吴。"注:"组甲,漆甲为组文。被练,练袍。"

〔五〕士臣皂,皂臣舆,舆臣隶,隶臣僚,僚臣仆,仆臣台。

〔六〕《旧唐书》:"天宝十三载二月,禄山奏前后立功将士,请超三资,告身仍望好写。于是超授将军五百餘人,中郎将三千餘人。"《唐书》:"天宝七载,禄山赐铁券,封柳城郡公。九载,进爵东平郡王。"《通鉴》:"唐将帅封王自此始。"

〔七〕《安禄山事迹》:"禄山自归范阳,逆节渐露。使者至,称疾不迎,成备而后见之,无复臣礼。或言禄山反者,玄宗必缚送之。道路相目,无敢言者。"

我本良家子,出师亦多门。将骄益愁思,身贵不足论。跃马二十年〔一〕,恐辜本作孤,俗作辜明主恩。坐见幽州骑,长驱河洛昏〔二〕。中夜间道归,故里但空村。恶名幸脱免,穷老无儿孙〔三〕。

〔一〕《蔡泽传》:"跃马疾驱,四十三年足矣。"

〔二〕《安禄山事迹》:"禄山养同罗、奚、契丹八千餘名曳落河,又畜单于护真大马习战斗者数万匹。十四载十一月九日,遂起兵反,马步相兼二十万,鼓行而西。"

〔三〕《东坡志林》:"禄山反时,其将校有脱身归国而贼尽杀其妻子者,不知其姓名,可恨也。"

按:玄宗季年,哥舒翰贪功于吐蕃,安禄山构祸于契丹,于是征调半天下。《前出塞》为哥舒翰,《后出塞》为禄山发也。

杜工部诗集卷之六

乾元中,公客秦州作。

秦州杂诗二十首

《旧唐书》:"秦州在京师西七百八十里。"

满目悲生事,因人作远游。迟回度陇怯〔一〕,浩荡及_{一作入}关愁〔二〕。水落鱼龙夜〔三〕,山空_{一作通}鸟鼠秋〔四〕。西征问烽火,心折此淹留〔五〕。

〔一〕《说文》:"陇,天水大坂也。"《晋地道记》①:"汉阳有大坂,名曰陇坻,亦曰陇山。"《三秦记》:"陇坂九回,不知高几里,欲上者七日乃得越。"
〔二〕《晋地道记》:"汉于汧县置陇关,西当戎翟,今名大震关。"《唐书》:"陇州汧源县西有安戎关,在陇山,本大震关,大中间更名。"
〔三〕《水经注》:"汧水出汧县西山,世谓之小陇山。其水东北流,历涧注以成渊,潭涨不测,出五色鱼,俗以为龙而莫敢采捕,因谓鱼龙水,亦通谓之鱼龙川。"《旧唐书》:"贞观四年十月,上幸陇州,校猎于鱼龙川。"
〔四〕《水经》:"渭水出陇西首阳县渭谷亭南鸟鼠山,《禹贡》所谓'渭出鸟鼠'者也。"《尔雅》:"鸟鼠同穴,其鸟为鵌,其鼠为鼵。"注:"鼵,如人家鼠而尾短。鵌,似鵽而小,黄黑色。穴入地三四尺,鼠在内,鸟在外。今在陇

---

① "晋地道记",底本作"晋道地记",误。

西首阳县鸟鼠同穴山中。"《元和郡县志》:"鸟鼠山,今名青雀山,在渭州渭源县西七十六里。渭水所出,凡有三源并下。"《西溪丛语》:"陆农师引《水经》'鱼龙以秋日为夜',公诗殆谓是乎?'鱼龙'水名,'鸟鼠'山名。'鸟鼠秋'、'鱼龙夜',两句而合三事也。"

〔五〕《别赋》:"心折惊骨。"

秦州山一作城北寺,胜迹一云传是隗嚣宫〔一〕。苔藓山门古,丹青野殿空。月明垂叶露,云逐度溪风。清渭无情极〔二〕,愁时独向东。

〔一〕钱笺:"《元和郡国志》:'秦州伏羌县,本秦冀县也,后汉隗嚣称西伯,都此。'《方舆胜览》:'雒棐谷,在秦州麦积山之北,旧有隗嚣避暑宫。'"张正见乐府:"陇头流水急,流急行难度。远入隗嚣宫,傍侵酒泉路。"

〔二〕《水经》:"渭水又东,过冀县北。"注:"冀县,故天水郡治。"

州图领同谷〔一〕,驿道出流沙〔二〕。降虏兼千帐,居人有万家。马骄朱一作珠,《正异》定作朱汗落〔三〕,胡舞白题旧作蹄,《正异》定作题斜〔四〕。年少临洮子〔五〕,西来亦自夸。

〔一〕同谷郡:注别见。《唐书》:"秦州都督府,督天水、陇西、同谷三郡。"

〔二〕驿道:西出吐蕃之道。《唐书》:"过鄀州西赤岭分界碑,即经莫离驿、那录驿,又至众龙驿、列驿、婆驿,凡十馀处。至勃令驿,即赞普牙帐。"《唐六典》:"陇右道东接秦州,西逾流沙。流沙在沙州以北,连延数千里。"

〔三〕梁简文帝《紫骝马》:"朱汗染香衣。"庾信《马射赋》:"选朱汗之马。"

〔四〕《南史·裴子野传》:"武帝时,西北远边有白题及滑国,遣使由岷山道入贡,莫知所出。子野曰:汉颍阴侯斩胡白题将一人。"服虔注云:"白题,胡名也。"《西域传》:"白题国王姓支,名史稽毅,其先盖匈奴之别种胡也。在滑国东,西极波斯。"薛梦符曰:"题者,额也。其俗以白涂垩其额,因得名。舞则首偏,故曰'白题斜'。"按:白题胡,如黑齿、雕题之类。《墨庄漫录》以为胡笠,乃臆说。

〔五〕临洮:在秦州西。

鼓角缘边郡,川原欲夜时。秋听殷<small>上声</small>地发,风散入云悲。抱叶寒蝉静,归山独鸟迟。万方声一概〔一〕,吾道竟何之?

〔一〕《九歌》:"同糅玉石兮,一概而相量。"概:平斗斛木也。

南使宜天马〔一〕,由来万匹强。浮云连阵没〔二〕,秋草遍<small>一作满</small>山长。闻说真龙种,仍残<small>一作空馀</small>老骕骦。哀鸣思战斗,迥立向苍苍。

〔一〕天马:注见一卷。
〔二〕《西京杂记》:"文帝自代还,有良马九匹,一曰浮云。"隋庾抱《马》诗:"枥上浮云骢,本出吴门中。"

按:《通鉴》:"是年春三月,九节度之师溃于邺城,战马万匹,惟存三千。"此诗"浮云连阵没",正其事也。秦州乃出西域之道,故感天马事而赋之。或曰:"《寰宇记》:'秦州清水县有马池,水源出潘冢山。'《开山图》云:'陇西神马山有渊池,龙马所生。'《水经注》:'马池水出上邽西南六十里,谓之龙渊水。言神马出水,事同余吾来渊之异,故因名焉。'公盖指此为赋。"次公谓以"老骕骦"自比,则凿矣。

城上胡笳奏,山边汉节归。防河赴沧海〔一〕,奉诏发金微一作徽〔二〕。士苦形骸黑,林吴作旌疏鸟兽稀。那堪吴作闻往来戍?恨解邺城围。

〔一〕《博物志》:"东海称渤海,又谓之沧海。"按:唐河北道沧、景等州,皆古渤海郡地,黄河入海于此。
〔二〕《后汉纪》:"窦宪遣左校尉耿夔出居延塞,围北单于于金微山。"《唐·地理志》:"羁縻州有金微都督府,隶安北都护府。"《仆固怀恩传》:"贞观二十年,铁勒九姓大酋领率众降,分置瀚海、燕然、金微、幽陵等九都督府。"时发金微之卒防御河北,非防河西也。《通鉴》:"至德二载,以李铣为防河招讨使。"

莽莽万重山,孤城山一作石谷间。无风云出塞,不夜月临关〔一〕。属国归何晚?楼兰斩未还〔二〕。烟尘独一作一长望,衰飒正摧颜。

〔一〕李巨仁诗:"无风波自动,不夜月恒明。"
〔二〕《汉书》:"苏武使匈奴归,拜为典属国,秩中二千石。""傅介子持节至楼兰,斩其王,持首还,诏封为义阳侯。"《西域传》:"鄯善国,本名楼兰,王治扜泥城,去阳关千六百里,去长安六千二百里。"《唐书》:"入大流沙,行千里,至故折摩驮那,古且末也。又千里,至故纳缚波,古楼兰也。"

闻道寻源使,从天此路回。牵牛去几许?宛马至今来〔一〕。一望幽燕隔〔二〕,何时郡国开?东征健儿尽〔三〕,羌笛暮吹哀。

〔一〕牵牛、宛马：俱用张骞事。

〔二〕时河北幽、蓟诸州皆陷史思明。

〔三〕《唐书》："天宝十四载冬，以安禄山反，京师募兵十万，号天武健儿。"健儿尽：亦谓邺城之败。

赵汸曰："因秦州为西域驿道，叹汉以一使穷河源，且通大宛，如此其易。而今以天下之力，不能定幽燕，至令壮士几尽，一何难耶！是可哀也。"

今日明人眼，临池好驿亭。丛篁低地碧，高柳半天青。稠叠多幽事，喧呼阅使星〔一〕。老夫如有此，不异在郊坰。

〔一〕《后汉·李郃传》："和帝遣使者二人到益部，郃曰：有二使星入蜀分野。"《晋·天文志》："流星，天使也。"阅使星：谓往来使吐蕃者。

云气接昆仑〔一〕，涔涔塞雨繁。羌童看渭水，使—作估客向河源〔二〕。烟火军中幕，牛羊岭上村。所居秋草静，正闭小蓬门。

〔一〕《括地志》："昆仑山，在肃州酒泉县西南八十里。"

〔二〕《唐书》："鄯州鄯城县有河源军，属陇右道。"一云："河源军在鄯州西百二十里。"

萧萧古塞冷，漠漠秋云—作风低。黄鹄翅垂雨，苍鹰饥啄泥。蓟门谁自北？汉将独征西〔一〕。不意书生耳—作眼，临衰厌—作见鼓鼙。

〔一〕《后汉·光武纪》:"以偏将军冯异为征西将军。"

山头南—云东郭寺,水号北流泉〔一〕。老树空庭得,清渠一邑传〔二〕。秋花危石底,晚景卧钟边—作前〔三〕。俯仰悲身世〔四〕,溪风为飒—作肃然。

〔一〕《秦州记》:"天水县界有水一派,北流入长道县界。"《旧唐书》:"秦州州前有湖水,冬夏无增减,故名天水郡。"按:《唐志》:"秦州有清水县。"
〔二〕《水经注》云:"清水导源东北陇山,径清水县故城东,与秦水合,东南注渭县,以此得名。"今云"清渠",岂即此水欤?
〔三〕钟曰:"'卧'则寺废可知。"
〔四〕《兰亭序》:"俯仰之间,已为陈迹。"

传道东柯谷〔一〕,深藏数十家。对门藤盖瓦,映竹水穿沙。瘦地翻宜粟,阳坡可种瓜〔二〕。船人近相—作相近报,但恐失桃花。

〔一〕钱笺:"《通志》:'东柯谷在秦州东南五十里,杜甫有祠于此。'宋栗亭令王知彰记云:'工部弃官,寓东柯谷侄佐之居。'"赵傁曰:"《天水图经》载:秦州陇城县有杜工部故居及其侄佐草堂,在东柯谷之南麦积山瑞应寺上。"
〔二〕阳坡:坡之向日者。阮籍诗"昔日东陵瓜,今在青门外。五色曜朝日,子母相钩带",可证种瓜之宜阳地矣。

赵汸曰:"起用'传道'二字,则以下景物,皆是未至谷中,先述所闻。末方言泛舟往游,恐如桃源之迷路也。"

万古仇池穴,潜通小有天〔一〕。神鱼今—作人不见〔二〕,福地语真传〔三〕。近接西南境〔四〕,长怀十九泉〔五〕。何时—作当一茅屋,送老白云边?

〔一〕小有天:注别见。
〔二〕旧注:"世传仇池穴出神鱼,食之者仙。"
〔三〕福地:注见一卷。
〔四〕西南境:即秦州之境也。
〔五〕《水经注》:"仇池绝壁峭峙,孤险云高,望之形若覆壶,其高二十馀里,羊肠蟠道三十六回。上有平田百顷,煮土成盐,因以百顷为号。山上丰水泉,所谓清泉涌沸,润气上流者也。"《东坡志林》:"赵德麟曰:'仇池,小有洞天之附庸也。'王仲至谓余曰:'尝奉使过仇池,有九十九泉,万山环之,可以避世如桃源。'"按:《旧志》:"仇池山上有田百顷,泉九十九眼。"王仁裕《入洛记》亦云"仇池有甘泉百孔",此云"十九泉",岂举其最胜者耶?《一统志》:"十九泉在成县西南。"

前诗闻东柯谷之胜而欲卜居,此述仇池穴之胜而欲卜居也。观卒章"读记忆仇池",则前六句皆是引记中语。

未暇泛沧海,悠悠兵马间。塞—作寒门风落木—云塞风寒落木〔一〕,客舍雨连山。阮籍行多兴,庞公隐不还。东柯遂疏懒,休镊鬓毛斑〔二〕。

〔一〕《史记》:"寒门者,谷口也。"注:"盛夏凛然,故曰寒门。"
〔二〕左思《白发赋》:"星星白发,生于鬓垂。将拔将镊,好爵是縻。"《集韵》:"镊,钳也。"

东柯好崖谷,不与众峰群。落日邀双鸟,晴天卷〖吴本作养〗片云。野人矜—作吟险绝,水竹会平分〔一〕。采药吾将老,儿童—作童儿未遣闻。

〔一〕《九辩》:"皇天平分四时兮。"会平分:言野人久占水竹之居,欲与之平分其胜。

边秋阴易久—作夕,不复辨晨光。檐雨乱淋幔,山云低度墙。鸬鹚窥浅井〔一〕,蚯蚓上深—作高堂。车马何萧索,门前百草长。

〔一〕《尔雅》"鸬鹚"注:"即鸬鹚也,觜、头曲如钩,食鱼。"《字林》:"似鹖而色黑。"《本草衍义》:"陶隐居云:此禽不卵生,口吐其雏,今人谓之水老鸦。"

地僻秋将尽,山高客—作夜未归。塞云多断续,边日少光辉。警急烽常报〔一〕,传闻—作声檄屡飞。西戎外甥国〔二〕,何得迕—作近天威!

〔一〕曹植乐府:"边城多警急。"
〔二〕《吐蕃传》:"开元十八年,赞普请和,上表曰:外甥是先皇帝旧宿亲,千岁万岁,外甥终不敢先违盟誓。"

凤林戈未息〔一〕,鱼海路常难〔二〕。候火云烽—作峰峻〔三〕,悬军幕—作暮井干〔四〕。风连西极动,月过北庭寒〔五〕。故老思飞将[六],何时—作人议筑坛?

〔一〕钱笺:"《水经》:'河水又东,历凤林北。'注:'凤林,山名也,五峦俱峙。'《秦州记》曰:'枹罕原北名凤林川,川中则河水东流也。'《旧唐书》:'凤林县,属河州,本汉白石县地,属金城郡。'《寰宇记》:'凤林关在黄河侧。大历二年,吐蕃首领论泣陵入奏云:赞普请以凤林关为界。'"《一统志》:"在临洮府兰州。"

〔二〕《唐书》:"天宝元年十二月庚子,河西节度使王倕克吐蕃鱼海。"按:"鱼海"地,当在河州之西。旧注引郭子仪取鱼海五县,考新、旧《史》诸书,并无之,不可信。

〔三〕候火:斥候烽燧之火也。

〔四〕《蜀志》:"郑度说刘璋曰:左将军悬军袭我,军无辎重。"《周礼》:"挈壶氏,掌挈壶以令军井。"《易》:"井收勿幕。"注:"井口曰收,勿幕则勿遮幕之。"

〔五〕北庭:注详十二卷《近闻》诗。

〔六〕《汉书》:"李广为右北平太守,匈奴号曰汉之飞将军。"按史:是年秋七月,郭子仪以鱼朝恩之谮,罢闲京师。此云"飞将",盖指子仪也。

唐尧真自圣,野老复何知!晒药能无妇?应平声,蔡读於陵切门幸刊作亦有儿。藏书闻禹穴[一],读记忆—作悟仇池。为报鸳行旧,鹪鹩寄一枝[二]。

〔一〕《吴越春秋》:"禹登宛委之山,发石,得金简玉字之书。山中有一穴,深不见底,谓之禹穴。"《御览》载《括略》曰:"会稽山有一石穴委曲,黄帝藏书于此,禹得之。"

〔二〕《诗》疏:"桃虫,今鹪鹩,微小黄雀也。"《尔雅》注:"鸠性拙,鹪性巧,俗呼巧妇。"《庄子》:"鹪鹩巢于深林,不过一枝。"

月夜忆舍弟

戍鼓断人行，秋边—作边秋—雁声。露从今夜白，月是故乡明。有弟皆分散—作羁旅，无家问死生。寄书长不达，况乃未休兵。

天末怀李白

凉风起天末〔一〕，君子意如何？鸿雁几时到？江湖秋水多。文章憎命达，魑魅喜人过〔二〕。应共冤魂语，投诗赠汨罗〔三〕。

〔一〕陆机诗："佳人渺天末。"
〔二〕上句言文章穷而益工，反似憎命之达者。下句言小人争害君子，犹魑魅喜得人而食之，即《招魂》"雄虺九首，吞人以益其心"意也。须溪谓魑魅犹知此人之来以为喜，叹朝士之不如魑魅。此说虽新，却非本旨。
〔三〕《水经注》："湘水又北，汨水注之。汨水东出豫章艾县桓山，西径罗县北，谓之罗水。汨水又西，为屈潭，即罗渊也。屈原怀沙自沉于此，故渊潭以屈为名。"《一统志》："汨罗江，在长沙府湘阴县北七十里。"

宿赞公房 原注：京中大云寺主，谪此安置

杖锡何来此—作久？秋风已飒然。雨荒深院菊，霜倒半

池莲。放逐宁违—作亏性？虚空不离去声禅。相逢成夜宿，陇月向人圆。

赤谷西崦人家

旧注："《地理志》：秦州有崦嵫山，在赤谷之西。曹操与刘备战于此谷，川水为之丹，因号赤谷。"《一统志》："赤谷，在秦州西南七十里。崦嵫山，在秦州西五十里。"

跻险不自安—作喧，出郊已清目。溪回日气暖，径转山田熟。鸟雀依茅茨，藩篱带松菊。如行武陵暮，欲问桃花—作源宿。

西枝村寻置草堂地夜宿赞公土室二首

出郭眄细岑，披榛得微路〔一〕。溪行一流水，曲折方屡渡。赞公汤休徒〔二〕，好静心迹素。昨枉霞上作〔三〕，盛论岩中趣。怡然共携手，恣意同远步。扪萝涩先登，陟巘眩反顾。要求阳冈暖，苦涉—作步，—作陟阴岭沍〔四〕。惆怅老大藤，沉吟屈蟠树。卜居意未展，杖策回且暮。层巅—作天馀落日，草蔓已多露。

〔一〕赵至《书》："步泽求蹊，披榛觅路。"

〔二〕汤休：注见二卷。

〔三〕刘绘诗："灼烁在云间，氤氲出霞上。"

〔四〕山南向日，故"暖"；山北背日，故"沍寒"。

天寒鸟以归，月出人_{晋作山}更_{一作以}静。土室延白光，松门耿疏影〔一〕。跻攀倦日短，语乐寄夜永。明燃林中薪，暗汲石底_{一作泉}井。大师京国旧，德业天机秉。从来支许游，兴趣江湖迥。数奇_{所其切}谪关塞〔二〕，道广存箕颍。何知戎马间，复接尘事屏！幽寻岂一路？远色有诸岭。晨光稍朦胧，更越西南顶。

〔一〕谢灵运诗："牵叶入松门。"

〔二〕按：赞公不知以何事谪秦州。师古注："赞公与房琯游从，琯既得罪，赞公亦被谪。"此语未详所本，姑存其说，以俟博闻。

寄赞上人

一昨陪锡杖〔一〕，卜邻南山幽。年侵腰脚衰，未便阴崖秋。重冈北面起，竟日阳光留。茅屋买_{一作置}兼土，斯焉心所求〔二〕。近闻西枝西，有谷杉桼_{古漆字，他本作黍，非}稠。亭午颇和暖〔三〕，石_{一作沙}田又足收。当期塞_{一作寒}雨干，宿昔齿疾瘳。徘徊虎穴上，面势龙泓头〔四〕。柴荆具茶茗，径_{一作遥}路通林丘。与子成二老，来往亦风流。

〔一〕锡杖：注别见。
〔二〕买兼土：言兼其土买之。　此四句即前诗"要求阳冈暖"之意。
〔三〕梁元帝《纂要》："日在午曰亭午，在未曰昳。"
〔四〕钱笺："《陕西通志》：'虎穴在成县城西。龙泓一在飞龙峡，一在天井山。'《方舆胜览》：'飞龙峡在仇池山下，白马氏杨飞龙据仇池，故名。其东杜甫避乱居此，有诗云云。'"《考工记》："审曲面势，以饬五材。"注："察五材曲直、方面形势之宜。"

太平寺泉眼

招提凭高冈，疏散连草莽莫补切。出泉枯柳根，汲引岁月古。石间一作门见海眼〔一〕，天畔索水府。广深尺丈间，宴息敢轻侮？青白二小蛇，幽姿可时睹。如丝气或上，烂漫为云雨〔二〕。山头到山下，凿井不尽土。取供十方僧，香美胜牛乳〔三〕。北风起寒文，弱藻舒翠缕。明涵客衣净，细荡林影趣。何当宅下流，馀润通药圃？三春湿黄精〔四〕，一食生毛羽〔五〕。

〔一〕海眼：注别见。
〔二〕二蛇：乃龙类，故吐气为云雨。《水经注》云："汉水又东，合洛谷，其地有神蛇戍，左右山溪多五色蛇，性驯良，不为毒。"岂即此耶？
〔三〕《维摩经》："阿难白佛言：忆念昔时，世尊身小有疾，当用牛乳。"
〔四〕《本草》："黄精，阳草，久服轻身延年。"
〔五〕《拾遗记》："昭王梦有人衣服皆毛羽，因名羽人。"《抱朴子》："韩终服菖蒲，身生毛。"

东　楼

万里流沙道,西行_{吴作西征,一作征西}过此门。但添新_{一作征}战骨,不返旧征_{一作死生}魂。楼角凌风迥,城阴带水_{一作雨}昏。传声看驿使,送节向河源。

雨　晴_{一云秋霁}

天外_{旧作水,非。容斋作末,一云际}秋云薄,从西万里风。今朝好晴景,久雨不妨农。塞_{一云岸}柳行_{赵音杭}疏翠,山梨结小红。胡笳楼上发,一雁入高空。

寓　目

一县蒲萄熟[一],秋山苜蓿多[二]。关云常带雨,塞水不成河。羌女轻_{一作摇}烽燧,胡儿制_{山谷作掣}骆驼。自伤迟暮眼,丧乱饱经过。

〔一〕《史·大宛传》:"宛左右以蒲萄为酒,富人藏至万馀石,久者数十岁不败。俗嗜酒,马嗜苜蓿,汉使取其实来,于是天子始种之离宫别馆旁。"《永徽图经》:"蒲萄生陇西五原敦煌山谷,今处处有之。苗作,藤蔓而极大,花极细,黄白色,其实有紫白二种,汁可酿酒。"

〔二〕《西京杂记》:"乐游苑多苜蓿,一名怀风。"《尔雅翼》:"苜蓿似灰藋,今谓之鹤顶草。秋后结实,黑房累累如穄,俗谓木粟米,可为饭,亦可酿酒。"

此诗当与杂诗"州图领同谷"一首参看。关塞无阻,羌胡杂居,乃世变之深可虑者,公故感而叹之。未几,秦陇果为吐蕃所陷。

山　寺

野寺残僧少,山园细路高。麝香眠石竹〔一〕,鹦鹉啄金桃〔二〕。乱水通人过,悬崖置屋牢〔三〕。上方重阁晚,百里见秋—作纤毫。

〔一〕嵇康《养生论》:"麝食柏而香。"《南方草木状》:"越王竹,生石上,若细荻,高尺馀。"《酉阳杂俎》:"卫公言:蜀中石竹有碧花。"

〔二〕《旧唐书》:"贞观中,康国献金桃、银桃,诏令置于苑囿。"

〔三〕钱笺:"《天水图经》:'秦州陇城县东柯谷南麦积山,有瑞应寺,山形如麦积,佛龛刻石,阁道萦旋,上下千馀丈,山下水纵横可涉。'《玉堂闲话》:'麦积山,北跨清渭,南渐两当。五百里冈峦,麦积处其半,崛起一石,高百万寻。其青云之半,峭壁之间,镌石成佛,万龛千室,虽自人力,疑其鬼工。古记云:自平地积薪至岩巅,从上镌凿其龛室佛像。功毕,旋拆薪而下,然后梯空架险而上。其间千房万室,缘空蹑虚,登之者不敢四顾。将及绝顶,有万菩萨堂,凿石而成。自此室之上,更有一龛,谓之天堂,空中倚一独梯,攀援而上下,顾群山皆如培塿。'《方舆胜览》:'麦积山在秦州东南百里,状如积麦,为秦地林泉之冠。姚秦时,建瑞应寺在山之后。姚兴凿山而修千崖万象,转崖为阁。又有隋时塔,杜甫有诗。'"

即　事

闻道花门破,和亲事却非。人怜汉公主,生得渡河归〔一〕。秋思抛云髻—作鬟,腰支膡音剩宝衣〔二〕。群凶犹索战,回首意多违。

〔一〕《旧唐书》:"乾元二年三月,回纥从郭子仪战于相州城下,不利,奔西京。四月,可汗死。其牙官、都督等欲以宁国公主殉葬,公主以中国礼拒之,然犹依本国法劙面,大哭,竟以无子得归。八月,诏百官于鸣凤门外迎之。"《新书》:"宁国公主先嫁郑巽,又嫁薛康衡。乾元元年,降回纥毗伽阙可汗,二年八月归朝。"

〔二〕庾肩吾诗:"非关能结束,本是细腰支。"膡:犹馀也。

时公主不肯殉葬,又以无子归唐,则回纥之好失矣,公故伤和亲之非计也。"抛云髻""膡宝衣",悲公主之为外夷赘居也。"群凶"指史思明辈。是年九月,思明分兵四道济河,光弼议弃东都,守河阳。"回首意多违",言向者结婚回纥,实欲资其力以讨贼。今贼方索战,而回纥之好中绝,其如和亲之本意何? 正与次句相应。旧注纷纷,总呓语耳。

遣　怀

愁眼看霜露,寒城菊自花。天风随断柳,客泪堕清笳。水静楼—作城阴直,山昏塞日斜。夜来归鸟尽,啼杀后栖鸦。

271

天　河

常时任显晦,秋至最_{吴作辄,赵作转}分明。纵被微云掩,终能_{一作当}永夜清。含星动双阙〔一〕,伴月落边城。牛女年年渡,何曾风浪生?

〔一〕《周礼》注:"象魏,宫门双阙。"古诗:"双阙百馀尺。"

初　月

光细弦欲_{刊作初}上〔一〕,影斜轮未安〔二〕。微升古塞_{一作堞}外,已隐暮云端。河汉不改色,关山空自寒。庭前有白露,暗满菊花团_{《英华》作栏}〔三〕。

〔一〕《左传》注:"月体无光,待日照而光生,半则为弦,全乃成望。"《历书》:"月至八日上弦,至二十三日下弦。"

〔二〕李隅赋:"波水荡而月轮斜。"

〔三〕或曰:《毛诗》:"零露溥兮。"《说文》:"溥,徒官切,露多貌。""庭前有白露,暗满菊花团(團)",疑必"溥"字误。按:《韵会》:"团(團),或作专(專)。"《周礼》"其民专(專)而长"是也。溥,《集韵》或作𩆙,通作专(專),以故古多混用。谢灵运诗:"火云团(團)朝露。"谢惠连诗:"团(團)团(團)满叶露。"谢朓诗:"犹沾馀露团(團)。"江淹诗:"檐前露已团(團)。"庾信诗:"惟有团(團)阶露,承睫苦沾衣。"旧本俱作团(團)。

《山谷诗话》:"王原叔说此诗为肃宗作。"按:肃宗即位灵武,旋为张后、李辅国所蔽,故旧注以"古塞"二句为托喻,后人将下四句俱牵合作比,如何可通?

捣　衣

亦知戍不返,秋至拭清砧。已近苦_{一作暮}寒月,况经_{一作惊}长别心! 宁辞捣熨_{他本作衣}倦,一寄塞垣深。用尽闺中力,君听空外音[一]。

〔一〕末语即王湾《捣衣》诗"风响传声不到君"意。

归　燕

不独避霜雪,其如俦侣稀。四时无失序,八月自知归[一]。春色岂相访?众雏还识机[二]。故巢倘未毁,会傍主人飞。

〔一〕《月令》:"二月玄鸟至,八月玄鸟归。"
〔二〕《鹦鹉赋》:"悯众雏之无知。"

促　织

促织甚微细,哀音_{一作声}何动人! 草根吟不稳[一],床下意相亲[二]。久客得无泪？故<small>吴作放</small>妻难及晨[三]。悲丝<small>一作弦</small>与急管，感激异天真[四]。

〔一〕《王褒传》："蟋蟀俟秋吟。"
〔二〕《诗》："十月蟋蟀入我床下。"
〔三〕《朱买臣传》："故妻与夫家见买臣饥寒，呼饭食之。"
〔四〕丝管感人不如促织之甚，以声出天真故也。

萤火

幸因腐草出[一]，敢近太阳飞？未足临书卷，时能点客衣。随风隔幔小，带雨傍林微。十月清霜重，飘零何处归？

〔一〕《月令》："腐草化为萤。"

蒹葭

摧折不自守，秋风吹若何。暂时花戴<small>一作载</small>雪，几处叶沉波。体弱春苗<small>郭作风</small>早，丛长夜露多。江湖后摇落，亦<small>一作只</small>恐岁蹉跎。

苦竹

《齐民要术》："竹之丑者有四，曰青苦、白苦、紫苦、黄苦。"

青冥亦自守,软弱强扶持。味苦夏虫避[一],丛卑春鸟疑。轩墀曾不重,剪伐欲无辞。幸近幽人屋,霜根结在兹。

〔一〕《庄子》:"夏虫不可语冰。"

除　架

瓜架也。

束薪已零落,瓠叶转萧疏。幸结白花了,宁辞青蔓除? 秋虫声不去,暮雀意何如? 寒事今牢落,人生亦有初[一]。

〔一〕言虫鸟犹有故物之恋,人可以不念厥初哉?

废　畦

秋蔬拥霜露,岂敢惜凋残? 暮景数枝叶,天风吹汝寒。绿沾泥滓尽,香与岁时阑。生意春如昨,悲君白玉盘[一]。

〔一〕白玉盘:注别见。言生意犹存,而凋残如此,不得同春盘之荐,深可悲也。

夕　烽

夕烽来不近—作止〔一〕，每日报平安〔二〕。塞上传光—作声小，云边落点残。照秦通警急，过陇自艰难。闻道蓬莱殿，千门立马看。

〔一〕《唐六典》："凡烽候所置，大率相去三十里。其放烽有一炬、二炬、三炬、四炬者，随贼多少而为差焉。近畿烽二百七十所。"

〔二〕按：唐镇戍每日初夜放烟一炬，谓之平安火。《安禄山事迹》："潼关失守，是夕，平安火不至，玄宗惧焉。"

秋　笛—云吹笛

清商欲尽奏〔一〕，奏苦血沾衣。他日伤心极，征人白骨归。相逢恐恨过，故作发声微。不见秋云动，悲风稍上声稍飞〔二〕？

〔一〕宋玉《笛赋》："吹清商，发流徵。"
〔二〕言笛声虽微，其声犹感入风云，况可尽奏乎？

日　暮

日落风亦起，城头乌—作鸟，蔡定作乌尾讹〔一〕。黄云高未动，白水已扬波。羌妇语还笑—作哭,胡儿行且歌。将军别换—作上,一云换骏马,夜出拥雕戈。

〔一〕《后汉·五行志》:"桓帝时童谣曰:城上乌,尾毕逋。"《诗》传:"讹,动也。"

野　望

清秋望不极,迢递起层阴。远水兼天净,孤城隐雾深。叶稀风更落,山迥日初沉。独鹤归何晚,昏鸦鸦同已满林。

空　囊

翠柏苦犹食〔一〕,晨—作明霞高—作朝可餐〔二〕。世人共卤莽,吾道属艰难。不爨井晨冻,无衣床夜寒。囊空恐羞涩,留得一钱看〔三〕。

〔一〕《列仙传》:"赤松子好食柏实,齿落更生。"
〔二〕相如《大人赋》:"呼吸沆瀣餐朝霞。"《陵阳子明经》:"春食朝霞。"
〔三〕钱笺:"赵壹诗:'文籍虽满腹,不如一囊钱。'伪苏注阮孚事,类书多误载。"

病　马

乘尔亦已久,天寒关塞深。尘中老尽力,岁晚病伤心。毛骨岂殊众?驯良犹至今。物微意不浅,感动一沉吟。

蕃　剑

致—作至此自僻远,又非珠玉装〔一〕。如何有奇怪,每夜吐光芒?虎气必腾上〔二〕,龙身宁久藏〔三〕?风尘苦未息,持汝奉明王。

〔一〕曹植《七启》:"步光之剑,华藻繁缛,缀以骊龙之珠,错以荆山之玉。"

〔二〕《吴越春秋》:"阖闾死,葬以扁诸之剑。金精上扬为白虎,据其上,号曰虎丘。"钱笺:"殷芸《小说》:有人盗发王子乔墓,惟有一剑悬在空中。欲取之,剑便作龙吟虎吼,俄而飞上天。"

〔三〕雷次宗《豫章记》:"吴未亡,恒有紫气见牛斗间。张华问雷孔章,孔章言:'宝物之精,在豫章丰城。'遂以孔章为丰城令。至县掘狱,得二剑,其夕斗牛气不复见。孔章乃留其一,匣而进之。后华遇害,此剑飞入襄城水中。孔章临亡,戒其子恒以剑自随。后其子为建安从事,经浅濑,剑忽于腰间跃出,见二龙相随逝焉。"

铜　瓶

乱后碧井废,时清瑶殿深。铜瓶未失水,百丈有哀音。

侧想美人意,应悲寒甃沉[一]。蛟龙半缺落,犹得折黄金[二]。

〔一〕《风俗通》:"甃,聚砖修井也。"
〔二〕戴延之《西征记》:"太极殿上有金井栏、金博山、金辘轳,蛟龙负山于井上。"师尹曰:"'蛟龙'盖瓶上刻镂者,虽缺落而准黄金,言尚可贵也。"

唐汝询曰:"张籍《楚妃怨》:'梧桐落叶黄金井,横架辘轳牵素绠。美人初起天未明,手拂银瓶秋水冷。'读籍诗,杜义自明。"

送　远

带甲满天地,何为君远行? 亲朋尽一哭,鞍马去孤城。草木岁月晚,关河霜雪清。别离已昨日,因见古人情。

送人从军

弱水应无地[一],阳关已近天[二]。今君度沙碛,累月断人烟。好武宁论命? 封侯不计年。马寒防失道,雪没锦鞍鞯[三]。

〔一〕弱水:注见一卷。
〔二〕《汉·西域传》:"陀以玉门、阳关。"孟康曰:"二关皆在敦煌西界。"钱笺:"《元和郡国志》:'阳关在沙州寿昌县西六里,居玉门关南,故曰阳关。

本汉置也,谓之南道,西趣鄯善、莎车。玉门故关在县西北百一十八里,谓之北道,西趣车师、前庭及疏勒,此西域之门户也。'西方地最高,故曰'近天'。岑参诗:'走马西来欲到天。'"

〔三〕鞯:马鞍具也。《晋·张方传》:"割流苏武帐,以为马幨。"或作鞯。梁简文帝诗:"宝马锦鞍鞯。"

示侄佐 原注:佐草堂在东柯谷

《唐世系表》:"佐,出襄阳房杜氏,殿中侍御史炜之子。"《旧书》:"杜佐终大理正。"

多病秋风落,君来慰眼前。自闻茅屋趣,只想竹林眠。满谷山云起,侵篱涧水悬。嗣—作阮宗诸子侄,早觉仲容贤〔一〕。

〔一〕《晋书》:"阮咸,字仲容,籍之侄。"

佐还山后寄三首

还山:还东柯谷也。

山晚浮—作黄云合,归时恐路迷。涧寒人欲到,村—作林黑鸟应栖。野客茅茨小,田家树木低。旧谙疏懒叔,须汝故相携。

白露黄粱熟〔一〕,分张素有期〔二〕。已应春得细,颇觉寄来迟。味岂同金—作甘菊〔三〕?香宜配绿—作紫葵〔四〕。老人他日爱,正想滑流匙。

〔一〕苏恭《本草》:"黄粱,出蜀汉商浙间,香美胜于诸粱,人谓竹根黄。"

〔二〕分张:分别时也。《高僧传》:"道安为朱序所拘,乃分张徒众。"王羲之帖:"秋当解褐,行复分张。"李白诗:"不忍云间两分张。"

〔三〕《本草》:"菊,一名金蕊。"

〔四〕葵:注别见。《闲居赋》:"绿葵含露,白薤负霜。"

几道泉浇圃,交横落慢—作幔坡〔一〕。葳蕤秋叶少—作小,隐映野云多。隔沼连香芰,通林带女萝。甚闻霜薤白〔二〕,重惠意如何?

〔一〕黄曰:"幔坡,言坡上青翠如幔也。"或云疑作"幔落坡",与"泉浇圃"对,言幔影落于坡上也。

〔二〕《唐本草》:"薤是韭类,有赤、白二种,白者补而美。"《图经本草》:"薤,春秋分莳,至冬叶枯。"

从人觅小胡孙许寄

《广志》:"猴,一名王孙,一名胡孙。"

人说南州路,山猿树树悬。举家闻若骇—云共爱〔一〕,为寄小如拳〔二〕。预哂愁胡面〔三〕,初—作何调见马鞭〔四〕。许求聪惠—作慧者,童稚捧应癫〔五〕。

〔一〕《山谷别集》:"'闻若骇'当作'咳',苦革反。禺属惟猨猴喜怒饮食常作咳。"
〔二〕《崇安志》:"武夷山多猕猴,其小者仅如拳。"
〔三〕愁胡:注见一卷。
〔四〕《齐民要术》:"常系猕猴于马坊,令马不畏,辟恶,消百病。"旧注:"胡孙能警马,畜马者夜则令胡孙警马背。"
〔五〕《急就篇》注:"颠,一作癫。"

秋日阮隐居致薤三十束

隐者柴—作荆门内,畦蔬绕舍秋。盈筐承露薤,不待致书求。束比青刍色,圆齐玉箸头。衰年关鬲冷,味暖并—作腹,一作复无忧〔一〕。

〔一〕《本草》:"陶隐居曰:薤性温补,仙方及服食家皆须之。"

秦州见敕—云除目,薛三璩吴作據授司议郎,毕四曜除监察,与二子有故,远喜迁官,兼述索居,凡三十韵

《唐书》:"东宫官属,有司议郎四人,掌侍从、规谏、驳正、启奏,并录东

宫记注。"《旧书·酷吏传》:"肃宗时,裴升、毕曜同为御史,皆酷毒,裴、毕寻流黔中。"

　　大雅何寥阔,斯人尚典刑。交期余潦倒〔一〕,材力尔精灵〔二〕。二子声—作升同日,诸生困一经。文章开突正作窔,乌吊切奥〔三〕,迁擢润朝廷。旧好何由展?新诗更忆听。别来头并白,相见眼终青。伊昔贫皆甚,同忧岁不宁。栖遑分半菽〔四〕,浩荡逐流萍。俗态犹猜忌—作忍,衺—作妖氛忽—作遂杳冥。独惭投汉阁〔五〕,俱—作但议哭秦庭〔六〕。还蜀只无补—作益〔七〕,囚梁亦固扃〔八〕。华夷相混合,宇宙一膻腥。帝力收三统,天威总四溟。旧都俄望幸,清庙肃惟馨。杂种虽—作难高垒—作壁,长驱甚建瓴〔九〕。焚香淑景殿〔一〇〕,涨水望云亭〔一一〕。法驾初还日,群公若会星〔一二〕。宫臣仍点染,柱史正零丁〔一三〕。官柰趋栖凤,朝回叹—作欲聚萤〔一四〕。唤人看腰裹,不嫁惜娉婷。掘剑知埋狱—作掘狱知埋剑〔一五〕,提刀见发硎〔一六〕。侏儒应共饱〔一七〕,渔父忌偏醒〔一八〕。旅泊穷清渭,长吟望浊泾〔一九〕。羽书还似急,烽火未全停。师老资残寇,戎生及近坰。忠臣词愤激,烈士涕飘零。上将盈边鄙,元勋溢鼎铭。仰思调玉烛〔二〇〕,谁定握—作淬青萍〔二一〕?陇俗轻鹦鹉,原情类鹡鸰〔二二〕。秋风动关塞,高卧想仪刑〔二三〕。

〔一〕《绝交书》:"足下旧知吾潦倒粗疏,不切事情。"
〔二〕傅毅《舞赋》:"绎精灵之所束。"
〔三〕《尔雅》:"室西南隅谓之奥,东南隅谓之窔。"《荀子》:"奥窔之间,枕簟之上。"

〔四〕《汉书》:"岁饥人贫,卒食半菽。"注:"士卒食蔬菜,以菽杂半之。"

〔五〕投阁:注见首卷。

〔六〕《左传》:"吴入郢,申包胥如秦乞师,立依庭墙而哭,日夜不绝声,勺水不入口七日,秦师乃出。"

〔七〕《蜀志》:"黄权降魏,魏主问之,对曰:臣降吴不可,还蜀无路,是以归命。"

〔八〕《汉书》:"梁孝王下邹阳狱,阳从狱中上书,王立出之。"按:"投汉阁"比降贼诸臣,如陈希烈、张均兄弟是也。"哭秦庭"比肃宗遣使征兵回纥也。"还蜀"、"囚梁",又比陷贼而脱归及为所拘絷者,皆指当时事。旧注谬乱殊甚。

〔九〕《汉高纪》:"地势便利,其以下兵于诸侯,若居高屋之上建瓴水也。"

〔一〇〕《长安志》:"西内安仁殿后,有丝彩院,院西有淑景殿。"

〔一一〕望云亭:注见一卷。

〔一二〕《诗》:"会弁如星。"笺:"会,谓弁之缝中饰以玉,状似星也。"

〔一三〕宫臣:谓薛据。柱史:谓毕曜。胡震亨曰:"'仍点染'言據此时被诬,仍未湔洗,必有实事,惜无考。赵注以为'作文字',非。"

〔一四〕康骈《剧谈录》:"含元殿左右,立趋凤、翔鸾两阁,龙尾道出于阁前。"趋栖凤、叹聚萤:公自谓也。

〔一五〕掘剑:注见前。

〔一六〕《庄子》:"提刀而立。""夔裹"、"娉婷"是指毕、薛。言我忝官拾遗,逢人为之吹荐,惜二子过时不字,刀剑之光气至今始发耳。或曰"趋栖凤"以下皆自序,亦通。

〔一七〕《东方朔传》:"侏儒饱欲死,臣朔饥欲死。"

〔一八〕《楚词·渔父》:"屈原曰:'众人皆醉吾独醒。'渔父曰:'何不餔其糟而啜其醨?'"

〔一九〕渭水在秦州,泾水在长安,公自言寓秦州而忆长安也。

〔二〇〕《尔雅》:"四时调,谓之玉烛。"

〔二一〕陈琳《答曹植笺》:"君侯秉青萍、干将之器。"注:"青萍,剑名。"
〔二二〕轻鹦鹉:况己之不为时重。类鹡鸰:望急难于二子也。
〔二三〕《世说》:"闲习礼度,不如式瞻仪刑。"

寄彭州高三十五使君适、虢州岑二十七长史参三十韵

《唐书》:"彭州濛阳郡,属剑南道,垂拱二年析益州置。虢州弘农郡,属河南道,义宁元年析隋弘农郡置。"按:彭州,今成都府彭县。虢州,今河南府卢氏县。黄曰:"新、旧《史》皆以适由太子少詹事出为蜀州刺史,迁彭州。考公前后诗,有不然者。如适先刺蜀而移彭,则此乃乾元二年秋公在秦州作,何以题云'寄高彭州'、诗有'彭门剑阁外'之句?适为蜀州时,寄公诗云'人日题诗寄草堂',而上元元年人日,公未有草堂,当是二年寄之。以此二诗论,则是先刺彭,后移蜀也。尝考二《史》,适以至德二载永王败后,为李辅国所短,左授少詹事,则下除当在是年之夏。而公有《寄高詹事》诗云'安稳高詹事,兵戈久索居',谓其索居之久,则诗是乾元二年作,是时未出为刺史也。《史》又云'乾元二年五月,贬李岘为蜀州刺史',柳芳《唐历》亦云'适乾元初刺彭,上元初牧蜀',房琯作《蜀州先主庙碑》载'州将高适建',末言'公顷自彭迁蜀',皆与杜诗合,《史》误其先后耳。" 钱笺:"按适《谢上彭州刺史表》云'始拜宫允,今列藩条,以今月七日到所部上讫',则适自詹事,即出刺彭,鹤注是也。高集有《春酒歌》云'前年持节将楚兵,去年留司在东京。今年复拜二千石,盛夏五月西南行。彭门剑阁蜀山里',则适之刺彭,在乾元元年,岁月皆可考。岑参集《佐郡思旧游诗序》云'己亥春三月,参自补阙转起居舍人,夏四月,署虢州长史',则岑之黜官,在乾元二年之夏,公诗作于是秋也。"

故人何寂寞,今我独凄凉。老去才难—作虽尽〔一〕,秋来兴甚长。物情尤可见,辞客未能忘。海内知名士,云端各异方。高岑殊缓步,沈鲍得同樊作周行〔二〕。意惬关飞动〔三〕,篇终接混茫。举天悲富骆〔四〕,近代惜卢王〔五〕。似尔官仍贵,前贤命可伤。诸侯非弃掷〔六〕,半刺已翱翔〔七〕。诗好几时见?书成无信—作使将。男儿行处是,客子斗—作问身强。羁旅推贤圣〔八〕,沉绵抵咎殃。三年犹疟疾原注:时患疟病,一鬼不—作未销亡。隔日搜脂髓,增寒抱雪霜。徒然潜隙地,有腼屡鲜妆〔九〕。何太龙锺极〔一〇〕,于今出处妨。无钱居帝里,尽室在边疆。刘表虽遗恨,庞公至死藏〔一一〕。心微傍鱼鸟,肉瘦怯豺狼。陇草萧萧白,洮云片片黄〔一二〕。彭门—云天彭剑阁外〔一三〕,虢略鼎湖旁〔一四〕。荆玉簪头冷〔一五〕,巴笺染翰光〔一六〕。乌麻蒸续晒〔一七〕,丹橘露应尝〔一八〕。岂异神仙宅?俱兼山水乡。竹斋烧药灶,花屿读书堂。更得清新否?遥知对属忙〔一九〕。旧官宁改汉?淳俗本归—作不离唐〔二〇〕。济世宜公等,安贫亦士常〔二一〕。蚩尤终戮辱〔二二〕,胡羯漫猖狂!会待袄—作妖氛静—作灭,论文暂裹粮〔二三〕。

〔一〕《南史》:"江淹晚节才思微退,时人谓之才尽。"

〔二〕沈鲍:沈约、鲍照也。

〔三〕沈佺期《祭李侍郎文》:"思含飞动,才冠卿云。"

〔四〕《唐书》:"富嘉谟,武功人,举进士。文章本经术,人争慕之。中兴初,官监察御史卒。""骆宾王,义乌人,七岁能赋诗。武后时,除临海丞,弃官去。徐敬业乱,署为府属,后亡命不知所之。"

〔五〕卢照邻,范阳人,调新都尉,病去官,自沉颍水死。王勃,龙门人,六岁善文辞。补虢州参军,除名,渡海溺水,悸而卒,年二十九。

〔六〕杜氏《通典》:"武德元年,罢郡置州,改太守为刺史。"即古"诸侯"。

〔七〕庾亮《答郭豫书》:"别驾,旧与刺史别乘,其任居刺史之半,安可任非其人?"钱笺:"《职原》云:'别驾、长史、司马,通谓之上佐。'周必大云:'郡丞,秦官,惟掌兵马。自汉迄唐,其名不常,曰别驾,曰司马,曰治中,曰长史,虽均号上佐,其实从事之长耳。'岑为长史,而曰'半刺已翱翔',贾为司马,而曰'治中实弃捐',盖并可以互称也。" 以上应"故人何寂寞"。

〔八〕补注:言自古圣贤多为旅人也。

〔九〕《后汉·礼仪志》注:"《汉旧仪》:颛顼氏有三子,生而亡去,为疫鬼,一居江水为疟鬼。" 潜隙地、屡鲜妆:言逃疟也。俗云:"避疟鬼,必伏于幽隙之地,不尔即画易容貌。"《宾退录》曰:"高力士流巫州,李辅国授谪制,力士方逃疟功臣阁下。则避疟之说,自唐已然。"

〔一○〕《青箱杂记》:"古语有二声合为一字者,如'不可'为'叵','而已'为'耳',盖起于西域二合之音也。'龙种'切为'癃','潦倒'切为'老',谓人之癃、老,以'龙锺'、'潦倒'目之,音义取此。苏颚《演义》谓:"'龙种'似反字之音呼者,当如呼'头'为'髑髅'、呼'胫'为'徹定',学者不晓'龙锺'、'潦倒'之义,故其说杂然不一。"钱笺:"龙锺,《演义》谓不昌炽,不翘举,如氍毹、拉搭之类。按《荀子·议兵篇》'触之者角摧,陇种东笼而退耳',注:'陇种,遗失貌,如陇之种物然,或曰即锺也。'《新序》作'陇锺而退'。龙锺似即陇种,语转而然耳。薛苍舒注:'《广韵》:龙锺,竹名,世言龙锺,谓年老如竹之枝叶摇曳,不自矜持。'此说杜撰不经,后人《记事珠》等书据为故实,可笑也。李济翁《资暇录》解'龙锺'字尤支离。"

〔一一〕遗恨:言刘表以不能屈庞公为恨也。

〔一二〕《绝交书》:"游山水,观鱼鸟,心甚乐之。"以上应"今我独凄凉"。

〔一三〕《水经注》:"李冰为蜀守,见氐道县有天彭山,两山相对,其形如阙,谓之天彭门,亦曰天彭阙。"《寰宇记》:"彭州,取古天彭山为名。"剑阁:注别见。

〔一四〕《左传》:"东尽虢略。"注:"从河内而东,尽虢界也。"《唐书》:"虢州,先曰鼎州,以鼎湖名。"钱笺:"《寰宇记》:'陕州湖城县,古胡城也。'《郊祀志》:'黄帝铸鼎于荆山之下,有龙垂胡下迎,后名其地为鼎湖。'即此邑。陕州亦虢地,春秋谓之北虢。"

〔一五〕《唐书》:"湖城县有覆釜山,一名荆山。"《寰宇记》:"荆山在鼎湖县南,出美玉,即黄帝铸鼎之所。"《一统志》:"荆山在陕州阌乡县南二十五里。"

〔一六〕《纸谱》:"蜀笺纸尽用蔡伦法,有玉版、贡馀、经屑、表光之名。"

〔一七〕《本草》:"胡麻生中原山谷。陶隐居曰:胡麻当九蒸九曝,熬捣充饵,以乌者为良。"

〔一八〕《蜀都赋》:"户有橘柚之园。"

〔一九〕清新、对属:皆言为诗也。

〔二〇〕《汉·百官表》:"武帝元封五年初,置部刺史十三人,掌奉诏条察诸州。"《诗》传:"成王封叔虞于唐,后改号晋。其俗忧深思远,有尧之遗风。"刺史本汉官,故云"宁改汉"。虢州本晋地,故云"不离唐"也。

〔二一〕《列子》:"荣启期曰:贫者士之常也,死者民之终也。居常得终,当何忧哉?"

〔二二〕《史记》:"黄帝擒杀蚩尤于涿鹿之野。"

〔二三〕胡羯:言安史之乱。以上应"词客未能忘"及"诗好几时见"语。

寄岳州贾司马六丈、巴州严八使君两阁_{黄作阁}老五十韵

《唐书·地理志》:"岳州巴陵郡,属江南西道。巴州清化郡,属山南西道。"《贾至传》:"坐小法,贬岳州司马。"《严武传》:"坐房琯事,贬巴州刺史。"按:《新书·肃宗纪》:"九节度师溃,汝州刺史贾至奔于襄邓。"其贬岳州必因此。《本传》谓"坐小法",史文未详耳。《房琯传》:武贬巴州刺史,在乾元

元年六月。《旧书》却云"贬绵州"。按：巴州有严武《光福寺楠木歌碑》，题云"卫尉少卿兼御史严武"，夫武在巴州既有碑可证，则《旧史》言绵州者，非矣。且《武传》既言"贬绵州"，而《房琯传》又载乾元元年六月诏曰"武可巴州刺史"，何其疏也！黄鹤云"武自巴迁绵"，亦无据。《杜诗博议》："至贬岳州，实因弃汝州之故，吴缜《唐书纠谬》有辨甚详。"

衡岳猿啼里，巴州鸟道边。故人俱不利，谪宦两悠—作茫然。开辟乾坤正—作大，荣枯雨露偏[一]。长沙才子远[二]，钓濑客星悬[三]。忆昨趋行殿，殷忧捧御筵。讨胡愁李广，奉使待张骞[四]。无复云台仗[五]，虚修水战船[六]。苍茫城七十[七]，流落剑三千[八]。画角吹秦晋，旌头俯涧瀍[九]。小儒轻董卓，有识笑苻坚[一〇]。浪作禽填海[一一]，那将血—作矢射天[一二]。万方思助顺，一鼓气无前。阴散陈仓北[一三]，晴熏太白巅。乱麻尸积卫[一四]，破竹势临燕[一五]。法驾还双阙，王师下八川[一六]。此时沾奉引[一七]，佳气拂周旋。貔虎闲吴作开金甲刊作匣，非[一八]，麒麟受玉鞭[一九]。侍臣谙入仗，厩马解登仙[二〇]。花动朱楼雪[二一]，城凝碧树烟。衣冠心惨怆，故老泪潺湲。哭庙悲风急[二二]，朝正霁景鲜[二三]。月分梁汉米[二四]，春给吴作得水衡钱[二五]。内蕊繁于缬[二六]，宫莎俗本作花，非软胜绵[二七]。恩荣同拜手，出入—作处最随肩。晚着华堂醉，寒重绣被眠。誓齐兼秉烛，书柱满怀笺。每觉升元辅，深期列大贤。秉钧方咫尺，铩翮再联翩[二八]。禁掖朋从改—作换，微班性命全。青蒲甘受—作就戮[二九]，白发竟谁怜？弟子贫原宪，诸生老伏当作服虔[三〇]。师资谦未达，乡党敬何—作推先[三一]！旧好肠堪断，新愁眼欲穿。翠干危栈竹，红腻小湖一作池莲〔三二〕。贾笔论孤愤,严诗一作君赋几篇〔三三〕?定知深意苦一作好,莫使众人传。贝锦无停织,朱丝有断弦。浦鸥防碎首,霜鹘不空拳〔三四〕。地僻昏炎瘴,山稠隘石泉〔三五〕。且将棋度日,应用酒为年。典郡终微渺,治平声中实弃捐〔三六〕。安排求傲吏〔三七〕,比兴展归田〔三八〕。去去才难得,苍苍理又玄。古人称逝矣〔三九〕,吾道卜终焉〔四〇〕。陇外翻投迹,渔阳复控弦〔四一〕。笑为妻子累,甘与岁时迁。亲故行稀少,兵戈动接连。他乡饶梦寐,失侣自迍邅。多病加一作成淹泊,长吟阻静便。如公尽雄俊,志在必腾骞一云:公如尽忧患,何事有陶甄。樊云:如公尽雄俊,何事负陶甄。〔四二〕

〔一〕乾坤正:言两京收复。雨露偏:言二公远谪,深沾雨露之恩也。 补注:承上言二公虽谪宦,然当圣主中兴、乾坤反正之时,一任荣枯,所遭皆蒙雨露,不足为戚也。

〔二〕《汉书》:"贾谊以太中大夫,适长沙王太傅。"

〔三〕《后汉书》:"严光耕富春山中,后人名其钓处为严陵濑。"注:"顾野王《舆地志》曰:'七里濑在东阳江下,与严陵濑相接。有严山,桐庐县南有严子陵渔钓处。今山边有石,上平,下坐十人,临水,名为严陵钓坛也。'" 补注:"长沙"、"钓濑",虽用贾、严故事,意亦微慰二公。读太白《巴陵赠贾舍人》诗云"圣主恩深汉文帝,怜君不遣到长沙",方悟此诗"荣枯雨露偏"之旨,若如俗解,意殊浅薄。

〔四〕愁李广:当指哥舒翰,谓其以老将败绩也。待张骞:谓肃宗即位,即遣使回纥,修好征兵。

〔五〕庾信《哀江南赋》:"非无北阙之兵,犹有云台之仗。"

〔六〕《西京杂记》:"武帝作昆明池以习水战,中有戈船、楼船数百艘。"

〔七〕城七十:似借用乐毅下齐七十馀城事。禄山反,河北二十馀郡皆弃城走，故云然。

〔八〕按：《越绝书》："阖闾葬虎丘，有扁诸之剑三千。"时西京陵墓多为贼发，故云"流落"，即《诸将》诗"早时金碗出人间"意耳。旧注引《庄子》"赵文王喜剑，剑客来者三千馀人"，于时事无着。梦弼云："剑，指剑阁，言玄宗幸蜀，流落三千里之远。"夫天子蒙尘，岂得言"流落"耶？

〔九〕涧、瀍：二水在东都。《水经注》："涧水出新安县南白石山，东南入于洛。瀍水出河南谷城县北山，东过偃师县，入于洛。"

〔一〇〕董卓杀于吕布，苻坚亡于鲜卑，喻安史必灭。

〔一一〕《山海经》："赤帝之女溺死东海，化为鸟，名精卫，取西山木石填海。"

〔一二〕《殷本纪》："武乙为偶人，谓之天神，与博，为之行天神。不胜，为革囊盛血，仰而射之，命曰射天。"

〔一三〕《唐书》："凤翔府宝鸡县，本陈仓，至德二载更名。"《舆地广记》："宝鸡县有陈仓故城，在县东二十里。"

〔一四〕《史记》："死人如乱麻。" 卫：卫州。

〔一五〕燕：范阳也。

〔一六〕《上林赋》："八川分流。"即八水，详四卷。

〔一七〕《汉·郊祀志》："礼月之夕，奉引复迷。"韦昭曰："奉引，前导引车。"时公为拾遗，掌供奉，扈从还京，故云"沾奉引"。

〔一八〕蔡琰诗："金甲耀日光。"

〔一九〕麒麟：谓御马。《杜阳杂编》："代宗尝幸兴庆宫，于复壁间得宝匣，匣中获玉鞭，鞭末有文曰软玉鞭，即天宝中异国所献。光可鉴物，节文端妍，屈之则头尾相就，舒之则劲直如绳，虽以斧质锻斫，终不伤缺。"

〔二〇〕杜氏《通典》："晋制，太仆有典牧、乘黄等厩令。《齐职仪》：'乘黄，兽名，龙翼马身，黄帝乘之而仙，后因以名厩。'"

〔二一〕冯衍《显志赋》："伏朱楼而四望。"

〔二二〕《旧唐书》："太庙为贼所焚，子仪复京师，权携神主于大内长安殿。上皇还，谒庙请罪。肃宗素服，向庙哭三日。"

〔二三〕朝正：元日朝会也。

〔二四〕谢承《后汉书》："章帝分梁汉储米给民。"

〔二五〕《汉书》："本始二年春，以水衡钱为平陵，徙民起第宅。"应劭曰："水衡与少府，皆天子私藏。"张晏曰："掌都水及上林苑，故曰水衡。"师古曰："衡，平也，主平其税入。"

〔二六〕内蕊：宫花也。缣：文缯。

〔二七〕莎：草名。《尔雅翼》："茎叶似三棱，根周匝多毛，名香附子。"《拾遗记》："方丈山有莎萝草，细如发，一茎百寻，柔软香滑。"

〔二八〕《五君咏》："鸾翮有时铩。"铩：残羽也。

〔二九〕《汉书》："元帝欲易太子，史丹直入卧内，伏青蒲上泣谏。"服虔曰："青缘蒲席也。"应劭曰："以青规地，曰青蒲。"甘受戮：谓疏救房琯。

〔三〇〕《后汉·儒林传》："服虔，字子慎，少入太学受业，有雅才，著《春秋左氏传解》行于世。"《诚斋诗话》："诗有实字而虚用之者。'老服虔'盖用'赵充国请行，上老之'。"

〔三一〕乡党敬何先：即《壮游》诗"坐深乡党敬"之意。

〔三二〕"危栈竹"属巴州，"小湖莲"属岳州。盖巴在栈阁之外，岳多湖泊。

〔三三〕赵曰："贾曰笔，以能文；严曰诗，以能诗。《南史》有'三笔'、'六诗'故也。"陆放翁云："南朝词人谓文为笔，杜诗'贾笔''严诗'，杜牧之亦云'杜诗韩笔'，往时诸晁谓诗为'诗笔'，非也。"按：《汉书》："贾君房下笔，言语妙天下"，"贾笔"当本此。然"贾笔""严诗"直以至、武言之，未必用故实。有引贾谊陈时政、严助作赋颂数十篇者，非是。

〔三四〕霜鹘击物，期于必中，则浦鸥当有碎首之防，深以谗人之祸戒之也。

〔三五〕"炎瘴"属岳州，"石泉"属巴州。

〔三六〕杜氏《通典》："治中，旧州职也，隋时州废，遂为郡官。开皇三年，改治中为司马。唐武德初，复为治中。高宗即位，改诸州治中并为司马。"

〔三七〕《庄子》:"造适不及笑,献笑不及排,安排而去化,乃入于寥天一。"郭璞诗:"漆园有傲吏。"

〔三八〕张衡《归田赋》注:"顺帝时,阉宦用事,衡欲归田里,作《归田赋》。"庾信《碑文》:"张衡浑仪之后,即赋《归田》。"

〔三九〕《论语》:"日月逝矣。"

〔四〇〕《王羲之传》:"初渡浙江,便有终焉之志。"

〔四一〕渔阳:即范阳,时史思明复反。

〔四二〕末言二公不久当复用。别本特避"搴"字重押,文义难通。　补注:《说文》:"搴,马腹病也。"《毛诗》:"不骞不崩。"注:"骞,亏也。""腾""骞"二字难连用,作"腾搴"方合,而"搴"字不在韵内①。孙愐云:文人相承,以"搴"为掀举之义,押入先韵,非也。余按:《汉书》"斩将搴旗"注:"搴,取也。"《韵会》云:"搴,古通于褰。"杜诗用"腾搴",盖以搴取为义,非骞崩之骞也。

寄张十二山人彪三十韵

《唐诗纪事》:"彪,盖颍洛间静者。天宝末,将母避乱,尝有《北游酬孟云卿》诗曰:'善道居贫贱,洁服蒙尘埃。慈母忧疢疾,室家念栖栖。'彪又有《神仙》诗曰:'长老思养寿,后生笑寂寞。五谷无长年,四气乃灵药。'"

独卧嵩阳—作云客〔一〕,三违颍水春〔二〕。艰难随老母,惨澹向时人。谢氏寻山屐〔三〕,陶公漉酒巾〔四〕。群凶弥宇宙,此物在风尘〔五〕。历下辞姜被〔六〕,关西得孟邻〔七〕。早通交契密,晚接道流新。静者心多妙—作好,先生艺绝伦。草书何太

---

① 两"搴"字,底本作"骞",据文意改。

古—云应甚苦，诗兴不无神。曹植休前辈，张芝更后身〔八〕。数篇吟可老，一字买堪贫。将恐曾防寇〔九〕，深潜托所亲。宁闻倚门夕？尽力洁飨晨〔一〇〕。疏懒为名误，驱驰丧我真〔一一〕。索居尤—作犹寂莫，相遇益愁—作悲，—作酸辛。流转—云转徙依边徼，逢迎念席珍。时来故旧少，乱后别离频〔一二〕。世祖修高庙〔一三〕，文公赏从臣。商山犹入楚〔一四〕，源黄作渭水不离—作知秦刊作湍水不流秦〔一五〕。存想青龙秘〔一六〕，骑行白鹿驯。耕岩非谷口，结草即—作欲河滨〔一七〕。肘后符应验〔一八〕，囊中药未陈〔一九〕。旅怀殊不惬，良觌眇无因。自古多悲恨，浮生有屈伸。此邦今—作全尚武，何处且依仁〔二〇〕？鼓角凌天籁〔二一〕，关山倚—作信，非月轮。官场—作壕罗镇碛〔二二〕，贼火近洮岷〔二三〕。萧索论兵地，苍茫斗将辰。大军多处所〔二四〕，馀孽尚纷纶。高兴知笼鸟，斯文起—作岂获麟〔二五〕。穷秋正摇落，回首望松筠。

〔一〕《述征记》："嵩山东曰太室，西曰少室，相去十七里，嵩其总名。"《括地志》："在洛州阳城县西北二十三里。"

〔二〕《水经》："颍水出颍川阳城县西北少室山，东南入于淮。"

〔三〕《谢灵运传》："寻山陟岭，必造幽峻，尝着木屐，上山则去前齿，下山则去后齿。"

〔四〕《陶潜传》："郡将候潜，逢其酒熟，取头上葛巾漉酒，毕，还复着之。"

〔五〕"此物"蒙"巾""屐"言。黄注指张彪，非。

〔六〕历下：注见首卷。《海内先贤传》："姜肱事继母，年少，肱兄弟同被而寝，不入室，以慰母心。"

〔七〕关西：陇关以西也。《列女传》："孟子之母，凡三徙而舍学宫之旁。""姜被"、"孟邻",皆以山人言之。味下二句,公盖交山人于历下,而遇之于关西也。次公谓"辞姜被",公自言别诸弟之时。亦非。

〔八〕张芝:注别见。

〔九〕《诗》:"将恐将惧。"

〔一〇〕束晳《补亡诗》:"馨尔夕膳,洁尔晨飧。"言山人奉母潜身,力致孝养,应"艰难随老母"。

〔一一〕《庄子》:"今者吾丧我。"

〔一二〕此自叙流落关西,与山人相遇而复别。

〔一三〕《后汉书》:"光武建武二年正月,立高庙于洛阳,四时祫祀。高帝为太祖,一岁五祀。"

〔一四〕《十道志》:"商洛山,在商县东南九十里,亦名楚山。"王维诗:"商山包楚邓。"

〔一五〕钱笺:"至德二载十二月,蜀郡、灵武元从功臣,皆加封爵。次年四月,九庙成,备法驾,自长安迎神主入新庙。此二句借汉晋为喻,以括焚毁、收复之事也。'商山'、'源水',皆不离秦楚疆域,喻两都定乱,山人仍隐于嵩阳也。" 按:旧注"源水",桃花源也。桃源在武陵,与秦地何涉?又两句俱使避秦事,终未稳惬,恐以"渭水"为正。"商山"、"渭水",是用四皓、太公事以拟山人。或曰:玩"三违颍水春"及"关西得孟邻"等语,似山人乱后未归嵩阳,此二句与《谒先主庙》诗"锦江元过楚,剑阁复通秦"同意,言肃宗反正,天下复归于唐也。亦通。

〔一六〕《四象论》:"青龙,东方甲乙木。潜藏变化,故言龙。"《云笈七签》:"《老君存思图》:凡行道时所存清旦思,青云之气币满斋室,青龙狮子备守前后。"

〔一七〕钱笺:"《神仙传》:'卫叔卿尝乘驾白鹿见汉武,帝将臣之,叔卿不言而去。'《三辅决录》:'辛缮隐居弘农华阴,所居旁有白鹿甚驯,不畏人。'扬子:'谷口郑子真,耕于岩石之下,名震京师。'《神仙传》:'河上公,不知其姓氏。汉文帝时,公结草为庵于河滨,读《老子》。文帝驾往诣之。'"

〔一八〕《晋·葛玄传》:"玄著《金匮药方》一百卷、《肘后要急方》四卷。"

《神仙传》:"张道陵弟子赵升,七试皆过,乃授《肘后丹经》。"

〔一九〕《后汉·方术志》:"王和平,性好道术,孙邕少事之。会和平病殁,邕葬之东陶。有书百馀卷、药数囊,悉以送之。后人言其尸解,邕恨不取其方药宝书。""世祖"至此,言两京克复之时,山人隐沦如故,惟精修道术如此,所谓"静者心多妙"也。

〔二〇〕钱笺:"《论语》:'依于仁。'注曰:'依,倚也,仁者功施于人,故可倚。'疏曰:'恩被于物,物亦应之,故可倚赖也。'公用'依仁'正此义。"

〔二一〕《庄子》:"天籁,则众窍是已。"

〔二二〕《唐书》:"陇右道北庭都护府,有神山镇,又有大漠、小碛。"赵曰:"四镇皆置官场,收赋敛以供军须。"

〔二三〕《唐书》:"洮、岷二州皆属陇右道。"按:上元元年,吐蕃陷廓州,廓州与洮、岷连接。

〔二四〕《魏志》:"邓艾见高山大泽,辄指画军营处所。"

〔二五〕《秋兴赋序》:"犹池鱼笼鸟,有江湖山薮之思。"困如笼鸟,不忘高兴,穷如获麟,可起斯文,皆自况也。赵注属张山人,非。

寄李十二白二十韵

昔年有狂客,号尔谪仙人。笔落惊《英华》作闻风雨,诗成泣鬼神〔一〕。声名从此大,汩没一朝伸〔二〕。文彩承殊渥〔三〕,流传必绝伦。龙舟移棹晚〔四〕,兽锦夺袍新〔五〕。白日来深殿,青云满后尘。乞归优诏许〔六〕,遇我宿一作夙心亲。未负一作遂幽栖志,兼全宠辱身。剧《英华》作戏谈怜野逸〔七〕,嗜酒见天真。醉舞梁园夜〔八〕,行歌泗水春〔九〕。才高心不展,道屈善无邻。处士祢衡俊〔一〇〕,诸生原宪贫。稻粱求未足,薏苡谤何频〔一〕！五岭炎蒸地〔二〕,三危放逐臣〔三〕。几年遭鹏鸟〔四〕,独泣向麒麟——云不独泣麒麟。苏武先或云当作元还汉,黄公岂事秦〔五〕？楚筵辞醴日〔六〕,梁狱上书辰〔七〕。已用当时法,谁将此义—作议陈？老吟秋月下,病起暮江滨。莫怪恩波隔,乘槎与—作得问津〔八〕。

〔一〕钱笺:"孟棨《本事诗》:'白自蜀至京师,贺监知章闻其名,首访之。请所为文,白出《蜀道难》示之,称叹数四,号为谪仙人。解金貂换酒,与倾尽醉,自是声誉光赫。'范传正《新墓碑》:'贺知章吟公《乌栖曲》,云此诗可以泣鬼神矣。'或言是《乌夜啼》二篇,未知孰是。"

〔二〕《唐书》:"知章言白于玄宗,召见金銮殿,奏颂一篇,赐食,帝为调羹,召供奉翰林。"

〔三〕乐史《别集序》:"上命李龟年持金花笺,宣赐翰林供奉李白。白宿醒未解,援笔赋之,立进《清平词》三章。"《本事诗》:"上召白为宫中行乐诗,时白已醉,命二内臣扶掖,研墨濡笔以授之。又令二人张朱丝栏于其前。白取笔抒思,十篇立就,更无加点。"

〔四〕移棹晚:用玄宗泛白莲池事,见首卷。

〔五〕兽锦袍:织锦为兽文也。刘邈《秋闺》诗:"灯前量兽锦。"《旧书》:"武后令从臣赋诗,东方虬先成,赐以锦袍。宋之问继进,诗尤工,于是夺袍赐之。"

〔六〕《唐书》:"白为高力士所谮,自知不为亲近所容,恳求还山,帝赐金放还。"

〔七〕《汉书》:"扬雄口吃,不能剧谈。"

〔八〕《西京杂记》:"梁孝王好宫室苑囿之乐,筑兔园,园中有雁池,池间有鹤洲凫渚。"《一统志》:"梁园,一名兔园,在今归德府城东。"

〔九〕《唐书》:"泗水县属兖州。"钱笺:"鲁訔、黄鹤辈叙《杜诗年谱》,并云开元二十五年后客游齐赵,从李白、高适过汴州,登吹台,而引《壮游》《昔游》《遣怀》三诗为证。予考之,非也。以杜集考之,《寄李十二》诗云'乞归优诏许,遇我夙心亲。醉舞梁园夜,行歌泗水春',则李之遇杜,在天宝三年乞归之后,然后同为泗水之游也。《东都赠李》诗云'李侯金闺彦,脱身事幽讨。亦有梁宋游,方期拾瑶草',李阳冰《草堂集序》云'天子知其不可留,乃赐金归之。遂就从祖陈留采访大使彦允,请北海高天师授道箓于齐州紫极宫',此所谓'脱身事幽讨'也。曾巩《序》云:'白,蜀郡人,初隐岷山,出居湖、汉之间,南游江淮。至楚,留云梦者三年。去,之齐鲁,居徂徕山竹溪。入吴,至长安,明皇召见,以为翰林供奉。顷之,不合,去。北抵赵、魏、燕、晋,西涉邠、岐,历商於,至洛阳,游梁最久。复之齐鲁,南游淮泗。再入吴,转涉金陵,上秋浦,抵浔阳。'记白游梁宋、齐鲁,在罢翰林之后,并与杜诗合。《鲁城北同寻范十隐居》诗'不愿论簪笏,悠悠沧海情',亦李去官后作也。《遣怀》诗'忆与高李辈,论交入酒垆'①,《昔游》诗'昔者与高李②,晚登单父台',《壮游》则云'放荡齐赵间,裘马颇清狂。春歌丛台上,冬猎青丘旁。苏侯据鞍喜,忽如携葛彊',在齐赵则云'苏侯',在梁宋则云'高李',其朋游固区以别矣。'苏侯'注云'监门胄曹苏预',即源明也。开元中,源明客居徐兖,天宝初举进士。诗独举苏侯,知杜之游齐赵在开元时,而高、李不与也。以李《集》考之,《书情》则曰'一朝去京阙,十载游梁园',《梁园吟》则曰'我浮黄云去京阙,挂席欲进波连山。天长水阔难远涉,访古始及平台间',此去官游梁宋之证,与杜诗合也。《单父东楼送族弟沈之秦》则云'长安宫阙九天上,此地曾经为近臣。屈平憔悴滞江潭,亭伯流离放辽海',《鲁郡东石门送杜二甫》则云'醉别复几日,登临遍池台。何言石门路,重有金樽开',此知李游单父后,于鲁郡石门与杜别也。单父至兖州二百七十里,盖公辈游梁宋后,复至鲁郡,始言别也。以高《集》考之,《东征赋》曰:'岁在甲申,秋穷季月,高子游梁既久,方适楚以超忽。望君门之悠哉,微先容以效拙。姑不隐而不仕,宜其漂沦而播越。'甲申为天宝三载,盖適解封丘尉之后,仍游梁宋,亦即李去翰林之年也。《登子贱琴堂赋诗序》云'甲申岁,

---

① "忆与",底本作"往与","论交",底本作"论文",据杜集诸善本改。
② "昔者",底本作"往者",据杜集诸善本改。

適登子贱琴堂'，即杜诗所谓'晚登单父台'也。以其时考之，天宝三载杜在东都，四载在齐州，斯其与高、李游之日乎？李、杜二公先后游迹如此，《年谱》纰谬，不可不正。段柯古《酉阳杂俎》载《尧祠别杜补阙》之诗，以为别甫，则宋人已知其谬矣。"

〔一〇〕孔融《荐祢衡表》："窃见处士平原祢衡，字正平，年二十四，淑质贞亮，英才卓跞。"

〔一一〕《马援传》："援征交趾，载薏苡种还，人谤之，以为明珠大贝。"

〔一二〕裴渊《广州记》："大庾、始安、临贺、桂阳、揭阳，为五岭。"邓德明《南康记》："始兴大庾岭、桂阳骑田岭、九真都庞岭、临贺萌浩岭、始安越城岭，是为五岭。"

〔一三〕《山海经》："三危之山，广圆百里，在鸟鼠山西，与岷山相接。"《括地志》："三危山，在沙州敦煌县东南二十里，山有三峰，故曰三危。"按：太白时流夜郎，三危去夜郎甚远，此特借言其放逐耳。

〔一四〕贾谊《鵩鸟赋序》："谊为长沙王傅。三年，有鵩飞入舍，止于坐隅。鵩似鸮，不祥鸟也。谊自伤悼，以为寿不得长，乃为赋以自广。"

〔一五〕黄公：四皓之一，避秦商山。

〔一六〕《汉书》："楚元王敬礼申公等，穆生不嗜酒，元王每置酒，尝为设醴。及王戊即位，忘设焉。穆生退，曰：'可以逝矣。'遂谢病去。"

〔一七〕梁狱：注见前。　辞醴、上书：比永王璘本待白之薄，白不与其谋，不当加之以法也。　按：太白《书怀》诗云："半夜水军来，寻阳满旌旃。空名适自误，迫胁上楼船。徒赐五百金，弃之若浮烟。辞官不受爵，翻谪夜郎天。"数语与此诗相发明。

〔一八〕宋之问诗："明河可望不可亲，愿得乘槎一问津。"末叹如白之才，而恩波不及，故欲乘槎以问之天也。

别赞上人

百川日东流，客去亦不息。我生苦飘荡，何时有终极？

赞公释门老,放逐来上国。还为世尘婴,颇带憔悴色。杨枝晨在手[一],豆子雨—作雨已熟[二]。是身如浮云[三],安可限南北？异县逢旧友—作交,初欣写胸臆。天长关塞寒—作远,岁暮饥冻—作寒逼。野风吹征衣,欲别向曛—作昏黑。马嘶思故枥,归鸟尽敛翼。古来聚散地,宿昔长荆棘。相看俱衰年,出处各努力。

〔一〕钱笺:"《华严净行品》:'手执杨枝,当愿众生皆得妙法,究竟清净。'《涅槃经》:'诸大比丘等,于晨朝日初出,离常住处,嚼杨枝,遇佛光明,疾速漱口澡手。'"

〔二〕《华严疏钞》经曰:"譬如春月下诸豆子,得暖气色,寻便出土。"《岁时记》:"八月雨,为豆花雨。"

〔三〕《维摩经》:"是身如浮云,须臾变灭。"

两当县吴十侍御江上宅

《旧唐书》:"凤州两当县,汉故道县地,晋改两当,取水名。"《水经注》:"两当水,出陈仓县之大散岭西南,流入故道川,谓之故道水。"钱笺:"吴十侍御,名郁,见后成都诗。《方舆胜览》:'吴郁,两当人,为侍御史,以言事被谪。居家不仕,与子美交游。'唐韦续《墨薮》:'吴郁字体绵密,不谢当时。'"《一统志》:"吴郁宅在两当县西南。"按诗中语,郁乃以言事得罪、谪居两当者,《方舆》谓两当人,恐非。

寒城朝烟淡,山谷落叶赤。阴风千里来,吹汝江上宅[一]。鹍鸡号枉渚[二],日色傍阡陌。借问持斧翁,几年长沙客〔三〕？哀哀失木狖羊就反,矫矫避弓翻〔四〕。亦知故乡乐,未敢思宿昔。昔在凤翔都〔五〕,共通金闺一作门籍〔六〕。天子犹蒙尘,东郊暗长戟。兵家忌间谍,此辈常接迹。台中领举劾,君必慎剖析。不忍杀无辜,所以分黑白。上官权许与,失意见迁斥〔七〕。仲尼甘旅人〔八〕,向子识损益〔九〕。朝廷非不知,闭口休叹息樊本"仲尼"一联在此句下。余时忝诤臣,丹陛实咫尺。相看受狼狈,至死难塞责。行迈心多违,出门无与适。于公负明义,惆怅头更白。

〔一〕江:嘉陵江也。赵曰:"两当县,枕嘉陵江上。"
〔二〕《楚词》:"鹍鸡啁哳而悲鸣。"注:"鹍鸡,似鹤,黄白色。"陆云诗:"通波激枉渚。"善注引《楚词》"朝发枉渚"。翰曰:"枉渚,曲渚也。"黄曰:"此诗'枉渚'是以斜曲为义,非武陵湘潭之枉渚。"
〔三〕长沙客:以贾谊比侍御也。
〔四〕《异物志》:"狖,猿类,露鼻,尾长四五尺。"《淮南子》:"猿狖失木而擒于狐狸,非其处也。""雁从风飞,以爱气力,衔芦而翔,以避弋缴。"
〔五〕《唐书》:"凤翔府扶风郡,属关内道,本岐州。至德元载,更郡名凤翔。二载号西京,为府。上元元年为西都。"
〔六〕谢朓诗:"既通金闺籍。"
〔七〕时必有贼间中伤朝臣,吴为分剖是非,以此失执政意,虽权许而终斥之,但其事无考。
〔八〕王弼《易传》:"仲尼旅人,则国可知矣。"
〔九〕《后汉书》:"向长,字子平,读《易》至《损》《益》卦,喟然叹曰:吾已知富不如贫,贵不如贱,但未知死何如生耳。"

杜工部诗集卷之七

乾元、上元间,公赴同谷、居成都作。

发秦州 原注:乾元二年,自秦州赴同谷县纪行

我衰更懒拙,生事不自谋。无食问乐土,无衣思南州〔一〕。汉源十月交,天气凉如—作如凉秋。草木未黄落〔二〕,况闻山水幽。栗亭名更嘉〔三〕,下有良田畴。充肠多薯蓣音殊与〔四〕,崖蜜亦易求〔五〕。密竹复冬笋,清池可方舟〔六〕。虽伤—作云旅寓远,庶遂平生游。此邦俯要冲,实恐人事稠。应接非本性,登临未销忧。溪谷无异石,塞田始微收〔七〕。岂复慰老夫—作大?惘然难久留〔八〕。日色隐孤戍,乌啼满城头。中宵驱车去,饮马寒塘流。磊落星月高〔九〕,苍茫云雾浮。大哉乾坤内,吾道长悠悠。

〔一〕《楚词》:"嘉南州之炎德。"按:《地志》:"同谷,蜀北秦南。"故曰"南州"。

〔二〕《唐书》:"汉源县,属成州。"按:《地志》:"汉有二源,东源出武都氐道,西源出陇西西县之嶓冢山,南入广汉。"此名"汉源",盖西汉也。言同谷风土之暖,利于"无衣"。

〔三〕《九域志》:"栗亭,在成州东五十里,去秦州一百九十五里。"钱笺:"《寰宇记》:'同谷县有栗亭镇。咸通中,刺史赵鸿刻石同谷,曰工部《题栗

亭十韵》不复见。鸿诗曰：杜甫栗亭诗，诗人多在口。悠悠二甲子，题记今何有？'"

〔四〕《本草》："薯蓣，俗名山药，补虚劳，充五脏，久服，轻身不饥。"注："蜀道者尤良。"

〔五〕《图经本草》："石蜜，即崖蜜也，其蜂黑色似虻，作房于岩崖高峻处或石窟中。以长竿刺，令蜜出，承取之，多者至三四石，味酽，色绿，入药胜于他蜜。"言同谷物产之佳，利于"无食"。

〔六〕《西都赋》："方舟并骛。"注："方，并也。"

〔七〕塞田：边塞沙田，即前所云"石田"也。

〔八〕言秦州之当去。

〔九〕古诗："两头纤纤月初生，磊磊落落向曙星。"

赤　谷

蔡曰："秦州陇城县有大陇山，亦曰陇首，其坂九回。公前《赤谷西崦》诗云'跻险不自安'，此诗又云'险艰方自兹'，盖是登大陇，历九回坂也。"

天寒霜雪繁，游子有所之。岂但岁月暮，重来未有——云亦未期。晨发赤谷亭，险艰方自兹。乱石无改辙，我车已载脂。山深苦多风，落日童稚饥。悄然村墟迥，烟火何由追？贫病转零落——云飘零，故乡不可思。常恐死道路，永为高人嗤。

铁堂峡

钱笺："《方舆胜览》：'铁堂山，在天水县东五里。峡有石笋青翠，长者至丈馀,小者可以为砺。蜀姜维世居此。'《通志》:'峡有铁堂庄,四山环抱,面有孤冢,相传是维祖茔。'"

　　山风吹游子,缥缈乘险绝。硖形藏堂隍[一],壁色立积<small>荆作精</small>铁。径摩穹苍蟠,石与厚地裂。修纤无垠<small>一作限</small>竹,嵌<small>丘衔切</small>空<small>一作孔</small>太始雪[二]。威迟哀壑底[三],徒旅惨不悦[四]。水寒长冰横,我马骨正折。生涯抵弧矢[五],盗贼殊未灭。飘蓬逾三年,回首肝肺热。

　　〔一〕按:《说文》:"山峭夹水曰峡。"韵书不与"硖"通。然周立硖州,以居三峡之口,因名,则二字殆可通也。《尔雅》:"无室曰榭。"注:"即今堂堭。"《汉书·胡广传》:"列坐堂皇上。"注:"室无四壁曰皇。"
　　〔二〕太始雪:言嵌窦中雪,自太始以来未消也。
　　〔三〕《文选》注:"《韩诗》:'周道威夷。'薛君曰:'威夷,险也。'"又作威迟。潘岳诗:"峻阪路威迟。"殷仲文诗:"哀壑叩虚牝。"
　　〔四〕谢灵运诗:"徒旅苦奔峭。"
　　〔五〕赵曰:"抵,当也。'抵弧矢'言当用兵之时。"

盐　井

　　钱笺:"《水经注》:'盐官水南入汉水,水有盐官,在蟠冢西五十许里,相承营煮不辍,味与海盐同,故《地理志》云西县有盐官也。'《元和郡国志》:'盐井在成州长道县东三十里,水与岸齐,盐极甘美,食之破气。盐官故城在县东三十里,蟠冢西四十里。'"

卤中草木白〔一〕，青者官盐烟—云直者青盐烟。官作既有程〔二〕，煮盐烟在川。汲井岁榾榾蔡云当作㧖㧖〔三〕，出车日连连。自公斗三百，转致斛六千〔四〕。君子慎止足，小人苦喧阗。我何良叹嗟，物理固自然—云亦固然〔五〕。

〔一〕《说文》："卤，咸地也。东方谓之斥，西方谓之卤。"《宣帝纪》："困于莲勺卤中。"

〔二〕陈琳诗："官作自有程，举筑谐汝声。"

〔三〕《庄子》："㧖㧖然用力甚多而见功寡。"

〔四〕转致：商人转贩也。《玉篇》："十斗为斛。"黄希曰："《唐志》：'天宝、至德间，盐每斗十钱。乾元元年，第五琦为盐铁使，尽榷天下盐①，斗加时价百钱而出之，为钱二百一十。'此诗作于乾元二年，何乃云'斗三百'？当是天下用兵，税愈重，直愈昂矣。"

〔五〕言厚利所在，民必争趋，理有固然，吾又何叹乎？

寒 硖

《宋书·氐胡传》："安西参军鲁尚期，追杨难当出寒峡。"

行迈日悄悄，山谷势多端。云门转绝岸，积阻霾天寒。寒硖郭作峡不可度，我实衣裳单。况当仲冬交，溯沿增波澜〔一〕。野人寻烟语，行子傍水餐。此生免荷殳〔二〕，未敢辞路难。

---

① "榷"，底本作"搉"，据《新唐书·食货志》改。

〔一〕溯：逆流。沿：顺流也。
〔二〕《周礼》："殳以积竹八觚，长丈二尺，建于兵车，旅贲以先驱。"

法镜寺

身危适他州，勉强终劳苦。神伤山行深，愁破崖寺古。婵娟碧鲜《正异》《英华》皆作藓净〔一〕，萧摋子六切寒箨聚〔二〕。回回一作洞洞山一作石根水〔三〕，冉冉松上雨。洩云蒙清晨〔四〕，初日翳复吐。朱甍音门半光炯〔五〕，户牖粲可数。拄策忘前期，出萝已亭午。冥冥子规叫，微径不复一作敢取。

〔一〕按："碧鲜"，断是苔藓之"藓"。公《哀苏源明》诗亦云"垢衣生碧藓"，旧本讹作"鲜"，注家遂引《吴都赋》"檀栾婵娟，玉润碧鲜"，以为四字皆言竹，恐无此句法。
〔二〕萧摋：陨落貌。《秋兴赋》："庭树摋以洒落。"
〔三〕王褒《九怀》："上乘云兮回回。"
〔四〕《魏都赋》："穷岫洩云，日月恒翳。"
〔五〕甍：栋也，所以承瓦。沈佺期诗："红日照朱甍。"

青阳峡

塞外苦厌山，南行道一云登路弥恶。冈峦相经亘，云水气参错。林迥峡角来，天窄一作穿壁面削。溪西五里石，奋怒向我落〔一〕。仰看日车侧〔二〕，俯恐坤轴弱〔三〕。魑魅啸有风，霜霭浩漠漠。昨忆一作忆昨逾陇坂〔四〕，高秋视吴岳〔五〕。东笑莲花卑，北知崆峒薄〔六〕。超然侔壮观，已谓殷上声,一作隐寥廓。突兀犹趁人，及兹叹冥寞通作漠〔七〕。

〔一〕《水经注》："吴山三峰霞举，叠秀云天，崩峦倾厌，山顶相捍，望之恒有落势。"

〔二〕《庄子》："若乘日之车，游襄城之野。"

〔三〕坤轴：即地轴，注见二卷。

〔四〕陇坂：注见六卷。

〔五〕《周礼》："雍州，其镇曰岳山。"注："吴岳也。"《汉·地理志》："吴山在汧县西。"古文以为岍山，《国语》谓之西吴，秦都咸阳以为西岳。《旧唐书·礼仪志》："肃宗至德二年春在凤翔，改汧阳郡吴山为西岳。"

〔六〕"吴岳"、"莲花"、"崆峒"皆过陇坂时所见也。华山有莲花峰。崆峒：注见二卷。

〔七〕言陇坂之险，已极突兀之观矣。及过青阳，觉此险犹逐人而来，乃叹冥漠之境不可穷也。末语正应"南行道弥恶"，旧注都支离。

龙门镇

《水经注》："洛汉水，北发洛谷，南径威武戍，又西南与龙门水合。水出西北龙门谷，东流与横水会，又南径龙门戍东。"按：洛谷，一作骆，在成县西。《一统志》："龙门镇，在巩昌府成县东，后改府城镇。"

细泉兼轻冰，沮洳栈道湿〔一〕。不辞辛苦行，迫一作迨此短景急〔二〕。石门云雪一作云雷隘一作溢〔三〕，古镇峰峦集。旌竿暮惨澹,风水白刃涩。胡马屯成皋〔四〕,防虞此何及〔五〕? 嗟尔远戍人,山寒夜中泣。

〔一〕《诗》传:"沮洳,水浸处,下湿之地也。"《元和郡县志》:"褒斜道,一名石牛道,张良令烧绝栈道,即此。"
〔二〕《舞鹤赋》:"急景凋年。"
〔三〕《蜀都赋》:"岨以石门。"注:"在汉中之西,褒中之北,蜀之险隘。"
〔四〕成皋:注见三卷。
〔五〕《唐书》:"乾元二年九月,史思明陷东京及齐、汝、郑、滑四州。"

黄淳耀曰:"时东京为思明所据。秦、成间密迩关辅,故龙门镇兵有石门之守。然旌竿惨淡,白刃钝涩,既无以壮我军容,况此地又与成皋远不相及,则亦徒劳吾民而已,远戍果何益哉?"

石 龛

熊罴咆我东,虎豹号我西。我后鬼长啸,我前狨音戎又啼〔一〕。天寒昏无日,山远道路迷。驱车石龛下,仲冬见虹霓〔二〕。伐竹者谁子〔三〕? 悲歌上—作抱云梯〔四〕。为官采美箭〔五〕,五岁供梁齐。苦云直斡—作笴尽,无以充—作应提携。奈何渔阳骑,飒飒惊蒸黎!

〔一〕陈藏器《本草》:"狨生山南山谷中,似猴而大,毛长,黄赤色,人将其皮作鞍褥。"《埤雅》:"尾作金色,俗谓金线狨,中矢毒即自啮断其尾以掷之。"

〔二〕《月令》:"孟冬之月,虹藏不见。"今仲冬见之,纪异也。

〔三〕阮籍诗:"所怜者谁子。"

〔四〕谢灵运诗:"共登青云梯。"

〔五〕《一统志》:"箭筈山,在汉中府汉阴县东北一百八十里,山产箭竹。"

积草岭 原注:同谷界

连峰积长阴,白日递隐见形甸切。飕飕林响交,惨惨石状变。山分积草岭,路异明《唐书》作鸣水县〔一〕。旅泊吾道穷,衰年岁时倦。卜居尚百里,休驾投诸彦。邑有佳主人,情如已会面。来书语绝妙,远客惊深眷。食蕨不愿馀①,茅茨眼中见〔二〕。

〔一〕《旧唐书》:"鸣水县属兴州,本汉沮县地,隋为鸣水县。"蔡曰:"谓此岭之外,东西别行,东则同谷,西则鸣水也。"

〔二〕同谷宰以书来迎公,故言将卜居同谷,茅茨如或见之。

泥功《唐书》作公山

《唐书》:"贞元五年,于同谷之西境泥公山,权置行成州。"《方舆胜览》:"在同谷郡西二十里。"

---

① "不愿馀",底本作"不厌馀",据诸善本改。

朝行青泥上，暮在青泥中〔一〕。泥濘乃定切非一时，版筑劳人功。不畏道途一作路永，乃将一作反将，一云及此汩没同〔二〕。白马为铁骊〔三〕，小儿成老翁〔四〕。哀猿一作猱透却坠，死鹿力所穷〔五〕。寄语北来人，后来莫匆匆。

〔一〕《元和郡国志》："青泥岭，在兴州长举县西北五十三里，接溪山东，悬崖万仞，上多云雨，行者屡逢泥淖，故号为青泥岭。"《一统志》："在汉中府略阳县西北一百五十里。"
〔二〕《庄子》："与汩偕出。"司马云："汩，涌波也。"
〔三〕《诗》："驷铁孔阜。"《尔雅》："马纯黑曰骊。"
〔四〕魏文帝《书》："已成老翁，但未白头耳。"
〔五〕《诗》："野有死鹿。"

凤凰台 原注：山峻，人不至高顶

钱笺："《水经注》：'凤溪水上承浊水于广业郡，南径凤溪，中有二石双高，其形若阙，汉世有凤凰栖其上，故谓之凤凰台。北去郡三里，水出台下。'《方舆胜览》：'凤凰台在同谷东南十里，山腰有瀑布，名迸玑泉。天宝间，哥舒翰有题刻。'"

亭亭凤凰台，北对西康州〔一〕。西伯今寂寞，凤声亦悠悠〔二〕。山峻路绝踪，石林气高浮。安得万丈梯，为君上上声，《英华》作居上头？恐有无母雏〔三〕，饥寒日啾啾一云啁啾。我能剖心出《方舆胜览》作血，饮啄慰孤愁。心以当竹实〔四〕，炯然无《胜览》作忘外求。血以当醴泉，岂徒比清流？所重王者瑞，敢辞微命休？坐看彩翩长〔一作举〕〔五〕，举〔一作纵〕意八极周〔六〕。自天衔瑞图《英华》作图谶〔七〕，飞下十二楼〔八〕。图以奉〔一作献〕至尊，凤以垂鸿猷〔九〕。再光中兴业，一洗苍生忧。深衷正《胜舆》作止为此，群盗何淹留！

〔一〕《唐书》："武德初，以同谷置西康州，贞观初废。"谓之"西康"者，别于岭南之康州也。

〔二〕西伯：文王也。文王时，凤鸣岐山。

〔三〕《山海经》："南禺之山，有凤凰、鹓雏。"焦贡《易林》："凤有十子，同巢共母，欢以相保。"

〔四〕《诗》疏："凤非竹实不食，非醴泉不饮。"李畋《该闻集》："旧称竹实，鸾凤所食。今竹间时见开花，小白如枣花，亦结实如小麦子，无气味而涩，江浙人号为竹米。荒年之兆，其竹即死，非鸾凤食也。近江南馀干人来，言彼处有竹实，大如鸡子，竹叶层层包裹，味甘胜蜜，食之心膈清凉，生竹林茂密处。因知鸾凤之食，必非常物。"

〔五〕凤羽具五采，故曰"彩翩"。

〔六〕王褒《颂》："周流八极。"

〔七〕《春秋元命包》："黄帝游元扈洛水之上，凤凰衔图置帝前，帝再拜受图。"

〔八〕《汉·郊祀志》："方士言黄帝时，为五城十二楼，以候神人于执期。"《十洲记》："昆仑山，积金为天墉城，城上安金台五所，玉楼十二所。"

〔九〕刘敬叔《异苑》："晋隆安中，凤凰集刘穆之庭，韦叡谓曰：'子必协赞鸿猷。'"

乾元中寓居同谷县作歌七首

《旧唐书》："成州，治同谷县，武德元年置成州。贞观二年，以废康州之同谷县来属。"《九域志》:"秦州西南至成州二百六十五里。"

有客有客字子美,白头乱—作短发垂过—作两耳。岁拾橡栗随狙公〔一〕,天寒日暮山谷里。中原无书归不得,手脚冻皴七伦切皮肉死〔二〕①。呜呼一歌兮歌已哀,悲风为我从天—作东来。

〔一〕《后汉·李恂传》:"时岁荒,徙居新安关下,拾橡栗以自资。"《广韵》:"橡,栎实也。"《庄子》:"狙公赋芧。"芧,即橡子也。
〔二〕《说文》:"皴,皮细起也。"《梁武帝纪》:"执笔触寒,手为皴裂。"

长镵仕衫、仕鉴二切长镵白木柄〔一〕,我生托子以为命。黄精—作独无苗山雪盛〔二〕,短衣数挽不掩胫。此时与子空—作同归来,男呻女吟四壁静。呜呼二歌兮歌始放,邻—作闾里为我色惆怅。

〔一〕《说文》:"镵,锐也。"吴人云犁铁。
〔二〕《山谷别集》:"黄独,状如芋子,梁汉人蒸食之,江东谓之土芋。"陈藏器云:"黄独,遇霜雪,枯无苗,盖蹲鸱之类也。"作"黄独"为是。王彦辅《麈史》:"《药录》云黄精止饥。杜以穷冬采此,奚必迁就黄独耶?又以山雪为春雪,不知杜在同谷,未尝涉春也。"蔡注:"公诗每用黄精,不必作黄独,东坡诗亦读此句为黄精也。"

有弟有弟在远方—作各一方〔一〕,三人各瘦何人强〔二〕?生别展转不相见,胡尘暗天道路长。东飞鴐鹅后鹙鸧〔三〕,安得送

---

① "七伦切",底本误作"士伦切"。

我置汝旁？呜呼三歌兮歌三发，汝归何处收兄骨[四]？

〔一〕赵曰："公四弟，曰颖、曰观、曰丰、曰占。颖、观、丰各在他郡，惟占从公入蜀，后有《舍弟占归草堂》诗。"

〔二〕《后汉书》："赵孝弟礼为贼所得，将食之，孝自缚诣贼曰：'礼饿羸瘦，不若孝肥饱。'贼感其意，俱舍之。"梁元帝《与武陵王书》："兄肥弟瘦，无复相见之期。"

〔三〕《广志》："鴐鹅，野鹅也。"陶隐居云："野鹅大于雁，似人家苍鹅，谓之鴐鹅。"《埤雅》："鹜性贪恶，状如鹤而大，长颈赤目，善与人斗，好啖蛇。"郭璞《江赋》："奇鸧九头。"《本草》："似鸧而异，故曰奇鸧，即今九头鸟，与《尔雅》之鸧麋鸹不同。"按：《大招》："鸥鸿群晨，杂鹜鸧只。"曰杂以其异类也，二者皆恶禽，故旧注以比史思明。但此句诗意，本谓道路阻绝，欲假翼飞鸟耳。若以鹜鸧比思明，则鴐鹅又何指耶？

〔四〕《左传》："予收尔骨焉。"

有妹有妹在钟离，良人早殁诸孤痴[一]。长淮浪高蛟龙怒，十年不见来何时—作迟？扁舟欲往箭满眼，杳杳南国多旌旗。呜呼四歌兮歌四奏，林猿—作竹林为我啼清昼[二]。

〔一〕《旧唐书》："濠州属淮南道，天宝元年改钟离郡，乾元元年复为濠州。"《新书》："属河南道。"公有《寄韦氏妹》诗，时嫠居钟离。

〔二〕《西清诗话》："崇宁间，有贡士自同谷来，笼一禽，大如雀，色正青，善鸣，曰此竹林鸟也。"《演繁露》："诗人假象为辞，因竹之号风若啼，故谓之啼耳。"按：二说皆穿凿难信。猿多夜啼，今啼清昼，极言其悲也。

四山多风溪水急，寒雨飒飒枯树—云树枝湿。黄蒿古城云不开[一]，白—作玄狐跳梁黄狐立。我生何为在穷谷？中夜起坐万感集。呜呼五歌兮歌正长,魂招不来归故乡〔二〕。

〔一〕蔡琰《胡笳十八拍》:"塞上黄蒿兮枝枯叶干。"①
〔二〕《招魂》:"魂兮归来,反故居些!"按:古人招魂之礼,不专施于死者。公诗如"剪纸招我魂"、"老魂招不得"、"南方实有未招魂",与此诗"魂招不来归故乡",皆招生时之魂也,本王逸《楚词注》。

南有龙兮在山湫,古木龓卢红、力董切 嵸子红、子孔切 枝相樛〔一〕。木叶黄落龙正蛰,蝮蛇东来水上游。我行怪此安敢出,拔剑欲斩且复休〔二〕。呜呼六歌兮歌思迟—云怨迟迟,溪壑为我回春姿。

〔一〕刘安《招隐士》:"山气龓嵸兮石嵯峨。"
〔二〕《汉书》:"高祖夜径泽中,有大蛇当道,拔剑斩之。"

郭知达本注引东坡云:"明皇至自蜀,居南内兴庆宫,李辅国阴伺其隙间之,此诗'南有龙'喻玄宗在南内也。"《杜诗博议》:"前后六章,皆自序流离之感,不应此章独讥时事。此盖咏同谷万丈潭之龙也。龙蛰而蝮蛇来游,或自伤龙蛇之混,初无指切也。古人诗文取喻于龙者不一,未尝专指为九五之象,东坡必无是言也。"

男儿生不成名身已老,三—作+年饥走荒山道。长安卿相多少年,富贵应须致身早。山中儒生旧相识,但话夙昔伤怀抱。呜呼七歌兮悄终曲,仰视皇天白日速!

---

① "枝枯",底本作"枯枝",据《先秦汉魏晋南北朝诗》改。

万丈潭 原注：同谷县作

钱笺："《寰宇记》：'咸通十四载，西康州刺史赵鸿刻《万丈潭》诗于石，又题杜甫同谷茅茨曰：工部栖迟后，邻家大半无。青羌迷道路，白社寄杯盂。大雅何人继，全生此地孤。孤云飞鸟什，空勒旧山隅。鸿曰：万丈潭在子美宅西，洪涛苍石，山径岸壁，如或见之。'《方舆胜览》：'万丈潭，在同谷县东南七里，俗传有龙自潭飞出。'"按：《七歌》"南有龙兮在山湫"，即此潭也。

青溪合赵鸿刻及《英华》皆作含冥寞，神物有显晦。龙依积水蟠〔一〕，窟压万丈内。跼步凌垠堮逆各切，或作鄂〔二〕，侧身下烟霭。前临洪涛宽，却立苍石大。山危一径尽，岸绝两壁对。削成根虚无〔三〕，倒影垂澹瀩赵刻同，音队。吴作濑。郑印云：瀩，徒对切〔四〕。黑如陈作为，黄作知湾濆底〔五〕，清见光炯碎。孤云《胜览》作峰到来深，飞鸟不在外〔六〕。高萝成帷幄〔七〕，寒木垒吴作累，一作叠旌旆〔八〕。远川曲通流，嵌窦潜泄濑〔九〕。造幽无人境〔一〇〕，发兴自我辈。告归遗恨多，将老斯游最。闭藏修鳞蛰，出入巨石赵刻作爪碍。何事赵刻及《英华》皆作当暑一作炎天过，快意风雨一作云会〔一一〕。

〔一〕《荀子》："积水成渊，蛟龙生焉。"
〔二〕《淮南子》："出于无垠堮之门。"许慎注："垠堮，端崖也。"
〔三〕《山海经》："太华之山，削成而四方。"
〔四〕《广韵》："澕，清也，濡也。"蔡曰："澹瀩，犹澹泹也。"《集韵》作瀩，水带沙往来貌。按"瀩"字，《玉篇》《广韵》《增韵》俱不载。

〔五〕《玉篇》:"潫,聚流也。"
〔六〕不在外:言潭上石高,鸟飞不能过也。
〔七〕陆机诗:"轻条象云构,密叶成翠幄。"
〔八〕康协《终南行》:"枫丹杉碧,垒旌立旆。"
〔九〕石孔曰"窦",水流沙上曰"濑"。
〔一〇〕《天台赋》:"卒践无人之境。"
〔一一〕言方冬龙蛰,未能擘石而出,还思乘暑过此,观其腾跃风云之会也,应"神物有显晦"。

发同谷县 原注:乾元二年十二月一日,自陇右赴成都纪行

公居同谷不盈月,即赴成都。

贤有不黔突,圣有不暖席〔一〕。况我饥愚人,焉能尚安宅?始来兹山中,休驾喜地僻。奈何追物累,一岁四行役〔二〕?忡忡去绝境,杳杳更远适。停骖龙潭云〔三〕,回首白一作虎崖石〔四〕。临岐别数子,握手泪再滴。交情无旧深一作虽无旧深知,一作虽旧情深知,穷老多惨戚。平生懒拙意,偶值直吏切栖遁迹。去住与愿违,仰惭林间翮〔五〕。

〔一〕《淮南子》:"孔子无黔突,墨子无暖席。"
〔二〕赵曰:"是年春,公自东都回华;秋,自华客秦;冬,自秦赴同谷,又自同谷赴剑南。是'四行役'也。"
〔三〕龙潭:即万丈潭。
〔四〕《宋书·氐胡传》:"拓跋齐闻苻达兵起,遁走,达追击斩之。因据

白崖，分平诸戍。"《通鉴》注："今大安军东北八十里有白崖。大安军，古葭萌地也。"

〔五〕陶潜诗："迟迟出林翮。"

木皮岭

钱笺："《方舆胜览》：木皮岭，在同谷县东二十里，河池县西十里。杜甫发同谷，取路栗亭，南入郡界，历当房村，度木皮岭，由白水峡入蜀，即此。黄巢之乱，王铎置关于此，以遮秦陇，路极险阻。"《一统志》："木皮岭，在巩昌府徽州西十里。"

首去声路栗亭西〔一〕，尚想凤凰村〔二〕。季冬携童一作幼稚，辛苦赴蜀门〔三〕。南登木皮岭，艰险不易论。汗流被我体，祁寒为之暄。远岫争辅佐，千岩自崩奔〔四〕。始知五岳外，别樊作更有一作见他山尊。仰干一作看塞大明，俯入裂厚坤。再闻虎豹斗，屡蹋风水昏。高有废阁道，摧折如短一作断辕。下有冬青林〔五〕，石上走长根。西崖特秀发，焕若灵芝繁。润聚金碧气，清无沙土痕。忆观昆仑图，目击玄圃存。对此欲何适？默伤垂老魂。

〔一〕颜延之诗："首路跼艰险。"栗亭：注见前。
〔二〕凤凰村：当与凤凰台相近，在同谷。
〔三〕蜀门：即剑门。
〔四〕谢灵运诗："圻岸屡崩奔。"崩奔：犹云奔峭也。
〔五〕陈藏器《本草》："冬青，木肌白有文，其叶堪染绯，冬月青翠。"

白沙渡

《方舆胜览》:"白沙渡、水回渡,俱属剑州。"

畏途随长江[一],渡口下绝岸。差池上舟楫,杳窕入云汉。天寒荒野外,日暮中流半。我马向北嘶,山猿饮相唤。水清石礧礧,沙白滩漫漫。迥—作㶚然洗愁辛,多病一疏散。高壁抵欹崟,洪涛越凌乱。临风独回首,揽辔复三叹[二]。

〔一〕长江:嘉陵江也,即西汉水。
〔二〕言水清沙白,风景可娱,及已渡,回首见高壁洪涛之可畏,故为之三叹也。

水会—云回渡

山行有常程,中夜尚未安。微月没已久,崖倾路何难!大江动—作当我前,汹若溟渤宽。篙师暗理楫[一],歌笑轻波澜。霜浓木石滑,风急—作烈手足寒。入舟已千忧,陟巘仍万盘。回眺—作出积水—作石外,始知众星乾[二]。远游令人瘦,衰疾惭加餐。

〔一〕刘孝绰《太子洑》诗:"榜人夜理楫。"
〔二〕言水势汹涌,星汉之行,若出其里,非登岸而回眺水外,几不知天水之为二也。

飞仙阁

钱笺:"《方舆胜览》:飞仙岭在兴州东三十里,相传徐佐卿化鹤跧泊之地,故名飞仙。上有阁道百馀间,即入蜀路。"《通志》:"栈道在褒斜谷中。飞仙阁,即今武曲关,北栈阁五十三间也,总名连云栈。"按:飞仙阁,在今汉中府略阳县东南四十里,或云即三国时马鸣阁,魏武所谓"汉中之咽喉"。

土—作出门山行窄,微径缘—作径微上秋毫。栈云阑干峻,梯石结构牢。万壑欹疏林—作竹,积阴带奔涛。寒日外淡泊,长风中怒号[一]。歇鞍在地底,始觉所历高。往来杂坐卧,人马同疲劳。浮生有定分,饥饱岂可逃?叹息谓妻子:"我何随汝曹?"

〔一〕《庄子》:"大块噫气,其名为风,作则万窍怒号。"幽深则日不及照,故曰"外淡泊";空大则风从内出,故曰"中怒号"。二语总见阁道之险,非身历不能形容。

五盘

栈道盘曲有五重。《一统志》:"七盘岭,在保宁府广元县北一百七十里,一名五盘岭。"

五盘虽云险,山色佳有馀。仰凌栈道—作阁细,俯映江木疏。地僻无网罟,水清反多鱼。好鸟不妄飞,野人半巢居。喜见淳朴俗,坦然心神舒。东郊尚格斗,巨猾何时除?故乡有弟妹,流落随丘墟。成都万事好,岂若归吾庐〔一〕!

〔一〕古诗:"客行虽云乐,不如早旋归。"①

龙门阁

钱笺:"《元和郡国志》:'龙门山在利州绵谷县东北八十二里,出好钟乳。'《寰宇志》:'一名葱岭山。《梁州记》云:葱岭有石穴,高数十丈,其状如门,俗号龙门。'《方舆胜览》:'他阁道虽险,然在山腰,亦微有径,可以增置阁道。惟此阁石壁斗立,虚凿石窍,而架木其上,比他处极险。'"《一统志》:"在保宁府广元县嘉陵江上。"

清江下龙门,绝壁无尺土。长风驾高—作白浪,浩浩自太古。危途中萦盘—云萦盘道,仰望垂线缕。滑石欹谁凿?浮梁袅相拄〔一〕。目眩陨杂花,头风吹过雨—云飞过雨〔二〕。百年不敢料,一坠那得取!饱闻—作知经瞿唐,足见度大庾〔三〕。终身历艰险,恐惧从此数。

〔一〕《水经注》:"栈道,俗谓千梁无柱,诸葛亮《与兄瑾书》曰:'其阁梁一头入山腹,其一头立柱于水中,今水大而急,不得安柱。'后亮死五丈原,

---

① "旋归",底本作"还归",据《六臣注文选》改。

魏延先退而焚之,即是道也。自后案修旧路者,悉无复水中柱。径涉者,浮梁振动,无不摇心眩目。"

〔二〕花陨而目为之眩,视不及审也,雨吹而头为之风,迫不能避也,正形容阁道险绝。次公注"杂花"、"过雨",皆作比喻言,恐非。

〔三〕瞿唐、大庾:注别见。

石柜阁

钱笺:"《方舆胜览》①:石栏桥,在绵谷县北一里,自城北至大安军界营栏,桥阁共一万五千三百一十六间,其著名者为石柜阁、龙门阁。"

季冬日已长,山晚半天赤。蜀道多草_{郭作早}花,江间饶奇石。石柜曾波上,临虚荡高壁。清晖回群鸥,暝色带远客。羁栖负幽意,感叹向绝迹。信甘孱懦婴,不独冻馁迫。优游谢康乐,放浪陶彭泽〔一〕。吾衰未自安—作由,谢尔性所—作有适〔二〕。

〔一〕《宋书》:"谢灵运袭封康乐公。""晋义熙中,陶渊明为彭泽令。"
〔二〕叹不能适性如陶、谢。

桔_{居屑切}柏渡

《旧唐书》:"玄宗幸蜀,次利州益昌县,渡吉柏江,有双鱼夹舟而跃,议

---

① "方舆胜览",底本误作"方舆纪胜"。

者以为龙。"《方舆胜览》:"桔柏渡在利州昭化县。"

青冥寒江渡,驾竹为长桥。竿湿烟漠漠[一],江永—作水风萧萧[二]。连笮动袅娜[三],征衣飒飘飖。急流鸨鹢与鹢同散[四],绝岸鼋鼍骄。西辕自兹异,东逝不可要[五]。高通荆门路,阔会沧海潮。孤光隐顾眄,游子怅寂寥。无以洗心胸,前登但山椒[六]。

〔一〕谢朓诗:"生烟纷漠漠。"
〔二〕《诗》:"江之永矣。"
〔三〕《梁益记》:"笮桥,连竹索为之,亦名绳桥。"
〔四〕《西都赋》:"鸧鹄鸨鹢。"注:"鸨,似雁,无后趾。鹢,水鸟。"
〔五〕旧注:"桔柏渡,乃文州、嘉陵二江合流处,东下入渝,合达荆州。"言我西行,而水但东注,通荆门,下沧海,不可要之使止也。戴叔伦诗"沅湘日夜东流去,不为愁人住少时",即此意。
〔六〕《释名》:"山顶曰冢,亦曰椒。"《广雅》:"土高四堕曰椒。"谢灵运诗:"税驾登山椒。"

剑　门

《旧唐书》:"剑州剑门县界大剑山,即梁山也,其北三十里有小剑山。大剑山有阁道三十里。"《一统志》:"大剑山,在保宁府剑州北二十五里,蜀所恃为外户。其山峭壁中断,两崖相嵌,如门之辟,如剑之植,故又名剑门山。"

惟天有设险,剑门—作阁天下壮。连山抱西南,石角皆北向〔一〕。两崖崇墉倚，刻画城郭状。一人—作夫怒临关—作门，百万未可傍—作仰〔二〕。珠玉陈作玉帛走中原，岷峨气凄怆〔三〕。三皇五帝前，鸡犬各—作莫相—作自放。后王尚柔远，职贡道已丧〔四〕。至今—作令英雄人，高视见霸王于况切。并吞与割据，极力不相让。吾将罪真宰，意欲铲叠嶂。恐此复偶然，临风默—作黯惆怅。

〔一〕石角北向：言有面内之义。
〔二〕《剑阁铭》："一人荷戟，万夫趑趄。"
〔三〕岷山、峨山：注俱别见。蜀为天府，故珠玉皆归中原，然物力有穷，岷、峨亦为之凄怆矣。
〔四〕言上古鸡犬相忘，无与中国。自秦开金牛，务以柔远，职贡修而淳朴道丧，蜀所以遂为多事之国。

蜀为财赋所出。自明皇临幸，供亿不赀，民力尽矣。民力尽而寇盗乘之，晋李特流人之祸，可为明鉴。此诗故有"岷峨凄怆"与"英雄割据"之虑也，公岂徒诗人已哉！

鹿头山

《唐书》："汉州德阳县有鹿头关，关在鹿头山上，南距成都百五十里，高崇文擒刘辟于此。"《全蜀总志》："鹿头山，在德阳县治北三十馀里，山有鹿头关。"

鹿头何亭亭，是日慰饥渴。连山西南断，俯见千里豁〔一〕。游子出京华—云咸京，剑门不可越。及兹阻险尽，始喜原野阔。殊方昔三分，霸气曾间发。天下今一家，云端失双阙〔二〕。悠然想扬马,继起名岬兀〔三〕。有文—作才令人伤,何处埋尔骨! 纡馀脂膏地,惨澹豪侠窟〔四〕。仗钺非老臣,宣风岂专达〔五〕? 冀公柱石姿〔六〕,论道邦国活。斯人亦何幸,公镇逾岁月。

〔一〕《益州记》:"水旱从人,不知饥馑,沃野千里,谓之陆海。"
〔二〕鲍照诗:"双阙似云浮。"《蜀都赋》:"华阙双邈,重门洞开。"
〔三〕《华阳国志》:"司马相如耀文上京,扬子云齐圣广渊,斯盖华岷之灵标,江汉之精华也。"
〔四〕《上林赋》:"纡馀逶迤。"《蜀都赋》:"内函要害于膏腴。"《华阳国志》:"蜀人称郫繁为膏腴,绵洛为浸沃。""秦克六国,辄徙其豪侠于蜀,家有盐铜之利,人擅山川之材。箫鼓歌吹,击钟肆悬,富侔公室,豪过田文。"
〔五〕《周礼》:"大事则从其长,小事则专达。"
〔六〕《旧唐书》:"至德二载十二月,右仆射裴冕封冀国公。乾元二年六月,拜成都尹,充剑南西川节度使。"

成都府

《旧唐书》:"成都府,在京师西南二千三百七十九里,去东都三千二百一十六里。"

翳翳桑榆日〔一〕,照我征衣裳。我行山川异,忽在天一方。但逢新人民,未卜见故乡。大江东流去,游子去日—作日月长。曾城填音田华屋〔二〕,季冬树木苍〔三〕。喧然名都会〔四〕,吹箫间—作奏笙簧。信美无与适,侧身望川梁〔五〕。鸟雀夜各归,中原杳茫茫〔六〕。初月出不高,众星尚争光〔七〕。自古有羁旅,我何苦哀伤!

〔一〕《淮南子》:"日西垂,景在树端,谓之桑榆。"注:"言其光在桑榆之树上。"
〔二〕《淮南子》:"昆仑山上有曾城九重。"
〔三〕《蜀都赋》:"寒卉冬馥。"
〔四〕盛称"都会",愈见故乡可怀,所谓"成都万事好,岂若归吾庐"也。
〔五〕《登楼赋》:"虽信美而非吾土兮,曾何足以少留。"《楚词》:"欲侧身而无所。"
〔六〕中原:公故乡所在。
〔七〕补注:"初月"、"众星"托喻肃宗、思明,宋人多持此说,故胡文定《通鉴举要补遗序》有"日毂冥濛,众星争耀"语,盖本之公诗也。然禄山、思明直妖孛耳,岂可拟之"众星"乎?韩退之"煌煌东方星,奈此众客醉",魏道辅谓"东方"喻宪宗在储宫,此又以解杜诗之凿而解韩诗也。

此诗语意,多本阮公《咏怀》。"翳翳桑榆日,照我征衣裳",即阮之"灼灼西颓日,馀光照我衣"也;"侧身望川梁",即阮之"登高望九州"也;"鸟雀夜各归,中原杳茫茫",即阮之"飞鸟相随翔,旷野莽茫茫"也;"自古有羁旅,吾何苦哀伤",又翻阮之"羁旅无俦匹,俯仰怀哀伤"以自广也。"初月出不高,众星尚争光",则本子建《赠徐幹》诗"圆景光未满,众星粲以繁"。公云"熟精文选理",于此益信。杜田注:"'桑榆'喻明皇在西内,'初月'喻肃宗,'众星'喻史思明之徒。"此最为曲说,王伯厚《困学纪闻》亦引之,吾所不解。

卜 居

浣花流—作之,一作溪水水西头,主人为卜林塘幽〔一〕。已知出郭少尘事，更有澄江销客愁。无数蜻蜓飞上下，一双鸂鶒对沉浮。东行万里堪乘兴，须向山阴上—作入小舟〔二〕。

〔一〕《寰宇记》："浣花溪，在成都西郭外，属犀浦县，一名百花潭。"赵曰："公之居，在浣花溪水西岸，江流曲处，公诗所谓'田舍清江曲'也。址既芜没，吕汲公镇成都日，于西岸佛舍曰梵安寺旁，为立草堂焉。鲍曰：'主人，裴冕也。旧注作严武，非。'"按史：上元元年三月，李若幽代裴冕为成都尹。此云"主人"，恐只是地主，并非冕也。

〔二〕《语林》："王子猷居山阴，雪夜忽忆戴安道。时戴在剡溪，即乘轻船就之。既造门，不前便返。人问其故，曰：'吾本乘兴而行，兴尽而返，何必见戴？'"赵曰："万里桥在浣花之东，故以此起兴耳。"

王十五司马弟出郭相访兼遗营草堂赀

客里何迁次〔一〕，江边正寂寥。肯来寻一老，愁破是今朝。忧我营茅栋，携钱过野桥。他乡惟表弟，还往莫辞遥。

〔一〕《左传》："废日共积，一日迁次。"陈乐昌公主诗："今日何迁次，新官对旧官。"

堂　成

背郭堂成荫白茅〔一〕，缘江路熟俯青郊〔二〕。桤《唐韵》无此字，苕溪渔隐云：丘宜切林碍日吟风叶，笼力钟切竹和烟滴露梢〔三〕。暂止—作下飞鸟将数子〔四〕,频来语燕定新巢。旁人错比扬雄宅〔五〕,懒惰—作慢无心作《解嘲》①。

〔一〕《诗》:"白茅菅兮。"《通志》:"茅类甚多,惟白茅擅名。茅出地曰茅针,茅花曰秀茅,茅叶曰菅。"

〔二〕谢朓诗:"结轸青郊路。"

〔三〕《齐东野语》:"桤,前辈读若欹。桤木惟蜀有之,不材木也。"宋祁《益部方物记》:"桤木,蜀所宜,民家莳之,不三年可为薪。疾种亟取,里人以为利。竹有数种,节间容八九寸者曰笼竹,一尺曰苦竹,弱梢垂地者曰钓丝竹。"《山谷别集》:"蜀人名大竹曰笼竹。"

〔四〕古乐府:"乌生八九子,端坐秦氏桂树间。"

〔五〕《寰宇记》:"子云宅,在华阳县少城西南角,一名草玄堂。"《全蜀总志》:"扬雄宅在府治西,成都县治,其旧址也,今藩司前有墨池、草玄亭。"

蜀　相

丞相祠堂何处寻〔一〕?锦官城外柏森森〔二〕。映阶碧草自春色,隔叶黄鹂空—作多好音。三顾频繁郭作烦天下计〔三〕,两朝开济老臣心〔四〕。出师未捷身先死,长使英雄泪满襟。

〔一〕钱笺:"《寰宇记》:'诸葛武侯祠,在先主庙西,府城西有故宅。'《方舆胜览》:'在府西北二里。武侯初亡,百姓遇节朔各私祭于道中。李雄称王,始为庙于少城内。桓温平蜀,夷少城,独存孔明庙。'"

---

① "懒惰",底本作"懒堕",据诸善本改。

〔二〕《华阳国志》:"成都西城,故锦官城也。锦江织锦濯其中则鲜明,他江则不好,故命曰锦里也。"《水经注》:"成都夷里桥南岸道西有城,故锦官也。"《元和郡国志》:"锦官城在成都县南十里。"潘岳《怀旧赋》:"柏森森以攒植。"

〔三〕庾亮《辞中书令表》:"频烦省闼,出总六军。" 补注:《蜀志》:"费祎以奉使称旨,频烦至吴。"

〔四〕《晋·桓宣传》:"宣开济笃素。"

梅　雨

南京犀—作西浦道〔一〕,四月熟黄梅〔二〕。湛湛—作黯黯长江去,冥冥细雨来。茅茨疏易湿,云雾密难开。竟日蛟龙喜,盘涡与岸回〔三〕。

〔一〕《唐书》:"玄宗幸蜀还,至德二载,改成都府,置尹视二京,号曰南京。""犀浦县,属成都府,垂拱二年析成都县置。"《全蜀总志》:"犀浦废县,在今郫县东二十五里。"

〔二〕《四时纂要》:"梅熟而雨曰梅雨,江东人呼黄梅雨。"《风土记》:"夏至雨,名黄梅雨,沾衣服皆败黦。"

〔三〕盘涡:注见二卷。

为　农

锦里烟尘外,江村八九家。圆荷浮小叶,细麦落—作堕轻花。卜宅从兹老,为农去国赊。远惭勾漏令,不得问丹砂[一]。

〔一〕《九域志》:"容州有古勾漏县城。"《寰宇记》:"勾漏山在容州。"《一统志》:"勾漏山,在今安南,古勾漏县在其下。"葛洪事,见一卷。

宾 至

患气经时久,临江卜宅新。喧卑方避俗,疏快颇宜人。有客过茅宇,呼儿正葛巾。自锄稀菜甲,小摘为情亲[一]。

〔一〕谢灵运《永嘉记》:"百卉正发时,聊以小摘供日。"

有 客

幽栖地僻经过少,老病人扶再拜难。岂有文章惊海内?谩劳车马驻江干。竟日淹留佳客坐,百年粗粝音辣腐儒餐。不一作莫嫌野外无供给,乘兴还来看药栏[一]。

〔一〕药栏:花药之栏也。

狂 夫

万里桥西一一作新草堂[一],百花潭水即沧浪[二]。风含翠筱娟娟静—作净，雨浥红蕖冉冉香。厚禄故人书断绝，恒饥稚子色凄凉。欲填沟壑惟疏放，自笑狂夫老更狂！

〔一〕《华阳国志》："郡治少城西南两江有七桥，南渡流曰万里桥，在成都县南八里。"蜀使费祎聘吴，诸葛亮祖之，祎叹曰："万里之行，始于此桥。"因以为名。

〔二〕钱笺："《本传》云'于成都浣花里，种竹植树，结庐枕江'，《卜居》诗'浣花流水水西头'①，《狂夫》诗'万里桥西一草堂，百花潭水即沧浪'，《堂成》诗'背郭堂成荫白茅'，《西郊》诗'时出碧鸡坊，西郊向草堂'，《怀锦水居止》诗'万里桥南宅，百花潭北庄'，然则草堂背成都郭，在西郊碧鸡坊外，万里桥南，百花潭北，浣花水西，历历可考。"

田　舍

田舍清江曲—作上，柴门古道旁。草深迷市井，地僻懒衣裳。榉居许切，正作柜柳吴曾云：唐顾陶《类编》作杨柳枝枝弱，枇杷树树顾陶作对对香〔一〕。鸂鶒西日照，晒翅满渔梁。

〔一〕《本草衍义》："榉木皮，今人呼为榉柳。然叶谓柳非柳，谓槐非槐。"按：《尔雅》注："柜柳似柳，皮可煮饮。徐氏曰：柜或作榉。"吴曾《漫录》谓榉、柳二物，不应对"枇杷"。不知榉柳正是一物也。

———————

① "流水"，底本作"溪水"，据杜集诸善本改。

进　艇

南京久客耕南亩，北望伤神坐—作卧北窗。昼引老妻乘小艇，晴看稚子浴清江。俱飞蛱蝶元相逐，并蒂芙蓉本自双〔一〕。茗饮蔗浆携所有〔二〕，瓷罂无谢玉为缸。

〔一〕《尔雅》："荷，芙蕖。"注："别名芙蓉，江东呼荷。"
〔二〕《洛阳伽蓝记》："彭城王勰戏谓王肃曰：'明日顾我，为君设邾莒之餐，亦有酪奴。'因此复号茗饮为酪奴。"《招魂》："濡鳖炮羔，有柘浆些。"注："柘谓蔗也。取诸蔗之汁，以为浆饮。"

江　村

清江一曲抱村流，长夏江村事事幽。自去自来—作归梁上燕，相亲相近水中鸥。老妻画纸为—作成棋局〔一〕，稚子敲针作钓钩〔二〕。多病所须惟药物《英华》作但有故人供禄米。供，樊作分，微躯此外更何—作无求？

〔一〕晋李秀《四维赋序》："四维戏者，卫尉挚侯所造也，画纸为局，截木为棋。"
〔二〕东方朔《七谏》："以直针而钓兮，又何鱼之能得？"

江 涨

江涨柴门外，儿童报急流。下床高数尺，倚杖没中洲〔一〕。细动迎风燕，轻摇逐浪鸥。渔人萦小楫，容易拨赵音蒲拨切，一作捩船头。

〔一〕鲍照诗："倚杖牧鸡豚。"

野 老

野老篱前一作边江岸回，柴门不正逐江开。渔人网集澄潭下〔一〕，贾客船随返照来。长路关心悲剑阁，片云何意一作事，一云行云几处傍琴台〔二〕？王师未报收东郡〔三〕，城阙秋生画角哀原注：南京同两都，得云城阙。

〔一〕潭：即百花潭。下：下网也。
〔二〕琴台：注别见。
〔三〕按：《唐史》："滑州灵昌郡，本名东郡。"然乾元二年秋，东京及济、汝、郑、滑四州皆陷贼，是年秋犹未收复，诗何以独举滑州？盖东郡谓京东诸郡，非滑州也。《兖州城楼》诗"东郡趋庭日"，兖州亦不名"东郡"，此可证也。

所 思

苦忆荆州醉司马原注：崔吏部漪〔一〕，谪官一作居樽俎一作酒定常开。九江日落醒何处〔二〕？一柱观头眠几回〔三〕？可怜怀抱向人尽，欲问平安无使来。故凭锦水将双泪，好过瞿唐滟滪堆〔三〕。

〔一〕《唐书·杜鸿渐传》："禄山乱，肃宗至平凉，鸿渐与节度判官崔漪定议兴复。"《颜真卿传》："至德中，武部侍郎崔漪被劾，黜降。"
〔二〕《禹贡》："过九江，至于东陵。"注："江分为九道，在荆州。"
〔三〕《渚宫故事》："宋临川王义庆镇江陵，于罗公洲立观，甚大而惟一柱。"《一统志》："一柱观在松滋县东丘家湖中。"
〔四〕滟滪堆：注别见。过此则达荆州。

云　山

京洛云山外〔一〕，音书静不来。神交作赋客，力尽望乡台〔二〕。衰疾江边卧，亲朋日暮回。白鸥元水宿，何事有馀哀？

〔一〕京：长安。洛：洛阳也。古乐府有《煌煌京洛行》。
〔二〕《成都记》："望乡台，隋蜀王秀所筑。"《寰宇记》："《益州记》云：升仙亭夹路有二台，一名望乡台，在华阳县北九里。"

遣　兴

干戈犹未定，弟妹各何之？拭泪沾襟血，梳头满面丝。

地卑荒野大,天远暮江迟。衰疾那能久?应无见汝时—作期。

一　室

一室他乡远—作老,空林暮景悬。正愁闻塞笛,独立见江船。巴蜀来多病〔一〕,荆蛮去几年〔二〕?应同王粲宅,留井岘山前〔三〕。

〔一〕《成都记》:"成都之西即陇之南首,故曰陇蜀。以与巴接,复曰巴蜀。"

〔二〕王粲《七哀》:"远身适荆蛮。"注:"荆蛮,喻荆州。"

〔三〕《襄沔记》:"王粲宅,在襄阳县西二十里岘山坡下,宅前有井,人呼为仲宣井。"

石笋行

《华阳国志》:"蜀五丁力士,能移山,举万钧,每王薨,辄立大石,长三丈,重千钧,为墓志,今石笋是也,号曰笋里。"杜光庭《石笋记》:"成都子城西曰兴义门,金容坊有石二株,高丈馀,围八九尺。"《耆旧传》云:"其名有六,曰石笋、曰蜀妃阙、曰沉犀石、曰鱼凫仙坛、曰西海之眼、曰五丁石门,皆非也。"《图经》云:"石笋街乃大秦寺遗址,蜀之城垒方隅不正,以景测之,石笋于南北为定,无所偏邪。"杜田曰:"按石笋在西门外,二株双蹲,一南一北。北笋长一丈六尺,围九尺五寸。南笋长一丈三尺,围一丈二尺。南笋盖公孙述时折,故长不逮北笋。"陆游《笔记》:"石笋其状与笋不类,乃累叠数石为之。"

君不见益州城西门〔一〕，陌—作街上石笋双高蹲〔二〕。古来一作老相传是海眼〔三〕，苔藓食《英华》作蚀尽波涛痕。雨多往往得一作有瑟瑟〔四〕，此事恍惚难明论。恐是昔时卿相墓—作冢，立石为表今仍存。惜哉俗态好蒙蔽，亦如小臣媚至尊。政化错迕失大体，坐看倾危受厚恩。嗟尔石笋擅虚名，后来未识犹骏奔。安得壮士掷天外，使人不疑见本根。

〔一〕《水经注》：《地里风俗记》曰：汉武帝元朔二年，改梁州曰益州，以新启、犍为、牂舸、越巂州之疆壤益广，故称'益'云。"

〔二〕《华阳风俗记》："蜀人曰：我州之西有石笋焉，天地之堆以镇海眼，动则洪涛大滥。"

〔三〕《成都记》："距石笋二三尺，每夏月大雨，往往陷作土穴，泓水湛然。以竹测之，深不可及。以绳系石而投其下，愈投而愈无穷。凡三五日，忽然不见。故有海眼之说。"

〔四〕《博雅》："瑟瑟，碧珠也。"《成都记》："石笋之地，雨过必有小珠，或青黄如粟，亦有细孔，可以贯丝。"赵清献《蜀都故事》："石笋街，真珠楼基也。昔有胡人于此立大秦寺，其门楼十间，皆以真珠、翠碧贯之为帘。后摧毁坠地，至今基脚在。每大雨后，人多拾得珠翠等物。"

姚宽曰："石笋事，当以《华阳国志》为正，《后汉书》注亦引之。今公诗云'恐是昔时卿相墓，立石为表今仍存'，岂偶未见耶？"

石犀行

《华阳国志》："李冰作石犀五头以厌水精，穿石犀溪于江南，命曰犀牛里。后转置犀牛二头,一在府中市桥门,一在渊中。"陆游《笔记》:"石犀在李太守庙内东阶下,亦粗似一犀,正如陕之铁牛。一足不备,以他石续之,气象甚古。"《全蜀总志》:"李冰五石犀,在成都府城南三十五里。今一在府治西南圣寿寺佛殿前,寺有龙渊,以此镇之。一在府城中卫金花桥,即古市桥也。"

君不见秦时蜀太守〔一〕,刻石立作三蔡云当作五,后同犀牛。自古虽有厌音压胜法〔二〕,天生江水向一作须东流。蜀人矜夸一千载,泛溢不近张仪楼〔三〕。今日灌口一作注损户口〔四〕,此事或恐为神羞。修筑吴作终藉堤防出众力,高拥木石当清秋。先王作法皆正道,诡怪何得参人谋〔五〕?嗟尔三犀不经济,缺讹只与长川逝〔六〕。但见元气常调和,自免波涛恣凋瘵侧界切,叶音际〔七〕。安得壮士提天纲,再平水土犀奔一作苍茫!

〔一〕《华阳国志》:"秦孝文王以李冰为蜀郡太守。"

〔二〕《汉·匈奴传》:"上以太岁厌胜所在。"

〔三〕《华阳国志》:"张仪筑成都城,屡颓不立,忽有大龟周行旋走,巫言依龟行处筑之,遂得坚立。城西南楼,百有馀尺,名张仪楼,临山瞰江。"李膺《益州记》:"张仪楼,即宣明门楼也。重关复道,跨阳城门。"《成都志》:"李冰为蜀郡守,化为牛形,入水戮蛟,故冬春设斗牛之戏。祠南数千家,边江,低圮虽甚,秋潦亦不移。"

〔四〕李膺《益州记》:"清水路西七里灌口,古所谓天彭关。"钱笺:"《元和郡国志》:灌口山,在彭州导江县西北二十六里,文翁穿湔江灌溉,故以'灌口'名山。灌口镇在县西六十里,灌口镇城内有望帝祠,西有李冰祠。"范成大《吴船录》:"崇德庙在永康军城西门外山上,秦太守李冰父子庙食处也。"

〔五〕言厌胜乃诡怪之说,不如人力堤防之为正。

〔六〕蔡曰:"此诗'三犀'乃'五犀'之误。"按:《蜀王本纪》《华阳国志》《水经注》《成都记》皆云李冰作犀牛五头。后来止二犀可考,其三头已不存,所谓"缺讹只与长川逝"也。"缺",损其数;"讹",易其处也。

〔七〕《海赋》:"昔在帝妫、巨唐之代。天纲浡潏,为凋为瘵。洪涛澜汗,万里无际。"

杜鹃行

《华阳国志》:"鱼凫王后有王曰杜宇,教民务农,一号杜主。七国称王,杜宇称帝,号曰望帝,更名蒲卑。会有水灾,其相开明,决玉垒山以除水患。帝遂禅位于开明,升西山隐焉。时适二月,子鹃鸟鸣,故蜀人悲子鹃鸟鸣也。"《成都记》:"望帝死,其魂化为鸟,名曰杜鹃,亦曰子规。"《华阳风俗录》:"杜鹃大如鹊而羽乌,声哀而吻有血。"

君不见昔日蜀天子,化为杜鹃似老乌。寄巢生子不自啄,群鸟至今与—作为哺雏〔一〕。虽同君臣有旧礼,骨肉满眼身羁孤。业工窜伏深树里《英华》作头,四月五月偏号呼。其声哀痛口流血,所诉何事常区区?尔岂郭作惟摧残始发愤,羞带羽翮伤形愚?苍天变化谁料得,万事反覆何所无?万事反覆何所无—本无此重句,岂忆当殿群臣趋?

〔一〕《博物志》:"杜鹃生子,寄之他巢,群鸟为饲之。"

《容斋随笔》:"时明皇为李辅国劫迁西内,肃宗不复定省,子美为作《杜鹃》诗以伤之。"黄鹤曰:"上元元年七月,辅国迁上皇,高力士及旧宫人皆不得留。寻置如仙媛于归州,出玉真公主居玉真观。上皇不怿,寝成疾。诗曰'虽同君臣有旧礼,骨肉满眼身羁孤',盖谓此也。" 鲍照《行路难》云:"愁思忽而至,跨马出国门。举头四顾望,但见松柏荆棘郁蹲蹲。中有一鸟名杜鹃,言是古时蜀帝魂。声音哀苦鸣不息,羽毛憔悴似人髡。飞走树间逐虫蚁,岂忆往日天子尊。念此死生变化非常理,中心恻怆不能言。"此诗语意本此。

绝句漫兴九首

眼见—作前客愁愁不醒,无赖春色到江亭。即遣花开—作飞深—作从造次,便教莺语太丁宁师本作第九首。

手种桃李非无主,野老墙低还是—作似,非家。恰似春风相欺得,夜来吹折数枝花。

熟—作耐知晋作孰如茅斋绝低小,江上燕子故来频。衔泥点污琴书内,更接飞虫打着人。

二月已破三月来,渐老逢春能几回?莫思身外无穷事,且尽生前有限杯。

肠断江春—作春江欲尽—作白头,杖藜徐步立芳洲。颠狂柳絮随风去,轻薄桃花逐水流。

懒慢无堪不出村[一],呼儿日在掩柴门。苍苔浊酒林中静,碧水春风野外昏。

〔一〕嵇康《绝交书》:"性复疏懒,有必不堪者七。"

糁径杨花铺白毡[一],点溪荷叶叠—作累青钱—作钿。笋—作竹根稚当作雉子无人见,沙上凫雏傍母眠[二]。

〔一〕《唐书》:"天宝中童谣云:燕燕飞上天,天上女儿铺白毡。"
〔二〕旧注:"稚子,笋也。"《西溪丛语》:"杜牧之《朱坡》诗'小莲娃欲语,幽笋稚相携',言笋如稚子,与'竹根稚子'同意。"鲍曰:"'稚'即'雉'字,字画小讹耳。《笋》诗以稚子喻笋,非便为笋也。"赵曰:"汉《铙歌》有《雉子斑》,故用对'凫雏'。雉性好伏,其子身小,在笋旁难见。世本讹作'稚子',遂起纷纷之说。"《西京杂记》:"太液池中,凫雏雁子,布满充积。"

舍西柔桑叶可拈,江畔细麦复纤纤。人生几何春已夏,不放香醪如蜜甜[一]。

〔一〕傅玄《酒赋》:"味蜜甜而胆苦。"

隔户—作户外杨柳弱袅袅[一],恰似十五女儿腰[二]。谁谓朝来不作意,狂风挽断最长条师本作第一首。

〔一〕鲍照诗:"翩翩燕弄风,袅袅柳垂道。"
〔二〕《琅琊王歌》:"新买五尺刀,悬着中梁柱。一日三摩挲,剧于十五女。"

赠蜀僧闾丘师兄 原注：太常博士均之孙

《旧唐书》："成都人闾丘均以文章称。景龙中，为安乐公主所荐，起家拜太常博士。公主诛，均坐贬循州司仓卒，有集十卷。"

大师铜梁秀[一]，籍籍名家孙。呜呼先博士，炳灵精气奔[二]。惟—作往昔武皇后，临轩御乾坤。多士尽儒冠，墨客蔼云屯[三]。当时上紫殿[四]，不独卿相尊。世传闾丘笔[五]，峻极逾樊作俸昆仑。凤藏丹霄暮—作穴，龙去—作出白水浑[六]。青荧雪岭东[七]，碑碣旧制存[八]。斯文散都邑，高价越玛瑶音烦。晚看作者意，妙绝与谁论？吾祖诗冠古，同年蒙主恩[九]。豫章夹日月[一〇]，岁久空深根。小子思疏阔，岂能达词门？穷愁—作秋一挥泪，相遇即诸昆。我住锦官城，兄居祇翘移切树园[一一]。地近慰旅愁，往来当丘樊。天涯歇滞雨，粳稻卧不翻。漂然薄游倦，始与道侣敦。景晏步修廊，而无车马喧[一二]。夜阑接软语[一三]，落月如金盆。漠漠世界黑—作冥，驱驱争夺繁。惟有摩尼珠，可照浊水源[一四]。

〔一〕《唐书》："合州石镜县有铜梁山，又有铜梁县。"《十道志》："铜梁山，在涪江南七里。"

〔二〕《蜀都赋》："近则江汉炳灵，世载其英。"

〔三〕《长杨赋序》："藉翰林为主人、子墨为客卿以风。"

〔四〕《三辅黄图》："武帝于甘泉宫起紫殿，雕文刻镂，以玉饰之。"

〔五〕钱笺："六朝人以有韵者为诗，无韵者为笔。"《任昉传》"昉以文才见知,时人云沈诗任笔,《庾肩吾传》"谢朓、沈约之诗,任昉、陆倕之笔",皆可证。"间丘笔"言其文章也。《唐诗纪事》谓审言以诗,间丘均以字,同侍武后。误矣。

〔六〕《东京赋》:"龙飞白水。"《困学纪闻》:"'凤藏'二句,盖称间丘之文也。"按:"凤藏"、"龙去",似言间丘均之没。

〔七〕雪岭:注别见。

〔八〕《高僧传》:"弘忍没于高宗上元二年十月。开元中,太子文学间丘均为塔碑焉。"杜田曰:"东蜀牛头山下,有间丘均撰《瑞圣寺磨崖碑》,严政书。寺今改为天宁罗汉禅院。"

〔九〕公祖《审言传》:"武后朝,授著作郎,迁膳部员外郎。"按:史称均拜太常,在中宗景龙间。据公诗所云,则武后时已擢用,疑本传有误。

〔一〇〕豫章:注见二卷。

〔一一〕《金刚经》注:"须达长者施园,祇陀太子施树,为佛说法之处。故后人名曰'祇园',亦曰'给孤园'。"

〔一二〕陶潜诗:"结庐在人境,而无车马喧。"

〔一三〕《法华经》:"如来能种种分别,巧说诸法,言词柔软,悦可众心。"《维摩经》:"所言诚谛,常以软语,眷属不离,善和诤讼。"

〔一四〕《翻译名义集》:"摩尼,或云逾摩,正云末尼,即珠之总名也。此云离垢,此宝光净,不为垢秽所染。"《圆觉经》:"譬如清净摩尼宝珠,映于五色,随方各现。"《宣室志》:"冯翊严生,家汉南,得一珠如弹丸。胡人曰:'此西国清水珠也,若至浊水,泠然洞彻矣。'"

泛　溪

浣花溪也。

落景下高堂,进舟泛回溪。谁谓筑居小？未尽乔木西。远郊信荒僻,秋色有馀凄。练练峰上雪〔一〕,纤纤云表霓。童戏左右岸—云儿童戏左右,罟弋毕提携。翻倒荷芰乱,指挥径路迷。得鱼已割鳞,采藕不洗泥。人情逐鲜美,物贱事已—作亦,—作迹暌〔二〕。吾村霭暝姿,异舍鸡亦栖。萧条欲何适？出处庶可齐。衣上见新月,霜中登故畦。浊醪自初熟,东城多鼓鼙〔三〕。

〔一〕吴均诗:"练练波中白。"
〔二〕"得鱼"、"采藕",又即所见以兴。好新厌故,人情皆然,叹己之身贱而无所合也。
〔三〕成都城在草堂之东,故曰"东城",旧注都谬。

题壁上韦偃画歌

朱景玄《画断》:"韦偃,京兆人,寓居于蜀。常以越笔点簇鞍马,千变万态,或腾或倚,或啮或饮,或惊或止,或走或起,或翘或跂。其小者,或头一点,或尾一抹,巧妙精奇,韩幹之匹也。"按：张彦远《画记》,韦偃作"鷃"。黄长睿《东观馀论》云:"少陵诗韦偃当作'鷃',传写误耳。"今存其说待考。

　　韦侯别我有所适,知我怜君—作渠画无敌。戏陈浩然本作试拈秃笔扫骅骝,欻见骐驎出东壁。一匹龁草一匹嘶,坐看千里当如字霜蹄〔一〕。时危安得真致此？与人同生亦同死。

〔一〕《庄子》："马蹄可以践霜雪，龁草饮水。"

戏题王宰画山水图歌

张彦远《名画记》："王宰，蜀中人，多画蜀山，玲珑嵌空，巉嵯巧峭。"

十日画一水，五日画一石。能事不受相促迫《英华》作逼，王宰始肯留真迹。壮哉昆仑方壶一作丈图〔一〕，挂君高堂之素壁。巴陵洞庭日本东〔二〕，赤岸水与银河通〔三〕，中有云气随飞龙。舟人渔子入浦溆，山木尽亚一作带洪涛风〔四〕。尤工远势古莫比，咫尺应须论一作千，一作行万里〔五〕。焉得并州快剪刀，剪取吴淞《英华》作松半江水〔六〕？

〔一〕《拾遗记》："三壶，海中三山也。一曰方壶，则方丈；二曰蓬壶，则蓬莱也；三曰瀛壶，则瀛洲也。形如壶器，上广，中狭，下方。"

〔二〕巴陵郡有洞庭湖，注别见。

〔三〕《七发》："凌赤岸，篲扶桑。"善曰："山谦之《南徐州记》：'京江，《禹贡》北江，春秋分朔，辄有大涛至江乘，北激赤岸，尤更迅猛。'"《南兖州记》："瓜步山东五里有赤岸山，南临江中。"

〔四〕《说文》："亚，次也。"《广韵》："又就也，相依也。"风势涌涛，山木尽为之低亚。公诗"花亚欲移竹"及"花蕊亚枝红"，皆与此同义。

〔五〕《南史》："齐竟陵王子良孙贲，字文奂，能书善画，于扇上图山水，咫尺之内，便觉万里为遥。"

〔六〕《吴郡志》："松江在郡南四十五里，《禹贡》三江之一。"末二句即上"咫尺万里"意。李贺《与葛篇》"欲剪湘中一尺天，吴娥莫道吴刀涩"，本此。　公少时尝游吴地,思之不忘,故末因题画而及之。《刘少府画障》诗"悄然坐我天姥下",亦此意也。

戏韦偃为双松图歌

《名画记》:"韦鉴子鶠工山水、高僧、奇士、老松、异石,笔力劲健,风格高举。人知鶠善马,不知松石更佳。"

天下几人画古松?毕宏已老韦偃少〔一〕。绝笔长风起纤末〔二〕,满堂动色嗟神妙。两株惨裂苔藓皮,屈铁交错回高枝〔三〕。白摧朽骨龙虎死,黑入太阴雷雨垂—作随〔四〕。松根胡僧憩寂寞,庞眉皓首无住着〔五〕。偏袒右肩露双脚〔六〕,叶里松子僧前落。韦侯韦侯数相见,我有一匹好东—作素,或云束绢〔七〕,重之不减锦绣段〔八〕。已令拂拭光凌乱,请公放笔为直幹。

〔一〕钱笺:"封演《闻见记》:'毕宏,天宝中御史,善画古松。后见张璪,于是阁笔。'《名画记》:'大历二年,为给事中,画松石于左省厅壁,好事者皆诗咏之。改京兆少尹为左庶子。树木改步变古,自宏始也。'"

〔二〕《长笛赋》:"其应清风也,纤末奋梢。"

〔三〕屈铁:松枝屈曲如铁也。

〔四〕《史记》索隐:"极南为太阳,极北为太阴。"皮裂,故干之剥蚀如龙虎骨朽;枝回,故气之阴森如雷雨下垂。

〔五〕《楞严经》:"名无住行,名无着行。"

〔六〕《金刚经》:"偏袒右肩,右膝着地。"《长水经疏》:"袒,肉袒也。"西方俗仪,见王者必肉袒,示非敢有犯,佛教亦随此用。然此以表将荷大法之重担耳。

〔七〕钱笺:"吴曾《漫录》:'东绢,关东绢也。'庾肩吾《答武陵王赍绢启》曰:'关东之妙,潜织陋其卷绡。'"按:《唐志》:"东川陵州,土贡鹅溪绢。"旧注云:即此诗"东绢"。

〔八〕《四愁诗》:"美人赠我锦绣段。"

北　邻

明府岂辞满〔一〕?藏身方告劳。青钱买野竹,白帻岸江皋〔二〕。爱酒晋山简〔三〕,能诗何水曹〔四〕。时来访老疾,步屣到蓬蒿。

〔一〕钱笺:"《后汉·张湛传》注:'郡守所居曰府。明府者,尊高之称。韩延寿为东郡太守,门卒谓之明府。'《宾退录》:'明府,汉人以称太守,而唐人以称县令。县令,汉人则谓之明廷。'"谢灵运诗:"辞满岂多秩。"

〔二〕《晋书》:"谢奕为桓温司马,岸帻啸咏。"《楚词》:"朝骋骛于江皋。"

〔三〕《晋书》:"山简,涛之子。永嘉三年,假节镇襄阳,惟酒是耽。习氏有佳园池,简置酒辄醉,号曰高阳池。"《襄阳记》:"岘山南,习郁有大鱼池,山简每临此池,辄大醉而归。"

〔四〕《梁书》:"何逊,字仲言,八岁能赋诗,为名流所称。天监中,起家奉朝请,迁建安王水曹行参军兼记室,又为安西安成王参军事,兼尚书水部郎。"

南　邻

　　锦里先生乌角巾，园收芋栗—作芋粟，非不—作未全贫〔一〕。惯看宾客儿童喜，得食阶除鸟雀驯。秋水才深或作添四五尺，野航—作艇恰受两三人〔二〕。白沙翠竹江村暮—作路，相对《英华》作送柴—作篱门—作篱南月色新。

　　〔一〕按：芧，《说文》作"柔"，栩也①。今之橡斗。《庄子》："狙公赋芧。"谢灵运《山居赋》自注："徐无鬼岩栖，常采芋栗。"

　　〔二〕《晋·郭翻传》："翻乘小舟归武昌，庾翌欲引就大船，翻曰：此固野人之舟也。"《山谷诗话》："航，方舟也。当以艇为正。艇，平声。《方言》云：小舟也。"杨慎曰："《古乐府》'沿江引百丈，一濡多一艇。上水郎担篙，何时至江陵'，艇，音廷，杜诗正用此音也。"按：艇字，待顶切，公《进艇》诗"昼引老妻乘小艇"，亦作上声用，当仍作航为当。

因崔五侍御寄高彭州一绝

　　《九域志》："彭州南至成都九十二里。"

　　百年已过半，秋至转饥寒。为问彭州牧，何时救急难〔一〕？

---

① 此说见于《集韵》而非《说文》。"芧"今读 xù。

〔一〕以公《追酬高蜀州人日》诗考之,二年,高已刺蜀,此云"彭州牧",必元年作也。时公年将五十,而诗云"百年已过半",犹乾元二年《立秋后题》,公年止四十八,亦曰"惆怅年半百"。

奉简高三十五使君

当代论才子,如公复几人?骅骝开道路,鹰隼出风尘。行色秋将晚,交情老更亲。天涯喜相见,披豁对—作道吾真。

酬高使君相赠

古寺僧牢落,空房客寓—作得居〔一〕。故人供禄米,邻舍与园蔬。双树容听法〔二〕,三车肯载书〔三〕。草玄吾岂敢?赋或似—作比相如〔四〕。

〔一〕《成都记》:"草堂寺在府西七里,寺极宏丽。僧复空居其中,与杜员外居处逼近。"赵清献《玉垒记》:"公寓,沙门复空所居。"按:梁简文帝《草堂传》,蜀草堂寺自梁时有之,故曰"古寺"也。

〔二〕《慈恩传》:"渡阿恃多伐底河,河侧不远,至婆罗林,其树似槲,而皮青叶白,甚光润,四双齐高,即如来涅槃处也。"《翻译名义集》:"娑罗树,东西南北四方各双,故曰双树。方面悉皆一荣一枯。"

〔三〕《法华经》:"长者以牛车、羊车、鹿车立门外,引诸子出离火宅。"王勃《释迦成道记》:"羊鹿牛之三车出宅。"注:"《法华》三车,喻也。羊车喻声闻乘,鹿车喻缘觉乘,牛车喻菩萨乘,俱以运载为义。前二乘方便施设,唯大白牛车是实引重致远,不遗一物。"

〔四〕《扬雄传》:"孝成时,有荐雄文似相如者。召雄待诏承明之庭。"

赠杜二拾遗 高適诸本俱具官云蜀州刺史高適

传道招提客,诗书自讨论。佛香时入院,僧饭屡过门。听法还应难,寻经剩—作賸欲翻〔一〕。草玄今已毕,此后更何言?

〔一〕《庐山记》:"谢灵运即远公寺翻《涅槃经》,名其台曰翻经台。"

和裴迪登新津寺《英华》作奉和裴十四迪新津山寺寄王侍郎原注:"王时牧蜀。"《英华》注:"即王蜀州。"

《唐书·世系表》:"裴迪,出洗马房裴天恩之后。"《地理志》:"新津县属蜀州。"《通鉴》注:"李膺《益州记》云:'皂里,江津之所曰新津市。'《周地图记》云:'闵帝元年于此立新津县。'"《九域志》:"县在蜀州东南七十里。"蔡曰:"王侍郎,王维弟缙也。裴迪尝从维游辋川,后从缙剑外。"按:《旧唐书》:王缙尝为工部侍郎、左散骑常侍,迁兵部。不言出外,其自蜀州刺史召入,为左散骑常侍。《新史》特附见《王维传》,而不著其年月。考《旧史》,维卒于乾元三年七月,临终,以缙在凤翔,索书与别。又维《集》有《为弟缙谢除散骑常侍表》。盖缙在凤翔,或自蜀州召还朝,《谢表》正作于贬还之日。至上元元年,缙官京师久矣。梦弼所云,恐因裴迪附会,若王侍郎果为缙,则自注不应云"王时牧蜀"也。 《杜诗博议》:"《王维传》有缙为蜀州刺史、迁散骑常侍一节,与《缙传》不合。吴缜《纠谬》谓缙未尝历蜀州及常侍,其可疑者三。为说甚辨。今考《旧书》，缙为凤翔尹，先加工部，后除常侍。意其未及还京而维病革，故作书与别也。缜谓缙并未历常侍，似失考。而由蜀州迁常侍，则断不可信，蔡注之谬甚明。"

何恨—作限倚山木？吟诗秋叶黄。蝉声集古寺，鸟影度寒塘。风物悲游子，登临忆侍郎。老夫贪佛日〔一〕，随意宿僧房。

〔一〕萧统《旻法师义疏序》："佛日团空，正流荡垢。"《隋·李士谦传》："或问三教优劣，士谦曰：'佛，日也；道，月也；儒，五星也。'"

出 郭

霜露晚凄凄，高天逐望低。远烟盐井上〔一〕，斜景雪峰西〔二〕。故国犹兵马，他乡亦—作正鼓鼙。江城今夜客，还与旧乌啼。

〔一〕《蜀都赋》："家有盐泉之井。"刘注："蜀都、临邛、江阳、汉安县皆有盐井。"《华阳国志》："李冰穿广都盐井诸陂池。广都县在郡西三十里，有盐井渔田之饶。"

〔二〕雪峰：即雪山，注别见。

恨 别

洛城一别四—作三千里，胡骑长驱五六—云六七年。草木变衰行剑外〔一〕,兵戈阻绝老江边。思家步月清宵立〔二〕,忆弟看云白日眠。闻道河阳近乘胜,司徒急为破幽燕〔三〕。

〔一〕《九辩》:"草木摇落而变衰。"蜀在剑门之外,故曰"剑外"。
〔二〕赵曰:"公有田园在洛阳,故指洛为家。"
〔三〕《李光弼传》:"至德二载,破贼将留希德,加检校司徒。乾元二年冬十月,光弼悉军赴河阳,大破贼众。上元元年,进围怀州。"《通鉴》:"上元元年三月,光弼破安太清于怀州城下。夏四月,又破史思明于河阳西渚。""破幽燕",未然之事,盖喜而望之。

散愁二首

久客宜旋斾,兴王未息戈。蜀星阴见少,江雨夜闻多。百万传 俗本作转,非 深入,寰区望匪他。司徒下燕赵,收取旧山河。

闻道并州镇〔一〕,尚书训士齐〔二〕。几时通蓟北?当日报关西〔三〕。恋阙丹心破,沾衣皓首啼。老魂招不得,归路恐长迷。

〔一〕《唐书》:"太原府,本并州,开元十一年为府,天宝元年曰北京。"
〔二〕《旧书·肃宗纪》:"乾元二年七月,以兵部尚书、潞泌节度使、霍国公王思礼兼太原尹,充北京留守。"《思礼传》:"光弼徙河阳,思礼代为河东节度,用法严整,人不敢犯。"
〔三〕按史:邺城之溃,惟思礼与光弼军独完,寻破思明别将于潞城东,乃当时名将也。故以"收蓟北"、"报关西"望之。

于当时诸将中，独属望王、李者，公意思明在东都，范阳必空虚可图，欲光弼乘河阳之捷，长驱燕赵，倾其根本，思礼以泽潞之兵会之，即前诗"斩鲸辽海波"意也。以"散愁"命题，深旨可见。

寄杨五桂州谭_{原注：因州参军段子之任}

《唐书》："桂州始安郡，属岭南道。"

五岭皆炎热〔一〕，宜人独桂林〔二〕。梅花万里外〔三〕，雪片一冬深〔四〕。闻此宽相忆，为邦复好音。江边送孙楚〔五〕，远附《白头吟》。

〔一〕五岭：注见六卷。
〔二〕《山海经》："桂林八树，在贲禺东。"注："八桂成林，言其大也。"《旧唐书》："江源多桂，不生杂木，故秦时立为桂林郡。"
〔三〕《南康记》："大庾岭多梅而先发，亦曰梅岭。"《白帖》："大庾岭上梅，南枝落，北枝开。"
〔四〕黄曰："桂林虽居岭外，然治古始安，隶荆州之零陵。白乐天云'桂林无瘴气'，兹所以宜人也。岭南无雪，独桂林有之。范成大云：'灵川、兴安之间，两山蹲踞，中容一马，谓之严关。朔雪至关辄止，大盛则度关至桂州城下，不复南矣'。北城旧有楼曰雪观，所以夸南州也。"
〔五〕孙楚：注见二卷。

杜工部诗集卷之八

上元、宝应间,公居成都作。

建都十二韵

《通鉴》:"至德二载,以蜀郡为南京,凤翔为西京,西京为中京。上元元年九月,改置南都于荆州,以荆州为江陵府。二年九月,罢凤翔西都及江陵南都之号,宝应元年建卯月复建。"《唐书》:"上元初,以吕諲为荆州刺史。諲请以荆州置南都,帝从之。于是荆州号江陵府,以諲为尹。"按:诗云"穷冬客江剑,随事有田园",其为成都草堂作甚明。鲍钦止编宝应元年冬,是年虽复建南都,时公往来梓州,未尝定居,安得有"田园"之句?赵云"此上元元年九月后作也",得之。

苍生未苏息,胡马半乾坤。议在云台上〔一〕,谁扶黄屋尊〔二〕?建都分魏阙〔三〕,下诏辟荆门〔四〕。恐失东人望,其如西极存①?时危当雪耻,计大岂轻论?虽倚三阶正〔五〕,终愁万国翻。牵裾恨不死〔六〕,漏网辱殊恩〔七〕。永负汉庭哭,遥怜湘水魂。穷冬客江剑,随事有田园。风断青蒲节〔八〕,霜埋翠竹根。衣冠空穰穰,关辅久—作远昏昏。愿枉—作惟驻,—作愿驻,赵云:作驻,非长安日〔九〕,光辉郭作晖照北原〔一〇〕。

---

① "存",底本作"尊",据诸善本改。

〔一〕《东观汉纪》:"桓谭拜议郎,诏令议云台。"江淹《狱中书》:"高议云台之上。"

〔二〕黄屋:注见三卷。

〔三〕《周礼》:"悬治象之法于象魏。"注:"象魏,宫门双阙。"《南史·何胤传》:"阙,谓之象魏。象者,法也。魏者,当涂而高大也。"

〔四〕《唐书》:"荆州有荆门县,以荆门山名。"《元和郡县志》:"荆门山,在峡州宜都县西北五十里。"《寰宇记》:"荆门之地,乃荆襄要津。"

〔五〕《东方朔传》:"愿陈泰阶六符。"注:"泰阶,天之三阶也。上阶为天子,中阶为诸侯、公卿、大夫,下阶为士、庶人。三阶平正,是谓太平。"

〔六〕《魏志》:"文帝欲徙十万户实河南,辛毗谏,帝不答,起入内,毗随而引其裾。"

〔七〕《汉·刑法志》:"网漏吞舟之鱼。"

〔八〕庾信诗:"蒲低犹抱节。"

〔九〕《世说》:"明帝数岁,元帝问:'日与长安孰远?'答曰:'日远。'明日重问之,乃答曰:'日近。'"

〔一〇〕蔡曰:"北原,河北之地也,时史思明据东京及河北怀、卫等州。"钱笺:"北原,即五陵原。《西都赋》'北眺五陵'注:'高、惠、景、武、昭五陵,皆在北。'程大昌曰:'在渭之北也。'庾信诗:'北原风雨散。'岑参诗:'五陵北原上,万古青濛濛。'"

钱笺:"此诗因建南都而追思分镇之事也。初,房琯建分镇讨贼之议,肃宗以此恶琯,贬之。久之,东南多事,从吕谭请,建南都于荆州,以扼吴楚之冲。公闻建都之诏,终以琯议为是,而惜肃宗之不知大计,故作此诗。'牵裾'以下,乃追序移官之事。盖公之移官,以救琯;而琯之得罪,以分镇,故牵连及之也。" 按:"苍生"八句,讥高议者为无益,而南都之不必更建也。"东人"指荆州以东,"西极"指蜀郡,言设都荆门,欲以慰东人之望,然成都乃上皇巡幸之地,西极岂不依然哉?"时危"四句,讥不以雪耻为急,而轻议建都,非定乱之先务也。"牵裾"八句,序己直言蒙宥,旋弃官客蜀,同于"风蒲"、"霜竹"之摧折也。末四句,言衣冠虽多,无救关辅之难。今中原沦陷,天子当回阳光以照之,奈何汲汲建都之举耶?"北原",主梦弼说,似与"万国翻"相应。

补注:江陵号南都,本出吕谭建议。此诗云"议在云台上,谁扶黄屋尊",又云"时危当雪耻,计大岂轻论",盖以讥谭也。江陵虽吴、蜀要冲,然天子未尝驻跸,则不当移蜀郡之称于此,而河北、中原之地尚为贼据,安可不急图收复乎?"牵裾"以下,历历自叙,正叹己之客居剑外,无由效汉庭之哭也。末云"愿枉长安日,光辉驻北原",公之深意可见。前引"北原"笺未当,应删之。

岁　暮

岁暮远为客,边隅还用兵。烟尘犯雪岭[一],鼓角动江城。天地日流血,朝廷谁请缨?济时敢爱死?寂寞壮心惊。

〔一〕《元和郡县志》:"雪山在松州嘉城县东八十里,春夏常有积雪,故名。"《图经》:"雪山在维州保宁县,西南连乳川白狗岭。"《一统志》:"在威州西南一百里,山有九峰。"

和裴迪登蜀州东亭送客逢早梅相忆见寄

《唐书》:"蜀州唐安郡,属剑南道,垂拱二年,析益州置。"黄曰:"按《九域志》,蜀州东至成都才百里,宜公与裴频有和寄。"

东阁官梅动诗兴,还如何逊在扬州[一]。此时对雪遥相忆，送客逢春—作花可樊作更自由？幸不折来伤岁暮，若为看去乱乡—作春愁。江边一树垂垂发，朝夕催人自白头〔二〕。

〔一〕赵曰："何逊《咏早梅》诗曰：'兔园标物序，经时最是梅。枝横却月观，花绕凌风台。'逊时为广陵王记室，首云'兔园'，则以梁孝王园比之也。却月观、凌风台，应是园中台观名。《南史》：'徐湛之出为南兖州刺史，更起风亭、月观、吹台、琴室。'逊，梁人，在徐湛之后。" 钱笺："按逊《本传》，天监中，迁中尉，建安王水曹行参军兼记室。王爱文学之士，日与游宴。建安王者，南平元襄王伟初封也。天监六年，迁使持节，都督扬、南徐二州诸军事、右军将军、扬州刺史。七年，以疾表解州。则逊为建安王记室，正在扬州，故云'何逊在扬州'也。考《寰宇记》，风亭、月观、吹台、琴室并在宫城东角池侧，当即逊诗所咏耳。" 按：伪苏注"何逊为扬州法曹，咏廨舍梅花"，《一统志》亦载之。《本传》无为法曹事，但有《早梅》诗，见《艺文类聚》及《初学记》。今本《何记室集》作《扬州法曹梅花盛开》诗，乃后人未辨苏注之伪，遂取为题耳。胡震亨曰："《何逊墓志》'东阁一开，竞收扬马'，杜甫'东阁'本此。《志》载《墨庄漫录》。"

〔二〕言幸尔不折花来寄，若看之必动乡愁矣。只此江梅独发，已催人老，况又见东亭之早梅乎？

暮登四—云西安寺钟楼寄裴十迪

四安寺：未详。或云在新津县南二里，即前新津寺。

暮倚高楼对雪峰，僧来不语自鸣钟。孤城返照红将敛，近市浮烟翠且重。多病独愁常阒寂，故人相见未从容。知君苦思缘诗瘦,太向交游万事慵。

寄赠王十将军承俊

将军胆气雄,臂悬两角弓。缠结青骢马,出入锦城中。时危未授钺,势屈难为功。宾客满堂上,何人高义同?

奉酬李都督表丈早春作

力疾坐清晓,来诗—作时,《正异》定作诗悲早春。转添愁伴客,更觉老随人荆作身。红入桃花嫩,青归柳叶新。望乡应未已,四海尚风尘。

西　郊

时出碧鸡坊〔一〕,西郊向草堂〔二〕。市桥官柳细〔三〕,江路—作岸野梅香。傍架齐书帙,看题检赵云:—作减,非药囊。无人觉旧作竟,—作与,荆公定作觉来往〔四〕,疏懒意何长。

〔一〕《梁益记》:"成都之坊,百有二十,第四曰碧鸡坊。汉宣帝时,或言益州有金马碧鸡之神,可醮祭而致,遣王褒持节求之,故成都有碧鸡坊。"

〔二〕《成都记》:"草堂在府西七里。"潘鸿曰:"说者以公草堂在西郊碧鸡坊外，味此诗曰'出'、曰'向'，乃是由碧鸡以至西郊，由西郊以至草堂。盖坊在西城，不在西郊也。"《唐书》："王建入成都，囚田令孜于碧鸡坊。"此坊在西城内之一证。

〔三〕《华阳国志》："成都西南石牛门外曰市桥，下石犀所潜渊也。"李膺《益州记》："冲星桥，市桥也，在今成都县西南四里。汉旧州市在桥南，因以为名。延岑渡市桥挑战，即此。"《陶侃传》："都尉夏施，盗官柳种之己门。"

〔四〕梁简文帝《冬晓》诗："会是无人觉，何用早红妆。"徐悱妇《题甘蕉》诗："夕泣已非疏，梦啼真太数。惟当夜枕知，过此无人觉。"

客至 原注：喜崔明府相过

舍南舍北皆春水，但见—作有群鸥日日来。花径不曾缘客扫，蓬门今始为君开。盘飧市远无兼味，樽酒家贫只旧醅〔一〕。肯与邻翁相对饮，隔篱呼取尽馀杯。

〔一〕《韵会》："醅，酒未漉也。"

遣意二首

啭枝黄鸟近，泛渚白鸥轻。一径野花落，孤村春水生。衰年催酿黍，细雨更—作夜移橙。渐喜交游绝，幽居不用名。

檐影微微落，津流脉脉斜。野船 赵云：一作松，非 明细火，宿雁聚 俗本作起 圆—作寒 沙。云掩初弦月，香传小树花〔一〕。邻人有美酒,稚子夜—作也能赊。

〔一〕王训诗:"衣香十里传。"

漫成二首

野日—作月荒荒—作茫茫白,春—作江流泯泯清〔一〕。渚蒲随地有,村径逐门成。只作披衣惯〔二〕,常从漉酒生〔三〕。眼边无俗物〔四〕,多病也身轻。

〔一〕《韵会》:"潣,《说文》:'水流浼浼貌,从水闵声。'或作'泯',杜诗'江流泯泯清'。"又《增韵》:"泯泯,犹茫茫也。"按:"泯泯"对"荒荒",极状江流之远大。张有《复古编》云:"湉,古'活'字。'泯泯',是'活活'之误。"不知'泯泯'、'活活',意象各不侔。
〔二〕披衣:见《庄子》。陶潜诗:"相思则披衣,言笑无厌时。"
〔三〕漉酒:注见六卷。
〔四〕《世说》:"嵇、阮、山涛在竹林酣饮,王戎后往,阮曰:俗物已复来败人意。"

江皋已仲春,花下复清晨。仰面贪看鸟,回头错应人。读书难字过,对酒满壶频。近识峨嵋老原注:东山隐者〔一〕,知余懒是真。

〔一〕《水经注》:"《益州记》云:峨嵋山,在南安县界,去成都南千里。然秋日清澄,望见两山相峙,如蛾眉焉。"《唐书》:"嘉州罗目县有峨嵋山。"

春夜喜雨

好雨知时节,当春乃—作及发生。随风潜入夜,润物细无声。野径云俱黑,江船火独明。晓看红湿处,花重锦官城〔一〕。

〔一〕梁简文帝《入阶雨》诗:"渍花枝觉重。"

春　水

三月桃花浪—作水〔一〕,江流复旧痕。朝来没沙尾—作岸,碧色动柴门。接缕垂芳饵,连筒灌小园〔二〕。已添无数鸟〔三〕,争浴故相喧《英华》作:不知无数鸟,何意更相喧。

〔一〕《汉书》注:"《月令》:仲春之月,始雨水,桃始华。盖桃方华时,既有雨水,川谷冰泮,众流猥集,波澜盛长,故谓之桃花水。"
〔二〕李实曰:"川中水车如纺车,以细竹为之,车骨之末缚以竹筒,旋转时,低则舀水,高则泻水,故曰'连筒灌小园'。若夔府修水筒,则引山泉者。"
〔三〕朱超《独栖鸟》诗:"寄语故林无数鸟,会入群里比毛衣。"

江　亭

坦腹江亭卧,长吟野望时。水流心不竞,云在意俱迟。

寂寂春将晚,欣欣物自私〔一〕。故林归未得,排闷强裁诗—云:江东犹苦战,回首一颦眉。

〔一〕刘辰翁曰:"'物自私',与'花柳更无私'实一意。物物自以为有私,则无私矣。"

村　夜

风色萧萧暮—作肃肃风色暮,江头人不行。村春雨外急,邻火夜深明。胡羯何多难,樵渔寄此生。中原有兄弟,万里正含情。

早　起

春来常早起,幽事颇相关。帖石防隤岸,开林出远山。一丘藏曲折,缓步有跻攀。童仆来城市,瓶中得酒还。

可　惜

花飞有底急〔一〕?老去愿春迟。可惜欢娱地,都非少壮时。宽心应是酒,遣兴莫过诗。此意陶潜解,吾生后汝期。

〔一〕俗谓何物为"底"。"有底急"言有底事而飞之急也。

落 日

落日在帘钩，溪边春事幽。芳菲缘岸圃，樵爨倚滩舟〔一〕。啅雀争枝坠，飞虫满院游。浊醪谁造汝？一酌散千愁。

〔一〕《史记》："樵苏后爨。"

独 酌

步屦—作履，一作倚杖深林晚，开樽独酌迟。仰蜂粘落絮—作蕊，行—读户郎切，一作倒蚁上枯梨。薄劣惭真隐〔一〕，幽偏得自怡。本无轩冕意，不是傲当时。

〔一〕《南史》："何尚之致仕方山，后还摄职。袁淑录古隐士有迹无名者为《真隐传》以嗤焉。"

徐 步

整履—作展，晋作屣步青芜，荒庭日欲晡〔一〕。芹泥随燕觜，花蕊—作蕊粉上蜂须。把酒从衣湿,吟诗信杖扶。敢论才见忌,实有醉如愚。

〔一〕《淮南子》:"日至于悲谷,是谓晡时。"《广雅》:"日晚曰晡。"

寒 食

寒食江村路,风花高下飞。汀烟轻冉冉,竹日净晖晖。田父—云舍要平声皆去,邻家问—作闹不违〔一〕。地偏相识尽,鸡犬亦忘归—作机。

〔一〕赵曰:"言邻人问赠,亦不违而受之。"

石 镜

《华阳国志》:"武都有一丈夫,化为女子,美而艳,盖山精也。蜀王纳为妃,无几物故。蜀王遣五丁之武都,担土作冢,盖地数亩,高七丈,上有石镜,今成都北角武担是也。后王悲悼,作《臾邪歌》《龙归之曲》。"《寰宇记》:"冢上有一石,圆五寸,径五尺,莹彻,号曰石镜。"

蜀王将此镜,送死置空山。冥寞怜香骨,提携近玉颜。众妃无复叹,千骑亦虚还〔一〕。独有伤心石,埋轮月黄作玉宇间〔二〕。

〔一〕千骑：言送葬者。

〔二〕月宇：犹云天宇。江总诗："月宇照方疏。"宋之问诗："宾至星槎落，仙来月宇空。"

琴　台

《寰宇记》："《益部耆旧传》云：相如宅，在州西笮桥北百许步，有琴台在焉。"《成都记》云："琴台院，以相如琴台得名，而非其旧。旧台在城外浣花溪之海安寺南，今为金花寺。元魏伐蜀，下营于此，掘堑得大瓮二十馀口，盖所以响琴也。隋蜀王秀，更增五台，并旧为六。"

茂陵多病后，尚爱卓文君。酒肆人间世，琴台日暮云〔一〕。野花留宝靥_{益涉切}〔二〕，蔓草见罗裙〔三〕。归凤求凰意〔四〕，寥寥不复闻。

〔一〕酒肆犹存人世，琴台但有暮云，正是吊古语耳，赵汸解非是。

〔二〕《说文》："靥，颊辅也。"梁简文帝诗："分妆开浅靥。"《酉阳杂俎》："近代妆尚靥如射月，曰黄星靥。靥，钿之名，盖自孙和邓夫人也。"按：唐时妇女多贴花钿于面，谓之靥饰，李贺诗"花合靥朱红"是也。

〔三〕张元一诗："马带桃花锦，裙衔绿草罗。"

〔四〕《玉台新咏》："相如《琴歌》曰：凤兮凤兮归故乡，游遨四海求其凰。时未通遇无所将，何悟今日升斯堂。有艳淑女在此房，室迩人遐愁我肠，何缘交颈为鸳鸯？"

春水生二绝

二月六夜春水生,门前小滩—作篱浑欲平。鸂鶒鸬鹚莫漫喜,吾与汝曹俱眼明。

一夜水高二尺强,数日不可更禁当。南市津头有船卖,无钱即买系篱旁。

江上值水如海势聊短述

为人性僻耽佳句,语不惊人死不休。老去诗篇浑漫兴,春来花鸟莫深愁。新添水槛供垂钓〔一〕,故着陟略切浮槎替入舟。焉得思如陶谢手?令渠述作与同游。

〔一〕《说文》:"槛,栊也,一曰圈也。轩窗之下为棂曰栏,以板曰槛。"公草堂有水槛,盖于水际为之。

水槛遣心—作兴二首

去郭轩楹敞,无村眺望赊。澄江平少岸,幽树晚多花。细雨鱼儿出,微风燕子斜。城中十万户,此地两三家。

蜀天常夜雨，江槛已朝晴。叶润林塘密，衣干枕席清。不堪只_{音支}老病，何得尚_{晋作向}浮名？浅把涓涓酒，深凭送此生。

题新津北桥楼得郊字

诗云"池水观为政"，时必与官于蜀州者同作。

望极春城上，开筵近鸟巢。白花檐外朵，青柳槛前梢。池水观为政，厨烟觉远庖。西川供客眼_{一作醉客}，惟有_{一作偏爱}此江郊。

游修觉寺

《全蜀总志》："修觉山在新津县治东南五里，山有修觉寺、绝胜亭。"

野寺江天豁，山扉花竹幽。诗应有神助，吾得及春游。径石相_{一作深}萦带，川云自_{一作晚}去留。禅枝宿众鸟〔一〕，漂转暮归愁。

〔一〕梁昭明太子《讲席》诗："禅枝讵凋槭。"庾信《安昌寺碑》："禅枝四静，慧窟三明。"

后 游

寺忆曾—作重游处,桥怜再渡时。江山如有待,花柳更无私。野润烟光薄,沙暄日色迟。客愁全为减,舍此复何之?

江 涨

江发蛮夷涨,山添雨雪流。大声吹地转,高浪蹴天浮。鱼鳖为人得,蛟龙不自谋。轻帆好去便,吾道在沧洲。

朝 雨

凉气晓—作晚萧萧,江云乱眼飘〔一〕。风鸳藏近渚,雨燕集深条。黄绮终辞—作投汉〔二〕,巢由不见尧。草堂樽酒在,幸得过清朝。

〔一〕庾信诗:"惊花乱眼飘。"
〔二〕庾阐《闲居赋》:"黄绮结其云楼。"

晚　晴

村晚惊风度,庭幽过雨沾。夕阳薰细草[一],江色映疏帘。书乱谁能帙?杯干自可添。时闻有馀论,未怪老夫潜[二]。

〔一〕《别赋》:"陌上草薰。"
〔二〕王符有《潜夫论》。

高　柟

《尔雅》"梅柟"注:"似杏实酢,俗作楠。"黄曰:"公有《柟树为风雨所拔叹》云'浦上童童一青盖',此诗'江边一盖青',知即此柟树也。"

柟树色冥冥,江边一盖青。近根开药圃,接叶制茅亭。落景阴犹合,微风韵可听。寻常绝醉困,卧此片时醒。

恶　树

独绕虚斋径,常持小斧柯。幽阴成颇杂,恶木剪还多。枸杞因—作固吾有[一],鸡栖奈汝—作尔何[二]?方知不材者,生长漫婆娑[三]。

〔一〕道书:"千年枸杞,其形似犬,故以'枸'名。"

〔二〕《急就篇》注:"皂荚树,一名鸡栖。"《魏志》:"刘放、孙资,久典枢要,夏侯献、曹肇心不平。殿中有鸡栖树,二人相谓:'此亦久矣,其能复几?'"按:枸杞、鸡栖,皆嘉木也。恶木剪除,二者皆得遂其生长,故曰"因吾有"、"奈汝何"。次公云恐妨鸡栖,大谬。

〔三〕《诗》注:"婆娑,舞貌。"《世说》:"殷仲文与众在厅,视槐良久,叹曰:此树婆娑,无复生意。"

江畔独步寻花七绝句

江上被花恼不彻,无处告诉只颠狂。走觅南邻爱酒伴_{原注:斛斯融,吾酒徒},经旬出饮独空床。

稠花乱蕊裹_{旧作畏,《正异》定作裹}江滨〔一〕,行步欹危实怕春〔二〕。诗酒尚堪驱使在,未须料理白头人〔三〕。

〔一〕赵曰:"'裹江滨',两岸并有花也。"司空图诗:"千英万萼裹枝红。"

〔二〕钱笺:"白乐天诗'防愁预恶春',即'实怕春'之意。"

〔三〕《世说》:"韩康伯母闻二吴哭母,哀语子曰:汝若为选官,当好料理此人。"

江深竹静两三家,多事红花映白花。报答春光知有处,应须美酒送生涯。

东望少城花满烟〔一〕,百花高楼更可怜。谁能载酒开金盏—作锁，唤取佳人舞绣筵？

〔一〕《蜀都赋》："亚以少城，接乎其西。"刘注："少城，小城也，在大城西，市在其中。"《旧唐书》："蜀王本都广都之樊乡，张仪平蜀后，自赤里街移治少城，今州城是也。"《元和郡县志》："少城，在成都县西南一里二百步。"

黄师塔前江水东〔一〕，春光懒困倚微风。桃花一簇开无主，可爱深红爱—云映，晋作与浅红〔二〕？

〔一〕钱笺："陆游曰：予以事至犀浦，过松林甚茂，问驭卒何处，答曰师塔也。盖谓僧所葬之塔，乃悟杜诗'黄师塔前'之句。"
〔二〕言桃花无主，可是爱深红乎？抑爱浅红乎？

黄四娘家花满蹊，千朵万朵压枝低。留连戏蝶时时舞，自在娇莺恰恰啼。

不是爱花即欲死—作看花即索死，只恐花尽老相催。繁枝容易纷纷落，嫩蕊—作棊商量细细开。

闻斛斯六官未归

疑即斛斯融。

故人南郡去，去索作碑钱。本卖文为活，翻令室倒悬。

荆扉深蔓草，土锉粗卧切冷疏烟〔一〕。老罢休无赖〔二〕，归来省醉眠。

〔一〕《御览》："《说文》云：'锉䥶，鍑也。'《纂文》云：'秦人以钴䥽为锉䥶。'"按：鍑，音副，釜大者曰鍑。"土锉"是甈瓹之属，即今行锅也。《困学纪闻》云："土锉乃黔蜀人语。"恐不然。

〔二〕《南史·蔡兴宗传》："太尉沈庆之曰：加老罢私门，兵力顿阙。"

赴青城县出成都寄陶王二少尹

《唐书》："青城县，属蜀州，因山为名。"《全蜀总志》："青城废县，在灌县南四十里。"《唐书》："京兆、河南等府，有少尹二人，掌贰府州之事。"时成都称南京，故置少尹。

老耻妻孥笑—云老被樊笼役，贫嗟出入劳。客情投异县，诗态忆吾—作君曹。东郭沧江合〔一〕，西山白雪高〔二〕。文章差底病？回首兴滔滔〔三〕。

〔一〕《括地志》："李冰穿郫江，捡江来自西北，合于郡之东南，今有合江亭。"

〔二〕雪岭，注见前。

〔三〕赵曰："'差'，病除也。'差底病'言虽有文章，可差得何病乎？"按：如赵说，"差"应读"楚懈切"。《六书正讹》："一音'才何切'。"然此恐是差错之"差"，病如声病之"病"，言文章之不利，差在何病乎？回首二子，兴自滔滔，盖以诗道自信之词。

野望因过常少仙

《容斋随笔》:"杜诗《过常少仙》,蜀本注云:'应是言县尉也,县尉谓之少府。'而梅福为尉,有神仙之称。少仙,犹今俗呼为仙尉也。"按:诗末"幽人"指常少仙也。黄鹤云即后"常徵君"。或是。

野桥齐渡马〔一〕,秋望转悠哉。竹覆青城合,江从灌口来〔二〕。入村樵径引,尝果栗皴—作园开〔三〕。落尽高天日,幽人未遣回。

〔一〕范成大《吴船录》:"将至青城,当再渡绳桥,长百二十丈,分为五架,桥之广,十二绳排连之。"
〔二〕灌口:注见七卷。《元和郡县志》:"大江经青城县北,去县二里。"
〔三〕钱笺:"宋祁《益部方物赞》:'天师栗,生青城山中,他处无有,似栗,味美,以独房为贵,久食已风挛。'《西溪丛语》:'《集韵》:皴,侧尤切,革文蹙也。《汉上题襟》周繇诗"开栗弋之紫皴",贯休云"新蝉避栗皴",又云"栗不和皴落",即栗蓬也。'蔡曰:'皴,当作皱,皮裂也。'"

寄杜位 原注:位京中宅,近西曲江,诗尾有述

按:诗云"悲君已是十年流",天宝十载,公守岁位宅,位因李林甫婿贬官,林甫十一载十一月卒,则位之贬,必在十二载。自十二载癸巳至上元二年辛丑,为九年,诗举成数,故云"十年流"也。又玉垒山,《唐志》:"在彭州导江。"旧注俱云在青城。《一统志》:"玉垒,在灌县西北二十九里。"灌县,

乃唐之导江、青城二县地,盖其山自导江而接青城界也。诗云"玉垒题书心绪乱",又知为在青城作。《草堂》本以此与青城诸诗同编上元二年,得之。

近闻宽法离—作别新州[一],想见怀归尚百忧。逐客虽皆万里去,悲君已是十年流。干戈况复尘随眼,鬓发还应雪满头。玉垒题书心绪乱[二],何时更得曲江游?

〔一〕《唐书》:"新州新昌郡,属岭南道,至京师五千五十二里。"
〔二〕《蜀都赋》:"包玉垒而为宇。"刘注:"玉垒,山名,湔水出焉,在成都西北。岷山界在后,故曰宇也。"《寰宇记》:"在茂州汶川县北三里。"

丈人山

《御览》:"《玉匮经》云:黄帝遍历五岳,封青城山为五岳丈人,一名赤城,一名青城都,一曰天国山,为第五大洞宝仙九室之天,对郡西北,在岷山南。连峰掩映,互相连接,灵仙所宅,神异甚多。"杜光庭《青城山记》:"岷山连峰接岫,千里不绝,青城乃第一峰也。"《寰宇记》:"山在青城县西北三十二里。"

自为青城客,不唾青城地[一]。为爱丈人山,丹梯近幽意[二]。丈人祠前佳气浓[三],缘云拟住最高峰。扫除白发黄精在,君看他时冰雪容[四]。

〔一〕钱笺:"刘勋妻王氏《杂诗》:'千里不唾井,况乃昔所奉。'《智度论》:'若人寺时,当歌呗赞叹,不唾僧地。'"
〔二〕谢朓《敬亭山》诗:"即此凌凡梯。"注:"丹梯,谓山也。"

〔三〕《青城山记》:"昔宁封先生,栖于北岩之上,黄帝筑坛,拜为五岳丈人,晋代置观。"

〔四〕《庄子》:"藐姑射之山有神人焉,肌肤若冰雪,绰约若处子。"

送裴五赴东川

故人亦流落,高义动乾坤。何日通燕塞?相看老蜀门。东行应暂别,北望苦销魂。凛凛悲秋意,非君谁与论?

送韩十四江东省觐

赵曰:"此在蜀州作。"

兵戈不见老莱衣,叹息人间万事非。我已无家寻弟妹,君今何处访庭闱?黄牛峡静滩声转—作急〔一〕,白马江寒树影稀〔二〕。此别应须各努力,故乡犹恐未同归。

〔一〕《水经》:"江水又东,径黄牛山。"注:"下有滩,名曰黄牛滩。南岸重岭叠起,最外高崖间,有石如人,负刀牵牛,人黑牛黄,成就分明。行者谣曰:'朝发黄牛,暮宿黄牛。'言水路纡深,回望如一矣。"《宜都记》曰:"自黄牛滩东入西陵界,至峡口一百许里。"《一统志》:"黄牛山,在夷陵州西九十里,即黄牛峡。"

〔二〕赵曰:"白马江,蜀州江名,今称亦然,乃韩与公别处。此二句分言地之所在也。"按:唐蜀州,今为崇庆州。《一统志》云:"白马江,在崇庆州东北十里,源自江源废县,东入新津县界。"当从赵注无疑。他注引《九域志》"江陵有白马洲",非也。

柟树为风雨所拔叹

黄鹤据史"永泰元年三月,大风拔木",谓此诗作于其时,太泥。《草堂》本,此与下《茅屋歌》俱编入上元二年成都诗内,今从之。

倚江柟树草堂前,故—作古老相传二百年。诛茅卜居总为此,五月仿佛闻寒蝉。东南飘风动地至,江翻石走流云气。干排雷雨犹力争,根断泉源岂天意?沧波老树性所爱,浦上亭亭一青—作车盖。野客频留惧雪霜,行人不过听竽籁〔一〕。虎倒龙颠委榛樊作荆棘〔二〕,泪痕血点垂胸臆。我有新诗何处吟?草堂自此无颜色。

〔一〕《高唐赋》:"纤条悲鸣,声似竽籁。"
〔二〕虎倒龙颠:言柟树之拔也。《病柏》诗:"偃蹇龙虎姿。"

茅屋为秋风所破歌

八月秋高风怒号,卷我屋上三重茅。茅飞渡江洒—作满江郊,高者挂罥古犬切长林梢,下者飘转沉塘—作堂坳〔一〕。南村群童欺我老无力,忍能对面为盗贼。公然抱茅入竹去,唇焦口燥呼不得〔二〕,归来倚杖自叹息。俄顷风定云墨色,秋天漠漠向昏黑。布衾多年冷似铁,娇儿恶 如字。蔡读乌卧切 卧踏里裂。床床 郭作床头 屋漏无干处,雨脚如麻未断绝。自经丧乱少睡眠,长夜沾湿何由彻?安得广厦千万间,大庇天下寒士俱欢颜,风雨不动安如山。呜呼!何时眼前突兀见此屋〔三〕,吾庐独破 一作坏 受冻死 一作意 亦足!

〔一〕塘坳:水塘作坳垤形。
〔二〕《韩诗外传》:"干喉焦唇,仰天而叹。"曹植乐府:"来日大难,口燥唇干。"
〔三〕突兀见此屋:即所云"广厦千万间"也。白乐天诗:"安得布裘长万丈,与君都盖洛阳城",同此意。

逢唐兴刘主簿弟

《旧唐书》:"蓬溪县属遂州,永淳元年置唐兴县,天宝元年改为蓬溪。"公此诗及《唐兴县客馆记》,俱循旧名。

分手开元末,连年绝尺书。江山且相见,戎马未安居。剑外官人冷〔一〕,关中驿骑疏。轻舟下吴会〔二〕,主簿意何如①?

〔一〕《杜诗博议》:"'官人'乃隋、唐间语。《北史·梁彦光传》:'初,齐亡后,人情险诐,妄起风谣,诉讼官人,千变万变。'《旧唐书·高祖纪》:'高祖即位,官人百姓,赐爵一级。'《武宗纪》:'中书奏:赴选官人多京债,到任

---

① "何如",底本作"如何",据诸善本改。

填还,致其贪求,罔不由此。'则'官人'者,乃州县令佐之称也。"

〔二〕赵曰:"'吴会',音会计之会,指会稽也。"

敬简王明府

黄曰:"公上元二年,尝为唐兴县宰王潜作《客馆记》,此'王明府'当即其人也。"

葉县郎官宰〔一〕,周南太史公〔二〕。神仙才有数,流落意无穷。骥病思偏秣,鹰愁—作秋怕苦笼。看君用高义,耻与万人同。

〔一〕葉县王乔事,注见二卷。

〔二〕《司马迁传》:"天子始建汉家之封,而太史公留滞周南,不得与从事。"《后汉书》注:"古之周南,今之洛阳。"

重简王明府

甲子西南异〔一〕,冬来只薄寒。江云何夜尽—作静,蜀雨几时干?行李须相问,穷愁岂有—作自宽?君听鸿雁响,恐致稻粱难。

〔一〕甲子:谓岁序。沈佺期诗:"洛阳新甲子,何日是清明?"

百忧集行

钱笺:"王筠《行路难》:百忧俱集断人肠。"

忆年一作昔十五心尚孩,健如黄犊走复来。庭前八月梨枣熟,一日上树能千回。即今倏忽已五十一作即今年才五六十〔一〕,坐卧只多少行立。强将笑语供主人〔二〕,悲见生涯百忧集。入门依旧四壁空,老妻睹我颜色同。痴儿未知父子礼,叫怒索饭啼门东〔三〕。

〔一〕公生于壬子,至上元二年辛丑,恰五十。
〔二〕黄曰:"乾元二年冬,公至成都,时裴冕为尹。上元元年三月,李若幽代。二年三月,崔光远代,光远寻罢。冬,严武至。此云'主人',当是指崔、李。史云若幽为政躁急,光远无学任气,宜与公不合。"
〔三〕《漫叟诗话》:"庖厨之门在东,故曰'啼门东',非趁韵也。"

投简成华两县诸子

黄曰:"梁权道编成都诗内,是以'成华'为成都、华阳两县。然诗云'长安苦寒谁独悲',又'南山'、'青门'皆长安事,当是天宝间在京师与咸阳、华原二县,'咸'误作'成'。"按:诗云'赤县官曹拥材杰',盖指成、华两县诸子也。《唐志》:成都、华阳两县为附郭,次赤。而咸阳、华原乃畿县,又相去颇远,不应连及。则此诗之作于成都,审矣。"长安苦寒",当以《正异》定本为允。下云"朝廷故旧礼数绝",亦是谪官后语。"南山"、"青门",自嗟被废,岂必居长安者始可用乎？

赤县官曹拥才杰〔一〕，软裘快马当冰雪。长安《正异》作夜苦寒谁独悲？杜陵野老骨欲折〔二〕。南山豆苗早荒秽〔三〕，青门瓜地新冻裂〔四〕。乡里儿童项领成〔五〕，朝廷故旧礼数绝〔六〕。自然弃掷与时异，况乃疏顽临事拙。饥饿动即向一旬，敝衣何啻联百结〔七〕？君不见空墙日色晚，此老无声泪垂血。

〔一〕《元和郡县志》："大唐县有赤、畿、望、紧上、中、下六等之差，京都所治为赤县，京之旁邑为畿县。"

〔二〕《后汉·李固传》："霍光忧愧发愤，悔之骨折。"

〔三〕《杨恽传》："田彼南山，芜秽不治，种一顷豆，落而为萁。"陶潜诗："种豆南山下，草盛豆苗稀。"

〔四〕青门瓜：注见二卷。

〔五〕《诗》："四牡项领。"注："项，大也。四牡者，人所驾。今但养大其领，不肯为用。"《后汉·吕强传》："群邪项领。"

〔六〕任昉《哭范仆射》诗："生平礼数绝。"

〔七〕王隐《晋书》："董威辇拾残缯，辄结为衣，号曰百结。"

徐卿二子歌

君不见徐卿二子生绝奇，感应吉梦相追随。孔子释氏亲抱送①，并是天上麒麟儿〔一〕。大儿九龄色清澈，秋水为神

---

① "释氏"，底本作"择氏"，据诸善本改。

玉为骨。小儿五岁气食牛〔二〕,满堂宾客皆回头。吾知徐卿百不忧,积善衮衮生公侯。丈夫生儿有如此二雏者,名位岂肯卑微休—云异时名位岂肯卑微休!

〔一〕《陈书》:"徐陵母臧氏,尝梦五色云,化而为凤,集左肩上,已而诞陵焉。陵年数岁,家人携候宝志上人,宝志摩其顶曰:天上石麒麟也。"

〔二〕《尸子》:"虎豹之驹,虽未成文,已有食牛之气。"

戏作花卿歌

《旧唐书·肃宗纪》:"上元二年四月,梓州刺史段子璋反,袭东川节度使李奂于绵州,自称梁王,改元黄龙,以绵州为黄龙府,置百官。五月,成都尹崔光远率将花惊定攻拔绵州,斩子璋。"《高适传》:"西川牙将花惊定恃勇,既诛子璋,大掠东蜀。天子怒光远不能戢军,乃罢之。"《山谷诗话》:"花卿冢在丹棱县之东馆镇,至今有英气,血食其乡。"

成都猛将有花卿,学语小儿知姓名。用如快鹘风火生,见贼惟多身始轻〔一〕。绵州副使着柘赵云:当作赭黄〔二〕,我卿扫除即日平。子璋髑髅血模糊,手提掷还崔大夫〔三〕。李侯重有此节度〔四〕,人道我卿绝世无。既称绝世无,天子何不唤取守东都〔五〕?

〔一〕《南史》:"齐桓康王随武帝起兵,摧坚陷阵,膂力绝人。所过村邑,恣行暴害,江南人畏之,以其名怖小儿。""梁曹景宗谓所亲曰:'昔在乡里,骑快马如龙,拓弓弦作霹雳声,箭如饿鸱叫,平泽中逐獐数肋射之,觉耳后风生,鼻端火出,此乐使人忘死。'"

〔三〕《唐书》:"绵州巴西郡,属剑南东道,本金山郡,天宝元年更名。"《唐六典》:"诸军各置节度使一人,五千人以上置副使一人。"按:子璋,《新书》作节度兵马使,《旧书》《通鉴》作梓州刺史,此诗又云"绵州副使"。唐东川节度治梓州,子璋盖以梓州刺史领副使时据绵州反,遂称"绵州副使"耳。着赭黄:谓僭天子服色。

〔三〕崔大夫:谓光远。

〔四〕李侯:谓奂。奂领东川,以子璋乱,奔成都。及平,复得之镇,故曰"重有此节度"也。

〔五〕《唐书》:"上元二年三月,史朝义杀其父思明而自立,时据东都。"

花卿恃勇剽掠,不过成都一猛将耳。使移守东都,安能扫除大寇?末语刺之,意甚微婉。

病　柏

有柏生崇冈,童童状车盖〔一〕。偃蹙_{黄作蹇}龙虎姿,主当风云会。神明依正直,故老多再拜。岂知千年根,中路颜色坏!出非不得地,蟠据亦高大。岁寒忽无凭,日夜柯叶改_{叶去声,一作碎}。丹凤领九雏〔二〕,哀鸣翔其外。鸱鸮志意满〔三〕,养子穿_{一作窟}穴内。客从何乡来,伫立久吁怪。静求元精理〔四〕,浩荡难倚赖〔五〕。

〔一〕《蜀志》:"先主舍东南角篱上有桑树,高五丈,遥望见童童如小车盖。"

〔二〕乐府《陇西行》:"凤皇鸣啾啾,一母将九雏。"

〔三〕《尔雅》注:"鸱枭,恶鸟,攫鸟子而食之。"

〔四〕《汉·郎𫖮传》:"元精所生,王之佐臣。"《论衡》:"天禀元气,人受元精。"

〔五〕以柏之才大得地,而憔悴如此,是"难倚赖"也。

病　橘

群—作伊橘少生意,虽多亦奚为?惜哉结实小—作少,酸涩如棠梨〔一〕。剖之尽蠹虫《英华》作蚀,采掇爽其—作所宜。纷然不适口,岂止郭作只存其皮?萧萧半死叶,未忍—作忽忽别故枝。玄冬霜雪积〔二〕,况乃回风吹!尝闻蓬莱殿〔三〕,罗列潇湘姿〔四〕。此物岁不稔〔五〕,玉食失—作少光辉。寇盗尚凭陵,当君减膳时。汝病是天意,吾愁旧作谂,荆作敢,赵定作愁罪有司。忆昔南海使,奔腾献荔支黄作枝。百马死山谷,到今耆旧悲〔六〕。

〔一〕《尔雅》注:"棠,今之杜梨。"陆曰:"其子有赤白美恶,白色为甘棠,赤色者涩而酢。"

〔二〕梁元帝《纂要》:"冬日玄英,亦云玄冬。"

〔三〕蓬莱殿:注别见。

〔四〕潇湘:洞庭也。《山海经》:"洞庭之山,其木多橘。"《唐书》:"潭州有橘洲。"

〔五〕橘结实,一年多,必一年少,故曰"岁不稔"。

〔六〕《唐国史补》:"贵妃生于蜀,好食荔枝。南海所生,尤胜蜀者,每岁飞驰以进。"钟惺曰:"上言'吾愁罪有司',正恐罪及百姓耳,故末引荔枝故事以为戒。"

枯 棕

《广志》:"棕,一名栟榈,状如蒲葵,有叶无枝。"陈藏器曰:"其皮作绳,入水千岁不烂。"《齐高帝纪》:"时军容寡阙,乃编棕皮为马具。"

蜀门多棕—作栟榈,高者十八九。其皮割剥甚,虽众亦易朽。徒布—作有如云叶,青青岁寒后。交横集斧斤,凋丧先蒲柳〔一〕。伤时苦军乏,一物官尽取叶此苟切。嗟尔江汉人,生成复何有?有同枯棕木,使我沉叹久。死者即已休,生者何—作能自守?啾啾黄雀啄—作啅,侧见寒蓬走。念尔形影干—作枯形影,摧残没藜莠〔二〕。

〔一〕蒲柳:注见二卷。《世说》:"蒲柳之质,望秋先零。"
〔二〕赵曰:"末四语又言棕。或曰'雀啄'、'蓬走'蒙上,言生者之靡定,终亦摧残藜莠而已。"

枯 楠

楩楠枯峥嵘,乡党皆莫记。不知几百岁,惨惨无生意。上枝摩苍天,下根蟠厚地。巨围雷霆拆—作折,万孔虫蚁萃。

涷音东雨落流胶〔一〕，冲风夺嘉一作佳气〔二〕。白鹄遂不来，天鸡为愁思〔三〕。犹含栋梁具，无复霄汉一作云霄志。良工古昔少〔四〕，识者出涕泪。种榆水中央，成长何容易〔五〕。截承金露盘〔六〕，袅袅不自畏？

〔一〕《楚词》："使涷雨兮洒尘。"《尔雅》注："江东呼夏月暴雨为涷雨。"流胶：树中胶液流出也。庾信诗："枯枫乍落胶。"

〔二〕《楚词》："冲风至兮水扬波。"注："冲风，隧风也。"

〔三〕《尔雅》："鶾，天鸡。"注："赤羽鸟。《逸周书》：文鶾，若彩鸡，成王时蜀人献之。"谢灵运诗："天鸡弄和风。"

〔四〕良工：谓工师也。

〔五〕《齐民要术》："榆性软弱，久无不曲例，非佳好之木。"

〔六〕《三辅故事》："武帝于建章宫立铜柱，高二十丈，上有仙人掌承露盘。"

以枯楠比大材不见用，老死丘壑，识者悲之；以水榆比小材居重任，且不知自畏，识者危之。盖为用人者发。

所　思 原注：得台州郑司户虔消息

郑老身仍窜，台州信始传。为农山涧曲，卧病海云边。世已疏儒素，人犹乞音气酒钱。徒劳望牛斗，无计劚龙泉〔一〕。

〔一〕《越绝书》："楚王使欧冶子为铁剑三枚，一曰龙泉，一名太阿，一曰工市。"《张华传》："华见斗牛之间尝有紫气，补雷焕为丰城令。焕到县，掘狱屋基，得石函，中有双剑，并刻题，一曰龙泉，一曰太阿。"

383

不　见 原注：近无李白消息

不见李生久，佯狂真可哀。世人皆欲杀，吾意独怜才。敏捷诗千首，飘零酒一杯。匡山读书处，头白好归来〔一〕。

〔一〕杜田《补遗》："白之先，客居蜀之彰明，太白生焉。白读书于大匡山，其宅在清廉乡，后为僧房，号陇西院。" 按：《太白集》中多匡庐诗，其《书怀》诗云："仆卧庐山顶，餐霞漱瑶泉。半夜水军来，寻阳满旌旃。空名适自误，迫胁上楼船。"可证太白为永王璘迫致时，正在庐山。此诗"匡山读书处，头白好归来"，盖深惜其放逐之久，望其归寻旧隐也。杜田云云，本出杨天惠《彰明逸事》之说，事容有之，但此诗则断指寻阳之匡庐，不当引彰明为证也。

草堂即事

荒村建子月〔一〕，独树老夫家。雾一作雪里江船渡，风前竹径斜。寒鱼依密藻，宿鹭起圆沙。蜀酒禁愁得，无钱何处赊？

〔一〕《肃宗纪》："上元二年九月，诏去上元号，称元年，以十一月为岁首，月以斗所建辰为名。建子月壬午朔，上受朝贺，如正旦仪。"

徐九少尹见过

晚景孤村僻，行军数骑来〔一〕。交新徒有喜，礼厚愧无才。

赏静怜云竹，忘归步月台。何当看花蕊？欲发照江梅〔二〕。

〔一〕旧注："唐以少尹为行军长史，若有节度使，即谓之行军司马。"按：新、旧《书》初不言少尹兼行军，此注未详所本。
〔二〕赵曰："'照江梅'，言照江之梅花也。"

范二员外邈、吴十侍御郁特枉驾，阙展待，聊寄此作

暂往比邻去，空闻二妙归〔一〕。幽栖诚简略，衰白已光辉。野外贫家远，村中好客稀。论文或不愧，重肯款柴扉〔二〕？

〔一〕《晋书》："尚书令卫瓘与尚书郎索靖，俱善草书，时人号为一台二妙。"
〔二〕范云诗："有客款柴扉。"

王十七侍御抡许携酒至草堂，奉寄此诗，便请邀高三十五使君同到

王抡终于彭州刺史，后有《哭王彭州抡》诗。黄曰："《旧书·高適传》：'崔光远不能戢军，天子罢之，以適代为成都尹、西川节度。'然公今诗不曰高尹而仍谓高使君，又是年建子月，光远卒，建丑月旋以严武为成都尹，则適实未尝代光远也。及严武宝应元年召归后，却不见成都别除尹。史云代宗即位，吐蕃陷松、维、保诸州，节度使高適不能救，以严武代还。必宝应元年七月至广德元年十二月，乃適尹成都，不知公何以无一诗与之？盖適为

尹时,公全在东川,及武再镇蜀,方归草堂也。"

老夫卧稳朝慵起,白屋寒多暖始开。江鹳—作鹤巧当幽径浴,邻鸡还过短墙来。绣衣屡许携家酝,皂盖能忘折野梅？戏假霜威促山简,须成一醉习池回。

王竟携酒,高亦同过,共用寒字

卧病荒郊远,通行小径难。故人能领客,携酒重相看。自愧无鲑户佳切,居谐切,一作鰕菜[一],空烦卸马鞍。移樽—作时劝山简,头白恐风寒。原注：高每云：汝年几小,且不必小于我。故此句戏之。

〔一〕《说文》："脢,脯也,从肉,奚声。"《韵会》："吴人谓腌鱼为脢腒,通作鲑。"《集韵》："鲑,吴人鱼菜总称。"《齐书》："庾杲之清贫自业,食惟有韭葅、瀹韭、生韭杂菜。任昉戏之曰：'谁谓庾郎贫,食鲑尝有二十七种。''二十七',言三九也。"

陪李七司马皂江上观造竹桥,即日成,往来之人免冬寒入水,聊题短作简李公

《元和郡国志》："郫江,一名皂江,经蜀州唐兴县东三里。"任恺《渠堰志》："九昇口堰,其源出于皂江,至郫之栅头,别流为温江。口曰九昇,口者,实两江之汇也。"《晏公类要》云："郫江,一名皂里水,今在新津。"

伐竹〈黃作木〉为桥结构同，褰裳不涉往来通。天寒白鹤归华表〔一〕，日落青龙见水中〔二〕。顾我老非题柱客〔三〕，知君才是济川功。合欢〈正异〉定作观却笑千年事，驱石何时到海东〔四〕？

〔一〕刘叔敬《异苑》："晋太康二年冬，大雪，南洲人见二白鹤语于桥下曰：'今兹寒，不减尧崩年也。'于是飞去。"《搜神后记》："丁令威，本辽东人，后化鹤归，集城门华表柱，徘徊空中而言曰：'有鸟有鸟丁令威，去家千年今始归。城郭如故人民非，何不学仙冢累累。'"按：此"华表"是言桥柱。李义山诗："灞水桥边倚华表。"

〔二〕《朝野佥载》："赵州石桥甚工，望之如初月出云，长虹饮涧。天后时，默啜欲南过桥，马跪地不进，但见青龙卧桥上，奋迅而怒，贼乃遁去。"

〔三〕相如题桥柱事，见二卷。

〔四〕《齐地记》："秦始皇作石桥，欲过海观日出处，有神人能驱石下海，石去不速，神辄鞭之，石皆流血。"

观作桥成，月夜舟中有述，还呈李司马

《草堂》本有此题。诸本通上章为二首。

把烛桥成夜，回舟客坐时。天高云去尽，江迥月来迟。衰谢多扶病，招邀屡有期。异方成此兴，乐罢不无悲。

李司马桥成—作了，高使君自成都回

向来江上手纷纷，三日功成事出群。已传童子骑青竹—

作马〔一〕,总拟桥东待使君〔二〕。

〔一〕《后汉书》:"郭伋为并州牧,始至行部,有童儿数百骑竹马,道次迎拜。"

〔二〕黄鹤曰:"时高守蜀州而摄成都,《九域志》'蜀州东至成都百里',故诗云'桥东待使君'。"钱笺:"唐制:节度使阙,以行军司马摄知军府事,未闻以刺史也。"按史:唐以留后摄节度使,適未尝为西川留后,鹤注乃臆说。

萧八明府寔处觅桃栽

奉乞桃栽一百根,春前为送浣花村。河阳县里虽无数〔一〕,濯锦江边—作头未满园。

〔一〕《白帖》:"潘岳为河阳令,遍树桃李。"庾信《枯树赋》:"若非金谷满园树,定是河阳一县花。"

从韦二明府续处觅绵_{黄作锦,诗同}竹—作觅锦竹三数丛

蔡曰:"绵竹产汉州绵竹县之紫岩山。"《地志》:"汉绵竹县,以其地宜竹,故名。"按:扬子云有《绵竹颂》,此蜀产也,故觅之。黄鹤云:"锦竹,即《竹谱》之筯簹竹,赤文似绣者。"恐当以绵竹为是。

华轩蔼蔼他年到,绵竹亭亭出县高。江上舍前无此物,

幸分苍翠拂波涛。

凭何十一少府邕觅桤木栽 一作觅桤木数百栽

草堂堑西无树林,非子谁复见幽心?饱闻桤木三年大〔一〕,与致溪边十亩阴。

〔一〕桤木:注见前。

凭韦少府班觅松树子栽

落落出群非榉柳〔一〕,青青不朽岂杨梅①?欲存老盖千年意,为觅霜根数寸栽 一云来。

〔一〕榉柳:注见七卷。

又于韦处乞大邑瓷碗

《唐书》:"大邑县,属邛州。咸亨二年,析益州之晋原置。"

---

① "杨梅",底本作"杨柳",据诸善本改。

大邑烧瓷轻且坚,扣如哀—作寒玉锦城传①。君家白碗胜霜雪,急送茅斋也可怜。

诣徐卿觅果栽—作觅果子栽

公有《徐卿二子歌》。

草堂少花今欲栽,不问绿李与黄梅〔一〕。石笋街中却归去〔二〕,果园坊里为求来。

〔一〕《西京杂记》:"初修上林苑,群臣远方各献名果,李十五种,内有绿李。"
〔二〕石笋街:注见七卷。

入奏行赠西山检察使窦侍御

黄曰:"考新、旧《史》、《会要》诸书,无检察使,惟有巡察、观察、按察之名。然《欧阳詹集》有《送韦检察》诗,又似史失书。诗云'八州刺史思一战,三城守边却可图',是西山诸州未没吐蕃时作。"按:《会要》有西山运粮使、检校户部员外郎。诗云"运粮绳桥壮士喜",疑即此官,窦盖以侍御出耳。鲁訔编上元二年,黄鹤编宝应元年。

---

① "哀玉",底本作"衰玉",据诸善本改。

窦侍御,骥之子〔一〕,凤之雏〔二〕,年未三十忠义俱,骨鲠绝代无。炯如一段清冰出万壑,置在迎风寒露郭本云:一作露寒之玉壶〔三〕。蔗浆归厨金碗冻〔四〕,洗涤烦热足以宁君躯〔五〕。政卜圜本作整用疏通合典则,戚联豪贵耽文儒。兵革《英华》作兵甲未息人未苏,天子亦念西南隅。吐蕃凭陵气颇粗,窦氏检察应时须樊作才能俱。运粮绳桥壮士喜〔六〕,斩木火井穷《英华》作寒猿呼〔七〕。八州刺史思一战〔八〕,三城守边却可图〔九〕①。此行入奏计未小,密奉圣旨恩宜一作应殊。绣衣春当卜作飘飘霄汉立,彩服日向卜作粲粲庭闱趋樊本此下有"开济人所仰,飞腾时正须"二句。省郎京尹必俯拾一云相付,江花未落还成都吴本重此句。肯访浣花老翁无一云公来肯访浣花老? 为君酤吴作酤酒满眼酤二句《英华》作:携酒肯访浣花老,为君着衫捋髭须〔一〇〕,与奴白饭马青刍《英华》无此句〔一一〕。

〔一〕《北齐书》:"裴景鸾、景鸿,并有逸才,河东呼景鸾为骥子,景鸿为龙文。"

〔二〕《蜀志》:"庞统,德公之从子,德公谓统为凤雏。"《晋书》:"陆云幼时,吴尚书闵鸿奇之,曰:此儿若非龙驹,当是凤雏。"

〔三〕《西京赋》:"既新作于迎风,增露寒与储胥。"注:"皆馆名。"《汉书》:"武帝因秦林光宫,元封二年复增通天、迎风、储胥、露寒。"《长安志》:"在云阳甘泉宫。"赵曰:"'露寒',旧本作寒露,盖传写之误。公《槐叶冷淘》诗'万里露寒殿,开冰清玉壶',则用字初未尝倒。"

〔四〕蔗浆:注见七卷。

〔五〕"清冰"、"寒蔗",实之"玉壶"、"金碗",岂不足涤君王之烦热? 意窦侍御以清望称于时,故比之如此。

---

① "却可图",底本作"皆可图",据诸善本改。

〔六〕钱笺:"《元和郡国志》:绳桥在茂州汶川县西北三里,架大江水,蕞竿四条,以葛藤纬络,布板其上,虽从风摇动,而牢固有馀,夷人驱牛马去来无惧。今按其桥以竹为索,阔六尺,长十丈。"

〔七〕《博物志》:"临邛有火井,在县南百里。以竹木投取火后,人以火烛投井中,火即灭,不复燃。"《蜀都赋》注:"火井欲出其火,先以家火投之,须臾,焰出通天,以竹筒盛之,接其光而无炭。取井火还煮井水,一斛得四五斗盐。家火煮之,不过二三斗盐耳。""运粮"、"斩木",以应军须,正侍御、检察之职。 《高适传》云:"自邛关、黎、雅以抵南蛮,由茂而西,经羌中、平戎等城,界吐蕃。濒边诸城,皆仰给剑南。"

〔八〕《旧唐书》:"剑南西川节度,统松、维、恭、蓬、雅、黎、姚,悉八州兵马。"公《东西两川说》:"八州素归心于其世袭刺史。"

〔九〕《唐书》:"彭州有羊灌田、朋筸、绳桥三守捉城,又有七盘、安远、龙溪三城,皆界茂州汶山。"按:公《西山》诗有"绳桥战胜迟"之句,则此三城,乃三守捉城也。蔡注指姚、维、松三州,非。

〔一○〕旧注:"蜀人以竹筒酤酒,筒上有穿绳眼。" 满眼酤:言其满迫筒眼也。

〔一一〕《野客丛书》:"《盘中》诗'羊肉千斤酒百斛,令君马肥麦与菽',结句所祖。"

是时吐蕃窥西山三城,西川八州刺史合兵御之,故窦侍御以战守机宜入奏朝廷。有引东川梓、遂等八州者,全无交涉。

广州段功曹到,得杨五长史谭书[①],功曹却归,聊寄此诗

《唐书》:"京尹及诸都督府,并有功曹参军。广州为中都督府,故置。"

---

① "杨五长史谭",底本缺"谭"字,据诸善本补。

鲍曰:"前有《寄杨五桂州》诗,杨盖自桂而徙广也。"

卫青开幕府〔一〕,杨仆将楼船〔二〕。汉节梅花外〔三〕,春城海水边。铜梁书远及〔四〕,珠浦使将旋〔五〕。贫病他乡老,烦君万里传。

〔一〕《东观汉记》:"卫青大克匈奴,武帝拜大将军于幕中,因号幕府。"庾信碑文:"方卫青之张幕,册重元勋。"
〔二〕《汉·南越传》:"主爵都尉杨仆为楼船将军,出豫章,下横浦。"
〔三〕梅花外:广州在梅岭之外也。
〔四〕铜梁:注见七卷。
〔五〕《唐书》:"廉州有合浦县,出珠。"《方舆记》:"合浦水,去浦八十里,有涠州,其地产珠。"

得广州张判官叔卿书,使还,以诗代意

张叔卿:鲁人,见公《杂述》及《旧书·李白传》。

乡关胡骑远—作满,宇宙蜀城偏。忽得炎州信〔一〕,遥从月峡传〔二〕。云深骠骑幕〔三〕,夜隔孝廉船〔四〕。却寄双愁眼,相思泪点悬〔五〕。

〔一〕《楚词》:"嘉南州之炎德。"
〔二〕月峡:注别见。
〔三〕《汉书》:"元狩二年,霍去病为骠骑将军。"

〔四〕《世说》："张凭尝谒丹阳尹刘惔，惔留宿，明日乃还船。须臾，惔出传教觅张孝廉船，召与同载，时人荣之。"

〔五〕《吴越春秋》："越王夫人歌曰：泪泫泫兮双悬。"

送段功曹归广州

南海春天外，功曹几月程—作行。峡云笼树小，湖日落《正异》定作荡船明。交趾丹砂重〔一〕，韶州白葛轻〔二〕。幸君因旅—作估客，时寄锦官城。

〔一〕交趾：注别见。
〔二〕《唐书》："韶州始兴郡，属岭南道。"

魏十四侍御就敝庐相别

有客骑骢马，江边问草堂。远寻留药价，惜别倒他本作到文场〔一〕。入幕旌旗动，归轩锦绣香。时应念衰疾，书疏—作迹及沧浪。

〔一〕《杜预传赞》："元凯文场，号为武库。"蔡曰："'倒文场'谓倾倒其诗章也。"按：公诗"尺牍倒陈遵"，同此句法。若作"到"，与"问草堂"复矣。

赠别何邕

何少府邕：见前。

生死论交地,何由见一人? 悲君随燕雀〔一〕,薄宦走风尘。绵谷元通汉〔二〕,沱江不向秦〔三〕。五陵花满眼,传语故乡春〔四〕。

〔一〕《公孙弘传赞》："以鸿渐之翼,困于燕雀。"
〔二〕《唐书》："绵谷县属利州。"《禹贡》注："汉出为潜。郭璞云：有水从汉中沔阳县南流,至梓潼、汉寿县,入大穴中,通罡山下,西南潜出。旧云即《禹贡》潜水也。"《史记》正义："潜水出利州绵谷县东龙门山大石穴下。"按："绵谷"即蜀汉之汉寿,今保宁府广元县是。"绵谷元通汉",谓绵谷潜水,本上合于沔阳之汉水也。汉中北直长安,故云。
〔三〕《汉书·地理志》："沱水在蜀郡郫县西,东入大江。其一在汶江县西南,东入江。"郭璞《尔雅注》："沱水自蜀郡都安县湔山,与江别而更流。"金履祥曰："江至永康军导江县,诸源既盛,遂分为沱,东至眉州彭山县,复合于江。"按：沱江,《蜀志》谓一在灌县,一在新繁。灌县之沱,一名郫江,即郭注所云别江于湔山者。《沟洫志》谓李冰所穿,恐亦因禹故迹而疏之耳。
〔四〕何归京师,将取道绵谷,公则留滞沱江,故因所见而起故乡之思也。

赠别郑炼赴襄阳

戎马交驰际,柴门老病身。把君诗过日俗本作目〔一〕,念此别惊神。地阔峨眉晚—作晓,晋作远,天高岘首春〔二〕。为于耆旧内,试觅姓庞人〔三〕。

〔一〕《陈书》:"隋文帝使后主节饮,既而曰:任其性,不尔何以过日?"
〔二〕《元和郡国志》:"岘山在襄阳县东南九里,东临汉水,古今大路。"陈后主《归魂赋》:"映岘首之沉碑。"
〔三〕庞德公隐鹿门山,在襄阳。

重赠郑炼绝句

郑子将行罢使臣,囊无一物献尊亲。江山路远羁离日,裘马谁为感激人〔一〕?

〔一〕赵曰:"言裘马轻肥之人,谁是感激而念其贫者乎?"

江头五咏

丁 香

《图经本草》:"丁香木,类桂,高丈馀,叶似栎,凌冬不凋。花圆细,黄色。"《梦溪笔谈》:"按《齐民要术》云:鸡舌香,世以其似丁子,故一名丁子香,即今丁香是也。《日华子》云:丁香治口气,所以郎官含之。"

丁香体柔弱,乱结枝犹垫〔一〕。细叶带浮毛,疏花披素艳。深栽小斋后,庶使—作近幽人占。晚堕兰麝中〔一〕,休怀粉身念。

〔一〕按:陈藏器云:"丁香,击之则顺理而解为两向。"义山诗"本是丁香树,春条结始生",其合则为结也。《说文》:"垫,下也。"凡物之下堕,皆可云垫。

〔二〕《石崇传》:"婢妾数十人,皆蕴兰麝,被罗縠。"

丁香与幽僻相宜,晚而堕于兰麝,则非其类矣,虽粉身岂足惜哉?此等诗,全是寓意。

丽 春

《图经本草》:"丽春草,一名仙女蒿。"《格物论》:"丽春,罂粟别种也,一云长春花。"

百草竞春华,丽春应最胜。少须晋作顷颜色好吴作好颜色,多漫枝条剩。纷纷桃李枝,处处总能移。如何贵此重—作此贵重,晋作稀如此贵重,《正异》云:"如何贵此重"当作種,旧作重,乃缺文,却怕有人知〔一〕。

〔一〕末语即绝句"苗满空山惭取誉,根居隙地怯成形"意,见丽春之不同于桃李,为可贵也。

栀 子

《图经本草》:"栀子,南方及西蜀州郡皆有之。木高七八尺,二、三月生,白花,花皆六出,甚芬香,俗说即西域薝蔔也。夏秋结实,如诃子状,生青熟黄,中仁深红。"

栀子比众木,人间诚未多。于身色有用,与道气伤—作相和〔一〕。红取风霜实,青看雨露柯。无情移得汝,贵在映江波〔二〕。

〔一〕赵曰:"蜀人取其色以染帛与纸,故云'有用'。其性大寒,食之伤气,故云'伤和'。"或曰:"《本草》称栀子治五内邪气、胃中热气,其能理气明矣。此颂栀子之功也,作'气相和'亦是。"

〔二〕赵曰:"谢朓《墙北栀子树》诗'有美当阶树,霜露未能移。还思照绿水,君家无曲池',末二句本此。"

鸂 鶒

陈藏器《本草》:"鸂鶒,水鸟,形小如鸭,毛有五采。"

故使笼宽织,须知动损毛。看云莫怅望,失水任呼号。六翮曾经剪〔一〕,孤飞卒—作只未高。且无鹰隼虑,留滞莫辞劳。

〔一〕《韩诗外传》:"鸿举千里,特六翮耳。"

花 鸭

花鸭无泥滓,阶前—云中庭每缓行。羽毛知独立,黑白太分明。不觉群心妒,休牵众眼惊。稻粱沾汝在,作意莫先鸣〔一〕。

〔一〕《尸子》:"战如斗鸡,胜者先鸣。"

野　望

西山白雪三城《困学纪闻》作奇,非戍,南浦清江万里桥。海内风尘诸弟隔,天涯涕泪一身遥。惟将迟暮供多病,未有涓埃答圣朝①。跨马出郊时极目,不堪人事日萧条。

按史:是时分剑南为两节度,而西山三城列戍,百姓疲于调役,高适尝上疏论之。公诗当为此作,故有"人事萧条"之叹。

畏　人

魏武帝诗:"客子常畏人。"

早花随处发,春鸟异方啼。万里清江上,三年一作峰落日低。畏人成小筑,褊性合幽栖。门径一云径没从榛草,无心走一作待马蹄。

①"涓埃",底本作"涓涘",据诸善本改。

屏迹三首

衰颜—作年甘屏迹，幽事供高卧。鸟下竹根行，龟开萍叶过。年荒酒价乏，日并园蔬课。独—作犹酌甘泉歌—云独酌酣且歌，歌长击樽破〔一〕。

〔一〕赵曰："并课园蔬，卖之以充酤直也。酌甘泉而击空樽，以无酒也，亦暗使王大将军酒后击缺唾壶事。"①

用拙存—作诚吾道，幽居近物情。桑麻深雨露，燕雀半生成。村鼓时时急，渔舟个个轻。杖藜从白首，心迹喜双清〔一〕。

〔一〕谢灵运诗："心迹双寂寞。"

晚起家何事，无营地转幽。竹光团—作围野色，舍—作山，《正异》定作舍影漾江流。失学从儿懒，长贫任妇愁。百年浑得醉，一月不梳头〔一〕。

〔一〕《绝交书》："头面常一月十五日不洗。"公盖用此事。

少年行二首

莫笑田家老瓦盆，自从盛酒长—作养儿孙。倾银注玉旧作

---

① "大将军"，底本误作"大将车"。

瓦,赵定作玉**惊人眼,共醉终同卧竹根**[一]。

〔一〕杜田《补遗》:"《酒谱》云老杜'共醉终同卧竹根',盖以竹根为饮器也。"庾信《谢赵王赐酒》诗:"野炉然树叶,山杯捧竹根。" 赵曰:"银、玉皆富贵家饮器,正谓少年。言倾银瓶、注玉碗,非不惊人眼也,然终与瓦盆盛酒者,同醉卧竹根之旁耳。'竹根'字,本《选》诗'徘徊孤竹根'。若如杜田说,饮器岂可谓之卧乎?" 补注:《毛诗》疏:"缶是瓦器,可以节乐,又可以盛水、盛酒,即今之瓦盆也。"潘耕曰:"此咏少年聚饮之乐。《晋书》:'阮咸家贫,与宗人饮,不复用杯觞,以大盆盛酒,圆坐大酌。'公诗'瓦盆盛酒',乃暗用此事也。咸与嵇康诸人共为竹林之游,故末有'同卧竹根'之句。"

巢燕养《西溪丛语》作引**雏**《英华》作儿**浑去尽,江花结子已**一作也**无多。黄衫年少来宜**《丛语》作宜来**数**[一]**,不见堂前东逝波**!

〔一〕《北史·麦铁杖传》:"将度辽,呼其三子曰:阿奴当备浅色黄衫,我得被杀,尔当富贵。"《唐书·礼乐志》:"乐工少年姿秀者十数人,衣黄衫,文玉带,立左右。每千秋节,舞于勤政楼下。"

少年行

马上谁家白面一作薄媚,非**郎?临阶**《英华》作轩**下马坐人床**[一]。**不通姓字粗豪**一作疏**甚,指点银瓶索酒尝**。

〔一〕《英华辨证》:"杜集'倾银注瓦',此作'注玉';'临街下马',此作'临轩',当以《英华》为正。盖未经俗子改易,书所以重古本也。"

赠花卿

旧注:"公有《戏作花卿歌》,此花卿,即敬定也。"按:唐曲《水调歌》后六叠入破第二,即此诗,见郭茂倩《乐府诗集》。

锦城丝管日《乐府》作晓纷纷,半入江风半入云。此曲只应天上有,人间能得几回闻?

《扪虱新话》:"花卿跋扈不法,有僭用礼乐之意,故子美讥之。世人误认为歌妓者多矣,杨用修亦主此说。"按:敬定恃功骄横则有之,不闻有僭礼乐事。详诗意,似讽其歌舞太侈,非居功之道耳。

即 事

百宝装腰带,真珠络臂韝同鞴。笑时花近眼,舞罢锦缠头〔一〕。

〔一〕缠头:注别见。

杜工部诗集卷之九

宝应中,公居成都、客梓州作。

遭田父泥_{去声}饮,美严中丞

泥饮:谓强之饮,即诗所云"欲起时被肘"也。按《旧书》:收长安,武拜京兆尹,兼御史中丞,《新书》却不载。武贬巴州,有《光福寺楠木歌碑》,题云"卫尉少卿兼御史严武",时盖自中丞降御史也。武初镇剑南,二《史》俱云"兼御史大夫",今公诗止云"中丞",岂《史》有误耶?

步屧随春风,村村自花柳。田翁逼社日〔一〕,邀我尝春酒。酒酣夸新尹:"畜眼未见有。"回头指大男:"渠是弓弩手。名在飞骑籍,长番岁时久〔二〕。前日放营农,辛苦救衰朽。差科死则已,誓不举家走。今年大作社,拾遗能住否?"叫妇开大瓶,盆中为吾取。感此气扬扬,须知风化首。语多虽杂乱〔三〕,说尹终在口。朝来偶然出,自卯将及酉。久客惜人情,如何拒邻叟!高声索果栗,欲起时被肘〔四〕。指挥过无礼,未觉村野丑。月出遮我留,仍嗔问升斗。

〔一〕《月令》:"择元日,命民社。"郑注:"祀社以祈农祥。元日谓近春分前后戊日。元,吉也。"

〔二〕《唐书·兵志》:"择材勇者为番头,习弩射。又有羽林军飞骑,亦

习弩。"

〔三〕陶潜《饮酒》诗："父老杂乱言，觞酌失行次。"

〔四〕《史记》："魏桓子肘韩康子于车上。"

严中丞枉驾见过 原注：严自东川除西川，敕令两川都节制

元戎小队出郊坰，问柳寻花到野亭。川合东西瞻使节〔一〕，地分南北任流萍〔二〕。扁舟不独如张翰〔三〕，皂—作白帽应兼—作还应似管宁〔四〕。寂寞—作今日江天云雾里，何人道有少微星〔五〕？

〔一〕上元二年十二月，武代崔光远镇蜀，时合剑南、两川为一道，辨详《八哀诗》。按：《方镇表》："广德二年，剑南节度复领东川。"观此诗，宝应元年作，已有"川合东西"之句，盖《史》略也。公是年上武《说旱》云"请管内东西两川，各遣一使"，尤足与"川合东西"语相证明。

〔二〕蜀在南，长安在北。郑玄《戒子书》："黄巾为害，萍浮南北，复归邦乡。"

〔三〕《晋书》："张翰，字季鹰。贺循入洛，经吴阊门，于船中弹琴。翰就循言谈，相钦悦，曰：'吾亦有事北京。'便同载而去。"

〔四〕《魏志》："管宁，字幼安。征命不就，居海上。常着皂帽、布襦袴、布裙，随时单复。"

〔五〕《史·天官书》："廷藩西有隋星五，曰少微，士大夫。"索隐："《天官占》云：一名处士星。"正义："廷，太微廷；藩，卫也。少微四星，在太微，南北列。明大黄润，则贤士举。"

奉酬严公寄题野亭之作

拾遗曾奏数行书,懒性从来水竹居。奉引滥骑沙苑马,幽栖真钓锦江鱼。谢安不倦登临费—作赏〔一〕,阮籍焉知礼法疏〔二〕?枉沐—作何日旌麾出城府,草茅无—作芜径欲教锄〔三〕。

〔一〕《谢安传》:"安于东山营墅,楼馆林竹甚盛,子侄往来游集,肴膳亦屡费百金。"
〔二〕《阮籍传》:"籍性疏懒,礼法之士疾之如仇。"
〔三〕《卜居》:"宁诛锄草茅,以力耕乎?"

寄题杜二锦江野亭　严武

漫向江头把钓竿,懒眠沙草爱风湍。莫倚善题鹦鹉赋〔一〕,何须不着鹔音峻鹴音仪冠〔二〕?腹中书籍幽时晒〔三〕,肘后医方静处看〔四〕。兴发会能驰骏马,终须晋作当直—作重到使君滩〔五〕。

〔一〕鹦鹉赋:注见二卷。
〔二〕《汉书》:"孝惠时,郎、侍中皆冠鹔鹴。"音义:"鹔鹴,鸟名,以其羽饰冠。"
〔三〕《世说》:"郝隆七月七日出日中仰卧,人问其故,曰:我晒书。"
〔四〕肘后方:注见六卷。
〔五〕盛弘之《荆州记》:"鱼复县界,有羊肠虎臂滩。杨亮为益州,至此舟覆,人至今犹名为使君滩。"《九域志》:"使君滩,在万州。"

孔毅夫《续世说》:"子美于浣花里种竹植木,结庐枕江,纵酒吟咏,与田畯野老相狎荡。严武过之,有时不冠。故武此诗讥子美自倚能文而不冠,子美和诗云'阮籍焉知礼法疏',以解嘲也。"《容斋续笔》:"《新唐书·严武传》云:'房琯以故宰相为巡内刺史,武慢倨不为礼。最厚杜甫,然欲杀甫数矣。'李白《蜀道难》为房与杜危之也。《甫传》云:'甫尝醉登武床,瞪视曰:"严挺之乃有此儿。"武衔之。一日欲杀甫,冠钩于帘者三。左右白其母,奔救得止。'《旧史》但云'甫性褊躁,尝凭醉登武床,斥其父名,武不以为忤。'初无欲杀之说,盖唐小说所载,而《新书》以为然。予按太白《蜀道难》,本以讥章仇兼琼,前人尝论之矣。子美集中诗,凡为武者,几三十篇。《送还朝》曰'江村独归处,寂寞养残生',《喜再镇》曰'得归茅屋赴成都,真为文翁再剖符',此犹武在时语。至《哭归榇》云'一哀三峡暮,遗后见君情',及《八哀诗》云'空馀老宾客,身上愧簪缨',若果有欲杀之怨,不应眷眷如此。好事者但以武诗有'莫倚善题鹦鹉赋'之句,故用证前说,引黄祖杀祢衡为喻,殆是痴人面前不得说梦也。武肯以黄祖自比乎?""莫倚善题鹦鹉赋",虑其恃才傲物,爱而规之也。"何须不着鵕鸃冠",劝之出而仕也。二语正见严、杜交情之厚。

奉和严中丞西城晚眺十韵

汲黯匡君切,廉颇出将频。直词才不世,雄略动如神。政简移风速,诗清立意新。层城临暇一作媚景,绝域望馀春。旆尾蛟龙会〔一〕,楼头燕雀驯。地平江动蜀,天阔树浮秦。帝念深分阃,军须远算缗〔二〕。花罗封蛱蝶,瑞锦送麒麟〔三〕。辞第输高义〔四〕,观图忆古人〔五〕。征南多兴绪〔六〕,事业暗相亲。

〔一〕《尔雅》:"有铃曰旂。"注:"悬铃于竿头,画蛟龙于旒。"

〔二〕《汉书》:"元狩四年,初算缗钱。"李斐曰:"缗,丝也,以贯钱。一贯千钱,出税二十。"师古曰:"谓有储积钱者,计其缗贯而税之。"

〔三〕《唐书》:"代宗诏曰:所织盘龙、对凤、麒麟、狮子等锦绮,并宜禁。"旧注:"蛱蝶、麒麟,绣之罗锦者,言严公以此入贡,不忘朝廷也。"

〔四〕《霍去病传》:"上为治第,令视之,对曰:'匈奴未灭,何以家为?'"

〔五〕观图忆古人:言观蜀之地图,辄以古人为期也。公有《同严公咏蜀道画图》诗,又《八哀诗》云"堂上指画图",可证。旧注引《马援传》东平王观云台图画曰"何不画伏波将军",恐于此不切。

〔六〕《杜预传》:"预卒,赠征南大将军。"公十三世祖。

中丞严公雨中垂寄见忆一绝,奉答二绝

一云:严公雨中见寄一绝,奉答两绝

雨映行宫—作云辱赠诗〔一〕,元戎肯赴野人期—云欲动野人知?江边老病虽无力,强拟晴天理钓丝。

〔一〕《通鉴》:"玄宗离蜀,以所居行宫为道士观。"《杜诗博议》:"《旧书·崔宁传》:'初,天宝中,鲜于仲通尝建一使院,甚华丽。玄宗幸蜀,尝居之,因为道观,写玄宗御容,置之正室。郭英乂奏请旧院为军营,乃移去御容,自居之。'按此即玄宗行宫,当在成都城内,有谓近万里桥者,非也。"

何日雨晴云出溪,白沙青石洗无泥。只须伐竹开荒径,倚—作拄杖穿花听马嘶—作鸟啼。

谢严中丞送青城山道士乳酒一瓶

山瓶乳酒下青云[一],气味浓香幸见分。鸣鞭走送怜渔父,洗盏开尝对马军原注:军州谓驱使骑为马军。

〔一〕杨慎曰:"《孝经纬》:'酒者,乳也。'梁张率《对酒》诗:'如花良可贵,如乳更堪珍。'子美'山城乳酒下青云'本此。"

三绝句

楸一作春树馨香倚钓矶[一],斩新花蕊未应飞。不如醉里风吹尽,可一作何忍醒时雨打稀!

〔一〕《尔雅》"椅梓",郭璞注:"即楸也。"陆玑《诗疏》:"楸之疏理白色而生子者为梓。"《图经本草》:"梓木似桐而叶小花紫。"

门外鸬鹚去一作久不来,沙头忽见眼相猜。自今已后知人意,一日须来一百回。

无数春笋满林生,柴门密掩断人行。会须上番毛晃《增韵》读甫患切看成竹[一],客至从嗔不出迎。

〔一〕《猗觉寮杂记》:"杜诗'会须上番看成竹',元诗'飞舞先春雪,因依上番梅',俱用'上番'字,则'上番'不专为竹也。退之《笋》诗'且叹高无数,庸知上几番',又作平声押。"按:"斩新"、"上番",皆唐人方言。独孤及诗"旧日霜毛一番新",亦读去声。

戏为六绝句

庾信文章老更成,凌云健笔意纵横〔一〕。今人嗤点流传赋〔二〕,不觉前贤畏后生。

〔一〕《汉书》:"相如奏《大人赋》,天子大说,飘飘有凌云气。"庾信《宇文顺集序》:"章表健笔,一付陈琳。"
〔二〕钱笺:"干宝《晋纪论》:'盖共嗤点以为灰尘,而相诟病矣。'《庾信传赞》:'扬子云有言:"诗人之赋丽以则,词人之赋丽以淫。"若以庾氏方之,斯又词赋之罪人也。'"

杨王—云王杨卢骆当时体〔一〕,轻薄为文哂未休。尔曹身与名俱灭,不废江河万古流〔二〕。

〔一〕《玉泉子》:"王、杨、卢、骆有文名,人议其疵曰:'杨好用古人姓名,谓之点鬼簿;骆好用数对,谓之算博士。'"
〔二〕洪迈曰:"身名俱灭,以责轻薄子;江湖万古流,谓四子之文也。"

纵使卢王操翰墨,劣于汉魏近风骚〔一〕。龙文虎脊皆君驭〔二〕,历块过都见尔曹〔三〕。

〔一〕钱笺:"《宋书·谢灵运传论》:自汉至魏,文体三变,莫不同祖风骚。"

〔二〕《汉·西域传赞》:"蒲梢、龙文、鱼目、汗血之马,充于黄门。"《天马歌》:"虎脊两,化若鬼。"注:"马毛血如虎脊者有两也。"

〔三〕"龙文"、"虎脊",虽堪充驭,然必试之"历块过都",尔曹方可自见耳。极言前贤之未易贬也。

才力应难跨_{或作夸}数公〔一〕,凡今谁是出群雄?或看翡翠兰苕上〔二〕,未掣鲸鱼碧海中。

〔一〕数公:以上所指也。

〔二〕郭璞诗:"翡翠戏兰苕,容色更相鲜。"善曰:"言珍禽芳草,递相辉映,可悦之甚也。"兰苕:兰秀也。

不薄今人爱古人,清词丽句必为邻〔一〕。窃攀屈宋宜方驾〔二〕,恐与齐梁作后尘。

〔一〕补注:《文心雕龙》:"五言流调,清丽居宗。华实并用,惟才所安。"

〔二〕《绝交论》:"方驾曹王。"

未及前贤更勿疑,递相祖述复先谁〔一〕?别_{必列切}裁伪体亲风雅〔二〕,转益多师是汝师。

〔一〕钱笺:"《谢灵运传论》:王褒、刘向、扬、班、崔、蔡之徒,异轨同奔,递相师祖。"

〔二〕"别"者,区别之谓也;"裁"者,裁而去之也。

钱笺:"作诗以论文,而题云'戏为六绝句',盖寓言以自况也。韩退之诗:'李杜文章在,光焰万丈长。不知群儿愚,那用故谤伤。蚍蜉撼大树,可笑不自量。'然则当公之世,群儿之谤伤亦不少矣,故借庾信、四子以发其意。'嗤点流传'、'轻薄为文',皆指并时之人也。一则曰'尔曹',再则曰'尔曹',正退之所谓'群儿'也。卢、王之文,劣于汉魏而能江湖万古者,以其近于风骚也,况其上薄风骚而又不劣于汉魏者乎?'凡今谁是出群雄',公所以自命也。'兰苕翡翠',指当时研揣声病、寻摘章句之徒。'鲸鱼碧海',则所谓浑涵汪洋,千汇万状,兼古人而有之者也,亦退之所谓'横空盘硬,妥帖排奡,垠崖崩豁,乾坤雷硠'者也。论至于是,非李、杜谁足以当之乎?'不薄今人'一章,自明作者之苦心也。'齐梁'以下,对'屈宋'言,皆今人也。于'古人'则爱之,于'今人'则不敢薄。'清词丽句',必与为邻,惟恐目长足短,自谓'窃攀屈宋'而转作齐梁之'后尘'也,则又正告之曰:今人之未及前贤,无怪其然,以其递相祖述,沿流失源,而不知谁为之先也。骚雅有真骚雅,汉魏有真汉魏,等而下之,至于齐梁、唐初,莫不有真面目焉,舍是则皆伪体也。能'别裁伪体',则近于风雅矣。自风雅而下,至于庾信、四子,孰非吾师?虽欲为嗤点轻薄之流,其可得乎?故曰'转益多师是汝师'。呼之曰'汝',所谓'尔曹'也,哀其身与名俱灭,谆谆然呼而寤之也。题之曰'戏',亦见通怀商榷,不欲自以为是,后人之如此意者,鲜矣。"

野人送朱樱

西蜀樱桃也自红,野人相赠满筠笼。数回细写_{洗野切}愁仍破〔一〕,万颗匀圆讶许同。忆昨赐沾门下省,退朝擎出大明宫〔二〕。金盘玉箸无消息,此日尝新任转蓬。

〔一〕《礼记》:"器之溉者不写,其馀皆写。"注:"谓传之器中。"

〔二〕唐李绰《岁时记》："四月一日，内园荐樱桃寝庙，荐讫，班赐各有差。" 大明宫：注见四卷。

题桃树

小径升堂旧不斜，五株桃树亦从遮〔一〕。高秋总馈贫人实，来岁还舒满眼花。帘户每宜通乳燕，儿童莫信打慈鸦。寡妻群盗非今日，天下车书正—作已一家。

〔一〕鲍照乐府："中庭五株桃，一株先作花。"

此诗首曰"小径升堂旧不斜"，末曰"天下车书正一家"，疑所题者，乃故园之桃也。时方全盛，未逢乱离，故桃亦可怀如此，以叹今之不然，与"移柳几能存"同一感慨。若云题成都桃树，于末二语难通。

严公仲夏枉驾草堂兼携酒馔得寒字
一作郑公枉驾携馔访水亭

竹里行厨洗玉盘〔一〕，花边立马簇金鞍。非关使者征求急〔二〕，自识将军礼数宽〔三〕。百年地僻旧本俱作辟，《千家》本作僻柴门迥，五月江深草阁寒。看弄渔舟移白日，老农何有罄交欢？

〔一〕《神仙传》："麻姑降蔡经家，坐定，各进行厨，皆金盘玉杯。"

〔二〕使者征求：用颜阖事。《赠郑谏议》诗："使者求颜阖"。

〔三〕《绝交书》："阮嗣宗为礼法之士所绳，疾之如仇，赖大将军保持之耳。"《廉颇传》："不知将军宽之至此也。"

严公厅宴同咏蜀道画图得空字

日临公馆静〔一〕，画满—作列地图雄。剑阁星桥北〔二〕，松州雪岭东〔三〕。华夷山不断，吴蜀水相通。兴与烟霞会，清樽幸不空〔四〕。

〔一〕《礼记》："公馆复，私馆不复。"

〔二〕《华阳国志》："李冰沿水造桥，上应七宿。世祖谓吴汉曰：'安军宜在七星连桥间。'"

〔三〕《唐书》："松州交川郡，属剑南道，取界内甘松岭为名。"

〔四〕张璠《汉纪》："孔融拜大中大夫，每叹曰：'座上客常满，樽中酒不空，吾无忧矣。'"

戏赠友二首

元年建巳月〔一〕，郎有焦校书〔二〕。自夸足膂力，能骑生马驹。一朝被马踏，唇裂板齿无。壮心不肯已，欲得东擒胡。

〔一〕《肃宗纪》："上元二年九月，诏去上元号，称元年，以十一月建子为岁首,月以斗所建辰为名。至建巳月,肃宗寝疾,诏皇太子监国,改元年为宝应元年,复以正月为岁首。"公诗作于未改元之时,故仍前称为"建巳月"。

〔二〕《唐书》:"崇文馆有校书郎二人。"

元年建巳月,官有王司直〔一〕。马惊折左臂,骨折面如墨。驽骀漫—作慢深郭作染泥,何不避雨色?劝君休叹恨,未必不为福叶音偪〔二〕。

〔一〕《唐书》:"东宫官,司直一人。"又:"大理寺,司直六人。"
〔二〕《淮南子》:"塞上翁马亡入胡,人皆吊之,曰:'何知非福?'居数月,其子引胡骏马而归,人皆贺之,曰:'何知非祸?'及家富马良,其子好骑,堕而折髀,人又吊之,曰:'何知非福?'居一年,胡人大入,丁壮战死者十九,其子独以跛故,父子得相保。"

大　雨

黄曰:"宝应元年,公上严武《说旱》云:'今蜀自十月不雨,抵建卯非雩之时,奈久旱何。'此诗'西蜀冬不雪,春农尚嗷嗷'正是其时事。又云'朱夏云郁陶',盖入夏方雨。"

西蜀冬不雪,春农尚嗷嗷。上天回哀眷,朱—作清夏云郁陶〔一〕。执热乃沸鼎,纤绤成缊袍〔二〕。风雷飒万里,霈泽施蓬蒿①。敢辞茅苇漏?已喜黍豆高。三日无行人,二—作大江

---

① "霈泽",底本作"沛泽",据诸善本改。

声怒号〔三〕。流恶邑里清〔四〕,矧兹远江皋。空庭步鹳鹤,隐几望波涛。沉疴聚药饵,顿忘所进劳。则知润物功,可以贷不毛。阴色静陇亩,劝耕自官曹。四邻耒耜出—作出耒耜,何必吾家操?

〔一〕梁元帝《纂要》:"夏曰朱明,亦曰朱夏。"

〔二〕《秋兴赋》:"屏轻箑,释纤绤。"注:"纤绤,细葛也。"

〔三〕《水经注》:"成都县有二江,双流郡下,故扬子云《蜀都赋》曰'两江珥其前'也。"《宋史》:"初,李冰开二渠,一由永康过新繁入成都,谓之外江;一由永康过郫入成都,谓之内江。"

〔四〕《左传》:"有汾浍以流其恶。"注:"恶,垢秽。"

溪　涨

当时浣花桥〔一〕,溪水才尺馀。白石—作月明可把,水中有行车。秋夏忽泛滥,岂惟入吾庐?蛟龙亦狼狈,况是鳖与鱼!兹晨已半落,归路跬步疏。马嘶未敢动,前有深填音淀淤〔二〕。青青屋东麻,散乱床上书。不意—作知远山雨,夜来复何如。我游都市间,晚憩必村墟。乃知久行客,终日思其居。

〔一〕浣花桥:万里桥也。

〔二〕《汉·沟洫志》:"有填淤反壤之害。"师古曰:"填淤,谓壅泥也。"

大麦行

大麦干枯小麦黄,妇女行泣夫走藏。东至集壁西梁洋[一],问谁腰镰胡与羌[二]。岂无蜀兵三千人[三]?部晋作簿领辛苦江山长。安得如鸟有羽翅,托身白云归故乡!

〔一〕《旧唐书》:"梁州都督,督梁、洋、集、壁四州,属山南西道。集州,析梁州之难江,巴州之符阳、长池、白石置。壁州,析巴州之始宁置。洋州,析梁州之西乡、黄金、兴势置。"《一统志》:"今为保宁、汉中二府地。"

〔二〕鲍照诗:"腰镰刈葵藿。"按:《旧书·肃宗纪》:"宝应元年建辰月,党项、奴剌寇梁州,观察使李勉弃城走。"《新书·党项传》:"上元二年,党项羌与浑、奴剌连和寇凤州。明年,又攻梁州,进寇奉天。"此诗"胡与羌"正指奴剌、党项也,"大麦干枯小麦黄"亦是夏初事。又按《代宗纪》:"宝应元年,吐蕃陷秦、成、渭等州。"成州与集、壁、梁、洋壤接,疑吐蕃是年入寇,亦在春夏之交。史不详书,故无考耳。 蔡曰:"后汉桓帝时童谣曰:'小麦青青大麦枯,谁当获者妇与姑,丈夫何在西击胡。'每句中函问答之辞。公诗句法,盖原于此。"

〔三〕按:"蜀兵三千",应是蜀兵调发,策应山南者。师古造为杜鸿渐遏贼之说。考鸿渐镇蜀在永泰元年,其时为乱者非羌胡也。旧注妄撰故实,后人多为所误,故正之。

苦战行

苦战身死马将军,自云伏波之子孙[一]。干戈未定失壮士,使我叹恨伤精魂。去年江南《英华》作南行讨狂贼,临江把臂难再得。别时孤云今不飞,时独看云泪横臆。

〔一〕《后汉·马援传》:"援击交趾女子徵侧、徵贰,玺书拜援伏波将军。"

黄鹤曰:"段子璋反,马将军会兵攻之,为子璋所败,死于遂州,故此诗云'去年江南讨狂贼',下诗云'遂州城中汉节在',盖遂在涪江之南也。"

去秋行

去秋涪扶鸠切江木落时〔一〕,臂枪走马谁家儿?到今不知白骨处,部曲有去皆无归。遂州城中汉节在〔二〕,遂州城外巴人稀。战场冤魂每夜哭,空令野营猛士悲。

〔一〕涪江:注别见。
〔二〕《唐书》:"遂州遂宁郡,属剑南东道。"

鲍钦止曰:"段子璋反,遂州刺史、嗣虢王巨修属郡礼出迎之,被杀。故曰'遂州城中汉节在',盖伤之也。"按史:段子璋以上元二年四月反,五月伏诛。而此诗云"去秋涪江木落时",则非子璋反时事。鲍注既未可据,黄鹤以前诗马将军会讨子璋而死,其说亦岂足深信耶?次公谓其事在广德元年之秋,亦无所证明。大抵杜诗无考者,皆当阙疑,不必强为之说。

奉送严公入朝十韵

鼎湖瞻望远〔一〕，象阙宪章新〔二〕。四海犹多难，中原忆旧臣。与时安反侧，自昔有经纶。感激张天步，从容静塞尘。南图回羽翮，北极捧星辰。漏鼓还思昼，宫莺罢啭春。空留玉帐术〔三〕，愁杀锦城人。阁道通丹地〔四〕，江潭隐白蘋〔五〕。此生那老蜀？不死会归秦。公若登台地，临危莫爱身。

〔一〕鼎湖：注见二卷。二圣山陵，召武为桥道使，故云"瞻望远"。

〔二〕象魏：注见七卷。时代宗初立，故云"宪章新"。

〔三〕《抱朴子外篇》："兵在太一玉帐之中，不可攻也。"《唐·艺文志》"兵家"有《玉帐经》一卷。张淏《云谷杂记》："按颜之推《观我生赋》：'守金城之汤池，转绛宫之玉帐。'又袁卓《遁甲专征赋》：'或倚直使之游宫，或居贵神之玉帐。'盖玉帐乃兵家厌胜之方，主将于其方置军帐，则坚不可犯。其法出于《黄帝遁甲》，以月建前三位取之。"

〔四〕阁道：即剑阁道。《汉官仪》："省中皆胡粉涂壁，以丹涂地，谓之丹墀。"张正见《艳歌》："执戟趋丹地。"沈佺期诗："南省推丹地。"

〔五〕公草堂枕江，近百花潭，故曰"江潭"。

送严侍郎到绵州同登杜使君江楼宴得心字

黄曰："严武时赴召，未为黄门侍郎。其再以黄门侍郎尹成都，又薨于官，此云'严侍郎'，似误，或后来所题。"按：《通鉴》："宝应元年六月壬戌，以兵部侍郎严武为西川节度使。"今据公诗，盖以侍郎召也。又《新书》于封郑国公时云"迁黄门侍郎"，《旧书》于罢兼御史大夫时云"改兼吏部侍郎，寻迁黄门侍郎"，皆不云为兵部，与《通鉴》不合。绵州：注见八卷。钱笺："《方舆胜览》：'枕绵州城之东隅，上有唐《江亭记》。'观杜诗，则古之江流在南山下。"

野兴每难尽，江楼延赏心。归朝送使节，落景惜登临。稍稍烟集渚，微微风动襟。重船依浅濑，轻鸟度曾阴。槛峻背幽谷，窗虚交茂林。灯光郭作花散远近，月彩静高深〔一〕。城拥朝来客，天横醉后参〔二〕。穷途衰谢意，苦调短长吟〔三〕。此会共能几？诸孙贤至今〔四〕。不劳朱户闭，自待白河沉〔五〕。

〔一〕补注：《汉书》："古文《月采篇》曰：三日曰朏。"师古注："《月采》说月之光采，其书则亡。"
〔二〕《春秋元命苞》："参伐流为益州。"古乐府："月没参横，北斗阑干。"《史·淳于髡传》："饮可八斗，而醉二参。"
〔三〕乐府有《长歌行》《短歌行》。
〔四〕诸孙：谓杜使君于公为孙行也。
〔五〕白河：银河也。"白河沉"则天将晓矣。

酬别杜二　严武

独逢尧典日，再睹汉官仪。未效风霜劲，空惭雨露私。夜钟清万户，曙漏拂千旗。并向殊庭谒，俱承别馆追。斗城怜旧路，涡水惜归期〔一〕。峰树还相伴，江云更对垂。试回沧海棹，莫—作更妒敬亭诗〔二〕。只是书应寄，无忘酒共持。但令心事在，未肯鬓毛衰。最怅巴山里，清猿恼梦思。

〔一〕钱笺："《元和郡国志》：'涡水在谯县西四十八里，魏文帝以舟师自谯循涡入淮。'非二公送别之地。诗云'斗城怜旧路'，按《元和志》：'绵州城，理汉涪县，去成都三百五十里，依山作州，东据天池，西临涪水，形如北斗、卧龙伏焉。'则'斗城'指绵州之城，非谓长安也。所临之水，应在绵州，无容远指涡水。'涡水'断是'涪水'传写之误耳。"

〔二〕《图经》："敬亭山，在宣城县北十里。"谢朓有《敬亭山》诗。

奉济驿重送严公四韵

郭知达本注："驿去绵州三十里。"

远送从此别，青山空复情。几时杯重把？昨夜月同行。列郡讴歌惜，三朝出入荣。江村独归处—作去，寂寞养残生。

送梓州李使君之任 原注：故陈拾遗，射洪人也，篇末有云

《唐书》："梓州梓潼郡，属剑南道。乾元后，蜀分东、西川，梓州恒为东川节度使治所。"黄曰："按公广德元年，有《陪李梓州泛江》《陪李梓州四使君登惠义寺》等诗，其赴任在宝应元年夏，故诗云'火云挥汗日，出驿醒心泉'，时公在绵州。"

籍甚黄丞相,能名自颍川[一]。近看除刺史,还喜得吾贤。五马何时到?双鱼会早传[二]。老思筇竹杖—云杖拄[三],冬要锦衾眠。不作临岐别,惟听举最先[四]。火云挥汗日,山驿醒心泉。遇害陈公殒[五],于今蜀道怜。君行射洪县[六],为我一潸然。

〔一〕《汉书》:"黄霸拜颍川太守,咸称神明,后征入为丞相。"

〔二〕古诗:"遗我双鲤鱼。"

〔三〕《蜀都赋》:"筇杖传节于大夏之邑。"顾凯之《竹谱》:"筇竹高节实中,状若人,剖为杖,出南广邛都县。"《竹记》云:"邛州多生竹,俗谓之扶老竹。"

〔四〕《京房传》:"举最当迁。"注:"以课最被举。"

〔五〕《旧唐书》:"子昂父在乡,为县令段简所辱,子昂闻之,遽还乡里。简乃因事收系狱中,忧愤而卒。"

〔六〕《唐书》:"射洪县属梓州。"《九域志》:"在梓州东南六十里。"

观打鱼歌

绵州江水之—作水东津[一],鲂鱼鱍音拨鱍色胜银[二]。渔人漾舟沉大网,截江一拥数百鳞。众鱼常才尽却弃,赤鲤腾出如有神[三]。潜龙无声老蛟怒,回晋作西风飒飒吹沙尘。饔子左右挥霜刀,鲙飞金盘白雪高。徐州秃尾不足忆—作惜[四],汉阴槎头远遁逃[五]。鲂鱼肥美知第一,既饱欢娱亦萧瑟。君不见朝来割素鬐[六],咫尺波涛永相失。

〔一〕《水经注》:"绵水西出绵竹县,又与湔水合,亦谓之郫江也,又言是涪水。"

〔二〕《尔雅》注:"江东呼鲂鱼为鳊,一名魾。"《诗》:"鳣鲔发发。"《释文》:"鱼着网,尾发发然,《韩诗》作鲅。"晋《白纻舞歌》:"质如轻云色如银。"

〔三〕《玉海》:"景龙三年二月,玄宗至襄垣,漳水有赤鲤腾跃,圣皇之瑞也。"言赤鲤虽腾去,物恶伤类,故蛟龙亦不安其居,见残生之可畏如此。

补注:《酉阳杂俎》:"国朝律,取得鲤鱼即宜放,不得吃。号赤鲤公,卖者决六十。"

〔四〕钱笺:"《诗义疏》:'鲂,似鲂而大头,鱼之不美者。'故里语曰:'买鱼得鲂,不如啖茹。'徐州谓之鲢,或谓之鳙。'"徐州秃尾"殆指此也。

〔五〕《襄阳耆旧传》:"岘山下、汉水中出鳊鱼,肥美,常禁人采捕,以槎断水,谓之槎头鳊。"蔡曰:"孙炎《释尔雅》:'积柴木水中养鱼曰槮。'襄阳俗谓鱼槮为槎头,言所积柴木槎枒然也。"

〔六〕《西征赋》:"华鲂跃鳞,素鲔扬鬐。"注:"鬐,脊也。"《周礼》:"羞鱼,冬右鲂,夏右鳍。"

又观打鱼

苍江渔子清晨集,设网提纲万—作取鱼急。能者操舟疾若风〔一〕,撑突波涛挺叉入〔二〕。小鱼脱漏不可记—作纪,半死半生犹戢戢。大鱼伤损皆垂头,屈与倔通,渠勿切强泥沙—云沙头有时立。东津观鱼已再来,主人罢鲙还倾杯。日落蛟龙改窟穴,山根鳣张连切鲔随云雷〔三〕。干戈兵革斗未止—云干戈格斗尚未已,凤凰麒麟安在哉〔四〕?吾徒胡为纵此乐?暴殄天物圣所哀。

〔一〕《列子》:"津人操舟若神。"

〔二〕《西征赋》:"垂饵出入,挺叉来往。"注:"叉,取鱼叉也。"

〔三〕《尔雅》注:"鱣,大鱼,似鲟而鼻短,口在颔下,体有邪行甲,无鳞,肉黄,大者长二三丈,江东呼为黄鱼。"疏:"鲔鱼,形似鱣而青黑,头小而尖,似铁兜鍪,口亦在颔下,大者为王鲔,小者为鮛鲔,肉白。"旧注:"鲔,岫居而能变化,故有'山根''云雷'之句。"

〔四〕"干戈"二句:即《家语》"覆巢破卵,则凤凰不翔;剖胎刳孕,则麒麟不至"意也。

越王楼歌

《绵州图经》:"越王台在州城外西北,有台高百尺,上有楼,下瞰州城。唐高宗显庆中,太宗子越王贞任绵州刺史日作。"按:贞刺绵州,新、旧《书》本传皆不载,史略之耳。黄鹤疑中宗曾封越,刺此州,非是。

绵州州府何磊落,显庆年中越王作。孤城西北起高楼,碧瓦朱甍照城郭。楼下长江百丈清,山头落日半轮明。君王旧迹今人赏,转见千秋万古情〔一〕。

〔一〕言非特今人游赏,即世代逾远,后人岂无千秋万古之思?盖以斯楼为岘山碑也。按史:越王为蔡州刺史,则天时起兵兴复,不克死,盖贤王也,故诗末感慨特深。

海棕行

宋祁《益部方物赞》:"海棕,大抵棕类,然不皮,而干叶丛于杪,至秋乃实,似楝子。今城中有四株,理致干坚,风雨不能撼云。"刘恂《岭表录》:"广中有一种波斯枣木,无旁枝,直耸三四丈,至颠四向,共生十馀枝,叶如棕榈,彼土人呼为海棕木。三五年一着子,类北方青枣,但小尔。舶商亦有携至中国者,色类沙糖,味极甘。"陶九成《辍耕录》:"成都有金果树,顶上叶如棕榈,皮如龙鳞,实如枣而大,番人名为苦鲁麻枣,一名万年枣。"李时珍曰:"虽有枣名,别是一物,南番诸国多有之,即杜甫所赋海棕也。"黄曰:"唐子西《将家游冶平院》诗'江边胜事略寻遍,不见海棕高入云',注云'即老杜所谓东津者',据此,则馆与棕皆在涪江之东津也。"

左绵公馆清江渍〔一〕,海棕一株高入云。龙鳞犀甲相错落,苍棱白皮十抱文。自—作但是众木乱纷纷,海棕焉知身出群?移栽北辰赵作地不可得,时有西域胡僧识〔二〕。

〔一〕《蜀都赋》:"于东则左绵巴东,百濮所充。"旧注:"绵州,涪水所经。涪居其右,绵居其左,故曰左绵。"
〔二〕末二句寓意海棕种来自波斯国,故云"西域胡僧识"。旧注所引都谬。

姜楚公画角鹰歌

钱笺:"《名画记》:'姜皎,上邽人,善画鹰鸟。玄宗即位,累官至太常卿,封楚国公。'陆游曰:'画鹰在录参厅。'"《埤雅》:"鹰鹞顶有角毛微起,今通谓之角鹰。"

楚公画鹰鹰戴角,杀气森森—作如到幽朔〔一〕。观者贪愁一作徒惊掣臂一作壁飞,画师不是无心学。此鹰写真在左绵,却嗟真骨遂虚传。梁间燕雀休惊怕,亦未赵作未必抟空上九天。

〔一〕鹰产代北,故曰"到幽朔"。

巴西驿亭观江涨呈窦十五使君_{他本作窦使君}

按《唐书·地志》:"绵州巴西郡,治巴西县。"又:"刘璋分三巴,巴郡阆中县,巴西郡治焉。唐先天二年,改隆州巴西郡为阆州阆中郡。"盖绵、阆皆称巴西。杜安简《地志》云:"巴都,巴、渝、集、壁;巴东、夔、忠;巴西、绵、阆是也。"此诗"巴西驿亭",当如旧注云在绵州。逸诗又有《巴西闻收京送班司马》诗,则断是阆州。黄鹤亦以为绵州诗,误矣。

宿雨南江涨〔一〕,波涛乱远峰。孤亭凌喷薄〔二〕,万井逼春容〔三〕。霄汉愁高鸟,泥沙困老龙。天边同客舍,携我豁心胸。

〔一〕旧注:"南江,即绵江。"
〔二〕《吴都赋》:"喷薄沸腾。"
〔三〕《礼·学记》:"待其从容。"注:"从,读如舂,谓击也。击钟者每一舂为一容,然后尽其声。"此借言水势冲击之状。

述古三首

赤骥顿长缨〔一〕,非无万里姿。悲鸣泪至地,为问驭者谁^{〔二〕}？凤凰从东—作天来，何意复高飞？竹花不结实，念子忍朝饥^{〔三〕}。古时君臣合，可以物理推。贤人识定分，进退—作用固—作因其宜。

〔一〕《穆天子传》："右骖赤骥而左白义。"长缨：马鞅也。

〔二〕《战国策》："骥服盐车，上太行，漉汗洒地，中阪迁延，负辕而不能上。伯乐遭之，下车攀而哭之，解纻衣以幂之。骥于是俯而喷、仰而鸣者，何也？彼见伯乐之知己也。"

〔三〕《诗》："惄如调饥。"《韩诗》作"朝饥"，薛君《章句》云："朝饥最难忍。"

题曰"述古"，述古事以风今也。肃宗初立，任用李泌、房琯、张镐诸贤，其后或罢，或斥，或归隐，君臣之分不终，故言骥非善驭则顿缨，凤无竹实则飞去。君臣遇合，其难如此，贤者可不明于进退之义乎！

市人日中集，于利竞锥刀^{〔一〕}。置膏烈火上，哀哀自煎熬^{〔二〕}。农人望岁稔，相率除蓬蒿。所务谷—作农为本，邪赢无乃劳^{〔三〕}！舜举十六相，身尊道何高^{〔四〕}！秦时任商鞅，法令如牛毛^{〔五〕}。

〔一〕《左传》："锥刀之末，将尽争之。"江淹书："宁当争尺寸之末，竞锥刀之利哉。"

〔二〕《庄子》："膏火自煎也。"阮籍诗："膏火自煎熬。"

〔三〕《西京赋》："何必昏于作劳，邪赢优而足恃。"薛综曰："昏，勉也；邪，伪也；优，饶也。言何必勉作勤劳之事乎？欺伪之利，自丰饶足恃。"

〔四〕《左传》："天下同心戴舜以为天子，以其举十六相故也。"

〔五〕商鞅事,见《史记》。

是时第五琦、刘晏,皆以宰相领度支盐铁使,权税四出,利悉锥刀,故言为治之道,在乎惇本抑末,举良相以任之,不当用兴利之臣以滋民邪伪也。

汉光得天下,祚永固有开。岂惟高祖圣,功自萧曹来。经纶中兴业,何代无长才?吾慕寇邓勋〔一〕,济时亦良哉!耿贾亦宗臣〔二〕,羽翼共徘徊。休运终四百〔三〕,图画在云台〔四〕。

〔一〕寇邓:寇恂、邓禹。
〔二〕耿贾:耿弇、贾复也。《汉书赞》:"萧何、曹参起刀笔吏,为一代宗臣。"
〔三〕《后汉·献帝赞》:"终我四百,永作虞宾。"
〔四〕《东观汉记》:"永平中,显宗追感前世功臣,乃图画二十八将于南宫云台。"

收京之后,大将如仆固怀恩等,渐跋扈不能制。公故举中兴良将,如寇、邓、耿、贾诸人,以深致其感焉。

宗武生日

此诗旧编夔州诗内。按:公在夔州,宗武未尝不随侍,诗乃云"小子何时见",其非夔州作甚明。赵次公、黄鹤俱云宝应元年梓州作,良是。盖公送严武至绵州,因徐知道之乱,遂入梓州,时宗武在成都,故思之也。

小子何时见？高秋此日生。自从都邑语，已伴老夫名。诗是吾家事，人传世上情。熟精《文选》理，休觅彩衣轻。凋瘵筵初秩，欹斜坐不成。流霞分—作飞片片，涓滴就徐倾〔一〕。

〔一〕《抱朴子》："项曼都自言到天上，过紫府，仙人以流霞一杯饮之，辄不饥渴。"庾信《示内人》诗："定取流霞气，时添承露杯。"

光禄坂行

蔡曰："光禄坂，在梓州铜山县。"

山行落日下绝壁，南望千山万山—作水赤。树枝有鸟乱鸣《正异》定作栖时—作栖，暝色无人独归客。马惊不忧深谷坠，草动只怕长弓射〔一〕。安得更似开元中〔二〕，道路即今多—作何拥隔〔三〕。

〔一〕长弓射：言盗贼有伏矢。
〔二〕《玄宗本纪》："开元间，海内富安，行者虽万里，不持寸刃。"
〔三〕鲍曰："按《崔宁传》'宝应初，蜀乱，山贼乘险，道路不通'，与此诗合。"

题玄武禅师屋壁

《唐书》："玄武县，属梓州，本隶益州，武德三年来属。" 钱笺："《寰宇记》:'玄武山,《九州要记》云一名宜君山,《华阳国志》云一名三嵎山,在玄武县东二里,其山六屈三起。'《方舆胜览》:'大雄山在中江,有玄武庙,杜诗"玄武禅师屋"在此。'"

何年顾虎头,满壁—作座画沧—作瀛洲?赤日石林气,青天江海—作水流。锡飞常近鹤,杯渡不惊鸥〔一〕。似得庐山路,真随惠远游〔二〕。

〔一〕《天台赋》:"应真飞锡以蹑虚。"注:"应真,得道人,执锡杖行于虚空,故曰飞也。"《释氏要览》:"比丘持锡有二十五威仪,室中不得着地,必挂于壁,故游行僧为飞锡,安住僧为挂锡。"《高僧传》:"舒州潜山最奇绝,而山麓尤胜。志公与白鹤道人欲之,同白武帝,帝俾各以物识其地,得者居之。道人以鹤,志公以锡。已而鹤先飞去,至麓将止,忽闻空中锡飞声,志公之锡遂卓于山麓。道人不怿,然以前言不可食,遂各于所识筑室焉。""刘宋时杯渡者,不知姓名,常乘木杯渡水,止宿一家,有金像,求之弗得,因窃以去。主人追之至孟津,浮木杯渡河,无假风棹,轻疾如飞。"

〔二〕《高僧传》:"惠远住庐山,彭城刘遗民、豫章雷次宗、雁门周续之、新蔡毕颖之、南阳宗炳、张莱民、张季硕等,并弃世遗荣,依远游止。"庐山比画,故曰"似";惠远比禅师,故曰"真"。

悲　秋

凉风动万里,群盗尚纵横。家远传—作待书日,秋来为客情。愁窥高鸟过,老逐众人行。始欲投三峡,何由见两京?

客 夜

客睡何曾着？秋天不肯明。入—作卷帘残月影，高枕送—作远江声[一]。计拙无衣食，途穷仗友生。老妻书数纸，应悉未归情。

〔一〕张说诗："洞房悬月影，高枕听江流。"

客 亭

秋窗犹曙色，落木—作木落更天—作高风。日出寒山外，江流宿雾中。圣朝无弃物，多病已成—作衰翁。多少残生事，飘零似转蓬。

九日登梓州城

伊昔黄花酒，如今白发翁。追欢筋力异，望远岁时同。弟妹悲歌里，朝廷—作乾坤醉眼中。兵戈与关塞[一]，此日意无穷。

〔一〕兵戈、关塞：谓徐知道以兵守剑阁。

九日奉寄严大夫

九日应愁思,经时冒险艰。不眠持汉节,何路出巴山?小驿香醪嫩,重岩细菊斑〔一〕。遥知簇鞍马,回首白云间。

〔一〕沈佺期诗:"园花玳瑁斑。"

钱笺:"是时,徐知道反,武阻兵,九月尚未出巴岭。《通鉴》载'六月以武为西川节度,徐知道守要害拒武,武不得进',误也,当以此诗正之。"

巴岭答杜二见忆　严武

卧向巴山落月时,两乡千里梦相思。可但步兵偏爱酒,也知光禄最能诗〔一〕。江头赤叶枫愁客,篱外黄花菊对谁?跋马望君非一度,冷猿秋雁不胜悲。

〔一〕《宋书·颜延之传》:"世祖践阼,以为金紫光禄大夫,领湘东王师。"

戏题寄上汉中王三首 原注:时王在梓州,初至,断酒不饮,篇中戏述

西汉亲王子,成都老客星。百年双白鬓,一别五秋—作飞

萤〔一〕。忍断杯中物〔二〕，只王作眠看座右铭〔三〕。不能随皂盖〔四〕，自醉逐流萍。

〔一〕《唐书》："肃宗诏收群臣马助战，汉中王瑀与魏少游持不可。帝怒，贬瑀蓬州长史。"按：《旧书·魏少游传》"率群臣马"，在乾元二年十月。今云"一别五秋萤"，盖公以乾元二年出华州，因与王别，至宝应元年，为五年也。

〔二〕陶潜诗："且进杯中物。"

〔三〕座右铭：注见二卷。

〔四〕黄曰："史载汉中王贬蓬州长史。此诗云'不能随皂盖'，又《奉汉中王手札》诗云'剖符来蜀道'，皆太守事，疑史误。且少游以卫尉卿贬渠州长史，不应瑀以亲王亦贬长史，当是刺史无疑。"

策杖时能出，王门异昔游。已知嗟不起，未许醉相留〔一〕。蜀酒浓无敌，江鱼美可求。终思一酩酊〔二〕，净扫雁池头〔三〕。

〔一〕《杜诗博议》："'嗟不起'，旧注'病酒不起'，极可笑。按《晋书·殷浩传》：'于时拟之管、葛，王蒙、谢尚伺其出处，以卜江左兴亡，相谓曰：深源不起，当如苍生何？''嗟不起'盖用此。言已知王叹我之不起矣，独未许一醉而相留乎？"

〔二〕《山简传》："日夕倒载归，茗艼无所知。"《集韵》："茗艼，通作酩酊。"

〔三〕梁孝王兔园有雁池，见九卷。

群盗无归路，衰颜会远方。尚怜诗警策〔一〕，犹记一作忆酒颠狂。鲁卫弥尊重〔二〕,徐陈略丧亡〔三〕。空馀枚叟在〔四〕,应念早升堂。

〔一〕《文赋》:"立片言以居要,为一篇之警策。"
〔二〕钱笺:"开元十四年十一月己丑,上幸宁王宪宅,与诸王宴,探韵赋诗曰:'鲁卫情先重,亲贤尚转多。'瑀为宪之子,故曰'鲁卫弥尊重',即用明皇语也。"
〔三〕魏文帝《与吴质书》:"昔年疾疫,亲故多罹其灾,徐、陈、应、刘,一时俱逝。"
〔四〕《雪赋》:"召邹生,延枚叟。"《汉书》:"枚乘为弘农都尉,去官游梁,梁客皆善属词赋,乘尤高。"

玩月呈汉中王

夜深露气清,江月满江城。浮—作游客转危坐〔一〕,归舟应独行〔二〕。关山同一照—作点〔三〕,乌鹊自多惊。欲得淮王术,风吹晕音运已生〔四〕。

〔一〕谢惠连诗:"眷眷浮客心。"《后汉书》:"茅容避雨树下,危坐愈恭。"
〔二〕归舟:谓汉中王,时盖自梓州而归蓬州也。
〔三〕同一照:即"隔千里兮共明月"意。钱笺:"作'一点'亦有致。东坡词《洞仙歌》云'绣帘开,一点明月窥人',正用此。胡元瑞讥杨用修误引,乃云'绣帘开一点'为句。坡又有咏柳《洞仙歌》'细腰支,自有入格风流',亦将以'自有'为断句乎?"
〔四〕《淮南子》:"画芦灰而月晕阙。"许慎注:"有军士相围守则月晕,以芦灰环月,阙其一面,则月晕亦阙于上。"《广韵》:"晕,日月旁气,月晕则多风。"周王褒《关山月》:"天寒光转白,风多晕欲生。"言风吹晕生,正可验淮王画灰之术也。使事最精切有味。

相从行赠严二别驾_{一云严别驾相逢歌}

鲁訔诸本题下并注云:"时方经崔旰之乱。"黄曰:"崔旰之乱在永泰元年,公已次云安。此诗是宝应元年避徐知道之乱往梓州作,题下字乃注家妄添,而后人不察,以为公自注耳。"

我行入东川,十步一回首。成都乱罢气萧索_{赵作瑟,一作飒}〔一〕,浣花草堂亦何有?梓中_{卞作州}豪俊_{一作贵}大者谁?本州从事知名久〔二〕!把臂开樽饮我酒,酒酣击剑蛟龙吼。乌帽拂尘青螺_{卞作骡粟}〔三〕,紫衣将炙绯衣走。铜盘烧蜡光_{卞作炎}吐日,夜如何其初促膝。黄昏始叩主人门,谁谓俄顷胶在漆〔四〕。万事尽付形骸外,百年未见《英华》作及欢娱毕。神倾意豁真佳士,久客多忧今愈疾。高视乾坤又可_{卞作何}愁,一躯_{一作体}交态同_{一作真}悠悠。垂老遇君未恨晚,似君须向古人求。

〔一〕《通鉴》:"宝应元年秋七月,剑南兵马使徐知道反。八月,知道为其将李忠厚所杀,剑南悉平。"

〔二〕旧注:"别驾,古称从事,与刺史别乘。严二梓州人,即为本州别驾也。"

〔三〕乌帽:注别见。赵曰:"'青螺粟',帽之文也。"按:此解无义,作"青骡"近之。乌帽则拂去其尘,青骡则饲之以粟,即"与奴白饭马青刍"意,言主人待客之厚如此也。

〔四〕《后汉书》："陈重与雷义为友，乡里语曰：胶漆自谓坚，不如雷与陈。"

秋 尽

秋尽东行且未回〔一〕，茅斋寄在少城隈。篱边老却陶潜菊，江上徒逢袁绍杯〔二〕。雪岭独看西日落，剑门犹阻—作断北人来〔三〕。不辞万里长为客，怀抱何时得好开？

〔一〕梓州在东，故曰"东行"。

〔二〕杨慎曰："《郑玄传》：'袁绍总兵冀州，遣使要玄，大会宾客。玄最后至，乃延升上坐。身长八尺，饮酒一斛，秀眉明目，容仪温伟。'公以玄自况，为儒而遭世难也。旧注引'河朔饮'，非是。"

〔三〕时徐知道为其下所杀，其兵尚据剑阁，故曰"犹阻北人来"。

野 望

金华山北—作南涪扶鸠切水西〔一〕，仲冬风日始凄凄。山连越巂悉委切蟠三蜀〔二〕，水散巴渝下五溪〔三〕。独鹤不知何事舞，饥乌似欲向人啼。射洪春酒寒仍绿，极目伤神谁为携？

〔一〕《方舆胜览》："金华山，在梓州射洪县。"《一统志》："在潼川州射洪县北二里。" 钱笺："《元和郡国志》：'涪江水，西自郪县界流入，在射洪县东一百步，县有梓潼水，与涪江合流。'"《寰宇记》："涪江自涪城县东南合中江,东流入射洪县,屈曲二十里,北通遂州。"

〔二〕《汉书》:"越巂郡,本益州西南外夷,武帝初开置。"《唐书》:"巂州越隽郡,属剑南道。"《御览》:"《永昌郡传》云:越巂郡,在建宁西北千七百里,自建宁高山相连,至川中平地,东西南北,八千馀里。"《一统志》:"今为四川行都司。常璩《蜀志》:'秦置蜀郡,汉高祖置广汉郡,武帝又分置犍为郡,后人谓之三蜀。'"

〔三〕《寰宇记》:"巴州北水,一名巴岭水,一名渝州水,一名宕渠水。"《水经注》:"武陵有五溪,谓雄溪、樠溪、辰溪①、潕溪、酉溪也。辰溪其一焉。夹溪悉是蛮左右所居,故谓此蛮'五溪蛮'也。"《后汉书》注:"五溪蛮,皆盘瓠子孙,土俗,雄作熊,樠作朗,潕作武。"按:《寰宇记》云:"黔州涪陵水,西北注涪州,入蜀江。"黔州,今辰州地,即五溪水也。涪水至渝州,与岷江合,至忠、涪以下,五溪水来入焉。此云"下五溪",盖约略大势言之。

冬到金华山观,因得故拾遗陈公学堂遗迹

《唐书》:"陈子昂,字伯玉,梓州射洪人,少读书于金华山。武后时,擢麟台正字,迁右拾遗。"《舆地纪胜》:"陈拾遗书堂,在射洪县北金华山。大历中,东川节度使李叔明为立旌德碑于金华山读书堂,今在玉京观之后。"《年谱》:"公宝应元年冬归成都,迎家再至梓。"

涪右众山内〔一〕,金华紫崔嵬。上有蔚蓝天〔二〕,垂光抱琼台〔三〕。系舟接绝壁,杖策穷萦回。四顾俯层巅,淡然川谷开。雪岭日色死〔四〕,霜鸿有馀哀。焚香玉女跪,雾里仙人来〔五〕。陈公读书堂,石柱仄青苔。悲风为我起,激烈伤雄才。

---

① "辰溪",底本作"力溪",据《水经注》改。

〔一〕梓州在涪江之右,故曰"涪右"。

〔二〕杜田曰:"《度人经》:'三十二天,三十二帝,诸天皆有隐名,第一太黄皇曾天,郁繿玉明。'繿,音蓝。蔚蓝,即郁繿蓝也。"赵曰:"'蔚蓝'谓茂蔚之蓝,天之青色如此。若如杜说,郁作蔚,繿作蓝,岂有两字俱改易之理?今诗人言水曰挼蓝水,则天之青曰蔚蓝天,于义无害。" 补注:陆游曰:"蔚蓝,乃隐语天名,非可以义理解也。杜诗所云,犹未有害,韩子苍云'水色天光共蔚蓝',直谓天水之色俱如蓝,恐又因老杜而失之者也。"

〔三〕《金根经》:"天阙上有琼楼玉台,主众仙出入之所也。"《太平经》:"太空琼台,洞门列真之殿;金华之内,侍女众真之所处。"《天台赋》:"琼台中天而悬居。"

〔四〕雪岭:即西山雪岭也。

〔五〕曹植《远游》诗:"灵鳌戴万丈,神物俨嵯峨。仙人翔其隅,玉女戏其阿。"蔡曰:"二句言观中之景。"

陈拾遗故宅

《一统志》:"陈子昂宅,在射洪县东七里东武山下。"

拾遗平昔居,大屋—作宅尚修椽。悠扬—作悠悠荒山日,惨澹《英华》作崔崒故园烟。位下曷足伤?所贵者圣贤。有才继骚雅,哲匠不比肩〔一〕。公生扬马后〔二〕,名与日月悬。同游英俊人,多秉辅佐权。彦昭超《英华》同,吴作赵玉价〔三〕,郭振晋作震起通泉〔四〕。到今素壁滑,洒翰银钩连〔五〕。盛事会一时,此堂岂千年?终古立忠义,感遇有遗篇—作编〔六〕。

〔一〕殷仲文诗:"哲匠感萧辰。"

〔二〕卢藏用《子昂别传》:"经史百家,罔不该览,尤善属文,雅有相如、子云风骨。"

〔三〕《旧唐书》:"赵彦昭,字奂然,甘州人。少以文词名,中宗时,累迁中书侍郎,同中书门下三品,与郭元振、张说友善。"

〔四〕黄曰:"元振为梓州通泉县尉,彦昭与元振同业太学,故宜'同游'。"

〔五〕索靖《草书状》:"婉若银钩,飘若惊鸿。"银钩连:言赵、郭皆有留题在壁。

〔六〕《旧唐书》:"子昂为《感遇》诗三十首,王適见而惊曰:'此子必为天下文宗。'"皎然曰:"子昂《感遇》,其源出于阮公《咏怀》。"按:《感遇》诗多感叹武后革命事,寓旨神仙,故公以"忠义"称之。

谒文公上方

《维摩经》:"汝往上方界,分度四十二恒河沙佛土。"

野寺隐乔木,山僧高下居。石门日色异,绛气横扶疏〔一〕。窈晋作窔窅入风磴丁邓切,长萝纷卷舒。庭前猛虎卧,遂得文公庐〔二〕。俯视万家邑,烟尘对阶除。吾师雨花外〔三〕,不下十年馀。长者自布金〔四〕,禅龛只晏如〔五〕。大一作火珠脱玷翳〔六〕,白月一作日当空虚〔七〕。甫也南北人,芜蔓少耘锄〔八〕。久遭诗酒污,何事忝簪裾?王侯与蝼蚁,同尽随丘墟。愿闻第一义〔九〕,回向心地初〔一〇〕。金篦刮眼膜〔一一〕,价重百车渠〔一二〕。无生有汲引〔一三〕,兹理傥吹嘘。

〔一〕江淹诗："绛气下紫霄。"注："绛气，赤霞气也。"

〔二〕《高僧传》："惠永住庐山西林寺，屋中尝有一虎，人或畏之，辄驱出，令上山。人去后，还复循伏。又潭州善觉禅师，以二虎为侍者。"

〔三〕《续高僧传》："法云讲《法华经》，忽感天花状如飞雪，满空而下，延于堂内，升空不坠。"又："胜光寺道宗讲《大论》，天雨众花，旋绕讲堂，飞流户内。"

〔四〕《西域记》："昔善施长者，拯乏济贫，哀孤惜老，时号'给孤独'。愿建精舍，请佛降临，惟太子逝多园地爽垲，具以情告。太子戏言金遍乃卖，善施即出藏金，随言布地，于空地建立精舍。"

〔五〕《广韵》："龛，塔下室。"

〔六〕李白诗："日动火珠光。"注："火珠大者如鸡卵，白照数尺，日中以艾藉珠辄火出。"《唐书》："天竺国王尸罗逸多，献火珠、郁金、菩提树。"

〔七〕《法苑珠林》："西方一月，分为黑白，初月一日至十五日，名为白月；十六日已去，至于月尽，名为黑月。"

〔八〕芜蔓：言性地荒秽。

〔九〕《涅槃经》："出世人所知，名第一义谛；世人所知，名为世谛。"《弘明集》："昭明太子答问二谛：一真谛，曰第一义谛；二俗谛，亦曰世谛。"

〔一〇〕《华严经》："菩萨摩诃萨，有十种回向。"《华严论》："有心地法门。"钱笺："佛说心地者，以心有能生，可依止义喻之。如地佛菩萨，发心修行，最重初心。如《华严》云'初发心时，便成正觉'是也，故曰'心地初'。旧引《楞严》'初地'，于此不切。"

〔一一〕《涅槃经》："如盲目人为治目，造诣良医，是时，良医即以金篦决其眼膜。"

〔一二〕《法华经》："或有行施金银、珊瑚、珍珠、珲璩、玛瑙。"《广雅》："车渠，石次玉。"《广志》："车渠，出大秦及西域诸国。"

〔一三〕《楞严经》："是人即获无生法忍。"疏云："真如实相，名无生法，无漏真智，名为忍。"

奉赠射洪李四丈

丈人屋上乌,人好乌亦好〔一〕。人生意气豁,不在相逢早。南京乱初定〔二〕,所向色—作邑,《正异》定作色枯槁。游子无根株,茅斋付秋草。东征下月峡〔三〕,挂席穷海岛。万里须十金〔四〕,妻孥未相保。苍茫风尘际,蹭蹬骐骥老。志士怀感伤,心胸已倾倒。

〔一〕《尚书大传》:"爱其人者,爱其屋上之乌;憎其人者,憎其储胥。"
〔二〕南京:注见七卷。
〔三〕李膺《益州记》:"广阳州东七里水南有遮要三堆石,石东二里至明月峡①。峡首南岸壁高四十丈,其壁有圆孔,形若满月,因以为名。"《十道志》:"渝州有明月峡,三峡之始。"《寰宇记》:"明月峡,在渝州巴县东八十里。"
〔四〕旧注:"古者一金直十千,今曰'十金',则为百千。"

早发射洪县南途中作

将老忧贫窭,筋力岂能及?征途乃—作复侵星〔一〕,得使诸病入。鄙人寡道气,在困无独立。俶装逐徒旅〔二〕,达曙—作晓凌险涩〔三〕。寒日出雾迟,清江转山急。仆夫行不进,驽马若郭作苦维絷。汀洲稍疏散,风景开怏—作悁悒。空慰所尚怀,终

---

① "三堆石",底本作"三槌石","石东二里",底本作"谷东二里",均据《太平寰宇记》引《益州记》改。

非曩游集。衰颜偶一破,胜事难屡—云皆空挹。茫然阮籍途,更洒杨朱泣〔四〕。

〔一〕鲍照诗:"侵星赴早路。"
〔二〕张衡《思玄赋》:"简元辰而俶装。"注:"俶,始也。"
〔三〕潘尼诗:"崤函方险涩。"
〔四〕《淮南子》:"杨朱见岐路而泣之,谓其可以南,可以北。"

通泉驿南去通泉县十五里山水作

《旧唐书》:"通泉县属梓州,汉广汉县地,隋置县。"《九域志》:"县在州东南百三十里。"钱笺:"《寰宇记》:通泉山在县西北二十里,东临涪江,绝壁二百馀丈,水从山顶涌出,下注涪江。"

溪行衣自湿,亭午气始散。冬温蚊蚋集,人远凫鸭乱。登顿生曾阴〔一〕,欹倾出高岸。驿楼衰柳侧,县郭轻烟畔。一川何绮丽〔二〕,尽目—作日穷壮观。山色远寂寞,江光夕滋漫。伤—作知时愧孔父,去国同王粲。我生苦飘零,所历有嗟叹。

〔一〕谢灵运诗:"山行穷登顿。"注:"登顿,谓上下也。"
〔二〕刘桢诗:"绮丽不可忘。"

过郭代公故宅

按史:元振,魏州贵乡人。《长安志》:"宅在京师宣阳里。"今云"故宅",

当是尉通泉时所居。

豪俊初未遇,其迹或脱略。代公尉通泉,放意何自若〔一〕。及夫登衮冕〔二〕,直气森喷薄。磊落见异人,岂伊常情度?定策神龙后,宫中翕清廓。俄顷辨尊亲,指挥存顾托〔三〕。群公有惭色,王室无削弱。迥出名臣上,丹青照台阁〔四〕。我行得遗迹一作址,池馆皆疏凿。壮公临事断,顾步涕横落。精魄凛如在,所历终萧索他本无此二句,一本二句在"直气森喷薄"之下。高咏《宝剑篇》〔五〕,神交付冥漠。

〔一〕《唐书·郭元振传》:"郭震,字元振,以字显。举进士,授通泉尉。任侠使气,拨去小节。"

〔二〕《通典》注:"三公八命,复加一命,则服衮龙。《周礼》曰:'诸公自衮冕而下,如王之服。'"《唐书》:"先天二年,元振以兵部尚书,同中书门下三品。"

〔三〕《唐书》:"玄宗诛太平公主,睿宗御承天门,诸宰相走伏外省,独元振总兵扈从。事定,宿中书省二十四日,以功封代国公。"赵曰:"按代公定策在先天二年,去中宗即位改元神龙,凡八年。今诗云'定策神龙后',盖太平擅宠,始中宗朝,则祸胎在神龙而下也。'俄顷辨尊亲,指挥存顾托'谓太平既诛,则尊位有归,亲传不失,所以成睿宗付托之意也。"

〔四〕丹青:谓画像也。《唐会要》:"元振配飨玄宗庙。"

〔五〕《唐书》:"武后召元振与语,奇之,索其文章,上《宝剑篇》,后览嘉叹,遂得擢用。"

观薛稷少保书画壁

《唐书·薛稷传》:"稷,字嗣通,好古博雅。外祖魏徵家多藏虞、褚旧迹,稷锐精模仿,遂以书名天下,画又绝品。睿宗践阼,迁黄门侍郎,历太子少保。会窦怀贞以附太平公主伏诛,稷坐知谋,赐死万年狱。"

少保有古风,得之陕郊篇〔一〕。惜哉功名忤—作误,但见书画传。我游梓州东,遗迹涪江边。画藏青莲界〔二〕,书入金榜悬〔三〕。仰看垂露姿〔四〕,不崩亦不骞〔五〕。郁郁三大字〔六〕,蛟龙岌相缠〔七〕。又挥西方变〔八〕,发地扶屋椽。惨澹壁飞动,到今色未填。此行叠壮观,郭薛俱才贤。不知百载后,谁复来通泉〔九〕?

〔一〕稷有《秋日还京陕西十里作》曰:"驱车越陕郊,北顾临大河。"

〔二〕《翻译名义集》:"优钵罗,此云青莲花。"

〔三〕金榜:注见四卷。

〔四〕王愔《文字志》:"悬针,小篆体也。垂露书,如悬针而势不遒劲,阿那如浓露之垂,故名。"《法书要录》:"汉曹喜工篆隶,善悬针、垂露之法。"

〔五〕《诗》注:"骞,亏也。"

〔六〕《舆地纪胜》:"薛稷书'慧普寺'三字,径三尺许,在通泉县庆善寺聚古堂。"

〔七〕《法书要录》:"至于蛟龙骇兽,奔腾挈攫之势,心手随变,不知所如,是谓达节。"

〔八〕西方变:言所画西方诸佛变相。《酉阳杂俎》:"唐人谓画,亦曰变。"赵曰:"稷书'慧普寺'三字乃真书,旁有颙员缠捧,此其'蛟龙岌相缠'也。稷所画西方变相则亡。"

〔九〕蔡曰:"《赵彦昭传》云'与郭元振、薛稷善',《元振传》云'与薛稷、赵彦昭同游太学',盖郭与薛旧为同舍,后又会于通泉也。"

通泉县署壁后薛少保画鹤

钱笺:"《名画记》:'稷尤善花鸟人物杂画,画鹤知名,屏风六扇鹤样,自稷始也。'《名画录》:'今秘书省有稷画鹤,时号一绝。又蜀郡亦有鹤并佛像、菩萨等传于世,并称神品。'《封氏闻见录》:'今尚书省考功员外郎厅,有稷画鹤,宋之问为赞。东京尚书坊岐王宅,亦有稷画鹤,皆称精绝。'"

薛公十一鹤,皆写青田真[一]。画色久欲尽,苍然犹出尘。低昂各有意,磊落如长人。佳此志气远,岂惟粉墨新?万里不以力,群游森会神。威迟白凤态[二],非是仓鹒邻[三]。高堂未倾覆,常—作幸得慰嘉宾。暴露墙壁外,终嗟风雨频。赤霄有真骨,耻饮洿池津。冥冥任所往,脱略谁能驯[四]?

〔一〕《晋永嘉郡记》:"沐溪野,去青田九里,此中有双白鹤,年年生子,长大便去,只馀父母一双在耳,精白可爱,多云神仙所养。"

〔二〕《禽经》:"白凤谓之鹒。"《舞鹤赋》:"始连轩以凤跄。"

〔三〕《尔雅》疏:"黄鹂留,一名仓庚,一名商庚。"

〔四〕本咏画鹤,以真鹤结之,犹之咏画鹰而及真鹰,咏画鹘而及真鹘,咏画马而及真马也,公诗格往往如是。

陪王侍御同登东山最高顶,宴姚通泉,晚携酒泛江

《一统志》:"东山在潼川州东四里,隔涪江,层岩修阜,势若长城,杜甫

有诗。"

　　姚公美政谁与俦？不减昔时陈太丘[一]。邑中上客有柱史，多暇日陪骢马游。东山高顶罗珍羞，下顾城郭销我忧。清江白日落欲尽，复携美人登彩舟[二]。笛声愤怨—作怨哀中流，妙舞逶迤夜未休。灯前往往大鱼出，听曲低昂如有求[三]。三更风起寒浪涌，取乐喧呼觉船重。满空星河光破碎，四座宾客色不动。请公临深莫相违[四]，回船罢酒上马归。人生欢会岂有极？无使霜露沾人衣[五]。

　　〔一〕《后汉书》："陈寔补闻喜长，再迁，除太丘长，修德清静，百姓以安。"《地理志》："太丘，属沛国。"
　　〔二〕美人：官妓也。
　　〔三〕《荀子》："昔者瓠巴鼓瑟，而游鱼出听。"
　　〔四〕补注：言无违"临深"之戒也，此是倒句法。
　　〔五〕魏文帝乐府："溪谷多悲风，霜露沾人衣。"

陪王侍御宴通泉东山野亭

《全蜀总志》："野亭在射洪县治东北，杜诗：'亭影临山水。'"

　　江水东流去，清樽日复斜。异方同宴赏，何处是京华？亭景临山水，村烟对浦沙。狂歌遇—作过形旧作於，善本作形胜，得醉即为家。

渔　阳

渔阳突骑犹精锐〔一〕，赫赫雍王都—作前节制〔二〕。猛将翻然恐后时，本朝不入非高计。禄山北筑雄武城〔三〕，旧防败走归其营。系书请问燕耆旧〔四〕，今日何须十万兵！

〔一〕《后汉书》："吴汉亡命在渔阳，说太守彭宠曰：渔阳突骑，天下所闻也。"

〔二〕《唐书》："宝应元年九月，鲁王适改封雍王。冬十月，以雍王为天下兵马元帅，统河北、朔方及诸道行营、回纥等兵十馀万，进讨史朝义，会军于陕州。"即德宗也。

〔三〕《旧唐书》："禄山反时，筑垒范阳北，号雄武城，峙兵聚粮。"

〔四〕系书：用鲁连事。

公闻雍王授钺，作此以讽河北诸将，言当急归本朝，毋蹈禄山之覆辙也。旧注谬乱殊甚。

闻官军收河南河北—云收两河

《唐书》："宝应元年冬十月，仆固怀恩等屡破史朝义兵，进克东京，其将薛嵩以相、卫等州降，张志忠以恒、赵等州降。次年春正月，朝义走至广阳自缢，其将田承嗣以莫州降，李怀仙以幽州降。"

剑外忽传收蓟北，初闻涕泪满衣裳。却看妻子愁何在？

漫卷诗书喜欲狂。白日_作首放歌须纵酒,青春作伴好还乡。即从巴峡穿巫峡,便下襄阳向洛阳原注:余田园在东京。

远　游

贱子何人记?迷方着处家〔一〕。竹风连野色,江沫拥春沙。种药扶衰病,吟诗解叹嗟。似闻胡骑走,失喜问京华。

〔一〕鲍照诗:"南国有儒生,迷方独沦误。"

杜工部诗集卷之十

广德中,公往来梓、阆作。

春日梓州登楼二首

行路难如此,登楼望欲迷。身无却少壮,迹有但—作但有羁栖。江水流城郭,春风入鼓鼙鼙同。双双新燕子,依旧已衔泥。

天畔登楼眼,随春—作风入故园。战场今始定,移柳更—作岂能存〔一〕?厌蜀交游冷,思吴胜事繁。应须理舟楫,长啸下荆门〔二〕。

〔一〕《哀江南赋》:"钓台移柳,非玉关之可望。"
〔二〕荆门:注见八卷。

春日戏题恼郝使君兄—本无兄字

使君意—作俊气凌青霄,忆昨欢娱常见招。细马时鸣金騕褭〔一〕,佳人屡出董娇饶郭作娆〔二〕。东流江水西飞燕,可惜春光不相见〔三〕。愿携王赵两红颜,再骋肌肤如素吴作雪练。

通泉百里近梓州,请—作诸公—来开我愁。舞处重看花满面〔四〕,樽前还有锦缠头〔五〕。

〔一〕《唐书》:"凡马,有左右监,以别其粗良。""细马称左,粗马称右。"《汉·武帝纪》:"获白麟,更黄金为麟趾褭蹄以协瑞焉。"①褭蹄,騕褭蹄也。卢照邻诗:"汉家金騕褭。"

〔二〕《玉台新咏》宋子侯有《董娇饶》诗。

〔三〕古乐府:"东飞伯劳西飞燕,黄姑织女时相见。"沈约诗:"遥裔发海鸿,连翩出檐燕。春秋更去来,参差不相见。" 赵曰:"'东流'二句,以兴见招之后,不复见其姬也。"

〔四〕《酉阳杂俎》:"今妇人面饰用花子,起自昭容上官氏所制,以掩点迹。"

〔五〕《通鉴》注:"旧俗赏歌舞,人以锦綵置之头上,谓之缠头。"王、赵必郝使君家妓,欲携之至梓州共乐,所谓"戏"之者以此。

郪七稽切城西原送李判官兄、武判官弟赴成都府

《唐志》:"梓州治郪县。"《一统志》:"废郪县在潼川州治东,本朝并入州。"又:"州西一百里,有汉郪县故城。"

凭登送所亲,久坐惜芳辰。远水非无浪,他山自有春。野花随处发,官—作妖柳着直略切行音杭新。天际伤愁别,离筵何太频!

---

① "以协瑞",底本作"目协瑞",据《汉书》改。

涪江泛舟送韦班归京得山字

韦少府班：见八卷。

追饯同舟日，伤春—作心一水间。飘零为客久，衰老羡君还。花远—作杂重重树，云轻处处山。天涯故人少，更益鬓毛斑。

泛舟送魏十八仓曹还京，因寄岑中允参、范郎中季明

《唐书》："诸卫府各有仓曹参军。"杜确《岑参集序》："参出为虢州长史，改太子中允，兼殿中侍御史，充关西节度判官。"

迟日深江水，轻舟送别筵。帝乡愁绪外，春色泪痕边。见酒须相忆，将诗莫浪传。若逢岑与范，为问各衰年。

送路六侍御入朝

童稚情亲四—作三十年，中间消息两茫然。更为后会知何地，忽漫相逢是别筵。不分音问，—作忿桃花红似锦[一]，生憎柳絮白于—作如绵[二]。剑南春色还无赖，触忤愁人到酒边。

〔一〕徐摛诗:"恒教罗袖拂,不分秋风吹。"张正见诗:"不分梅花落,还同横笛吹。"又《衰桃赋》:"尔乃万株成锦,千林似翼。"

〔二〕卢照邻诗:"生憎帐额绣孤鸾。"祖孙登《咏柳》:"飞绵乱上空。"

涪城县香积寺官阁

《唐书》:"涪城县属梓州。"《全蜀总志》:"涪城废县,在绵州东南四十里。"钱笺:"《寰宇记》:'香积山,在涪城县东南三里,北枕涪江。'"

寺下春江深不流,山腰官阁迥添愁。含风翠壁孤云细,背日丹枫万木稠。小院回廊春—作深寂寂,浴凫飞鹭晚悠悠。诸天合在藤萝外,昏黑应须到上头。

泛江送客

二月频送客,东津江欲平。烟花山际重,舟楫浪前轻。泪逐劝杯下—作落,愁连吹笛生。离筵不隔日,那得易为情?

上牛头寺

钱笺:"《寰宇记》:'牛头山,在梓州郪县西南二里,高一里,形似牛头,四面孤绝,俯临州郭,下有长乐寺,楼阁烟花,为一方胜概。'《图经》云'山上无禽鸟栖集',而杜有'莺啼'之句,则《图经》误也。"

青山意不尽,衮衮上牛头。无复能拘碍,真成浪出游。花浓春寺静,竹细野池幽。何处啼莺切?移时独未休。

望牛头寺

牛头见鹤林〔一〕,梯径绕幽深—云秀丽—何深。春色浮—作流山外,天河宿《正异》定作没殿阴。传灯无白日〔二〕,布地有黄金〔三〕。休作狂歌老,回看不住心〔三〕。

〔一〕《涅槃后分》:"佛入涅槃已,东西二双合为一树,南北二双亦合为一,皆垂覆如来,其树惨然变白。《经》云树色如鹤之白,故名鹤林。"王融《法门颂启》:"鹤林双树,显究竟以开氓。"

〔二〕《释迦成道记》:"一灯灭而一灯续。"注:"灯有照暗除昏之义,故净名有无尽灯。"

〔三〕布金:注见九卷。又《弥陀经》:"极乐国土有七宝莲池,池底纯以金沙布地。"

〔四〕《金刚经》:"应无所住而生其心。"《众香偈》:"转不住心,退无因果。"

上兜率音律寺

《释迦成道记》注:"梵云兜率陀,或云睹史陀,此云知足,即欲界第四天也。"钱笺:"《图经》:'兜率寺在梓州郪县南。'《寰宇记》:'前瞰郡城,拱揖如画。'侯圭《东山观音寺记》云:'梓州浮图大小十二,慧义居其北,兜率当其南,牛头据其西,观音距其东。'"

兜率知名寺,真如会法堂〔一〕。江山有巴蜀,栋宇自齐梁〔二〕。庾信哀虽久〔三〕,周颙好不忘〔四〕。白牛车远近〔五〕,且欲上慈航〔六〕。

〔一〕《圆觉经略疏》:"圆觉自性,本无伪妄变易,即是真如。真谓真实,显非虚妄。如谓如常,表无变易。"
〔二〕赵曰:"江山自巴蜀来有之,犹羊叔子登岘山云'自有宇宙,即有此山'之义。"按:王勃《郪县兜率寺碑》:"兜率寺者,隋开皇中之所建也。"此云"自齐梁",疑未详考。
〔三〕《北史》:"庾信位望通显,常有乡关之思,乃作《哀江南赋》。"
〔四〕蔡曰:"何颙见《后汉书·党锢传》,与诗义不类,或疑是周颙。周颙奉佛,有隐操。"按:蔡注本叶少蕴《避暑录》。《南史》云:"周颙音词辩丽,长于佛理,于钟山西立精舍,休沐则归之。清贫寡欲,终日长蔬,虽有妻子,独处山舍。"公《岳麓道林二寺》诗用此,亦作"何颙",盖"周"、"何"字相近而讹耳。
〔五〕《法华经》:"有大白牛,肥重多力,形体殊好,以驾宝车。"
〔六〕钱笺:"清凉禅师《般若经序》:般若者,苦海之慈航,昏衢之巨烛。"

望兜率寺

树密当山径,江深隔寺门。霏霏云气重一作动〔一〕,闪闪浪花翻〔二〕。不复知天大,空馀见如字,须溪谓宜音现,非佛尊〔三〕。时应清盥罢,随喜给孤园〔四〕。

〔一〕《九章》:"云霏霏而承宇。"
〔二〕江逌赋:"寒光闪闪而翻汉。"
〔三〕二语言佛之尊于天也。阚泽云:"孔、老二教,法天制用,不敢违天。佛之设教,诸天奉行,不敢违佛,故佛号人天师。"可证此二语之义。
〔四〕给孤园:注见七卷。

登牛头山亭子

路出双林外,亭窥万井中〔一〕。江城孤照日,春—作山谷远含风。兵革身将老,关河信不通。犹残数行泪,忍对百花丛。

〔一〕《傅大士传》:"大士舍宅于松下建寺,因以树名'双林'。"徐陵《东阳双林寺傅大士碑》:"大士熏禅所憩,独在高岩。爰挺嘉木,是名栴树。擢本相对,似双槐于侠门;合干成阴,类双桐于空井。"

甘 园

甘:古通作柑。《益部方物赞》:"柑生果、渠、嘉等州,结实埒于江南,味差薄。"李实曰:"柑园在梓州城南十里,今犹名柑子铺,柑废。"

春日清江岸,千甘二顷园。青云羞—作著叶密,白雪避花繁。结子随边使,开筒近至尊〔一〕。后于桃李熟,终得献金门。

〔一〕《唐书》:"剑南道眉、简、资等州,岁贡柑。"

陪李鲁訔作章梓州、王阆州、苏遂州、李果州四使君登惠义寺

李梓州:见九卷。《唐书》:"果州南充郡,属山南西道,武德四年析隆州置。"馀俱别见。蔡曰:"《地志》:惠义寺长平山,在梓州郪县北。"

春日无人境,虚空不住天。莺花随世界,楼阁倚—作寄山巅。迟暮身何得?登临意惘—作寂然。谁能解金印,潇洒共安禅—云:三车将五马,若个合安禅〔一〕?

〔一〕江总诗:"石室乃安禅。"

数陪李鲁作章梓州泛江,有女乐在诸舫,戏为艳曲二首赠李鲁作章

上客回空骑,佳人满近船。江清歌扇底,野旷舞衣前〔一〕。玉袖临风并〔二〕,金壶隐浪偏。竞将明媚色,偷眼艳阳天—作年〔三〕。

455

〔一〕庾信《看妓》诗："绿珠歌扇薄，飞燕舞衣长。"
〔二〕梁简文帝诗："风吹玉袖香。"
〔三〕鲍照诗："当避艳阳年。"铣曰："艳阳，春也。"

　　白日移歌袖，青霄近笛床〔一〕。翠眉萦度曲〔二〕，云鬟俨成行〔三〕。立马千山暮，回舟一水香。使君自有妇，莫学野鸳鸯〔四〕。

〔一〕齐《南郊乐歌》："紫霙霭青霄。"　按：《释名》："床，装也。"凡所以装载者，皆谓之床，如糟床、食床、鼓床、笔床皆此义。《树萱录》云："南朝呼笔管为床。""笛床"当即其类。
〔二〕《汉纪》注："度曲，谓曲终更授其次也。"古诗："度曲翠眉低。"
〔三〕薛道衡诗："佳丽俨成行。"
〔四〕《罗敷行》："使君自有妇，罗敷自有夫。"

送何侍御归朝

原注："李梓州泛舟筵上作。"李，鲁作章

　　舟楫诸侯饯，车舆使者归。山花相映发〔一〕，水鸟自孤飞。春日垂霜鬓，天隅把绣衣。故人从此去 一作远，寥落寸心违。

〔一〕梁简文帝诗："山川相映发。"

江亭送眉州辛别驾升之得芜字

　　柳影含云幕，江波近酒壶。异方惊会面，终宴惜征途。

沙晚低风蝶,天晴喜浴凫。别离伤老大,意绪日荒芜。

行次盐亭县,聊题四韵,奉简严遂州、蓬州两使君、咨议诸昆季

《唐书》:"盐亭县属梓州。"《九域志》:"在梓州东九十里。"《唐书》:"蓬州蓬山郡,属山南西道。武德元年析巴、隆、渠三州置。""两使君"无考,"咨议"或云即严震。《旧书》:"震,字遐闻,梓州盐亭人。至德、乾元中,屡出家财助军,授州长史、王府咨议参军。严武移西川,署押衙。震从弟砺,字元明,官至尚书左仆射。"

马首见盐亭,高山拥县青。云溪花淡淡—作漠漠,春郭水泠泠。全蜀多名士,严家聚德星〔一〕。长歌意无极,好为老夫听。

〔一〕《异苑》:"陈仲弓与诸子侄造荀季和父子,于时德星聚,太史奏:'五百里内,有贤人聚。'"

倚　杖 原注:盐亭县作

看花虽郭内—作外,倚杖即溪边。山县早休市,江桥春聚船①。狎—云野鸥轻白浪,归雁喜青天。物色兼生意,凄凉忆去年。

---

① "聚船",底本作"近船",据诸善本改。

陪王汉州留杜绵州泛房公西湖

杜绵州：见九卷。《旧书·房琯传》："上元元年四月，以礼部尚书出为晋州刺史，八月改汉州刺史。宝应二年四月，拜特进刑部尚书。" 钱笺："《方舆胜览》：'房公湖，又名西湖。'按《壁记》：'房相上元初牧此邦，其时始凿湖，有诗存焉。'"按：此诗与下诗，俱及房公赴召，则广德元年春，公尝至汉州明矣。旧谱不书，略也。

旧相恩追后，春池赏不稀。阙庭分_{音问}未到〔一〕，舟楫有光辉。豉_{是义切}化莼丝熟〔二〕，刀鸣鲙缕飞〔三〕。使君双皂盖，滩浅正相依。

〔一〕时房公方赴召在途，故曰"分未到"。
〔二〕《说文》："豉，配盐幽菽也。"《世说》："陆机诣王武子，武子前有羊酪，问：'吴中何以敌此？'机曰：'千里莼羹，但未下盐豉耳。'"
〔三〕《西征赋》："饔人缕切，銮刀若飞。"

得房公池鹅

房相西池鹅一群，眠沙泛浦白于_{一作如}云。凤凰池上应回首，为报笼随王右军〔一〕。

〔一〕《法书要录》："王羲之性好鹅，山阴昙礀村有道士养好者十馀，王往求市易，道士言：'府君若能自屈，书《道德经》各两章，便合群以奉。'羲之住半日,为写毕,笼鹅而归。"

答杨梓州

闷到房旧作杨,郭知达本定作房公池水头〔一〕,坐逢杨子镇东州。却向青溪不相见,回船应郭作因载阿戎游〔二〕。

〔一〕房公池:见上。
〔二〕《晋书》:"阮籍谓王浑曰:'与卿语,不如与阿戎谈。'"阿戎,浑子戎也。

舟前小鹅儿 原注:汉州城西北角官池作

官池:即房公湖。

鹅儿黄似酒〔一〕,对酒爱新鹅①。引颈嗔船逼一作过,无行因杭乱眼多。翅开遭宿雨,力小困沧波。客散曾城暮,狐狸奈若何?

〔一〕钱笺:"《方舆胜览》:'鹅黄乃汉州酒名,蜀中无能及者。'陆放翁云:'两川名酝避鹅黄。'" 潘鸿曰:"东坡诗'小舟浮鸭绿,大杓泻鹅黄'盖用公语,裴庆徐'满额鹅黄金缕衣'则以言妆,王荆公'弄日鹅黄袅袅垂'又以言柳。"

① "新鹅",底本作"鹅黄",据诸善本改。

官池春雁二首

自古稻粱多不足,至今鸂鶒乱为群。且休怅望看春水,更恐归飞隔暮云。

青春欲尽急还乡,紫塞宁论尚有霜?翅在云天终不远,力微矰音增缴绝须防。

投简梓州幕府兼简韦十郎官

黄本无官字,郭云:新添

幕下郎官安隐—作稳无〔一〕?从来不奉一行书。固知贫病人须弃—云不知贫病关何事,能使韦郎迹也疏。

〔一〕按:《说文》:"隐,安也,义与稳通。"《通鉴》:"玄宗遣中使至范阳,禄山踞床不拜,曰:圣人安隐?"注:"隐,读曰稳。"又唐帖多写"稳"为"隐",作"隐"正得之。

赠韦赞善别

扶病送君发,自怜犹不归。只应尽客泪,复作掩荆扉。江汉故人少,音书从此稀。往还二十载,岁晚寸心违。

喜　雨

按：《旧唐书》："宝应元年八月，台州人袁晁反，陷浙东州郡。广德元年四月，李光弼讨之。"此诗末自注语，正指袁晁也。是时公在梓、阆间，故有"巴人困军须"之句。诸本编次皆失之。

春旱天地昏，日色赤如血[一]。农事都已樊作未休，兵戎况骚屑。巴人困军须，恸哭厚土热。沧江夜来雨，真宰罪一雪。谷根小一作少苏息，沴气终不灭。何由见宁岁，解我忧思结？峥嵘群山云，交会未断绝。安得鞭雷公，滂沱洗吴越原注：时闻浙右多盗贼！

〔一〕《晋书》："光熙元年五月壬辰，日光四散，赤如血流，照地皆赤。"

短歌行送祁录事归合州，因寄苏使君

《唐六典》："炀帝罢州置郡，有东西曹掾及主簿。皇朝省主簿，置录事参军，开元初改司录参军事三人。"《唐书》："合州涪陵郡，属剑南东道。"按："祁录事"乃合州录事，故诗称苏使君为"贤府主"。鲁訔作"邛州录事"，误也。

前者途中一相见，人事经年记君面。后生相动一作劝何寂寥？君有长才不贫贱。君今起舵春江流，余亦沙边具小舟。幸为达书贤府主，江花未尽会江楼[一]。

〔一〕钱笺:"《舆地纪胜》①:江楼在合州州治之前,钓鱼山、学士山、巫山横其前,下临汉水。"

寄题江外草堂 原注:梓州作,寄成都故居

我生性放诞,雅欲逃自然。嗜酒爱风—作修竹,卜居必—作此林泉。遭乱到蜀江,卧疴遣晋作遗所便。诛茅初一亩,广地方—作必连延。经营上元始,断手宝应年〔一〕。敢谋土木丽?自觉面势坚〔二〕。台庭—作庭台随高下,敞豁当清川。惟有会心侣,数能同钓船。干戈未偃息,安得酣歌眠?蛟龙无定窟,黄鹄摩苍天〔三〕。古来贤达志—作贤达士,—作达士志,宁受外物牵?顾惟鲁钝姿,岂识悔吝先?偶携老妻去〔四〕,惨澹凌风烟。事迹无固必,幽贞贵—作愧双全。尚念四小松,蔓草易—作已拘缠。霜骨不堪—作甚长,永为邻里怜。

〔一〕《淳化帖》:"唐高宗敕:使至,知玄堂已成,不知诸作,总得断手。"
〔二〕面势:注见四卷。
〔三〕古乐府:"黄鹄摩天极高飞。"
〔四〕成都有徐知道之乱,公携家去蜀,寓梓州。

陪章留后惠义寺饯嘉州崔都督赴州

章留后:章彝也。杜氏《通典》:"节度使若朝觐,则置留后,择其人以任

---

① "舆地纪胜",底本误作"方舆纪胜"。

之。"惠义寺：见前。《唐书》："嘉州眉山郡，属剑南东道。"《旧书》："乾元元年三月，剑南节度使卢元裕，请升嘉州为中都督，寻罢。"

中军待上客，令肃事有恒。前驱入宝地，祖帐飘金绳〔一〕。南陌一作伯既留欢，兹山亦深登。清闻树杪磬，远谒云端僧。回策匪新岸樊作崖〔二〕，所攀仍旧藤。耳激洞门飙，目存寒谷冰。出尘阅轨躅〔三〕，毕景遗炎蒸〔四〕。永愿坐长夏，将衰栖大乘〔五〕。羁旅惜宴会，艰难怀友朋。劳生共几何？离恨兼相仍〔六〕。

〔一〕《观经》："下有金刚七宝金幢，擎琉璃地。琉璃地上，以黄金绳杂厕间错，以七宝界分齐分明。"《法华经》："国名离垢，琉璃为地，有八交道，黄金为绳。"《汉·疏广传》："设祖道供账东都门外。"

〔二〕《世说》："回策如萦。"

〔三〕阅轨躅：言尘迹所不至也。

〔四〕鲍照诗："毕景逐前俦。"

〔五〕《传灯录》："若顿悟，自心即佛，依此而修者，是最上乘禅。"李颙《大乘赋序》："大乘者，如来之道场也。故缘觉声闻，谓之小乘。"

〔六〕鲍照诗："何惭宿昔意，猜恨坐相仍。"

陪章留后侍御宴南楼得风字

绝域长夏晚，兹楼清宴同。朝廷烧栈北〔一〕，鼓角漏旧作满，《正异》及《英华》皆作漏天东〔二〕。屡食将军第一作邸，仍骑御史骢。本无丹灶术一云诀〔三〕，那免白头翁。寇盗狂歌外，形骸痛饮中。野云低度水,檐雨细随风。出号江城黑⁽⁴⁾,题诗蜡炬红。此身醒复醉,不拟哭途穷。

〔一〕《汉书》:"张良说高祖烧绝栈道。"注:"栈道,阁道也。"
〔二〕《梁益记》:"雅州西北有大、小漏天。"《寰宇记》:"邛都县漏天,秋夏常雨,僰道有大漏天、小漏天。"赵曰:"漏天在雅州,公时居梓州,正在其东也。"按:《通鉴》:"上元二年二月,奴剌、党项寇宝鸡,烧大震关。广德元年秋七月,吐蕃入大震关,陷兰、廓、河、鄯、洮、岷、秦、成、渭等州。"故有"烧栈"二句。
〔三〕《南越志》:"长沙郡浏阳县有王乔山,山有合丹灶。"《别赋》:"守丹灶而不顾。"
〔四〕《通鉴》:"玄宗诛韦后,逮夜,葛福顺、李仙凫皆至,请号而行。"注:"凡用兵、下营及攻袭,就主帅取号,以备缓急相应。"

台上得凉字

改席台能_{俗本作为}迥⁽¹⁾,留门月复光⁽²⁾。云霄遗暑湿,山谷进风凉。老去一杯足,谁怜屡舞长⁽³⁾?何须把官烛⁽⁴⁾,似恼鬓毛苍。

〔一〕谢朓诗:"台迥月难中。"
〔二〕留门:谓留城门,使不闭也。
〔三〕《诗》:"屡舞傞傞。"
〔四〕谢承《后汉书》:"巴祗为扬州刺史,与客坐阁下,不燃官烛。"

送王十五判官扶侍还黔中得开字

《唐书》:"黔州黔中郡,属江南西道,本三国吴黔阳郡,周为黔州,贞观四年置都督府。"《一统志》:"今为辰州府地。"

大家东征逐子回〔一〕,风生洲渚锦帆开。青青竹笋迎船出〔二〕,白白—作日日江鱼入馔来〔三〕。离别不堪无限意,艰危深仗济时才。黔阳信使应稀少,莫怪频频—作频烦劝酒杯。

〔一〕《后汉书》:"曹世叔妻,班彪之女,名昭,字惠姬。和帝数召入宫,令皇后、贵人师事焉,号曰大家。子谷,为陈留长垣县长。大家随至官,作《东征赋》。"按:大家《东征赋》云:"维永初之有七兮,余随子乎东征。""逐子"即随子义也。用修欲以"将"字易之,恐非。

〔二〕《楚国先贤传》:"孟宗至孝,母好食笋,冬月无之,宗入林中哀号,笋为之生。"

〔三〕《东观汉记》:"姜诗与妇佣作养母,母好饮江水,嗜鱼鲙,俄而涌泉舍侧,味如江水,每旦出双鲤鱼。"

张𫍯曰:"题曰'还黔中',诗又曰'逐子回',王盖黔中人,以侍养而归,故深为济时之才惜。或以为之官,非也。"

章梓州橘亭饯成都窦少尹得凉字 _{黄云:新添}

秋日野亭千橘香,玉杯锦席高云凉。主人送客何所作音佐？行酒赋诗殊未央。衰老应为难离_{去声}别,贤声此去有辉光。预传籍籍新京尹_{一作兆},青史无劳数赵张〔一〕。

〔一〕《汉书》:"赵广汉、张敞相继为京兆尹,吏民语曰:前有赵张,后有三王。" 成都前号南京,故用之。

章梓州水亭 原注:时汉中王兼道士席谦在会,同用荷字韵

《吴郡志》:"席谦,郡人,梓州肃明观道士,善棋。"公绝句"席谦不见近弹棋"是也。

城晚通云雾,亭深到芰荷。吏人桥外少,秋水席边多。近属淮王至,高门蓟子过〔一〕。荆州爱山简〔二〕,吾醉亦长歌〔三〕。

〔一〕蓟子训:注见二卷。
〔二〕《晋书》:"山简出游习氏池,置酒辄醉,儿童歌之曰云云。"
〔三〕亦长歌:言欲效儿童之歌山简也。

戏作寄上汉中王二首 原注:王新诞明珠

云里不闻双雁过〔一〕,掌中贪看_{吴作见}一珠新〔二〕。秋风嫋嫋吹江汉,只在他乡何处人〔三〕?

〔一〕范云诗:"寄书云间雁,为我西北飞。"
〔二〕《三辅决录》:"孔融见韦元将、仲将,与其父书曰:不意双珠生于老蚌。"庾信《伤心赋》:"掌中珠碎。"
〔三〕《九歌》:"嫋嫋兮秋风。" 王尚谪官蓬州,故有末语。

谢安舟楫风还起[一],梁苑池台雪欲飞[二]。杳杳东山携汉妓_{旧本皆同,《沧浪诗话》云:疑是携妓去,今本都从之}[三],泠泠_{一作阴阴}修竹待王归[四]。

〔一〕《谢安传》:"安尝与孙绰等泛海,风起浪涌,诸人并惧,安吟啸自若。舟人犹去不止,风转急,安徐曰:'如此,将无归耶?'舟人承言即回,众咸服其雅量。"
〔二〕《汉书》:"梁孝王筑东苑,方三百里,广睢阳城七十里,大治宫室,为复道,自宫连属于平台三十馀里。"晋灼曰:"或说平台在城中东北角,亦或言兔园在平台侧。"如淳曰:"今城东二十里有台,宽广而不甚高,俗谓之平台。" 谢惠连《雪赋》:"岁将暮,时既昏,寒风积,愁云繁。梁王不说,游于兔园。俄而微霰零,密雪下。"
〔三〕《谢安传》:"安居东山,每游赏,必以妓女从。"
〔四〕《史记》正义:"《西京杂记》云:梁孝王苑中,奇果佳树,瑰禽异兽,靡不毕备,世人言梁王竹园也。"枚乘《兔园赋》:"修竹檀栾夹池水。"

棕拂子

棕拂且薄陋,岂知身效能。不堪代白羽[一],有足除苍_{一作青}蝇。荧荧金错刀,擢擢朱丝绳[二]。非独颜色好,亦由顾眄—作盼称。吾老抱疾病，家贫卧炎蒸。嗑肤倦扑灭〔三〕，赖尔甘服膺。物微世竞弃，义在谁肯徵？三岁清秋至，未敢阙缄縢〔四〕。

〔一〕白羽：白羽扇也。《诗序》："青蝇，刺谗也。"

〔二〕师尹曰："张平子《四愁诗》'美人赠我金错刀'，善注引《续汉书》曰：'佩刀，诸侯王黄金错环。'谢承《后汉书》曰：'诏赐应奉金错把刀。'《前汉·食货志》：'钱，新室更造契刀、错刀。错刀，以黄金错其文，一刀直五千。'此云'荧荧金错刀'，乃佩刀之属也。《对雪》诗云'金错囊徒罄'，是钱刀，以金错之也。《虎牙行》云'金错旄竿满云直'，是以黄金错镂旄竿也。大抵古人器物，错之以金，皆谓金错，如秦嘉妻以金错碗奉其夫之类，不可因名同而不究其实。"鲍照诗："直如朱丝绳。"　"金错"、"朱丝"皆棕拂之饰。

〔三〕嗑：当作嗒，啮也。《庄子》："蚊虻嗒肤，则通昔不寐矣。"

〔四〕《庄子》："惟恐缄縢扃钥之不固。"　言三岁缄藏，不忍以过时而弃之，用物之义当然也。从班婕妤《团扇诗》翻出。

韦讽录事宅观曹将军画马图

《英华》图下有歌字，黄鹤有引字

《名画记》："曹霸，魏曹髦之后，髦画称于后代，霸在开元中已得名，天宝末，每诏写御马及功臣，官至左武卫将军。"按：曹将军《九马图》，后藏长安薛绍彭家，苏子瞻作赞。

国初已来画鞍马，神妙独数江都王〔一〕。将军得名三樊作四十载,人间又《英华》作不见真乘黄〔二〕。曾貌莫角切先帝照夜白〔三〕,龙池十日飞霹雳〔四〕。内府殷乌闲切红玛瑙盘一作碗,下同〔五〕,婕即葉切妤汝诸切传诏才人索所革切〔六〕。盘赐将军拜舞归,轻纨细绮相追飞一作随。贵戚权门得笔迹,始觉屏障生光辉。昔日太宗拳毛骍,近时郭家狮子花〔七〕。今之新一作画图有二马,复令识者久叹嗟。此皆战骑一作骑战一敌万,缟素漠漠开风沙。其馀七匹亦殊绝,迥若寒空动烟《英华》作杂霞雪。霜蹄蹴踏长楸间〔八〕,马官厮养森成列。可怜九马争神骏,顾视清高气深稳。借问苦心爱者谁?后有韦讽前支遁〔九〕。忆昔巡幸新丰宫〔一〇〕,翠华拂天来向东。腾骧磊落三万匹,皆与此图筋骨同。自从献宝朝河宗〔一一〕,无复射蛟江水中〔一二〕。君不见金粟堆前松柏里〔一三〕,龙媒去尽鸟呼风。

〔一〕钱笺:"《名画记》:江都王绪,霍王元轨之子,太宗皇帝犹子也。多才艺,善书画,鞍马擅名。垂拱中,官至金州刺史。"

〔二〕乘黄:注见三卷。董逌《画跋》:"乘黄,状如狐,背有角。霸所画马,未尝如此,特论其神骏耳。"

〔三〕钱笺:"《明皇杂录》:'上所乘马,有玉花骢、照夜白。'《画鉴》:'曹霸《人马图》,红衣美髯奚官牵玉面骍,绿衣阉官牵照夜白。'"

〔四〕《长安志》:"龙池在南内南薰殿北,跃龙门南。本是平地,垂拱后,因雨水流潦成小池,后又引龙首支渠分溉之,日以滋广。至神龙、景云中,弥亘数顷,深至数丈,常有云气,或见黄龙出其中,谓之龙池。"《雍录》:"明皇为诸王时,故宅在京城东南角隆庆坊,宅有井,井溢成池。"《六典》言:"初时井溢,已乃泉生,合二水以成此池也。" 飞霹雳:言霸画逼真龙马,故能感动龙池之龙,随风雷而至也。

〔五〕《唐书·裴行俭传》:"平都支遮匐,获玛瑙盘,广二尺,文采粲然。"

〔六〕《百官志》:"内官有婕妤九人,正三品。"

〔七〕钱笺:"《长安志》:'太宗六骏,刻石于昭陵北阙之下。五曰拳毛䯄,平刘黑闼时所乘,有石真容自拔箭处,尝中九箭也。'《金石录》:'太宗六马,其一曰拳花骢,黄马黑喙。'《杜阳杂编》:'代宗自陕还,命以御马九花虬并紫玉鞭辔赐郭子仪。九花虬,范阳节度李怀仙所贡,额高九寸,拳毛如麟。亦有狮子骢,皆其类。'"

〔八〕曹植诗:"走马长楸间。"注:"古人种楸于道,故曰长楸。"

〔九〕支遁:注见一卷。

〔一〇〕《唐书》:"京兆府昭应县,本新丰,有宫在骊山下。"《旧书》:"天宝二年,分新丰、万年,置会昌县。七载,省新丰,改会昌为昭应,治温泉宫之西北。"

〔一一〕《穆天子传》:"天子西征,至阳纡之山,河伯冯夷之所都居,是惟河宗氏,天子沉璧礼焉。河伯乃按图视典,用观天子之宝器,曰:天子之宝,玉果、璿珠、烛银、黄金之膏。"朝河宗:言河宗朝而献宝也。

〔一二〕《汉武帝本纪》:"元封五年,自寻阳浮江,亲射蛟江中,获之。"

〔一三〕《旧唐书》:"明皇尝至睿宗桥陵,见金粟山冈有龙盘虎踞之势,谓侍臣曰:'吾千秋万岁后葬此。'暨升遐,群臣遵先旨葬焉。"《新书》:"明皇泰陵,在奉先县东北二十里金粟山,广德元年三月葬泰陵。"

送韦讽上阆州录事参军

《唐书》:"阆州属山南西道。"《旧书》:"属剑南道。"

国步犹艰难,兵革未衰息。万方哀—作尚嗷嗷,十载—作年供军食。庶官务割剥,不复忧反侧。诛求何多门,贤者贵为德晋作贤俊愧为力。韦生富春秋,洞彻有清识。操持纲纪地〔一〕,

喜见朱丝直。当令晋作因循豪夺吏,自此无颜色。必若救疮痍,先应去蟊贼。挥泪临大江,高天意凄恻。行行树佳政,慰我深相忆。

〔一〕《白帖》:"录事参军,谓之纲纪掾。"

丹青引赠曹将军霸

将军魏武之子孙,于今为庶为清门〔一〕。英雄割据虽一作皆已矣,文采风流今尚存。学书初学卫夫人,但恨无晋作未过王右军〔二〕。丹青不知老将至,富贵于我如浮云。开元之中一作年常引见,承恩数上南薰殿〔三〕。凌烟功臣少颜色〔四〕,将军下笔开生面〔五〕。良相头上进贤冠〔六〕,猛将腰间大羽箭〔七〕。褒公鄂公毛发动〔八〕,英姿飒爽一作飒飒来樊作犹酣战。先帝御一作天马玉花骢〔九〕,画工如山貌莫角切,下同不同。是日牵来赤墀下,迥郭作回,一作复立闾阖生长风。诏谓将军拂绢素,意一作法匠惨澹经营中〔一〇〕。斯须九重真龙出,一洗万古凡马空。玉花却在御榻上,榻上庭前屹相向。至尊含笑催赐金,圉人太仆皆惆怅〔一一〕。弟子韩幹早入室,亦能画马穷殊相《英华》作状。幹惟画肉不画骨,忍使骅骝气凋丧〔一二〕。将军画一作尽善一作妙,一作善画盖有神,必一作偶逢佳士亦写真。即今飘泊干戈际,屡貌寻常行路人。途穷反遭俗眼白,世上未有如公贫。但看古来盛名下,终日坎壈缠其身!

〔一〕《左传》:"三后之姓,于今为庶。"

〔二〕钱笺:"《法书要录》:'卫夫人,名铄,字茂猗,廷尉展之女弟,恒之从女,汝阴太守李矩之妻也。隶书尤善,规矩钟公,右军少尝师之,永和五年卒。子克为中书郎,亦工书。'《书史会要》:'王旷,导从弟,与卫世为中表,故得蔡邕书法于卫夫人,授子羲之。'"张怀瓘《书断》:"篆、籀、八分、隶书、章草、飞白、行书、草书,通谓之八体。惟王右军兼工,羊欣云:'贵越群品,古今莫二,兼撮众法,备成一家。'"

〔三〕《长安志》:"南内兴庆宫内正殿曰兴庆殿,前有瀛洲门,内有南薰殿,北有龙池。"

〔四〕《唐书》:"贞观十七年二月,图功臣于凌烟阁。"《两京记》①:"太极宫中有凌烟阁,在凝阴殿南,功臣阁在凌烟阁南。"《五代会要》:"凌烟阁,在西内三清殿侧,画像皆北向。阁有隔,隔内北面写功高宰辅,南面写功高侯王,隔外次第图画功臣题赞。"

〔五〕《南史·王琳传》:"回肠疾首,切犹生之面。"

〔六〕《唐书》:"百官朝服,皆进贤冠。"《旧书》:"武德中,制有爵弁、远游、进贤、武弁、獬豸诸冠。"

〔七〕《酉阳杂俎》:"太宗好用四羽大笴,长常箭一扶,射洞门阖。"

〔八〕《旧书》:"凌烟功臣李靖等二十四人,开府仪同三司、鄂国公敬德第七,故辅国大将军、扬州都督、褒国忠壮公志玄第十。"

〔九〕玉花骢:见《画马图》诗注。

〔一〇〕《文赋》:"意司契而为匠。"古乐府:"不知理何事,浅立经营中。"

〔一一〕画马夺真,故圉人、太仆为之惆怅。太仆:马官。圉人:厮养也。

〔一二〕钱笺:"《名画记》:韩幹,大梁人,王右丞见其画,推奖之。官至太府寺丞。善写貌人物,尤工鞍马。初师曹霸,后独自擅。杜甫赠霸《画马歌》云云,徒以幹马肥大,遂有画肉之诮。古人画《八骏图》,皆螭头龙体,矢激电驰,非马之状也。玄宗好大马,西域大宛,岁有来献。命幹悉图其骏,

---

① "两京记",底本误作"西京记"。

则有玉花骢、照夜白等。时岐、薛、申、宁王厩中皆有善马，幹并图之，遂为古今独步。"

送陵州路使君之郭作赴任

《唐书》："陵州仁寿郡，属剑南东道，本隆山郡，天宝元年更名。"

王室比荆作此多难，高官皆武臣〔一〕。幽燕通使者，岳牧用词人。国待贤良急，君当拔擢新。佩刀成气象〔二〕，行盖出风尘。战伐乾坤破，疮痍府库贫。众僚宜洁白，万役但平均。霄汉瞻佳士，泥涂任此身。秋天正摇落，回首大江滨。

〔一〕按史：时诸州久屯军旅，多以武将兼领刺史，法度弛废，人甚弊之。故有"高官皆武臣"之叹也。
〔二〕吕虔佩刀事，注见四卷。

按：高适在蜀《请合东西川疏》云："嘉陵比为夷獠所陷，今虽小定，疮痍未平。"可证陵州先经寇乱，惜二《史》不载其事。此诗"洁己"、"平役"，盖告以文臣救乱之道当如是耳。

送元二适江左

按：《王右丞集》有《送元二适安西》诗，疑即此人也。

乱后今相见,秋深复远行。风尘为客日,江海送君情。晋室丹阳尹[一],公孙白帝城[二]。经过自爱惜,取次莫论兵 原注:元尝应孙吴科举。

〔一〕《宋书》:"汉元封二年,立丹阳郡,治今宣城之宛陵县。晋武帝太康二年,分丹阳为宣城郡,治宛陵,而丹阳移治建业。元帝太兴元年,改为尹,领县八。"

〔二〕《元和郡县志》:"白帝城与赤甲山相接。初,公孙述至鱼复,有白龙出井中,因号鱼复为白帝城。"《寰宇记》:"公孙据蜀,自以承汉土运,故号曰白帝城。" 按:"丹阳"元所适,"白帝"元所经。此二句不过引下"莫论兵"意耳,次公注太凿。

九 日

去年登高郪县北,今日重在涪江滨。苦遭白发不相放,羞见黄花无数新。世乱郁郁久为客,路难悠悠常傍人。酒阑却忆十年事,肠断骊山清路尘。

倦 夜

竹凉侵卧内,野月满—云遍庭隅。重露成涓滴,稀星乍有无。暗飞萤自照,水宿鸟相呼。万事干戈里,空悲清夜徂。

薄 暮

江水最深—作长流地,山云薄暮时。寒花隐乱草,宿鸟择深枝。故国见何日？高秋心苦悲。人生不再好,鬓发白—作自成丝。

王阆州筵奉酬十一舅惜别之作

万壑树声满,千崖秋气高。浮舟出郡郭,别酒寄江涛。良会不复久,此生何太劳！穷愁但—作唯有骨,群盗尚如毛〔一〕。吾舅惜分手,使君寒赠袍。沙头暮黄鹤,失侣亦—作自哀号。

〔一〕贾谊《新书》：“反者如猬毛而起。”

阆州东楼筵奉送十一舅往青城得昏字

《一统志》：“东楼,在保宁府治南嘉陵江上,杜甫有诗。”

曾城有高楼,制古丹腰存〔一〕。迢迢百馀尺,豁达开四门。虽有—作会车马客,而无人世喧。游目俯大江,列筵慰别魂。是时秋冬交①,节往颜色昏〔二〕。天寒鸟兽伏,霜露在草

---

① "秋冬交",底本作"秋夏交",据诸善本改。

475

根〔三〕。今我送舅氏,万感集清樽。岂伊山川间〔四〕?回首盗贼繁。高贤意不暇,王命久崩奔〔五〕。临风欲恸哭,声出已复吞。

〔一〕《书》:"惟其涂丹臒。"注:"臒,采色之名。"
〔二〕《雪赋》:"岁将暮,时既昏。"
〔三〕沈约诗:"草根积霜露。"
〔四〕《穆天子传》:"王母歌曰:道里悠远,山川间之。"
〔五〕久崩奔:言久于崩奔之险。 补注:言以王命之故,久涉崩奔之险而不辞。"崩奔"即奔峭,用《选》诗"垠岸屡崩奔"语。

放 船

送客苍溪县〔一〕,山寒雨不开。直愁骑马滑,故作放舟回。青惜峰峦过,黄知橘柚来。江流大—作天自在,坐稳兴悠哉〔二〕。

〔一〕《唐书》:"苍溪县,属阆州。"《寰宇记》:"嘉陵江在县东一里,东南流。"
〔二〕《夏统别传》:"统在船曝所市药,稳坐不摇。"

薄 游

淅淅—作渐渐风生砌〔一〕,团团日—作月隐墙〔二〕。遥空秋雁灭,半岭暮云长。病叶多先坠,寒花只暂香。巴城添泪眼〔三〕,今夕复秋—作清光。

〔一〕谢惠连诗:"渐渐振条风。"
〔二〕何逊诗:"团团日隐洲。"
〔三〕阆州,汉巴郡地,故曰"巴城"。

南　池

《后汉书》:"巴郡阆中县南有彭池。"钱笺:"《益州记》:'南池在阆中县东南八里。'《方舆胜览》:'南池在高祖庙旁,东西四里,南北八里。'《汉志》:'彭道将池,今南池也。鱼池,今郭池也。'"《一统志》:"南池自汉以来,堰大斗之水灌田,里人赖之。唐时堰坏,遂成陆田。"

峥嵘巴阆间〔一〕,所向尽山谷。安知有苍池,万顷浸坤轴。呀虚加切然阆城南〔二〕,枕—作控带巴江腹〔三〕。芰荷入异县,粳稻共比屋。皇天不无意,美利戒止足。高田失西成,此物颇丰熟〔四〕。清源多众鱼,远岸富乔木。独叹枫香林〔五〕,春时好颜色。南有汉王晋作主祠〔六〕,终朝走巫祝。歌舞散灵衣〔七〕,荒哉旧风俗!高堂《正异》作皇亦明王,魂魄犹正直。不应空陂上,缥缈亲酒食〔八〕。淫祀自古昔,非惟一川渎。干戈浩茫茫,地僻伤极目。平生江海—云溟渤兴,遭乱身局促。驻马问渔舟,踌躇慰羁束。

〔一〕《华阳国志》:"巴子都江州,后理阆中,秦为巴郡地。"《十道志》:"果、阆、合三州,同是汉巴郡之地。"

〔二〕《字林》:"呀,大空貌。"《西都赋》:"呀周池而成渊。"

〔三〕《三巴记》:"阆、白二水东南流,自汉中至始宁城下,入涪陵,曲折三回,有如巴字,曰巴江。经峻峡中,谓之巴峡。"

〔四〕言粳稻丰熟,乃池水灌溉之利。比之高田,宜知止足之分也。

〔五〕《楚词》注:"枫似白杨,有脂而香,霜后叶丹可爱。"《尔雅翼》:"枫脂甚香,谓之枫香脂,一名白胶香。"

〔六〕汉王祠:即高祖祠,项羽立高祖为汉中王。汉中邻阆,故池南有汉王祠,在今保宁府城南。

〔七〕《楚词》:"灵衣兮披披。"

〔八〕《海赋》:"神仙缥缈。"

严氏溪放歌行 他本无行字

按:《华阳国志》:"阆中有三狐、五马、蒲、赵、任、黄、严为大姓。"《唐书·李叔明传》:"阆州严氏子疏称,叔明少孤,养于外族,遂冒其姓。"可证严氏溪在阆州,溪盖以其族名也。

天下甲 一作兵 马未尽销,岂免沟壑常漂漂?剑南岁月不可度,边头公卿仍独 樊作何 其骄〔一〕。费心姑息是一役,肥肉大酒徒相要〔二〕。呜呼古人已粪土,独觉志士甘渔樵。况我飘蓬 鲍作转 无定所,终日戚戚忍羁旅。秋宿 樊作夜 霜 一作清 溪素月高,喜得与子长夜语。东游西还力实倦〔三〕,从此将身更何许?知子松根长茯苓〔四〕,迟暮有意同来煮。

〔一〕边头公卿：未知所指。鲍钦止、王彦辅谓郭英义，苕溪渔隐谓严武，皆无据。

〔二〕《吕氏春秋》："肥肉厚酒，务以相强，命曰烂肠之食。"

〔三〕赵曰："公留梓州，复归成都迎家，故曰'东游西还'。"按：《地志》："阆州在梓州东。"此言东游阆州又西还梓州也。成都迎家，乃前一年事。

〔四〕《本草》："茯苓，千岁松脂也，作丸散服，能断谷不饥。"

发阆中

《旧唐书》："阆水迂曲，经郡三面，故曰阆中。"旧注："公九月自梓往阆，十一月复归梓。"《九域志》："阆州，西至梓州二百二十里。"

前有毒蛇后猛虎，溪行尽日无村坞。江风萧萧云拂地，山木惨惨天欲雨。女病妻忧归意速一作急〔一〕，秋光锦石谁复樊作能数？别家三月一得书《英华》作书来，避地何时免愁苦？

〔一〕时公之家在梓州。

冬狩行 原注：时梓州刺史章彝兼侍御史留后东川

君不见东川节度兵马雄，校猎亦似观成功。夜发猛士三千人，清晨合围步骤同。禽兽已毙十七八〔一〕，杀声落日回苍穹。幕前生致九青兕，駞駞䶞落猥切巚五毁切垂玄熊〔二〕。东西南北百里间，仿佛蹴踏寒山空。有鸟名鸲鹆〔三〕，力不能高飞逐走蓬。肉味不足登鼎俎〔四〕，胡为见羁虞罗中〔五〕？春蒐冬狩侯得同〔六〕，使君五马一马骢。况今摄行大将权〔七〕，号令颇有前贤风。飘然时危一老翁，十年厌见旌旗红。喜君士卒甚整肃，为我回辔擒西戎。草中狐兔尽何益？天子不在咸阳宫。朝廷虽无幽王祸〔八〕，得不哀痛尘再蒙〔九〕！呜呼！得不哀痛尘再蒙！

〔一〕《西京赋》："僵禽毙兽，烂若碛砾。""白日未及移晷，已狝其十七八。"

〔二〕即骆驼，亦作"橐佗"。 嵓嶤：高貌。《鲁灵光殿赋》："玄熊舢蛂以断断。"

〔三〕《禽经》："鸲鹆剔舌而语。"

〔四〕《鹔鹴赋》："肉不登于俎味。"

〔五〕虞罗：虞人网罗也。陈子昂诗："虞罗忽见寻。"

〔六〕唐刺史，古诸侯之职。侯得同：言彝刺梓州，蒐狩之礼得与古诸侯同也。

〔七〕《潘子真诗话》："《礼》：'天子六马，左右骖。三公九卿驷马，左骖。'汉制：九卿、二千石，右骖。太守，驷马而已，其加秩中二千石乃右骖，故太守以五马称之。《遁斋闲览》及《学林》云：'汉时朝臣出使为太守，增一马，故为五马。'或曰《毛诗》'良马五之'，以为州长建旗，后遂作太守事。"程大昌曰："郑玄注《诗》，以州长比方汉州，大小绝远，周之州乃统隶于县，比汉太守秩殊不侔，未足为据。"按：古乐府有"使君从南来，五马立踟蹰"，则太守五马必起于汉，但其说不一。次公云出应劭《汉官仪》，今亦无从考证。若类书所称"王羲之守永嘉，庭列五马"，此乃无稽之言，不可引为故实。"一马骢"言兼侍御史。"摄行大将权"言留后东川。

〔八〕《史记》："申侯与犬戎攻杀幽王于骊山之下。"

〔九〕《唐书》："广德元年十月，吐蕃陷邠州及奉天，车驾幸陕州。又三日,吐蕃陷京师。"玄宗幸蜀,今代宗又幸陕,故曰"尘再蒙"。旧注:"是时诏征天下兵,程元振用事,无一人应者,故末章感激言之。"

山　寺 原注:章留后同游,得开字

野寺根石壁,诸龛遍崔嵬。前佛不复辨,百身一莓苔。惟—作虽有古殿存,世尊亦尘埃。如闻龙象泣〔一〕,足令信者哀。使君骑紫马,捧拥从西来。树羽静千里,临江久徘徊。山僧衣蓝缕,告诉栋梁摧。公为领—作顾宾徒荆公作宾从,黄作兵徒,一作兵从,咄嗟檀施开〔二〕。吾知多罗树〔三〕,却倚莲花台〔四〕。诸天必欢喜〔五〕,鬼物无嫌猜。以兹抚士卒,孰曰非周才?穷子失净处〔六〕,高人忧祸胎〔七〕。岁晏风破肉,荒林寒可回。思量入—作人道苦,自哂同婴孩〔八〕。

〔一〕《维摩经》:"菩萨势力,譬如龙象蹴踏,非驴所堪。"《翻译名义集》:"水行中龙力最大,陆行中象力最大。"

〔二〕《文选》注:"《大品经》:'不施不悭,是名檀波罗蜜。'僧肇曰:'贤劫称无舍之檀,天竺言檀,此言布施。'《大乘论》:'檀越者,檀施也,谓此人行檀,能越贫穷海故。'"

〔三〕钱笺:"《酉阳杂俎》:'贝多,出摩伽陀国,树长六七丈,经冬不凋。此树有三等,一多罗婆力叉贝多,二多梨婆力叉贝多,三部阇婆力叉贝多。多罗、多梨并书其叶。部阇一色,取其皮书之。贝多,汉翻为叶。婆力叉,汉翻为树。西域经书用此三种皮叶,若能宝护,亦得五六百年。'《翻译名义集》:'贝多,形如此方棕榈,极高,长八九十尺,花如黄米子。'《西域记》云:'南印建那补罗国北不远,有多罗树林三十馀里,其叶长广,其色光润。诸国书写,莫不采用。'"《齐民要术》:"《嵩山记》:嵩高寺中,忽有思惟树,即贝多也,一年三花。"

〔四〕《文殊传》:"世尊之座高七尺,名七宝莲花台。"《大智度论》:"人中莲华,大不过尺。漫陀耆尼池及阿那婆达多池中莲华,大如车盖。天上宝莲华,复大于此。如此莲华台,严净香妙可坐。"

〔五〕佛书有三界诸天,自欲界以上,皆曰"诸天"。

〔六〕《法华经》:"譬如有人,年既幼稚,舍父逃逝,长大复加困穷。父求不得,穷子佣赁,遇到父舍,受雇除粪,污秽不净。其父宣言,尔是我子,今我财物,皆是子有。穷子闻言,即大欢喜。"

〔七〕《枚乘传》:"福生有基,祸生有胎。"

〔八〕《老子》:"若婴儿之未孩。"

按:章彝事,二《史》无考,但附见《严武传》,云"武再镇剑南,杖杀之"。公在东川,与往来最数,然《桃竹杖》《冬狩行》语皆含刺,他诗又以"指挥能事"、"训练强兵"称之。大抵彝之为人,将略似优,乃心不在王室。是冬天子在陕,彝从容校猎,未必无拥兵观望、坐制一方之意。公窥其微而不敢颂言,因游寺以讽谕之。"世尊尘埃","咄嗟檀施",岂天子蒙尘,独能宴然罔闻乎?"以兹抚士卒,孰曰非周才",欲其用此道以治兵敌忾,无但广求福田也。"穷子失净处,高人忧祸胎",讽其不修臣节,妄觊非分,犹穷子之离净处而甘粪秽也。净处失矣,能无祸胎之忧乎?隐言段子璋、徐知道之戮,当为前鉴也。末四句,又伤己之入道无期,其辞若不为彝而发者,此公之善为忠告也。

桃竹杖引赠章留后

《尔雅·释草》:"竹四寸有节,曰桃枝。"《书·顾命》:"敷重篾席。"疏:

"即桃枝竹。"戴凯之《竹谱》:"桃枝,皮赤,编之滑劲,可为席。"《蜀都赋》:"灵寿桃枝。"注:"桃枝,竹属,出垫江县,可以为杖。"东坡《跋桃竹杖引后》:"桃竹,叶如棕,身如竹,密节而实中,犀理瘦骨,盖天成拄杖也,出巴渝间,子美有《桃竹歌》。"

江心一作上蟠石生桃竹,苍波喷浸尺度足〔一〕。斩根削皮如紫玉,江妃水仙惜不得〔二〕。梓潼使君开一束,满堂宾客皆叹息。怜我老病赠两茎,出入爪甲铿有声。老夫复欲东南征,乘涛鼓枻一作棹白帝城。路幽必为鬼神夺,拔一作杖剑或与蛟龙争。重为告曰:杖兮杖兮,尔之生也甚正直,慎勿见水踊跃学变化为龙〔三〕,使我不得尔之扶持,灭迹于君山湖上之青峰〔四〕。噫!风尘澒胡孔切,或作鸿洞兮豺虎咬古肴切人,忽失双杖兮吾将曷从?

〔一〕尺度足:言中杖之尺度也。《北史·杨津传》:"受绢依公尺度。"
〔二〕《列仙传》:"江妃二女,出游汉江湄,逢郑交甫,解佩与之。"王逸《楚词注》:"冯夷,水仙人也。"《江赋》:"冯夷倚浪以傲睨,江妃含嚬而绵眇。"
〔三〕《神仙传》:"壶公遣费长房归,以一竹杖与之,曰:'骑此当还家。'长房骑杖,忽然如眠,便到家。以竹杖投葛陂中,视之乃青龙耳。"
〔四〕《博物志》:"君山乃洞庭湖山也,帝之二女居之,曰湘夫人。"《水经注》:"君山有石穴,潜通吴之包山,郭景纯所谓'巴陵地道'者也。是山湘君之所游处,故曰'君山'。"

此诗盖借竹杖规章留后也。以"踊跃为龙"戒之,又以"忽失双杖"危之,其微旨可见。

将适吴楚留别章使君留后兼幕府诸公得柳字

我_一作甫_来入蜀门,岁月亦已久。岂惟长儿童,自觉成老丑。常恐性坦率,失身为杯酒〔一〕。近辞痛饮徒,折节万夫_一作人_后〔二〕。昔如纵壑鱼,今如丧家狗。既无游方恋,行止复何有?相逢半新故,取别随薄厚。不意青草湖〔三〕,扁舟落吾手。眷眷章梓州,开筵俯高柳。楼前出骑马,帐下罗宾友。健儿簇红旗,此乐几难朽。日车隐昆仑,鸟雀噪户牖。波涛未足畏,三峡徒雷吼。所忧盗贼多〔四〕,重见衣冠走。中原消息断,黄屋今安否?终作适荆蛮,安排用庄叟〔五〕。随云拜东皇〔六〕,挂席上南斗〔七〕。有使即寄书,无使长回首。

〔一〕古诗:"失意杯酒间。"
〔二〕《汉书》:"郭解年长,更折节为俭。"
〔三〕青草湖:在巴陵,注别见。
〔四〕时方有吐蕃之难。
〔五〕安排:注见七卷。
〔六〕《楚词》有《东皇太乙》章。《文选》注:"太乙,天之尊神,祠在楚东,以配东帝,故曰东皇。"
〔七〕《史·天官书》:"南斗,江湖。"《春秋说题辞》:"南斗,吴地也。"《旧书·天文志》:"南斗在云汉之流,当淮海之间,为吴分。"

对 雨

莽莽天涯雨,江边独立时。不愁巴道路,恐湿《千家》本作失汉旌旗〔一〕。雪岭防秋急,绳桥战胜迟〔二〕。西戎甥舅礼,未敢背恩私。

〔一〕赵曰:"'巴道路',自绵州以东也。" 言不忧巴道难行,特戍兵此时沐雨,深足念耳。或云作"失",是即失道之失,恐旌旗因雨而迷失也。
〔二〕绳桥:注见八卷。

警　急 原注:高公適领西川节度

才名旧楚将〔一〕,妙略拥兵机。玉垒虽传檄〔二〕,松州会解围〔三〕。和亲知计拙,公主漫无归。青海今谁得〔四〕?西戎实饱飞。

〔一〕《高適传》:"至德二年,永王璘反。適陈江东利害,永王必败,上奇其对,以適为扬州左都督府长史、淮南节度使。"淮南,楚地,故云"旧楚将"。
〔二〕传檄:言吐蕃入寇,檄书传闻也。
〔三〕松州:注见九卷。
〔四〕青海:注见一卷。时陷吐蕃。

蔡梦弼曰:"按史:代宗即位,吐蕃陷陇右,渐逼京畿。適练兵于蜀,临吐蕃南境以牵制之,师出无功,寻失松、维等州。此诗乃松州未陷时作。"

王　命

汉北豺狼满,巴西道路难〔一〕。血埋诸将甲,骨断使臣鞍。牢落新烧栈,苍茫旧筑坛。深怀喻蜀意,恸哭望王官[二]。

〔一〕赵曰:"汉与巴相连,汉北褒斜,巴西则绵汉也。"
〔二〕《司马相如传》:"唐蒙通夜郎,征发巴蜀吏卒,用军兴法诛其渠帅,巴蜀大惊恐。上使相如责蒙等,因喻告巴蜀人以非上之意。"

《通鉴》:"上元二年二月,奴剌、党项寇宝鸡,烧大散关。广德元年三月,李之芳、崔伦使吐蕃,留不遣。秋七月,入大震关。冬十月,帅吐谷浑、党项、氐、羌二十馀万众度渭,兵马使吕月将战死。命郭子仪御之,子仪久闲废,才得二十骑而行。"此诗盖序其事,而急望王官之至,以安蜀人也。"王官"当指严武。吐蕃围松州,高适不能制,故蜀人思得武代之。

征　夫

十室几人在?千山空自多。路衢惟见哭,城市不闻歌。漂梗无安地,衔枚有荷戈[一]。官军未通蜀,吾道竟如何?

〔一〕《汉书》注:"衔枚,止言语喧嚣,其状如箸,横衔之。"

西山三首

夷界荒山顶,蕃州积雪边[一]。筑城依—作连白帝,转粟上青天〔二〕。蜀将分旗鼓,羌兵助—作动井泉—作铠铤〔三〕。西南背和好,杀气日相缠。

〔一〕钱笺:"《元和郡国志》:岷山即汶山,南去青城山百里,天色晴明,望见成都。山顶停雪,常深百丈,夏月融泮,江川为之洪溢,即陇之南首也。"李宗谔《图经》:"维州,南界江城,岷山连岭而西,不知其极。北望高山,积雪如玉,东望成都若井底,一面孤峰,三面临江,是西蜀控吐蕃之要冲。"

〔二〕黄希曰:"'白帝',西方之帝也。旧引夔州白帝城,非是。"极言西山城高,难于转粟。高适《请减三城戍兵疏》所谓"平戎以西数城,邈在穷山之巅,蹊隧险绝,运粮于束马之路,坐甲于无人之乡"也。

〔三〕羌兵:属夷也。公《东西两川说》:"仍使羌兵各系其部落。"

辛苦三城戍,长防万里秋。烟尘侵火井〔一〕,雨雪闭松州。风动将军幕—作盖,天寒使者裘。漫平声山贼营—云成壁垒,回首得无忧?

〔一〕火井:注见八卷。

子弟犹深入,关城未解围〔一〕。蚕崖铁马瘦〔二〕,灌口米船稀〔三〕。辩士安边策,元戎决胜威。今朝乌鹊喜,欲报凯歌归。

〔一〕《东西两川说》:"兼差堪战子弟向二万人,足以备边守险。"
〔二〕钱笺:"《寰宇记》:蚕崖关,在导江县西北四十七里。《方舆胜览》:在县西五十里,以镇西山之走集。"

〔三〕灌口：注见九卷。

舍弟占归草堂检校，聊示此诗

久客应吾道，相随独尔来。孰_{今本一作熟}知江路近〔一〕，频为草堂回。鹅鸭宜长数〔二〕，柴荆莫浪开。东林竹影薄，腊月更须栽。

〔一〕按：《说文》："孰，食饪也。"古文惟有"孰"字，后人加"火"，以别生熟之"熟"。《汉书》"熟计"皆作"孰"。
〔二〕董斯张曰："《西京杂记》：'曹元理，善算术，尝从其友人陈广汉，羊豕鹅鸭，皆道其数。'杜盖暗用此耳。"

有感五首

将帅蒙恩泽，兵戈有岁年。至今劳圣主，何以报皇天？白骨新交战，云台旧拓边〔一〕。乘槎断消息，无处觅张骞〔二〕。

〔一〕云台：谓唐初功臣。言此白骨交横之地，非即云台功臣所旧拓之边乎？按史：唐自武德以来，开拓边境，地连西域，皆置都督府州县。开元中，置朔方等处节度使以统之。禄山反后，数年间相继沦没，尽取河西、陇右之地。自凤翔以西、邠州以北，皆为左衽。公故发此叹也。
〔二〕《汉·张骞传》："骞以郎应募使月支，经匈奴，匈奴留骞十馀载，后亡归汉。"时御史大夫李之芳等使吐蕃被留，故云。 按：《汉书》张骞穷河源,无"乘槎"之说。张华《博物志》"海上有人,每年八月,乘槎到天河",未尝指言张骞。宗懔《岁时记》乃云"汉武令张骞寻河源,乘槎而去",赵、蔡俱疑懔为讹。或云张骞乘槎,出《东方朔内传》,今此书失传。庾肩吾《奉使江州》诗"汉使俱为客,星槎共逐流",正用此事也。

此感吐蕃入寇而作。

幽蓟馀蛇樊作封豕〔一〕,乾坤尚虎狼。诸侯春不贡,使者日相望〔二〕。慎勿吞青海,无劳问越裳〔三〕。大君先息战,归马华山阳。

〔一〕《左传》:"吴为封豕长蛇,荐食上国。"
〔二〕《董仲舒传》:"使者冠盖相望。"
〔三〕《南史》:"林邑国,本汉日南郡象林县,古越裳界也。"杜氏《通典》:"交阯之南,有越裳国,周公居摄六年,越裳重译而献白雉。"

钱笺:"是时幽魏之地,降将封王,节镇骄恣不法,代宗懦弱,不能致讨。此诗云'慎勿吞青海,无劳问越裳',安有节镇之近,不修职贡,顾能从事穷荒者乎?盖叹之也。'息战'、'归马',谓其不复能用兵,而婉词以讥之也。李翱云'唐子孙不能以天下取河北',正此意也。旧注谓戒人主不当生事外夷,真痴人说梦。"按:天宝以后,南诏叛唐归吐蕃,屡为边患。此诗"青海"指吐蕃,"越裳"指南诏也。言西南夷不足忧,所可虑者藩镇耳。

洛下舟车入,天中贡赋均〔一〕。日闻红粟腐〔二〕,寒待翠华春。莫取金汤固,长令宇宙新。不过行俭德,盗贼本王臣。

〔一〕洛阳为天地之中,故曰"天中"。

〔二〕《汉·食货志》:"太仓之粟,陈陈相因,腐败不可食。"按:唐江淮之粟,皆输洛阳,转运京师。时刘晏主漕,疏浚汴渠,故言洛下舟车无阻,贡赋大集,当急布春和,散储粟以赡穷民也。

《杜诗博议》:"《伤春》诗有'近传王在洛'及'沧海欲东巡'之句,则此诗为传闻代宗将幸东都而作也。史称丧乱以来,汴水湮废,漕运自江汉抵梁洋,迂险劳费。广德二年三月,以刘晏为河南江淮转运使。时兵火之后,中外艰食。晏乃疏汴水,岁运米数十万石以给关中。公之意,唐建东都,本备巡幸。今汴洛之间,贡赋道均,且漕渠已通,仓粟不乏,只待翠华之临耳。勿谓洛阳狭陋,无金汤可守。乘此时而赫然东巡,号令天下,则宇宙长新矣。盖能行恭俭之德,则率土皆臣,盗贼岂足虑哉!王导论迁都云:'能弘卫文大帛之冠,无往不可。若不绩其麻,则乐土为墟。'公诗正此意也。"

丹桂风霜急,青梧日夜凋〔一〕。由来强干地,未有不臣朝。授钺亲贤往,卑宫制诏遥。终依古封建,岂独听《箫韶》?

〔一〕《汉·五行志》:"成帝时童谣曰:桂树华不实,黄雀巢其颠。"注:"桂,赤色,汉家象。""丹桂"喻王室,"青梧"喻宗藩也。

《蔡宽夫诗话》引司空图《房太尉》诗云:"物理倾心久,凶渠破胆频。"注:"禄山初见诸王分镇诏书,拊膺叹曰:吾不得天下矣!"按:图去公时近,其言应不妄。此诏本草自房琯,肃宗入贺兰进明之谮,贬之。至广德初,河北诸镇跋扈不臣,公故追咏当时不行琯议,有失强干弱支之道也。肃宗收两京,以广平王为元帅,所谓"授钺亲贤"也。玄宗传位肃宗,故以禹之卑宫拟之,与《壮游》诗"禹功亦命子"同意。玄宗至成都,即诏以皇太子充天下兵马元帅讨贼,已遂遣使灵武册命,所谓"卑宫制诏"也。言此二者,皆国家大计所在。然使能法古封建,分镇诸王,则坐听《箫韶》,有不难者,岂止无不臣之萌已耶?又按:公每持亲王出镇之议,于《巴蜀安危表》极言之,《荆南述怀》诗亦云:"磐石圭多剪"。然唐史载上皇以诸王分镇,高適切谏不可。又刘晏移书房琯,谓今诸王出深宫,一旦望桓文功不可得。其论又与公相牴牾,岂各有见耶?

胡灭人还乱,兵残将自疑〔一〕。登坛名绝假〔二〕,报主<small>一云执玉</small>尔何迟?领郡辄无色,之官皆有词。愿闻哀痛诏,端拱问疮痍。

〔一〕时安史既平,仆固怀恩惧诛谋叛,李光弼亦畏祸不入朝,故曰"将自疑"。

〔二〕赵曰:"'名绝假'言真拜之,非特假节而已。"

钱笺:"李肇《国史补》:'开元以前,有事于外,则命使臣,否则止。自置八节度、十采访,始有坐而为使。其后名号益广,大抵生于置兵,盛于专利,普于衔命。于是为使则重,为官则轻。故天宝末佩印有至四十者,大历中请俸有至千贯者。宦官内外,悉属之使。旧为权臣所管、州县所理,今属中人者有之。'此诗曰'登坛名绝假',谓诸将兼官太多,所谓'坐而为使'也。'领郡辄无色',州郡皆权臣所管,不能自达,故曰'无色'也。'之官皆有词',所谓'为使则重,为官则轻'也。《送陵州路使君》诗云'王室比多难,高官皆武臣',与此诗正相发明。东坡所云'唐郡县多不得人,由于重内轻外'者,此天宝以前事。以言于宝应、广德之时,则迂矣。"五、六非为郡守言之,正责诸将专制,使不得尽力于居官,故欲下诏而"问疮痍"也。如此解,全诗意方贯。

江陵望幸

雄都元壮丽,望幸欸威神〔一〕。地利西通蜀,天文北照秦。风烟含越鸟〔二〕,舟楫控吴人。未枉周王驾,终期汉武巡〔三〕。甲兵分圣旨,居守付宗臣。早发云台仗刊作路,恩波起涸鳞〔四〕。

〔一〕《鲁灵光殿赋》:"又似乎帝之威神。"注:"威神,言尊严也。"
〔二〕谢朓诗:"风烟有鸟路。"古诗:"越鸟巢南枝。"
〔三〕《汉书》:"武帝南巡,至于盛唐。"注:"在南郡。"
〔四〕涸鳞:注别见。

按:《唐书》:"上元初,吕諲建请荆州置南都,于是更号江陵府,以諲为尹,置永平军万人,以遏吴蜀之冲。广德元年冬,乘舆幸陕,以卫伯玉有干略,可当重寄,乃拜江陵尹,充荆南节度观察等使。"诗所云"甲兵分圣旨,居守付宗臣"也。时公在巴阆,传闻代宗欲巡幸江陵,故有此作。

城上荆作空城

草满巴西绿,空城山谷作城空白日长。风吹花片片,春荡一作动水一云送雨茫茫。八骏随天子,群臣从武皇。遥闻出巡狩,早晚遍遐荒?

伤春五首原注：巴阆僻远，伤春罢，始知春前已收宫阙

天下兵虽满，春光—作青春日自浓。西京疲百战，北阙任群凶〔一〕。关塞三千里，烟花一万重。蒙尘清露急，御宿且—作有谁供〔二〕？殷复前王道，周迁旧国容。蓬莱足云气，应合总从龙〔三〕。

〔一〕《通鉴》："广德元年冬十月，吐蕃陷京畿，渭北行营兵马使吕月将将精卒二千，与吐蕃战于盩厔，为虏所擒。又泾州刺史高晖、射生将王献忠等，迎吐蕃入长安，立邠王守礼孙承宏为帝。"故曰"疲百战"、"任群凶"也。

〔二〕《汉书》注："御宿苑，在长安城南。""羞"、"宿"声相近，故或云"御羞"，或云"御宿"。羞者，珍羞所出；宿者，止宿之义。《通鉴》："吐蕃度渭桥，上仓卒幸陕州，官吏六军奔散，无复供拟，扈从将士不免饥馁，乃幸鱼朝恩营。"

〔三〕言群臣皆不当从驾而出耶？责之之词也。

莺入新年语，花开满故枝。天清—作青风卷幔，草碧水连—作通池。牢落官军远旧本俱作速，《千家》本作远，萧条万事危。鬓毛元自白，泪点向来垂。不是无兄弟，其如有别离。巴山春色静，北望转逶迤。

日月还相斗〔一〕，星辰屡合—云亦屡围〔二〕。不成诛执法，焉得变危机〔三〕？大角缠兵气〔四〕，钩陈出帝畿〔五〕。烟尘昏御道，耆旧把天衣〔六〕。行在诸军阙，来朝大将稀〔七〕。贤多隐

屠钓[八]，王肯载同归？

〔一〕《晋·天文志》："数日俱出，若斗，天下起兵大战。元帝太兴四年二月癸亥，日斗。"

〔二〕《汉·天文志》："高祖七年，月晕，围参毕七重。是岁，上至平城，为单于所围。"

〔三〕《史·天官书》："南宫：西将，东相。南四星，执法。中，端门。"《晋·天文志》："左执法，廷尉之象。右执法，御史大夫之象。"《星经》："执法四星，主刑狱之人，又为刑政之官，助宣王命，内常侍官也。"《杜诗博议》："《汉志》：'哀帝元寿元年十一月，岁星入太微，逆行，干右执法。占曰："大臣有忧，执法者诛，若有罪。"二年十月，高安侯董贤免归，自杀。'此诗'执法'二句，暗引是事，以董贤况程元振也。赵注：'荧惑星，一名执法，谓元振荧惑人主，当诛之以谢天下。'其说殊支离。"

〔四〕《史·天官书》："大角者，天王帝廷，其两旁各有二星，曰摄提。"《晋·天文志》："大角，天王座也，又为天栋正经纪也。"《魏都赋》："兵缠紫微。"

〔五〕钩陈：注见三卷。

〔六〕**补注**：顾炎武曰："《南齐书·舆服志》：'衮衣，汉世出陈留襄邑所织，宋末用绣及织成。齐建武中，乃彩画为之，加饰金银薄，时亦谓天衣。'梁庾肩吾《和太子重云殿受戒》诗：'天衣初拂席，豆火欲燃薪。'"

〔七〕《唐书》："代宗幸陕，诸镇畏程元振逸构，莫至朝廷，所恃者惟郭子仪一人。"

〔八〕《韩诗外传》："太公望屠牛朝歌，钓于磻溪。"

再有朝廷乱，难知消息真。近传_{郭作闻}王在洛，复道使归一作通秦。夺马悲公主，登车泣贵嫔。萧关迷北上[一]，沧海欲东巡[二]。敢料安危体，犹多老大臣。岂一作得无稽绍血[三]，沾洒属车尘〔四〕。

〔一〕《汉·武帝纪》:"元封四年,行幸雍,祠五畤,通回中道,遂北出萧关。"如淳曰:"萧关在安定朝那县。"《元和郡县志》:"萧关在原州高平县东南三十里。"《一统志》:"在平凉府镇原县西北一百四十里。"

〔二〕《秦始皇纪》:"二十八年,並渤海以东,过黄、腄,穷成山,登之罘,立石颂秦德。"

〔三〕《晋书》:"王师败绩于荡阴,嵇绍以身捍卫,兵交御辇,绍遂被害,血溅御服。"

〔四〕相如《谏猎书》:"犯属车之清尘。"

闻说初东幸,孤儿却走多〔一〕。难分太仓粟,竞弃鲁阳戈〔二〕。胡虏登前殿,王公出御河。得无一作忍为中夜舞〔三〕,谁一作宜忆大风歌〔四〕?春色生烽燧,幽人泣薜萝。君臣重修德,犹足见时和。

〔一〕《汉纪》注:"取从军死事者之子,养羽林官,教以五兵,号羽林孤儿。"

〔二〕《淮南子》:"鲁阳公与韩遘战酣,日暮,援戈而麾之,日返三舍。"

〔三〕《晋书》:"祖逖与刘琨共被而寝,中夜闻鸡鸣,因起舞,曰:此非恶声也。"

〔四〕《汉书》:"高帝置酒沛宫,自歌曰:大风起兮云飞扬,威加海内兮归故乡,安得猛士兮守四方。"

代宗致乱,皆因信任非人,老臣不见用,故一曰"贤多隐屠钓",一曰"犹多老大臣",一曰"谁忆大风歌",篇中每三致意焉。

495

杜工部诗集卷之十一

广德中,公往来梓、阆,归成都草堂,严武表授节度参谋作。

送李卿晔

《唐书·李岘传》:"肃宗诏刑部侍郎李晔鞫谢夷甫事,忤旨,贬岭南。"《世系表》:"晔,太郑王房淮安忠公琇之子,终刑部侍郎。"

王子思归日〔一〕,长安已乱兵。沾衣问行在,走马向承明〔二〕。暮景巴蜀僻,春风江汉清。晋山虽自弃,魏阙尚含情〔三〕。

〔一〕《哀江南赋》:"咸阳布衣,非独思归王子。"按:庾《赋》用黄歇语,见《史记》。

〔二〕《严助传》:"君厌承明之庐。"张晏曰:"承明庐在石渠阁外,直宿所止曰庐。"《黄图》:"未央宫有承明殿,著述之所也。"

〔三〕《水经注》:"袁崧《郡国志》曰:介休县有介山,有绵上聚、子推庙。"按:公尝扈从肃宗,故自比之推。曰"自弃"者,不敢以华州之贬怼其君也。《壮游》诗"之推避赏从",亦此意。 《杜诗博议》:"'晋山自弃',即《出金光门》诗'移官岂至尊'意也。古人流离放逐,不忘主恩,故公于贾、严之贬则曰'开辟乾坤正,荣枯雨露偏',于己之贬则曰'晋山虽自弃,魏阙尚含情',其温柔敦厚之意,言外可想。若以肃宗不甚省录,故往往自况之推,失之远矣。"《吕氏春秋》:"中山公子牟谓詹子曰:身在江海之上,心居魏阙之下。"

释　闷

　　四海十年不解兵,犬戎_{一作羊}也复临咸京。失道非关出襄野〔一〕,扬鞭忽是过湖城〔二〕。豺狼塞路人断绝,烽火照夜尸纵横。天子亦应厌奔走,群公固合思升平。但恐诛求不改辙,闻道蘖孽能_{一作今}全生〔三〕。江边老翁错料事,眼暗不见风尘清。

　　〔一〕《庄子》:"黄帝将见大隗于具茨之山,至于襄城之野,七圣皆迷,无所问涂。"
　　〔二〕《世说》:"王大将军顿军姑熟,明帝着戎服,乘巴賨马,赍一金鞭,阴察军形势。敦昼寝,梦日绕城,忽惊觉曰:'营中有黄须鲜卑奴来,何不缚取?'命骑追之,不及。"按:《晋书·明帝纪》:"微行至于湖,阴察敦营垒而出。"《王敦传》:"帝至芜湖,察敦营垒。""于湖"即芜湖也。《地志》:"晋太康中,分丹阳置于湖县,即今当塗县地。又芜湖县有王敦城。"此诗所云"湖城"也。自唐以来,皆破句读,故乐府有《湖阴曲》,张文潜始正之云"于湖"为句。
　　〔三〕蘖孽:谓程元振。《唐书》:"代宗在陕,削元振官爵,归田里。广德二年春正月,以私入京师,配流溱州,复令于江陵府安置。"

赠别贺兰铦_{音纤}

　　黄雀饱野粟〔一〕,群飞动荆榛。今君_{黄作吾}抱何恨?寂寞向时人。老骥倦骧首,苍—作饥鹰愁易驯〔二〕。高贤世未识,固合婴饥贫。国步初返正〔三〕,乾坤尚风尘。悲歌鬓发白,远赴湘吴春〔四〕。我恋岷下芋〔五〕,君思千里莼〔六〕。生离与死别,自古鼻酸辛〔七〕。

〔一〕刘桢诗:"羞与黄雀群。"注:"黄雀,喻小人。"

〔二〕易驯:鹰饥则附人也。

〔三〕返正:谓代宗幸陕初还。

〔四〕时公将适吴楚。

〔五〕《货殖传》:"岷山之下,沃野千里,下有蹲鸱,至死不饥。"注:"蹲鸱,芋也。"

〔六〕《世说》:"陆机诣王武子,武子前置数斛羊酪,问机:'吴中何以敌此?'机曰:'千里莼羹,但未下盐豉耳。'""千里",吴石塘湖名。《一统志》:"千里湖,在溧阳县东南一十五里,至今产美莼,俗呼千里莼。"按:贺兰当是吴人而游蜀者,故有"君思千里"之句。

〔七〕《高唐赋》:"孤子寡妇,寒心酸鼻。"

寄贺兰铦

朝野欢娱后,乾坤震荡中。相随万里日,总作白头翁。岁晚仍分袂,江边更转蓬。勿云俱异域,饮啄几回同?

绝　句

江边踏青罢〔一〕,回首见旌旗。风起春城暮,高楼鼓角悲。

〔一〕杜氏《壶中赘录》:"蜀中风俗,旧以二月二日为踏青节。"

阆山歌

阆州城东灵—作雪山白〔一〕,阆州城北玉台碧〔二〕。松浮欲尽不尽云,江动将崩已《英华》同,一作未崩石。那知根无鬼神会,已觉气与嵩华敌。中原格斗且未归,应结茅斋看晋作著青壁—作应著茅斋向青壁。

〔一〕《唐书》:"阆州阆中县有灵山。"钱笺:"《寰宇记》:'灵山,一名仙穴山,在阆中县东北十里。《周地图》云:灵山峰多杂树,昔蜀王鳖灵登此,因名灵山。山东南隅有玉女捣练石。'"

〔二〕《舆地纪胜》:"玉台山,在阆州城北七里。"

阆水歌

嘉陵江色何所似〔一〕?石黛碧玉相因依〔二〕。正怜日破浪花出,更复春从沙际归。巴童荡桨欹侧过〔三〕,水鸡海盐刘氏校本作鸟衔鱼来去飞〔四〕。阆中胜事可肠断,阆州城南天下稀〔五〕。

〔一〕《寰宇记》:"嘉陵水,一名西汉水,又名阆中水。《周地图》云:水源出自秦州嘉陵,因名嘉陵江。经阆中,即阆中水,亦曰阆江,又曰渝水。"

〔二〕《说文》:"碧,石之青美者。"《尔雅》注:"碧,亦玉类。今越嶲会无县东山出碧。"

〔三〕《舞鹤赋》:"巴童心耻。"

〔四〕水鸡:无考。尝闻一蜀士云:"其状如雄鸡而短尾,好宿水田中,今川人呼为水鸡公。"

〔五〕钱笺:"《方舆胜览》:阆中山,亦名锦屏山,在城南三里。"冯忠恕记云:"阆之为郡,当梁、洋、梓、益之冲,有五城十二楼之胜概。"

江亭王阆州筵饯萧遂州

离亭非旧国,春色是他乡。老畏歌声断—作短,黄作继,愁随舞曲长。二天开宠饯〔一〕,五马烂生—作辉光〔二〕。川路风烟接,俱宜下凤凰〔三〕。

〔一〕《后汉书》:"苏章迁冀州刺史,有故人为清河太守,喜曰:人皆有一天,我独有二天。"

〔二〕五马:注见十卷。 "二天"属王阆州,"五马"属萧遂州。古人用"五马"事,多以太守行游言之,观此二语可见。

〔三〕《汉书》:"黄霸为颍川太守,是时凤凰神雀数集郡国,颍川尤多。"

陪王使君晦日泛江就黄家亭子二首

山豁何时断?江平不肯流。稍知花改岸,始验鸟随舟。

结束多红粉[一],欢娱恨白头。非君爱人客,晦日更添愁。

〔一〕古诗:"娥娥红粉妆。"

有径金沙软[一],无人碧草芳。野畦连蛱蝶,江槛俯鸳鸯。日晚烟花乱,风生锦绣香。不须吹急管,衰老易悲伤。

〔一〕《蜀都赋》:"金沙银砾。"注:"永昌有水出金,如糠在沙中。"《一统志》:"保宁府剑州、广元、江油、巴县出麸金。"

泛 江

方舟不用楫,极目总无波。长日容杯酒,深江净绮罗[一]。乱离还奏乐,飘泊且听歌。故国流清渭,如今花正多。

〔一〕净绮罗:犹云"澄江净如练"。

渡 江

春江不可渡,二月已风涛。舟楫欹斜疾,鱼龙偃卧高。渚花兼陈作张素锦,汀草乱青袍[一]。戏问垂纶客,悠悠见一作是汝曹。

〔一〕古诗:"青袍似青草。"

南 征

春岸桃花水,云帆枫树林。偷生长避地,适远更沾襟。老病南征日,君恩北望心。百年歌自苦,未见有知音。

地 隅

江汉山重阻,风云地一隅。年年非故物〔一〕,处处是穷途。丧乱秦公子〔二〕,悲凉一作秋楚大夫〔三〕。生平心已折,行路日荒芜。

〔一〕古诗:"所遇无故物。"
〔二〕谢灵运《拟邺中诗序》:"王粲家本秦川贵公子孙,遭乱流寓,自伤情多。"
〔三〕《离骚序》:"屈原仕于怀王,为三闾大夫。三闾之职,掌王族三姓,曰昭、屈、景。"

归 梦

道路时通塞,江山日寂寥。偷生惟一老,伐叛已三朝。

雨急青枫暮,云深黑水遥[一]。梦魂归未得一作梦归归未得,一作梦魂归亦得,不用楚词招。

[一]《寰宇记》:"巂州越巂县有黑水,杜诗'云深黑水遥'是也。"按:黑水源流非一。唐巂州地,泸水所出,泸水即黑水也。次公注"黑水在鄠杜之间",鄠杜在长安,何尝有黑水?梦弼引《水经》"黑水出张掖鸡山,过三危,入南海",亦无干。

久　客

羁旅知交态,淹留见俗情。衰颜聊自哂,小吏最相轻。去国哀王粲,伤时哭贾生。狐狸何足道,豺虎正一作乱纵横[一]。

[一]《汉·孙宝传》:"豺狼横道,不宜复问狐狸。"

暮　寒

雾隐平郊树,风含广岸波。沉沉春色静,惨惨暮寒多。戍鼓犹长击,林莺遂不歌。忽思高宴会,朱袖拂云和[一]。

[一]《周礼·大司乐》:"奏云和之琴瑟。"注:"云和,地名,产良材,中琴瑟。"

游　子

巴蜀愁谁语？吴门兴杳然。九江春草外，三峡暮帆前。厌就成都卜〔一〕，休为吏部眠〔二〕。蓬莱如可到，衰白问群_{今本作神}仙〔三〕。

〔一〕《高士传》："严遵，字君平，卖卜成都市中，日阅数人，得百钱足自养，则闭肆下帘而授《老子》。"《益州记》："雁桥东有严君平卜处，土台高数丈也。"

〔二〕《晋书》："毕卓为吏部郎，比舍郎酿熟，卓因醉，夜至其瓮间盗饮之，为掌酒者所缚。明旦视之，乃毕吏部也。"

〔三〕《哀江南赋》："舟楫路遥，星汉非乘槎可上；风飙道阻，蓬莱无可到之期。"言非止南下游吴，如蓬莱仙山可到，则亦往矣。意在必去巴蜀也。

滕王亭子二首 _{原注："在玉台观内，王调露中任阆州刺史。"一云"阆州玉台观作，王曾典此州"}

《旧唐书·滕王元婴传》："元婴，高祖第二十二子，都督洪州，数犯宪章，于滁州安置。后起授寿州刺史，转隆州刺史。"《地理志》："先天二年，避玄宗名，改隆州为阆州。"钱笺："《方舆胜览》：'滕王以隆州衙宇卑陋，遂修饰弘大之，拟于宫苑，谓之隆苑，后改曰阆苑。'滕王亭即元婴所建。杨慎以为嗣滕王湛然，误也。"

君王台榭枕_{去声}巴山，万丈丹梯尚可攀。春日莺啼修竹里〔一〕,仙家犬吠白云间〔二〕。清江锦—作碧石伤心丽,嫩蕊浓花满目斑。人到于今歌出牧,来游此地不知还。

〔一〕修竹:用梁孝王事,注见十卷。孙绰《兰亭》诗:"莺语吟修竹。"
〔二〕《神仙传》:"八公与淮南王安白日升天。临去时,馀药器置在中庭,鸡犬舐啄之,尽得升天。故鸡鸣天上,犬吠云中也。"

寂寞春山路,君王不复行。古墙犹竹色,虚阁自松声。鸟雀荒村暮,云霞过客情。尚思歌吹日,千骑把—作拥霓旌。

玉台观二首 原注:滕王造

钱笺:"《方舆胜览》:玉台观在阆州城北七里,唐滕王尝游,有亭及墓。"赵曰:"观在高处,其中有台,号曰玉台。"

中天积翠玉台遥〔一〕,上帝高居绛节朝〔二〕。遂有冯夷来击鼓〔三〕,始知嬴女善吹箫〔四〕。江光隐见鼋鼍窟,石势参差—作差池乌鹊桥〔五〕。更有—作肯红颜生羽翼—作翰,便应黄发老渔樵〔六〕。

〔一〕《天台赋》:"琼台中天而悬居。"《汉·郊祀歌》:"游阊阖,观玉台。"应劭曰:"玉台,上帝之所居。"
〔二〕梁邵陵王《祀鲁山神文》:"绛节陈竽,满堂繁会。"此言群仙皆来朝集。
〔三〕冯夷:注见一卷。

〔四〕《仙传拾遗》："萧史善吹箫，秦穆公女弄玉好之，公妻焉，日教弄玉作凤鸣。居数年，吹箫似凤声，凤凰来止其屋，公为作凤台。"范云《游仙诗》："命驾瑶池隈，过息嬴女台。"

〔五〕按：四语形容仙境恍惚。"鼋鼍窟"蒙冯夷，"乌鹊桥"蒙嬴女，"乌鹊"对"鼋鼍"，公《临邑舍弟》诗亦然。上只言江光之远，下只言石势之高耳。或云观中疑有公主遗迹，故用嬴女吹箫事。乐天《题华阳观》诗："帝子吹箫逐凤皇，空留仙洞在华阳。"以观即华阳公主故居也。

〔六〕言世果有驻颜飞升之术，吾便当留此以终老尔。

浩劫因王造—云起〔一〕，平台访古游〔二〕。彩—作绿云萧史驻，文字鲁恭留〔三〕。宫阙通群帝，乾坤到十洲〔四〕。人传有笙鹤，时过北—作此山头〔五〕。

〔一〕《度人经》："惟有元始浩劫之家，部制我界。"《广异记》："儒谓之世，释谓之劫，道谓之尘。"按："浩劫"，无穷之劫，犹言累世也。又《广韵》："浩劫，宫殿大阶级也。"杜田云："俗谓塔级为劫，故《岳麓行》曰'塔劫宫墙壮丽敌'。"此说待考。

〔二〕平台：注见十卷。

〔三〕《汉书》："鲁共王坏孔子旧宅以广其居，闻钟磬琴瑟之声，于壁中得古文《尚书》《论语》。"

〔四〕《山海经》："大荒之中，有黄木、赤枝，群帝取药。"《十洲记》："四方巨海之中，有祖洲、瀛洲、元洲、炎洲、长洲、充洲、凤麟洲、聚窟洲、流洲、生洲。"言观之高，上通"群帝"，是乾坤内之"十洲"也。"十洲"为神仙所聚，故云。

〔五〕《神仙传》："王子乔，周灵王太子晋也。好吹笙，作凤鸣，游伊洛间，道士浮丘公接上嵩山。三十馀年后，乘白鹤驻缑氏山顶，举手谢时人而去。"

送韦郎司直归成都

窜身来蜀地〔一〕,同病得韦郎〔二〕。天下干—作兵戈满,江边岁月长。别筵花欲暮,春日鬓俱苍。为问南溪竹—作笋〔三〕,抽梢合过墙原注:予草堂在成都西郭。

〔一〕刘桢诗:"窜身清漳滨。"
〔二〕《吴越春秋》:"同病相怜,同忧相救。"
〔三〕南溪:即浣花溪。

双 燕

旅食惊双—作双飞燕,衔泥入北—作此堂。应同避燥湿,且复过炎凉〔一〕。养子风尘际,来时道路长。今秋天地在〔二〕,吾亦离去声殊方〔三〕。

〔一〕《左传》:"子罕曰:吾侪小人,皆有阖庐,以避燥湿寒暑。"
〔二〕补注:"天地在",去在天地之间也,亦倒句法。
〔三〕时公欲出峡,故托燕寓意。

百 舌

《御览》:"《杂记》曰:百舌鸟,一名反舌,春则啭,夏至则止。"

百舌来何处？重重只报春。知音兼众语，整翮岂多身？花密藏难见，枝高听转新。过时如发口〔一〕，君侧有谗人〔二〕。

〔一〕补注：顾有孝曰："《史记·张仪传》陈轸曰：'轸可发口言乎？'少陵'发口'字本此。"

〔二〕《汲冢周书》："芒种之日，螳螂生。又五日，鵙始鸣。又五日，反舌无声。螳螂不生，是谓阴息。鵙始不鸣，令奸壅逼。反舌有声，佞人在侧。"

奉寄章十侍御 原注：时初罢梓州刺史、东川留后，将赴朝廷

《旧唐书·严武传》："武再镇蜀，恣行猛政，梓州刺史章彝初为武判官，及是小不副意，赴成都，杖杀之。"按：此诗武再镇蜀，彝已入觐矣，岂及其未行而杀之耶？

淮海维扬一俊人〔一〕，金章紫绶照青春〔二〕。指挥能事回天地，训练强兵动鬼神。湘—作襄西不得归关羽〔三〕，河内犹宜—作疑借寇恂〔四〕。朝觐从容问幽仄侧通〔五〕，勿云江汉有—作老垂纶。

〔一〕《禹贡》："淮海维扬州。"

〔二〕《汉·公卿表》："三公彻侯，并金印紫绶。"《旧书·舆服志》："二品三品，并服紫绶三彩。"

〔三〕《蜀志》："先主收江南诸郡，拜关羽为襄阳太守、荡寇将军，驻江北。西定益州，拜羽董督荆州事。"陆机《辨亡论》："汉主报关羽之败，图收湘西之地，而陆公亦挫之西陵。"注："湘西，荆州地也。"

〔四〕《后汉书》:"光武收河内,拜寇恂为太守,后移颍川,又移汝南。颍川盗贼群起,恂从驾南征,百姓请复借寇君一年,乃留恂。"按:严武再镇成都,复合东、西川为一节度。东川留后,在所宜废。"湘西不得归关羽"言其不复归镇也。"河内犹宜借寇恂"言侍御之才,东川倚重,不当罢之归朝也。

〔五〕《宋书·恩倖论》:"明扬幽侧,惟才是与。"

将赴荆南寄别李剑州

《唐书》:"剑州普安郡,属剑南道。"

使君高义驱今古,寥落三年坐剑州。但见文翁能化俗—作蜀〔一〕,焉知李广未封侯〔二〕?路经滟滪双蓬鬓,天入沧浪一钓舟〔三〕。戎马相逢更何日?春风回首仲宣楼〔四〕。

〔一〕《汉·循吏传》:"文翁为蜀郡守,修起学官于成都市中,吏民大化,蜀地学于京师者,比齐鲁焉。"《西溪丛语》:"张崇文《历代小志》云:文翁,名党,字仲翁,景帝时为蜀郡太守。今《汉书》不载其名。"

〔二〕《李广传》:"广从弟蔡封安乐侯,广不得爵邑,官不过九卿。"

〔三〕《禹贡》:"又东为沧浪之水。"郑樵曰:"汉水东过南漳、荆山,为沧浪水。"

〔四〕仲宣楼:注别见。

奉寄别马巴州 原注:时甫除京兆功曹,在东川

巴州:注见九卷。按:蔡兴宗《年谱》:"广德元年补功曹。"与此诗自注

语正合。诗云"南国浮云水上多,独把渔竿终远去",及《奉待严大夫》诗云"欲辞巴徼啼莺合,远下荆门去鹢催",可证除功曹时正在东川,将为荆南之游也。《本传》以召补京兆府功曹不至在上元二年,王原叔《集序》因之,皆误。

　　勋业终-作真归马伏波,功曹非-作无复汉萧何〔一〕。扁舟系缆沙边久,南国浮云水上多〔二〕。独把渔竿终远去,难随鸟翼一相过。知君未爱春湖色,兴在骊驹白玉珂〔三〕。

　　〔一〕《汉·高帝纪》:"萧何为沛主吏。"孟康曰:"主吏,功曹也。"《吴志》:"孙策谓虞翻曰:孤有征讨事,未得还府,卿复以功曹为我萧何,守会稽耳。"
　　〔二〕南国:谓荆南。
　　〔三〕沈约诗:"高门列驷驾,广路从骊驹。"《通俗文》:"马勒饰曰珂。"《本草》:"珂,贝类,皮黄黑而骨白,可为马饰,生南海。"《唐·车服志》:"五品以上有珂伞。"

奉待严大夫

　　此诗旧谱及诸家注并云广德二年作。按《通鉴》,是年严武得剑南之命在正月,诗不当曰"隔年回"。又公与武诗,皆随所受官而称之,其时严已封郑国公,不得但称大夫,且迁黄门侍郎时已罢兼御史大夫矣。黄鹤致疑于此,故编宝应元年。然是年春,公不闻尝去草堂,何以有"欲辞巴徼"、"远下荆门"之语?即使公欲赴荆楚,何不经嘉、戎,下渝、忠,顾乃北走山南,由梓、阆而出峡耶?当仍以旧编为是。其云"旌节隔年回",意武受命剑南,乃在广德元年之冬。而唐人凡称节度使皆曰大夫,正不必以封郑公为疑也。

《杜诗博议》:"《旧书·地志》合剑南、东西川为一道,在广德元年,《唐会要》则云二年正月八日,此武受命在元年冬之一证也。"

殊方又喜故人来,重镇还须济世才。常怪偏裨终日待,不知旌节隔年回。欲辞巴徼啼莺合,远下荆门去鷁催〔一〕。身老时危思会面,一生襟—作怀抱向谁开?

〔一〕《淮南子》:"龙舟鷁首。"《方言》:"舟首,谓之艗首。"注:"鷁,鸟名。今江东贵人船前作青雀,是其像。"

自阆州领妻子却赴蜀山行三首

汩汩—作浥浥避群盗,悠悠经十年①。不成向南国,复作游西川。物役水虚照,魂伤山寂然。我生无倚着,尽室畏途边〔一〕。

〔一〕《左传》:"尽室以行。"

长林偃风色,回复—作首意犹迷。衫湿翠微润,马衔青草嘶。栈—作径悬斜避石〔一〕,桥断却寻溪。何日干—作兵戈尽?飘飘愧老妻。

〔一〕《说文》:"栈,棚也,又阁也。"阆至成都无栈道,此只言架木为路耳。

---

① "十年",底本作"六年",据诸善本改。

行色递隐见,人烟时有无。仆夫穿竹语,稚子入云呼。转石惊魑魅,抨披耕切弓落狖鼯〔一〕。真供一笑乐,似欲慰穷途。

〔一〕抨:弹也。狖:注见六卷。《尔雅》注:"鼯鼠,状似蝙蝠,毛紫黑色,飞而乳子。"

别房太尉墓

《旧唐书·房琯传》:"宝应二年四月,拜特进、刑部尚书。在路遇疾,广德元年八月四日,卒于阆州僧舍,时年六十七,赠太尉。"《新书》:"宝应二年,道病卒。"按《通鉴》,代宗以癸卯七月改元,宝应之二年即广德之元年也。二《史》本无异同,旧注疑《新书》为误,失考耳。

他乡复行役,驻马别孤坟。近泪无干土,低空—云空山有断云〔一〕。对棋陪谢傅〔二〕,把剑觅徐君〔三〕。惟见林花落,莺啼送客闻。

〔一〕"低空"、"断云",正见哭墓之哀,即所云"哭友白云长"也。
〔二〕《谢安传》:"谢玄等破苻坚,有檄书至,安方对客围棋,了无喜色。""安薨,赠太傅。"钱笺:"琯为宰相,听董庭兰弹琴,以招物议。李德裕《游房太尉西池》诗注:'房公以好琴闻于海内。'此诗以谢傅围棋为比,盖为房公解嘲也。围棋无损于谢傅,则听琴何损于太尉乎?语出回护,而不失大体,可谓微婉矣。"
〔三〕《说苑》:"吴季札聘晋过徐,心知徐君爱其宝剑。及还,徐君已没,遂解剑系其冢树而去。"

将赴成都草堂，途中有作，先寄严郑公五首

《唐书·严武传》："宝应元年自成都召还，拜京兆尹。明年，为二圣山陵桥道使，封郑国公，迁黄门侍郎。广德二年，复节度剑南。"按：《旧书》云："武再尹成都，节度剑南，破吐蕃，加检校吏部尚书，封郑国公。"与《新书》不同。以此诗题证之，《新书》是。

得归茅屋赴成都，直─作真为文翁再剖符[一]。但使闾阎还揖让，敢论松竹久荒芜？鱼知丙穴由来美[二]，酒忆郫筒不用酤[三]。五马旧曾谙小径，几回书札待潜夫[四]。

〔一〕《汉·文帝纪》："初与太守为铜虎符、竹使符。"

〔二〕《蜀都赋》："嘉鱼出于丙穴。"刘渊林曰："丙穴，在汉中沔阳县北，有鱼穴二所。"《御览》："《周地图记》曰：顺政郡丙穴，以其口向丙，因名。沮水经穴间过，或谓之大内水。每春三月上旬后，有鱼长八九寸，或二三尺，联绵从穴出跃，相传名为嘉鱼。"《益部方物赞》："丙穴在兴州，鱼出石穴中，雅州亦有之，蜀人甚珍其味。"黄曰："丙穴固在汉中，然《地志》载，邛州大邑县有嘉鱼穴；万州梁山县柏枝山有丙穴，方数丈，出嘉鱼；又达州明通县井峡中，穴凡十，皆产嘉鱼。此诗公赴成都作，意是指邛州丙穴。盖成都西南至邛州，才百五十里耳。"

〔三〕《成都记》："成都府西五十里，因水标名曰郫县，以竹筒盛美酒，号为郫筒。"《华阳风俗录》："郫县有郫筒池，池旁有大竹，郫人刳其节，倾春酿

于筒,苞以藕丝,蔽以蕉叶,信宿香达于林外,然后断之以献,俗号郫筒酒。"《一统志》:"相传山涛治郫,用筼管酿醁醽作酒,兼旬方开,香闻百步,今其法不传。"

〔四〕潜夫:注见八卷。

处处清江带白蘋,故园犹得见残春。雪山斥候无兵马,锦里逢迎有主人。休怪儿童延俗客,不教鹅鸭恼比_{频脂切}邻。习池未觉风流尽,况复荆州赏更新〔一〕。

〔一〕武尝访公草堂,故以山简、习池拟之。

竹寒沙碧浣花溪,菱—作橘刺藤梢咫尺迷。过客径须愁出入,居人不自解东西。书签药裹封蛛网,野店山桥送马蹄。肯—作岂藉荒庭春草—作新月色,先判_{普官切,一作拚}一饮醉如泥〔一〕。

〔一〕《后汉·周泽传》:"一岁三百六十日,三百五十九日斋。"注:"《汉官仪》此下云:一日不斋醉如泥。"

常苦沙崩损药栏,也从江槛落风湍〔一〕。新松恨不高—作长千尺,恶竹应须斩万竿。生理只凭黄阁老〔二〕,衰颜欲付—作赴紫金丹〔三〕。三年奔走空皮骨,信有人间行路难。

〔一〕江槛:即水槛。
〔二〕黄阁老:注见四卷。
〔三〕《抱朴子》:"金丹烧之愈久,变化愈妙,令人不老不死。"《参同契》:"色转更为紫,赫然成还丹。"《云笈七签》:"合丹法,火至七十日,药成,五色飞华,紫云乱映,名曰紫金。其盖上紫霜,名曰神丹。"

锦官城西生事微荆作锦官生事城西微,乌皮几在还思归〔一〕。昔去为忧乱兵入,今来已恐邻人非。侧身天地更怀古,回首风尘甘一作且息机。共说总戎云鸟阵〔二〕,不妨游子芰荷衣〔三〕。

〔一〕谢朓《咏乌皮隐几》诗:"蟠木生附枝,刻削岂无施。取则龙文鼎,三趾献光仪。勿言素韦洁,白沙尚推移。曲躬奉微用,聊承终宴疲。"
〔二〕《握奇经》:"八阵,天、地、风、云为四正,飞龙、翼虎、鸟翔、蛇蟠为四奇。"梁简文《七励》:"回云鸟之密阵。"
〔三〕《离骚》:"制芰荷以为衣兮,集芙蓉以为裳。"

春　归

苔径临江竹,茅檐覆去声地花。别来频甲子,归到忽一作又春华。倚杖看孤石,倾壶就浅沙。远鸥浮水静,轻燕受风斜。世路虽多梗,吾生亦有涯。此身一作且应醒复醉,乘兴即为家。

归　来

客里有所适一作过,归来知路难。开门野鼠走,散帙壁鱼乾〔一〕。洗杓开新酝,低头着小冠一作拭小盘〔二〕。凭谁给麹蘖,细酌老江干？

〔一〕谢朓诗："散帙问所知。"《尔雅》："蟫，白鱼。"注："衣书中虫，一名蛃鱼。"

〔二〕《汉书》："杜钦、杜邺，并字子夏，而钦盲，人呼盲子夏。钦因制小冠冠之，由是更谓钦为小冠子夏，邺为大冠子夏。"

草　堂

昔我去草堂，蛮夷塞成都。今我归草堂，成都适无虞。请陈初乱时，反覆乃须臾—作斯须。大将赴朝廷，群小起异图。中宵斩白马，盟歃气已粗〔一〕。西取邛南兵，北断剑阁隅。布衣数十人，亦拥专城居〔二〕。其势不两大〔三〕，始闻蕃汉殊。西卒却倒戈，贼臣互相诛。焉知肘腋祸〔四〕，自及枭镜—作獍徒〔五〕？义士皆痛愤，纪纲乱相逾。一国实三公〔六〕，万人欲为鱼〔七〕。唱和作威福，孰肯—作能辨无辜？眼前列晋作引杻械〔八〕，背后吹笙竽。谈笑行杀戮，溅—作流血满长衢。到今用钺地〔九〕，风雨闻号呼。鬼—作人妾与鬼马〔一〇〕，色悲充尔娱。国家法令在，此又足惊吁。贱子且奔走，三年望东吴〔一一〕。弧矢暗江海，难为游五湖〔一二〕。不忍竟舍此，复来薙徒计切榛芜〔一三〕。入门四松在，步屧万竹疏。旧犬喜我归，低徊入衣裾。邻里喜我归，沽酒携胡卢—云提榼壶〔一四〕。大官喜《英华》作知我来，遣骑问所—作我须。城郭喜《英华》作知我来，宾客隘—作溢村墟〔一五〕。天下尚未宁，健儿胜腐儒。飘飖荆作飘飘风尘际，何地置老夫？于时见《英华》作是疣音尤赘〔一六〕，骨髓幸未枯。饮啄愧残生，食薇不敢馀〔一七〕。

〔一〕《苏秦传》："会于洹水之上，通质，刳白马而盟。"

〔二〕乐府《罗敷行》："四十专城居。"

〔三〕《左传》："物莫能两大。"

〔四〕《晋书》："江统曰：寇发心腹，祸起肘腋。"

〔五〕《汉书》注："枭，鸟名，食母。破镜，兽名，食父。黄帝欲绝其类，使百吏祠皆用之。"

〔六〕《左传》："一国三公，吾谁適从？"

〔七〕《史·项羽纪》："今人方为刀俎，吾为鱼肉。"

〔八〕《尔雅》："杻，谓之桎；械，谓之梏。"

〔九〕《左传》："至于用钺。"

〔一〇〕赵曰："'鬼妾'、'鬼马'谓已杀其主，如胡人以亡者之妻为鬼妻也。"

〔一一〕公去成都，往来梓、阆间，凡三年。

〔一二〕《史记》正义："五湖者，菱湖、游湖、莫湖、贡湖、胥湖，皆太湖东岸五湾。"虞翻曰："太湖东通松江，南通霅溪，西通荆溪，北通滆溪，东南通韭溪，凡五道，别谓之五湖。"

〔一三〕薙：除草也。

〔一四〕《世说》："陆士衡初入洛，诣刘道真。刘性嗜酒，礼毕，初无他言，惟问：'东吴有长柄壶卢，卿得种来否？'"按：胡卢以贮酒。胡，古与壶通。庾信诗："壶卢一酒樽。"

〔一五〕《后村诗话》："子美《草堂》诗'大官喜我来'四韵，其体盖用《木兰诗》：'爷娘闻我来，出郭相扶将。阿姊闻妹来，当户理红妆。小弟闻姊来①，磨刀霍霍向猪羊。'"

---

① "姊"，底本误作"妹"。

〔一六〕疣：瘤也。《庄子》："彼以生为附赘悬疣。"

〔一七〕古诗："食蕨不愿馀。"

　　钱笺："宝应元年四月，严武入朝。七月，剑南西川兵马使徐知道反。八月，伏诛。公携家避乱往梓州。广德二年，武镇剑南，公复还成都草堂。此诗云'大将赴朝廷，群小起异图'，谓武入朝而知道反也。'北断剑阁隅'，谓知道以兵守要害，武不得出也。'贼臣互相诛'，谓知道为其下李忠厚所杀也。王洙、梁权道辈以为永泰元年避崔旰之乱，而吴若本'布衣''专城'之下注云：'即杨子琳、柏贞节之徒。'是时严武已没，公下峡适楚，何尝复归草堂哉？注家惟黄鹤能辨之。"　徐知道事，《史》《鉴》俱不详。按：《华阳国志》："临邛县在郡西南二百里。"诗云"西取邛南兵"，"邛南兵"即下"西卒"，盖此本内附羌夷，知道引之为乱耳。公上严武《东西两川说》云："西山汉兵，食粮者四千人，皆关辅、山东劲卒。脱南蛮侵掠，邛雅子弟不能独制，但分汉卒助之，不难扑灭。"又云："顷三城失守，非兵之过也，粮不足也。今此辈见阙兵马使，八州素归心于其世袭刺史，独汉卒属裨将主之，窃恐备吐蕃，宜先自羌子弟始。"此诗"邛南兵"，即所云"邛雅子弟"与"羌子弟"也。徐知道乃兵马使，汉兵是其统领，又胁诱羌夷共反，继而贼徒争长，羌兵不附，李忠厚因而杀之，故曰"其势不两大，始闻蕃汉殊。西卒却倒戈，贼臣互相诛"也。"唱和作威福"一段，当是李忠厚既杀知道，纵兵残害无辜，如花敬定之事，故曰"国家法令在，此又足惊吁"也。《通鉴》："宝应元年，严武任西川，为徐知道所拒，不得进。"考知道反，在严武入朝之后，应取此诗正之。

四　松

　　四松初移时，大抵三尺强。别来忽三岁，离立如人长〔一〕。会看根不拔，莫计枝凋伤。幽色幸—作会秀发，疏柯亦一作已昂藏。所插小藩篱,本亦有堤防。终然振直庚切拨损[二],得愧《英华》同,一作吝千叶黄! 敢为故林主? 黎庶犹未康。避贼今始归,春草满空堂。览物叹衰谢,及兹慰凄凉。清风为我起,洒面若微霜[三]。足以一作为送老姿一作资,聊待一作将偃盖张[四]。我生无根蒂,配尔亦茫茫。有情且赋诗,事迹可两一作两可忘。勿矜千载后,惨澹蟠穹苍。

〔一〕《礼记》:"离坐离立。"注:"两相丽之谓离。"
〔二〕谢惠连《祭古冢文》:"以物振拨之。"注:"南人以触物为振。"
〔三〕陆机诗:"秋风夕洒面。"
〔四〕偃盖:注见四卷。

水 槛

苍江多风飙,云雨昼夜飞。茅轩驾巨浪,焉得不低垂? 游子久在外,门户无人持。高岸尚为一作如谷,何伤浮柱敧[一]? 扶颠有劝诫,恐贻识者嗤。既殊大厦倾,可以一木支。临川郭作川林视万里,何必栏槛为? 人生感故物,慷慨有馀悲。

〔一〕《西京赋》:"跱游极于浮柱。"注:"三辅名梁为极,作游梁置浮柱上。"

破　船

平生江海心,宿昔具扁舟。岂惟清溪上,日傍柴门游?苍皇—作惶避乱兵,缅邈怀旧丘。邻人亦已非,野竹独修修①。船舷不重扣〔一〕,理没已经秋。仰看西飞翼,下愧东逝流。故者或可掘〔二〕,新者亦易求。所悲数奔窜,白屋难久留〔三〕。

〔一〕《楚词》注:"鼓枻,鼓舷鸣也。"《江赋》:"咏采菱以扣舷。"注:"舷,船唇也。"

〔二〕掘:穿也。《幽明录》:"阳羡小吏吴龛,乘掘头船过溪。"

〔三〕《汉书》注:"白屋,谓庶人以白茅覆屋者。"

过南邻朱山人水亭

公《南邻》诗"锦里先生乌角巾",疑即此"山人"。又《绝句》云:"梅熟许同朱老吃"。

相近竹参差,相过人不知。幽花欹满树,小—作细水细—作曲通池。归客村非远,残樽席更移。看君多道气,从此数追随。

---

① "独",底本作"何",据诸善本改。

登 楼

花近高楼伤客心,万方多难此登临。锦江春色来—作水流天地,玉垒浮云变古今。北极朝廷终不改,西山寇盗莫相侵。可怜后主还祠庙〔一〕,日暮聊为《梁甫吟》〔二〕。

〔一〕钱笺:"吴曾《漫录》:蜀先主庙在成都锦官门外,西挟即武侯祠,东挟即后主祠。蒋公堂帅蜀,以禅不能保有土宇,始去之。所谓'后主还祠庙'者,书所见以志慨也。"

〔二〕梁甫吟:注见一卷。师尹曰:"吟梁甫者,伤时无诸葛之才。"

黄鹤曰:"此广德二年归成都之作。吐蕃陷京师,立广武郡王承宏为帝。郭子仪复京师,乘舆反正,故曰'朝廷终不改'也。"钱笺:"鹤说是。言吐蕃虽立君,终不能改命也。若'西山寇盗'以剑南西山之事言之,而曰'朝廷终不改',则迂而无谓矣。'可怜后主还祠庙',殆以代宗任程元振、鱼朝恩,致蒙尘之祸,而托讽于后主之用黄皓也。'日暮聊为《梁甫吟》',伤时恋主,自负亦在其中,其兴寄微婉若此。"

奉寄高常侍—云寄高三十五大夫

《唐书·百官志》:"门下省左散骑常侍二人,掌规讽过失,侍从顾问。"《高適传》:"为西川节度,亡松、维等州,以严武代,还为刑部侍郎、左散骑常侍。"

汶上相逢年颇多〔一〕,飞腾无那乃箇切,一作奈故人何。总戎楚蜀应全未〔二〕,方驾曹刘不啻过〔三〕。今日朝廷须汲黯,中原将帅忆廉颇。天涯春色催迟暮,别泪遥添锦水波〔四〕。

〔一〕《汉书》:"汶水,出泰山郡莱芜县原山,入泲。汶上,在齐南鲁北。"
〔二〕应全未:未尽其才也。
〔三〕钟嵘《诗评》:"曹、刘殆文章之圣。"《绝交论》:"遒文丽藻,方驾曹、王。"
〔四〕时高赴召而公在成都,故有末句。

寄邛州崔录事

邛州崔录事,闻在果园坊〔一〕。久待无消息,终朝有底忙?应愁江树远,怯见野亭荒。浩荡风尘—作烟外,谁知酒熟香?

〔一〕坊在成都。

王录事许修草堂赀不到聊小诘

为嗔王录事,不寄草堂赀。昨属愁春雨,能忘欲漏时?

归　雁

东来万里客,乱定几年归?肠断江城雁,高高正—作向北飞。

绝句二首

迟日江山丽,春风花草香。泥融飞燕子,沙暖睡鸳鸯。

江碧鸟逾白,山青花欲燃〔一〕。今春看又过,何日是归年?

〔一〕庾信诗:"山花焰欲燃。"

寄司马山人十二韵

关内昔分袂,天边今转蓬。驱驰不可说,谈笑偶然同。道术曾留意,先生早击蒙。家家迎蓟子〔一〕,处处识壶公〔二〕。长啸峨嵋北,潜行玉垒东。有时骑猛虎〔三〕,虚室使仙童〔四〕。发少何劳白,颜衰肯更红?望云悲坎坷,毕景音影羡冲融〔五〕。丧乱形仍役,凄凉信不通。悬旌要路口〔六〕,倚剑短亭中。永作殊方客,残生一老翁。相哀骨可换〔七〕,亦遣驭清风〔八〕。

〔一〕蓟子:注见二卷。
〔二〕《后汉·方伎传》:"费长房为市吏,有卖药老翁悬一壶于肆,市罢,辄跳入壶中。长房异之,因往再拜,同入此壶。"《水经注》作"王壶公"。
〔三〕《洞冥记》:"东方朔出,遇苍虎息于道旁,朔便骑虎而还,扦捶过痛,虎啮之,脚伤。"《列仙传》:"葛仙公能乘虎使鬼。"
〔四〕《云笈七签》:"守玄丹十八年,诣上清宫,受书佩符,役使玉童、玉女各十八人。"王维《赠焦炼师》诗:"缩地朝珠阙,行天使玉童。"

〔五〕鲍照诗:"毕景逐前俦。"注:"毕景,尽目之景也。" 言已当日暮,羡山人有冲融之春色。

〔六〕《汉·陈汤传》:"悬旌万里之外。"

〔七〕《汉武内传》:"一年易气,二年易脉,四年易肉,五年易髓,六年易筋,七年易骨,八年易发,九年易形。"

〔八〕《庄子》:"列子御风而行,泠然善也。"

赠王二十四侍御契四十韵

元结《别王佐卿序》:"癸卯岁,京兆王契佐卿,年四十六,顷去西蜀,对酒欲别。与佐卿去者,有清河崔漞与次山,住者有彭城刘湾。" 按:癸卯为广德元年,此诗是二年作。

往往虽相见,飘飘愧此身。不关轻绂冕①,但—作俱是避风尘。一别星桥夜,三移斗柄春〔一〕。败亡非赤壁〔二〕,奔走为黄巾〔三〕。子去何萧洒,余藏异隐沦〔四〕。书成无过雁,衣故有悬鹑〔五〕。恐惧行装数,伶俜卧疾频。晓莺工迸泪,秋月解伤神。会面嗟黧黑,含凄话苦辛。接舆还入楚,王粲不归秦。锦里残丹灶,花溪得钓纶〔六〕。消—作宵中只自惜〔七〕,晚起索_{色窄切}谁亲〔八〕?伏柱闻周史〔九〕,乘槎有—作似汉臣。鸳鸿不易狎,龙虎未宜驯。客即挂冠至〔一〇〕,交非倾盖新〔一一〕。由来意气合,直取性情真。浪迹同生死,无心耻贱贫。偶然

---

① "绂冕",底本作"冕绂",据诸善本改。

存蔗芋〔一二〕,幸各对松筠。粗饭依他日,穷愁怪此辰。女长裁褐稳,男大卷书匀〔一三〕。溯当作棚,遘邓切口江如练〔一四〕,蚕崖雪似银〔一五〕。名园当翠巘,野棹没青蘋〔一六〕。屡喜王侯宅,时邀一作逢江海人。追随不觉晚,款曲动弥旬。但使芝兰秀〔一七〕,何须栋宇邻〔一八〕?山阳无俗物〔一九〕,郑驿正留宾〔二〇〕。出入并鞍马,光辉参一作忝席珍。重游先主庙,更历少城闉〔二一〕。石镜通幽魄,琴台隐绛唇〔二二〕。送终惟粪土,结爱独荆榛〔二三〕。置酒高林下,观棋积水滨。区区甘累趼古典切〔二四〕,稍稍息劳筋。网聚粘圆鲫,丝繁煮细莼〔二五〕。长歌敲柳瘿于郢切,小睡凭藤轮〔二六〕。农月须知课,田家敢忘去声勤?浮生难去食,良会惜清晨〔二七〕。列国兵戈暗,今王德教淳。要闻除猰乌八切貐勇主切〔二八〕,休作画麒麟〔二九〕。洗眼看轻薄,虚怀任屈伸。莫令胶漆地,万古重雷陈〔三〇〕。

〔一〕《公羊传》注:"斗指东曰春。"言别侍御于成都,已经三年。

〔二〕《荆州记》:"蒲圻县沿江一百里,南岸名赤壁,昔周瑜破魏武处。"《方舆胜览》:"赤壁在蒲圻县西百二十里。北岸乌林,与赤壁相对。"

〔三〕《后汉书》:"钜鹿人张角,所部有三十六方,皆着黄巾,同日反叛。"此谓徐知道反成都。

〔四〕言我之不败亡而奔走者,特以避知道之乱,非好为隐沦也。

〔五〕《荀子》:"子夏家贫,衣若悬鹑。"按:《说文》:"鹑,鸽属,其羽斑而散。贫士衣象之,故曰鹑衣。"

〔六〕花溪:浣花溪也。

〔七〕《后汉·李通传》:"素有消疾。"注:"消中之疾。"《素问》:"多食数溲曰消中,即消渴也。"

〔八〕《绝交书》:"卧喜晚起。"

〔九〕王康琚诗:"老聃伏柱史。"

〔一〇〕《后汉·逢萌传》:"王莽居摄,萌解冠挂东都门而去。"

〔一一〕《汉书》注:"倾盖,言交盖驻车也。" 言侍御奉使来此,如"鸳鸿"、"龙虎"不易亲狎。我虽挂冠不仕,然与侍御则久交而深契也。

〔一二〕《蜀都赋》:"瓜畴芋区,甘蔗辛姜。"

〔一三〕**补注** 顾炎武曰:"《南齐书》:'张融与从弟永书云:世业清贫,民生多待,榛栗枣脩,女贽既长,束帛禽鸟。男礼已大,勉身就官,十年七仕,不欲代耕,何至此事?'"

〔一四〕《水经注》:"李冰于都安县堰江作堋,堋有左右口,谓之湔,堋江入郫江、检江以行舟。"《寰宇记》:"导江县有都安堰。蜀人谓堰为堋。"

〔一五〕蚕崖:注见九卷。

〔一六〕《风赋》:"风起于青蘋之末。"

〔一七〕《家语》:"与善人居,如入芝兰之室。"

〔一八〕陶潜诗:"欢心孔洽,栋宇惟邻。"

〔一九〕山阳:注见二卷。

〔二〇〕《汉书》:"郑当时,字庄,常置驿马于长安诸郊,请谢宾客,夜以继日。"

〔二一〕少城:注见八卷。《说文》:"闉,城内重门也。"

〔二二〕石镜、琴台:注俱见七卷。扬雄《蜀都赋》:"眺朱颜,离绛唇。"《芜城赋》:"蕙心纨质,玉貌绛唇。"

〔二三〕"送终"蒙"石镜","结爱"蒙"琴台"。

〔二四〕《庄子》:"百舍重趼而不息。"甘累趼:谓奔走避难。

〔二五〕《本草》:"鲫鱼合莼作羹食良。"

〔二六〕瘿:颈瘤也。柳瘿可为樽。 自"浪迹"至此,皆自序归成都之事。

〔二七〕言农事须勤,故良会不能久。

〔二八〕《尔雅》:"猰貐,类貙,虎爪,食人,迅走。"①《山海经》作"窫窳",

---

① "虎爪",底本作"虎牙",据《尔雅正义》改。

蛇身人面。《淮南子》："尧之时，猰貐为民害。"

〔二九〕《朝野佥载》："杨炯每目朝官为麒麟楦，言如弄假麒麟，刻画头角，修饰皮毛，覆之驴上，巡场而走，及脱皮，还是驴耳。"旧注引图形麟阁事，与此无涉。

〔三〇〕雷陈：注见五卷。

过故斛斯校书庄二首 原注：老儒艰难，病于庸蜀，叹其没后方授一官

《英华》注："斛斯，名融。"

此老已云没，邻人嗟未休。竟无宣室召，徒有茂陵求〔一〕。妻子寄他食〔二〕，园林非昔游。空馀繐帷在，淅淅野风秋。

〔一〕《汉书》："贾谊自长沙征见，文帝方受釐，坐宣室，问以鬼神之本。"苏林曰："宣室，未央前正室。""相如家居茂陵，病甚，武帝使所忠往求其书，至则相如已死，问其妻，得遗札，书言封禅事。"

〔二〕《左传》："民食于他。"

燕入非旁舍〔一〕，鸥归只故池。断桥无复板，卧柳自生枝。遂有山阳作〔二〕，多惭鲍叔知。素交零落尽〔三〕，白首泪双垂。

〔一〕《汉书》："高祖适从旁舍来。"

〔二〕《晋书》:"向秀经嵇康山阳旧居,作《思旧赋》。"
〔三〕《广绝交论》:"素交尽,利交兴。"

黄河二首

黄河北岸海西军〔一〕,椎鼓鸣钟天下闻。铁马长鸣不知数,胡人高鼻动成群〔二〕。

〔一〕按:《水经》:"河水自于阗、疏勒而东径金城允吾县北。"郦道元云:"王莽之西海也,莽纳西零之献,以为西海郡,治此城。"阚骃曰:"县西有卑禾羌海,世谓之青海。"唐时其城陷于吐蕃,故此云"海西军"。或引《史》"宝应元年,回纥可汗屯河北,雍王率僚属往见之"以证此诗,不知回纥地直朔方,不得云"海西军"也。鲍钦止注指吐蕃入寇,仍以此说为正。

〔二〕《晋中兴书》:"冉闵杀石鉴及诸胡,于时高鼻多须者,无不滥死。"

黄河西赵作南,一云北岸是吾蜀,欲须供给家无粟。愿驱众庶戴君王,混一车书弃金玉。

《杜诗博议》:"唐运道俱仰黄河,独蜀僻在西南,河漕不通,西山三城,粮运屡绝,故有'供给无粟'之叹,此亦为吐蕃入寇而作。"

扬 旗 原注:二年夏六月,成都尹严公
置酒公堂,观骑士试新旗帜

江一作风风飒长夏,府中有馀清。我公会宾客,肃肃有异

声。初筵阅军装,罗列照广庭。庭空六—作四马入,駊布可切騀五可切扬旗—作旆旌〔一〕。回回偃飞盖〔二〕,熠熠迸流星〔三〕。来缠一作冲风飙急,去擘山岳倾。材归俯身尽〔四〕,妙取略地平。虹蜺就掌握〔五〕,舒卷随人轻〔六〕。三州陷犬戎〔七〕,但见西岭青。公来练猛士,欲夺天边城。此堂不易升,庸蜀日已宁〔八〕。吾徒且加餐,休适蛮与荆。

〔一〕《说文》:"駊騀,马摇头也。"
〔二〕曹植诗:"飞盖相追随。"《羽猎赋》:"曳彗星之飞旗。"
〔三〕石苞书:"旌旗流星。"
〔四〕曹植诗:"俯身散马蹄。"
〔五〕《羽猎赋》:"虹蜺为缳。"注:"缳,旗上系也。"
〔六〕江总《陈宣帝哀策文》:"曳蛇旗之舒卷。"
〔七〕柳芳《唐历》:"广德元年,运粮绝,吐蕃陷松、维、保三州。"
〔八〕《牧誓》:"及庸蜀羌髳。"《十道志》:"夔州,古庸国。"又《公孙述传》:"王岑杀王莽庸部牧,以应宗成。"注:"王莽改益州为庸部。"

太子张舍人遗织成褥段

《北堂书钞》:"《异物志》云:'大秦国以野茧丝织成氍毹,以群兽五色毛杂之,为鸟兽、人物、草木、云气,千奇万变,惟意所作。'《广志》云:'氍毹,白毡毛织之,近出南海。氍毹,本作氍𣯶,织毛褥也。'"按:"织成褥段"殆即此类。

客从西北来,遗我翠—作细织成〔一〕。开缄风涛涌,中有掉尾鲸〔二〕。逶迤罗水族,琐细不足名。客云"充君褥,承君终宴荣〔三〕。空堂魑魅走,高枕形神清。"领客珍重意,顾我非公卿。留之惧不祥,施之混柴荆。服饰定尊卑,大哉万古程。今我一贱老,袒—作短褐更无营。煌煌珠宫物〔四〕,寝处祸所婴。叹息当路子,干戈尚纵横。掌握有权柄,衣马自—云已肥轻。李鼎死岐阳,实以骄贵盈〔五〕。来瑱赐自尽〔六〕,气豪直晋作真阻兵〔七〕。皆—作昔闻黄金多,坐见悔吝生。奈何田舍翁,受此厚贶情?锦鲸卷还客,始觉心和平。振我粗席尘,愧客茹—作饭藜羹〔八〕。

〔一〕古诗:"客从远方来,遗我一端绮。"

〔二〕《江赋》:"扬鬐掉尾。""风涛"以下,皆言织纹之丽。

〔三〕曹植诗:"终宴不知疲。"

〔四〕《楚词》:"紫贝阙兮珠宫。"

〔五〕《旧唐书》:"上元二年十二月,以羽林大将军李鼎为凤翔尹,兴、凤、陇等州节度使。二年二月,党项羌寇宝鸡,入大散关,陷凤州,鼎邀击之。六月,以鼎为鄯州刺史、陇右节度使。"按:李鼎之死,《史》《鉴》俱不载。此云"死岐阳",盖未至陇右也。

〔六〕《旧唐书》:"宝应元年,来瑱为山南东道节度使,裴茙表瑱倔强难制,帝潜令茙图之。六月,瑱擒茙于申口,入朝谢罪。广德元年正月,贬播州尉,翌日,赐死于鄠县。"

〔七〕《左传》:"阻兵安忍。"

〔八〕《庄子》:"孔子穷于陈、蔡之间,七日不食,藜羹不糁。"

钱笺:"此诗《草堂》次广德二年严武幕中作。按史称武累年在蜀,肆志逞欲,恣行猛政,穷极奢靡,赏赐无度。公在武幕下,作此讽谕,至举李鼎、来瑱以深戒之,朋友责善之道也。不然,辞一织成之遗,而侈谈杀身自尽之祸,不疾而呻,岂诗人之意乎!

忆昔二首

公归成都,严武奏授尚书员外郎。此诗前云"老儒不用尚书郎",后云"朝廷记识蒙禄秩",盖幕府以后作也。

忆昔先皇巡朔方〔一〕,千乘万骑入咸阳。阴山骄子汗血马〔二〕,长驱东胡胡走藏〔三〕。邺城反覆不足怪〔四〕,关中小儿坏纪纲〔五〕,张后不乐上为忙〔六〕。至今今上犹拨乱,劳心吴作身焦思补四方。我昔近侍叨奉引,出兵一作兵出整肃不可当。为留猛士守未央,致使岐雍防西羌〔七〕。犬戎直来坐御床〔八〕,百官跣足随天王〔九〕。愿见北地傅介子〔一〇〕,老儒不用尚书郎〔一一〕。

〔一〕先皇:肃宗也。
〔二〕《秦本纪》:"西北斥逐匈奴,自榆中并河以东,属之阴山。"徐广曰:"阴山在五原北。"《通典》:"阴山,唐安北都护府也。" 骄子:回纥。
〔三〕东胡:安庆绪也。回纥助讨贼,收复西京;庆绪奔河北,保邺郡。
〔四〕史思明既降复叛,救庆绪于邺城,故曰"反覆"。
〔五〕关中小儿:李辅国也。《旧唐书·宦官传》:"李辅国,闲厩马家小儿,少为阉,貌陋,粗知书计,为仆事高力士。"《通鉴》注:"凡厩牧、五坊、禁苑给使者,皆谓之小儿。"
〔六〕《旧唐·后妃传》:"张后宠遇专房,与辅国持权禁中,干预政事。

帝颇不悦,无如之何。"

〔七〕猛士:谓郭子仪也。《唐书》:"宝应元年八月,子仪自河南入朝,程元振数谮之,子仪请解副元帅、节度使,留京师。明年十月,吐蕃大入寇。"《括地志》:"汉未央宫,在长安故城中,近西南隅。""岐、雍,唐凤翔关内地。"《旧书·吐蕃传》:"乾元后数年,凤翔之西,邠州之北,尽为蕃戎境。"《新书》:"吐蕃本西羌属,拜必手据地,为犬号。"

〔八〕《南史·侯景传》:"齐文宣梦猕猴坐御床,乃煮景妻子于镬。又大同中,太医令朱耽梦犬羊各一在御坐,既而天子蒙尘,景登正殿焉。"

〔九〕跣足随天王:谓代宗幸陕。

〔一〇〕《汉书》:"傅介子,北地人也,持节使楼兰,斩其王首归,悬之北阙,诏封义阳侯。"

〔一一〕《木兰行》:"欲与木兰赏,不用尚书郎。"

忆昔开元全盛日〔一〕,小邑犹藏万家室。稻米流脂粟米白,公私仓廪俱丰荆作盈,一作费实。九州道路无豺虎晋作狼,远行不劳吉日出。齐纨鲁缟车班班〔二〕,男耕女桑不相失。宫中圣人奏《云门》〔三〕,天下朋友皆胶漆。百馀年间未灾变,叔孙礼乐萧何律。岂闻一绢直万钱?有田种谷今流血!洛阳宫殿烧焚尽,宗庙新除狐兔穴。伤心不忍问耆旧,复恐初从乱离说。小臣鲁钝无所能,朝廷记识蒙禄秩。周宣中兴望我皇,洒血一作泪江汉身荆作长衰疾。

〔一〕《旧唐书》:"开元季年,频岁丰稔,京师米价,斛不盈二百。天下乂安,虽行万里,不持寸刃。"

〔二〕《汉·地理志》:"齐俗弥侈,织作冰纨绮绣纯丽之物。"师古曰:"冰谓布帛之细,色鲜洁如冰也。纨,素也。"《韩安国传》:"强弩之末,力不能入鲁缟。"《韵会》:"缟,缯精白者,曲阜之俗善作之,尤为轻细,故曰鲁缟。"《后汉书》:"桓帝时京师童谣曰:车班班,入河间,河间姹女工数钱。"

〔三〕《周礼·大司乐》:"歌大吕,舞云门,以祀天神。"

别唐十五诫,因寄礼部贾侍郎

《旧唐书·贾至传》:"宝应二年,为尚书左丞。广德二年,转礼部侍郎。"

九载一相逢,百年能几何?复为万里别,送子山之阿。白鹤久同林,潜鱼本同河。未知栖集期,衰老强高歌。歌罢两凄恻,六龙忽蹉跎。相视发皓白,况难驻羲和〔一〕。胡星坠燕地〔二〕,汉将仍横戈〔三〕。萧条四海内,人少豺虎多。少人慎莫投,多虎信所过。饥有易子食〔四〕,兽犹畏虞罗。子负经济才,天门郁嵯峨〔五〕。飘飖—作飘飘适东周〔六〕,来往若—作亦崩波〔七〕。南宫吾故人〔八〕,白马金盘陀〔九〕。雄笔映千古,见贤心靡—作匪他。念子善师事,岁寒守旧柯。为我谢贾公,病肺卧江沱〔一〇〕。

〔一〕六龙、羲和:注见四卷。

〔二〕胡星:谓史朝义。《唐书》:"广德元年正月,朝义缢死于幽州医巫闾祠下,传首京师。"

〔三〕汉将:谓仆固怀恩。《唐书》:"广德元年九月,怀恩拒命于汾州,其子玚进攻榆次,未几为帐下所杀。怀恩遂渡河,北走灵武。"

〔四〕《左传》:"易子而食,析骸而爨。"

〔五〕《汉·礼乐志》:"天门开,詄荡荡。"

〔六〕《国策》注:"西周王城,今河南。东周成周,今洛阳。"《史记》索隐:"西周,河南也。东周,巩也。"

〔七〕鲍照诗:"客行惜日月,崩波不可留。"

〔八〕杜田《正谬》:"汉建尚书百官,府曰南宫,盖取象《天官书》'南宫朱鸟',犹唐以中书省为紫微、尚书省为文昌之类。《后汉书》:'郑弘为尚书令,前后所陈补益王政者,著之南宫以为故事。'考礼部之名,起于江左,而南宫自汉有之。盖南宫犹言南省,旧注专谓礼部,非也。"

〔九〕金盘陀:注见三卷。

〔一〇〕沱江:注见八卷。

按:《旧书》:"广德二年九月,尚书左丞杨绾知东京选,礼部侍郎贾至知东京举。两都分举选,自至始。"时唐十五必往东都赴举,公故寄以诗,为之先容也。

寄董卿嘉荣十韵

闻道君牙帐〔一〕,防秋近赤霄〔二〕。下临千仞雪他本作千雪岭,却背五绳桥。海内久戎服〔三〕,京师今晏朝。犬羊曾烂熳,宫阙尚萧条。猛将宜尝胆,龙泉必在腰〔四〕。黄图遭污辱〔五〕,月窟可焚烧〔六〕。会取干戈利,无令斥候骄。居然双捕虏〔七〕,自是一嫖姚。落日思轻骑,高一作秋天忆射雕〔八〕。云台画形像,皆为扫氛妖。

〔一〕元帅建牙旗于帐前,谓之"牙帐"。

〔二〕近赤霄:言西山三城之高。

〔三〕广德元年冬,吐蕃陷京师。

〔四〕龙泉:注见九卷。

〔五〕《哀江南赋》:"拥狼望于黄图。"《唐·艺文志》有《三辅黄图》一卷。黄图:图地形,以黄绘之,如今之地理图。

〔六〕月窟:注见二卷。

〔七〕《后汉·马武传》:"建武四年,武与虎牙将军盖延等讨刘永,拜捕虏将军。"

〔八〕《北齐书》:"斛律光尝射一大鸟,正中其头,形如车轮,旋转而下,乃雕也。邢子高叹曰:'此射雕手!'时号为'落雕都督'。"

立秋雨 一作立秋日雨 院中有作

山云行绝塞,大火复西流〔一〕。飞雨动华屋,萧萧梁栋秋。穷途愧知己,暮齿借前筹。已费清晨谒,那成长者谋?解衣开北户,高枕对南楼。树湿风凉进,江喧水气浮。礼宽心有适,节爽病微瘳。主将归调鼎,吾还访旧丘。

〔一〕《诗》:"七月流火。"注:"大火,心星也,七月则此星西流。"《尔雅》:"大火,谓之大辰。"注:"大辰,心也,在中最明,故时候主焉。"

奉和严郑公军城早秋

秋风嫋嫋动高旌〔一〕,玉帐分弓射虏营〔二〕。已收滴博云间戍,欲夺 胡三省作次取 蓬婆雪外城〔三〕。

〔一〕《九歌》:"嫋嫋兮秋风。"

〔二〕玉帐:注见八卷。

〔三〕钱笺:"《困学纪闻》:'的博岭,在维州。《韦皋传》:出西山、灵关,破峨和、通鹤、定廉城,逾的博岭,遂围维州,搏栖鸡①,攻下羊溪等三城,取剑山屯焚之。《元和郡国志》:柘州城,四面险阻,易于固守,有安戎江、蓬婆水,在州南三十里。大雪山,一名蓬婆山,在柘县西北一百里。'《唐书·吐蕃传》:'开元二十六年,王昱率剑南兵攻安戎城,次蓬婆岭,输剑南粟饷军。'《旧书》作蒲婆岭,其地在雪山外。"

军城早秋　严武

昨夜秋风入汉关,朔云边雪—作月满西山。更催飞将追骄虏,莫遣—作放沙场匹马还〔一〕。

〔一〕《严武传》:"广德二年九月,破吐蕃七万馀众,拔当狗城,遂收盐川城。"《通鉴》:"武以崔旰为汉州刺史,使将兵击吐蕃于西山,连拔其城,攘地数百里。"

院中晚晴怀西郭茅舍

即浣花草堂。

幕府秋风日夜清,澹云疏雨过高城。叶心朱实看—作堪

---

① "栖鸡",底本作"鸡栖",据《新唐书·韦皋传》改。

时落[一],阶面青苔先自《英华》作老更生。复有楼台衔暮景,不劳钟鼓报新晴[二]。浣花溪里花饶笑[三],肯信吾兼吏隐名?

〔一〕刘琨诗:"朱实陨劲风。"
〔二〕旧注:"俗以钟鼓声亮,为晴之占,故曰报新晴。"
〔三〕唐太宗诗:"笑树花分色。"

张璁曰:"详此诗,见公不乐居幕府。明年正月,遂归草堂。"

到 村

碧涧虽多雨,秋沙先_{去声,陈作亦}少泥。蛟龙引子过,荷芰逐花低。老去参戎幕,归来散马蹄。稻粱须就列,榛草即相迷。蓄积思江汉,顽疏—作疏顽惑町_{音珽}畦[一]。暂酬知己分,还入故林栖。

〔一〕《广韵》:"町,田区畔埒也。""畦,畛也。"

村 雨

雨声传两夜,寒事飒高秋。挈—作揽带看朱绂,开箱睹黑裘[一]。世情只益睡,盗贼敢忘忧?松菊新沾洗,茅斋慰远游。

〔一〕时严武表公为尚书员外郎,服绯鱼。

宿　府

清秋幕府井梧寒〔一〕,独宿江城蜡炬残。永夜角声悲自语,中天月色好谁看？风尘荏苒音书绝,关塞萧条行路难。已忍伶俜十年事,强移栖息一枝安。

〔一〕魏明帝诗:"双梧生空井。"

遣闷奉呈严公二十韵

白水渔黄作鱼竿客,清秋鹤发翁〔一〕。胡为来一云居幕下？只合在舟中。黄卷真如律〔二〕,青袍也音夜自公〔三〕。老妻忧坐痹卑利切,幼女问头风。平地专欹一作侧倒,分曹失异同。礼甘衰力就,义忝上官通〔四〕。畴昔论诗早,光辉仗钺雄。宽容存性拙,剪拂念途穷〔五〕。露裛思藤架,烟霏想桂丛。信然龟触网〔六〕,直作鸟窥笼。西岭纡村北,南江绕舍东〔七〕。竹皮寒旧翠,椒实雨新红。浪簸船应坼,杯干瓮即空。藩篱生野径,斤斧任樵童。束缚酬知己,蹉跎效小忠。周防期稍稍〔八〕,太简遂匆匆。晓入朱扉启,昏归画角终〔九〕。不成寻别业〔一〇〕,未敢息微躬。乌鹊愁银汉〔一一〕,驽骀怕锦幪〔一二〕。会希全物色〔一三〕,时放倚梧桐〔一四〕。

〔一〕《后汉·赵典传赞》:"大仪鹤发。"注:"白发也。"

〔二〕《唐会要》:"天宝四载十一月,敕御史依旧制黄卷书阙失①,每岁委知杂御史长官比类能否,送中书门下,改转日褒贬。"

〔三〕按《唐志》,尚书员外郎,从六品上。上元元年制,五品服浅绯,六品服深绿。公时已赐绯,而此云"青袍"者,以在幕府故耳。旧注谓青袍九品服,误矣。"真如律"、"也自公",言幕下之礼,亦同于朝廷也。

〔四〕上官:谓严武。

〔五〕《广绝交论》:"剪拂使其长鸣。"

〔六〕《史·龟策传》:"龟使抵网,而遭渔者得之。"

〔七〕南江:即二江也。《元和郡国志》:"大江,一名汶江,一名流江,经成都县南七里。"皆怀草堂景物。

〔八〕**补注**:杜预《左传序》:"包周身之防。"

〔九〕**补注**:韩愈《上张仆射书》:"使院故事,晨入夜归,非有疾病事故,辄不许出。"

〔一〇〕别业:即草堂。

〔一一〕愁银汉:愁无填河之力也。

〔一二〕锦幪:注别见。

〔一三〕物色:谓形容之老。

〔一四〕《庄子》:"倚树而吟,据槁梧而瞑。"

送舍弟颖_{赵作颖}赴齐州三首

齐州:注见一卷。

---

① "旧制",底本作"旧置",据《唐会要》改。

岷岭南蛮北〔一〕，徐关东海西〔二〕。此行何日到？送汝万行啼。绝域惟高枕，清风独杖藜。危时暂相见，衰白意都迷。

〔一〕南蛮：南诏蛮也。
〔二〕徐关：颖所赴。　补注《左传·成二年》："鞌之战，齐侯自徐关入。"注疏未详所在。

风尘暗不开，汝去几时来？兄弟分离苦，形容老病催。江通一柱观，日落望乡台〔一〕。客意长东北，齐州安在哉？

〔一〕一柱观、望乡台：俱见七卷。

诸姑今海畔〔一〕，两弟亦山东〔二〕。去傍干戈觅，来看道路通。短衣防战地，匹马逐秋风。莫作俱流落，长瞻碣石鸿〔三〕。

〔一〕公《范阳太君卢氏墓志》："太君二女，一适京兆王佑，一适会稽贺㧑。"
〔二〕两弟：谓观与丰。
〔三〕《淮南·冥览训》："过归雁于碣石。"①《广绝交论》："轶归鸿于碣石。"

严郑公阶下新松得霑字

弱质岂自负？移根方尔瞻。细声闻—作侵玉帐，疏翠近

---

①　"过归雁"，底本作"遇归雁"，据《淮南子》改。

珠帘。未见紫烟集,虚蒙清露霑。何当一百丈,欹盖拥高檐?

严郑公宅同咏竹得香字

绿竹半含箨,新梢才出墙。色侵书帙晚,阴过酒樽凉。雨洗娟娟净,风吹细细香。但令无剪伐,会见拂云长。

晚秋陪严郑公摩诃池泛舟得溪字

《元和郡县志》:"摩诃池在州城西。"《通鉴》注:"《成都记》云:'摩诃池在张仪子城内,隋蜀王秀取土筑广子城,因为池。有胡僧见之,曰摩诃宫毗罗,盖胡僧谓摩诃为大宫,毗罗为龙,谓此池广大有龙,因名摩诃池。或曰萧摩诃所开,非也。池今在成都县东南十二里。'"

湍驶<small>黄作驶</small>风醒酒,船回雾起堤。高城秋自落,杂树晚相迷。坐触鸳鸯起,巢倾翡翠低。莫须惊白鹭,为伴宿青<small>一作清</small>溪。

奉观严郑公厅事岷山沱江画图十韵得忘字

沱水流<small>一作临</small>中坐,岷山到<small>一作对,俗本作赴</small>北<small>一作此</small>堂。白波吹—作侵粉壁,青嶂插雕梁。直讶杉松冷,兼疑菱荇香。雪云虚点缀,沙草得微茫。岭雁随毫末〔一〕,川蜺饮练光〔二〕。霏红洲蕊乱,拂黛石萝长。暗谷—作谷暗非关雨,丹枫不为霜。秋成—作城玄圃外,景物洞庭旁。绘事功殊绝,幽襟兴激昂。从来谢太傅,丘壑道难忘。

〔一〕毫末:笔毫之末。
〔二〕练光:素练之光也。

初 冬

垂老戎衣窄,归休寒色—作气深〔一〕。渔舟上急水,猎火著高林。日有习池醉,愁来梁甫吟。干戈未偃息,出处遂何心!

〔一〕时公自严武幕府归草堂。

观李固请司马弟山水图三首

易简高人意—云体,匡床竹火炉〔一〕。寒天留远客,碧海挂新图。虽对连山好,贪看绝岛孤。群仙不愁思,冉冉下蓬壶。

〔一〕《庄子》:"与王同匡床,食刍豢。"

方丈浑连水,天台总映云。人间常见画,老去一云身老恨空闻。范蠡舟偏小,王乔鹤不群。此生随万物,何处出尘氛?

高浪垂翻屋,崩崖欲压床。野桥分子细〔一〕,沙岸绕微茫。红浸珊瑚短,青悬薜荔长。浮查并坐得〔二〕,仙老暂相将〔三〕。

〔一〕杨慎曰:"《北史·源思礼传》:'为政当举大纲,何必太子细?'杜诗'醉把茱萸子细看'及'野桥分子细',虽用方言,却有所本。"
〔二〕《拾遗记》:"尧时有巨查浮于西海,其上有光若星月,常绕四海,十二年一周,名贯月查,又名挂星查,羽人栖息其上。"
〔三〕梁简文帝诗:"相将渡江口。"

至 后

冬至至后日初长,远在剑南思洛阳。青袍白马有何意〔一〕?金谷铜驼非故乡〔二〕?梅花欲开不自觉,棣萼一别永相望。愁极本凭诗遣兴①,诗成吟咏转凄凉。

〔一〕青袍白马:注见四卷。或曰"青袍"即"青袍也自公","白马"即

---

① "遣兴",底本作"兴遣",据诸善本改。

"归来散马蹄"也。皆在幕府如此,故云"有何意"。

〔二〕石崇《金谷诗序》:"余别庐在河南县界金谷涧。"《水经注》:"金谷水,出河南太白原,东南流,历金谷,谓之金谷水,经石崇故居。"陆机《洛阳记》:"汉铸铜驼二枚,在宫南四会道头,夹路相对。"华延隽《洛阳记》:"两铜驼在宫之南街,东西相向,高九尺,洛阳谓之铜驼陌。""非故乡"言此岂非吾之故乡耶?

怀 旧

地下苏司业,情亲独有君。那因丧乱后,便作死生分!老罢知明镜,归来望白云。自从失辞伯,不复更论文_{原注:公前名预,缘避御讳,改名源明。}